SV

VOLKER BRAUN
WERKTAGE 1

Suhrkamp

Satz: Hümmer GmbH, Waldbüttelbrunn
Druck: Pustet, Regensburg
Printed in Germany
Erste Auflage 2009
ISBN 978-3-518-42048-5

1 2 3 4 5 6 – 14 13 12 11 10 09

WERKTAGE 1
Arbeitsbuch 1977-1989

hab ich mit den leuten sorgen?
mit den leuten hab ich keine
gestern, heute nicht und morgen:
der gemeine schätzt gemeine.
mickel: geselliges lied

2. 1. 77

ein buch, das mir lieb wird aus vielen gründen: erschienen bei göschen in leipzig zur ostermesse 1805, auf dem rücktitel RAMEAU'S NEFFE VON GOETHE. der verfasser, auf unsicherem pflaster, ließ nur die handschrift kursieren; goethe übersetzte aus dem manuskript: es ist die erstausgabe. goethe als zugpferd. dies wird kein zweitesmal ins deutsche übertragen. und das erst der text. ich hätte ihn lesen können auf 100 seiten, hier sinds 380 (ohne die anmerkungen goethes), die seite 16 zeilen, der satzspiegel keine zigarette breit. und der einband, karton und halb leder, der rücken sachlich goldbedruckt. das papier stockfleckig und noch edel. der druck großzügig und rein: antiquiert. ich sehe, außer dem neffen und dem philosophen, außer diderot und goethe einige leute an dem buch beschäftigt, setzer und korrektor (die beiden fehler auf dem letzten blatt angezeigt), einen ehrenmann von buchbinder; noch der kräftige heftfaden rührt mich.

3. 1. 77

mittenzwei, gespräch über GUEVARA. er wiederholt die einwände der hauptverwaltung gegen die *bürokratenszenen.* ich müsse der apparat-kritik ches mehr entgegensetzen. räumt ein, es sei nicht seine sorge: auf dem theater machbar. aber wer könne lesen? es stellt sich heraus, daß er als botschafter bei mir fungieren soll. im fahrstuhl sagt er, uns stünden harte zeiten bevor (mit *uns* meint er, wie immer, die intellektuellen). seit dreißig jahren habe er nicht solche unduldsamkeit erfahren. es sei im moment alles möglich, robespierre auf dem riesenrad oder faust in becketts mülltonne, joyce und kafka, aber nicht das durchdenken der eignen lage. ich erwidere, das denken gehe in anderen formen weiter. er, unfroh: es ereigne sich eben die zweite große spaltung der arbeiterbewegung, russischer und eurokommunismus. daher das abriegeln, der panische theoriestopp. mich verdrießt der tragische ton.

4. 1. 77
selbstverständlich war die ausweisung biermanns eine folge der berliner konferenz, auf der sich die italienische, die französische, die spanische partei artikulierten. selbstverständlich war der offene brief der dreizehn, in dem wir gegen die ausweisung protestierten, eine folge der zunehmend polizeilich-militärischen umgangsform. und selbstverständlich ist die schroffe und kopflose reaktion der organe auf den brief das eingeständnis, daß sich beides so verhält.

7. 1. 77
irmtraud morgner und ich sind von der partei der arbeit nach basel eingeladen. die morgner erfährt es und fährt nicht, ich erfahr es nicht und fahre auch nicht.
karasholi auf einen sprung. referiert die misere im libanon, ich gebe den deutschen mist dazu. die länder nicht einteilen nach der zufälligen bevölkerung, sondern nach den ansichten. durch eine zweite völkerwanderung, die die konformen zusammenführt und die geliebte politisch-moralische einheit herstellt.

8. 1. 77

vor nicht langer zeit liefen wir über den alexanderplatz, der himmel verdunkelte sich, es schneite: und ein ungeheurer blitz schlug nieder. wintergewitter oder eine wetterwillkür, zu der politischen hinzu. wir lachten schallend. am abend vor seiner abreise war er bei mir und fragte: lassen die mich wieder herein? – er fragte sonst nicht nach den andern. bei gleichem druck, auf derselben isobare wohnend, machte er seine sprünge, ich bohre in den boden.

9. 1. 77
schreibe eine undruckbare sache, zum sachten kursieren:
WEITGEHEND DURCHDACHTER PLAN EINER SCHMERZLOSEN UND RADIKALEN LÖSUNG.

10. 1. 77
zu troike, plakatentwurf für GUEVARA. kein poster: eine graue schemenhafte gestalt auf dem stuhl sitzend, die viele gesichter tragen kann, ein modellfall. die haltung ist konzentrierte ruhe.
abends mit weigel zu berg in die bergstraße. viel rotwein, wenig rationalität. berg macht eine IPHIGENIE, der schluß noch idealischer als goethe. nicht thoas, das volk entsagt den barbarischen riten.

13. 1. 77
niemann, ortsverein sondershausen der goethe-gesellschaft, wünscht »ein wort der aufklärung«, warum mein vortrag vom schuldirektor untersagt worden sei. das wort lautet: strafe – und was habe ich von den schulmeistern in sonders- und andershausen sonst zu erwarten? (es gibt mehr solche geschichten; ich will nicht sagen niemand, nur niemann sagt es mir.) poststempel 30. 12. 76, zwei wochen muß man der verantwortungsbewußten deutschen post zugestehn. mit einem stempel ist es doch nicht getan.
höpcke der *hauptverwalter* läßt das gespräch über GUEVARA zum drittenmal verschieben. verträge sind kraftlose wische. wozu überhaupt diese plaudereien? um verständnis zu erarbeiten, daß er machtlos ist, und vergessen zu machen, daß schließlich er ein amt hat. die lizenzersuchen für die UNVOLLENDETE GESCHICHTE liegen bei ihm wie stinkende fische. da er den hallenser vertrag annulliert hat, muß die geschichte ganz aus der welt. so erwecken wir den richtigen eindruck, die autoren könnten hier nicht über ihre arbeit verfügen.

14. 1. 77

mit pietraß in den schnee von annaberg zu claus: gloriapalast, die wüsten hinterstuben des kinos wie bräunliche verstaubte fotografien vorigen jahrhunderts, allerdings bloch und marx im wust auf dem vertiko, ein bleicher mittvierziger läßt uns in sein gehäus. erklärt lächelnd seine »sprachblätter« (speechsheets), lange gelehrte titel (KONJUNKTIONEN. EINHEIT UND KAMPF DER GEGENSÄTZE IN LANDSCHAFT, BEZOGEN AUF DAS KOMMUNISTISCHE ZUKUNFTSPROBLEM ›NATURALISIERUNG DES MENSCHEN, HUMANISIERUNG DER NATUR‹). eine spur von mittelalterlichem mystiker, auf dem westlichen kunstmarkt gekauft auf verdacht, bei den erzgebirgsgenossen verdächtigt als maoist und modernist oder mist. das aus sätzen entwickelte kritzeln kräftig und lebendig und, bei laune besehn, tief. bilder als prozesse zu *lesen*, und von zwei seiten zu sehn (: er hält, vor großen augen, das doppelt bedruckte papier gegens licht). das ist so verspielt wie durchdacht, rational wie rätselhaft. die philosophie »krümmt sich im raum« der ästhetik und wird zu theoretisierender grafik. grenzwissenschaft, grenzkunst: zwischen text und bild, sprache und zeichnung. – zwei blätter für das »poesiealbum«.

16. 1. 77

christa wolf: KINDHEITSMUSTER, ein großer umschweifender essay über den latenten faschismus. »das vergangene ist nicht tot, es ist nicht einmal vergangen.« die »schwierigkeiten, strukturen zu finden, in denen sich heute noch reden läßt: ernüchtert bis auf den grund, in verhältnissen, da verzweifeln eher komisch wirke«. sie schrieb mir in das expl.: »wie erkennt man, was man nicht lassen kann, mit tödlicher sicherheit?«

17. 1. 77
nehme die HINZE UND KUNZE-mappen wieder vor. in den ersten entwürfen noch deutlich: ein versuch im FATZER-stil (die »planetarische demonstration«). deprimierend, wie wenig bei der ausführung davon erhalten blieb. die erste fassung (HANS FAUST) ganz mißraten und monströs, dann mühsame reduktionen. wenn man den gips abklopft, könnte der ursprüngliche duktus hergestellt werden, den die moral zugebaut hat. aus dem material der glücklichen ersten wochen den rhythmus finden. aber es ist zu schwer, das gerippe zu kompakt, und das fleisch hängt überall herum ... wünschte das stück wenigstens fragmentarischer, in groben blöcken, als den prägnanten augenblicken der story. (schmidt drängt noch auf einen »zweiten teil«!)

20. 1. 77
parteiversammlung des berliner schriftstellerverbands, jakobs ausgeschlossen, kunert gestrichen. christa wolf nicht, ich nicht. dieser theorielose zusammenstoß wäre zu läppisch gewesen für eine trennung. offensichtlich wollte man sie und mich halten. ich hatte vor der kontrollkommission eingeräumt, daß es »laut statut« ein fehler war, unsern protest einer ausländischen agentur zu geben, aber ein notwendiger fehler. der fehler der partei unvergleichlich größer. bin nicht von meiner auffassung abgerückt (wie einige unmutige meinen) und hätte nie gesagt, daß ich den fehler nicht wieder mache. es gibt situationen, in denen man nur noch fehler machen kann.

24. 1. 77
simmgen und wieck aus dresden, an die letzte szene GUEVARA wegen diplomatischer umschrift castros (= freund). die kubanische botschaft duldet »keinerlei widerspruch« zwischen fidel und che; als hätte der, in algier! nicht vom imperialismus beider mächte gesprochen. (die szene vertrüge den härteren gegenspieler: die *freunde.*) das stück muß anecken: hier oder dort, und vor allem dort und hier. für die kubaner ist che eine reine gestalt, »das vorbild der jugend«, er hatte eine frau zuhause, sagte die compañera kulturattaché.

26. 1. 77
was brecht am meisten beschäftigte, die deutsche klassik, wies er am rücksichtslosesten von sich. sein aufreizendes verhalten gleicht dem des boxers cassius clay vor dem kampf, das immerhin bedeutet: es geht um einen hohen einsatz. brecht eben durch die zuspitzung, provokative vereinseitigung zu einem *neuansatz* gekommen (über die theorie der pädagogien zum gesellschaftlichen nutzen, durch das epische zur darstellung großer vorgänge). das zurückgehn auf die »primitive« these (das ihm seit je) oder »primitive« form (wie es von erpenbeck noch am KREIDEKREIS angekreidet wurde) erst machte den anlauf, den schwung für die wendung zum dialektischen theater. natürlich ahnte er am anfang, worauf er aus war, aber es ließ sich nur aus der abstoßung die kraft gewinnen. und natürlich mußten sich die zurückbleibenden abgestoßen fühlen.
(als zuspitzung in dem sinn verstehe ich auch seine späte äußerung zu wekwerth: das theaterstück der zukunft ähnle am meisten der MASSNAHME.)

26. 1. 77

die »ästhetische entmachtung brechts durch seine schüler« (mittenzwei), rational daran:

– die alten schuhe schlappen. baierls nachgeschriebne mutter FLINZ, das kennt man: das stimmt also nicht mehr. (freilich hacks steckt jetzt in schnabelschuhen.)

– der kausalnexus nicht so kloßbrühklar wie im schönsten kapitalismus der 20er und 30er jahre. die einfachen lösungen nach dem klassenschema nicht mehr verfügbar.

– der individuelle reichtum (hinter der sozialen determiniertheit) wird interessant unter verhältnissen, die den menschen nicht mehr verelenden. nicht mehr den untergang vor augen, verblaßt die dringliche frage »wer wen?«, und gefragt wird: »was für alle?«

– im grund der affront nicht gegen brecht sondern gegen das untertauchen in der these. dabei immer noch die ungeduldigsten die zuschauer: die im lernzwang sauer werden.

irrational daran:

– zu glauben, daß »der kampf entschieden« sei und das soziale aufgeklärt: ein dicker unsinn. es ist »kaum erkannt und fast unbekannt«, wir nähren uns aus jeder zeitung von einbildung.

– dem theater, rechnend auf das ende der industriegesellschaft, der allgemeinmenschliche standpunkt aufgelastet. er bedient (bestenfalls) eine vage beunruhigung.

– so eine staubige sache wie »anleitung zum handeln« ist weggepackt zu den alten schulheften. man fühlt keinen mangel und befindet sich in seiner halbheit ganz wohl.

– die ignoranz gegenüber den neuen widersprüchen, die ja nicht weniger bewirken, als die formation in eine neue zu sprengen, bringt auch einen kleinen verlust: an wissenschaftlicher einsicht. man setzt dafür ästhetische verklärung. die emigration in die zukunft. das ist schlicht die kapitulation der künste. die höchste kategorie dann: nostalgie. (das schmeckt nach dem staatsstreich des idealismus ausgangs des 18. jh.)

– ich gebe zu einzusehn, aber nicht ausführen zu wollen, warum die ästhetische regression so vollkommen übereingeht mit der kulturpolitischen. da ist mir brecht lieb wie ein eisenhammer.

27. 1. 77
diskussion in der akademie der wissenschaften über den »realismusstreit um brecht«. tief bei mittenzwei: brechts ästhetik der widersprüche. die widersprüche das verläßliche: woran man sich halten kann. die souveränität der gesellschaft: wie sie sich ihren widersprüchen stellt, sie berechnet. in brechts chaotischen zeiten die lust des unterdrückten (in den kommenden chaotischen auch). er, der dialektiker, brauchte keine katharsis: er konnte überlegen. dies einer freien gesellschaft zumutend, strich er die katharsis von der bühne (und nannte sich übertrieben: nichtaristotelisch). der schnitt in den gesellschaftlichen organismus im hellen licht machte das ventil überflüssig, durch das man seit altattika aufatmete. jetzt die widersprüche scheinbar wieder so zäh undurchdringlich, daß kathartische wirkungen, als lebenshilfe, im drama wieder gängig.
»es handelt sich« (brecht: 20. 12. 44) »um die entmetaphysizierung, um das verirdischen des kunsterlebnisses«. von hierher nur kann sich unsere ästhetik schreiben. (mittenzwei, warum er für die brechtmüdigkeit den positiven begriff »emanzipation der sozialistischen literatur« wählt, den ich ironisch lese: weil er einen vorgang kritisieren will, den er noch nicht werten kann. er erklärt das phänomen vom rande her, der literatur, nicht vom gesellschaftsprozeß; er fürchtet eine götterdämmerung zu malen, in brechts himmel der enttäuschten.)

27. 1. 77
verirren uns (heinitz, hoffmeier) mittags in ein gästehaus des ministerrats (vormals goebbels-ministerium). wirkte gleich nicht geheuer, stinkfein, gute anzüge, weiße hemden, krawatten (schrägstreifen). wir werden von einer kellnerin hinausreglementiert. das ist der feudalismus, der den bettler vom acker weist.
abends lesung im theaterklub potsdam, vor lehrlingen und dem meteorologischen dienst. rückfahrt im dichten nebel im wagen mit einem undurchsichtigen menschen.

31. 1. 77
HINZE UND KUNZE den alten absichten wieder nähergebracht. herunterholen hinzes, auf den boden, der unter trümmern liegt. (sein hochfliegendes wollen, als provokation für kunze, erst nach dem schlamm der unterordnung: die geister, die er rief, kriegt kunze nicht mehr los.) die lieschen-handlung behält den ausführlicheren gang, als ein eigenes stück. gebe einigen szenen titel, um den demonstrationscharakter zu betonen. der erste ein FATZER-zitat: RUNDGANG DES MAURERS HINZE DURCH DIE STADT CHEMNITZ.

v.z. hinze-mappe

RUNDGANG DES MAURERS HINZE DURCH DIE STADT CHEMNITZ
DAS BROT
HINZE SCHLIESST EIN BÜNDNIS MIT DER MACHT

DER KOLOSS VON SACHSEN

HINZE UND KUNZE TAUSCHEN DIE ARBEIT, ABER NICHT DIE ROLLEN. LIESCHEN

DAS MITTELDEUTSCHE LOCH

DER VERRAT

KUNZE ERBLICKT SICH SELBST UND ERGREIFT DIE FLUCHT
DAS WUNDER UND SEIN PREIS

3. 2. 77
durchlauf TINKA in potsdam. uta birnbaum bittet mich zu kommen wegen unruhe der behörden. das ist mein konventionellstes stück. technisch nicht von interesse. das einzige, was mich irgend daran interessiert: daß ich die gelegenheit zur komödie vorbeiließ.
birnbaum läßt konsequent liebesszenen spielen. die anwürfe tinkas und die zumutungen brenners unter liebkosungen: er bemerkt gar nicht ihre enttäuschung, sie in der verstellung gefoltert. die intimität macht den öffentlichen fall: das bett steht im betrieb. rate zu größerer komik und härte, wodurch die vorgänge unnaturalistisch und »stimmig«.

4. 2. 77
höpcke: 25. 1.: ergebnislos, 26. 1.: abgesagt, 28. 1.: er verlangt, den satz *das ist die zeit des apparats nicht mehr* herauszunehmen – aber dafür habe ich keine zeit (man muß den guevarismus auf den punkt bringen, die herausforderung doch nicht der buschkrieg), 3. 2.: abgesagt

6. 2. 77
anruf von uta: skeib, chef der bezirksleitung, hat die hauptprobe verlassen. hernach nur bleiche gestalten, die ministeriellen, die niederen der bezirksebene. sie befürchtet personelle konsequenzen. jetzt wisse der letzte im haus, in welchem stück er spiele.
gerade 25 jahre sind vergangen, und das neue deutschland behandelt eislers FAUSTUS wie eine mögliche sache.

11.2.77
da ich schon zwei grenzen passiert und drei glas radeberger getrunken habe, sehe ich aus dem zug plötzlich auf eine urweltliche gegend, zwischen potsdam und weimar alles grau und fremd, ungestalt wie vor 1000 jahren, oder zerschunden von archaischer technik. o frühe zeit auf dem kontinent. auf den thüringer höhen erwarte ich jederzeit dinosaurier auftauchen. die wartburg logisch aus der landschaft. hinter der dritten grenze: nacht.

15. 2. 77
mit pierwoß auf die achalm zu grieshaber, der geburtstag hat. er zeigt den ENGEL DER PSYCHIATRIE und die entwürfe zu GUEVARA. die ganze wand soll zur iba nach leipzig. überrede pierwoß, nach dem griechischen harzwein, auf dem berg zu übernachten, des morgens wegen.

17. 2. 77
frankfurt. essen mit unseld und elisabeth borchers. bin außerstande, irgendetwas zuzusagen. ins schauspielhaus: karlheinz braun, laube. bis zum nachtzug im konzert von theodorakis.

19. 2. 77
brief von teller über GROSSEN FRIEDEN. er skizziert die story:
»kanonischer text, sanft aber einprägsam zu rezitieren, größte deklamation, im selben gleis, aber etwas sich selbst parodierend, grausame unterdrückung, 3-fach bis zum gehtnichtmehr gesteigert (und schön zu stilisieren), hof- oder königsebene, so lächerlich wie grausam, dabei exposition der 2. hauptfigur mit ihren komplizierten metamorphosen zwischen dichter und politiker, machtkämpfe der thronprätendenten, wieder 3-fach in herrlichen duellen, huren und liebende, neue führungsspitze und der koch als philosoph, die revolution frißt beinahe ihren erzeuger, denn der große frieden hat nichts zu futtern, treue von dichter und bauer, untreue der bäuerin, revolutionäre ideologie als doktrin (köstliche gewi-scholastik in den beamtenprüfungen!), weise und rüpel, weise als rüpel, neue produktionsweise = altes wasser in neuen schläuchen, neue liebesweise = neuer anfang mit alten peitschen, abgang des alten, fast menschlich, kaiserkrönung als letzter akt der freundestreue, emanzipation vom kampfgenossen und die einsicht in die ökonomische notwendigkeit – und als cantus firmus durchs ganze stück der nicht totzukriegende philosoph, dazu allerhand abgestufte geister (deren einer sich, sicher reizend anzuschauen, ein schwert aus dem kopf zieht) – das alles auf dem genialeinfachen bühnenbild mit den riesenstufen (die eine portion akrobatik von den schauspielern fordern sollten), sogar das terrassenmäßige reisfeld wiederholt ohne krampf die hierarchische abstufung, by jove wundervolle arrangements für den wechsel von oben und unten, gestern und heute, gut und böse erlaubend.«

21. 2. 77
zu uta, da sie die drangsale nicht durchs telefon geben will. skeib hat interveniert, beruft sich auf empörte briefe. ein heini rupp vom kulturbund empfindet die inszenierung als provokation usw. die presse durfte nicht notiz nehmen, die sichtwerbung am bahnhof entfernt, dann wieder angebracht. der personenzettel mit dem REGIERUNGSERLASS eingestampft. uta lehnt änderungen ab, da jetzt *gar nichts* helfen könne, außer vielleicht eine feste haltung.
schütz liest aus einer farce über pertens herrschaft am d[eutschen]t[heater] vor (»geschrieben aus wut«: so kam er ans dramatisieren), dann aus einer komödie, durch die ein stummer hahn flattert.

27. 2. 77
premiere R. HOT von goldmann im apollosaal, nach dem ENGLÄNDER von lenz. seit zwanzig jahren, seit wir in dresden eine kantate für die republik pfuschten, nenne ich ihn den größten, und seit fünf jahren hab ich recht (die sinfonie). aber das ist dann ein nebenwerk. draußen kalt, schnee, und konkurrent bredemeier knurrt: also weder hot noch lenz.

28. 2. 77
die ersten szenen im deutschen theater. sehe einen großen stilwillen, guevara soll als toter sich die ereignisse heraufzitieren, alex[ander] lang in seiner rolle als prinz von homburg träumend, alles um ihn zu dem zweck reduziert auf sachte andeutungen. es ist sein stück, aber die szenen gehören den gegenspielern, die die begegnung gleichsam zerreißt. selnich, der seinen dienst tut, löscht sich mit diesem dienst aus; das ist DER BERUF DER TOTEN.

1\. 3. 77
zu anna seghers, die anrief. anne will blumen besorgen und kann keine auftreiben; als sie in dem kleinen laden in der unterführung am alexanderplatz den namen nennt: für anna seghers!, geht die verkäuferin – für anna seghers? – durch eine eisentür und kommt mit einem sträußchen wieder. – die petitionsaffaire hat sie, weil sie uns nicht folgen konnte, mitgenommen, sie fängt immer wieder davon an. sie sieht nicht gut aus, aber immer noch das schöne gesicht, verwirrend freundlich. sie schreibt in ihre KARIBISCHEN GESCHICHTEN: nach langem laut denken am 1. märz 1977.

4.3.77

zu hermlin; über den zaun, weil der lord keine klingel mehr hat. schlage mit einer zaunslatte ans haus, er glaubt, ich habe sie herausgebrochen. zeigt seinen vorspruch zum »poesiealbum«, ein übertriebenstes lob, er ist bereit, es herabzumindern. – hat sich seit wochen von allem zurückgezogen. er sieht jetzt, während die jugend kaum noch den namen stalin kennt, verschiedene neue epochen angebrochen sind usw., als die aufgabe der stunde: den kampf gegen den stalinismus. aber die zeit hat einen gang, in der die historische stunde hundert jahre dauert.

10. 3. 77

poetisches gedenken an maurer. unten auf dem markt steht noch eine menge und skandiert »in einer den musen bitteren stadt leipzig«. und schorsch, der mit herabgezogenen mundwinkeln lacht, läuft durchs rosental mit immer drei strophen, und gewisse ledermäntel umstreichen bis zum schluß das rathaus. »also gehn die bilder durcheinander / und kreuzen sich in den zeiten.« – der fall georg maurer, die befreiung eines mannes, dem bis zum vierzigsten lebensjahr die welt ein nebel war und der einen krieg brauchte, um etwas mit augen zu sehn. aus seinem christlichen himmel hangelte er an die erde und besaß sie dann mit allen sinnen. (wir mögen bedauern, daß ihm »die pleiße gar nicht stank«.)

in der universität ein kolloquium, nach dem toten gerede der germanisten ein geharnischter exkurs endlers unter die lebenden. er hält einfach texte nebeneinander und schlägt mit dem vergleich zu: und erkennt als sieger die »sächsische dichterschule«.

12. 3. 77
bei hartingers. streit mit dem deutschen professor haase (zk-institut), er unterscheidet einen literaturwissenschaftlichen und einen parteistandpunkt und billigt hartingers den ersten und sich den andern zu. nämlich den »eingreifenden«, der eingreifer begreift ein gedicht usw. als objekt seiner wachsamkeit, als material, den verfasser zu überführen. er sagts: die literatur sei zu prüfen, inwieweit sie »dem leben entspricht«. hartingers halten dagegen: literatur sei selber leben; es sei zu fragen, warum so ironisch, elegisch, *verdächtig* geschrieben werde, was sich da als stimmung, als interesse sammle – sonst könne man sie gleich den pathologen überlassen. – haase ist ein anständiger, aber instituierter mann und wagt nicht den blick von der, abnormen, literatur weg auf das abnorme leben. immerhin, der schleicher spürts, auf dem bratrost seiner position.

20. 3. 77
simplizius:
nicht einfältig im psychologischen sinn sondern im sozialen.
verwandlungen s., anfällig für das (unterdrücker)glück. auch in den neuen welten sieht man den typ auftauchen.
und allerdings, wenn johann christian woyzeck, der kranke, heute auf einem platz in leipzig hingerichtet würde, fände sich wieder die große menge ein. die versammlungen sind ein fortwährendes üben im schlachten, die hände, die da geschlossen hochgehn, würden auch steine schmeißen und für jede art lager plädieren.

22. 3. 77
durchlauf GUEVARA. sinnliche wirkung der überhöhten spielweise. im WALD ein unkenntlicher menschenknäuel auf dem boden, in stumpfem apathischem streit, guevara richtet mit seiner rede die körper langsam auf und mit seinen, wie segnenden, händen, sackt selbst wieder zusammen und wird gestützt, zieht schließlich den ganzen haufen, ein algengeflecht, hoch und schleppt ihn (und wird geschleppt) von der bühne.
höpcke, er verliest: das schauspiel kann nicht kommen, solange nicht eine fassung vorliegt, die den anforderungen entspricht und zustimmung der kubaner findet. – im dt die abendprobe schon abgesetzt. deprimierte stimmung, lang zitiert immerzu sätze aus dem stück. nachts brief an honecker.

24. 3. 77
zu hager bestellt, rasche folge des briefs. die proben seien nur ausgesetzt, wegen einspruch der kubanischen botschaft und nadja bunkes. er habe morgen gespräch mit dem botschafter. währenddessen wird im theater, letzte verzweifelte arbeit, begonnen, die inszenierung zu filmen mit einer kleinen kamera. wolfram berichtet mir mit entstelltem gesicht, ihm sei »im zimmer des stellvertretenden ministers!« entgegengehalten worden: warum er denn auch nicht, wie man ihm immer geraten habe, MARIA STUART machen lasse.

28. 3. 77
wolfram schickt aufhebungsvertrag (datiert 17. 3.), der mein arbeitsverhältnis am deutschen theater beendet.

29. 3. 77
die letzten beiden szenen gefilmt. AUFBRUCH spielt lang allein: den part guevaras und castros, als selbstgespräch, ruhig auf einem stuhl sitzend. er hat sich die szene zurechtgefickt. es entsteht große spannung.
am abend erforth und stillmark mit der nachricht: die runde hager/minister hoffmann/rackwitz hoffe auf umarbeiten, bis die kubaner zustimmen in zehn oder zwanzig jahren. wolfram habe den aufhebungsvertrag annulliert.

31.3.77
gespräch mit hager. vier stunden. er wünscht, »die kubaner aus dem spiel zu lassen« – und: er wolle nicht als karl eugen von württemberg fungieren. er sehe aber selbst probleme (und rezitiert die reizworte): ökonomische scheiße, vietnam fast verlassen, im gleichgewicht der blöcke blöcke um unsern hals. er vermißt gegenargumente, und schlägt vor: einen bauern einzuführen, der den boden bearbeiten will statt zu guevarren. schön, die kubaner werden sich bedanken. und der distanzierte blick (sage ich mit eben solchem) eines besonderen, ungeduldigen naturells auf den zähen, gemodelten gang nicht aus blinden augen. eine reine revolution ist nicht zu haben, auch die solidarität gezwängt in das gerangel. (ist nicht eben der exilsender der perser in bulgarien dichtgemacht worden, und der schah bietet nun lukrative verträge?) der stoff des theaters nicht durch den türschlitz der tagespolitik zu finden. wenn die tür geschlossen wird, müsse ich mich in den busch begeben: die fatale geduld – oder der feindliche alleingang.
hager verspricht, das arbeitsergebnis anzuschaun, besinnt sich dann: ein wort aus seinem mund sei gleich zu wichtig. – »was für eine torheit gibt es doch, die nicht mit einer bodenlosen weltweisheit könnte in einstimmung gebracht werden?« immanuel kant. – nun also zwischen zwei mühlsteinen. ein seltsamer flüchtiger satz nebenbei, den ich festhalte wie eine beute: wenn nicht hier, so könne man überlegen, das stück anderswo herauszubringen.
im theater skepsis bei den regisseuren: hinhaltetaktik. aber wolfram wurde von genossin hinckel mit gleichem, wie er sagt, bonbon empfangen. sage abends lesung ab; lustlos nach der schmalen kost der zentralküchen.

4. 4. 77
freundschaftsbesuch castros in berlin.
zu wolfram. er war am morgen bei hager, mit rackwitz, bauer u. a. das ist alles beschämend. denn es bedeutet: man verweist ihm seine kunstnahe sicht und verlangt ihm ihre pragmatische ab. (eine inkriminierte textstelle, abgewandelt: ihr habt die kunst verlegt / in den plüsch der diplomatie.) das anerbieten hagers absurd: sich, wenn wir in seinem sinne ändern, hinter das stück zu stellen. ein theatertext kann nicht von einem politbüromitglied gegengezeichnet werden; das ist ein kindischer glauben. zudem laufen hagers vorschläge, wie wolfram zugibt, den wünschen der kubaner genau zuwider. hagers freundlichkeit wie in dem russischen witz: iwan ist eingepennt, und sein guter freund, der bär, bewacht ihn; da sieht der bär auf iwans nase eine mücke, nimmt einen großen stein –
von vorspielen ist keine rede mehr, nur der film soll angesehn werden. alles rückt ganz weg. mit wieder einer neuen methode, ohne eklat, ist eine arbeit so gut wie aus der welt geräumt.

6. 4. 77
wekwerth intendant des berliner ensembles. er läßt sich am telefon versprechen, daß ich fest ans haus komme.
im alten museum die gemälde und holzschnitte wilhelm rudolphs. im letzten saal die 150 rohrfederzeichnungen des zerstörten dresden. am morgen, der tatsächlich anbrach nach jenem 13. februar, lief er, gehetzt von furien, in den rauchenden schutt und strichelte (»die vorlage für meine arbeit war stets unabdingbar die natur«) seine weggerissene stadt auf das gerettete büttenpapier. mit der präzision eines äußersten zorns, mit eiskaltem ernst. so rächt man einen mord. die steine und zerplatzten wände, in die luft gekralltes eisen. straße für straße, der alptraum nach dem erwachen, ein anderer goya: der keinen funken fantasie brauchte. es ist kein mensch zu sehn, auf 150 blättern. menschen waren kein anlaß für das dokument: sie ändern sich zu wenig, aber jedes blatt ein dokument über den einzigen rudolph. nie wird man sein werk betrachten können, ohne beides zu empfinden in bestürzender vermischung: schrecken und schönheit. kunst, das ist dein elend und menschenwesen.

7. 4. 77
seit langer zeit zum erstenmal lege ich wieder ein weißes blatt vor mich hin, und spüre sofort eine beruhigung, wie ein stiller morgen nach einer fiebernacht. ein leeres weißes feld, um ungehindert zu gehen. die letzte wirkliche arbeit war im september, glückliche zeit. seither war ich außer mir, in kaltem zähem geschlinge, amtlicher wüste. eine friedfertige weiße fahne: nur gilt es wieder einen krieg.
heute abend wäre premiere GUEVARA gewesen.

12. 4. 77
bei mickel, der einige stockwerke höher wohnt, an der wand goethes, des WANDERERS, GEMÜTSRUHE (aus dem DIVAN, BUCH DES UNMUTS):

übers niederträchtige
niemand sich beklage;
denn es ist das mächtige,
was man dir auch sage.

in dem schlechten waltet es
sich zu hochgewinne,
und mit rechtem schaltet es
ganz nach seinem sinne.

wandrer! – gegen solche not
wolltest du dich sträuben?
wirbelwind und trocknen kot,
laß sie drehn und stäuben.

unweit und kürzlich, weimar, 19. november 1814.

21. 4. 77
TINKA, in kassel: schon auf einen km das theater sichtbar, mit riesenlettern LIEBE IST WIE WASSERTRINKEN. KLAR UND EINFACH. die inszenierung von [hagen] mueller-stahl ordentlich und genielos, wie das stück.
in mannheim: der aufbau der fabrikhalle kappelmüllers dauert acht stunden. und auch bosses starke inszenierung läßt sich alle zeit und blüht aus den figuren.

4. 5. 77
rückkehr ins berliner ensemble. das doppelte gehalt und der GROSSE FRIEDEN. soll der leitung angehören.
schall erläutert das »neuartige« an dem stück:
– gebrauch der macht, statt mißbrauch der macht
– probleme der gesellschaft mit den individuen, nicht bloß der individuen mit der gesellschaft
– die schwierigkeiten mit der revolution, nicht vor der revolution, usw.
natürlich wäre es schofel, wekwerth nach dem mund zu reden. denn was er ablehnt, gefällt mir gerade: ZEMENT von berghaus, BAUERN von marquardt, JULIE von tragelehn. erkläre mich auch gegen das monopol des b[erliner]e[nsembles]: man solle der volksbühne die COURAGE lassen. bitte, tragelehn am haus zu halten und mickel nicht zu kündigen. halblaute zustimmung.

15.5.77
in schildow. ein maler aus dem deutschen theater weißt die wände, ein tischler legt dielen: langsam nimmt das asyl gestalt an. der maler war 21 jahre knecht eines privaten meisters (zuletzt der einzige. und der meister längst in rente), er kommandiert sich immerzu herum, weil er den ton gewohnt ist: gerhard, bleib ruhig, nu mach mal, gerhard. das besagt nichts über sein tempo: ein schweyk, wie er im buche steht, lief bei der armee um die gräben statt zu springen usw., da ihm keiner die knochen ersetze – die offiziere standen mit offnem maul. seltsam, der typus, den man aus der kunst kennt, existiert doch auf der straße. aber man hätte das halbe vergnügen an der leibhaftigen figur, gäbe es nicht die literarische; wie überhaupt das leben, weil es die kunst gibt, mehr interesse hat.

16. 5. 77
zu mierau: er verfügt über kein telephon, aber über telepathische fähigkeiten, so kann er die russische avantgarde übertragen, und hat verbindung zu franz jung und babel, florenski und tynjanow. tretjakows ÄSTHETIK DER OPERATIVITÄT. – nachts um eins klingeln goldmann und körner bei uns und verlangen schnaps. es gilt (liebe anne) nur schuberts frage: kann er was. goldmanns morgengebet: keine kunst! keine kunst! keine kunst!

20. 5. 77

müllers stücke muten an wie große gedichte, und im kern sind sie subjektiv wie gedichte. sie haben allerdings eine qualität, die wirklich des theaters ist: die vergröberung, zuspitzung, sozusagen verballhornung, die ebensolche mittel der inszenierung braucht. sein FRIEDRICH: ein herrlicher anfang, LEBEN GUNDLINGS, des gelehrten und hofnarren, in einer szene. prägnanter läßt sich das nicht machen. das elend der deutschen aufklärung als tragigroteske. eine szene von büchnerschem atem. (schon hier: der mensch als »bösartige wucherung«.) dann nicht, wie zu fürchten, ein hohenzollerndrama sondern nur »preußische spiele«: müllers lieblingsängste und neurotien, für die er den passenden stoff gefunden. das ist alles sehr kindlich. dialektisches bettnässen. friedrich ein verschrobenes scheußal, unterm soziologischen exerzierstock. dazwischen eine schöne szene: DIE INSPEKTION des königs bei den rübenbauern, seinem rindvieh. die entschädigt jedenfalls. überhaupt wäre das eine mögliche (und glänzende) technik, dies fragmentarische, springende, in die nachgeschichte greifend.

31. 5. 77
nachwort zu einer ausgabe der briefe büchners. hatte zunächst vor, ihm eine summarische mitteilung zu machen nach 140 jahren. wie schwierig, diesen lebenslauf weiterzudenken! und es hat schon seinen grund, daß wir keine briefe mehr schreiben. wir sind uns nicht so wichtig. wir leben ein system, und wo wir herausragen, werden die äxte oder feilen angesetzt, jeder hat seine politisch-moralische feile im schädel. in meiner rabiaten art vernachlässige ich vielleicht, die unterschiede der zeiten rot anzustreichen, auch habe ich unterlassen, die methode des texts zu erklären, der keine runde analyse gibt: sondern sätze möglicher kassiber, unabgesichert wie intime gefühle.

2.6.77
revidiere für eine nachauflage flüchtig die dritte KAST-geschichte. der titel: DIE BÜHNE. (das wort kampagne für den einmarsch in die čssr 68, entlehnt goethes KAMPAGNE IN FRANKREICH, verrät das spontane urteil.) aber ohne den vierten teil ist mir das kein buch mehr.

9. 6. 77

mit *schwester rösli* (81) von bern zum längacker im simmental. hier war ich in den sommern 48 und 49 bei bauern, ein rotekreuz-transport. lese in einem hüttenbuch: Ich hofe wider einmal ins Heimeli zu gehen wen ich ein Mann bin. die bauern hatten vier töchter, die mich melken und beten lehrten, und einen sohn, der mir die geschlechtlichen handlungen erklärte, und an mir vollzog. rösli tschudi, die fürsorgerin im inselspital, führte mich mit dem tell zur literatur, denn schiller stand zuhause im regal. (ich bin ihn nie losgeworden.) die rüstige frau ist noch immer in allen sozialen belangen engagiert.

lesung in bern, eingeladen vom marxistischen studentenverband. geiser gibt eine einführung. man verkauft einen raubdruck der UNVOLLENDETEN GESCHICHTE und behauptet, sie sei von politischem nutzen. sic! – vor der reise ein anruf vom büro hager: sobald ich aus der schweiz zurückkäme, würden die »offenen fragen« geklärt. die denken wohl, ich wolle bleiben.

11.6.77
lesung in der zürcher universität. wohne bei kuster, im stockwerk drüber ein bordell, unten eine bar, unterm dach griechen. – in der spiegelgasse andere gastarbeiter, büchner, lenin: sie entflohen physischer gewalt. unter diesem umstand wäre das ein ort. – im theater am neumarkt BEZAHLT WIRD NICHT von fo, ein sehr witziges stück, das seine anarchistische theorie an sich selbst praktiziert. zwei stunden politische heiterkeit, warum da noch ein politisches programm verlangen? »wir sind keine ›seriösen‹ marxisten, (mehr noch) wir sind flegel, und wie allen flegeln dieser welt gefällt es uns, zu lachen und zu spotten, grotesk, vulgär und manchmal auch possenhaft zu sein.«

12. 6. 77

fahrt auf dem zürichsee. aber nicht klopstocks freude »volles maßes auf uns herab«. denn ich wollte mit jentzsch im boot sein: doch er ist auf reisen, um einen job zu finden. die exilierten lernen existenznot. (das gedicht wird wohl DER MÜGGELSEE heißen.) – die schweizer hingegen feiern nachts das nein zur mehrwertsteuer.

20. 6. 77
krug ist heute ausgereist.
lese eine komische tragödie, elisabethanisches boulevard, ARDEN VON FEVERSHAM. ein ursprünglicher akkumulations-gewinnler soll, seiner frau zuliebe, ermordet werden: das ist die ganze handlung, denn das halbe dutzend mörder ist, und sei es durch dicken nebel, fortwährend behindert. alles schauerlich, aber in den motiven höchst natürlich. die technik gefiele mir für eine farce: ein haufen literaten, maler, unterbeamte usw. versucht, einen kulturpolitiker zufallzubringen, der in seiner machtanmaßung ihr leben verbiestert, und sie verfolgen geduckt ihren dunklen zweck (oder verdingen sich finsteren medien) – aber sie kommen, aus hanebüchnen gründen, nicht an den bonzen heran. er ist nicht zu fassen in dem nebel der strukturen, und wenn, breitet er gönnerhaft die arme. nicht die person, es ist das system, das sie depraviert. sie rackern sich fünf akte ab für ihre rechte und gehn des stils verlustig, und wenn der doch ausgebootet ist, sind sie ausgebrannt.

24. 6. 77
revolution und theater. wir hüsteln nur auf dem podium, denn es ist nicht darauf zu kommen, daß wir das unsre getan haben: müller mit MAUSER, mickel mit NAUSIKAA, ich mit T. [TROTZKI] mickel hält theater in diesem dezennium für verfehlt, müller solle lyrik, hacks essays, braun prosa und er wolle romane schreiben, punktum.

26. 6. 77
das neue deutschland druckt einen moskauer artikel nach: ENTGEGEN DEN INTERESSEN DES FRIEDENS UND DES SOZIALISMUS IN EUROPA. dieser starke tobak für wen? den führer der spanischen partei, carillo. der stil kopiert die attacken gegen tito. »der autor des buches könnte einwenden, er habe das nirgends geschrieben. allerdings. um nicht als unverhohlener anhänger des atlantismus und gegner des sozialismus zu wirken, redet er von sozialismus und fordert sogar ab und zu zum aufbau des sozialismus in den westeuropäischen ländern auf.« man liest aus carillos buch EUROKOMMUNISMUS UND STAAT die »konzeption einer absonderung der westeuropäischen länder zu einer ›kraft‹, die vor allem den sozialistischen staaten gegenüberstünde«. das ist mit dem arsch gelesen. die debatte über die »schweren fragen« (seghers) wird mit solcher eröffnung gleich begraben. die angeschlagene theorie läuft amok. über die neuen probleme (wie verhalten sich linke regierungen zum atlantischen militär? was unternimmt oder nicht der kommunistische bürgermeister von venedig bei streik? wird die strategie von taktik aufgefressen?) keine solidarische diskussion. (skeptisch, aber mit interesse beobachte ich über den rand der zeitung weg die fkp. was man *linie* nennt, zeigt sich als feld: union, nicht unité.) – oder ist es nur die erbitterung über dergleichen carillosche sätze: die oktoberrevolution habe einen staatstyp hervorgebracht, der »zwar nicht bürgerlich ist, aber auch als staat der arbeiterdemokratie, in dem das organisierte proletariat die herrschende klasse ist, nicht gelten kann«?

27. 6. 77
zwischen zwei telefonanrufen ein schöner verschwommener abend am grünauer wasser mit der vom zoll gefilzten borchers, dem gutmütig interessierten frisch, dem losgebundnen becker und dem beharnischten heym.
die anrufe: cheflektor henniger weist das büchner-nachwort entsetzt zurück. regisseur sobel will die KIPPER machen.

28. 6. 77

vorstandssitzung des schriftstellerverbands. die jagd auf die abweichler ist abgeblasen. seghers plädiert für ein ende der epoche der erklärungen. keisch über ein sofioter verbandstreffen: »je monotoner, um so besser.« abends bringt henniger das manuskript zurück: es gehe nicht um meine haare in der suppe, es sei der ganze kopf.

1. 7. 77

im kleinen kinosaal des zentralkomitees hat der mittlere stuhl in der ersten reihe eine höhere lehne. der geist hier im haus ist nicht gleichmacherisch. – und nun geschieht das unglaubliche: es gibt keine einwände nach dem GUEVARA-film, jedenfalls keine, die sich nicht bei den endproben ausräumen ließen. hager sagt zweimal: er könne mir mit dem statut kommen und verlangen, die sache wegzupacken, aber er mache das nicht. ich sage: so ließe sich mit einem alten mann wie mir nicht reden. der platz erste reihe mitte war allerdings leer.

Paul Klee: „Zwei Männer, einander in höherer Stellung vermutend, begegnen sich"

8.7.77

korrigiere am GROSSEN FRIEDEN. breite alle kritischen zettel vor mir aus und warte arrogant, ob mich etwas beeindruckt. verletzlich wie ich bin schiebe ich das bloße genörgle weg und suche nach konstruktivem. (seltsam, wie theoretisch die theoretiker kritisieren, und wie ichs nur zur kenntnis nehme, wenn ich eine praktische lösung sehe.) da ich nicht, wie bertolt, einen stab habe, muß ich die fassungen einem kreis vorzeigen, der sich hinein verwickeln läßt. feste leute sind: heises, schlenstedts, bahro, teller.
führe gau dsu niedriger ein: er bleibt flüchtend mit der sandale im buschwerk hängen und schwatzt sich zitternd, dann tollkühn ins handeln. fan feh widersprüchlicher: ihre unterwerfung unter hsien als selbstbewußte tat, *sie* muß ihn so übermütig hingerissen sprechen machen (und er darf dann auch chauvinistisch formulieren), sie kann dem mißhandelten partner werden, wenn er sie aus dem dreck hebt. versuche auch, mit geringem erfolg weil geringer energie, den historischen abstand zu dieser alten revolution zu betonen, aber das publikum ist wohl weit genug weg.

13. 7. 77
schildow. den morschen zaun, der bei leichtem wind die alte nachbarin fast zerschmettert hat, habe ich umgelegt. aber die gegend noch eng, die gärten verbaut mit johannisbeersträuchern und kläglichen obstbäumen. man sollte die parzellen zu einem areal vereinen, wiesen über die beete ziehn und nur die edlen erlen und weiden stehenlassen um die tümpel. jedoch der plan würde schon am rechten nachbarn scheitern, der sich schindet, aus seinem mistbeet kapital zu schlagen.

15. 7. 77
mugnolo aus bari. sitze mümmelnd vor seinen übertragungen, dicke menschen unterschätze ich gewöhnlich. – abends mit ihm zu damms, der zwölfjährige joachim spielt auf seinem marionettentheater. die puppen nach seinen entwürfen, das stück ziemlich seine erfindung, und ein witz und eine leidenschaft in dem bürschchen. (uns hatte der vater ein kaspertheater gebaut, und wir spielten vom blatt. aber mit wolfgang aus dem parterre trieb ich auch *theater*, für die nachbarskinder, *angescheußelt*, vor der breiten kellertreppe.)

18. 7. 77
beim aufwachen mickels zeile »gips-smog in weimar, kirsten melancholisch« im kopf. mir fällt auf, wie wenig wichtig ich die anfänge der gedichte mache. sie prägen sich nicht ein. ich setze auf den gang, das aufklimmen zum punkt, wo sich der blick öffnet. vielleicht ist das zuviel vertrauen, aber mein naturell ist so, und ich lebe ähnlich lax: ohne effekt. es ist alles exposition, bis zum tode.

zwei briefe heute: beide schon einmal geöffnet. (der in jena geexte rathenow: p. s. bestätige bitte den eingang)

23.7.77

mit lances zu wolfs nach altmeteln. christa redet einen gängigen gedanken über die ähnlichkeit unserer ernüchterten tage mit denen schlegels, kleists, der günderode. deren unmut über die idealischen lösungen der kunstperiode (schallendes gelächter über schillers GLOCKE). das abgeschminkte zeitalter usw. das ist natürlich heftpflaster für das wunde bewußtsein, eine neue konstruktion. man will sich immer an alten zeiten anlehnen, geschichte als krücke. (sie ist aber der kies oder schlamm untern füßen.)

höflicher streit zwischen lance und nicolao, der einen realen eurokommunisten ertappt. die französische partei jedenfalls kann nicht diktieren, nicht terrorisieren, sie *besitzt* die staatlichen institutionen nicht. sie wird, wegen der gewaltteilung, bei politischen methoden bleiben. die ganze tödliche leninsche verwirrnis abgewählt. (aber nicolao verfolgt womöglich *geheime* methoden.) – nachts völlige stille. das verschwinden der welt.

24. 7. 77
lance macht eine bemerkung, die mich an einer wunden stelle trifft. neruda habe in den HÖHEN VON MACHU PICCHU die versunkene kultur der inkas geühmt, ich sähe dies verschwinden *kalt und ohne trauer.* woher die kühle, die freude an dem toten platz? der friedrich engelssche zynismus, der ein paar kleinen nationen die kraft zum überleben absprach? – auf die gefahr hin, von den peruanern mißbilligt zu werden: es gilt nicht völkerfreundlich rücksicht zu nehmen. ich nehme rücksicht auf die depravierten, in der hierarchie. mich interessiert *der eine fehler, der den bau zertrümmert.* übrigens habe ich nur im mindesten an peru gedacht. das gedicht ist, als gleichnis, an einige nähere landschaften adressiert.

29. 7. 77
schlenstedts: sarah kirsch wolle weg. antrag auf übersiedlung schon genehmigt. »sie gehörte doch dazu« – man mache sich nicht einmal die mühe, mit ihr zu reden. – vielleicht eine hinterfotzige taktik, die schriftsteller bevorrechtet zu behandeln, so kann sie keiner mehr ernst nehmen. sie können eine lippe riskieren und das terrain wechseln. so wiegen ihre worte nichts. die literatur wird entmachtet, und der alte haß auf die intellektuellen geschürt.

1. 8. 77

bei sarah. ihr ist wohl bei ihrem entschluß. es ist nicht mehr zu reden darüber. heise sagte ihr: man nehme sich selbst mit. aber sie hat jetzt nichts gegen sich. ich glaube, sie trinkt auch weniger. sie hat keine gründe (die nicht jeder hätte), nur den einen grund: nicht mehr schreiben zu können. womöglich ist ihr thema erschöpft, über das sie zur dichterin wurde. das private eigentum an schmerzen ist zum öffentlichen besitz geworden; ihr thema war nicht das land. sie verliert nichts, sie gewinnt nichts bei dem wechsel. aber das land verliert eine dichterin.

2. 8. 77
was haben wir hier? das land, in dem man am besten schreiben und am schwersten publizieren kann. – die verlockung, den zeitlauf aus einem andern winkel zu sehn, um so mächtiger, je weniger man im eigenen bewegen kann. auf einem andern segment welt beginnen. aber es ist dieselbe, symmetrische hälften: sagt mickel höhnisch, es genügt, die eine zu kennen.

8. 8. 77
bei manchen gedichten lege ich wenig wert darauf, daß sie verstanden werden für sich, ohne die voraus-setzung alter texte. sie sind eingraviert als spur der herkunft, gleichsam die dna: daß man sieht, das ist nicht von schlechten eltern. es ist eine echte frage, ob die heutige poesie gelesen werden soll, wenn nicht die ältere bekannt ist. die hat das erstgeburtsrecht, und wir haben zu warten im eignen interesse. der neue text bedeutet sonst vielleicht wenig, ja, er stimmt sonst vielleicht nicht. was kann IM ILMTAL sein ohne goethes AN DEN MOND? weniger, weniger. was sagt DER MÜGGELSEE ohne klopstocks großen ZÜRCHERSEE? nichts. damit darüber kein zweifel bleibt die zitate. freilich ist die regel, ohne diese alten leute auszukommen. aber neue kunst ist nicht da, die ältere vergessen zu machen.

11. 8. 77
wenige kleine gedichte, SPIEGELGASSE, RICHTPLATZ, LUSTGARTEN/PREUSSEN, um den band TRAINING abzuschließen. er ist weiß appoll nicht mehr als ein training. sehr unterschiedlich in sich, extensive strecken wechseln mit intensiven, intervalltraining, vieles ist zum titel gekommen mangels konkurrenz. mühe mit der anordnung, weil alles in eine gruppe vermischt; die schwächlichen dinge müssen nach vorn, aber nach hinten wird es ernst. (aber ich habe den ernst der heiterkeit noch nicht erreicht.) die zweite gruppe, STOFF ZUM LEBEN, verglichen mit dem standard der besten stücke fast ein fremdkörper, auseinandersetzung mit pound, eliot, dem toten brinkmann und dem warmen dröhnenden durch die haut stürzenden sommer 75.

14. 8. 77
lektüre:
jong, ANGST VORM FLIEGEN
das ist frech, schweinisch, wunderbar. seitenweise eine tochter heines (der spott ist der wahre ewige jude). die physiognomie der europäischen klosetts: amerikanische weltliteratur. da sieht man, wie beschissen wir sind, verklemmt und verlogen, mit unserer präservativprosa. aber das ding lebt nur von dem kontrast. natürlich ist es absolut langweilig.

döblin, DIE DREI SPRÜNGE DES WANG LUN
unter dem schwulst ein erstaunliches buch. der materialismus und die epische technik vermutlich eine fundgrube für brecht. (die im tempelchen festgeklebten haare des jeraiah jip auch hier entliehen.) frage mich, ob ich den »chinesischen roman« nicht eher hätte lesen müssen, aber ich habe kein »chinesisches drama« geschrieben. bin eine weile überrascht, daß mich etwas ganz anderes interessierte als döblin: nicht die mühen des aufstands, die mühen des sieges.

malraux, SO LEBT DER MENSCH
es ist wie bei shakespeares stücken: wenn eine einfache fabel gefunden ist, eine einzige ungeheure verwicklung, kann sich zeit genommen werden zu jeder genauesten szene. paradox: das mächtige geschichtsmaterial erlaubt malraux seinen berühmten psychologismus. und allerdings ist es der große stoff, der die form provoziert, als zugriff aufs ganze leben. ein buch ähnlich faszinierend aus kriminalstory politreport kunstbetrachtung ist sempruns DER ZWEITE TOD DES RAMON MERCADER, und die geschichtliche erkun-

dung ähnlich brisant: bei malraux die schlachtung der shanghaier kommunisten durch tschiang kai-shek (das ehrenmitglied der komintern), bei semprun die schlachtung des (einst vor tschiang warnenden) verbannten trotzki.

17. 8. 77
die neutronenbombe, die »saubere bombe«: eine erfindung nach dem geschmack der großen eigentümer. sie zerstrahlt alles leben, aber läßt die werte unbeschadet. (welt am sonntag: »die bombe tötet menschen in einer heilen welt.«) jetzt ist die letzte rücksicht auf das bürgerliche menschenbild überwunden. wenn es je wieder vorwärtsgehen soll, müssen wir im 10. jahrhundert ansetzen.

24. 8. 77
mit mickel an TRAINING. kritisiert die absichtserklärungen (STATUT aus einer rednerischen phase). sie sind nur füllmasse. TEUTOBURGER WALD und FORUM entsprechen seinem kunstideal. NEUER ZWECK behelligt ihn schon, »weil es was will«. sein purismus pure scheu vor vermengung ins zeitgetriebe, selbstschutz. was er will: reine gegenständlichkeit, absichtslos. nur aufs objekt gerichtet, die absolute instanz, entsprechend heiter. lukrez, homer. das unbezügliche, affektlose gedicht, sagt er, muß nicht begriffen werden, es kann herumliegen wie ein fels im wald. die welt ist genug verändert worden, sie muß wieder interpretiert werden. ja übrigens: es gibt kein konzept, dem ich mehr respekt zolle.

27. 8. 77
fuchs, pannasch, chr[istian] kunert abgeschoben. das ist ein ganz neuer zug an dieser republik: ausreiseanträge unmutiger künstler werden beinahe freudig entgegengenommen, die kisten ins haus geliefert oder gegebenenfalls der tieflader, auf wunsch auch die haushälterin freigegeben. es wird aufgeräumt. und nebenher eine neue verhaftung: bahro; die partei kritisiert ihr mitglied mit der polizei.

28. 8. 77
in einer fernsehsendung werden aussagen über das erlebnis des (klinischen) todes zitiert: das gefühl, den körper zu verlassen, über dem unfallort oder dem operationstisch zu schweben ohne empfindung von schmerz, sein leben im zeitraffer noch einmal zu passieren, ein wohlgefühl heiterer gelassenheit, dem im leben nichts vergleichlich sei etc. dies also (wenn es nicht, christlich, die *überwindung* des todes genannt wird) das sterben. ich habe im SCHLAMM ein ähnliches erlebnis beschrieben und war mir nicht bewußt, wovon ich womöglich redete: von einer glaublichen sache. deshalb die untertreibung; ich wagte kaum, die unwahrscheinlichen erscheinungen der sekunden wahrzuhaben. die unkenntnis verhinderte genauigkeit. soviel bei gelegenheit meines ersten todes über die präzision der literatur.

31. 8. 77
sobel und der junge jourdheuil. sein ROBESPIERRE liest den alten revolutionsfall aktuell: eine kämpfende bewegung hat nicht das recht, mit zusagen ans volk sich selbst zu betäuben, sie muß ein nüchterner, am massenhaften leben haftender, »niedriger« prozeß sein, um bei ihren möglichkeiten zu bleiben (oder ich höre das, wie ich gestimmt bin, heraus). ähnlich eigennützig versucht sobel die KIPPER anzufassen, nicht als produkt ostdeutscher widersprüche sondern als anwendbaren traum ihres autors, eine vision von glück, »konkrete utopie«, die ein ensemble (von dreckarbeitern) exerziert. ich baue vor: das experimentelle handeln bauchs, der reppin, gäblers komme solcher absicht entgegen, mühe sich aber an fortgeschrittnen bedingungen ab, weil sie rückständig sind ... etc. er mag von ddr-artigen erklärungen nichts hören. sie wollen das eigne gefühl, den eigenen anspruch in die krise bringen. ich habe nichts dawider.

2. 9. 77
mit teller als peripatetiker unter den säulen des alten museums, um über neuste geschichte zu reden. über den (mit engels) halbverstandnen freiheitsbegriff hegels: nicht einsicht in die notwendigkeit, freiheit ist *begriffne* notwendigkeit. über die (von bahro) nun gewagte analyse, die auch bloch fehlte. ja nun und nun ... nicht nur der gedanke drängt zur wirklichkeit, auch die wirklichkeit drängt zum gedanken, ruft hegel aus der universität unter den linden, aus gewohnheit hinter vorgehaltner hand. – teller, ein mann von fünfzig jahren, will sich zurückziehn aus der reclammühle, um in der weimarer forschungsgruft die eigene sache zu treten. auf alle fälle *beauftrage* ich ihn, der sich aufs nachwort zu morus verharmloste, ein konkretes UTOPIA zu schreiben. er versprichts. man muß die leute zum äußersten überreden, damit sie doch einiges tun.

3. 9. 77
für ein taschenbuch bei suhrkamp sehe ich den alten band PROVOKATION FÜR MICH durch. merkwürdig das illusionistische pathos, womit ich dem schwachen zeitgeist tribut zollte, der aufbruchstimmung nach dem mauerbau. da ist alles der eignen kraft anheimgegeben, da wird provoziert mit parolen und ermuntert mit hohn. alles ist vorgefühl, nicht erkenntnis der lage. erschreckend, daß das damals solche wirkung tat. jetzt sehe ich nichts darin, das ich gelten lasse. das sind spielzeugwaffen. nur: beruhigend war das nicht, und am wenigsten für mich.

9. 9. 77
am schluß des chefdramaturgenseminars resümiert der ministeriale rackwitz beeindruckend nichtssagend: wie es seines amtes ist. was haften bleibt, sind die sekunden der wahrheit. es gehe darum, in der ideologischen auseinandersetzung »die schwachstellen zu beseitigen«. oder: »hinter den neuen begriffen« (volkstheater, statt stadttheater) »verbergen sich ganz schreckliche dinge, die schwer zu definieren und zu greifen sind.« alles mit der neumodischen leisen stimme. der atem der provinz noch immer.

13.9.77
angenehm zu arbeiten in einem haus, wo bezug genommen werden kann auf produktive konflikte. GALILEI, die szene mit dem kleinen mönch: galileis entsetzliche entdeckung, daß die unwissenheit der kleinen leute ein gefährlicherer gegner der wissenschaft ist als die kirche (die für argumente zugänglich). wekwerth 1945 im antifa-ausschuß, der landarme bauern nötigte, mehr land zu nehmen: und sie sträubten sich, ihr unzutrauen schwieriger zu bekämpfen als der klassenfeind (den man einsperren konnte). – wie langweilig wäre, in alter gesellschaft lebend, die beschäftigung mit dem alten; wie anregend wird sie, bauend eine neue. (das ist aber geborgter brecht-ton.)

24. 9. 77

meves hat die magdeburger intendanz geschmissen, weil er nicht MAUSER machen durfte, und wurde mit dem palast der republik entschädigt. er realisiert nun staatsaktionen: ZWÖLF TAGE, die den palast erschüttern, mit 600 leuten und riesiger maschinerie. ahja palast: fabeln einen AMFITRYON (nach naumann). der alternde gott aus dem apparat will sich seine kraft und ausstrahlung beweisen durch eine liäson mit der attraktiven gattin eines werktätigen. der neue witz ist: alle kennen abkunft und vermögen des herabgeneigten; alkmene, sängerin, verdient sich schlau ein theaterchen im olymp, amfitryon, chronist, läßt sich entschädigen mit den staatlichen lorbeerhainen. die merkure mischen fleißig mit bei dem handel. die hochzeit wird schließlich im hintersten himmel erledigt aus angst vor den mißgelaunten sosiasen. (aber das stück ist zu wahr, um schön zu sein.)

26. 9. 77
schliwa, leipziger kommilitone, hält ein referat vor dem kurs für leitungskader. er hat ob seiner unerschütterlichen überlegtheit seine laufbahn gemacht. aber meine achtung fällt doch ein paar klafter. sein thema, »die weitere gestaltung der entwickelten sozialistischen gesellschaft als prozeß tiefgreifender« usw. entlockt ihm nicht eine minute humor, alles zeitungstrockne sätze. ich rede ja nicht vom inhalt, der ganz im rahmen blieb (und unter glas). aber daß unsern marxisten so jeder nerv für ironie getötet ist, ist ein beweis. wofür, verrate ich nicht.

28. 9. 77
durchlauf HOFMEISTER. glatte biographien anstatt der hingebogenen charaktere. (man muß, wenn schon die episch klare brechtfassung genommen wird, gegen den didaktischen zug inszenieren, die lichtung wieder mit den wirren naturen füllen, damit da härte und schrecken bleiben, die die komödie machen.)

die heißen läufer, pätus, bollwerk, berg
vier studiosi: fälle aus der masse
das drängelt sich im dienst und an der kasse.
nun sind sie kriecher, locus, hemmschuh, zwerg.

30. 9. 77
zu anneliese löffler gebeten, mit löser und loeper (letzterer dissertation liegt im gewi-institut auf eis). frau prof. sucht nach dem bazillus der ideologischen verirrungen. sie moniert, daß ich »abbilden« nicht genügen lassen wolle und von *bilden* rede, womit einhergehe das benutzen des begriffs *verändern*, während es ebenso auf konsolidierung ankomme; sie folgert konsequent, ich wolle die verhältnisse *umstürzen*. bin neuerdings unhöflich in dergleichen debatten. es gebe andere leute, sag ich, die die veränderung, von der ich manchmal rede, andauernd schon sähen. nicht ich seis, der über die verhältnisse utopisch weggriffe, sondern diese offiziellen denker. ihr regierendes bewußtsein treibe wiederandere, die noch ein auge auf der wirklichkeit haben, davon ins private exil, gelangweilt oder zynisch. der übung, alles brisante zuzudecken, entgingen sie, nicht mehr aus sich herausblickend. so sträubten sich die einen wie die andern gegen die realität. indem dies sträuben literatur werde, zeige es immerhin, daß literatur ein gesellschaftliches verhältnis sei. aus diesem fatalen grund auch, fahre ich empört fort, sei sie so unrein und problematisch und eine zumutung für die saubere literaturwissenschaft. ich rate löser (dessen dissertation löfflerin betreut), nicht an die arbeit zu gehn, vor ich nachweislich tot sei, weil nie vorauszusehn, wohin weiter ich sinke. sie hingegen rät ihm, ganz schnell zu stuhle zu kommen (aus selbem gefühle).

30. 9. 77
die literatur macht ihre entdeckungen am stoff der wirklichkeit, nicht am leim des schemas. die sowjetische prosa beweist es. die arbeit eines rasputin z. b., fernab in wologda, in viel schärferem kontrast zur »allgemeinen liniengebung« als hier druckküblich. (er brauchte zehn jahre, um sich durchzusetzen.) natürlich wußten diese autoren auch nicht, was auf dem dorf vorsichgeht. sie waren voll trauer. jetzt sehen sie, daß heute erst eine gesellschaft sich zersetzt, die sie längst tot geglaubt. diese erkenntnis ist aus der literatur »herausgekommen«, die sich verbissen an das leben der leute hielt. schildow: *dorftanz.*

2. 10. 77
ich habe zu TINKA ein so gespanntes verhältnis, weil das ein anderes stück ist, als ich machen wollte. woran ich zunächst schrieb, war eine einfache, dumpfe, brutale geschichte. eine junge frau, ungelernt und meisterin, versagt bei der qualifizierung und verliert die achtung der kollegen, und des mannes, und ihn selbst, und sich selbst ... unter verhältnissen ziemlicher gleichheit wird die individuelle ungleichheit zum riesenproblem. war WOYZECK die tragödie der materiellen armut, so spielen sich nun die unauffälligen tragödien der geistigen armut ab. es ist mir unerklärlich, wie ich diesen großen, groben stoff aus dem auge verlieren konnte. er war auch »an der reihe«. (in den KIPPERN die befreite klasse bei der *dreckarbeit* / nun die überforderung der einzelnen im leistungszwang.) aber ich habe das alte stück zugunsten des neuen ausgepowert und nur eine leiche im schrank.

7. 10. 77
blutige auseinandersetzung zwischen randelnden jugendlichen und polizei am alexanderplatz.

11. 10. 77
westberlin: zum ausgewanderten brasch. er ist nach wie vor unrasiert, also nicht zu kaufen, und blickt mit kalten lichtern auf den kudamm. sein KARGO das sachbuch einer verlorenen mannschaft, die prosa vom *nüchternen schiff.* abends bei karsunkes das lamento vom (linken) ufer.
nach frankfurt zur buchmesse, mit dem nachtzug. in der frühsonne die bankhochhäuser dünn im dunst, der main idyllisch in den letzten wiesen. der römer ohne automobile erinnert an eine bewohnbare stadt. im zimmer von unseld, die ausgedruckte UNVOLLENDETE GESCHICHTE in händen, ein anruf von jenö klein (büro für urheberrechte): die druckerlaubnis für suhrkamp. das buch durchlief die herstellung unter dem namen victor brahm.

21. 10. 77
im dresdner albertinum die 8. kunstausstellung der ddr. vieles was vor vier jahren wegjuriert worden wäre. aber je weniger wir unter der zensur, desto mehr müssen wir unterm dilletantismus leiden. neue vielfalt des mittelmaßes. merkwürdig, wie manieren überwältigen, selbst eingefahrne leute; michaelis malt eine adriaküste wie von mattheuer, wesselben polemisches holzschneiden ohnehin nicht unnachahmlich, und tübkes altmeisterstil steckt an wie die syphilis, als hätten all die rink, glombitza, plank den pinsel in selben topf getunkt. zu brauchen einige soziale landschaften: pfeifer FEIERABEND, pontius LOBENSTEINER STRASSE, falkenthal KLEINES RASENSTÜCK, gille BRIGADEFEIER, sakulowski PORTRÄT NACH DIENST. großartig die quevedo und heisig.
mutter 68, und noch mit jugendlichen augen im faltigen gesicht, wenn sie lebhaft erzählt.

25. 10. 77
das gekrümmte kreuz der handwerker nach feierabend, wenn das geld gemacht wird. der alte fliesenleger, der nicht zuerst durch die tür will usw., knechtselig. sobald die anstellung nicht anonym wie im konzern, wie im veb, sondern aug in aug mit dem (bau)herrn, wieder die unterwürfigkeit. ebensosehr berechnung wie reflex. (die vollkommene anonymität der strukturen wäre ihre aufhebung, sozialisierung.) – aber auch umgekehrt die anpassung: an die schwachen interessen der arbeiter. ich bin nicht imstand, händel oder stockhausen weiterlaufen zu lassen, und drehe auf rasiermusik, die ich hasse. es ist nicht höflichkeit, es ist scham (wie über ein privileg).

27. 10. 77
badia. rasen seine hundert fragen zu KAST durch, den er übersetzt. der gedanke, daß ein band mitläuft und abgehört wird: wie wir von einem begriff zum nächsten greifen ohne jede spur von logik und zusammenhang, wir müßten (oder wir werden?) wie irre anmuten oder die schlimmsten konspirateure.
die linksunion in frankreich scheitert. die kp drängt auf revision der plattform (nationalisierung nicht nur der stammwerke sondern der ganzen geflechte, statt verwaltung der krise). badia bedauert die hartnackigkeit; in zeiten der einheit nur seien die fortschritte gezeugt, die die reaktion nicht abtrieb.

2. 11. 77
dieses herumziehen vom vogtland nach rügen, von thüringen nach preußen, in den sälen und hinterzimmern agitieren wie müntzer. die leute zwingen mich, mit AUSGEDRÜCKTER ENTBLÖSSUNG dazustehn, wir treiben uns in die verschwörung. von einem bestimmten punkt der offenheit an drängt alles aufs eigne, ein bedürfnis, das jede angst vergißt. aber ich bin es müde, ich langweile mich. politik wird kitsch in stillstehnden zeiten. das laute nachdenken für die archive der stasi.
lesung im institut für astrophysik. keine extragalaktischen themen. der einsteinturm nachts ein helles raumschiff auf der rampe.

11. 11. 77
tür im haus des reisens / etc.:

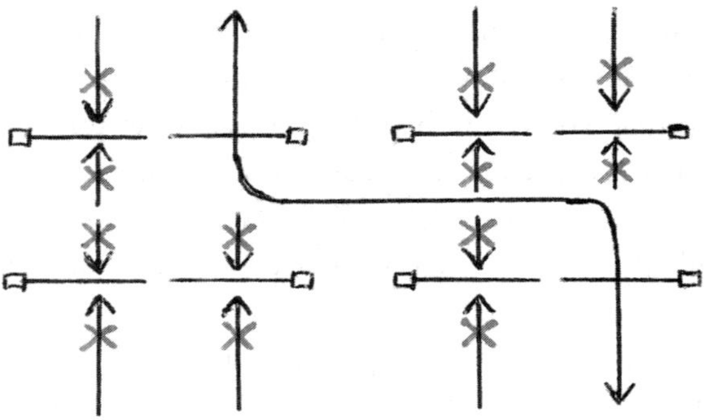

von den acht beweglichen teilen dieser öffentlichen pforte lassen sich zwei bewegen. beim durchschreiten in einer richtung kann man 6 x irregehn, in der andern richtung ebenso. das war von dieser sozietät noch zu sagen.

16. 11. 77
der erste satz, den ich in wien höre, von einem taxifahrer, der meinen dialekt ortet: ach, da habts ihr ja noch diesen hitler. lesung in der alten schmiede. im akademietheater dresens helle harte IPHIGENIE bei den kahlen skythen. in salzburg in der leselampe, viel und junges publikum. renoldner, kofler, hannelore schuster. im weingartl am tisch ein taubstummer arbeiter, der seiner aufenthaltsgenehmigung beraubt und drauf entlassen wurde, er haut in dumpfer wut seine vokale und finger in den disput / und ein redetoller student, der in fröhlichem alpendeutsch das geld, den stumpfsinn und die macht der professoren predigt, mit all dem gott österreich erhält.

23. 11. 77
vorstandssitzung: so viele köpfe, die mir egal sind, finde ich in keinem reichsbahnwartesaal. keisch gegen sarah kirsch. ich sitze hinter ihm und trete ihm nicht in den, unmaß an beherrschung, und sage, ich will nun den raum verlassen. tschesno-hell verlangt maßnahmen gegen meine »drohung«, und görlich wirft mir »sensibilität« vor.
kofler, MATERIALFRAGE: den holzhammer / laß ich mir ja noch einreden / aber die holzsichel, genossen / ist völliger unfug.

25. 11. 77
lese im DIALOGO DEI MASSIMI SISTEMI des galilei. auf welchem fundament stand der mann, widerrufend! welche sätze hatte er geschichtet, bevor er mit dem einen kleinlaut widerrief. es staut einer ein meer und bekennt dann, er seh das flüßchen nicht. »hütet euch, theologen, aus der lehre von der bewegung und der ruhe der sonne und der erde einen glaubensartikel zu machen und euch damit vielleicht der gefahr auszusetzen, daß ihr seiner zeit diejenigen wegen ketzerei verurteilen müßt, welche behaupten, die erde stehe fest und die sonne bewege sich vom platze; seiner zeit, sage ich, wenn nämlich sinnlich oder durch zwingenden beweis dargetan sein wird, daß sich die erde bewegt und die sonne feststeht.« »wie kann man zweifeln, daß es zu den schwersten ärgernissen führen muß, wenn die von gott frei geschaffenen geister gezwungen werden sollen, sich sklavisch fremdem willen zu fügen? wenn man die eigenen sinne verleugnen und sie fremder willkür soll unterwerfen müssen? wenn man leute, die jeder sachkenntnis ermangeln, zu richtern über fachmänner macht und ihnen eine autorität verleiht, vermöge deren sie diese nach ihrem gutdünken behandeln? das sind die neuerungen, welche den ruin eines gemeinwesens, die untergrabung eines staates herbeiführen können.« (handschriftliche zusätze) aber wie elend sein antrag an das tribunal, zwei weitere tage dem dialog anzufügen, in denen er die materie zugunsten der ptolemäer entscheiden werde! als wenn er mit der hauptverwaltung verlage & buchhandel verhandele. natürlich glaubte er sich fast, aber natürlich wäre beim schreiben nur ein neuer sieg der kopernikaner herausgekommen.

26. 11. 77
bei langs in freienbrink, mit goltzsche, claus, metzkes, magnus, rehfeldt, henkel, böhme u. a.

1. 12. 77

zwei papiere:

sigrid damm gibt mir ihr gutachten zu TRAINING DES AUFRECHTEN GANGS. was für eine offene, schöne seele in der hauptverwaltung! sie denkt sich um amt und kragen. »radikale subjektivierung, und auf das wesentliche des weltzusammenhangs geführt.« ich glaube, noch die überwindung zu spüren, die es sie kostet. und sie vermißt das lächeln bei der ankunft der wahrheit, lese ich ernst.

bekomme zufällig (unbefugt) ein exzerpt aus dem gewi-institut: wie da diese schwierigen kunert müller fühmann wolf braun klassifiziert und auf rote nadeln gesteckt sind als seltene insekten, deren ausflüge scharf beobachtet wurden von den promovierten phänologen! zum lachen. dies papier zirkuliert in großer höhe, wo das wetter gemacht wird.

10. 12. 77
in mannheim horváths BERGBAHN, regie bosse. ein arbeiterstück, direkt, brutal, er lädt in den text eine große kraft. wernickes bühne eine graue vorhangwand, über die wasser rinnt, eine herausfahrende bude. die geräusche extrem. alles in seiner wucht kaum überbietbar. (dresen, hergereist, ist glücklich und resigniert.) – beim GUEVARA versagen diese mittel. hausbacken pathetisch, man klebt am vers. die sieben ches geben keinen ganzen. thema, personen, vokabular: alles belästigend. (dresen ist unglücklich, aber nicht resigniert.)

13. 12. 77
grieshaber, als ich ihm den premieren-verriß zeigte: »das kriegt sofort der hund!« seine ausstellung KATO I DIKTATORIA / CONTRA LA JUNTA in der kunsthalle westberlin schweigt die presse tot.
im olympiastadion WINTERREISE, eine collage von grüber. hyperion vor dem anhalter bahnhof, beim hürdenlauf, auf dem fußballschlachtfeld. »ich habe nichts, wovon ich sagen möchte, es sey mein eigen«. eine stimmigkeit in den unsäglich schönen klagen, man lauscht stumm dem eignen diffusen schrei. der frost (ich sitze mit dresen unter einer decke) das klima der inszenierung. noch nie ein publikum so offen für so einen text, die zerrissenen deutschen in der zerrissenen stadt, die politischen handwerker / nicht menschen, noch nie solche sätze auf einer stadiontafel:

doch uns ist gegeben
auf keiner stätte zu ruhn
es schwinden, es fallen
die leidenden menschen usw.

(das experiment wäre erst ernst, wenn die volle arena den fc liverpool erwartete.) was wäre anders im walter-ulbricht-stadion? alles, und das ist wieder nichts. der eiserne vorhang zwischen einst und jetzt, verrostet, und wir finden uns wieder auf selbem eisfeld.

14. 12. 77
w[etzel], er weiß nicht, wo b[ahro] ist.

BRUNO

schwieriger umgang mit dem abweichler
es hilft nicht, die instrumente zu zeigen:
er hat sie beschrieben
er beharrt auf seinem feindlichen standpunkt
daß sich die erde bewegt
die vernehmer glauben sich zu verhören
im knast agitiert er die mönche
als wüßten sie nicht wo gott wohnt
die folter verfängt nicht: er singt ein tedeum
wohin mit ihm? die hölle nimmt ihn nicht auf
verbrennen wäre die lösung, doch die ist nicht neu

22. 12. 77
stückvorschläge für das berliner ensemble:

<u>hauptlinie</u>

shakespeare	JULIUS CÄSAR
	(+ brechts cäsargeschäfte)
eisler	FAUSTUS
grabbe	NAPOLEON
brecht	FATZER

<u>volksstücke</u>

fo	BEZAHLT WIRD NICHT
beckett	WARTEN AUF GODOT
horváth	BERGBAHN
mrožek	POLIZEI

23. 12. 77
KAST 4 (TRIBÜNE) ruht nun im aufbauverlag. das ist ganz sinnlos: aber eine amtliche regung in mir will es schriftlich. wieviele regungen, die nie in dieses journal kommen. der starre blick auf die erdbeben, verfremdung des herzbebens. die überlegung heraushalten aus den abgründen des privaten: die in der arbeit klaffen. (KAST das bloße ausgeschriebene eigenleben.)

9.1.78

postkarte von fühmann, den ich zur TRIBÜNE befragte: »es ist gut.« auf der rückseite goyas ERSCHIESSUNG. – anruf girnus: sinn und form will sie ohne den abschnitt BERICHT VOM 7. OKTOBER im nächsten heft bringen. ich sage nicht zu.

13. 1. 78
die lesung im philosophischen institut muß in eine privatwohnung verlegt werden, worauf ich absage. abends mit mittenzweis im ganymed. sie hat ein buch über friedrich II. fertig; er plant eine brecht-biographie und eine untersuchung der dramaturgien im 20. jh. (die worte »das geht ni-ich« höre ich immer in seinem tonfall. er wendet engels' satz, daß sich die menschheit nur aufgaben stelle, die sie erfüllen kann, ins individuelle und findet haarscharf die themen, die eben den zoll passieren.)

24. 1. 78
gespräch mit jutta über SCHMITTEN-stoff. schmitten hat angst, zu dumm zu sein für die abverlangte neue arbeit. schmitten *ist* zu dumm, das halte ich, bei zunehmender sozialer gleichheit, für ein elend. jutta widerspricht. hat nicht jeder das recht, sich zu begnügen in seiner geringen (geringen?) tätigkeit (die doch notwendig ist)? und selbstbewußt zufrieden zu sein? (ihr nächtliches gespräch in der leeren straßenbahn in günthers film DIE SCHLÜSSEL.) heißt es nicht der unmenschlichen ideologie einer leistungsgesellschaft auf den leim gehen, wenn ich aus dem unvermögen den konflik ziehe? aber schmitten selbst, wie schmitt und genossen, unterwirft sich den hochmütigen maßstäben des zeitungsdenkens, das nur die qualitäten prämiert, die von der produktion (und der politik) verwertet werden. (daraus ihre verstörte, kriminelle bewältigung ihres konflikts.) das macht den andern teil ihrer tragödie.
ich erinnere mich an den facharbeiterlehrgang in schwarze pumpe, neben mir am tisch genosse scheiter, fünfzig, nach dem krieg bürgermeister von annaberg, ein lebenskluger mensch: und er saß vor den formeln, 1 : 1 = 1; für ihn eine unfaßbare sache, auf die er kopfschüttelnd starrte. er wollte mehrmals kapitulieren, weil er beschämt seine grenzen sah. ich kam von der penne, mit mir hätte man über infinitesimalrechnung reden können. es half nicht, ihm zu helfen. der mann hat gelitten.

24. 1. 78
heute das massenhafte problem: die *unterforderung* der arbeiter an den fließbändern, der ingenieure in der routinearbeit, und aller in dem politischen mechanismus. (TINKA) das überschüssige bewußtsein. »es wird ja nicht verlangt«, »du wirst ja nicht gefragt«, »wozu denn«. da ist zugedeckt / vertagt das andere, bleibende problem: daß wir ungleich sind in unseren vermögen. (SCHMITTEN) der komplex der minderwertigkeit; was davon öffentlich wird, ist nur erst die bewitzelung der streber. mit sich selber muß man nicht herausrücken, weder im guten noch im schlimmen; man wird es aber müssen. die tragik und komik künftiger literatur.

26. 1. 78
der teufel (hält das haus der jungen talente im schwitzkasten): listen und tricks der literatur. z. b. die geschichte dort ansiedeln, wo der konflikt am schwersten lösbar = am heftigsten ist. der ausnahmefall, der das latente (verschwommene) problem zeigt. es stimmt ganz und gar nicht, daß literatur typische charaktere unter typischen umständen darstellt; im gegenteil, sie stellt abnormitäten in extremen umständen dar. oder: die geschichte so zuspitzen, daß sie unangreifbar ist, daß sie »stimmt« in ihrer unerhörtheit. an einem kindsmord kann man deuteln; wenn vier personen dabei draufgehn, frißt man das (: die gretchentragödie, natürlich). alles mittel der verfremdung seit aristoteles, dem brechtianer. die weise der literatur widerzuspiegeln ist das brennglas, womit sie ins wesen dringt.

29. 1. 78
epigrammatisches fieber. das versmaß ist geschwätzig. aus bloßer gewissenhaftigkeit die takte füllen. besser, den vers härter behandeln, ohne rücksicht auf die philologen.

sieh den baum, äste unten, in der luft seine wurzeln.
harmloses bild. sieh mich auf dem hof!

und es läßt sich hexametrisch sprechen, und zieht daraus reiz:

— v -v — v — v v — v v — v
sieh den baum äs te untn in der luft sei ne wur zeln

— v v -v- -vv — v v —
harm lo ses bild sieh mich auf dem hof

30. 1. 78
pintzka probt den braun-abend. musik hosalla. den leichten gestus finden. nicht auf sinn sprechen: im natürlichen tonfall, nicht gefühlig sondern genau. die gegensätze bleiben gegensätze. diese unannehmbarkeiten muß der weltgeist referieren. die schrecken fast mit lustigkeit, die freude halbverwundert. naivität ist der ästhetische begriff für erkenntnis. weisheit, gegebnenfalls, kommt nicht pompös daher, sie kommt mit der sachten, beiläufigen haltung, wie laudse auf dem wasserbüffel.

1. 2. 78

nur ein blatt zeig ich vor am tag, zusammengeknittert
daß es kein anderer sieht als dieses himmelsgesicht.

3. 2. 78
generalprobe GALILEI. das stück geht schwer los. viel fußgängerisches. z. b. in der zweiten szene die differenz der interessen scheint nebensächlich, nicht aufregend. in der dritten der streit mit sagredo zu brav (zelebrierend, vornehm), das muß alles rüder sein. die virginia der jungen frost äußerlich (die hoffmann zeigte, daß das eine hauptrolle ist). spannung kommt erst in der pest-szene, die sich hier schön rehabilitiert. ich rechne noch nicht die spannungen, die durch anwesenheit des zuschauers entstehen. das stück hat herrliche sätze, die ohne weiteres wirkung tun, es ist kämpferisch, es gibt ein gutes gefühl. der zuschauer kennt die verlockung neuer gedanken und die inquisition der versammlungen. diese dänische fassung (die nicht so durchgearbeitet ist) könnte gerade in ihren »schwächen« gepackt werden. da sollte nichts abgeklärt passieren. elan in die vorgänge, extremität in die haltungen. normalität stimmt nicht auf dem theater, weil sie langweilt. feine ziselierung wird nicht honoriert. plebejische direktheit, niedrigkeit, auch grobheit des spiels: daß man verblüfft auf ein neues stück schaut. es muß gefährlichkeit (und gefährdung) haben: hier wird auf messers schneide gedacht und gespielt. (wir behaupten ja die aktualität.) im zug der pestvertreiber und der masken-prozession sehe ich das erreicht, auch im arrangement und der schärfe des collegium romanum: die ausbrüche der mönche, und der gelehrte ohne alle konvention, dessen stein nach oben fällt. in dieser kräftigen unruhe, zerrissenheit, hilflosigkeit, empörung sehe ich auch diesen neuen, dritten berliner galilei [schall], den taktierenden strategen: einen greifbaren mann.

7. 2. 78
sage im interview für das fernsehen einige gemeinplätze: hoffe ich; gemeinplätze sind ein übel in der kunst, aber die hoffnung im leben.
im suhrkamp verlag die handliche werkausgabe blochs. es gibt unter den bedeutenden autoren solche, die man einmal zur kenntnis nimmt und dann an die wand stellt, und solche, die man immer wieder zu rate zieht. zur ersteren sorte gehören von den philosophen kant oder descartes oder feuerbach, zur zweiten hegel oder marx oder bloch. bei den belletristen ebenso. die einen haben vor allem ihr bild von der welt hinterlassen, die andern haben vorschläge gemacht, wie wir uns eins machen können.

10. 2. 78
brecht wäre achtzig. k[laus] hilbig vom fernsehen überfällt mich nach dem festakt, weil ich den biermann-protest bekräftigt habe. er ist leidend, die hände fliegen in den taschen. auf der hohen ebene wird nicht so heiß gegessen: beim coctail stehe ich bloß auf meiner stelle, und minister hoffmann, und hager treten heran. die berghaus sagt: man muß nur auf seiner stelle bleiben.

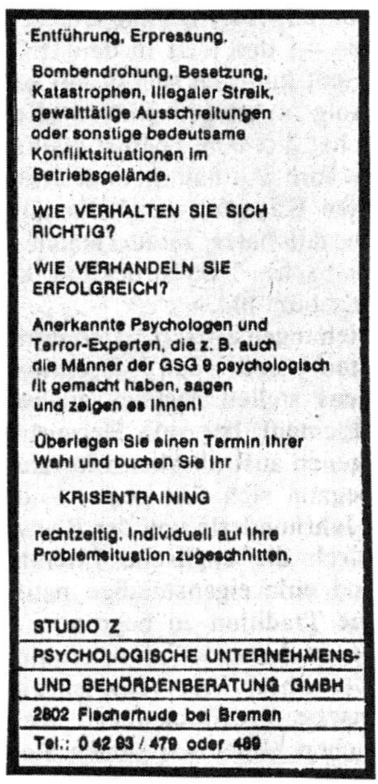
Entführung, Erpressung.

Bombendrohung, Besetzung, Katastrophen, illegaler Streik, gewalttätige Ausschreitungen oder sonstige bedeutsame Konfliktsituationen im Betriebsgelände.

WIE VERHALTEN SIE SICH RICHTIG?

WIE VERHANDELN SIE ERFOLGREICH?

Anerkannte Psychologen und Terror-Experten, die z. B. auch die Männer der GSG 9 psychologisch fit gemacht haben, sagen und zeigen es Ihnen!

Überlegen Sie einen Termin Ihrer Wahl und buchen Sie Ihr

KRISENTRAINING

rechtzeitig, individuell auf Ihre Problemsituation zugeschnitten,

STUDIO Z
PSYCHOLOGISCHE UNTERNEHMENS- UND BEHÖRDENBERATUNG GMBH
2802 Fischerhude bei Bremen
Tel.: 0 42 93 / 479 oder 489

11. 2. 78

BE Probebühne, 23h

13. 2. 78
rundtischgespräch über »brechts gedicht – organisation sozialer erfahrung«. mickel erklärt brecht als traditionalisten, sein neuerertum vor allem: wieder über die volle skala der formen zu verfügen. gisselbrecht über das körperliche bei brecht (seinen materialismus), »inskription des körpers auf das blatt papier«, gedichte wie notate, als existenzform, als existenzfrage. mit dem ganzen körper arbeitend, die physische, soziale existenz des außenseiters, des revolutionärs, des verbannten, auch das hinfällige, gebrechliche, tastende oder unbedingte der haltung.

13. 2. 78
meiers DUNANT hat eine gute idee: ein mann will ein geschäft machen, wird abgehalten durch einen krieg, beginnt den krieg zu humanisieren aber nicht die gesellschaft: und hilft so den krieg verewigen. leider nichts als braver text. das stück muß erfunden werden. das notiere ich, nachdem ich gestern das theater an der taganka mit SEZUAN sah: ein neues, für die russen *erfundenes* stück brechts. (die russen haben zwei sorten theater: drama und komödie; das drama machen sie wie ballett, die komödie wie zirkus. die parabel SEZUAN gibt ljubimow als musical.) eben weil wir ohne text sitzen, erweist sich die qualität: die bloßen optischen ereignisse erzählen die fabel. unser GALILEI wohl nur ein denkspiel, der transport ins gegenwärtige müßte eine neue erfindung sein. mein urteil, um nur nicht gerecht zu sein: eine ptolemäische inszenierung.

17. 2. 78
im fernsehen die erinnerungen der marie a.

sie liest ins mikrofon mit sachter stimme
aus dem gedruckten buche das gedicht
nun sehn wir hinter der berühmten wolke
hinter den pflaumenbäumen ihr gesicht
das so entrückt uns schien wie nie gewesen:
nah und sehr alt jetzt vor der kamera.
es gab sie also. hat es sie gegeben
die ich doch war? fragt sich die marie a.

sie kann sich an die wolke nicht erinnern
an der viel lag, wenn man dem glauben muß.
und pflaumenbäume – warens nicht kastanien?
und nichts war schlimm dereinst wie dieser kuß:
sie sah zuboden und nicht in den himmel
in den sie gern, den ersteren, versunken wär.
und jenen mann schob sie an eine weiter
die auch nicht wollte, aber er zu sehr.

soweit ihr kommentar, sachlich und kühle
den sie uns mitteilt heut nicht ohne pein.
sie hört verwundert ihre stimme schnarren.
soll denn das schönste nur erfunden sein?
weiß ihr gesicht wie eine trockene wolke!
sie ahnt wohl etwas, das an manchem war
nicht festzumachen, wolken gleich und himmel
so ferne jetzt und ungeheuer wahr.

19. 2. 78
bleibt die frage: was ist unsere differenz zu dem mann? das ist doch nicht wahr, daß wir einig sind mit ihm. »die wahrhafte widerlegung muß in die kraft des gegners eingehen und sich in den umkreis seiner stärke stellen; ihn außerhalb seiner selbst angreifen und da recht behalten, wo er nicht ist, fördert die sache nicht. die einzige widerlegung des spinozismus kann daher nur darin bestehen, daß sein standpunkt zuerst als wesentlich und notwendig anerkannt werde, daß aber zweitens dieser standpunkt *aus sich selbst* auf den höhern gehoben werde«, sagt hegel. – das hieße dann, an die stelle des didaktischen träte die selbstverständigung der kollektive.

27. 2. 78
arne hat im letzten jahr eine wunderbare entwicklung gemacht; die hemmung, mit erwachsenen zu sprechen, hat sie durch eigne kraftanstrengung überwunden. zuhause redete sie ja wie ein buch, und mit schönen sätzen wie ein buch, und dritte merkten ihre scheu oft nicht, da doch die offnen züge sprachen.
dies kleine schicksal hat seine entsprechung im großen. manche völker regen sich plötzlich deutlich, die tschechen und slowaken 1968. es bedurfte nur eines rucks im gliederbau, und alle organe arbeiteten frischer und kühner. die zunge, sozusagen, löste sich: durch eine große ermutigung. deshalb mag ich die neuere stimmung im staat nicht teilen, in den status quo zu resignieren.

9.3.78

wenn nicht von allgemeiner, vollständiger und endgültiger abrüstung, werde man in weniger als fünfzig jahren nur noch vom allgemeinen, vollständigen und endgültigen krieg reden können. der wahnsinn, aus allen computern wuchernd, stehe der menschheit im gesicht geschrieben. wetzel meint, nur ein beispiel entschlossener demut könne die welt noch zur besinnung bringen, und das land fähig zu diesem beispiel sei die su. er hat seit gestern die idee, darüber ein stück zu schreiben, das sensation macht; der gedanke habe ihn in die luft springen lassen. er hat in mir den narren gefunden: ich schlage ihm vor, wie dunant von parlament zu parlament bzw. zk zu zk zu ziehn und für die abschaffung des militärs zu agitieren, nach dem ersten erfolg die länder moralisch unter druck zu setzen usw. ein feldzug für den frieden; ein einzelner mann als instanz des weltgewissens: das etwa sei die aufgabe seines rentenalters. ein stück, in new york und moskau und stockholm (die schweden rüsten auch wie die teufel) usw. zugleich aufzuführen. er stürzt aus dem haus und findet keinen frieden mehr.

14.3.78

ein foto von brecht, im alter von 53 (formalismusdebatte), der still grinsende kopf schräg von links, auf den ich mit einer familiären regung schaue; mit brille und angedeutetem nasenbart erinnert mich der alte an meinen vater, der dies alter nicht erreichte. ich war in der lage, mir die väter für die entscheidenden jahre aussuchen zu können, sie griffen wohltuend indirekt und antiautoritär in meine erziehung ein; ich hatte mich nicht mit den meinungen meines erzeugers auseinanderzusetzen (oder doch nur den verjährten). die komplizierten wörter *vater* und *sohn* waren ohne belang, ich wuchs mit dem wort *brüder* auf: brüder, kommt essen! brüder, was wollen wir machen?, ein zutraulicherer konnex mit der welt. der auf dem foto, den ich nicht an die wand pinnen muß, weil er aus allen zeitungen blickt, dieser unverändert heitere mann, hat unterdessen selbstverständlich die funktion des ZWEIFLERS übernommen.

15.3.78
SIMPLEX DEUTSCH
typ des offenen, naiven, »gutwilligen« verhaltens
»charakterlose« figur, durch die die verhältnisse plastisch werden
sieht (und begeht schließlich) grausamkeiten, ohne sie als solche wahrzunehmen
sammelt nicht soziale erfahrungen: bleibt immer das gedankenlose, rohe kind
zuletzt ein blutiger, zerstückelter hanswurst, der sich totlacht: die TRÄNEN DES VATERLANDS

der »gigantische korruptionsprozeß oder anpassungsprozeß: was dasselbe ist«, den hermlin für den faschismus sah. nicht die individuelle sondern die soziale psychologie als stoff, nicht die ungeheuerlichen leidenschaften der protagonisten sondern das ungeheuerliche massenverhalten. (hochhuths erzählung: der ehebruch mit einem polnischen kriegsgefangenen als ein »tötendes verbrechen«, »erst die atmosphäre des polizeistaates konnte darüber ein ganzes dorf und die benachbarte kreisstadt in geisteskrankheit versetzen. und konnte bisher normalverbrauchte bürger, einen gemeindeförster, einen waldarbeiter, einen kleinbauern dazu bringen, für den ehebrecher einen galgen zu zimmern ... atmosphäre ist vermutlich einfach die geisteskrankheit einer epoche im sinne jener einsicht nietzsches ...: daß nämlich geisteskrankheit bei individuen etwas höchst seltenes sei – jedoch bei völkern und zeitaltern die regel!« die zeit, 17. februar 1978).

25. 3. 78
simplex' geschichte segmentiert in der weltgeschichte; derselbe und immer neue, das logische und das historische der gestalt, die verreckt und nicht ausstirbt. der versuch eines realismus, der diese sich selber zerraufende welt noch faßt, die »unverbundene« fabel: szenen nicht auseinanderfolgend sondern übereinandergetürmt mit immer neuen ebenen und blickpunkten.

28.3.78
vernehmung über bahro durch das untersuchungsorgan. weil wekwerth mich vorsorglich krank erklärt, müssen die herren zu mir kommen. als anne in die wohnung tritt, vernimmt sie ein minutenlanges schweigen und ängstigt sich, aber ich stehe dem organ nicht unbedingt rede und antwort. gebe zumindest zu protokoll, daß bahros wichtiges buch eine eher *wissenschaftliche* untersuchung sei und die überwachung von post, telefon und wohnungen die eigentliche staatsunsicherheit.

1. 4. 78
träume, unter wirkung von spritzen, einen kompletten kriminalfilm: werde observiert [ ]. versuche nicht, die pointenreiche geschichte zu rekonstruieren, da mein geschwür ohnehin schmerzt.

6.4.78
überarbeite SCHMITTEN. verstärke die innereien. füge kommentare und die szene ALPTRAUM ein.
TINKA, die geschichte der anspruchsvollen frau, die sich abarbeitet an den niedrigen kreaturen der höheren einsicht, nur ein tragikomisches nachspiel zu SCHMITTEN, vergleichsweise ungewichtig, eine mögliche pointe. der überbau zur basis-geschichte.

3. 5. 78
wetzel bringt mühsams streitschrift GERECHTIGKEIT FÜR MAX HOELZ und die memoiren von glückauf (die nicht ausgeliefert wurden). darin eine episode über hoelz: ein lebenslänglicher heiratet. (hatte den plan zu einem *volksbuch* zugunsten eines apparat-stücks aufgegeben.)

seit sechs wochen spritzen in der charité zur »ruhigstellung«.

7. 5. 78
rascher gang auf der rochwitzer höhe, durch den wald zu den buchenschluchten am elbhang. frühstück bei mutter.

19. 5. 78
gespräch mit mittenzwei unter den strohschirmen des berliner ensembles. er hat ein papier zum GROSSEN FRIEDEN verfaßt (»die tragödie der äußersten linken«, »die geheime rachsucht der utopien«) und eine günstige meinung bei so unscharfer lesart, ich mache drei kreuze in den kies und kippe das erste bier in den zwölffingerdarm. – konwitschny, er macht den hobeduddel am be, denn er pflegt eine antipathie gegen vorgesetzte und vereinnahmende kumpanei. er warnt mich vor seinem blick auf die zeitläufte; mit HINZE UND KUNZE in dresden könne er nur zeigen, daß es mal besser war in unserer kurzen geschichte, daß einmal mehr gebracht und gebraucht wurde. die gegenwärtige dumpfheit gehe nun in die physiognomien ein, er sieht ringsum stille tode. im kapitalismus, wo mehr spontaneität, explodieren die leute noch in greueltaten; bei uns vegetieren sie bei gänsebraten. ich habe nichts gegen die fratze, die er malt, bestehe aber auf dem januskopf, den der zeitlauf auf den schmalen schultern trägt.

23.5.78
lese vor jungen leuten SCHMITTEN, stillmark und erforth aus neugier dabei. beim vortragen gewinnen selbst die brutalen passagen komische qualität. eine kluge beobachtung: die frauen des stücks seien »wunderbare männer«, und das könne nicht der sinn der emanzipation sein. beim reden komme ich auf den gedanken, daß die uneinheitliche form des textes nur ein anderes mittel ist, die fabel aufzusprengen. für SIMPLEX erwäge ich ja, das stück aus stücken zu bauen, welt- und zeitsegmenten, wie wir sie heute im schädel haben; die enggenähten geschichten laufen unserem umgreifenden bewußtsein zuwider, wirken künstlich, bieder, ahnungslos. es gibt viele realitäten, gewesene und entstehende, die von hier und die von dort, die der oberen und die der unteren, wirklichkeit ist ein widerspruchssystem und bedarf vieler perspektiven der darstellung, wenn sie nicht unter allem wissen bleiben soll. in SCHMITTEN wird die immer neue optik des zuschauers durch wechsel der ästhetischen mittel ermöglicht; blankvers, prosa, freie rhythmen, hochsprache und mundart, wirkliche und »unwirkliche« szenen heben die geschichte auf verschiedene ebenen der interpretation, die szenen sind fortführung und neuansatz zugleich, beruhigen sich nicht in einer ästhetik.

31. 5. 78
adresse an das präsidium des schrifstellerverbands.

der gremien oberstes, das aus der asche steigt
ein feuerfester kreis, sitzt groß nun auf den stühlen.
die größern, die nicht hören wollten aber fühlen
sind aus dem spiel, worin sie stets zuerst gegeigt
die spitzen sind gebeugt der spitze nicht geneigt.
wohlan! die lauen denn und nimmermehr die kühlen
das ist der zug der zeit: das mittelmaß muß wühlen
das denkt bevor es denkt, und wenn es redet schweigt.
der eine kant wird stumpf, wenn keiner sich dran reibt
kein kern mehr, nur ein kerndl von der sache bleibt
der gute stern steigt ab, ein strahl muß uns genügen.
die pyramiden hier wie die des cheops ragen
die zeiten sind verfugt. was gibt es mehr zu sagen?
das protokoll spricht wahr. die verse alle lügen.

1.6.78

auf dem schriftstellerkongreß verliest hermlin eine erklärung gegen die niederträchtige rede naumanns im zk. am morgen des dritten tags empfiehlt bauer stimmungsmacherisch den berliner genossen, genau zu überlegen, wem von den autoren bei der wahl des vorstands die stimme zu geben sei. auf dies signal reckt sich der kleine alte finsterling abusch und verlangt die streichung hermlins von der wahlliste, der daraufhin in einer zweiten kurzen rede, wie sie das pult der volkskammer noch nicht vernommen hat, selbst um seine eliminierung bittet. in solchen beschämenden augenblicken tritt das naturell unseres autorenpacks wie ein ekler ausschlag zutage. ein feiges schweigen, eine höhnische zufriedenheit. gegen den willen bauers, der mich für mein bloßes wortmelden rügt, gehe ich an das pult und erkläre: ich wisse, daß gestern abend hermlin von einem präsidiumsmitglied nahegelegt wurde, nicht wieder zu kandidieren, weil er in der jetzigen atmosphäre nur herzinfarkte bekomme. ich hätte daraufhin hager und kant etwa folgendes wissen lassen: wenn hermlin im vorstand nicht mehr geduldet würde, wäre das eine intoleranz, die ich niemals ertragen könnte. im fall er also gestrichen wird oder die mehrheit gegen ihn stimmt, bitte ich, mich auch zu streichen. daraufhin werden nun *zwei* namen durchgestrichen. – aber zwei stunden später wird der kongreß unterbrochen, und es geschieht etwas beispielloses: hager und ragwitz ersteigen das geräumte präsidium und annullieren alles geschehene. die finstre fraktion sitzt mit langen gesichtern. in einem hochgefühl fahre ich abends im wagen nach frankfurt am main.

3. 6. 78
rudern auf dem neckar; pierwoß versucht, mich unter stückvertrag in den hölderlinturm zu schwätzen. er zieht aus seinem dicken trägen körper sehr hartnäckige ideen. der ort ist aber sakrosankt. nachmittags nach würmlingen, geräuchter schinken und landwein. pasolinis film DIE 120 TAGE VON SODOM.

6. 6. 78
beim halt in leipzig sehe ich hartingers, gosse und jendryschik. der 4. KAST: hartinger geht es, fürchte ich, um mein seelenheil. er kann, der gute freund, mich nicht von den texten trennen. den STOFF ZUM LEBEN hatten sie, im september 76 nach großjena jagend, stumm und entsetzt zurückgegeben, dem selbstmordkandidaten, und mich in heiterster stimmung getroffen.
bauer, der berliner sekretär für kultur, ist abgelöst und nach prag verschickt.

12.6.78
im berliner ensemble erste sitzung zum GROSSEN FRIEDEN. theaterhektik, es vergeht eine stunde, bis der erste satz zur sache zuende kommt. der alte appen, der die bühne machen will, hört seit tagen so gut wie nichts, wekwerth schreit und saugt am inhalator. beängstigend.
wekwerth in seinen widersprüchen ein anregender mann, ich mag ihn bei allem, und leide wie ein hund, wenn er mich lobt.

19. 6. 78
zu jutta. ich wollte ausbedingen, daß sie als wang besetzt wird, aber sie hält wekwerths (erwiderte) abneigung dawider. die schmitten würde sie spielen – unter brook! oder einem regiestudenten auf der probebühne.

30. 6. 78

appen hat ein kompaktes spielgerüst entworfen, sechs tore oder kästen aufeinander. zum glück findet sich in den skizzen ein beschwingteres, flüchtiges ding, das wir eigennützig interpretieren. eine landschaft aus laufstegen und leitern (oben glänzend, unten rost), so daß die herrschenden nie den boden berühren. alles zu demontieren und wieder aufzurichten am schluß; der palast ist der thron, vom fußvolk an stricken gehalten, alles verstrickt, mit den artisten der macht.

mit dem müden trunkenen lachenden grieshaber, dessen große ausstellung eröffnet ist, und margarete hannsmann im brechtkeller, über den *versuchen* der weigel.

1.7.78
der zweite teil des deutschen SIMPLEX soll einen anderen typus von verhalten vorführen: die sozialen erfahrungen sind gemacht, die welt ist »durchschaut«, nun wird sich ihr verweigert. finster heiter: HANS IM GLÜCK, der alles verkauft oder verkauft wird. ausflippen in den überdruß oder untergrund, in die letzte hoffnung, die zu nichts wird. preisgeben des bürgerlichen lebens, um auf wirkliche werte zu kommen. (die publizistin meinhof, die pfarrerstochter ensslin.) die (individuellen) ausbrüche, mörderisch / komisch, unter andern verhältnissen aber vielleicht produktiv. baukasten zu diesem thema. nach den verwurstungsszenen eine der verwertung, eine möglichkeit am nullpunkt.
schlenstedts und schulzes zum nachtmahl in schildow. bahro zu acht jahren verurteilt.

7. 7. 78

notiere für die ensembleversammlung eine fabel:

in einer zeit blutiger wirren wird der bauer gau dsu, wider willen, ein held. der ort ist asien, vor der europäischen zeitrechnung. die siegreichen bauern schlachten die aristokratie und rufen den großen frieden aus, wie er in den alten texten propagiert worden war. der kleine frieden hieß nur: kein krieg, der große frieden aber heißt gleichheit. aber das land, ohne gewalt und regeln, verkommt, die hirse verdorrt, die kanäle sind schlamm. der realist und lyriker tschu jün macht gau dsu, der sich aus dumpfem bäuerlichem interesse sträubt, zum kaiser und restauriert (und verbessert) die stufen in tschin: die terrassen der landwirtschaft und die terrassen der macht. der philosoph wang, in einem harten gang der erkenntnis, der ihn zweimal das leben kostet, dringt dem zeitalter (das noch andauert) auf den grund: eine revolution kann nicht bei ihren fahnen bleiben, wenn sie nicht die verhältnisse *von grund auf* umwälzt. der grund ist aber die arbeit, die, als noch geteilte, immer wieder die strukturen der unterdrückung produziert. am ende des stücks kein ende der kämpfe.

14. 7. 78
gestern tanz am pont neuf, anne, lances und badias. – ein tag mit dem team von gennevilliers. sobel, didi-huberman, girault. verstehe etwa: sie wünschen, die KIPPER inszenierend, nicht soziologie sondern literatur, die dichtung sei die landschaft der bühne. sie wollen nicht in die falle gehn »der darstellung dessen, was da passiert«. zwei fraktionen: die eine will geschichte einlagern, mythologie, um das alter der fragen zu zeigen. die andere will den widerspruch zwischen anspruch und realität demonstrieren, der mensch der träumend ein gott ist (hölderlin) und denkend ein bettler. das stück operiere als fantastische fiktion auf zwei niveaus (wenn ich recht höre):

A die arbeit der figur bauch: über die realität des tagebaus (bauch bringt in die statische sozietät die dynamik durch theatralisierung der offiziellen verhaltensweisen – ironie, desillusionierung → kritische wirkung
→ öffnung zur utopie),

B die arbeit des autors: über die realität der ideologie (beim ästhetischen transport die spektakulären begriffe verfremdet, zb arbeit (= stachanow) zu sport, der freude macht / katastrophen macht, wiederum
→ kritische wirkung
→ utopischer aspekt).

hols der teufel. denès wird regie führen. wenn überhaupt etwas, soll man meinetwegen sehen aus der vorgeführten zukunft, daß die alten probleme hernach immer noch stehen. aus welchem zu verbreitendem schrecken die französische revolution einen universaleren ansatz nehmen möge.

19. 7. 78
wohnen eine woche in einer hostellerie in sauveterre du gard. mit lances ins luberon; unter oleanderbüschen eine paella: große platte mit gelbem scharfem reis, oliven, tomaten, fleisch und huhn, muscheln, langusten. weintrunkene abfahrt, wir öffnen die autofenster, der thymianduft.
nachts im hof des papstpalasts von avignon der KREIDEKREIS, besson hat seine berliner moden dem frischen ensemble angezogen – in den schmucklosen mauern wirken sie neu und lebendig: die übertriebene sprechweise, die parodistische körperlichkeit, die masken, die tücher toffoluttis. selbst die lieder (meist vom ensemble gesungen) verlieren ihre sprödigkeit; das geklügelte stück verwandelt sich in ein explosives soziales pamphlet, das von szene zu szene punkte sammelt. brecht herrscht in avignon, nicht in berlin, ein gegenpapst, das theaterschisma.

23.7.78

lesung in der chartreuse von villeneuve. – durch den maquis ins winzige sevennendorf fressac. badias empfangen uns in ihrem unterstand mit roten maulbeeren (gratis vom baum, die eingeborenen verschmähen sie), würzig und süß wie überreife brombeeren. die gegend ist verelendet. wein (der normale tafelwein) rentiert sich nicht mehr, er kommt billiger aus italien und spanien, wo die löhne geringer und keine sozialversicherung den markt versaut. getreide billiger aus argentinien. seidenraupenzucht erledigt, die alte kulturlandschaft wird wieder rohe natur, die reichen aus dem barbarischen norden kaufen haus für haus die dörfer auf als sommersitze. auf den straßen ofte losungen: NL GO HOME. südfrankreich ist seit hundert jahren rot. die kommunisten die anerkannten nachfolger der radicaux, der radikalen republikaner. in fressac stimmt die hälfte kommunistisch. die abgeordneten, unangreifbare ehrliche häute, kennen die leute, hitzköpfe, arglose bombenleger. unschlau die wahllosung DIE REICHEN SOLLEN ZAHLEN – das nährt das vorurteil, kommunismus sei etwas für die armen.

8. 8. 78
mißwuchs des zentralismus. KAST *genehmigt.* die ndl bittet mich um die TRIBÜNE, nun gebe ich sie, [ ] in die hand. wie reagiert dieser mensch? er sagt mir keine meinung, er macht eine meldung ins ministerium (oder in zwei). der lektor flüstert mir, der umbruch sei gestoppt, die cheflektorin seufzt mich an, das ding liege wieder aufm tisch des ministers. der minister kommt: und weiß von nichts.
er kommt hingegen mit seinen einwänden zu TRAINING. loest und heiduczek sind ihm verfault, jetzt jätet er aus: MÜGGELSEE, EMPFANG BEIM WÜRDENTRÄGER, SPIEGELGASSE, DIE STUFEN. er hätte das zeug nie gepflanzt, aber er muß es ernten. er sieht das ungewitter nahen, und mich macht es nicht naß. der mann muß mich hassen. – er schlägt eine diskussion vor, wie kann ich dagegen sein? ich bin lediglich dagegen, einen deut zu ändern.

als ich auf die straße trete, schrumpfe ich auf die größe
einer laus.

also gut, fürs erste begnüge ich mich: auf die größe einer maus.

10. 8. 78

gespräch mit heises über SIMPLEX. sie bemerken: es gerät nicht komisch, es *wird fatal.* wenn ich die durchgehende bühnenfigur aufgebe zugunsten einer synthetischen, aus geschichtssegmenten, geschichtswidersprüchen, muß die »gesamtfigur«, die aus den szenen hervortritt, züge der menschheit tragen. freilich kann sie als wahnsinnige auftreten: die so oft das normale ist. aber der wahnsinn hat nicht nur methode, er hat einen, schwankenden, boden. es handelt sich nicht um die ewige wiederkehr des gleichen, es kann auch anders kommen. auch der finstere moment ist ambivalent. die kleinen friedlichen leute, die ihren interessen nachgehen, sind, hysterisiert, imstande, kollektive greuel zu begehen, sie sind aber auch imstande, kollektive aufbautaten zu begehen (sie machten bis dato jede linie mit). das grauen hat eine alternative. die positiven möglichkeiten im komischen fassen, das gelächter von unten, der karneval, die überlebenskraft der hamletischen totengräber. das grimmige vorzeigen des wahnsinns, der mich noch umgibt, bleibt moralisiererei, wenn nicht die andere möglichkeit durchscheint, nicht als erlösung, nicht als utopie sondern innewohnende substanz der geschichte.

30. 8. 78

bei teller in weimar, in seinem dachquartier im nietzschehaus. imperial-jugendstil, der hausmeister zeigt verstohlen arbeits- und wohnraum, worin die schwester den ummachteten vorführte. in tellers hohem zimmer der schaukelstuhl des philosophen, ich schaukle, während teller die fenster seiner gedanken aufreißt, die der veb goethe bezahlt, aber nicht unbedingt abnimmt. ein aufsatz zur FARBENLEHRE, über das qualitative weltbild goethes, »die exakte sinnliche phantasie des realen«, den versuch einer einheitlichen weltanschauung, die im abstrakten quantifizierenden weltbild der naturwissenschaft verlorengegangen ist. (im wissenschaftsbegriff, seit galilei und aufgekommen mit dem warenbegriff, ist nichts subjektives, keine real sinnliche erkenntnis geduldet, ausdruck der pervertierten arbeitsteilung.) obwohl oder weil er, durch das reclam-jubiläum, einen nationalpreis gewärtigt, ist ihm sein versprechen im kopf, eine philosophische ehrenrettung des gefangenen zu liefern, zu der ökonomischen analyse die, ganz bezweifelte, *docta spes.*

über simplex als deutschen typ, im gegensatz zum englischen hamlet, der den verstand verliert oder es vorgibt: der harmlos fröhliche ordnungsmensch, der die welt hinnimmt und ausnimmt, wie sie ist, das normale vieh, das sich kein gewissen macht. (hinweis auf blochs simplicianische anekdote: was erlebt der lustige teufel, wenn der spaß ernst wird, in der spanne zwischen hanf und tod?) wieder die warnung vor zuviel finsternis, vor deutschem bierernst; auch die dunklen gegenstände müssen, in der kunst, tanzen.

1. 9. 78
im hessischen rundfunk ein bericht vom antritt borns als stadtschreiber von bergen-enkheim. dieses jahresquartier war mir vor einigen monaten telefonisch angeboten worden: »sie haben ein haus gewonnen.« ob ich nicht doch den posten hätte kassieren sollen, um als biedermann anzureisen, der sich in die lebensweise schickt, und sie genießt, um störenfried zu werden. hielte ich durch als eulenspiegel, oder terrorist. den selbstversuch hab ich verschenkt.

ÖTV-Einsatz 1. Mai

DGB-Kundgebung vor dem Schöneberger Rathaus. Auf dem Balkon neben den Ehrengästen die Kollegen Staatsschützer, teils uniformiert, teils zivil, mit ihren Kameras. Von diesem Platz aus sprach einst Klaus Schütz: »Seht euch diese Typen an!«

10

„seht euch diese typen an!“

6. 9. 78
berka.

ob der brunnen viel taugt, das weiß der gelehrten dir keiner
aber ihn trinken ist lust, und du gesundest an dir.

10. 9. 78
der schahinschah verschiebt seinen staatsbesuch wegen unruhen in teheran. wir hofieren den herrscher, er offeriert das öl. die prager universität hat ihn zum ehrendoktor ernannt; auch berlin wird einen hut ziehn wollen. wieso schande? die wirtschaftswissenschaftliche fakultät kann ihn augenzwinkernd überreichen.

12. 9. 78
joswiakowski erklärt mir auf dem hof die abneigung der leitung gegen SCHMITTEN: erinnere an berghaus-tradition, desillusionierende fabel (»die kehrseite der verdienstmedaille«), sex and crime; neben dem »großen stück« fehl am platz. ich bin erleichtert. – abends höpcke: da ich nicht nachgebe, bittet er um bedenkzeit für die TRIBÜNE. danach erst, falls er den kopf frei habe, könne er an die gedichte denken. so long.

20. 9. 78
dieter merten, schlechtbewerteter/bestgeeigneter kreisvorsitzender der handwerkerpartei, analysiert seine mühseligkeiten. (ort: bowlingzentrum.) die leute drängen aus ihren ämtern und hängen die verantwortung in den spind. »kein mensch will mehr einen schlag machen – und sie können auch keinen mehr machen.« alles klebt am kleinsten interesse, weil die versorgung im arsch ist. von der steigerung der konsumgüterproduktion im bezirk karl-marx-stadt sind ganze 20% gekommen. der export im verzug. die arbeitsunfälle im steigen. ist es der regen, der aufs gemüt schlägt? es werden keine politischen witze mehr erzählt, oder solche von der trostlosen art. der junge: wann kommt vati? die mutter: das weiß ich nicht, er ist beim bäcker. – oder: was ist ein hohn? der abstand von einem intershop zum anderen.

1. 10. 78

in der komischen oper katzers LAND BUM BUM. kirschs libretto aus dem sowjetischen. freundlicher läßt sich eine ZAUBERFLÖTE heut halt nicht herstellen. interessant, daß die schrecklichen dinge so plausibel sind, daß sie von kindern wie erwachsenen verkraftet werden: so einfach, so banal ist herrschaft, plump wie ein märchen. – als ich arne, die morgen nullte stunde hat, schnell nachhause bringen will, rasseln panzer unter den linden, autos werden abgeschleppt, die allee von gittern und polizisten gesäumt, den palast umzingeln zivile statisten, die oper geht weiter.

2. 10. 78

23 h ein anruf vom flughafen: ich komme! albert wach stürmt aus der ukraine in mein zimmer, beißt mir fast die kinnbacke weg. war dreieinhalb jahre als kaderleiter an der trasse. einst in der schwarzen pumpe kommandierte er die kipper zu neuen siegen, so prinzipiell, daß man ihn fortqualifizieren mußte: das urbild des paul bauch. später fand ich ihn in einem zeitungsbericht wieder: »bachirew alias albert wach«, der die mitstudenten auf dem acker zu roderekorden trieb. in talnoje die brutale arbeit im schlamm, im frost, zwölf stunden montag bis samstag, die schweißer fallen in die baracken besoffen, aber am morgen stehn sie wieder an den rohren. *die freunde* ist kein witzwort, beim eisangeln, beim torlosen fußball, und wenn die leute in die deutschen neubauten blinzeln: »mein gott!« es ist ihm aber, dem haudegen, nun der haltsmaul begegnet, der größre natschalnik von der sowjetbühne.

17. 10. 78
in der kantine des b[erliner]e[nsembles] zwei mitarbeiter der galerie am prater, die eine lesung vorbesprechen wollten, sie trinken aber, früh halb zehn, einen schnaps und laden mich schwitzend aus. es gibt eine liste der autoren, die in berlin nicht vorzulassen sind.

18. 10. 78
in halberstadt mit arne. diese lädierten städte sind ein jammer. und das heftpflaster, die neubauten quer über die altstadt, ein greuel. nun hat gleim sein hüttchen, von dem er schwärmte, und zwar demokratisch: hütten für alle. – das gleimhaus: hinter den dom geduckt, ist stehengeblieben. der mann gab sein gutes gehalt, die dichter konterfeien zu lassen, alle das gleiche format. gleim: in welch kleinen schuhen die deutsche aufklärung gehen konnte, oder sandalen für einfache leute (aber »dem kaiser, was des kaisers ist!«) – lesung im kulturbund, in meinen unbequemen, schweren botten.

22. 10. 78

fromm, ANATOMIE DER MENSCHLICHEN DESTRUKTIVITÄT. der kreative antrieb dieser streitschrift: historischer materialismus und psychoanalyse, hand in hand, wühlen den plunder unserer vorurteile über die menschheit durch. indem fromm die gattungsgeschichte anschaut, räumt er die zähe meinung der freudianer aus, der mensch sei mit dem erbübel der aggression behaftet, schleppe todes- wie lebenstrieb uranfänglich mit sich. die methode des verkappten marxisten, den gegenstand, die menschlichen leidenschaften, als gewordene, bedingte, vorläufige zu nehmen, unterläuft die trivialen tricks der klassischen psychoanalyse: er erklärt die verschiedenen arten der aggression (gutartige: defensive, und bösartige: grausamkeit, destruktivität, nekrophilie) aus ihren verschiedenen sozialen voraussetzungen. die sammler und jäger waren, mit höchster wahrscheinlichkeit, keine mörder. »ausbeutung und manipulation« aber »erzeugen langeweile und trivialität; sie verkrüppeln den menschen, und alles, was den menschen zu einem psychischen krüppel macht, macht ihn auch zum sadisten und zerstörer.« (smuts: »wenn ich mir die geschichte ansehe, bin ich pessimist ..., aber wenn ich mir die vorgeschichte ansehe, bin ich optimist.«) fromm läßt, von seinem sozialen standpunkt aus, optimismus und pessimismus fahren; was uns bleibt, ist die »zwiespältigkeit der hoffnung«. und diese verlangt uns – mit seinem wort – »radikalismus« ab: das ist die großartige pointe seines buchs, radikalen humanismus, der an die wurzeln geht, nämlich radikale desillusionierung und radikale änderungen »nicht nur unserer ökonomischen und politischen struktur, sondern auch unserer werte, unserer vorstellung von den zielen des menschen und unseres persönlichen verhaltens«. dieses buch über die menschliche natur gibt den wissenschaftlichen beweis, daß kommunismus möglich ist.

27. 10. 78
einführung in GROSSEN FRIEDEN vor dem probenbeginn. ich muß nun wohl bissel hetzen, damit die sache ins extreme gerät. die äußerste körperlichkeit, große erstaunliche anblicke braucht es; die sätze hingegen herunterholen, als nebenbei. die verfluchte ordentlichkeit, normalität, vernünftigkeit im haus.

2. 11. 78
zwei gute genaue sätze bei einem jungen autor: »in der *allee* (protokollstrecke) wurden die häuser bis in die höhe der zweiten etage eingerüstet, heller farbiger aufputzanstrich. gerade so hoch, wie man häuser vom rücksitz eines autos durch die scheibe wahrnehmen kann.« zumeist vermißt man in den kritischen texten dialektik. als die jungen mitarbeiter brecht klagten, daß neubauern ihre pflüge verrotten lassen, wurden sie abgewiesen: diese verkommenheit zeige eine neue haltung, sich frei zu fühlen vom knechtenden besitz, freiheit, die sich nur erst schäbig äußere. es sollte gelernt werden, widersprüche zu betrachten. – die temperamente, »blätter für junge literatur«, werden gedämpft wegen erwiesener widersprüchlichkeit.

8. 11. 78

LEONCE UND LENA in der volksbühne: die zeitungen haben ihre verrisse geliefert und ein stück von beckett gesehn. aber das ist immerhin der grimmigste deutsche theatertext, böse satire im romantischen schafspelz, und mußte, wenn von büchner, auch heute wehtun. es tat herrlich weh, ich hätte vor vergnügen den erbitterten rentnerinnen auf die frisuren schlagen mögen. gosch hat den verfasser schlichthin ernst genommen, die absurdität, das gespenstische, monströse ist notiert; goschs verbrechen ist, den text zu unweigerlichen bildern gezerrt zu haben. der langwierige lächerliche kampf zwischen gwisdek als gelangweiltem prinzen und beyer als seinem obenaufen untertan valerio, die bahnhofsatmosphäre der flucht aus der staatswelt, das entsetzliche linkische happy-end, das ist alles aus büchners geist, und der junge hätte es getrost begafft. und selbst die erfindungen: valerio spielt rosetta und valerio schnappt sich die gouvernante für eine unverschämte irdische liaison, scheinen mir mit ihm abgesprochen. das ist schon ein skandal.

10. 11. 78

am fahrstuhl ein, technisch bedingt, flüchtiger abschied mit hellen augen: die kleine blonde hausbackene frau, der schwarzmähnige ausländer, breites kinn, aktentasche; ihm läuft, als wir hinabfahren, das maul über: »haushaltstag. fantastische erfindung, zwanzigstes jahrhundert. sie hat haushaltstag, mann bei zahnarzt. ich liebe tag, andere lieben in der nacht. nacht ich brauche zum schlafen. wunderbar.« sonst schweigt sich das an, in dem riesenschuppen. ja wenn sie die zähne öffnen!

20. 11. 78

der versuch, spielplanlinien zu formulieren: das fragt über das theater hinaus. wer (welches interesse) nimmt das theater in die hand? die *methode* als zugriff auf die probleme, die in der gesellschaft stehen (mittenzwei), auch auf die nicht sichtbaren probleme. brechts überdruß am stadttheater; wir haben ein staatstheater, der zustandsfeier, staatserhaltende kunst des duckmausens. wir müssen die verhältnisse wieder einer *entfremdung* aussetzen, einer haltung der veränderung bis zum grunde. ein theater, das wieder die frage stellt: wem liegt daran, seinen stand zu verändern? oder die »lage zu konsolidieren«. ein theater, das wieder zu unterscheiden weiß: gegen die phrase des allgemeinen interesses.

22. 11. 78
der »nachgelassene« film von becker DAS VERSTECK. ein geschiedener mann (krug) erlangt für eine woche einlaß in die alte bleibe und möchte das verhältnis regenerieren. das gelingt soweit, und nichts bliebe zu wünschen, als nur die ewigkeit. aber die frau (die hoffmann: wie im leben) will nicht zurück in den zement. eine neue form der ehe, eine freiere, selbstbestimmte empfiehlt sich dem begierigen publikum. wir haben uns eingebildet, es knistere im gebälk, weil die ökonomische abhängigkeit der frau überwunden; doch die zerstörung der institution auch geschuldet neuem zwang, der formulierung des lebens durch den staat. im einzigen bereich, in dem wir allein entscheiden, reagiert der unmut in verzweifeltem mut. dort, wo es an uns liegt, sind wir selbst versucht.

9. 1. 79
im conseil municipal in gennevilliers sagt der bürgermeister, mit blick auf die uhr, sie werden jetzt beschließen, wann sie die revolution ausrufen – nicht vor früh um zehn, weil die franzosen ausschlafen wollen. – gestern bis mitternacht eine probe der TRÄUME UND IRRTÜMER DES HANDARBEITERS PAUL BAUCH IM KAMPF MIT DEM SAND, DEM SOZIALISMUS UND DEN MENSCHLICHEN SCHWÄCHEN. es beginnt im foyer mit einem tanz von hilpert und marinka inmitten der zuschauer, bauch quert herein ans buffet und trinkt und räsoniert. dann folgen wir den *manœuvres* ins theater, ein rechteckiger grauer mannschaftsraum, in den wir, auf hohen stufen sitzend, hinabschaun. rey hat den text zu einem großen disput zusammengezurrt. nach der pause ziehen wir auf die spielfläche, und die arbeiterklasse fährt über den köpfen rekorde. eine schöne szene: wenn die feiernden sich auf der linksseite lagern und mühsam stimmung machen, während bauch stumm auf der andern seite hockt unter zuschauern, und als er seine ernüchternde tirade beginnt, hören die kipper nicht auf zu singen. (atkin in seiner naiven körperlichkeit als beinah einziger auf dem doppelten boden.) ein eindringlicher moment: die kipper ziehen hinten über der treppe eine fahne auf für den 1. mai – und unter ihr diskutieren pannasch und gäbler über die misere der dreckarbeit oder liegen die streikenden. die vorgänge werden wie auf sparflamme zelebriert, statt auf der komik der fabel. etwas dogmatisch. sie nehmen, die gelegenheitsarbeiter, die sache verteufelt ernst; es interessieren sie nicht die brüche, sie spielen ihren bruch, ihren widerspruch zur gesellschaft.

11. 1. 79

REDOUX POUR UN TEMPS

Si le redoux flirte avec l'hexagone, il est loin d'avoir conquis l'Europe. En Suisse (notre photo), les ceps fournissant le savoureux « fendant » qui accompagne généralement la raclette sont toujours sous la neige, version nouvelle du blanc de blanc. Et sur la Grande-Bretagne le froid prend ses quartiers, attendant une accalmie de la tempête qui doit nous assaillir ces jours-ci pour franchir le « channel » et prendre la France d'assaut. Au début de la semaine prochaine, disent les spécialistes.

l'humanité spricht von milderem wetter. ich sehe ein bild der erziehung des menschengeschlechts.

16. 1. 79
gennevilliers bleibt ein roter bezirk, aber die communauté ist nicht ermächtigt, »den kapitalismus abzuschaffen«. der soziale wohnungsbau kann der zuwanderer nicht herr werden, sie kommen in familien und halben stämmen, 30% der beschäftigten sind gastarbeiter; sie sperren sich in ihre kanisterstädte ohne hoffnung auf integration. in einem gebäude, in dessen dreckigem hof uns ein gutgekleideter insasse auskunft gibt (vielleicht ein polizeispitzel), sollen 300 südmarokkaner gehaust haben, alle aus einem dorf, der schlafverkäufer hat es mithilfe seiner afrikanischen heimatbank hochgestapelt. andere pennen in den baracken am hafen, die auf das konto der behörden von haut-seine kommen. wir sehen auch eine kleine neubausiedlung für die fremden: ein ghetto, familien und ledige übereinander (prostitution), unter der hochspannungsleitung, an eine betonmauer gedrückt, über die der périphérique dröhnt, eine einzige öffnung im beton als verbindung zur welt. mittagessen mit bürgermeister lanternier im 17. stock des rathauses.
nachts MASS FÜR MASS, inszeniert von brook im theaterchen bouffes du nord, ein heruntergekommenes, wie ausgebranntes haus, das so unbeschönigt ein herrlicher spielraum ist. darin kann brook wagen, shakespeare wie ein kammerspiel zu machen, ohne zadeksche zutaten. alles aus den gesichtern und schmalen gesten geholt, die story frißt sich fort über die wechselnden mienen, wie ein lauffeuer. so karg und intensiv zugleich sah ich nie ein stück. die wenigen einfälle wirken dann überwältigend: der schluß der komödie, wenn isabella, plötzlich des herzogs auserwählte, mit stummem verfallendem gesicht durch die zuschauer abgeht.

24. 1. 79
wekwerth hat auszubaden, daß connaissance de la rda BÜCHNERS BRIEFE gebracht hat (in deutsch: und 200 expl. an die botschaft verkauft) – nicht mir, aber ihm als staatlichem leiter greife man an den hals. nun haben sie den klartext, allons!
gestern wurde er, des GROSSEN FRIEDEN, also nicht des lieben friedens wegen, von drei apparaten aus angerufen. rackwitz fragte, ob wekwerth das stück »noch immer machen« wolle. er hat bislang keine aufführungsgenehmigung erteilt. holan verlangt eine konzeption, hoffmann verlangt einen text. wekwerth hat erklärt, daß er jede kommission aus dem haus schmeißen werde. aber auf der probe sehe ich (erste) vorsichtsmaßnahmen: die tretmühlenszene läßt er mit einem jubel der bauern beginnen, und die gebückten rücken will er aus der szene entlassen und den stufentext kappen. so würden wir genau den zentralpunkt aufweichen.

26. 1. 79
in einem berliner kindergarten: »müssen wir heute auch wieder spielen, wozu wir lust haben?«
was für kinder noch echte fragen sind, wird den erwachsenen zum witz. unter den angestellten kursieren *prinzipien*:
bei uns kann jeder machen, was er will, ob er will oder nicht.
wir wissen zwar nicht, was wir wollen, aber das mit ganzer kraft.
wer schon die übersicht verloren hat, muß wenigstens den mut zur entscheidung haben.
initiative ist disziplinlosigkeit mit positivem ausgang.
so alt, wie wir aussehen, werden wir nie.
wo wir sind, geht alles durcheinander, aber wir können nicht überall sein.
spare mit jeder sekunde, jedem gramm, jedem pfennig – koste es, was es wolle.
wo wir sind ist vorn, wenn wir hinten sind, ist hinten vorn.
operative hektik ersetzt geistige windstille.
jeder macht, was er will, keiner macht, was er soll, alle machen mit.

27. 1. 79

»er gehört zum volk und will nicht auf die tretmühle«, freilich ein zugespitzter satz. die regisseure wollen das wort mindern, aber ich würde es als edlen begriff sprechen, als die errungenschaft, von der vor 2000 jahren die rede war. der zuschauer mag das aushalten. die szene heißt AUFSCHWUNG DER LANDWIRTSCHAFT, und ich halte dafür, den fortschritt widersprüchlich zu zeigen, wie er anders nie war. es stimmt doch fröhlich, daß die tretmühle heruntergekommen ist auf den peinlichen, miesen begriff; das ist ein fortschritt, der diesem fortschrittlichen gerät (nicht auf dem fuß aber unter unsern füßen) folgte. der bedeutungswandel erfaßt eine menge produktionsmittel und produktionsweisen – das KAPITAL ist eine fundgrube und die analyse des vorgangs; in marxens großen ohren klingt selbst ein so biederes wesen wie die »gerberei« höhnisch: dahin trägt man seine haut zu markt. heute ist unser sinn, nach einigen generationen kapitalismus, nüchtern genug, daß uns die neuen namen das dilemma gar nicht verbergen: nachtschicht, fließband – positiv und ekelhaft auf der zunge. ich fürchte, die einzelnen tätigkeiten unterliegen alle diesem wertverfall, die arbeit aber, im althochdeutschen nur die mühe, gewinnt an guter bedeutung: ebendeshalb. ihr begriff lädt sich auf mit den möglichkeiten und ansprüchen. aber mein humor mag zu grimmig sein, ich schlage großmütig vor, statt tretmühle mühle zu sagen oder: er will nicht aufs rad (wie immer, wenn ich ändere, wird es schlimmer) oder: er will nicht ans aggregat (damit witz in der sache bleibt). tenschert schlägt vor: schöpfrad, und ganz versteckt lauert darin auch noch ein spaß.

30. 1. 79
wekwerth ist ins zk bestellt und zur probe nicht zurück; wir sitzen, tenschert, mittenzwei, schall, und tenschert entnervt von vermutungen, vor zwei tagen ist ihm in den werkstätten erzählt worden, das stück sei gestorben. um elf gehen die proben weiter, hoch oben aber sammeln sich miserable anfragen und »analysen«, und wir sollen beweisen, daß die sache astrein ist. es naht der 30. jahrestag. wekwerth: »die inszenierung steht unter der schirmherrschaft hagers.«

90. Kue-hsing, der Beschützer der Kultur

1.2.79
kuczynski schreibt eine geschichte des deutschen volkslebens; geschichte nicht der namen und ereignisse sondern des alltags. die materiellen zeugnisse vom existieren der ärmsten, also der masse, bis zum 17. jahrhundert gering. von den behausungen z. b. haben nur die der reichen bauern, der reichen städter die wetter der zeit überstanden. er gräbt in den predigten (der dorfpfarrer), den chroniken, kalendern, volksliedern, romanen. es braucht dieses alten herrn plebejische freude am widerspruch, um die geschichtsschreibung von unten zu eröffnen. die historiker streiten, welches system oder welcher herrscher einen deut besser war (wallenstein oder gustav adolf) – aber den bauern war das gehaun wie gestochen. was erfährt man *am leibe*. das lebensgefühl ist mit den theoretischen summen nicht erfaßt, wie auch keiner generation vorzuschreiben, wie sie geschichte erlebt.
im verband sprechen mich zwei kollegen auf den büchnertext an: er kursiere als hektografie im apparat, ein underground von oben. die diskussion wird geführt (allerdings nicht mit mir). »konterrevolutionär«. pl[avius] hält den text für in ordnung.

13. 2. 79
schall enthüllt mir, daß gau dsu fast keinen text hat, kaum einmal fünf sechs zusammenhängende sätze. ich wundere mich nicht schlecht. (er hat sich die rolle unter den nagel gerissen und beyer tschu jün überlassen.) ich könne ihm keine stumme kattrin verkaufen. er ist enttäuscht, mich auf der probe sitzen zu sehen und ihm keinen text für die ausrufung des großen frieden zu liefern. aber mir gefällt die grobheit, da eine leerstelle zu lassen. und die rednerische präsenz wäre bei dieser volksfigur langweilig, er muß sich ihr mit andern mitteln anbequemen. nach mitternacht zeigt mir der große arbeiter seine trimmgeräte und lesepulte. und zieht unser aller, bei tuborg beer und hightech, ddr-bewußtsein in zweifel.
der winter hat wieder zugeschlagen: hauptfeind nr. 4 des sozialismus (nach frühling sommer herbst). die gesichter der minister in der aktuellen kamera, kein geschminktes lächeln sondern nackter ernst. plötzlich sieht man hin. leider braucht dieser effekt viel schnee.

19. 2. 79

das b[erliner]e[nsemble] hat mir vorgeschlagen, bei den kommunalwahlen für den stadtbezirk mitte zu kandidieren. meyer will mit der kreisleitung absprechen, daß zu dem zweck meine parteistrafe getilgt wird. ich habe es drei tage bedacht. natürlich muß man ohne illusionen herangehn. in der arbeit der kommissionen wird nichts weltbewegendes entschieden, aber die kleinarbeit kann leidige angelegenheiten regeln und mit bestimmten vorstellungen ernst machen. vor allem ist diese unterste ebene der eigentliche kontakt des staats mit den bürgern. (freilich wird der mechanismus undurchsichtig oder undurchdringlich durch die dopplung des staatsapparats im parteiapparat, und ich kann mir die möglichen erfahrungen, was das »funktionieren« betrifft, an den fingern herzählen. das maß an vertrauen oder wut, das »von unten« entgegenschlägt und mit dem »von oben« gewirtschaftet wird. für die GESCHICHTEN VON HINZE UND KUNZE material.) zudem: ich, der öffentlich bedauert hat, nicht genug gefordert zu sein als politisches wesen, *muß* nun zusagen bei den staatsgeschäften. ich sage also heute zu – aber meyer teilt mir verlegen mit, daß das mandat plötzlich anderweitig vergeben wurde.

25. 2. 79
lese in brechts journal, unterm 5. 11. 43: »es wäre ein gutes stück für die deutschen, in dem man zeigen könnte, wie einer an ihrem knechtssinn untergeht, dh ihn als führer zunächst willig akzeptiert, worauf er später an ihrer unselbständigkeit mit ihnen zugrunde geht. bauernkrieg.« diese unselbständigkeit das thema des SIMPLEX. die selbstverschuldete unmündigkeit. der bauernkrieg das große beispiel der entschlossenheit, zugleich das exempel der knechtseligkeit, die sich abspeisen ließ (mit blut) und herrn florian im stich auf dem feld bei rimpar. dem fußfall folgte die entsetzliche rache der fürsten, die dem volk das kreuz brach bis in die preußischen usw. gesindeordnungen.

28. 2. 79

PREXASPES von hacks im deutschen theater, eine geistreiche reaktionäre komödie.

ein stück von großem mut: und in dem alten ton.
die witze sind gesagt, was ist der witz davon?
die verse stehn im wichs, wilhelms alexandriner
beschützen unser schloß und machen ihren diener.

1. 3. 79
chinas kolossale marotten, über die wir staunen, der zitatenzauber, die selbstkritik, sind nicht so originell und durchaus nachahmung alter riten. nur fällt die übung dort extremer aus, weil mehr massen bewegt werden müssen. und es steckte tiefer im feudalismus; der lange marsch war am ziel noch immer in der naturalwirtschaft, der markt die sippe, höchstens die provinz. die mobilität des partisanenkriegs modelte die religiöse zu politischer kollektivwirtschaft, der maoistische voluntarismus half dem volk auf die sprünge (die kollektivierung 1955, in neun monaten, hände statt maschinen). kampagnen, um den schlichten menschen zu retten: »kulturrevolution«, dabei sank die industrie in die binsen; man konnte sich ausrechnen, wann die neue losung folgen mußte. das nationalbewußtsein als antwort auf die kanonenboote und die kommandos aus dem kreml. der jetzt als zar erkannt wird, wohnend in der ersten welt der imperialisten. das drei-welten-konzept. das weltdorf kreist die weltstadt ein, usw. die ideologie, weiß [ernst] schwarz – denn ihm hören wir zu –, ist nicht als theorie zu fassen, da klingt sie irrational. die chinesen denken numerologisch, in analogien, in präzedenzfällen (ein autoritätsdenken). sie denken »dialektisch«: in gegensätzen, das yin/yang der philosophen, das passiv/aktiv der kommunisten; der verlust der initiative als furchtbarstes vergehen. jetzt ergreifen sie die initiative in vietnam. definitionen trösten nicht: diese machen einen sozialismus auf der asiatischen basis. kampuchea war ein versuchsgelände, von diesem »punkt« sollte es zur fläche gehen. jetzt läuft das volk schlicht in die minenfelder, um die panzer zu schonen.

5.3.79
im atelier von cremer, mit den brüdern beyer. im einstigen ausstellungssaal der preußischen akademie stehen die einst verfemten in gips oder bronze. brecht, der dicke eisler, renn, becher. und die aufsteigenden und stürzenden. zwei große abgüsse eines christus ohne kreuz. cremer belustigt die sorge der funktionäre, er könnte auf seine alten tage konvertieren. sie neiden christus diesen umgang. er *arbeite* aber mit den alten bildern, es sind denkformen; die *motive* arbeiten weiter, verlieren ihren glanz und ihren schrecken, treten in die geschichte. diese arbeit vielleicht ist kunst, der sinneswandel der bilder, dies zuunsbringen des erlittnen/erhofften von einst oder jetzt in eine möglichkeit, die uns betrifft.

7. 3. 79

des gemunkels wegen, meine bücher seien auf eis gelegt, ließ ich mich gestern bei höpcke melden. zu meinem schreck bestätigte er alles schlankweg. der *aufsatz* sei eine interpretationshilfe. übrigens habe er die druckgenehmigung für die gedichte nicht schriftlich erteilt. ich verlangte in das börsenblatt zu schaun, und er suchte interessiert selbst darin: keiner der drei titel beim mitteldeutschen und aufbau [verlag] ist für die messe angezeigt. ich erklärte eisig, ich sähe mich als feind behandelt. wenn das die antwort auf den büchnertext sei, wären allerdings alle fragen offen.

heute im aufbau verlag eine aussprache mit voigt, günther und höpcke. ich habe gleichsam die koffer gepackt, aber höpcke nimmt uns mit dem ersten satz alle pressionen vom ast. den auswahlband habe günther fertig in seiner aktentasche, TRAINING sei seit heute genehmigt, der 4. KAST könne hergestellt werden, wenn ich, als geleitschutz, ein artikelchen schriebe. und schon liegt, unvermittelt violett, der querschnittband vor mir. die planierraupen waren über alles weg – nun blieb ihm nur der rückzug auf der ganzen linie. er nimmt dann, assistiert von günther (während voigt schweigt), den aufsatz auseinander. es sind die nackten begriffe (administrative beamte, subordinierte klasse, zertrümmerung der pyramide), die ihr schamgefühl erregen. ich behaupte, es sei ein sachliches vokabular. sie werden, nach so viel gleichmut, heftiger: es sei das vokabular der klassengesellschaft. das oben-unten werde strapaziert, den oberen borniertheit unterschoben. indem ich die worte ein wenig breit wälze auf der zunge (ein jahrtausend, des *herausarbeitens*), klingen sie gleich umgänglicher. freilich sei mein blick, sag ich ohne ihn zu senken, für unsere tagesapostel irritierend und der unverfrorne ton gegen den gängigen defätismus gespitzt. es sei ein eher gelassener, im grunde heiterer text. ich glaube nicht, daß wir einander überzeugten.

10. 3. 79
schall wird nun doch die niedrige figur, der bauer, sobald er nicht mit kraft spielt, nicht in seiner gewohnten jähheit. die sachten, fragenden töne machen gau dsu wunderbar komisch und holen ihn auf den boden. das ist ein neuer schall, der dem ensemble erlaubt, sich nach vorn zu spielen. ob er das vor publikum durchsteht? beyer, so unsicher er tut, ein souveräner tschu jün, der mit seiner hellen stimme die »wendungen« in das stück schneidet, ein »vermögender«, der sich klein macht und die szene beherrscht.

29. 3. 79
worpswede. die starken bilder der modersohn-becker. im nieselregen das teufelsmoor. das verkunstete dorf. lesung in worphausen.
in hamburg zadeks WINTERMÄRCHEN. sein herrlicher leichtsinn, der stücken wie OTHELLO angeblich übel bekommt, ist dieser schönen simplen romanze zuträglich. da wird ein ferner und ein wenig staubiger text blitzblank, d. h. – und was sollte es anders heißen – da produzieren sich schauspieler, daß man auf sie gafft. wildgruber, giskes, lause, die ritter, die zech. unernst, anachronistisch, spielerisch, blödsinnig, besessen, sich kompromittierend: vor nichts geringrem als dem publikum, dem allesfresser.

11.4.79
raddatz über die literatur als »psychogramm der kommunikationslosigkeit«. das ärgerliche ist die wohligkeit, mit der er sich solche thesen anzieht. als könne literatur den schlimmen tatbestand nur aufzeichnen, als müsse sie selbst nun sprachlos werden. natürlich registriert sie das resignative verstummen, die isolation in der innerlichkeit usw., und soweit das uns betrifft besonders heftig. aber was da immer von seinem ich redet und sich selbst übern mund fährt, kann ihn auch halten. das steigert sich in die jammerpose hinein. die lämmer der literatur, gegen die man die wölfe der zensur verteidigen muß: ihr ändert das klima nicht.
gespräch mit dem besucherrat des b[erliner]e[nsembles].

18. 4. 79
generalprobe. 50 schauspieler, 15 techniker. die monate mitregie haben womöglich sinn gehabt. freilich hätte man in allem frecher sein können, die ästhetik macht manches kaputt. wozu schwerter, wenn es vierkanteisen tun usw. oder die schwarze auskleidung der bühne, wenn sie rohe wände hat. auch wird noch zu viel zelebriert. die bauern, die das stück tragen (ihre spätere abwesenheit muß bemerkt werden), dürfen nicht schematisch reagieren sondern als individuen, die gemeinsamen reaktionen nicht wie eingeübt: man muß das denken spüren. daraus der spaß. wichtig das tempo, auf anschluß sprechen, die leichtigkeit; aber der text muß gestochen kommen. die knappheit des textes verlangt/ermöglicht vollkommne umsetzung ins gestische, in den vorgang – der sofort lebendig ist. das ist doch beim schreiben inszeniert! das stück konnte kein mensch lesen, jetzt sind alle glücklich: was sie »daraus gemacht« haben.
ein fehler ist die umstellung der hsien/fan feh-szene, der neue aufstand ist hinter die krönung gelegt, als folge er daraus. das ist plakativ und didaktisch. die geschichte geht einen zäheren gang; besser, auf das kleine aufbegehren folgt der kalte schlag der staatsaktion. (auch hängt das stück sonst vor dem schlußbild durch.)
aber im ganzen komödisch, kräftig, mit großen szenischen lösungen und erstaunlichem einsatz des ganzen ensembles.

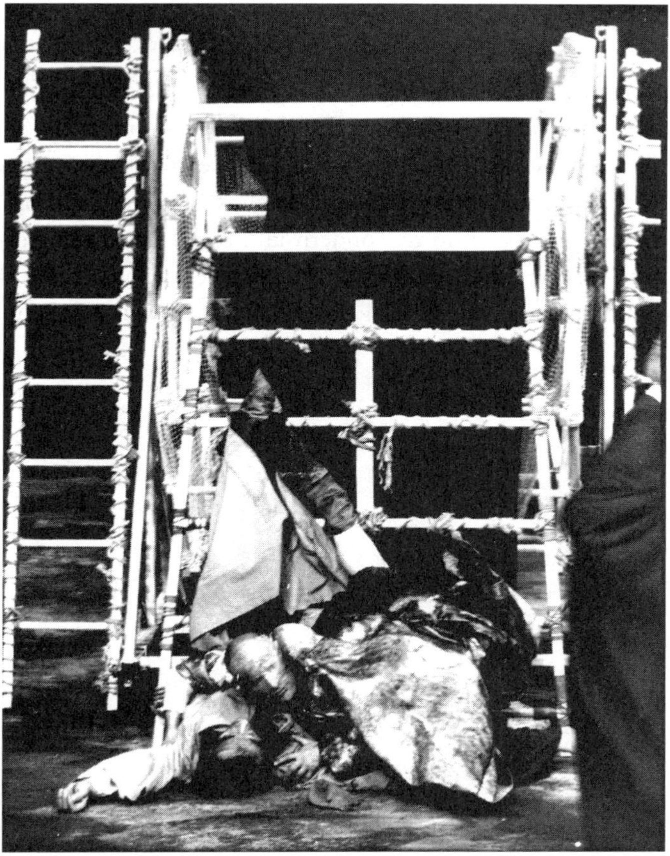

20. 4. 79
im letzten drittel der COURAGE stehe ich neben dem steuerpult schräg über der bühne, wo schönherr die drehscheibe und einige aufzüge bedient, den wind macht etc. er in seiner schlossermontur wie ein baggerführer nachts im tagebau, die hände an den hebeln, der blick hinunter: nur daß da kein sand schimmert sondern kunst; die arbeit die gleiche. ein baggerführer der kultur. wenn ich wählen sollte – eine schwierige wahl. das liegt alles noch zu weit auseinander.

22. 4. 79
premiere GROSSER FRIEDEN. das ensemble auf alter höhe, alle mittel (hosallas musik, strauchmanns masken, annemarie rosts kostüme) erzählen die fabel. auch das publikum großartig.

1.5.79
demonstration: mit den alten schmalen rostroten fahnen des be. feier im foyer, muß kleine rede halten. eisbeinessen. werde aktivist.

4. 5. 79
gespräch mit wekwerth, tenschert, mittenzwei üb
zum SIMPLEX. sie sind ein wenig konsterniert. ir
ßerster entfremdung die einfalt (michels wappen
teller) nur als stumpfer held oder blutiger clown paradierend. daran hätte brechts versuch, schweyk in den 2. weltkrieg zu führen, scheitern müssen – hätte er nicht den hašekhumor mit den HÖHEREN REGIONEN konfrontiert. man brauche (sinnliche) kommentare, so habe man, wenn schon nicht die leichtigkeit, die klarheit. (sie widerraten, die knechtigkeit nur als deutsches problem zu zeigen, da würde eine vorurteil bedient. haffner in seinem preußenbuch nennt den faschismus unpreußisch, eine kaffeehauserfindung aus österreich.)
vielleicht ist es notwendig, daß die widersprüchliche einheit des simplicianischen charakters, tödliche naivität und naive überlebenskraft, tumb und weise, die im prosaischen erzählton gelingt, im dramatischen vorgang auseinanderfällt ins gegensätzliche verhalten (von held und publikum). die vereinseitigung zum zweck der »totalität« des theaters.

[illegible]. 5. 79
gestern wolfs, schlenstedts, hartingers, mittenzwei, beyer, pintzka, wekwerth, joswi[akowski], höpcke, heidrun loeper, schulzes, schirmers, tenners, simmgen, schmidt: die vertrauten und verdächtigen.

12. 5. 79
in kochberg, um SIMPLEX zuende zu bringen. KOMMENTAR 1: HEIMATKUNDE und die schwierige erste BEBEL-szene. die schöne natur stört nicht, sie ist ein luxus, eine bequemlichkeit, die zu nichts verpflichtet. wahrscheinlich geht es wannus, dem dramatiker aus damaskus, anders, der sich hier restaurieren soll und die arabischen schmerzen mit sich trägt; die ruhe macht ihn wirre.

23.5.79
BEBEL oder DAS NEUE LEBEN ... kämpfe heftig gegen den farcenhaften stil, der zwar die szenen dicht und gelenkig macht, aber die figuren arm und unmenschlich. und ich wünschte doch diesem an die macht gelangten arbeiter (damit sein name kein witz ist), man könnte »bei gelegenheit seiner lachen, ohne ihn im geringsten zu verlachen«, lessing: das lachen über die »ungereimtheiten« der gesellschaft.

31. 5. 79
in jena, annes mutter im krankenhaus (lymphosarkom). ein warmer tag, und die bauern im saaletal abends noch in das flirrende feld gebeugt, kein lufthauch, kein schatten. klassische landschaft, *das land der griechen mit der seele suchend.* suchend über das land kriechen.

Vorgang: Damals demonstrierten etliche tausend Bundesbürger gegen den Bau des Kernkraftwerkes Grohnde. 26 Monate nach der Demonstration strengte das Land Niedersachsen gegen 18 damals angeblich Beteiligte einen Zivilprozeß vor dem Landgericht Hannover an, in der auf »Wiedergutmachung« des damals der Polizei entstandenen Schadens geklagt wird. Hier einige der Positionen, die Gegenstand der Klage sind:

Verlust Gummiknüppel und Schlagstöcke (175) 1702,81 DM
Reparatur oder vollständiger Ersatz von 50 Schutzhelmen 2613,23 DM
Verlust oder Reparatur von 186 Schutzschildern der Typen »Römer« und »Narten« 13 654,42 DM
Beschädigung oder Verlust von 65 Tränengassprühgeräten 3957,91 DM
Handfesseln bzw. Ketten 121,34 DM
657 Tränengaswurfkörper 16 777,06 DM
293 Tränengaswurfkörper und zwei abhandengekommene Pistolenmagazine 2513,67 DM
Verschleiß und Verlust von Einsatzkleidung (z. B. Unterhose für 8,50 DM) 9024,38 DM
Präsentiert wurden 18 Positionen mit einer Summe von 223 141,50 DM

»Die Zeit«, Hamburg

5.6.79
wieviel kann für die literatur gelernt werden aus der sichtbaren arschspalte in den frontansichten der frauen picassos! der naturalismus ist hermetische kunst: fertig ist der lack. getreue abbilder – aber was bedeutet das? daß man die gegenstände besitzen möchte. ein handelsrealismus. solange möchte schon an einem bild gemalt werden, bis die fotografie erblaßt und die linse zertrümmert ist. eh es nicht anders ist, als wir es gern *hätten*, ist es nicht zu gebrauchen. der fertigkeit in der malerei entspricht das schicksalhafte in der literatur; in beiden derselbe deprimierende befund: die gegebenheit, und derselbe mangel: an änderbarkeit. es gibt durchaus einen soz[ialistischen] naturalismus.

8. 6. 79
zurück aus kochberg, erfahre ich von den ausschlüssen aus dem schriftstellerverband. rufe kant an und protestiere. er hätte zurücktreten müssen, aber er hat den handlanger gemacht der betonfraktion. ich war in kochberg leider ganz beim thema, er hat es durchgeführt.

24. 6. 79
im journal meiner reise im jahre 1979 wöllte ich königsberg als ein experiment beschreiben, einen natürlichen vielvölkerort, eine freistadt wirklich, mit einem parlament aus esten, polen, deutschen und russen. rudi schulzes heimat: der grinsend zuhört, heimat aller anrainer und zubringernationen, nicht mehr verwaltet durch einen staat. aber keiner hat es mehr gesehn (außer einigen militärs), kalte neubaublöcke über die historie weg, russisches sperrgebiet. wieso russisches? nicht nur die vergangenheit wurde nicht restauriert, auch die zukunft nicht versucht. in diesen *friedensgrenzen* wird der nationale lappen viel unnachsichtiger hochgehalten. das begnadete straßburg versucht sich immerhin als europastadt, und die *europäische gemeinschaft* überlegt gemeinsame pässe, währung usw. wir führen den internationalismus im maul und schneiden uns lupenrein voneinander.

28. 6. 79

william hatte eine ganze welt, er konnte vom fleck weg sprechen, england war das maß. heute die welten nebeneinander, und jede muß aus sich selber zu verstand kommen. natürlich ist aller anfang der, das nebeneinander im eignen milieu zu zeigen. döblins alexanderplatz, hauptstadt der ddr. die schauspielerin und der heizer aus der volksbühne plaudern, beide aus derselben schule (im prenzlauer berg), arbeiterkinder, dieselbe schmuddelkiste: und sie der star mit rennpferd und reisepaß, er schläft und trinkt im heizungskeller. was redet sie, und was denkt er? wer ist trivial, wer ein künstler? wenn er seine kohlen schüttet, wird ein haus warm. während sie auf der bühne steht, will sie bomben schmeißen. sie wärmt die idee, er kotzt sie aus.

6. 7. 79

konzert in der staatsoper für den toten dessau.

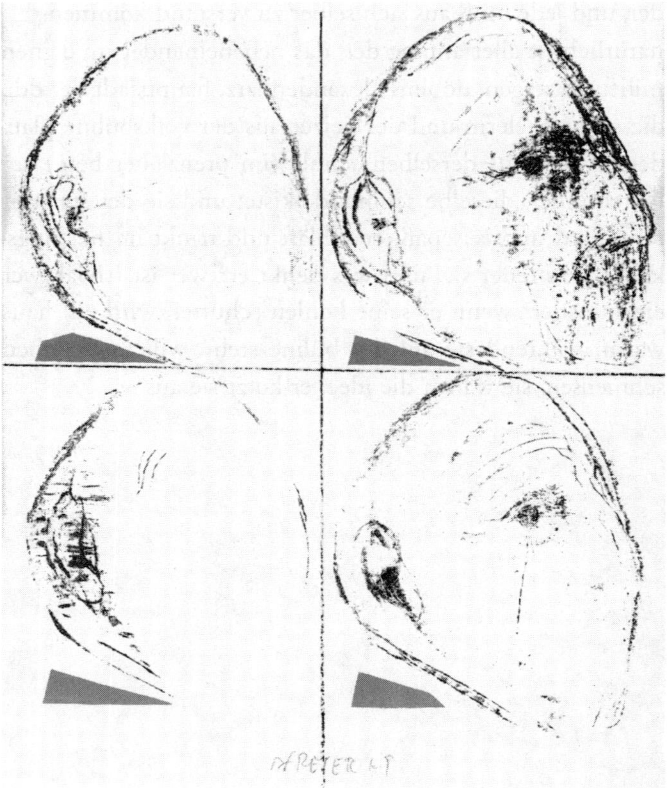

14. 7. 79

»die verwüstung der individuellen reaktionen war eingeleitet worden und hatte bereits tiefe spuren hinterlassen. die einfache dramatische fabel, wie sie vor kurzem noch entworfen werden konnte, gehörte einer plötzlich verschütteten welt an. die französischen arbeiter hatten es zugelassen, daß blum die volksfront zerschlug, und daß daladier ein regime des terrors errichtete. die flüchtenden vorm spanischen faschismus wurden begrüßt vom faschismus in frankreich. was jetzt begann, sah brecht, gehörte nicht mehr in den raum eines kammerspiels, sondern in die ungeheuren landschaften der dullen griet oder des triumphs des todes, wie sie von brueghel gemalt worden waren. ... oft hatte ich mich gefragt, auf welche weise sich die eindrücke des kriegs wiedergeben lassen sollten, immer verloren sie, auch bei genauer beschreibung, etwas von ihrem wesen. den mitgeteilten erlebnissen haftete etwas fremdartiges an, die realistischen schildrungen vermochten nur einen winzigen ausschnitt zu decken, darunter lag ungelöst der alpdruckhafte schrecken, die panische verwirrung. hier brach nun alles untergründige, gelockt durch die gestalt der megäre, hervor. da war der feuerstaub, der brüchige boden, da war das von der hitze verdorrte gezweig des baums, das geborstne gemäuer, da waren die behelmten köpfe der späher hinter luken, da war das gemetzel in torgängen und erdhöhlen, das schutzsuchen unter felsblöcken, da war das wiedererkennbare, überdeutlich in jedem detail, und da war das brütende, das ausgeheckte, da waren die phantasmagorien der arglist, des verrats, der schamlosigkeiten und schandtaten, alles war von gleicher greifbarkeit im getümmel. die verbindung der ausgeburten des wahns mit den gesten und bewegungen aufgescheuchter, gemarterter menschen stellte einen zustand her, der jener verrückung und hellsichtigkeit nahkam, die wir manchmal, sekundenlang, empfunden hatten. ... versetzt in den zwang, aus notwehr zu morden, hatten wir um unsre vernunft gekämpft, daß sie nicht verunstaltet werde, angesichts dieses bilds drang das unnatürliche ungehemmt auf uns ein, beleckte, betastete uns, strich uns grauenhaft über die haut, streckte uns borsten, rüssel, saugnäpfe, hauer und krallen entgegen. ... war die schwelle zum irrealen einmal überschritten, so nahmen die erscheinungen, wie brueghel sie wiedergegeben hatte, eine unmittelbare faßbarkeit an. die materialisation des großen beschuppten gesichts, mit dem einen leeren, dem andern dunkel glänzenden auge, den gleich fensterläden aufgeklappten lidern, dem scheußlichen rattenschwanz der sich aus einem der nasenlöcher ringelte, der steinernen, zu einem wartturm auswachsenden stirn, dem klaffenden rachen, aus dem sich eine wimmelnde kloake ergoß, es war der tyrann, wie er sich aufgebaut hatte in allen ländern, in denen der kampf ausgetragen, erstickt, wieder angefacht wurde, von zerschoßnen mauern umringt erhob sich die machtposition, überall im gelände fanden zusammenstöße statt, loderten brände auf, lagen gefangne zusammengebündelt, ferngerückt, hinter schluchten, unerreichbar, im gebirge, vorm roten himmel, stand ein gewaltiger krug, kühlung, lindrung versprechend. einer marketenderin ähnlich, schlug sich die dulle griet durch die gegend, den beutel mit der zusammengestohlnen handelsware in der mit eisen bekleideten hand haltend, vom krieg lebte sie, aus dem krieg schlug sie gewinn, ihr rocksaum fegte hinweg über eine schar von weibern, die mit dreschflegeln und pfannen auf vorstoßende bastarde einhieben, ihnen den bauch aufschlitzten, die eingeweide rausrissen, die, auf der flucht, einen laden plünderten, sich mit mehlsäcken, brotlaiben, schinken davonmachten, nur um an der nächsten ecke von andern bestien überwältigt zu werden.« weiss: DIE ÄSTHETIK DES WIDERSTANDS.

23.7.79
gestern am telefon und heute schriftlich, mit einer beigepackten ablichtung aus der frankfurter allgemeinen: *die mächtigen und der geist*, mahnt höpcke das kulante artikelchen an, wonach erst das UNGEZWUNGNE LEBEN [KASTS] ausgeliefert werde (habe schon das signalexemplar). das paßt mir wohl. vor monaten, vor ausschluß von endler, bartsch, schlesinger aus dem verband, war eine kleine öffentliche freundlichkeit leicht versprochen.

USA:
MX — die
neue atomare
Superrakete

MX-Rakete im Modell: Sie ist das teuerste Rüstungsprogramm aller Zeiten. Die ersten Waffen dieses Typs sollen Mitte der achtziger Jahre und das ganze System ab 1989 einsatzfähig sein

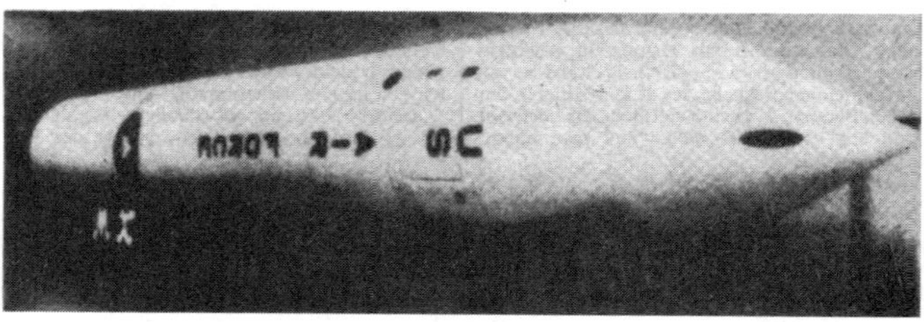

5. 8. 79
hiddensee. die prästabilierte harmonie der insel geht auch hinüber. nicht nur der arzt, auch der müllfahrer und bierkutscher wird motorisiert. eine betonpiste ist ins gras gelegt, am enddorn stinkt die silage, hubschrauber über dem nacktstrand, vor der küste nebeln sich kampfschiffe ein. – und wie die werktätigen ans kalte buffet stürzen! sie können kaum stehn vor fett und gabeln die teller voll. nicht die erinnerung an den hunger, aber die erziehung zur gründlichkeit, das spuren in den kampagnen und planvorgaben, treibt sie wie die idioten an den kartoffelsalat, den sie mit ellbogen schaufeln.
konzert in hauptmanns arbeitszimmer.

8. 8. 79
schreibe, um höpcke zu befriedigen oder auch nicht, einen beitrag für eine noch zu erfindende zeitung: DIE WELT, WIE SIE IST.

9. 8. 79
lese CANDIDE ODER DER OPTIMISMUS, JACQUES DER FATALIST UND SEIN HERR, DIE UNGEWÖHNLICHEN ABENTEUER DES JULIO JURENITO. voltaire kindlich, er spielt mit puppen. ein altkluges kind, ein kluger starrkopf, der seine fortschrittlichen fixen ideen verfolgt. ein thesenanschlag gegen die »beste aller welten«, deren philosophie er umgraben will. und richtig, der einzige vorschlag, den er macht, ist, den garten zu bestellen. das muß uns volkseignen gärtnern auf den endlosen rübenfeldern langweilig werden.
geschmeidiger, dialektischer die erzählweise diderots. er bestiehlt voltaire (und jeden, mit dem er wein trank), aber er stiehlt ihm auch die schau. er ist erhaben darüber, zu beweisen, daß die welt schlecht ist; sie muß es sein. subversiver fatalismus (bei müller heißt es: konstruktiver defätismus, nur die miene hat sich verdüstert; diderot war philosoph). der mechanismus der welt, den er bedient mit dem lächeln eines apparateführers. der realismus höchst anregend für hegels idealismus, der die handlung von der straße ins bewußtsein verlegte. jetzt sind herr und knecht tatsächlich zur *frage des bewußtseins* erklärt; in unserm dialektisch-materialistischen staat wird der idealismus realität, der es zu sich und sonst nirgendwo hinkommen läßt.
ehrenburgs verrücktes buch, 1922 in der rotonde geschrieben zwischen allen stühlen, eine kaffeeschwarze provokation gegen die selbe welt aus weltkrieg und weltrevolution. was voltaire gelegentlich erwägt, um es zu widerreden: die welt zu zerstören, ist des meisters jurenito erklärtes ziel, und er hat, meint man, nicht mehr zu leisten, als ihre absurden züge

seinem gehilfen in die satirische feder zu diktieren. und dieser »mensch ohne überzeugungen« ist ein vorauseilender chronist gewesen.

10. 8. 79

im zeltkino vor spärlichem publikum oehme/strahls komödie EINFACH BLUMEN AUFS DACH. einem arbeiter wird, nach der geburt des fünften + sechsten knaben, von den kollegen ein ausrangierter tschaika verschafft, und wo er mit dem gefährt aufkreuzt, wird er als *was besseres* behandelt. daraus einen heiteren oder bitteren film zu machen, bedarf es nur beobachtungsgabe. strahl bewegt sich rasanter als sonst an der oberfläche unsres grundproblems. das ist dem starken wagen zu danken; der im hinze-kunze-roman nicht *außer dienst* gestellt wird.

12. 8. 79

tellers aufsatz über DEMETRIUS, schillers vermutlich »kolossalstes werk«. die »gleichsam imperatorische dramaturgie«; schiller beschrieb sie im szenar: »weil die handlung groß und reichhaltig ist, und eine welt von begebenheiten in sich begreift, so muß mit einem kühnen machtschritt auf den höchsten und bedeutungsvollsten momenten hingeschritten werden.« und: »jeder moment aber, wo die handlung verweilt, ist ein bestimmtes, ausgeführtes gemählde, hat seine eigene vollständige exposition und ist ein für sich vollendetes ganze ...« das ist, von einer geschichte veranlaßt, die roh genug ist, ein vorgriff auf das epische theater; und nicht nur das, zur belehrung domestizierte, brechts sondern das eher sarkastische gegenwärtige. teller erklärt das verfahren schillers einmal aus seiner »eigentümliche(n), sozusagen gewaltsame(n) art ..., die eher einem epos angemessene opulenz der geschehnisse und geschichten mit all ihren verschlingungen in ein doch wieder scharf ausgerichtetes, auf *ein* ziel zusteuerndes dramatisches werk pressen zu wollen« – ein werk, das das zeug zu mehreren stücken in sich hat, zum andern daraus, daß der einzelne held »gegenüber dem ganzen des geschehens offenbar an gewicht verloren hat«: »es ist, als ob im DEMETRIUS an die stelle der agierenden helden geschichtliche konstellationen getreten wären.« in napoleonischer zeit die risse im selbstbewußtsein des bürgertums, die geschichte selbst ist aus dem sittengesetz gefallen, es kann auf der bühne nicht wieder in seine rechte gesetzt werden; die klassizistische form zerbricht an ihrem material. eine ahnung schillers, daß der kampf der leidenschaften nun interessiert als kampf gesellschaftlicher tendenzen. wenn man den entwurf in seiner modernen struktur griffe (anders als hebbel, der die psychologie vertiefen wollte), könnte man sich der frage, ob einer ihn auszuführen vermag, doch weniger geduckt nähern ... aber mich reizt eine idee des ganzen, die teller herausliest und die schiller, mit seiner *kunst*, eher wegdrängte als exemplifizierte: der fälschlich etablierte zar dmitri stellt die hierarchische welt selbst radikal zur debatte: indem er sich an sie klammert. »ist er nicht viel mehr der unbewußte hochstapler, der mit untauglichen, selbst pervertierten mitteln das ›schicksal‹ der falschen plaziertheit anderer zu korrigieren versucht, mithin die gesetzte herrschende ordnung? kann man nicht jeder solchen ›anmaßung‹, vor allem inmitten lauter mächtig privilegierter, wie sie das stück vorführt, den eindruck abgewinnen, hier stellt einer das herrschende maß in frage?« der fall dmitris und des zufälligen kosaken, der an schillers großartigem schluß das spiel wiederholen will, als theatralischer feldzug gegen das legitimitätsprinzip aller klassengesellschaft, der kehraus der tragödie, der hinterm rücken schillers und seiner figuren begann, die fabel als komödie, die den »saturiert-mechanischen entwicklungsglauben« zerfledert: das wäre ein grund für einen DMITRI. schillers text wäre ganz beiseite zu lassen, aber von seiner konstruktion unendlich viel zu lernen.

23. 8. 79

fußnoten zu utopia, weil das wünschen nicht hilft. wenn es der häufige zufall gewollt hätte, wären wir, als bewohner des selben silos, in einem steckengebliebenen fahrstuhl ins gespräch gekommen – über küchenschaben, abrüstung und utopien, von welch letzteren dingen steenbecks OFFENER BRIEF ÜBER ABRÜSTUNG MIT EINEM WUNSCH AN UNSERE KÜNSTLER handelt, den ich absichtsvoll bei mir trug. denn ich fühlte mich angesprochen, schreibe aber keine briefe; ich baue auf den zufall.

professor steenbeck wünscht, »mehr unserer künstler möchten sich ernsthaft in unsere ferne zukunft hineindenken und dadurch helfen, sie vorzubereiten; unsere gegenwart zeigt davon trotz alles schon erreichten nur einen ersten anklang«. es lohne die gedankenarbeit an einer neuen UTOPIA, an »erfundenen welten«, die zum vordenken anregen, »daß es eine zu optimismus berechtigende diesseitige welt geben kann und darum auch soll«. (hier schaue ich ihn respektvoll an, doch er fährt fort:) »eine bewußt spektakulär aufgezogene äußerung einer unzufriedenheit« aber bestärke die erwartung des gegners, daß uns die »moralische puste auszugehen beginne« – eine erwartung, die der plausible grund für die rüstung des westens sei. darum habe das verhalten »zum beispiel« einiger künstler »ganz unmittelbar einer abrüstung geschadet«. (jetzt atme ich ein wenig schwer, aber moralisch, und er legt offen:) das mühsame aushandeln von salt II setzt auch nur auf einem teilgebiet nur quantitative grenzen, »ohne hier eine viel gefährlichere qualitative weiterrüstung zu unterbinden«. (ich schweige, ich denke vor und zurück, ich will nicht milchmädchenrechnen. die ferne zukunft!) und er fordert auf zu »schildern, wie eine solche welt aussehen könnte, und wie sie es nicht kann« und »was in dieser erdachten welt die freude am dasein fördern und was stören würde«. – ja, sage ich, ja! ich hab nichts dawider, eine welt zu erfinden (und jetzt atme ich freier:) aber das wünschen würde nicht helfen. ein sanfter entwurf setzt voraus einen unbarmherzigen abschied. wer vordenken will, muß über das jetzige nachdenken. die zukunft ahnen, heißt die gegenwart durchschaun. ein spektakuläres ... ein offenes wort ist fast eine utopische aufgabe. das denken und handeln heute ist die wahre zukunftsvision. unser utopia ist der realismus.

der zufall wollte es nicht, daß ich steenbeck dieser tage begegnete, und so lege ich meine replik in die kladde.

7. 9. 79
in leipzig probe GROSSER FRIEDEN. es werden viel weniger situationen, d. h. brüche gespielt. ein beliebiger satz:

die berge morgens, wie. mann, das ist sung.

von worch bloß so auf einem ton gesprochen, klingt er wie ein interesseloser kommentar. gerber im be lassen wir sagen:

(erstaunt:) die berge					
	morgens				
(laut:)		wie			
(schreit:)			mann		
(außer sich:)				das ist sung	

und deutlich wird, eines königs reich geht zubruch, er hat einen todfeind vor sich. der ledigliche text bekommt seinen bestimmten sinn. wo das nicht geschieht, bleibt deklamation. die notierung verfährt ja in ihrer knappheit (angeblichen »sprödigkeit«) derart, daß der schauspieler genötigt ist, etwas ganz eindeutiges zu spielen, mit entsprechend vielfältigen mitteln.
habe mir die weiteren proben geschenkt, das ist kein ganz schlechtes, aber auch kein gutes zeichen. abends mit hartinger zu keller, sekretär für kultur, zum skat.

9. 9. 79
finde bei bloch eine auslegung des HANS IM GLÜCK, von der ich fast glauben muß, sie schon gekannt zu haben. (kann er ins programmheft?) »es ist ein märchen von merkwürdigem tauschverkehr, wie man sieht, und von einem dummkopf. aber der bursche ist rührend und grundsympathisch, auch verknäuelt sich in seinem scheinbar sturen handel allerlei. wie einem kind das brot bei fremden besser schmeckt als zu hause, so gefällt hans allemal mehr, was der andere hat; nicht aus neid, sondern im sinn des traums. ein spatz auf dem dach scheint ihm dann schöner als eine taube in der hand; oder: dort, wo du nicht bist, wohnt das glück. weiter aber klingen in dem geringen verständnis für besitz künftige oder sehr alte zustände an, eigentumslose, hans denkt beim schwein an die würste, bei der gans ans weich gestopfte kopfkissen, er will immer nur haben, was er braucht, er kapitalisiert noch nicht. schließlich ist etwas geheimes in der leichtigkeit seines verlusts, in der tumben, völlig echten freude seines los- und ledigseins. verlaß alles, dann findest du alles, sagt ein alter spruch, ein gefährlich weiser, für den die zeit noch nicht gekommen ist. jetzt machen mit dem dummen hans andere ihre geschäfte und ziehen vorteil daraus, er behält nichts als seine arbeitskraft und muß diese von neuem verkaufen. aber fallen die ausbeuter weg, dann ist es nicht eben dumm, so leicht und glücklich zu sein wie der dumme hans.«

12. 9. 79
marina bei schiller uninteressant, bewundernswert nur in ihrer machtgier. sie sollte auch *liebenswürdig* sein: da sie die falschheit des dmitri kennt, ist er ihr spielball; sie will ihn groß, behandelt ihn aber klein; liebend, aber ohne allen (auch nicht gespielten) respekt, auf der höchsten ebene mit den niedrigsten tricks (erpresserische hingabe) – also ihr schöner übermut, weil sie unbefangen, nicht eingeschüchtert durch eine gesetzte ordnung, und ohne ehrgeiz, sich zu etablieren. eine sympathische figur. sie spielt mit *seiner* macht, ihr instrument ist sein terror; lächelnd kann sie ihre nebenbuhlerin abtun (lassen) und seine neigung zunichte machen, weil er, marina willfahrend, die schlimmsten mittel zur hand hat. als es mit seiner macht aus ist, hat sie nichts verloren, sie gibt ihn nicht preis; nicht sein politischer sondern sein physischer tod macht ihre katastrophe.

14. 9. 79
GROSSER FRIEDEN für die sektion chemie der humboldt-universität. haberditzel hat seine westberliner genossen mitgebracht. auffällig die unterschiedliche interpretation. (einem westberliner gleicht das stück einer orwell-fiktion). die inszenierung ein bottich verschieden starker empfindungen und erkenntnisse der verschieden erfahrenen leute. sicherlich sind wir oft nicht deutlich (extrem) genug für den ersten blick, der dem zuschauer bleibt. zwei besucher berichten, wie sie von mal zu mal mehr heraussahn, aber sie waren fünfmal in der vorstellung (sie ist handelskaufmann, er ist schlosser, ost). haug, west, doziert, das stück sei auch für den westen aktuell, weil es die sicht aufreiße auf prozesse, »kommunistische perspektive«, die vom blick auf den realen sozialismus verwischt sei. (alles denken nach vorn mache in der brd halt bei der ddr, bei der frage: »wollt ihr *das*?«). während der vorstellung sehe ich die aufzeichnung des schweriner BORIS GODUNOW. feines ensemble, kräftige gestische spielweise. interessant, wie puschkin das volk hineinzieht; die inszenierung gewinnt ihre wucht aus diesem hauptakteur, der das spiel belauert, kommentiert, antreibt. vor allem: schroth macht eine komödie. (1976 bot mir maaß an, das stück für schwerin zu übersetzen, ich war zu faul hineinzusehn. jetzt kann ich nutzen ziehen aus ihrer arbeit.)

23.9.79
RHEINGOLD in der staatsoper, die arbeit der drei gegenwalküren berghaus strandt neef wird vom publikum mit buhrufen ausgezeichnet. wagner verhunzt, schreit ein greis neben uns, den ich: sie korpsstudent! begrüße. berghaus läßt komödie spielen, wodurch die musik mit ernst behandelt werden kann. die orchestrierung hat ja funktionale qualität, sie macht stimmung, nicht im gemütlichen sinn sondern auch entlarvend. das pompöse hat sein recht und wird vergnügen. wagner, herrschaften, ist nicht von spießern zu verstehn, sage ich ungerecht (und heiser vom akklamieren).

1. 10. 79
in schmilka, mit mittenzwei im zug, zurückgewiesen, weil die »gelbe karte« fehlt; unsere sofortige bereitschaft umzukehren (zweitägige reise!) macht die grenze sogleich durchlässig. indem die fahrt lang ist, wird werner sein eigener biograph. der halbwüchsige kriegsgefangen, entkommt in bad schandau, kehrt abenteuerlich heim ins erzgebirge und wird verjüngt zum kind. eine grimmelshausensche jugend.
in milano kolloquium mit strehler, chiarini, dort u. a. die milwa singt brecht.

7. 10. 79
militärparade/buchbasar: der 30. jahrestag der ddr. amnestie. gugnin aus moskau, er sagt freundlicher/unnötigerweise, ich solle »vorsichtig« sein, ich hätte viele feinde.

14. 10. 79

der entlassene [bahro] ruft an und bittet um ein treffen. er käme mit eskorte. anne geht besorgt mit arne aus der wohnung. ich verweise ihm doch nicht die schwelle. er kommt 20h, mit drei begleitern, die vor der tür warten. über die haft (hungerstreik, isolation als bessere bedingung). er will in die brd, und erklärt sich: die zwei schwachstellen in der linken bewegung seien die usa und die brd. er fahre hin *und sei da.* im besten fall, sagt der reine tor, werde er der führer der linken. er reicht mir einen zettel: *soll ich deinen namen nennen?* ich überlege kurz, auf den schreibtisch blickend, und verneine. im treppenhaus hebt er ungeniert die faust. auf der liebknechtstraße schwärmt ein dutzend grauer vögel auf, und drei limousinen setzen sich in bewegung.

22. 10. 79
montagspodium in der akademie der künste. schall, franziska troegner, gerber und ich lesen GESCHICHTEN VON HINZE UND KUNZE. schall spricht HEIMATKUNDE aus SIMPLEX DEUTSCH, mit wenigen requisiten, eindringlich und konzentriert. dann spielen sie die BEBEL-szenen.

23. 10. 79

die morgner sitzt ein paar stunden in meinem sessel für einen ernsten monolog. sie reibt sich an der *männlichen freude*: wahres wort, aber wo bleibe die weibliche ab? bei hölderlin, schiller (»so ein feuerkopf konnte diese weiblein nicht lieben«), goethe (der sich sein weibliches selber bildete und strickte) das männliche ein wertbegriff. »wenn du eine frau wärst, würdest du täglich die schläge wahrnehmen.« die arbeitsteilung mit dem mann älter als die klassengesellschaft, und die sozialistische wird sie nicht aufheben. seit bebel das credo: die frau einzugliedern in den produktionsprozeß, und das parteiprogramm empfehle generös, die häuslichen pflichten mit den beruflichen zu vereinbaren. der haushalt frißt 58 stunden pro woche, davon fallen 79% auf die frau. sie erlebte es in jeder ihrer drei oder vier ehen. »die männer landen die befreiungsschläge in der psyche der ehefrau.« ihr jetziger mann, im zwang der irren funktion, sei paranoid in einem grade, daß er seine krankheit nicht bemerke. wenn sie ihn in die anstalt lieferte, käme er nicht wieder heraus. am abend, sobald er in die wohnung tritt, ist sie vollkommen blind. – der d[demokratische]f[rauenbund]d: die letzte bastion des patriarchats, von der kein einziger neuer gedanke schallt. es gebe so viele spielarten von sozialismus, warum sollte es nicht ein femininer sein? wo keiner mehr oben liege und keiner unten.

29. 10. 79

feiern mutters 70. sie hat fünf jungen ernährt und großgezogen in karger zeit, 35 mark waisenrente pro nase, und wir haben nicht gehungert (aber sie mußte aus ökonomie die schnitten für alle schmieren, und der älteste durfte noch einmal aus dem bett, um eine scheibe mehr zu essen). ein sack schoten aus wurzen und die weihnachtsgans. kartoffelnstoppeln. mit fünfunddreißig wußte sie, daß sie keinen mann mehr hatte und keinen mehr bekommen würde. sie hat uns ohne strenge erzogen. die hinterlassenschaft des vaters bestimmte unsere beschäftigungen: die bücher, die noten, kunstmappen, wanderkarten. er hatte so viele interessen, und existierte als steuerberater. er lief von rippien bis rochwitz, um die zwanzig pfennig für die geschäftspost zu sparen oder in die buchhandlung zu tragen. die horenausgabe von schiller, nietzsche, max planck, partituren. wir lebten in der hut dieser dinge. die kleinen leidenschaften ergriffen uns als gruppe, und erst später vereinzelten sich unsere spleens: schach, chemie, bergsteigen. die mutter tat allem vorschub. sie ließ uns auf die oberschule und in den klavierunterricht (en gros zum halben preis), sie ging wieder auf arbeit, sie sorgte und machte. wir machens ihr nicht wett. aber sie gab uns nicht nur die milch, auch den honig: die heiterkeit. jetzt, unter den schwestern kindern enkeln, im bühlauer »trompeter«, sitzt sie schöngekleidet mit blassem gesicht am tisch und achtet drauf, daß jeder zulangt.

1. 11. 79

kupke läßt zwei akte des BARTHOLOMÄUSMARKTS sehen. die schauspieler in kostümen aus drei jahrhunderten wissen nicht, was sie spielen. wenn das ding keine fabel hat, so muß doch ein vorgang gefunden werden, der ein interesse hat. warum geht man auf den markt? die figuren müssen mit ihren absichten herausrücken. beispielsweise: die vornehmen wollen sich auf kosten der armen teufel amüsieren, aber die armen machen sich auf kosten der vornehmen einen guten tag. ich rede ja nicht von einer sozialen idee. vor der heidenarbeit sollte geahnt werden, was für ein ästhetisches und politisches feld dem theater erschlossen wird. nach der pause läßt wekwerth nicht weiterspielen.

2. 11. 79
koljasin aus moskau; hinweis auf erdman.
weil das ein arbeitsbuch ist: alain [lance] kocht (anne ist zur kur), indisches huhn mit reis, rotwein, käse. schlenstedts, rothers, gabriele eckardt, ruth notowicz.

5. 11. 79
bei weimanns in mahlsdorf. duncan smith, er spricht hinreißend über die prosagedichte seiner schönen gefährtin nancy und verblüfft mit intimkenntnissen der ddr-literatur, ihrer emanzipatorischen aspekte. hat gestern den GROSSEN FRIEDEN gesehn, und weimann redet ihm ein, eine übersetzung zu versuchen (bennewitz möchte das stück mit farbigen in new york machen).

sah darin auch gewisse Vorteile. Der chinesische Kommunismus ist nicht amüsant, aber er ist akzeptabel. Der Kommunismus der Roten Khmer ist weder amüsant noch akzeptabel.

Die Roten Khmer wollten die ersten wahren Kommunisten in der Geschichte der Menschheit sein. Sie hielten sich für reine Kommunisten. Für sie war China noch nicht kommunistisch genug. Die Roten Khmer wollten einfach in einem Schritt das Ziel eines integralen Kommunismus erreichen. Sie wollten, daß die ganze Welt und die Geschichte ihre einmalige Erfahrung anerkannten. Wir, die Roten Khmer, sind die einzige Partei, die den totalen Kommunismus in einem Jahr durchsetzen kann! Das ist töricht! Das ist verrückt!

SPIEGEL: Aber wie kommt es, daß Kambodschas Kommunisten so sind?

SIHANOUK: Im Fall der Roten Khmer sind die Vollstrecker Menschen aus dem Gebirge. Die Menschen aus der Ebene sind sanftmütig, die Gebirgler hingegen sind Menschen, die im halbwilden Zustand lebten und die Tiere jagten. Ihnen erklärten Pol Pot und Ieng Sari: Die Jagd auf Tiere ist vorbei, die Jagd auf Menschen ist interessanter. Junge Menschen werden durch Erziehung stark beeinflußt. In Kambodscha wurden sie auf diese Weise erzogen — ebenso wie die Kinder in Amerika vom Fernsehen beeinflußt werden.

SPIEGEL: Erziehung zum Mord?

SIHANOUK: Sie kennen sicher Batman. Die Kinder sehen ihn auf dem Bildschirm. Ich habe von einem Jungen gelesen, der von einem hohen Gebäude sprang, um ihn nachzuahmen. In Kambodscha haben Pol Pot und Ieng Sari die Kinder gelehrt, Menschen zu jagen — Kinder lernen leicht. Aber dafür ist nicht die Rasse der Khmer verantwortlich. Sind Sie als Deutsche eine schlechte Rasse? Ich bin sicher, daß die deutsche Rasse gut ist. Nicht weil die deutsche Rasse gewalttätig wäre, ist Hitler an die Macht gekommen. Pol Pot ist wie Hitler. Und Sie wollen doch nicht behaupten, daß Ihre Rasse eine schlechte Rasse ist.

Kambodscha-Kommunist Pol Pot, Sihanouk 1978: „Sehr charmant, aber verrückt"

SIHANOUK: Wenn man die Politik der Roten Khmer dadurch erklären will, daß man sagt, Pol Pot sei ein fanatischer Kommunist, so kann man sie nicht erklären. Selbst Hitler war kein normaler Mensch, er war ein Narr. Pol Pot ist verrückt.

SPIEGEL: Sie kennen ihn.

SIHANOUK: Ich kenne ihn sehr gut, ja, er ist ein sehr charmanter Mann. Ich war einmal einen Monat lang bei ihm in einem befreiten Gebiet. Damals nannte er sich Saloth Sar. Er war Saloth Sar und wurde Pol Pot. Selbst General Leclerc nannte sich Monsieur de Hauteclocque. Und so machte es auch Pol Pot, er änderte seinen Namen. In jeder Gesellschaft gibt es Verrückte, sadistische Narren. Sie haben die Baader-Meinhof-Bande, die Schleyer ermordete. Die Vollstrecker dieser Politik sind junge Leute.

SPIEGEL: Was verbindet denn die Bürgerkinder, die in Europa Terrorakte verüben, mit den Roten Khmer?

SPIEGEL: Wir sind keine Rassisten.

SIHANOUK: Ich bin kein Soziologe, aber Sie müssen begreifen, daß man auch unter meiner Rasse Monster schaffen kann. Beider Rasse ist sehr ähnlich. Wir haben zwei Super-Hitler erlebt: Pol Pot und Ieng Sari. Und wie bei Ihnen hat es Menschen gegeben, die ihnen folgten.

Ich bin über die Resultate der Uno-Abstimmung zugunsten Pol Pots sehr enttäuscht. Ich sagte dem amerikani-

9. 11. 79

in der charité ambulante operation. in einer kleinen angst entschließe ich mich, wieder an arbeit zu denken, und nehme schillers kollektaneen, studienheft, skizzen und szenar zum DEMETRIUS vor. seine arbeitsweise: abgrasen des historischen materials auf vorgänge und details, anekdoten, sprache, sprichwörter usw., finden der fabel, ansätze zu szenen, figuren, die nach und nach profil bekommen, dabei schrittweise entwurf des szenenplans, der das material in deutliches licht bringt, das neu gesichtet und verschoben wird, korrektur des szenenplans, füllen der lücken in den motivationen usw., endlich aufriß der szenenfabeln, wonach, wenn zeit ist, das schreiben beginnen kann (das alles wieder infrage stellt). schillers vorarbeit ist enorm, und es wird ein vergnügen, darin zu wirtschaften. ich muß mich erst hineinbegeben, um abstand zu bekommen. ich will das stück naiver, komödischer, niedriger – und auf nicht so erbauliche zwecke hin, und in rascheren schritten für ein gelenkigeres publikum, das ein anderes spiel wagt.

19. 11. 79
mit jutta über marina. wenn ich schillers elende gewichte von ihr nehme, darf sie doch nicht über dem boden schweben. der schöne leichtsinn, das desinteresse am gerangel um macht braucht gründe. bei schiller ist marina determiniert durch den eignen ehrgeiz, jetzt könnte sies durch den ehrgeiz anderer sein: der sie abstößt. sie flippt aus den gierigen denkweisen der vätergeneration aus. ich kann die motivierung mnischeks (des vaters) und marinas vertauschen: den alten drängt es nach rußland, er will die tochter auf den thron und pskow und kiew als morgengabe für polen. er spornt sein kind zum ritt auf dmitri, sie sieht sich als objekt einer transaktion. ihre liebe wird brutal genutzt im staatsgeschäft und aufs spiel gesetzt. sie muß mitspielen, und weil sie kein interesse hat als den mann und kein interesse am zaren: und weil sie den mann als richtigen weiß und den zaren als falschen, steht sie so abgeklärt und verächtlich neben der meute der funktionäre. hier wird sie eine heutige figur, die enkel der politbürokraten kleben flugblätter, VOR DEN VÄTERN STERBEN DIE SÖHNE.
jutta, 38, hat das herz, wieder ein kind zu erwarten.

25.11.79
ein literaturskandal. bartschs manuskript KADERAKTE kann nicht hier erscheinen und flattert nun als rowohlt-buch über die mauer. »schade daß der realismus so viel / realität enthält, sagte ich, schade / daß die klugen auch immer die frechen sind / sagte er und gab dem henker ein zeichen.« wenn das wort *arbeiterdichter* noch einen sinn hat: dieser hier wäre einer, mit kräftigen, direkten schilderungen der sozialen lage. er führt protokoll über die kleinen leute (die es also gibt) oder schreibt ihre nachrufe (wenn sie krepieren). der hinterhof, die straße, der prenzlauer berg. das steht in keiner zeitung.

RITA
ritas mann hat rita den laufpaß gegeben
nun sitzt rita da und kippt einen korn
in der kneipe alte schönhauser straße
das haus steht auf abriß, aber noch
floriert das geschäft. herr ober, zwei korn! sie sind
folglich eingeladen, sagt rita, weil ritas mann
rita den laufpaß gab, trinkt rita. was soll ich machen
ich bin über vierzig, geschieden, drei kinder am hals
die jüngste ist dreizehn und geht schon mit männern
früh übt sich, als *ich* dreizehn war
war alles anders, sagt rita. erst krieg, dann der hunger.
mit sechzehn, sagt sie, habe ich steine geklopft
wir gruben die stadt aus mit bloßen händen.
jetzt steht die stadt. ich bin eine ruine.

freilich bleibt es beim protokoll, als wolle er seine befugnis nicht überschreiten; das gibt dem œuvre ein amtliches aussehn. wenn er vorschläge macht, dann auf schöne stammtisch-art: »zu einem richtigen arbeiterstaat / gehört ein richtiger kartoffelsalat«, das ist sein bier (und ausgegeben hat es leising).

25. 11. 79
in der staatsoper LEONCE UND LENA, dessaus letzter streich, oder eine streichelei: sanftes nachspiel der vergewaltigungen in diesem haus, durch die er berühmt wurde. natürlich, oper ist schwachsinn, sagte eisler; aber jedenfalls büchners stück muß verlieren, es handelt sich um sätze, die dürfen nicht vergeigt werden. körner, textorganisator, hatte einen guten einfall: die bauernszene nach vorn zu rücken, damit das volk, stramm oder müde, anwesend ist. aber das elend mit dem volk wiederholt sich im parkett (und auf den rängen). es sollte eine volksoper werden: aber das opernvolk ist borniert, es versteht keinen spaß. wäre der alte böse geblieben! dann hätten sie doch respekt gehabt.

27. 11. 79
gespräch mit dem alten buckwitz. er trägt sich mit der absicht, GROSSER FRIEDEN in zürich zu machen. die inszenierung im b[erliner]e[nsemble] hat ihn verunsichert: viel kunst und zierat, aber was bleibt bei direktem spiel? was für eine absicht ist da verschlüsselt. verheißt du nicht eine schimäre, und wir fühlen uns geprellt? soviel mühsal um den großen frieden, kann sie lohnen? und überhaupt, junger freund, schlägt das nicht gegen den sozialismus? stürzt du uns nicht in verwirrung? so wohlwollend redet er.
abends essen und reden bei umbrecht (l'humanité), schnekken, iran, heißer zwiebelkuchen, hermann kant an sich und für uns, alternatives leben.

29. 11. 79
bei einer lesung in einem kleinen institut die frage nach dem geschick der gemaßregelten autoren. aber das sind die im lichte; die frage ist doch, wer alles, in diesem betrieb zb, an den rand gerät, nicht ernstgenommen, mißhandelt, zurückgestoßen, so daß ers aufgibt, sich einzubringen, nicht mehr der ganze ist für die andern sondern der teil, den sie problemlos akzeptieren. die vielen mit ihren ausgeschlagenen händen und gedanken. nehmen wir die zerstörungen wahr, haben wir acht, und trauen wir uns heraus voreinander? die vielen, die sich nicht einmal auf dem papier zur wehr setzen. dieses dunkle zwischen uns, wo anscheinend nichts ist, aber es ist das ungelebte leben.

30. 11. 79

bloch, GRAF MIRABEAU (SPUREN): »sehr viel höher und wichtiger als streber und parvenu tritt der *hochstapler* hervor: denn er wird nicht wie der streber, sondern er ist, tritt als seigneur auf, weil er sich de jure als solcher fühlt. schon manche kinder träumen so heimliche prinzen zu sein, verstehen hauffs märchen vom falschen prinzen gut und was in dem schneidergesellen vorging, wenn er dasaß in tiefen gedanken, sah mit starren augen vor sich hin und hatte dabei in gesicht und wesen etwas so eigenes, daß sein meister und die übrigen gesellen von diesem zustand nie anders sprachen als: ›labakan hat wieder sein vornehmes gesicht‹. hier ist viel weniger eigennutz anzutreffen als putzsucht, unbeschwichtbares selbstgefühl und narretei. greift das selbstgefühl zu aristokratischen formen, so nicht, um nach untenhin zu treten wie der parvenu oder gar der diener als herr! auch wird die aristokratie nicht eigentlich bejaht, der selbstsuggerierte seigneur ist nicht klassenbewußt. sondern es bestehen von ihm sogar übergänge zu seinem rechtens entgegengesetzten typ, zum rebellischen. ... die anmaßungen solcher hochstapelei sind kein betrug, sondern korrigieren ihn grade, wenn auch auf kuriose weise; sie korrigieren, wenn auch infantil und scheinhaft, die *fälschung* und *schändliche plaziertheit*, in der die meisten leben müssen. ... kein vorstoß ins ›höhere‹, auch der wirklich produktive nicht, geht ohne *selbstbehauptungen* ab, die nicht oder noch nicht wahr sind. auch der junge musikant beethoven, der plötzlich wußte oder behauptete, ein genie zu sein, wie es noch kein größeres gab, trieb hochstapelei skurrilsten stils, als er sich ludwig van beethoven gleich fühlte, der er doch noch nicht war.

er gebrauchte diese durch nichts gedeckte anmaßung, um beethoven zu werden, wie denn ohne die kühnheit, ja frechheit solcher vorwegnahmen nie etwas großes zustande gekommen wäre. der monteur emil witzel hatte gewiß kein recht, sich graf mirabeau zu nennen, aber wieso hatte er keines ...? ... müßte man nicht noch viel mehr, von der wurzel her, corriger la fortune, um endlich die rätsel des kleinen, die wunder des großen bruders auf der straße abzuschaffen? ... die hochstapelei bleibt etwas sehr merkwürdiges: sie zeigt glanz, den alle meinen und der allen zukommt.«

3. 12. 79
schillers großartige vorarbeit ist zum teil für die katz, weil ich seiner konstruktion angestrengt mißtraue. gerade die motive, die er mit saurem schweiß gebastelt hat, lasse ich fallen (die rache des fabricator doli, der den falschen demetrius präpariert und ins feuer schickt; die intrige der marina). die bloß privaten anlässe der handlung, die gekränktheit des unbelohnten mörders, der ehrgeiz der braut, drücken nicht die geschichtliche möglichkeit aus (die soziale bedingung). ich bin also in der not, die erfindungen möglich macht. die genaue fabrikation des hochstaplers erklärt sein erscheinen weniger als sein auftauchen aus dem nichts: er lag in der luft, die zeit der wirren schrie nach ihm. auf dem reichstag in polen stelle ich nicht den sichtbaren mann hin sondern das gerücht, das im nu gestalt annimmt. eine ungreifbare und deshalb unangreifbare gestalt, die ideologie gebiert ihn, das bloße brauchen macht ihn zur tatsache, die hysterie der versammlung legitimiert seinen krieg, eh er an ihn denkt. das ist eine wendung ins realistische (das wie immer mit weniger »realem« auskommt), und es ist eine wendung ins komische: das härter ist. die tragische sicht (auf den *einen*) schwächt den fall ab – hebt ihn vom sozialen boden. das *bauerninteresse* muß ein hauptpunkt sein: gerade indem es nicht tangiert wird. dmitri, selbst mit einem angenommenen reformprogramm (als ein polnischer napoleon), greift nicht in den dreck, in dem das volk steckt. wenn schiller sagt in seiner fabel, demetrius entwickle »bei dieser gelegenheit die mächtigsten kräfte der menschheit«, so antworte ich: irrtum, fritz. die mächtigsten kräfte werden gar nicht angerührt, noch etwa geweckt; der fall spielt sich über den

köpfen ab und ändert das leben der masse nicht. demetrius, der »die menschliche verderbniß zulezt erleidet«, wird keine »tragische person«, lieber freund, wir müssen den schmus abziehn aus der story.

3. 12. 79

das ordnungsmodell zerbrechen, das selbst aus dieser freiesten konstruktion schillers herausscheint. dem »großen bogen« schillers, auf dem noch heutige weimaraner in ihre abstrakten höhen gehen, die gipssäulen wegschlagen. lese mit genugtuung frank schneiders analyse goldmannscher kompositionen; das aufarbeiten der klassischen konzeption (in der größe ihrer vorgaben, ihres einlösens, ihres scheiterns) ist eine gemeinsame sache der musik, malerei, literatur. goldmanns sinfonie 2 »bietet kompositorisch radikale alternativen zu traditionellen modellen ... dadurch, daß sie, metaphorisch gesprochen, sich von der konzeption des sinfonischen heroischen subjektivismus verabschiedet, ein ritual auf den für den komponisten unwiderruflichen tod des herkömmlichen sinfonischen ›helden‹ darstellt.« das bedürfnis nach versachlichter expression »entzündet sich statt wie bisher am subjektiven, nun stärker am objektiven pol angespannter sinfonischer prozessualität (dem aufbereiten und abarbeiten des vom autor erlittenen ich-welt-konflikts), an der ›bewältigten‹ beschreibung von objektiven gegensätzen zwischen sozialen gruppen mit unterschiedlicher, antinomischer struktur und entwicklungsdynamik, zwischen denen das individuelle nur noch punktuell markantes profil ausbildet ... goldmann verläßt eindeutig den typus der illustrierenden oder psychologisierenden, zur hermeneutik des hörens herausfordernden weltanschauungs- und seelendramensinfonik mit ihrem mehr oder weniger eingestandenen gleichnischarakter des romantisch-heroischen individualismus, vom leiden des sich und die welt überwindenden produktiven subjekts, von der passionierten behauptung oder befreienden niederlage des einzelnen, womit sich massenhaft die spezialisierten rezipienten in den konzertsälen identifizieren können. der auf traditionelle weise entfachte sinfonische klangprozeß ... bleibt bei diesem typus selbst als bewußt projizierte, idealische, widersprüche harmonisierende ›gegen‹welt für goldmanns denken das in die realen sozialen und geistigen entfremdungsprozesse der bürgerlichen gesellschaft verflochtene, sie tragende und sie letztendlich reflektierende ordnungsmodell. demgegenüber, anstelle einer auskonstruierten spannung zwischen subjektivem erleben und gesellschaftlicher praxis, tritt hier bei ihm eine veränderte, ja alternierende ideelle kompositorische zwecksetzung in ihr recht: die disziplinierung des schöpferischen künstlersubjekts unter die gesellschaftlich notwendige aufgabe der unbeschönigten wirklichkeitsbeschreibung in materialspezifischen konfigurationen ...« naives fortfahren ist nicht möglich, die neue wirklichkeit veranlaßt die »mehrschichtige, doppelbödige erbesicht, die gleichzeitig auf verschiedenen ebenen ... adaptierende und distanzierende rezeption«. (MOMENTAUFNAHME)

6. 12. 79
in ein seminar der humboldt-universität eingeladen, ich komme gern, weil es um die ecke ist, teilt mir eine beauftragte studentin im treppenhaus betreten mit, daß ich ausgeladen bin. ich durfte nicht telefonisch benachrichtigt werden *(daß ich krank sei).* kommissionen hocken auf dem lehrkörper; »desolate lage« der literaturwissenschaft, die nicht mehr unter einen narrenhut zu bringen ist.

15. 12. 79
dresdner kreuzkirche, weihnachtsoratorium. nachts mit gernot in einem kleinen kenner-kreis, kernforscher darunter. kellergeschoß. es kursieren gedichte von sascha anderson, die reich und wirr eine entdeckung sind.

18. 12. 79

marina wird wieder eine andre im entwurf, genauer gesagt: ihr verhalten ändert sich (mag sie auch aus dem stoff bleiben, aus dem ich sie mir wünsche). denn ihre situationen machen ihre lebensart beschränkter und verrückter. sie ist einem edelmann verlobt, vater mnischek läßt ihn fallen und bietet sie dem zarewitsch an: ihre liebe wird abserviert, sie wird in ein geschäft, in einen handel geworfen. vielleicht war sie dmitri gewogen, aber danach ist nicht gefragt. sie kommt nach moskau mit dieser biographie, »milieugeschädigt«, frustriert von politik und macht. sie kann dmitri nur mit unernst begegnen: mit moral, mit sprüchen von schöner freiheit. sie spricht von hoher materie, er mißversteht sie selbstgefällig und liebt, vor ihren augen, axinia. der biedersinn des zugesagten gatten macht sie fuchtig und ein wenig arrogant: sie zwingt ihn, seine zarische gewalt zu gebrauchen und axinia zu killen, nicht aus bosheit, aus verzweiflung. (der zuschauer muß ihr die gunst bewahren.) nachdem sie dmitri die geliebte nahm, muß sie sich an seine grüne seite fügen; sie gerät in die hochzeitsmaschine, schon leicht irre. sie will ihn lieben lernen: vielleicht ist er ein mensch. sie bringt in schönem leichtsinn (nun hat sie ihn) die zeremonie durcheinander – jetzt ist polen offen. sie ist nicht (die russische) mascha, sie ist marina. sie bringt den gatten in mißkredit und ins unglück. wenn er geschlachtet ist, ist ihr wahnsinn vollendet, in strenger, prozarischer reaktion. sollen die leute weinen, das zeitungspapier in der brust.

19. 12. 79
in der zeuthener oberschule eine schulstunde, dessau zu gedenken, desgleichen praktizieren katzer, goldmann, dittrich, schenker, mickel, müller. ein fahnenappell, militärisch gezwirbelt, den paul mit einem barschen schneuzen verunernstet hätte. zu ruth.

28. 12. 79
finde in der staatsbibliothek eine moskowskaja chronika 1584-1613, mit nemezkije tekstü: VERWIRRETER ZUSTAND DES RUSSISCHEN REICHS, UNTER REGIERUNG DERER CZAREN FEDOR IVANOWIZ, BORIS GUDENOW, UND SONDERLICH DERER DEMETRIORUM, AUCH BASILII ZUSKI, UND DES HIERAUF ERWEHLTEN KÖNIGL. POHLNISCHEN PRINTZEN ULADISLAI, VON A° 1584, BISS 1613. NEHMLICH BIS ZUM ANFANG DES JETZT GLÜCKLICH HERSCHENDEN CZARISCHEN HAUSES, VON JAHR ZU JAHREN IN EINEM GAR GENAUEN UND SEHR MERCKWÜRDIGEN TAGE-BUCHE, DERGLEICHEN PARTICULARITÄTEN SONST GAR NIRGENDS BISHERO BESCHRIEBEN UND BESCHAUT MIT FLEISSIGER UND AUFRICHTIGER FEDER MEIST GEGENWÄRTIG UND AUGENSCHEINLICH AUFGEZEICHNET, UND DER NACHWELT ZUM ANDENCKEN IN EINEM ALTEN AUTHENTIQUEN MSt° NACHGELASSEN, VON EINEM DAMAHLS IN MOSKAU WOHNHAFFTEN TEUTSCHEN, HERRN CONRAD BUSSO usw. ich mußte der »historischen wahrheit« noch einmal nachfragen, auch die neuen sowjetischen quellen nutzend, und habe, wo nichts neues, so doch anderes wichtig gefunden. boris, der mit umsicht aber glücklos den hunger zu stillen sucht (er öffnet die weizenspeicher fürs volk, er läßt bloßen roggen in die »gabe für gott« backen), der einst ermordete demetrius aber ist nicht sein problem; dmitri, der trotz einiger freigeisterei nichts im sozialen wendet, die leibeigenschaft festschreibt und die borisschen fortschritte in ökonomie und wissen-

schaft nicht einmal nachdenken kann. für das volk, ergo, wird nichts besser, das alles geht rasselnd und blutig über seine knochen weg, nur hoffnungen heben sich auf und heben sich davon. diese andere bewertung erlaubt, eine uns verständliche, tiefere »naturwahrheit« der geschichte zu ermitteln, »die man« (sagt schiller) »im gegensatz von der historischen die poetische nennt«: und die die bedingtheit des falls enthält, nicht das, »was man mit augen siehet, sondern jenes vernünftige« (sagt goethe) »aus welchem die natur bestehet«. (nicht die wirklichen dinge zeigen sondern wie die dinge wirklich sind: sagt brecht, der geniale wiederholer.) die »naturwahrheit« also szenisch formulieren ... das heißt *erfinden*, die »wirklichen« szenen ineinanderschieben, die zeit raffen, sprengen, verlassen, die ängste träume illusionen leibhaftig machen, das nicht gewußte reden lassen aus den abgehaunen köpfen, das verschwiegne interesse bloßstellen in der phrase. »naturwahrheit«, das heißt, daß die toten leben und die lebenden dahingehn in alter geschichte bis zum überdruß, bis zum erbarmen, bis zum oktober, bis zum jüngsten tag. die tiefere wahrheit, gewißlich, ist die vollkommnere poesie; sie wird daran zu messen sein, wie weit mehr wir, nach tieferem hineingehn, aussteigen aus dem szenenentwurf, den die historie selbst gemacht hat, wie weit mehr als der kühne schiller vorhatte.

4. 1. 80

»romanow ist eine reine, loyale, edle gestalt, eine schöne seele. er folgt bloß dem rechte«: der künftige zar, der sich aus dem gerangel heraushält. so schiller. das recht kann ich nur als macht und gewalt zeigen, als idiotie des legitimitätsglaubens. schillers vornehme zurückhaltung ist verständlich; der weimarische erbprinz stand im begriff, marija pawlowna zu heiraten, die schwester zar alexanders, der 1801 über die leiche seines vaters auf den thron stieg. der idealismus hatte immer auch praktische gründe, der kampf um den komfort wirkt entrealisierend. diese gegenfigur brauche ich nicht (die bauernmasse ist sie), falls aber romanow »eine erscheinung hat«: dann die zähe asiatische despotie.

7. 1. 80
im b[erliner]e[nsemble] vorbereitung des SIMPLEX. drescher, keyenburg, finke, ziller. was bringen so »literarische« szenen wie AUFTRITT GODOT? das beckett-bäumchen ist die weltzeituhr am alexanderplatz. verweigert wird sich der besten sache aus besten gründen. nicht untätigkeit zeigen sondern die arbeit des ausflippens – die in der planvorgabe nicht kalkuliert ist. nicht nur die systeme, auch die outsider veranstalten terror. also auch sie haben ihren charme.

8. 1. 80

die überlieferung, der verbannte zarewitsch habe sich in uglitsch in einem anfall von epilepsie, in sein messer fallend, selbst getötet, wäre nun nicht brauchbar, selbst wenn ich ihr glauben könnte. rudi dutschke ist in århus, im badezimmer einer befreundeten familie, in solchem anfall ums leben gekommen. wie die wahrheit lügt! und der mord schreitet bieder durch die gassen, der normalverbraucher.

16. 1. 80

im SIMPLEX sind viele mittel der epischen form verwendet. montage; verzicht auf dialog (SÄCHSISCHER SIMPLIZIUS); demonstrierendes spiel (HEIMATKUNDE); erzählung (oder selbsterzählung: DIE ENKEL FECHTENS BESSER AUS) statt imitation von vorgängen; lehrstück und absurdes theater; kommentar. (andrzej wirth spricht von »gesprächsfernen formen des diskurses«.) alles dient einem zweck: die illusion der realität zu vermeiden zugunsten der kommunikation mit dem publikum, dem eigentlich interessanten theatervorgang. oder sehr anders gesagt: es dient der freiheit, soziale gegensätze zu objektivieren. der zuschauerraum wird an vielen punkten der »handlung« identisch mit dem spielraum. wir brauchen also kein »bühnenbild«, sondern beide räume zusammen können zu einem environment gestaltet werden: wie die zuschauer bleiben auch die schauspieler und requisiten anwesend, und somit die alten vorgänge in den neuen. der galgen aus POLENBLUT wird das godotbäumchen, der mondenschein, in dem die kinder tanzen, wird der lampionmond in TROMMELN usw. alles verzahnt sich optisch und zur gleichen = widerspruchsvollen welt(geschichte).

21. 1. 80
abend nr. 2 im berliner ensemble, ein wagnis. die leichten, komischen und provokativen texte haben wir im abend 1 verbraten, die neue auswahl ist anspruchsvoller. und sie wird ins große haus hinein gesprochen (wyzniewski, knaup, christine gloger, und schall in hoyers aktion für zwei klaviere ALLGEMEINE ERWARTUNG). über alles erwarten kräftige reaktion.

3. 2. 80

bei john willett in den hügeln hampsteads.

die dunklen schächte zwischen den lagerhäusern in der londoner bankside, lange gespenstische gassen, wie eine mittelalterliche stadt. das steht kaum hundert jahre und ist schon aufgegeben. versuche, bärengärten und globe-theater zu vergegenwärtigen, aber das viertel ist durch die industrie *veraltet.* die werfthallen nur durch zweckentfremdung zu retten: die freizeitkultur.

7. 2. 80
mit subiotto in stratford upon avon. auf dem friedhof ein gärtner auf der leiter, im disput mit einer alten. »der schwarze, mit der axt die krone lichtend / gefragt, ob ihm nicht wankend würde (: frei- / händig fußt er) spricht: ich steh auch unten / nur auf dem fleck, den meine sohlen decken« – es ist mickels text; shakespeare liegt zehn schritte ab in der kirche.
zwischen birmingham und wolverhampton: kanäle schrott proletensiedlungen, industriewüste. welche liebliche natur zugebaut! im land streiks, arbeitslosigkeit, inflation. die gewöhnlichen rosenkriege. jede woche schaut man nach den neuen preisen.

12. 2. 80
in der great ducie street in manchester, auf der suche nach engels' spuren, die weißen baumwollfäden, strickgarn, verworren und schier endlos: damit ich finde in die unterwelt? oder wieder heraus? gewiß, die arbeitende klasse ist in der lage, indisch zu speisen. die slums in salford und eccles werden geschleift (auch die grüne mornington street, noch auf dem stadtplan, suche ich vergeblich). man hat etwas, man hat etwas gemein mit dem boß. aber das ist nicht viel. man will sich individualismus leisten, weil die dinge doch bleiben, wie sie sind; die königin ist da und gott im himmel. der berühmte humor ist konservativ. bei den deutschen die angst, daß alles zusammenbricht wegen einem bißchen extremismus, die gewerkschaften »organisieren« die zufriedenheit. die engländer sind andere leute: sie wollen streiken »bis zum ende«: aber am ende hat man nur ein paar pfund gewonnen. die bourgeoisie trainiert sie auf den kompromiß. politik und revolution ist etwas, das auf dem kontinent stattfindet. über inflation spricht man wie über das wetter. mrs thatcher wird den humor auf eine große probe stellen.
im national theatre RICHARD III: in shakespeares englisch.

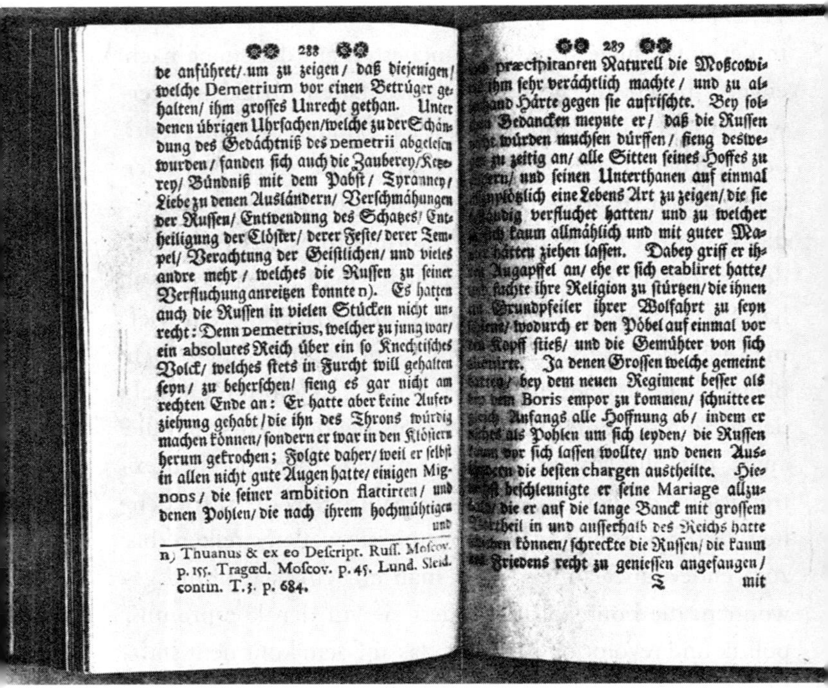

288

de anführet/ um zu zeigen/ daß diejenigen/ welche Demetrium vor einen Betrüger gehalten/ ihm grosses Unrecht gethan. Unter denen übrigen Uhrsachen/welche zu der Schändung des Gedächtniß des Demetrii abgelesen wurden/ fanden sich auch die Zauberey/Ketzerey/ Bündniß mit dem Pabst/ Tyranney/ Liebe zu denen Ausländern/ Verschmähungen der Russen/ Entwendung des Schatzes/ Entheiligung der Clöster/ derer Feste/ derer Tempel/ Verachtung der Geistlichen/ und vieles andre mehr/ welches die Russen zu seiner Verfluchung anreitzen konnte n). Es hatten auch die Russen in vielen Stücken nicht unrecht: Denn Demetrius, welcher zu jung war/ ein absolutes Reich über ein so Knechtisches Volck/ welches stets in Furcht will gehalten seyn/ zu beherschen/ fieng es gar nicht am rechten Ende an: Er hatte aber keine Auferziehung gehabt/die ihn des Throns würdig machen können/ sondern er war in den Klöstern herum gekrochen; Folgte daher/ weil er selbst in allen nicht gute Augen hatte/ einigen Mignons/ die seiner ambition flattirten/ und denen Pohlen/ die nach ihrem hochmühtigen und

n) Thuanus & ex eo Descript. Russ. Moscov. p. 155. Tragœd. Moscov. p. 45. Lund. Sleid. contin. T. 3. p. 684.

289

präcipitanten Naturell die Moßcowi- ihm sehr verächtlich machte/ und zu al- Härte gegen sie aufrischte. Bey sol- Gedancken meynte er/ daß die Russen würden muchsen dürffen/ fieng deswe- zu zeitig an/ alle Sitten seines Hoffes zu und seinen Unterthanen auf einmal plötzlich eine Lebens Art zu zeigen/ die sie verfluchet hatten/ und zu welcher kaum allmählich und mit guter Ma- hätten ziehen lassen. Dabey griff er ih- Augapffel an/ ehe er sich etabliret hatte/ suchte ihre Religion zu stürtzen/ die ihnen Grundpfeiler ihrer Wolfahrt zu seyn wodurch er den Pöbel auf einmal vor Kopff stieß/ und die Gemühter von sich Ja denen Grossen welche gemeint bey dem neuen Regiment besser als Boris empor zu kommen/ schnitte er Anfangs alle Hoffnung ab/ indem er als Pohlen um sich leyden/ die Russen vor sich lassen wollte/ und denen Aus- die besten chargen austheilte. Hie- beschleunigte er seine Mariage allzu- die er auf die lange Banck mit grossem Vortheil in und ausserhalb des Reichs hatte können/ schreckte die Russen/ die kaum Friedens recht zu geniessen angefangen/
T mit

5. 3. 80
in kochberg: beginne DMITRI. der nebel drückt aufs hirn. im weitläufigen haus nur die komponisten treibmann und günther und regisseur ljuben groiss. günther fragt mich, ob aus meinen gedichten schon ein kunstlied komponiert worden sei. KUNSTlied! das sei es nämlich, was er könne; unter der KUNST macht ers nicht. aber schöner wäre doch ein lied.

10. 3. 80
mir gelingt nicht der »sittliche ernst« schillers, in den figuren und situationen, aber ich hoffe, ihn in dem *ganzen* herzustellen. das heilige und das derbe (wie brook es nennt) nebeneinander: shakespeare, und (zitat) das derbe muß lebendiger sein und das heilige tödlicher, damit die behandlung gegenwärtig ist.
es handelt sich aber um ein stück von schiller, durch grabbes hände gegangen, von brecht bearbeitet, von mir eingestrichen.

16. 3. 80
drei phasen des findens eines szenischen vorgangs. immer wenn es schwer wird (der peinliche dialog) kommen die erfindungen. 1. lösung: der bloße ablauf. während des gastmahls auf den gräbern bringt man dem echten/falschen zarewitsch die falsche/echte zarewna. er steht scheu, schuldbewußt vor ihr: der mörder der ihren. sie vergibt ihm: weil er der zar ist. er verehrt ihre schönheit, sie verehrt seine hohheit. er liebt sie, und hat kein recht auf ihre liebe. sie liebt ihn nicht, und gibt ihm das recht auf ihre liebe. er bittet um ihre strafe, sie bittet um seine gunst. usw., bis sie, auf dem elterngrab, ihr geschlecht fortsetzt mit dem neuen herrscher. der ablauf ist beliebig, es kann auch von allem das gegenteil geschehn. 2. lösung: der »heilige« vorgang. er gibt sie frei, sie kann plötzlich selbst entscheiden, ob sie ihm gehört oder sich. sie ist überrumpelt von seiner großmut: um so mehr ordnet sie sich unter. sie nimmt ihre chance gar nicht wahr: sie flieht vor der freiheit zu dem befreier, bedingungslos. ihm fällt etwas zu, was zu schön ist, um wahr zu sein oder um gut zu sein, ein unverdientes reich: er ist ein falscher prinz in dieser liebe auch. jetzt hat der ablauf moralischen gehalt, wirkt aber für sich ideologisch. 3. lösung: der moralische vorgang in »derber« gestalt. sie liegt weinend auf dem grab, in der verzweiflung doppelt hilflos. er nimmt sie in schutz, vor sich und der meute; »edel« nur, weil er sie bedroht sieht. mit dem trost zugleich empfängt sie die gemeinheiten. sie wird emporgehoben, und sie wird aufgegeilt. so daß der vorgang doppeldeutig wird, und nicht entschieden ist, wodurch der umschlag (in die hingabe) erfolgt (und ein dritter sich in dritter weise irren kann: sie fliege auf den zaren).

17. 3. 80
die heutigen zeiten drehen uns die worte von gestern im mund um, die harmlosen mögen schrecklich klingen und die schrecklichen harmlos. die wirklichkeit selber arbeitet die texte um, man muß ihr folgen, um realistisch zu bleiben. dmitris begegnung mit dem mörder: das problem ist nicht, daß man etwas nicht weiß, sondern daß man weiß, aber wehrlos ist. daß man das unrecht kennt, aber nicht nennt, und die macht kann zynisch hantieren. ich kehre schillers motiv für den auftritt des mörders um, der mörder sagt nicht: niemand weiß, daß du der falsche bist, nur ich, gib mir den lohn; er sagt: na jeder weiß das, alle wissens, ich will den sehn, dich, der sich den coup traute. wahnsinnig, wie er ist, kann er sinnvoll reden: besser, du stellst dich auf dieses wissen ein, richtest dich ein in dieser wissenschaft, und kannst mit der angst der andern, es zu gebrauchen, arbeiten. sie haben dich aus interesse geholt, den betrug geduldet, sie sind festgenagelt. regiere, genosse. der mensch macht die geschichte. wir schreiben 1980.
im treppenhaus des schlosses eine kleine, zerknitterte, uralte reinemachfrau weicht mir, der ich um die ecke heraufkomme, mit einer raschen bewegung und verbeugung zugleich aus: so sieht es aus, und so steckt es vielleicht noch im körper drin aus der alten zeit.

20. 3. 80

bei schiller der einzug des demetrius in moskau »die hauptscene des stücks in rücksicht auf stoffartiges intereße«. er disponiert bühnenpomp (der stoff war ja »günstig« auch »wegen seiner mancherlei *sinnlichen* und zum theil *prächtigen* darstellungen«), aber auch den widerspruch des feierlichen moments in sich, »durch einmischung des düstern und des schrecklichen in die öffentliche freude«, der festzug soll »mehr dem einzug eines eroberers« gleichen. auf der suche nach dem zentralen bild des stücks, das sich einbrennt und den sinngehalt im kern enthält, die substanz der vielen bilder, mußte ich den vorgang nur zuspitzen. in den jubel des volks bricht ein plötzlicher ungeheurer sturm (den die chroniken berichten) und entrollt die fahnen des zugs: es sind polnische, und wedelt die gewänder hoch: darunter harnische. das volk verstummt entsetzt, und der zug wird zum hastigen überfall. diese übersetzung war sofort mit dem lesen des schillerschen entwurfs parat, aber im skrupulösen augenblick des schreibens schien sie mir losgelöst vom helden, nur ein äußerliches verhängnis. ich überlegte, ob nicht dmitri hier den mörder / einen zufälligen gaffer, dessen grinsen er mißdeutet, niederstechen soll, wodurch der zug stockt und die bewegung entsteht, die die fahnen und waffen bloßlegt. doch ich bin wieder sicher, daß der sturm kein »fehler« ist: jede zufälligkeit, das banalste kann den charakter der herrschaft entlarven, jeder wind sozusagen. (auch das zweitrangige der *fremd*herrschaft – die die fahnen signalisieren – ist kein fehler: die herrschaft überhaupt ist fremd, in allzuvieler hinsicht, das detail steht fürs ganze.) das bloße naturereignis ist ein größerer, »unheimlicher« (unkalkulierbarer) vorgang, sinnlicher und schließlich sinnbildhafter.

30. 3. 80

arne weiß noch nicht, was sie einmal werden will; und das ist nicht schlecht, sie hat einen frohen und hohen sinn. zum glück kommt sie auf die e[rweiterte]o[ber]s[chule]. es bleibt ein schrecken, daß diese halbwüchsigen und gerade-noch-kinder, die eben noch spielend und lernend mit vielem zugange sind, sich festlegen müssen auf eins und, eben noch eine klasse, auseinanderdividiert werden auf den bildungswegen oder ins industriegelände.

8. 4. 80
DMITRI beendet.

dmitri, ist er der wahre? soll er zur gänze sich zeigen.
in den fragmenten nur konnte er großartig tun.

26. 4. 80
am morgen vor der premiere SIMPLEX DEUTSCH hockt theaterminister rackwitz im intendantenzimmer (er hat sich gestern, während die generalprobe lief, in eine probe der ZÄHMUNG gesetzt); wekwerth erklärt ihm, daß er die verantwortung übernehme, rackwitz: machst du das wirklich, manfred? ich danke dir.
wekwerth poliert den beanstandeten bezirkssekretär (die handpuppe!) und den DISKRETEN CHARME, gerber bekommt lange haare, worauf der text möglich ist. am abend existiert der wechselbalg, und ich muß zufrieden sein; TROMMELN (beyer) und die BEBEL-szenen (schall) sind glänzend, anderes nicht durchgearbeitet; das publikum verwundert und gespalten, der erfolg solcher schockbehandlung nicht zu registrieren.

30. 4. 80
bei schumacher. fradkin. afghanistan ein begriff wie aus der quantenmechanik. nach moskau rollen die zinksärge. immer wurde die s[owjet]u[nion] verdammt, weil sie die revolutionen »preisgab«. jetzt gilt sie als aggressor. geholfen wird einem regime, das keinen rückhalt hat. nicht zu helfen bedeutet, das land in den feudalismus zu schicken. ein kampf wie unter drogen erzählt, und mit dollars gemacht. die usa sekundieren im persischen golf. der krieg ein unding, möchte man sagen, wenn nicht die leute zerrissen würden, in einem gelände, von dem wir gewiß nicht reden.

4. 5. 80
theatertreffen in warschau (GROSSER FRIEDEN). – der polnische kulturminister läßt uns in einem hinterpalast wajdas MARMORMENSCHEN sehn. dessen jede sequenz bei uns geschnitten worden wäre. wie doch realismus sofort sich einschleicht, hereinplatzt, wenn die politischen umstände nicht ausgespart werden; in unsern filmen wird alles pfäffisch der psychologie aufgepackt. familien-, d. h. brigadedramen, nicht das drama der verhältnisse.

7. 5. 80
heute morgen von eins bis in die puppen ein paar geburtstagsgratulanten im hotelzimmer in łodz, mit wurst und wodka. schall und beyer geraten sich diskutierend an den pelz / an die kutte, der eine auf dem stuhl selbstgewiß barsch, der andre auf dem boden hockend höflich renitent, zwei morgenfüllende rollen: die andern schweigen, als und weil schall nur zwei gute schauspieler am theater für nötig hält. er hat etwas vom coriolan.

22. 5. 80
lesereise. marbach, gebratene maultaschen und frische erdbeeren. die archive im keller. onkel martin in mollenberg achtzigjährig, ein reger seigneur. die wacholderalb bei münsingen. die lieblichen aber katholischen töchter des professors in weingarten. der tübinger tui-kongreß. grieshaber, dünn und schwach, lachend im liegestuhl auf der achalm. karola bloch. der markt in würzburg, walters grab. die raketenspitze in der rhön, die doch ein kirchlein ist. die grenzer auf beiden seiten winken den wagen lässig durch.

8. 6. 80
bei heises, mit schlenstedts. dieter hält DMITRI zugute, daß er nicht auf einen satz zu bringen ist, eine kompakte wilde geschichte, bei der er sich etwas vorstellen kann. aber heise fragt: wo solls hinaus? ein in sich geschloßner kreis des raubens, gespenstertanz depravierter welt. es müßten konstanten sichtbar sein, das volksleben, wovon sich der vorgang als schaum der geschichte abhebt. – richtig. ich war in manchem gar zu kurz, die figuren wirken dann unmenschlich. ich muß mich bequemen, schon auf dem papier merken zu lassen, was sie denken und fühlen. vor allem: dmitri muß sich erklären. was glaubt er zu bedeuten? was bedeutet er andern? wenn er sich als nicht legitim erkennt und er auch nicht die boris'sche legitimität des sozialen programms hat – was ist an ihm dran? seine ungezwungne kraft, sein naturburschentum kann ihm doch nur deplaciert vorkommen: wenn es nicht gerade sein programm ist, die leute freizumachen, zu befreien vom »despotismus« – ein unglücklich abstraktes wollen, zu dem er in dem augenblick selbst nicht mehr frei ist, wenn er darauf bauen müßte, wenn er sich nämlich als gefangner polnischer machtpolitik begreift. sein anspruch muß ausgesprochen sein, damit man mit ihm fühlen kann – und nur über seinen anspruch, seine sittliche existenz, können die andern figuren mit ihm korrespondieren (gegen ihn konspirieren) – oder trotz des zaubers unberührt bleiben auf der straße.

9. 6. 80

haug, staatlich angestellter marxist (nicht marxologe) an der freien universität. gegen eine herrschaft sein heißt noch nicht den weltliterarischen standpunkt beziehen. der zensor ist kein gegner. ideologie als vergesellschaftung von oben. hier byzantinismus, dort babylon. imaginäre räume, um die waren herum organisiert. man kauft eine hose und tritt ein in eine komplette identität – schlüpft in eine hohlform, die fast wirklicher ist als die textilie. das gilt auch für den staat. die intellektuellen = hirnprothesenträger. »ich stecke in der struktur. ich bin professor, das macht jedes wort zum witz.« man rechnet in immer 50 jahren (also es kostet das leben). die furchtbare macht der gewohnheit. ja, sage ich, erfahrung macht blind.

12. 6. 80

nach einem seminar mit lehrern in westberlin bei sarah, sie wohnt mit dem jungen schweinitz zusammen: witzlebenstraße, was immer das heißt. – sie sagt es: glücklich sein. und das ist ein menschenrecht. seine MOZARTVARIATIONEN. nachts durch den türkischen wedding.

18. 6. 80

leitungsrunde im b[erliner]e[nsemble] über DMITRI. also man ist von dem ding angezogen und rein verzweifelt, nicht die idee in der hand zu halten, die sagt warum. wekwerth lobt kraft und szenentechnik, es sei nichts mehr rhetorisch, alles sinnlich, aber die erwartete grundhaltung (»das meiste ist noch zu erwarten«) unauffindbar, als könne gar nichts mehr gesagt werden wie in der HAMLETMASCHINE, wolle ich den stillstand der geschichte? (die HAMLETMASCHINE sagt halt unerwartetes.) mittenzwei ist energisch dafür, das stück zu spielen, es sei unterhaltsam, technischer fortschritt, gehe nicht um kleinigkeiten, aber er schlägt erbittert den titel vor: DIE LIQUIDIERUNG DES PRINZIPS HOFFNUNG oder DIE ERMORDUNG ERNST BLOCHS DREI JAHRE NACH SEINEM TOD. er sieht richtig: schiller schreibt gegen das legitimitätsprinzip an, bürgerliche emanzipation; ich »führe das legitimitätsdenken wieder ein« – mit der frage nach dem mandat der massen. diese frage bei diesem stoff bringe blutige antworten, aus den gräbern. und ich ließe sie stehn, alle drehpunkte mündeten in den geschichtspessimismus. verbesserungen (die ich auf der zunge habe) verlangt er nicht, aber auflösung des identifizierungszwangs, kritische einmischung des zuschauers.

20. 6. 80
die ausstellung der letzten grafischen blätter picassos in leipzig, eine große beunruhigung. diese zu liebenden frauen, die den neunzigjährigen bedrängen, das modell/die prostituierte das leben, das er leidenschaftlich festhält in seiner traurigen tödlichen lächerlichen würdevollen gestalt. picasso entstellt den augenschein, sein realismus heißt untreue des details, um auf diese verzweifelte/spielerische art ins wesen zu dringen. wie schreiben, ohne ihn zu ignorieren. wie sieht ein gedicht aus, das sich neben diesen radierungen und kaltnadelstrichen lesen lassen kann. wie muß ein stück gebaut sein, das »die zerrissenheit und die angst, die sucht nach betäubung und das verlangen nach liebe und die jagd nach geld und nach glück« (der sammler ludwig) so dringlich darstellt.
ausfragung durch fischborn und schuhmann. wir kommen jetzt ohne diese benennungen aus, episches theater, dialektisches theater, weil wir uns nicht abgrenzen müssen gegen eine herrschende schreibweise (sie ist zu uninteressant) und es eitel wird, alles auf den punkt zu bringen. geht es doch vielmehr darum, immer den neuen ansatz zu suchen, die anderen mittel einzuschleusen, um die perspektive zu öffnen in die widersprüche, die keine durchgängige form offenhält. deshalb das grundsätzliche fragmentieren/synthetisieren, die montage, die brüche, sie können in die tiefe führen, vom milieu in geschichte. die ästhetischen pauschalen, komödie-tragödie, sind ohnehin verfallen. wir können uns nicht aus der krise der welt heraushalten, sie ist zu tragisch und zu komisch gemacht: wenn nichts sonst, die kunst bringt uns in die krise, und wir treten uns fremd gegenüber, um uns

mit vielen augen anzusehn, und spalten uns, um uns zu vereinen mit der menschheit.

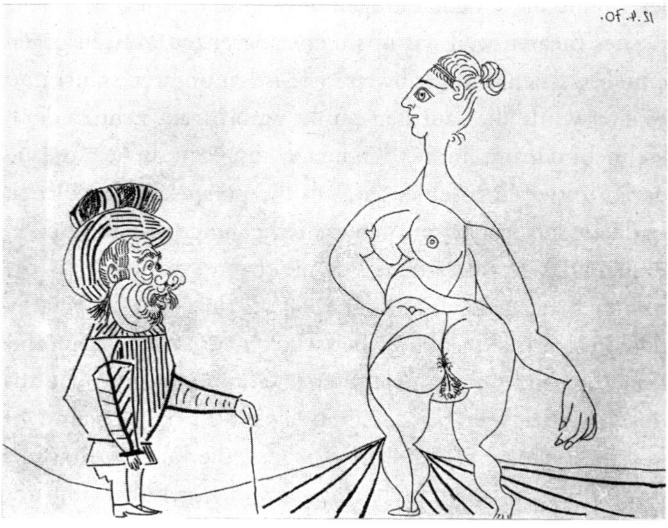

20. 6. 80
bei teller. er hat ausführliche randglossen zu DMITRI parat. sein urteil fürchtete ich besonders. »4. DMITRI ist keine parodie oder travestie von schillers DEMETRIUS. das schwere wird nicht in ›läßlichen scherz‹ aufgelöst, sondern durch anderes schweres ersetzt. unserer dramatik scheint allein die heiterkeit angemessen, aber als grimmige. der von der antike erborgte kanon der klassiker gilt selbstverständlich nicht mehr, weil das verhältnis von undurchschaubarer angestammter macht von oben und sich dagegen vergeblich aufbäumendem individuum von unten *so* nicht mehr gilt. brauns stück, durchaus von dem reichlichen material seines hauptvorgängers gebrauch machend, ist eine *plebejische* transformation des stoffes und des themas. das maß der hauptkonflikte liegt nicht mehr in den moralen der protagonisten oder im herzen eines helden, sondern im *sozialen.*« die auflösung der großen charaktere bringt substanzverlust: dmitri sollte mehr souveränität zeigen und, »gegen jede realistische psychologie«, die falsche plaziertheit der herrschenden in frage stellen. um den hauptkonflikt deutlicher zu machen, schlägt teller einen neuen schluß vor: die herumstreuner und machtanwärter sollten ihren anspruch als historisch unmöglich, aber als in zukunft realisierbar, ja unvermeidlich darlegen. und viele nützliche hinweise.
nachts in der galerie am sachsenplatz in der willy-wolff-ausstellung.

20. 6. 80
tellers überschriften für die DMITRI-szenen:

1
JEDE INTERVENTION FINDET IHREN ANLASS

2
DAS ALLGEMEINE BEDÜRFNIS VORAUSGESETZT, GILT: MENSCH, WERDE SEHR WESENTLICH

3
DAS EROBERTE VOLK MACHT SICH EIN BILD VON SEINER BEFREIUNG

4
DAS KIND DER MUTTER, DAMIT SIE GEDEIHT

5
ZUVIEL DES GUTEN AN HERRSCHERGUNST oder DIE WUNDERBARE RETTUNG DES FALSCHEN ZAREWITSCH

6
DER MACHTWECHSEL VON SEITEN DES UNTERGANGS

7
DAS MÄRCHEN VON DER FREIEN HINGABE DER VERWAISTEN ZARENTOCHTER

8
ALLE HÖHE IST EINSAM oder DIE SPESEN FÜR DIE GEWINNUNG DER WAHREN IDENTITÄT

9
–

10
DIE BÖSE HEIMKEHR DES VERLORENEN SOHNS

11
GELD REGIERT DIE WELT, ABER NICHT OHNE DRUCK

12
DAS FLEISCH IST WILLIG …

13
DER UNGLEICHE WETTSTREIT DER BEIDEN ZAREWNAS und DIE MASSNAHME, DER SACHE WEGEN

14
DIE SPHÄRE DES TOTALEN VERDACHTS

15
DER KRUG GEHT SO LANGE ZUM WASSER, BIS ER ZERBROCHEN WIRD

16 (zwischentext)
SEIEN WIR EHRLICH, HIER WIRD FALSCH GESPIELT!

17
DAS SPIEL IST AUS, DMITRI GEHT NACHHAUS

18
VOM HOSIANNA ZUM KREUZIGET IHN

19
NICHTS WÄHRT EWIG

20
WOHLAN, WILL ICH ZUM LEBEN SAGEN, NOCH EINMAL

22. 6. 80

bei henselmann. ein bedeutendes fossil. baute güter im eroberten warthegau und die stalinallee im zertrümmerten berlin, talent mißt er daran, sich in kompromissen zu behaupten. die führenden genossen schätzt er, weil sie schlicht und dumm seien, er respektiert ihren geschmack, weil sie ihr leben in die schanze schlugen. unsinn, am anfange reich und fähige männer zu verlangen. er aber ist reich, an ideen, charme, beziehungen, bosheit, witz, ein naturell das oben schwimmt mit rotleuchtenden flossen. aber er hat seine feinde verloren und übt eine heroische totenmaske ein. isy neben dem satyr, ihr fuß auf dem tisch, eine reife abgeklärte nisaba.

29. 6. 80
endlich ist müllers BAU heraus. die aus dem roman (neutschs) abgezogene vielspurige fabel, die nicht vom einzelkonflikt bewegt wird sondern gesellschaftliche veränderung erfaßt, stellte die weichen für eine neue dramaturgie. natürlich, der bröcklige bau des stücks brauchte den zement dieser metaphernsprache; und das rhetorische, müllers sächsische stärke, ist realistisch: die leute sind reicher als die umstände erfordern, ihr überschüssiges bewußtsein arbeitet sich ab in den reflexionen, sarkastischen oder heroischen conferencen, die ohne weiteres den abend füllen. der text hat seine kraft behalten, weil er auch eine gesamt-metapher ist (der bau in mehrfacher bedeutung) für sozialismus deutscher demokratischer art. vor fünfzehn, vierzehn jahren suchte ich vergeblich, den mitteldeutschen verlag zur herausgabe einer stücke-reihe zu beschwatzen: eigens zu dem zweck, BAU als band 1 zu lancieren. jetzt hat die volksbühne den alten müller aufgearbeitet, das beste ensemble und ein publikum, wenn man von den ersten reihen absieht.

4. 7. 80
film
DIE DISKRETE MACHT (HERRSCHAFT) DER ARBEITERKLASSE

I
aufbau eines helden oder: die erfindung des perpetuum mobile in der planwirtschaft

II
der mann mit eigenschaften und die frau ohne unterleib oder: die liebe ist eine staatsmacht oder: die enkel fechtens besser aus

III
verheerende folgen mangelnden anscheins innerbetrieblicher demokratie

11. 7. 80

HINZE-UND-KUNZE-ROMAN. das sozialistische kommt in diese herr-knecht-beziehung hinein, indem beide das vitale bedürfnis nach gleichstellung haben – das auf die grenzen stößt, die eben der sozialismus schafft. (daß das bedürfnis reflektiert wird, zeigt die niedrige stufe der gesellschaft: sonst würden sie es leben; aber die gesellschaft immerhin produziert das bedürfnis.) kunze sieht die gleichheit herstellbar in seinem verhältnis zu frauen, da kann er auf selber ebne verkehren (und vertikal und horizontal sind bloß begriffe der technik) – also wenn er aus dem amt raus ist und nicht in funktion auftritt. diese versuche, dem sozialen ideal nachzujagen, groteske ersatzhandlungen, können das buch füllen, das die harmlose form des liebesromans annimmt. aber auch das verhältnis hinzes und kunzes lebt vom widerspruch beider gegen dasselbe: sie wollen es nicht subaltern und versuchen, es zu überspielen, kunze durch äußerste freundlichkeit, jovialität, hinze durch selbstverständlichste unterordnung und gefälligkeit, so daß sie sich gegenseitig in ihre rollen drängen und auf sie festnageln. (das ist das erotische an ihrem verhältnis.) es wird durch die neuartige, sozialistische übertreibung gerade stabilisiert, und die gehaßten alten strukturen, statt sie sie loswerden, werden »verewigt«. das ist ihr paradoxes erlebnis des sozialismus, auf den man früher zulebte – nun hat man ihn *so.* die zeit läuft nicht auf gemeinschaftlichkeit, die unterschiedliche stellung der leute sorgt dafür, man hat nicht individualität sondern individualismus, sozialistisch verbrämt. ihr kollektiver umgang ist das aneinandervorbeitäuschen und -tricksen, sie reden nett und herzlich, die besten kumpel, aber denken sich ihr teil (das sie für *sich* herausholen wollen: kunze sichert seine position, sein ansehen, auch durch »verbindung« zu der masse hinzes; und hinze sieht auch wo er bleibt). dieses gewollte mißverstehn erzählt: eine harmonische vereinigung wird es nicht geben, sondern das ganze verhältnis muß sich wegsprengen in zukunft. das ist der radikale kern des hündischen geweses. die freundschaft, die die wirkliche beziehung kaschiert, beruht auf interessen: und auch auf dem interesse an wirklicher freundschaft. wir schreiben nicht mehr den kapitalismus. die hoffnung eben ist, *daß sie es wollen*, daß es ihr heftiger anspruch bleibt, gleiche zu werden.

14. 7. 80

Roboter übernimmt schwere Arbeit an der Formanlage

Erfolg der Finsterwalder Rationalisierungsmittelbauer

Leipzig (ND). Die beschleunigte Einführung der Robotertechnik in Gießereien ist eine der Aufgaben, die sich die Werktätigen des Kombinats GISAG in Vorbereitung des X. Parteitages der SED gestellt haben. Noch in diesem Jahr werden 12 Industrieroboter und Manipulatoren die Arbeitsproduktivität in den Gießereien um ein Vielfaches steigern, Arbeitskräfte und Arbeitszeit einsparen und körperlich schwere Arbeit beseitigen.

Die Gießer sind auf diesem Weg schon ein gutes Stück vorangekommen. Jetzt hat im Kombinatsbetrieb Metallguß Finsterwalde ein Roboter die Arbeit aufgenommen. Nach nur siebenmonatiger Entwicklungs- und Bauzeit – das ist ein gemeinsames Verdienst von Technologen, Rationalisierungsmittelbauern und Neuerern – löst er am Ende der Produktionslinie einer Formanlage schwere manuelle Arbeit ab. Er greift die heißen, bis zu 50 kg schweren Gußstücke und legt sie zum Weitertransport in Paletten. Sein Einsatz spart zwei Arbeitskräfte und 350 Stunden Arbeitszeit je Formanlage im Jahr ein. Die Produktivität der Anlage steigt um 20 Prozent.

Mit einer Leistung des betrieblichen Rationalisierungsmittelbaues von 3500 Mark pro Beschäftigten zählt der VEB Metallguß Finsterwalde zu den besten Betrieben des Kombinats. Alle Anlagen und Maschinen wurden so eingerichtet, daß sie sich mehrmals in der Woche so umstellen lassen, damit auch kleinere Serien wirtschaftlich gefertigt werden können. Ein wichtiges Vorhaben ist jetzt die Rekonstruktion der Formerei. Sie soll zu Ehren des Parteitages vorfristig abgeschlossen werden.

22. 7. 80
hole arne aus dem ferienlager putgarten ab; wir besuchen kayser in vitt. er malt brav in öl, wie er in öl inszeniert, aber sonst verhält er sich unumwunden, was ich schätze. er mißtraut mir, aber er macht mich.

30. 7. 80
thate und [angelika] domröse ziehen um: in berlin, aber über die grenze. sie verhandeln uns ihre dielen und klobürsten. die behörden müssen uns die wohnung *verschaffen*.

4. 8. 80
im sommer die ernte an freunden: wallace aus dundee, theobald aus leicester, mugnolo aus bari, ballhausen, händler aus karlsruhe, sebisch aus rennes, yasko asaoka aus tokio, lance der herzbruder aus paris

16. 8. 80
in harrachov mit anne und arne. zur elbbaude, über den kotel durch die kaum mehr berührte natur.
schmidt, BRAND'S HAIDE, das »musivische dasein«. ein skrupulant, der sich die sprache versagt und seine eignen sätze dengelt und quängelt. um die empfindung und denkung »exakt« zu fassen, den komischen kosmos, den jede regung durchirrt. zerspanung zwecks agglomeration; im sarkasmus der syntax werden land und leute (: der autor) gefühlvoll angepeilt. es ist nicht wahr, daß er ein hausboot aufm styx will. ein extraordinärer demokrat, der einsam in der haide steht.
johnson, MUTMASSUNGEN ÜBER JAKOB, die »tatsächlichen erfindungen«. ein anderer sturkopf und querulant der genauigkeit. welche präzise prätention, verständige umständigkeit. karges mecklenburger barock. alles wesentlich, hauptsächlich, unumgänglich. hier stimmt der satz: nach der reichsbahn kannst du die uhr stellen. und wiederum wird eine landschaft geliebt und eine gesellschaft geledert. ein unabhängiger moralist, über den viel gemutmaßt wird.

19. 8. 80

ich bleib im lande und nähre mich im osten.
mit meinen sprüchen, die mich den kragen kosten
in anderer zeit: noch bin ich auf dem posten.
in wohnungen, geliehn vom magistrat
und eß mich satt, wie ihr, an der silage.
und werde nicht froh in meiner chefetage
die bleibe, die ich suche, ist kein staat.
mit zehn geboten und mit eisendraht:
sähe ich brüder hier und nicht lemuren.
wie komm ich durch den winter der strukturen.
partei mein fürst: *sie hat uns alles gegeben*
und alles ist noch nicht das leben.
das lehen, das ich brauch, wird nicht vergeben.

24. 8. 80

blut in bolivien
in polen streik
und der 3. weltkrieg im wohnzimmer
E LA FAMA? E LA FAME?

Die streikenden Arbeiter in Danzig (vorn Streikführer Walesa) beteten – das feste Gebäude vom wissenschaftlichen Marxismus steht nicht mehr
Aufnahme: Studio X

28. 8. 80
christel gräf von der defa: ich würde mich vielleicht zu einem film heraufllassen, wenn nicht die befür- oder dawiderworter am zelluloid klebten. ein film, der rücksichtslos und würdevoll von der *arbeiterklasse* handelt, ihrer fortgeschrittenen position noch immer im dreck, ihrer gefeierten rolle am arsche, die angeherrschte klasse. ihre macht, die delegiert ist in den apparat, bleibt ein empfindliches ding, weshalb der apparat bei der kleinsten verletzung der form ins wackeln kommt, daß die schrauben fliegen. diese delegierung ein provisorium, das gutmütige leute voraussetzt, langmütige. aber kann man den löwen ich sage nicht wecken: filmen in der wildbahn, während in polen die streikenden der regierung forderungen diktieren? das kann man nicht, aber muß man unbedingt.

31. 8. 80
abkommen zwischen streikführer wałesa und dem regierungsvertreter in gdansk: »freie gewerkschaften«, streikrecht, einschränkung der zensur, freilassung politischer häftlinge. ab montag soll wieder gearbeitet werden. es waren die bestbezahlten arbeiter, die (durch die arbeit) organisiertesten der werften, und sie verknüpften die ökonomischen forderungen sofort mit politischen. ihre äußerste disziplin (alkoholverbot) ließ der staatsmacht keine chance zum eingreifen. der preis ist für die regierung hoch: millionen an verlusten, und die höheren löhne nur durch erdrückende kredite zu zahlen. vor allem aber: zwei gewerkschaften, d. h. die partei hat das geschehen nicht mehr in der hand. die arbeiter beten für polen, und sie haben mit warn- und generalstreik eine legale waffe. der katholizismus nährt sich vom privateigentum (papst wojtyla schwebt über den fluren), und die arbeiter waren noch gestern bauern. hoffnung und gefahr sind nicht mehr zwei gesichter, der fortschritt bleibt ein bastard. gut, man soll es wissen.

6. 9. 80
die neue wohnung, altbau in pankow, ein umzug ins vorige jahrhundert; gründerzeit: große hohe räume, parkett, dunkle riesige türen – sehr edel und fremd. großzügig, also schon asozial. man sollte, als schreibender, die wohnwüsten teilen, mit den einwohnern der zukunft, im beton von marzahn. aber die großen himmel von berlin mitte werde ich vermissen, der weite blick auf den prenzlauer berg in der sonne wie ein rosiges italien, ost und west unter den nämlichen gewittern. hier starre ich auf die barbarei: die in armer zeit »sanierten« fassaden, abgehäutet, die wieder die krätze haben.

12. 9. 80
treffen mit dem dänischen p. e. n. (lousiana: skol for kunsten). – mit mette tönnesen in kristiania, das alternative elend in kopenhagen. mitleid mit den tagedieben? den gestrandeten grönländern, die partout nicht einsehn, *jeden* morgen anzutreten an der maschine, da doch das geld langt für einen freien tag? bemitleidenswert – sind die ordentlichen, die gewaschenen, die blöden, die täglich die arbeit tun. die fraglosen produzenten, die die seele opfern für die industrie. sie schaffen die norm, sie sind gemachte leute, mit ihnen kann man es machen. die zahl der arbeitslosen ist hoch in dänemark, ihr unglück läßt mich kalt; aber die glücklichen stammarbeiter
(kristianisierung, das machen wir in, also verwahrlosung, städtischem maßstab.)

14. 9. 80
diese notate sind flüchtig wie ich lebe, ich rase mehr als daß ich atme. und wo ich zur sache kommen will, zu mir, schweige ich still. aber ist die liebe keine *produktion*?

24. 9. 80
mit biermann auf fahrrädern durch den freihafen, er parodiert das antikommune gesnack der schauerleute. hamburg ist eine gesunde stadt: sagt er, und er ist in die heimat vertrieben. vor allem: er muß sich nicht rechtfertigen, es war nicht seine wahl, von allen übersiedlern muß es ihm am besten gehn im kopf. und er hat keine politischen schulden gemacht in der ddr, er hat, und mit beschiß, abgerechnet an ort und stelle und kann sich der brd zuwenden. er kam »vom regen in die jauche«: das verübeln ihm die freiheitlich demokratischen grundordner, er kriegt kein bein in die medien. nur seine frauen halten ihm die stange und schenken dem großkotz zwillinge.

25. 9. 80
und kunert in itzehoe, das dreijahresvisum gilt bis pflaumenpfingsten. er hat sich wundgeschrieben, in immer derselben schreibhaltung, und es hat doch einer das recht, den sitzpunkt zu wechseln. die weltuntergänge kann er in itzehoe ebensogut ahnen, neben derselben marianne und sieben katzen, vor denselben bildern (napoleon verläßt das brennende moskau, »ich habe nicht gewartet bis es brennt«). für seine obskure kamera mag der ort sogar vorteile zeitigen, er ist nicht mehr irritiert vom amtlichen fortschrittsglauben, der nun wirklich belästigend war. seine neuen selbstfindungen nennt er ABTÖTUNGSVERFAHREN.

29. 9. 80
frigga haug äußert sich unbefriedigt von den frauen im GROSSEN FRIEDEN. mit fan feh sei eine individuelle befreiung gezeigt, aber ein sozialer aufbruch müßte am verhältnis der geschlechter rütteln. sie will die frau als gattung auf der bühne auftauchen sehn. vielleicht holen *frauen* die soldaten aufs feld / zur liebe zurück, und frauen, mit ihren gründen, begrüßen den großen frieden, frauen marschieren mit im bauernheer. und die frauen auch finden sich wieder am tiefsten geduckt.

3. 10. 80
ein pole klagt einem amerikaner: pironnje, unsere arbeiter wollen nicht arbeiten. der amerikaner: damned, bei uns arbeitet die herrschende klasse auch nicht. – japaner werden durch einen betrieb geführt, man erklärt ihnen die organisation, die sicherheit, die überlegenheit. ja, und wo liegen die ursachen für den bummelstreik?
szydłowski erzählt über die polnische situation – keinen witz, es steht auch so nicht in der zeitung. die arbeiterklasse war unmündig. die gewerkschaft keine vertretung ihrer interessen. jetzt verhandelt sie mit der regierung, führt streiks, zeigt ihre klaue. sie fragt den stellvertretenden ministerpräsidenten: wo wohnst du. in wievielen villen. in wievielen zimmern. für wen treibst du politik. sie zeigt auf die korruption und auf den mangel. sie setzt änderungen durch. natürlich, der sozialismus, wie er ist, ist auf diese mitarbeit nicht eingerichtet. für den sozialismus wie er ist ist nichts gefährlicher als die sich revolutionierende klasse. (die deutschen würden sofort *ordnung* machen: das ist der tenor unsrer versammlungen.) aber, sagt szydłowski: gelegenheit, dialektisch zu denken. die ereignisse sind gefährlich – aber wenn wir erhalten, was an politischer kraft hochflammt, wenn wir diese kraft nutzen, wäre viel gewonnen. die gefahr ist der anarchische fortgang, der die antisozialistischen interessenten engagiert. es ist nichts ausgestanden. aber der sozialismus – das ist das nicht ausgestandene. – er geht an die übersetzung GROSSER FRIEDEN.

16. 10. 80
karlach aus prag, er hat GROSSER FRIEDEN übersetzt.

17. 10. 80
der neustädter markt in dresden. warum befinde ich mich wohl? weil er maße hat, die auf den menschen berechnet sind. weil er notwendiges mit erbaulichem vereint. weil er geradlinig und doch verspielt ist, wie wir selber gern sein möchten. weil er das alte einbezieht ins neue, das nun sich bewähren oder verlieren muß.
lesung im kügelgenhaus. ein zuhörer verwundert sich über die »freimütigkeit«; ich erwidere, ich sei ein bequemer mensch, meine faulheit bestimme mich, einfach zu sagen was ich denke. im übrigen sei ich nicht zu kündigen in einem beruf oder amt, aber bei unserer arbeitskräfteknapp-heit sollte sich jeder durchaus für unkündbar halten auf dem planeten. – diese stadt, die die dichter gebiert, will sie polieren, sozusagen königstreu; im ruppigen berlin läßt es sich unverschämt leben.

22. 10. 80
badia, er übersetzt GROSSER FRIEDEN. ist unglücklich über die isolationistische linie der fkp, die nächste wahl ist für die zerstrittene linke schon verloren.
im neuen deutschland heute folgende zwei anreden: im telegramm honeckers an papst johannes paul II. »heiligkeit«, in einem artikel über peter schreier »maestro«, der maestro, schreibt das arbeiterblatt, werde schubert-messen dirigieren. heiligkeit hat letzthin geäußert, daß man auch mit der eignen frau ehebruch begehen könne, indem man sie begehrlich anblicke und seine gier an ihr befriedige. gott verhüte.

26. 10. 80

am arnimplatz in der wohnküche von ekke maaß, in der auch anderson einwohnt, turnt bei kerzenlicht papenfuß verspätet aufs sofa, mit gefärbtem haar, im lila dreßhemd, und liest aus seinen gedichten. ein wacher sympathischer kopf, der selbstbewußt aufspäht, zum diskutieren auffordert und sich nichts sagen läßt. es ist auch nichts zu begreifen. aber dieses umgepflügte schüttgut stört eine menge empfindungen und gedanken auf, macht sie locker, stiftet sie an, so daß viel mehr mit uns passiert, als landläufige texte vermögen, die irgendwas klares sagen, ohne uns zu rühren.

29. 10. 80

zum erstenmal klingelt das – vor thates ausreise stillgelegte – telefon, eine stimme (männlich/jung) fragt nach meiner nummer, die ich nicht weiß, ich frage, von wo er anrufe (vom fernmeldeamt?): »von der straße«, er nennt mir fragend die nummer, ich frage, wer er sei?, er antwortet: »dann geht ja der anschluß jetzt« und verschwindet in den kabeln. – ich behaupte gar nichts, aber ich habe meine überzeugung. – auf diese art also wird uns wohnlich.

bei christa, ihre büchner-rede zu lesen. »was erwarten wir noch von dieser gesellschaft?« fragt sie. es gibt nur noch eine (finstere) welt, östlich und westlich zählt kaum auf der »todeskarte«; aber sie hofft: daß es »einem generalstab schwerer werde, über einer stadt das kreuz zu machen, die innig und genau beschrieben wurde«.

8. 11. 80

der konflikt zwischen solidarność und der regierung spitzt sich noch einmal zu. die staatliche gewerkschaft hat sich aufgelöst, die »unabhängige« wurde staatlich anerkannt, aber in ihr statut die führung der partei hineingeschrieben. das komitee der gewerkschaft hat protest erhoben: und, wenn am montag der oberste gerichtshof die formel nicht annulliert, für mittwoch den generalstreik angedroht. man macht aus diesem punkt ein prinzip, weil man »unpolitisch« ist – deshalb die politik. man weiß, die neue führung polens muß fallen, wenn sie in diesem punkt nachgibt. kania war nicht zum spaß in moskau. er warnt heute vor weiteren streiks, wałesa repliziert, man sei auf den einmarsch der roten armee vorbereitet. die ddr-regierung hat den freien verkehr nach polen unterbunden, aus angst vor einer infektion (der lustseuche).

16. 11. 80

müllers AUFTRAG unterm dach der volksbühne, er hat ihn selbst, mit ginka tscholakowa, inszeniert. so kalt soll es sein, bei einem so starken text, das hat er beweisen wollen. es ist natürlich eine liebesgeschichte, als schwarze messe zelebriert – eine affaire mit der revolution (der schönen verfloßnen); die figuren laufen ihr nach, sie zieht sich für sie aus und schminkt sich ab: eine vettel, sie lassen von ihr ab und gehen drauf in der verzweiflung. eine liaison, die im verrat zum orgasmus kommt (jürgen holtz' wunderbarer tanz). das ist müller inwendig, er zeigt das rote inlett, unter schwarzen fahnen.

21. 11. 80
lesung in der majakowski-galerie in westberlin. das fernsehen hat sich installiert, ich sage, daß ich lieber die spuren verwische und auch nicht dem kulturmagazin – ah prisma, sagt der redakteur – nein, das kulturmagazin – also prisma, sagt der, er weiß nicht, daß wir eine kultursendung haben und tut so versessen, lyrik mitzuschneiden! ich rieche den braten, zdf, kennzeichen d, sie brauchen ein paar sätze. der kulturkrieg ist seit wochen wieder im gange. ich erkläre, meine ausdrucksweise sei zu fahrlässig, bei dem hohen risiko müsse ich 10 000 dm verlangen. er räumt ab.

25. 11. 80

treffe mich mit dem aussätzigen in bremen. er sieht noch immer wie ein jugendfreund aus, mit scheitel und schillerkragen, aber hat schon wieder eine neue konzeption für die welt. in den zähen verhältnissen hier hat er die alten mitgeschleppten theorien abgekippt wie plunder. die nicht parteigebundne linke, die sich in der sozialistischen konferenz sammeln will, hänge noch am traditionellen schema kapital – arbeit. aber der klassenkampf greife nicht mehr, in den rädern der welt. der in den GRUNDRISSEN angedeutete prozeß, daß die arbeiter nicht nur anhängsel der maschine sondern der maschinerie werden, treibe sie letztlich aus dem dogma (in japan werden schon roboter von robotern repariert). diese leute seien nicht mehr gut ansprechbar über das lohninteresse. aber es gäbe materielle interessen, die schwerer wiegen als das. gewerkschaften – das sei nur verhandeln *auf* dem schiff. statt auf interessen einer klasse müsse auf klassen von interessen geblickt werden. – es wundert mich nicht, daß ein mann, den realen sozialismus hinter sich, die fragen des kapitalismus universaler stellt, zumal es ein so verbackener und kandierter kapitalismus ist. die kühnheit liegt immer dichter am realismus als die bravheit, aber sie rüttelt die verhältnisse durch ein grobes raster. und mich irritiert am propheten ein gewisser heiliger zug; das ist der andere flügel, der ihm hier gewachsen ist. er macht nun nach marx den engel, der auch die religion aufheben will. der bisherige atheismus sei bloße ausstreichung gewesen, dadurch dem irrationalismus sein refugium verblieben. unser praxisbegriff – das ist wahr – habe einen empirischen fehler; die feuerbach-these, wonach der mensch, die welt verändernd, sich verändere, erkläre geschichte als naturhistorischen prozeß, aber marx kannte nicht den psychologischen mechanismus (seine »psychologische lücke«, sagt der engel): das kind verinnerliche die gesellschaftlichen strukturen, mache sich seinen vers, seinen charakter darauf, und mit 40 sei der bursche jahrhundertealt, nicht mehr dran zu drehen, passé wie die geschichte. deshalb sei nicht nur die praxis in der äußeren welt sondern die relativ selbständige praxis der selbstveränderung zu fahren (als 2. schicht, sage ich): wie sie im christentum vorscheine: die *umkehr*. ich warne ihn, sich nicht zu sehr zu verglauben. diesem neuen testamente verweigere ich die jüngerschaft. aufhebung der religion nennte ich geschichtsbewußtsein, und das sei, konkret, selbstbewußtsein; eine arbeit immerhin, aber nicht außer aller andern.

nes Paul II. auf dem Kapellplatz in Altötting: Der Bildschirm war stärker als der Altar

3. 12. 80

die neuen worte

winkelement, grundüberzeugung, abproduktenmesse, rat für realismus, diensthabendes system, atomschutzplane, abteilung grundsätze, jubelstufe 2, nährbeilage, großprobleme, megatote, nukleares patt, erlebnisbereich, konsumverzicht, freizeitgestaltung, dienstleistungsbetrieb, bewußtseinswandel.

11. 12. 80

durch die prärie bei zahna fahrend, über die elbwiesen bei wittenberg, wünschte ich wieder, den kohlhaase-stoff als film zu machen, nicht den hochgetriebnen rechtsstreit sondern die originale geschichte. dumpf, langwierig, niedrig, widerwärtig, und ganz aus der alten, kaum veränderten landschaft heraus. ein wortkarger, rüder heimatfilm, und es kann vorkommen, daß die aufrührer auf dem bahndamm lauern, in abgestellten güterwagen nächtigen oder einen großblock-neubau in brand setzen. das ist alles historisches milieu, wir brauchen uns nicht heraushalten, wir sehen die alten fehden ohnehin voller fernsehantennen, plastikmüll und hochspannungsmasten, und natürlich wird kohlhaase am strausberger platz hingerichtet, vor den gezuckerten häusern, der springbrunnen das blutgerüst.
mit hartinger zu keller. an seinen wänden die famose leipziger schule. kayser hat ihm DMITRI gesteckt, also selbst er geht den dienstweg. aber in diesen polnischen wochen ... was ich anfasse, fängt an zu brennen. und keller weiß auch: hager hat auf einer *anleitung* der kultursekretäre die schweriner absichten mit LENINS TOD freundlich aber entschieden abgeblockt. nachts kommt gigi [oechelhaeuser] vom academixen, mit erfreulicheren themen.

12. 12. 80

teller hat DMITRI noch einmal gelesen. durchschaut der zuschauer nicht zu schnell den betrüger/betrognen? bei schiller kommt der zuschauer in die krise, wenn er den (eignen) irrtum entdeckt. bei mir ist es anders, eine andere krise gewollt: der zuschauer, der durchsieht, auch den demokratischen planungen des helden kaum vertraut, ist gepeinigt, wenn er sich geirrt hat (oder nicht mehr irren kann) in den absichten des *autors.* ich lasse den helden nichts ausrichten, der in den alten strukturen funktioniert, man findet sich allzuewiglange wieder in dieser geschichte. die pein des publikums als der effekt, die fabel kommt darin zum ziel.

fragwürdig das erste »zwischenspiel«, die bolschewiki im kremlhof. wo ist sein sinn? schon die figuren blicken mitunter fremd an sich herab (der metropolit z. b.), der auftritt der revolutionsrussen dann ein distanzierter amüsierter rückblick von vor siebzig jahren – er bereitet vor oder verlangt den neueren blick: der heutigen zuschauer im abendanzug. also eine stafette, die das stück heranholt (das zweite zwischenspiel kann zudem als eine spielanweisung gelten).

nicht ohne ironie, daß den heine-preis 1980 der gerichtsreporter hirsch erhält.

15. 12. 80

goethes STELLA im theater im palast. berghaus hat einen wunderbaren schluß gefunden: die beiden, für sich banalen versionen sind ja nicht zu umgehen, so läßt sie nach dem tödlichen schluß die kinder (zwei mädchen auf einen buben) den glücklichen spielen, das eben vernommene gleichnis vom grafen von gleichen, ernsthaft und mit würde in den klamotten der alten tollend – bis die zwei mütter (cäcilie und die postmeisterin) die ungezogenen auseinanderreißen, die ältere generation, die immer das leben *führt.* – cäcilie endlich wieder eine rolle für jutta, sie trifft, verblüffend genug in dem exaltierten spiel, nur echte töne, mit einer handbewegung oder einem trockenen satz bringt sie die rolle in distanz, also nah. man spürt sofort: man kann sich ihr anvertrauen auch in den gewagten passagen, auf die ist verlaß. was bei ihr kunst ist, kalkuliert, kommt bei der jungen harfouch (lucie) noch als natur, von der kollegin affiziert. daneben die dame des hauses jederzeit gefährdet, sie liegt auf ihrer titelrolle und wird von ihr beherrscht und hat keine mittel, sich zu wehren. höchst: höchst sonderbar, verworren in rage und unedelmut, ein »obskures objekt der begierde«, dem die berghaus, das war zu erwarten, das stück opfert. aber besser sah mans vielleicht noch nie.

16. 12. 80

schuhmann im nachwort zu den stücken tut, als sei ich ein gespielter autor. sie sind »schwierig«, personenreich und ungefällig. es war nie ein ganzer sieg. ein staunen, kein einverständnis. pyrrhussiege, die neue verhinderungen nach sich hatten. ich neige dazu, meine arbeit als gescheitert anzusehn.

25. 12. 80
herr und knecht heute nicht mehr so eng beieinander, sie sind ein sich unbekanntes paar. der general(direktor) und der kollege arbeiter. sie kommunizieren vielleicht über den gartenzaun, in der privatsphäre, aber ihre aktivitäten verborgen in der höheren ebene oder der niedrigen denkart. natürlich sind sie durch gemeinsame *pläne* (verpflichtungen) verbunden, die jeder auf seine weise »erfüllt« (wegdelegiert). sie machen sich abundzu »miteinander bekannt«, dann taucht jeder in seine dunkle entfernte arbeit. wäre dieses nebeneinander nicht realer, und zeitgemäßer? aber ich fürchte, ich werde die entfernung doch ganz traditionell an der qual zweier aneinandergebundner kutschierer zeigen.
essen bei karges chinesisch.

31. 12. 80
ein paar tage in wiepersdorf: das gut ist zum schloß renoviert. kaffeetafeln. ein grundriß für den HINZE-KUNZE-ROMAN.
ein volles, unruhiges, aufreibendes jahr, mit reisen und gammeln vertan. der DMITRI im märz, dann ists schon aus. zu viele lesungen – jetzt sage ich (fast) alles ab. der umzug, aber man braucht nur eine hütte und frieden. das tägliche fernsehen ins nächstliegende: die zerraufte welt. die völker eingeschüchtert, von der aussicht auf die jüngsten tage. die hoffnung ein zwitter. die enttäuschungen wohlgelittne bekannte. keine heimat so weit das auge reicht, wir stellen sie nicht her. wir sichern ab, mit guten gründen, aber was eröffnen wir? sozietäten wie baracken, provisorien für die ewigkeit. nichts als mühe unter der sonne, die über ungleiche scheint.

3. 1. 81
haug, ›IDEOLOGISCHE VERHÄLTNISSE‹ IN DER DDR-PHILOSOPHIE.
kunze hatte auf längeren schulungen gelernt, daß es zwei grundlegend verschiedne bereiche der wirklichkeit gibt: das sein und das bewußtsein. da war ein dicker roter strich zwischen zu machen, das war überhaupt die grundfrage. außerhalb gab es nichts, und innerhalb mußte die ordnung hergestellt werden. es wurde seine hauptbeschäftigung, einerseits alle erscheinungen einzuteilen und den beiden getrennten sphären zuzuordnen, andrerseits wieder den zusammenhang zwischen ihnen herauszufinden. das war eine atemlose lebensarbeit, weil die erscheinungen unabsehbar und auch die menschen dazuzurechnen waren, die nicht alle den zusammenhang begriffen. das sein bestimmte das bewußtsein; und in neuerer zeit wurde es noch komplizierter: das sozialistische sein bestimmte, daß das bewußtsein das sein bewußt zu ändern, also zu bestimmen hat. also was bestimmte hier wie, und wie war darüber zu bestimmen? *von wem* war nicht die frage, wenn man die leute richtig einteilte. leute in tätigkeiten, die ohnehin gemacht wurden, spontan sozusagen, notwendigerweise um zu leben, also jenseits allen bewußtseins, ordnete kunze dem materiellen bereich zu. die waren eben da, handlanger wie hinze, während leute mit mehr im sinn, die den materiellen bereich ankurbelten und höhere ziele setzten, demgegenüber das bewußtsein hatten. diese hatten zu bestimmen, und den zusammenhang herzustellen. viele dinge, die an sich handgreiflich aber schwer zu begreifen waren, neue unpopuläre maßnahmen z. b., mußte man zur bewußtseinsfrage machen, sie mußten in den

kopf hinein. hingegen neue ideen und ideologische schritte, die nicht gerade bejubelt wurden, mußten zur materiellen gewalt werden, da mußte also scharf geschossen werden. die philosophen hatten die welt genug verändert, es kam wieder drauf an, sie zu interpretieren.

4. 1. 81

81: eine tagesproduktion zusätzlich.

7. 1. 81
kunzes fortschreitender tic als seine vermenschlichung. anders als don juan, der die frauen als beute jagt, sucht er sie als partnerinnen, als gleichgestellte, nicht als »befriedigte« wesen: ein verzweiflungsvoller trip. in der bloßen begierde würde er verschwinden; er brennt auf die *beziehung:* etwas das bleibt und mehr aus ihnen macht. hat er genug »einzusetzen« in dieser produktion? er findet nicht genug in sich – er ist ein unvollständiges, nur funktionierendes geschöpf, von seinem hohen rang erniedrigt.

12. 1. 81
erstes gespräch mit schroth/[bärbel] jaksch im berliner ensemble über DMITRI – es kann schon das letzte gewesen sein. wenn ich schon neuerdings so roh bin, die *konzeption* nicht in den theatertext zu formulieren (wo sie nichts zu suchen hat), so muß ich wohl wenigstens andeuten, daß trübsinn nicht mein anliegen war. es ist freilich schmerzlich, mich in diesem kreis, in dem ich mich ausgewiesen (das wort in seinem guten sinn) glaubte, in verdacht zu sehn. dies eine erwartete ich, daß man mich als guten republikaner kennte, der seine sache auf etwas gestellt hat und nicht auf nichts. an dem stück sollte man irresein, aber nicht an mir; das stück verlangt es. es verlangt die interpretation, das gegenhalten unserer köpfe – wie diese köpfe, dies behaupte ich auch, das gegenhalten des stücks vertragen können (vertragen als der umgängliche ausdruck fürs brauchen). halte ich mir also das stück vor (mir, dem bisher einzigen zuschauer): ich sehe einen alten fall, in despotischer landschaft, aber es ist immerhin geschichte. ich sehe einige außerordentliche, zumindest brauchbare individuen in ärgerlichen unternehmungen zermahlen. ich sehe eine intrige mit hohler ideologie drapiert. ich sehe einen gelinden plan, von sehr weit oben den massen aufzuhelfen, und die massen können den planer nicht retten. ich sehe eine dumpfe hoffnung in der tiefe, die nicht tätig wird in deutlicher aktion. offensichtlich – das sehe ich im ganzen – läuft geschichte über weite strecken unproduktiv (die talente der völker blutig verwurstend), solange sie oder insofern sie nach den von mir beobachteten regeln, diesen »feudalen« mechanismen läuft. ich habe aber nicht *meine* welt gesehn, folglich gab es nichts di-

rekt zu lernen. überhaupt komme ich nicht weiter, wenn ich mir etwas hilfreiches erwarte wie von einem herkömmlichen stück, sei es ein lehrstück oder gar ein erbauungsspiel. ich bin mir hier im gegenteil selbst überlassen (wie etwa in den TROERINNEN in der volksbühne oder im PHILOKTET im deutschen theater), ich kann nur etwas von *mir* erwarten. und das ist allerdings schon längst meine geheime gewohnheit und freude, ich bin dazu erzogen worden! ich, der unter dem namen zuschauer mit diesem stumpfen unproduktiven gang konfrontiert wird (von theaterleuten, die vielleicht nicht wissen, was sie machen), will eine haltung einnehmen/gewinnen, die sich dem gesehnen produktiv entgegensetzt. eine haltung zur geschichte, die den heutigen tag meint, an dem ich, in sehr anderen verläufen, beschäftigt bin. in denen ich, sag ich mir nun wieder einmal, nicht verschwinden möchte wie diese kreaturen. (diese haltung seh ich schon, auf naive weise, geübt von dem moskauer volk, das die geschichte am leibe erlebt, sich zu einigen erkenntnissen hinredet und dem siegenden schuiski mit einem blick gegenübersteht, in dem allerhand erfahrung liegt. das sind/werden diese leute, von denen es am schluß, wohl mit großer absicht, heißt, daß sie drauf kommen werden, *alle* die macht zu erobern.) die theaterleute, seh ich ehrlicherweise auch, sind an diesem meinen gewollten schicksal interessiert; sie spielen mit dem text wie mit einer ekelhaften ratte und schielen immer wieder, einvernehmen suchend, zu mir herunter, und sie haben sogar einige tafeln aufgestellt mit sätzen, womöglich vom selben autor, die dem stück richtig in die fresse schlagen. aber das wäre für mich nicht unbedingt erforderlich, ich glaube fest, daß sich die aufführung *schon durch meine anwesenheit* legitimiert. ich sehe was ich sehe, aber ich weiß eine menge mehr, ich weiß eine neue zeit, die aus der alten gekommen ist, meinedamenundherrn. die schlußgemacht hat / die noch kämpft / die sich noch elend lange auseinandersetzt mit den alten regeln und mechanismen. und das bild der puren vergangenheit leuchtet, eine furchtbare fackel, uns heim in die zukunft.

12. 1. 81
oder ist alles wieder viel einfacher: vermutet schroth (vermute ich), daß wekwerth ihm das stück zuschanzt, damit er die kastanien aus dem feuer holt? fürchtet er (fürchte ich), daß er sich die finger verbrennt oder letzten endes gar nicht hineinlangen darf?
mangel bringt hilbigs band ABWESENHEIT. in den FRAUEN VON TROJA im 3. stock der volksbühne: kalkige wände, ein paar heutige gegenstände und ganz heutige personen, eine ästhetik, die für das be verloren scheint, wo mit »ausstattung« (andere) realität imitiert wird und so nur spiele aus zweiter hand passieren.

15. 1. 81
abends hans marquardt und sein fahrer. marquardt sieht die dinge niedriger im gange, die kunzes nehmen sich frische junge frauen, um *sich* aufzubauen und nicht etwa *das verhältnis*, sie wünschen zu repräsentieren mit den hübschen personen und sich zu entlasten für den harten job. so und nicht anders sei es, und er weiß, wovon er redet. das ist der durchschnitt; mich interessiert aber eine sonderlichkeit: eine rebellion in einer dekorierten brust gegen die elitäre placiertheit, ein neuer menscheninhalt inmitten der alten staatsform, der inhalt *eines* menschen, der alle sehnsucht nach egalitären beziehungen gepachtet hat (mangels anderer interessenten), eine anmaßung, die in ihrer unheroischen erscheinung erträglich ist. – der fahrer schmunzelt immer wieder, was marquardt unwirsch registriert. er sieht, der herr, den fahrer als komplicen seines völlerlebens, dem er beichtet, dessen dasein ihn hingegen, scheint mir, nicht tangiert. ich übe mich darin, vorsichtig die sympathien zu verteilen.

27. 1. 81
im veb rewatex, betrieb blütenweiß in spindlersfelde, mit der erklärten absicht, anstrengende, schmutzige arbeit zu sehn. natürlich führt man mich in eine moderne abteilung, und ich bin auf den ersten blick (und die ersten beteuerungen der leiter) angenehm enttäuscht. unterhalte mich dann mit den frauen an einer riesigen mangel, die unentwegt schwere feuchte bettbezüge an die maschine reißen, und komme mir in wenigen minuten mit meinen fragen dumm vor; auch diese technisierte arbeit ist plackerei. und die unterhaltung könnte die frauen ablenken, belästigen: sie bestimmen selbst das tempo, und sie müssen exakt anlegen, entdeckte qualitätsmängel führen zu lohnabzug. (schließlich wäscht man hier auch für westberlin.) sie müssen »voll dasein« für die maschine; und sie sind es in der früh- und der nachtschicht, aber wegen der kinder nicht bereit zur spätschicht, weshalb stärker »ideologisch zu arbeiten« ist. KAPITAL I, wenig abgewandelt: der betriebsbesitzer als leiter schreitet voran, der betriebsbesitzer als arbeiter folgt ihm; »der eine bedeutungsvoll schmunzelnd und geschäftseifrig, der andre scheu, widerstrebsam, wie jemand, der seine eigne haut« in den wettbewerb getragen und nun nichts andres zu erwarten hat als die – auslaugende wäscherei.

29. 1. 81
irina liebmann, die über uns wohnt, zeigt uns ihre notizen über einen berliner betrieb. »früh im bus wieder gesehen: die gestische überlegenheit der leute, die körperlich arbeiten. welche begrüßungen! herzlichkeit des ganzen körpers, hinreißende handbewegungen. der junge, der den alten mann mit den orthopädischen schuhen grüßt, er steht zu weit, um ihm die hand geben zu können, läßt sie zum gruß in der luft stehen, die bewegung sah ich in einem film über die gesten der bewohner neapels. die art, die begrüßung hinauszuzögern, den arm noch einmal kurz anzuheben, lachend; das winken über die straße verbunden mit dem heben beider hände, scherzhaft zeigt man dabei seine breiten schultern, die jungs in jeans gehen rudernd, mit ausgebleichtem hintern«... an andrer stelle über die rede-unlust der maschinenbauer (»maschinen*bauer*«), »körperliche arbeit macht schweigsam offenbar. die elektriker sind z. b. schon wesentlich gesprächiger.«

1978: Überschäumende Begeisterung wie noch nie in Buenos Aires – Argentinien ist Weltmeister! Mit solchen Temperamentsausbrüchen ist in allen Stadien zu rechnen. Foto: ZB

30. 1. 81
ein anruf der niederländischen fluggesellschaft: es sei ein ticket bezahlt nach mexiko; nicht zu ermitteln von wem. der brief wird seine zeit brauchen, ich brauche meine auch, so sind wir uns ja einig.
nachts bei einer geburtstagsfeier in der familie eines ersten geigers schwadroniert der stellvertretende minister für leichtchemie animiert über die angespannte situation; die wirtschaft werde so eingeschirrt, daß sie binnen 24 stunden auf krieg umgestellt werden könne. die polnischen zustände und die deutsche militanz scheinen ein wohltuendes klima für dergleichen brachiale gemütsmenschen.
arne ist in der schule vom bevorstehenden krieg unterrichtet worden, der termin: in etwa fünf jahren.

6. 2. 81

karge und matti langhoff, die seit nun schon jahren im westen arbeiten, haben DMITRI geprüft und wollen es machen: und zwar am b[erliner]e[nsemble]. dies wäre vortrefflich: »kulturpolitisch«, und für das stück. karge schreibt einen brief an wekwerth.

12. 2. 81
der polnische sejm beruft in der bedrohlichen lage den armeegeneral jaruzelski zum ministerpräsidenten.
wekwerth und auch schall erklären, mir gegenüber, interesse für karge/langhoffs angebot, tenschert hingegen erleidet einen geradezu amtlichen zornausbruch.

15. 2. 81
meine rede in kamenz, AUFKLÄRUNG. WIEDERKOMMEN. POLEMIK, erschreckt die festlich gestimmten gäste (und ortskommandanten). aber professor scholz, beim hinausgehn, droht mit dem finger und sagt: *sehr* gut! frau holan macht beim bankett böse miene und erteilt spitzer eine reformande. (spitzer hatte mir noch gestern einen *lessingschen ton* abgefordert, der mir nur nicht milde vom maul floß.) es ist auch eine zumutung, öffentlich von lessing zu handeln, wenn man auf noble, aber staatliche weise mit ihm zusammengebracht wird. da muß man in schwulitäten kommen (sage ich der pikierten dame). fratzke, leiter des lessinghauses: uns aus der seele gesprochen; forker, der dresdner kultursekretär, barsch: von mir habe er nichts anderes erwartet. ein schönster tag.
bringen mutter nach dresden heim und fahren nach rossendorf ins kernforschungsinstitut: r[ainer] koch zeigt uns das rechenzentrum; mich interessiert das milieu der operator (der hand- und kopflanger der programmierer) – vielleicht ein beruf für hinzes frau, die lax und freizügig mit sich operiert, sich freiraum hält im auferlegten programm.

26. 2. 81

früh scheint die sonne schräg ins zimmer, eine stunde (es sei denn, man stünde eher auf); auf dem kleinen ovalen bild diderots, nach einer alten aquatinta, glänzt es unter der nase, ein fettiger punkt im papier, als liefe dem alten der rotz. das sehr lebendige bild wirkt nun wie lebend. er steht (oder sitzt) zurückgelehnt, um genau hinzuhören oder zu beobachten, in legerer kleidung: das weiße vorhemd offen, bequeme olivgraue jacke und weste, nachlässig geknöpft und womöglich zerschlissen. das haar, wie es eben fällt, die stirn groß und kindlich glatt, schmale gerade mächtige nase (tropfend), der kleine, sinnliche mund einen spalt offen, zum argumentieren oder grinsen bereit, kinn kräftig und fleischig. die tiefbraunen augen blicken konzentriert und versonnen zugleich auf das unerhebliche pankow. der ganze höchst liebenswürdig, aber im moment etwas angestrengt, verschnupft.

1. 3. 81
henselmann: über den witz/die gewitztheit der masse; besonders bei bauarbeitern beobachtete er sinn für ironie, man sehe ihn schon an ihrer kleidung (kostümierung). als verner, mitglied des politbüros, auf der baustelle des hauses der lehrer anrückte, um für die fertigstellung des baus bis zum tag der republik zu sorgen, ließen sie ihn gern reden und hatten nur eine kleine frage: nach der prämie. er appellierte an ihr politisches bewußtsein, sie hatten nichts dawider: für geld machen wir das. und je stärker er auf die politik zu sprechen kam, desto dringlicher fiel ihnen das geld ein; sie spielten mit ihm, ein spiel mit der macht.
henselmann hat, ein brecht-vertrauter, als test-person für DMITRI hergehalten. er will sich auf altgewohnte (dieser generation gewohnte) weise einsetzen, aus »solidarität der qualität«. er fordert mir ein bekenntnis zu wekwerth ab und erklärt mir theater (und städtebau) als kunst der intrige. ich ahne, daß er in eine verstrickt ist, ich bin aber ein stümper.

3. 3. 81
habe die einladung der autonomen universitat mexiko erhalten, die reise paßt mir nicht in den angefangnen strich, aber das land sehn und die alten kulturen und die neuen theoretiker (alain touraine, ernesto laclau)... in der mexikanischen botschaft ist man kulant, im schriftstellerverband unverschämt zurückhaltend. werde in blöder ungewißheit in kochberg sitzen.

6. 3. 81
wekwerth trifft sich mit karge und langhoff in unserer wohnung. ihr kleiner finger ist ausgestreckt, aber er will gleich die ganze hand, ohne jedoch die eigne aus der tasche zu nehmen: sie sollen nicht nur so »ein ding machen«, sondern sich zu längerer zusammenarbeit entschließen, die gleich säuisch beginnt bzw. nicht beginnt, indem er, DMITRI betreffend, seinen eignen anspruch erklärt. ich komme in eine unmögliche lage; es würde die inszenierung nicht wahrscheinlicher machen, wenn ich auf karge/langhoff beharre; ich muß, durch schweigen, beide parteien brüskieren.
abends bei karge; langhoff, pieter hein, christiane und chr[istoph] hein.

13.3.81
gestern von kochberg nach weimar, um QUE VIVA, MEXICO, den restaurierten film von eisenstein, zu sehn. erfahre heute am telefon, daß an der mexikoreise »die ddr nicht interessiert ist«. die art bescheid entspricht der antwort des polizisten in potsdam auf die frage eines reporters vom zdf, wie ihm seine stadt gefalle: »auskünfte erteilt die pressestelle des ministeriums des inneren.« abends suff mit goldmann und christfried schmidt. goldmann: »die republikweite enge«; wenn es das nicht schon gäbe, könnte man england sagen.

14. 3. 81
walser zum mittagessen, mit weimarischer bedeckung. ein mir liebwerter mann. – es ist ihm etwas frevelhaftes passiert: abends im elephant entdeckte er unter seinen papieren ein goethe-original. wo er doch nur den eckermann kopieren will.
radiosendung über eine arbeit von fromm aus dem jahr 1931: untersuchung der sozialen verhältnisse in betrieben mitteldeutschlands, in der nachgewiesen wird, daß die mehrzahl der deutschen arbeiter wohl links dachte, aber doch autoritär empfand. sie war im gefühl befähigt, den faschismus zu ertragen ... höre es mit interesse, am HINZE-KUNZE-ROMAN schreibend. auch der schofför hinze dieser groteske widerspruch: er schwafelt subversiv und schuftet subaltern, und braucht eins wie das andre.

26.3.81
bei der schallplatte freigabe der mitschnitte der beiden [braun-]abende.
mit mette bei hilbig, berlin-lichtenberg.
er sitzt am küchentisch, und keine schaufel lehnt an der wand, und nur ein eimer kohlen steht zur verfügung. er ist kein heizer mehr, aber sein arbeitsplatz ist ein dunkler kellerartiger raum. das fleckige wachstuch, die unterarme zwischen flaschen gebettet. düsteres papier, und eine wand aus rauch steht wie kohlendunst um ihn. er redet wenig, dafür sorgt der dämon, der ihn zum schreiben nötigt. er hockt mit seinem dämon in der dunkelheit, dem arbeitgeber, der es schriftlich will. den er füttert mit dem absud seines unglücks in den savannen seiner freude. diesen unersättlichen, mit nichts, mit keiner übertreibung zufriedenen treibgeist, feindseligen grimassierer, den man mit suaden bedienen muß, sog. erzählungen, müllmoränen von worten. es ist das massenhafte material (der träume und anderen tätigkeiten), gras, dreck, lauge, ausgeschüttet in der liebelosen gegend, und alles vermischt, durchtränkt von grimmiger, komischer demut, wie im rausch endgültiger nüchternheit, überschäumende wahrheit. der übliche stoff, nur aufgelöst in seine öligen essenzen und elenden gerüche, zersetzt, vermodert oder in verwesendem zustand, in dem er um so intensiver leuchtet und phosphoresziert. welcher fluch, welche lust schreibt sich in die landschaft ein, den bitterhellen text, den er nicht artikulieren, den er nur schreiben kann, denn der dämon sitzt ihm auf der kehle
und in der tür verweilt der fasan resp. die frau, dänischblau und blond, unverwandt mit dem roten schnabel auf ihn zielend, die er ohne den blick zu heben epiphaniert

29. 3. 81

lese im leipziger kellertheater. der alte (kayser) läßt sich vornweg sehn: SCHMITTEN, seine frauentagslektüre, hat ihn empört, er wirft hauswald vor, tellerminen zu legen. auch DMITRI entwickelte sich unschuldigerweise zum ärgernis, wegen der unfaßbaren polen. kayser weiß nur zwei lösungen: daß sich die polnische partei auflöst oder die armeen einmarschieren, so oder so. ich soll keins der stücke in gänze lesen, damit nicht die frage in den raum gerate, wann es inszeniert wird.

nachts fährt mich ein theaterschofför nach kochberg. er ist nicht der cheffahrer, nicht der »leibeigene«, wie er es nennt: der fährt einen tatra, ein großer kasten, der schwer in gang kommt im stadtverkehr (sic!). er hat den chef aber auch schon bedient: der steigt in den wagen (läßt sich die tür öffnen: erfrage ich), zieht das jackett aus und die lederjacke an, pipe in den mund und nimmt die »prawda« vor, sagt nicht muff noch meff. sagt oft nicht einmal wohin – und poltert dann los, wenn er nicht ankommt wo er will. der redet überhaupt nicht. (auch nicht, wenn er von der volkskammer kommt?) kein wort, mal über das wetter, der lehnt sich zurück und du bist überhaupt nicht da. dann wieder das jakkett an, verschwindet und sagt dir nie, wie lange es dauern kann. ich stell den sitz nach hinten und penne; wenn er an den wagen tritt, bin ich wach. – kunze ist doch einsame klasse, das muß ich oder hinze mal sagen.

31. 3. 81
während das stabsmanöver der sowjetischen, deutschen und polnischen truppen mit seinen »angriffshandlungen« sich in die länge zieht, wird der generalstreik, nach einem kompromiß zwischen gewerkschaft und regierung, abgesagt (für 15 tage). und wenn es nun so wäre, daß, gerade weil polen um jeden preis im militärischen bündnis gehalten werden muß, sich ein »liberaler« sozialismus etablieren kann? daß gerade die latente besetzung der schutz ist für einen weniger repressiven staat? die geschichte, will ich hoffen, hat ihren witz nicht verloren.

Angriffshandlungen von mot. Schützen im Rahmen der Kommandostabsübungen „Sojus 81" im Süden der DDR. Eine Spitzeneinheit auf dem Marsch.

Foto: ZB-Busch

1.4.81
häfner, nur jeans und sandalen am hageren leib, christushaar, knochiger metallschmied aus erfurt. er bestellt eine bürgschaft für den [schriftsteller]verband und liefert einen packen guter gedichte, durchaus produkte der vergorenen generation:

STANDPROBE

eutschland im hinterhof eine hauswand
des sprachstellers flexion beruht auf
selben prinzip mit glied schafft im
letzten moment klemmt beißmuskel
bullterrier wird vorgestellt rasierschein
vorgezeigt was wir mit sicherheit von
poesie wissen beschränkt sich auf
tacitus schutzstreifen verboten
betreten beweiden teils vor der schlacht
teils beim fröhlichen mahle lieder
gehabt und puschkindhöschen die
anemone nemorosae in laubwäldern
hainen moosigen wiesen zeigen ihre weißen
honiglosen augen dem braunen schutzstreifen

er muß in den verband, sonst wird er als illegaler behandelt. dabei sind die texte naiv zu nehmen, nicht als metapher. er notiert die pure stellenweise realität, abschreibungswut, echte zitatenkacke. anders als die witzpropaganda, die sich in der anspielung versteckt. hier wird nichts infrage gestellt, die sätze werden der wirklichkeit nachgestellt. eutschland steht an der hauswand: und im thüringischen grenzgebiet klingt das scharf, wie die bullterrier, die anderswo bloße modehunde bleiben, aber an diesem ort schnappt die zeile auf der schautafel zu, an diesem ort muß sie aufgeschrieben werden. das grenzgebiet, sagt er, ist ein anderes land. die leute können nicht sagen, was sie denken. ihre sprache muß aufgebrochen werden, um in die schädel hineinzublikken. sie muß die gewalt, die brutalität, das obszöne herausrücken, denn es ist drin. »aber dann wird man auch wieder sensibel.« im grunde hat er nur den satzbau verändert.

4. 4. 81
habe noch nie mit solchem spaß und mit so »schlechtem gewissen« gearbeitet.
freud, DER WITZ UND SEINE BEZIEHUNG ZUM UNBEWUSSTEN: »der witz wird uns gestatten, lächerliches am feind zu verwerten, das wir entgegenstehender hindernisse wegen nicht laut oder nicht bewußt vorbringen durften, wird also wiederum einschränkungen umgehen und unzugänglich gewordene lustquellen eröffnen.«

13. 4. 81
zu frau busch nach weimar: das nationaltheater erwägt DMITRI für 1983, nach der vierten teilung polens. aber ein schöner heimweg von teichel den berg hinauf nach kochberg in der warmen nacht.

16. 4. 81
habe einen brief vom hamburger stern zählebig auf dem tisch, in dem um meine »schönste liebesgeschichte« gebeten wird, für ein horrendes honorar. ich will mich nicht in der arbeit stören lassen; es wird nur so gehn, daß ich mich in den roman hineinmenge ... während kunze zur kur weilt. aber ich mißtraue meinem gedächtnis und halte rücksprache; als ließe sich das innigste, das zärtlichste vergessen, und anne ist durchaus nicht bereit, mir nachzuhelfen, worüber wütend nachdenkend mir allmählich ein gewöhnlicher gedanke kommt. kann sein, ich folge meinem stern.

20. 4. 81
karge/langhoff, von wekwerth noch ohne antwort gelassen, wollen DMITRI in bochum machen. heinitz bringt die nachricht, daß ein team unter liefers an der volksbühne mit SCHMITTEN umgeht. das sollen sie nicht holan merken lassen.

24. 4. 81

bin in eine ominöse runde eingeladen, die sich brennenden fragen widmet, ohne sich die finger zu verbrennen. natürlich ist das nicht geheuer, aber wäre auf dauer geheuer anregend doch. und vor allem: treffe ich heute dresen hier, über dessen aufsatz NATIONALLITERATUR – EINE EINHEIT VON WIDERSPRÜCHEN diskutiert wird. es kursiert auch eine KRITIK DER MARXSCHEN ÖKONOMIE; es ist uns mit ihm auch ein theoretischer kopf abhanden gekommen, mitsamt dem herrlichen menschen. (er hat DMITRI gelesen; ich sage ihm die einwände mittenzweis, den fatalismusvorwurf – er rät energisch: nichts ändern.)

27. 4. 81
in der arbeitsgruppe mittenzweis. kritische thesen middells. merkwürdig, wie die heilige scheu gegenüber schiller auch gegenüber seinem stoff gezeigt wird. »die betonung im stoff gegebener epischer elemente, verbunden mit der abwertung der titelfigur bzw. als deren folge ergibt zwangsläufig das bild einer ›unproduktiv‹ laufenden geschichte.« abgesehn davon, daß vielleicht eine andere *bewertung* ihrer bedingungen unternommen wurde, und abgesehn vom generalverdacht gegen das epische theater, artikuliert middell den unmut, geschichte so niedrig zu nehmen wie sie ist, so unerledigt. zwangsläufig aber, ich gebe es zu, muß ich beiläufig »gegen schillers tragödienkonzept polemisieren«, und in der genreeinschätzung (die bei kähler anders ausfällt als bei mir) zeigt sich schon der soziale standpunkt. (auch heute wird die masse als kleindarsteller, stumme rolle geführt, das ist politik, die partei als edler jüngling romanow. der festgeschriebne zustand braucht die *illusion.*)

29. 4. 81
ich mach nicht immer die türe auf, aber dieser thomas michael mayer läutet so lange, daß ich arne öffnen lasse als angeblich nicht zuhause, er setzt sich trotz der abweisung in der wohnung fest und ich beginne zu konspirieren, wie ich ihm unpeinlich begegnen kann. man brauchte behausungen mit zwei eingängen; ich muß mich hinausschleichen und fröhlich polternd heimkehren, wie es der wertvolle mann wert ist. dabei wird die eigentliche konspirative handlung erst verlangt: er will BÜCHNERS BRIEFE in das jahrbuch nehmen. ich will davon nichts wissen (ein guter doppeldeutiger satz), wir kommen dann aber, denn schließlich hat er auch schiß (vor seinem verleger), auf die form des großzitats. er hat mit 15 000 protokollseiten aus dem prozeß gegen die oberhessische demokratie (1833-38) die professorale these vom fatalismus büchners zerfetzt und seine frühkommunistische position belegt. (mein text als stein für seine schleuder.)

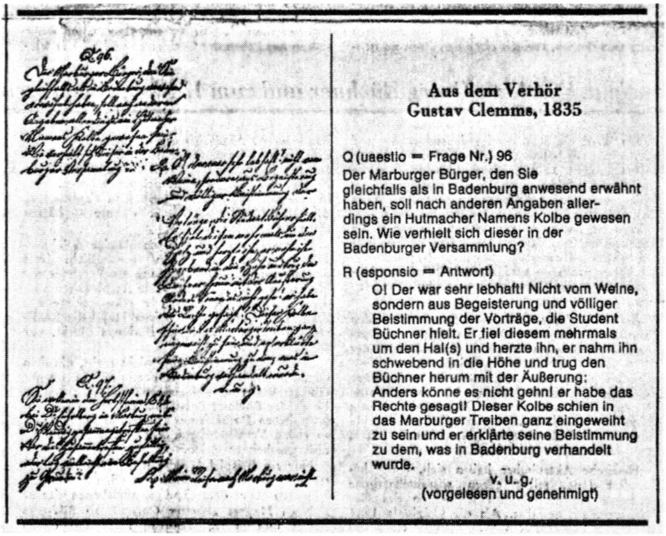

Aus dem Verhör Gustav Clemms, 1835

Q (uaestio = Frage Nr.) 96
Der Marburger Bürger, den Sie gleichfalls als in Badenburg anwesend erwähnt haben, soll nach anderen Angaben allerdings ein Hutmacher Namens Kolbe gewesen sein. Wie verhielt sich dieser in der Badenburger Versammlung?

R (esponsio = Antwort)
O! Der war sehr lebhaft! Nicht vom Weine, sondern aus Begeisterung und völliger Beistimmung der Vorträge, die Student Büchner hielt. Er fiel diesem mehrmals um den Hal(s) und herzte ihn, er nahm ihn schwebend in die Höhe und trug den Büchner herum mit der Äußerung: Anders könne es nicht gehn! er habe das Rechte gesagt! Dieser Kolbe schien in das Marburger Treiben ganz eingeweiht zu sein und er erklärte seine Beistimmung zu dem, was in Badenburg verhandelt wurde.

v. u. g.
(vorgelesen und genehmigt)

5. 5. 81
ein bühnenhandwerker, beim bier, referiert; folgen seine/meine worte:
wie korrumpiert wir sind. schon die niedrig bezahlten berufe: die wischfrauen, die kraftfahrer im ministerium, werden in den glauben gesetzt, daß sie mehr verdienen, als sie leisten. ansonsten kann man den leuten nicht mehr viel vormachen. sie »wissen alles« und sind vollauf beschäftigt, es zu vergessen: um nicht handeln zu müssen. sie wagen nicht zu denken, was sie wissen. sie wissen unterdessen auch schon die tat, die nötig wäre, aber sie reden sich tapfer heraus – daß man *zuviel* weiß. auch die literatur, die das furchtbare wissen hinsetzt, schüchtert ein, verbreitet einen annehmlichen schrecken. sie kommt nicht auf die tat zu sprechen. sie hat die lust verloren, die liebe. so wird sie sinnlos. aber *eine* frage klärt das denken, geht an die substanz. die frage der abrüstung. man verhandelt über kleinste beträge, man verhandelt, ohne den erfolg zu suchen. osten wie westen würden ohne den militärischen komplex ihre entleerte struktur nicht halten. wenn die rüstungsgelder für gänzlich andere zwecke flössen, müßte sich der staat umwälzen und die gesellschaft ändern. ost und west haben ein gemeinsames interesse: die abgrenzung beweist es. sie ist die sackgasse, in der die politik amok läuft. das wissen die unpolitischen leute, die über polen sprüche machen (»die sollen arbeiten«). wir wagen nicht, nach freiheit zu fragen, aber doch nach leben und tod.

7. 5. 81
schreibe, auf höpckes rat, eine beschwerde an ihn. (es sollte mich nicht wundern, wenn diese übung bis in die spitze fortgesetzt wird; die es dann wieder der basis geigt.) was in seiner macht liegt: SCHMITTEN darf in den stückeband; bei DMITRI verlangt er einige kleine, noch nicht vorgezogene striche. ich werde sie sehr dünn malen.

11. 5. 81
gestern wahlen in frankreich und westberlin. der gallische hahn krächzt, aber die deutschen holt wieder der geier. fahre mit arne nach dessau. das bauhaus nun ein mageres museum. im hörsaal (der modern überheizt ist) eine lesung, ALLGEMEINE ERWARTUNG. ein älterer zuhörer fragt: ob ich denn nichts bewirken wolle? und ich rate eine weile, wie ers meint: die texte jubeln entschieden zu wenig. ich muß doch nun laut sagen, daß hier kein bauhausgeist herrscht. arne erzählt hinterher, der chef des hauses, hinten hockend, habe immer wieder abbrechen, abbrechen *geflüstert.* – zuvor in mosigkau: die bauernkinder sitzen in der düsteren kneipe statt im schloß . . . aber immerhin jungen *und* mädchen.

13.5.81

arne kommt um sieben (sie hört früh radio) an mein bett und sagt mir, daß grieshaber gestern abend gestorben ist. als ich noch einmal wegsacke, habe ich einen traum: ich treffe den alten, er sitzt im lehnstuhl und ich frage ihn, ob er sich wohlfühle, was er bejaht, frage auch margarete, ob er auf der höhe sei, er lacht darüber, aber seine stirn ist blauviolett verfärbt, dann berichte ich ihm die furchtbare nachricht und weine, ihn umklammernd, bis er sich aus dem stuhl rappelt. – vor ein paar jahren habe ich ihm einen erfundenen traum gebeichtet, mit gespielter scham, zögernd auf langes bitten: daß ich – aber kann ich das erzählen usw.! – nachts in sein *hühnerhaus* eingebrochen sei, die reißzwecken von der PERSEPHONE gelöst und mit dem zusammengerollten blatt über den zaun gestiegen und in den wiesen davongegangen sei. er sann der bedenklichen sache nach, lange noch und ließ mir später vom dresdner meyer das große blatt überbringen.

16. 5. 81

gestern um 16h ein anruf vom verband: ob ich meinen paß holen wolle? ich frage verwundert: mit einer eintragung? jawohl; aber die lesung heute in der wolffschen buchhandlung war ich längst abzusagen gebeten worden (so wie alle reisen letzthin). fahre also stehenden fußes (auf dem gaspedal) zum checkpoint-charly und fitze mich zum bochumer gastspiel durch, WOYZECK, von karge/langhoff fulminant gegen die rührselige spieltradition inszeniert. begegne, wie vorauszusehn, frau wiegenstein, die für den stückemarkt der theatertage SCHMITTEN ausgewählt hat und der ich zum affen gemachter sachte erklären muß, warum ich zwar unvermutet an diesem, aber nicht am übernächsten tag zur szenischen lesung erscheine. mit karge und langhoff essen beim griechen. wagensuche, irrfahrt zum loch in der mauer.

17. 5. 81

nun DANTONS TOD in einer erstaunlichen aufführung. lang nimmt nur 12 schauspieler und eine leere bühne (im dt), um sein theater der revolution zu machen. ein blutiges kaspertheater: das ist die sehr heutige lesart. die algebra der revolution, ein modellspiel mit »lustigen personen«, die sich doch die schädeldecken aufbrechen und die gedanken einander aus den hirnfasern zerren. ein großes atemloses spektakel; dieses wunderbarste stück, auf der bühne immer in gefahr, ein langweiler zu werden, hat endlich einer mit leidenschaft angepackt. aber das spiel im spiel glättet auch die wildheit der vorlage. die straße müßte roher und härter anwesend sein. das volk »spielt« auch seine rolle, manipuliert – aber es müßte vor hunger auch zusammenbrechen, aus der rolle kippen; die ästhetik müßte zusammenbrechen. die idee, die einer hat, muß er auch infrage stellen, souverän gegenüber seiner eigenen inszenierung ... großartig grashof: als danton *und* robespierre.

21. 5. 81
pierwoß, aus alter anhänglichkeit. rosselini, er hat, transatlantisch unverfroren, ein autorenbuch über mich geschrieben, von einem sympathisch zeitfremden standpunkt aus, auf dem er nicht unbedingt begreift, aber recht hat. er wundert sich über meine laxheit gegenüber seinen urteilen, aber ich habe mich schließlich mit mir auseinanderzusetzen und nicht mit anderweitigen leuten.

22. 5. 81

erhalte eine warnung, daß jene diskutierrunde (bei gattner) auf dem schirm ist. es wäre ja zu schön gewesen! und dresen schwärmte: so ein gesprächsinteresse finde er drüben nicht. heute ist wieder eine sitzung, aber mein ekel hält mich nun fern

7. 6. 81
vorgestern eine lesung im großen garten in dresden; formuliere das hier mitzuteilende aus bequemheit in den HINZE-KUNZE-ROMAN, dort wo ich eben bin: auf die letzte seite.

14. 6. 81
gestern lesung beim *einstand* in rostock, eine großveranstaltung. in ein mikrofon kann man geruhsam denken; jemand moniert die zeile »unwissend lächelnd wie ein professor des rechts«: ich gebe sofort zu, daß es eine unhaltbare formulierung sei, mache eine demütige pause, sage dann, ein lächeln in diesem berufsstand wäre aber immerhin gut – und kassiere zunächst billig ein lachen, darauf fällt mir ein, daß unwissenheit auch eine brauchbare haltung sei, die man klugerweise einnehmen könne, sich nicht gleich schlau auf die paragrafen legend sondern den verwickelten fall betrachtend, diesen lebenden menschen in seiner erstaunlichen eigenart, komme langsam in fahrt, unwissend lächelnd drücke vielleicht dies erstaunen aus, die ehrfurcht oder wegen mir, warum nicht, auch die ehrliche blödheit. womöglich sei mir hier, statt einer exakten fragebogenauskunft, eine metapher unterlaufen, nur etwas zum schmecken, nach dem ihr nicht juristisch greifen könnt, um es mir auf den kopf zu hauen? und hole nun selber aus: daß es eben die unart der literatur sei, so ungetreu im detail zu sein, damit das ganze genau und unwiderleglich werde; daß ganze schreibweisen davon lebten, zu übertreiben oder grotesk danebenzuschlagen, und die satire zetbe dürfe sich nicht vor den richter wagen, wenn er eine robe trägt, es sei denn, er wäre fähig, unwissend zu lächeln. übrigens, schließe ich freimütig, sei es eine uneidliche aussage.
smith kommt ins hotel zu einem plausch. heimzu ein abstecher nach fehrbellin und hakenberg mit seinen schön erinnerlichen linden.

EINSTAND
literatur musik theater
mensa
10.-14. juni 81

28. 6. 81

kaufmann über die ddr-literatur an der schwelle der achtziger jahre, ich lese es so:
breite der sujets – aber verengter zugriff auf die gegenwart; neue stimmen, das bedürfnis sinnerfüllten lebens – aber nicht mehr durchreißertypen, große helden, die die gesellschaft ändern (balla, ole bienkopf), sondern der autor als die leidenschaftliche figur, als der held des texts, der die analyse und den vorgriff leistet;
zurücknahme des pathos – aber neue beziehung zwischen autor und leser, der leser als zuständig begriffen.

was kaufmann nicht sieht oder nicht artikuliert: die destruktivität bei den jüngeren und bei den gestandnen autoren, falls sie nicht im edelmüll aus den fünfziger jahren stecken. endlich spürt die literaturwissenschaft, daß man nicht über *literatur* reden kann. müller: die literatur muß die wirklichkeit unmöglich machen. hinze würde kühl und froh erwidern: die wirklichkeit macht sich selbst unmöglich.

2. 7. 81
in leipzig; treibmann, pommer und wollny: auftrag zu einer kantate zur 575jahrfeier der universität. – kayser jun., caffier, hauswald geben eine szenenbeschreibung von SCHMITTEN. (holan war baß erbittert, daß der angriff nun aus dieser braven ecke kommt. aber jetzt sieht sie eine handhabe: es darf hier und nicht an der volksbühne probiert werden.)

3. 7. 81
jakobus vom sonntag hatte um eine stellungnahme zur bedrohungslüge gebeten (»die gefahr aus dem osten«); ich bringe ihm mit der ernsten miene swifts einen text über die notwendigkeit der hochrüstung. er liest ihn gleich, sieht nach der ersten seite irritiert auf und beginnt von vorn, sagt am ende mit einem brüsken, vorwurfsvollen blick: »das kann ich nicht *drucken!*« ich beruhige ihn, daß ich nichts anderes erwartet habe, worauf er das pamphlet widerlegt, z. b. mit dem argument: wenn wir statt weiterzurüsten in den wohlstand investierten, würde der sozialismus erst recht ziel der aggressionsgelüste.

9. 7. 81
anne in budweis zum sommerkurs für die tschechischen deutschlehrer. mit mutter in schildow. tippe auf der elektronischen maschine (robotron, nullserie) den roman ab. eine ingenieurtätigkeit: eingeben, prüfen, korrigieren, und während des automatischen wiederschreibens, der speicher faßt 1 seite, ein paar minuten freizeit (um aus dem gerassel in den garten zu treten oder zeitung zu lesen). arne in ihrer ferienarbeit bei bergmann-borsig lernt den büroschlaf kennen, die unterforderung der angestellten.

14. 7. 81

KRISTIANIA. ein altes ziegelgebäude wird von drei militärs besetzt. die einwohnenden frauen werden gedrillt gegen den »feind«. wenn er eintritt, sind es die frauen. in einer zweiten szene sind die besetzer drei arbeiter, die geschäftig eine werkstatt eröffnen. die vorgefundnen frauen werden geschätzt als bedienung. dann werden die frauen zur arbeit. die dritten besetzer sind hooligans, jeden handschlags überdrüssig. doch bei ihnen haben es die frauen gut. bis die selbst der überdruß werden. ein verwahrloster beweis: je weniger macht, zwang, desto natürlicher der umgang. aber nicht *unter* der arbeit ist die zukunft der menschennatur. aber der ausstieg die subversive feier des möglichen menschen.

22. 7. 81
in der moskauer hitze laufen wir in rock und hosen unter die wassersprenger im kremlgarten (was soll erst im süden werden), in meinen gedanken bin ich natürlich ein falscher dmitri, vor leeren wurstläden und zeitungen. und richtig kommt in der gorkistraße ein sturm auf, regen fegt uns in den metroschacht. ertappt immer in alter geschichte. die bojaren ordnen uns aber nur eine begleitung zu; keine tour allein in dem reich, wie ich diese aufmerksamkeit hasse! das werden ferien halb offizieller art.

28. 7. 81

tbilissi eine großartige alt und neue stadt, bei normalen temperaturen unbedingt bewohnbar. ein umgängliches volk; nicht die frage, wie es produziert, es produziert sich mit lebhaften gebärden und gefühlen. es duckt sich nicht in seine geschäfte, es hält den hals heraus. so kann es gesichter probieren, für die fremden das freundlichste, kinderhaft. in der übersetzerorganisation, wohin ich zum zweitenmal geschleppt werde, setzt man den wunsch voraus, daß ich die landesliteratur ins deutsche bringe; als wenn nicht endler und kirsch hier gefrönt hätten. abends in einem dachrestaurant, es gibt keinen rotwein, also das faulig-fade gesunde borschomi. vier männer werden allmählich zu einem chorus, sie scheinen die melodien aus alten jahrhunderten zurückzurufen, sich nachdenklich konzentriert in die augen blickend, mit den händen bestätigend oder die augen tiefüberzeugt geschlossen. in diesen minuten sind diese männer (die auf der straße einen drall haben, arne hat blaue flecken an den brüsten), sind sie die ernsthaftesten leute, glücklich selbstvergessen, in einer erquickenden arbeit begriffen. (arne und anne kommen hinwider nicht ohne geschenkte melone vom markt.) in meinem deutschen ohr höre ich noch fernsehnachrichten, der große langsame singsang wischt sie weg

31. 7. 81

tote festungen und tempel, zerschmetterte kirchen, erbärmliche märkte unter der brutalen sonne, in die neubauten nistet sich der orient, mit wäsche und decken die rostigen balkons verhangen gleichen die hohen fassaden kanisterstädten, die männer wenn sie sich setzen in den lokalen greifen sich selbstherrlich an den sack, der priester ein dandy, wenn jedesmal sich der vorhang öffnet, mit emporgedrehten augen, aber die robuste frau klatscht während der zeremonie wasser auf den kirchenboden, ah und das wasser immer am weg aus den kleinen brunnen, über die man den mund stülpt, jeder baum muß über den sommer gerettet werden, der sevan sackt weg in die industrie, wenn sie ihn nicht am tropf halten, ah der grüne klare kalte sevan, und das kleine gelage im schriftstellerheim, mit der dröhnenden dichterin metaxe als fröhlichem tamada.

2. 8. 81

überall auf dem kleinen planeten suchen wir nach der form des lebens, belastet von vergangenheiten und unerfahren in der zukunft. hier in diesem armenischen sommer, der die natur zur bettlerin macht, werden wir oft wie nirgendwo sonst am straßenrand, von fremden, eingeladen, den schatten, den wein und das gespräch zu teilen. diese leute mögen uns eine erfahrung voraushaben, die wichtigste vielleicht, nach der wir fahnden.

9. 8. 81
reagan weist den bau der neutronenbombe an.

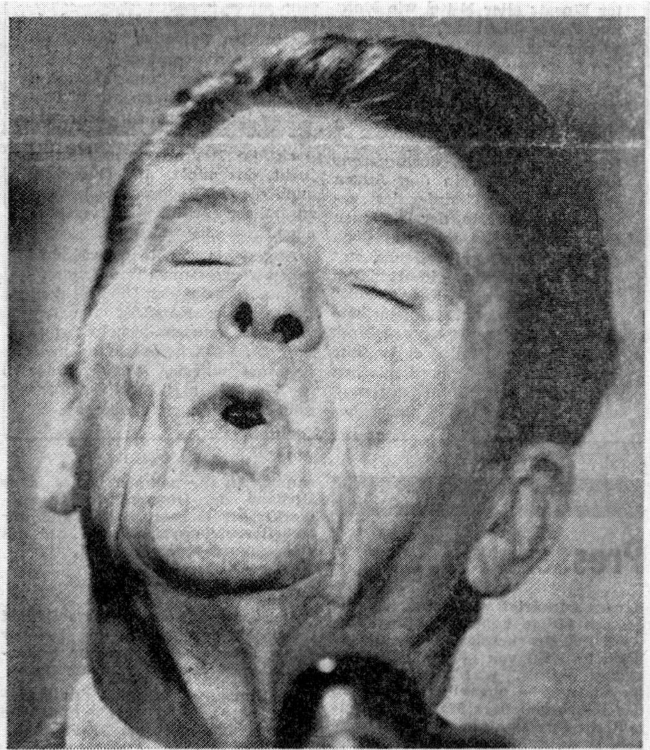

„Na — bin ich nicht der Größte?" scheint hier US-Präsident Reagan zu fragen. Den US-Konzernen, denen er soeben Milliarden auf Kosten der sozial schwächsten Amerikaner zukommen ließ, dürfte die Antwort nicht schwerfallen.

15. 8. 81

für drei wochen in karlovy vary. früh pramen karla IV., über tage pramen swobody, wo ich den ersten tiefen schluck trinke, was immer freiheit sein mag. darüber gibt der ort und das land genug zu denken. wie dem frauenplan buchenwald gegenüberliegt, so hier goethes quartier zu den drei mohren der weiße löwe, wo die karlsbader beschlüsse erpreßt wurden. man kann keinen graden blick tun, und keinen fertigen satz sagen; es sei denn, man frißt sahne im grandhotel moskva und ist bayrischer arbeitsloser.

Gebetsteppiche aus Hohenstein-Ernstthal

Hohenstein-Ernstthal. ADN/BZ Rund 400 000 Gebetsteppiche in 16 verschiedenen Dessins gehören jährlich zum Produktionsprogramm des VEB Möbelstoff- und Plüschwerke Hohenstein-Ernstthal. Sie werden vor allem von arabischen Ländern gekauft. In diesem Jahr liefert der Betrieb unter anderem 180 000 Gebetsteppiche nach Singapur und 60 000 nach Jordanien.

19. 8. 81

marx, ENTHÜLLUNGEN ZUR GESCHICHTE DER DIPLOMATIE IM 18. JAHRHUNDERT (im nachzaristischen rußland bis heute nicht veröffentlicht, wie auch nicht lenins bagatellisierung des marxschen arguments). marx stellt die frage: »wie konnte es dieser macht oder diesem phantom einer macht gelingen, ausmaße anzunehmen, die entweder leidenschaftliche zustimmung hervorrufen oder ärgerliche verneinung, daß es die welt mit einer vorbereitung zur universalmonarchie bedrohe?« folgt eine fulminante darstellung der russischen geschichte, wobei der aktuelle haß auf »die finstere asiatische macht« seinen blick schärfte und wohl auch verengte. er schließt: »ein einfacher austausch von namen und daten wird genügen, um zu beweisen, daß zwischen der politik iwans III. und der des modernen rußland nicht nur ähnlichkeit, sondern übereinstimmung besteht. iwan III., für seinen teil, vervollkommnete nur die traditionelle politik moskaus, die ihm iwan I. kalita vermacht hatte. iwan kalita, der mongolensklave, erlangte seine größe, indem er die macht seiner erzfeinde, der tartaren, gegen seine geringeren widersacher, die russischen fürsten, gebrauchte. nur unter listigen vorwänden vermochte er, die macht der tartaren für sich zu nützen. gezwungen, vor seinen gebietern die macht, die er wirklich erlangt hatte, zu verbergen, mußte er zugleich seine mitsklaven durch eine macht, die er nicht besaß, blenden. um dieses problem zu lösen, mußte er sämtliche schliche des niedrigsten sklaventums zu einem system entwickeln und dieses system dann in geduldiger sklavenarbeit zur anwendung bringen. offene gewalt ließ sich nur in form von intrige in ein system der ränke, korruption und

geheimen usurpation einbauen. er konnte erst zuschlagen, nachdem er vergiftet hatte. eindeutigkeit des zieles wurde bei ihm zur doppeldeutigkeit des handelns. durch betrügerische ausnutzung einer feindlichen macht spielraum zu gewinnen, diese macht durch ihre ausnutzung zugleich zu schwächen und sie schließlich dadurch, daß sie als mittel benutzt wurde, zu fall zu bringen – diese politik wurde iwan kalita durch das besondere wesen sowohl der herrschenden als der dienenden rasse eingegeben. seine politik war noch die iwans III. sie ist noch die peters des großen und ist die des heutigen rußland, wenn auch name, land oder wesen der ausgenutzten feindlichen macht gewechselt haben mögen. peter der große ist in der tat der erfinder der modernen russischen politik, doch wurde er es erst dadurch, daß er die alte moskowitische methode der usurpation ihres rein lokalen charakters und aller zufälligen beimischungen entkleidete, daß er sie zu einer abstrakten formel läuterte, ihre anwendbarkeit verallgemeinert und ihre ziele über die beseitigung bestimmter, vorgegebener machtgrenzen hinaus zu unbegrenztem machtstreben erweitert hatte. er verwandelte das moskauer reich in das moderne rußland durch die verallgemeinerung seines systems und nicht durch bloße hinzufügung einiger provinzen.
um es zusammenzufassen: das moskowiter reich wurde in der schrecklichen und nichtswürdigen schule mongolischer sklaverei genährt und aufgezogen. zu kräften gelangte es nur, weil es in der kunst des sklaventums zum virtuosen wurde. selbst nach seiner emanzipation spielte es die traditionelle rolle des zum herrn gewordenen sklaven weiter. peter der große schließlich war es, der das politische gewerbe des mon-

golensklaven mit dem stolzen ehrgeiz des mongolischen gebieters vereinte, dem dschingis khan in seinem testament die eroberung der erde vermacht hatte.«

28. 8. 81
treibmann treibt mich mit kraftworten:
heterogene teile (segmentierung)
schlagartiger bilderwechsel
modelle, zu verknüpfen (»mobile zellen«)
dinge von extremen wirkungen
freiraum, bewegung
das *bewegende* problem.
solche texte wären in der gestalt gelöster, im inhalt gespannter. die MUMMELFÄLLE im vorigen jahr. ausgreifen unter disparatem material, nicht schlüssigem, widersprüche, die sich nicht formal vermitteln lassen und zu einem rauheren, bestürzenden gang führen. (brecht: die zielstrebigkeit des schreibers eliminiert allzu viele tendenzen des zu beschreibenden zustandes. unaufhörlich müssen wir idealisieren, da wir eben unaufhörlich partei nehmen und damit propagandieren müssen.)

2. 9. 81

nach prag, mit karlach in den verlag mlada fronta, gespräch mit den mitarbeitern. lustlos zu einem interview, aber die junge redakteurin läßt sich auf bloße witzelei nicht ein. sie fragt nach hochschnobligen gegenständen, als wie werten oder wahrheit (pravda); mir fällt ein, daß mich dieses wort nicht interessiert, als zu leicht korrumpiertes, mißbrauchtes ding, und besser vom eigentlichen (podstatné) zu reden wäre, der möglichkeit des daseins.

4. 9. 81

ein traum. es ist sitzungszeit. ich befinde mich in der nähe eines langen tischs, an den sich etliche fremde leute klammern. die gegend ist gebirgig, hinter dem tisch fällt sie steil ab. der mann, der sich das wort erteilt, sagt jedem von uns den namen (den jeder schon hat) und was er zu tun hat (was er ohnehin tut). es sind einfache anweisungen. lächerlich, nicht selbst darauf gekommen zu sein, ich schäme mich. ich sitze jetzt wie alle über das rote tuch gebeugt, aber höre nicht mehr die monoton fröhliche stimme. sehe verstohlen auf die blassen angestrengten gesichter und gewahre verwirrt den stolz, der eingefroren auf ihnen ruht. ohne aufgefordert zu sein, nehme ich heftig das wort und spreche über die ÄSTHETIK DES WIDERSTANDS von peter weiss. ein satz, den ich also – wie mir im traum einfällt – im schlaf weiß: WENN WIR UNS NICHT SELBST BEFREIEN, BLEIBT ES FÜR UNS OHNE FOLGEN. ich bin mir nicht sicher, ob ich diese leute verletzen will oder erfreuen, aber ich fühle deutlich die wollust, offen, alle politische scheu abstreifend zu reden. niemand erwidert mir, niemand stimmt mir zu. man sieht peinlich auf den abschüssigen tisch. ein junger mann, an dem ich nun bekannte züge entdecke – er arbeitet demnach bei der »andern fakultät« –, sagt ruhig: *wir hatten gedacht, du hättest dich geändert.* unaufmerksam im traum, verdrehe ich seine worte und bin sogleich empört über die schäbige ansicht, daß die menschen sich nicht ändern. ich verhöhne den burschen, überlasse mich meinem jähzorn. ich ahne, welche veränderung er, ohne daß er es referiert, fürchtet: die ich im traum nicht träumen muß. das genügt; die kleine versammlung stiebt auf, distanziert sich über die ganze bildfläche, die ich im selben moment erblicke: ein labyrinthischer treppenbau, wie von bosch gemacht, aber aus krudem spielzeughaftem material. einzelne (jetzt freunde), auf die ich in den etagen noch stoße, äußern stumm ihre zu- oder ihre verstimmung (der traum streicht, unpedantisch, die wörtliche rede); ihre verlegenheit bereitet mir eine neue lust, ich genieße ihre feigheit: sie ist die erfahrung, die sie brauchen. ich kann nichts für sie tun, ich bin der voyeur, sie ziehen unförmige mäntel an, winken (oder schlagen nach mir) mit riesigen tiegeln und verschwinden immer um die ecke. als sie fort sind, nimmt die landschaft, in die ich falle, kalte, große dimensionen an. felsenwände, dunkle winkel, zahllose knirschende brücken und räderwerke, die ich mit interesse betrachte; gefährliche leitern und rostige eisenträger, über die ich balanciere, geröll, stacheldraht, überall tropfender schleim. auch die ineinander verbißnen tiere erschrecken mich nicht, die unaufhörlich aufwärts steigenden eierschädel (die gesichter von dicken häuten überzogen, die kein mienenspiel erkennen lassen), die blutigen weißhaarigen von gelächter erschütterten männer, die durch die eisenroste rieseln, oder die gleichgültigen scharen, die schwitzend vorwärts robben. das gebirge, das ich für unnahbar hielt, erkenne ich als die geronnenen und kommunen strukturen der geschichte. ich finde sie wie beschrieben, verwittert, grotesk. mich erfüllt plötzlich eine kalte ruhige freude. in einem geräumigen zimmer, wuchtiger historismus, steht eine ältliche schöne frau und weist auf mehrere verstreute, auffallend einfache liegen; *mein mann, leider, hat mehr frauen.* ich sitze in einem chippendale-sessel, ohne mitleid. allmählich verstehe ich, was sie mit geschlossenen lippen sagt, ihre einladung. es sind unterdessen andre jünglinge eingetreten, die frau bittet, sich vor dem *langen* in acht zu nehmen. als ich mich in einem gang im ersten stock auskleide, sehe ich den *langen* vorbeikommen, er ist jung, über die erwartung groß und dünn geschnitzt, seine zwei meter streifen die zimmerdecke. ich bleibe gelassen, entkleide mich vollends, fühle mich sehr gut und wache auf.

6. 9. 81
bei schlenstedts. er hat sich, »nach und nach«, beide arme gebrochen. aus der zweiten narkose erwachend, war sein erster dämmriger satz: jetzt bin ich der symmetrische mensch. haben einen aufsatz zur ÄSTHETIK DES WIDERSTANDS geschrieben, in etwas mühsamerer diktion als ihnen eigen, weil ein vokabular zu finden war, aber die weisssche denkweise wie selbstverständlich referierend. sie müssen es nicht sagen, die masse der literatur hierlands fällt unversehens in einen tiefen schacht.
nach einigen neuen abgelehnten manuskripten (gerti tetzner, gratzig, meinen *ramon* rechnen sie schon dazu) kommen sie zu einem fürchterlichen/komischen schluß. es sei *makaber* (heises wort bei einer verteidigung, thema müllers stücke), daß sie destruktive texte positiv uminterpretieren müssen. der HINZE-KUNZE-ROMAN habe sie nun *mitgenommen.* es sei ihnen klargeworden, daß es mit der bisherigen praxis nicht weitergehe. entweder die literaturkritik verstumme oder sie brauche eine neue haltung, die zur sache kommt. – das buch selbst »quer zu allen prosatraditionen«. das spiel mit unsern dikta- und literaturgebaren, diese knappsten verweise, das augenzwinkern unter sachverständigen bedürfe des durch erfahrung gewitzten lesers. man müsse drüben kommentieren wie bei einer voltaire-ausgabe. wird die intention erfühlt: und kunzes krankheit als groteske metapher für seine sehnsucht nach gleichheit genommen? – die frage: warum sie zusammenbleiben? enthält den subversiven sinn, aber die frage, was kunze von den frauen will, durchaus einen produktiven, den ich mich heftig scheute zu verbalisieren.

9. 9. 81
ad marx, ENTHÜLLUNGEN: »die russischen kommunisten wußten zu wenig von den bedingungen, die in den westlichen ländern galten. es war nicht nur die gegnerschaft der bourgeoisie, die sie zur abgrenzung zwang, sondern auch eine archaische tradition. der sozialismus in einem land nicht nur die folge der untätigkeit des europäischen proletariats, sondern der regressiven nationalen struktur. das wesen der menschen davon geprägt. bei größerer offenheit, souveränerer einsicht in die verhältnisse der industriellen großmächte hätten andre strategien entwickelt werden können – ideologisch stand ein ausschlaggebender teil der progressiven intelligenz des westens auf ihrer seite, auch die arbeiter waren schon ihre potentiellen verbündeten – nur wurden sie alle von der unmöglichen politik vor den kopf gestoßen –«
(weiss, NOTIZBÜCHER 1971-1980)

10. 9. 81
verlagsleiter günther, wie immer freundlich und direkt, trotz unsres widrigen gegenstands: HINZE-KUNZE-ROMAN. hat »großen spaß gemacht und erschreckt«. »in der jetzigen form nicht zu veröffentlichen« – aber erörtert zugleich, man müsse damit hoch zu hager gehn. fragen: führung – volk (kluft; darüber könne nicht hinwegtäuschen, daß k. immer die diskussion sucht), demokratie, macht im staat (von wenigen ausgeübt; k.s sexuelle gier bild für die pervertierung, h.s selbstbefriedigung symbol für sein nichtbeteiligtsein), charakter der arbeit (entfremdet), die ideale der klassiker (ins handliche format herabgewirtschaftet), der wiss. sozialismus (zur soz. wissenschaft geworden), die kunstpolitik (dogmatisch), der frieden (hochgerüstet). das resümee, schriftlich (4 seiten): in form eines satirisch-erotischen romans werden in symbolhafter weise grundfragen unserer gesellschaftlichen entwicklung und unseres selbstverständnisses abgehandelt. die grundhaltung des autors muß – auch wenn man berücksichtigt, daß es sich um satirische prosa handelt – als extrem beurteilt werden.
so weit, so schlimm.

13. 9. 81
warum diese scheu vor dem freiheitlich organisierten volk, warum dieser haß auf die selbstbestimmung? weiss, NOTIZBÜCHER: »juli 36 – die regierung wollte das volk nicht bewaffnen, weil dies die revolution heraufbeschworen hätte! das volk aber, zum kampf bereit, wäre befähigt gewesen, die konterrevolution im ganzen land niederzuschlagen. nun war, durch die haltung der regierung, dessen widerstandsvermögen begrenzt. hätte das volk jetzt handeln können, wären ihm jetzt die waffen ausgeliefert worden, so wäre es zum sieg, zu einem staat des freiheitl. kommunismus gekommen! die von den kommunisten gestützte volksfront aber wollte nicht. bewaffnete anarchisten! soziale revolution! unmöglich! eine neue militärdiktatur war vorzuziehn!« in polen 81 – die partei, unterm druck der massen die neue gewerkschaft tolerierend, geht nicht wirklich mit ihr, sie ist erschreckt, ratlos, chancenlos. natürlich will die gewerkschaft die partei aufs kreuz legen. die gefahr wäre abzuwenden durch eine offensive, eine kommunistische linie, die alle machtorgane an die arbeit der befreiung führt. aber die partei verhält sich defensiv, weil sie keine perspektive sieht und sucht, weil sie im tiefsten grunde wieder das reglement, den gehorsam wünscht. ihre denkstruktur, ihr verhaltenskodex ist die *berührungsangst.* so ist polen vorderhand verloren.

14. 9. 81
erwerbe ein kleines panzerkistchen. aba det heeßt sich bekoofen, die firma steckt doch mit der firma unter einer decke.
STALKER: wuchtiger dunkler film von tarkowski.

15.9.81
scherpe, mangel: sie planen an der freien universität seminare über die stücke.
die östliche *klassikerpflege*, und ein westlicher abwasch. »um die subjektiven bedürfnisse des homme den egoistischen interessen der bürgerlichen politik posas nutzbar zu machen, muß umgewertet werden: die freundschaftlichen neigungen des prinzen werden als egoistisch denunziert, wenn sie nicht für die interessen von posas bourgeoisem staat fungieren. auf die einrichtung dieses staats wird ein geschichtsphilosophisch-utopischer wechsel ausgestellt, der legitimieren soll, warum der prinz seine persönliche freundschaft und posa sein leben lassen sollen. schiller spielt die idee der menschheit gegen die einzelnen menschen aus, um der verfügungsgewalt des bürgerlichen staates über die subjekte eine legitimitätsgrundlage zu verschaffen. über die reale bourgeoise misere tröstet die geschichtsphilosophische utopie. . . . sie soll mit den beklagenswerten auswirkungen dieser geschichtsmächtigkeit versöhnen. immer wieder unterwerfen die autoren die sensibilität ihrer ästhetischen wahrnehmung dem rechtfertigungszwang der bürgerlichen ideologie, durchaus nicht immer erfolgreich, wie eine eher inoffizielle rezeptionsgeschichte ihrer kunst vielfach belegen könnte.« (mattenklott/scherpe)

17. 9. 81
kleine korrekturen am roman. gebe ihn auf gut glück höpcke.

das glied hat nichts zu verlieren als seine ketten.

19. 9. 81
buchmarkt bei schönem wetter in leipzig. der tisch (gar nichts neues drauf) bricht zweimal zusammen unter dem ansturm. die verkäuferinnen außer atem vom gegenhalten. so eine unvernunft! schreien sie, in die lesehungrige menge.

Straßenschlacht in Berlin (nach dem Tod des Demonstranten Klaus-Jürgen Rattay): „Alles, was wir erreicht haben, ist kaputt"

25. 9. 81
tolstoi, 24. 3. 1854: »bin etwas spät aufgestanden, habe gelesen, aber zum schreiben bin ich nicht gekommen. poiret kam, fing zu fechten an, habe ihn (aus faulheit und feigheit) nicht weggeschickt. dann kam iwanow, habe (aus feigheit) zu lange mit ihm geredet. koloschin kam wodka trinken, habe ihn (aus feigheit) nicht hinausgeworfen. habe mich (aus gewohnheit zum streiten) bei oserow über die dummheit gestritten und aus feigheit nicht das besprochen, was besprochen werden mußte. bei beklemischew (aus fehlender energie) nicht gewesen. beim turnen (aus feigheit) nicht an der sprossenwand geklettert und (aus wehleidigkeit) eine schmerzhafte übung ausgelassen. bei gortschakow gelogen. zu haus (aus willensschwäche) nicht englisch gelernt. bei den wolkonskis hielt ich mich unnatürlich, war zerstreut und saß bis eins herum (zerstreutheit, der wunsch, sich in szene zu setzen, auch charakterschwäche).«
es kann noch schlimmer kommen. in einer woche: parteiversammlung im b[erliner]e[nsemble], vorstandssitzung im schriftstellerverband, vollversammlung im be, mitgliederversammlung im berliner verband, leitungssitzung im be. (»es ist sitzungszeit.«)

6. 10. 81

amsterdam: van gogh museum. eine anzahl aus der unzahl der bilder, jetzt sehe ich bestürzt die verschiedenheit. welche entwicklung in wenig mehr als zehn jahren! wie er, kaum er das handwerk gelernt hat (»eine mutter mit ihrem kind, eine waschfrau, eine näherin, was es auch sei – mit innigkeit wiederzugeben«), sich durch die neuen malweisen durchkämpft, seinen strich, seine farbe verwandelt, eigenmächtiger wird, um »das wesentliche zu übertreiben«, und wie ein schuster bei seinem schuh bleibt, der sozialen wirklichkeit. wie seine hand seinem brennenden gefühl gehorchen lernt! »was das müssen angeht – ich will weiterarbeiten, geradewegs weiter, mit aller kraft tun, was getan werden muß in meiner arbeit als maler.«

1882

1885

1887

1889

1890

2.-9. 10. 81
der paß in letzter minute; eilends zur niederländischen botschaft, zum glück kennt mich der botschaftsrat und spendiert aus dem stand das stempelchen; verpasse in westberlin den verspätet gemeldeten zug und nächtige im slum der bahnhofsmission; ruckweise bis eindhoven: *dichters tegen fascisme* (organisiert von rijsewijk und hautmans, stichting letters); im fernsehen MANN AUS EISEN (wajda); den bosch, kathedrale; fortsetzung des festivals in tilburg; amsterdam, rundfahrt auf den grachten im regen; eindhoven: evolutioncenter; bochum: zu langhoff, zu karge, gespräch mit beil und peymann, premiere KLASSENFEIND von williams; mit dem nachtzug nach westberlin, preußen-ausstellung, fr[eie] volksbühne: WIDERSPENSTIGEN ZÄHMUNG (zadek).
aber rasch organisiere ich die rückkehr; der idealverlauf wird immer zu spät bewußt, er hätte bedeutet: noch einen tag in amsterdam bleiben, delft und den haag, in bochum bis zur KIRSCHGARTEN-vorstellung (karge/langhoff) ausharren/verlustieren und auf ihr bitten mit am text von WIEGE AUS STEIN von brenton und griffith feilen, nach bonn zum friedensmarsch der 300 000 im hofgarten, von dort gerade rechtzeitig nach westberlin in die ORESTIE (stein), drei teile von 14 uhr bis mitternacht – und ich wäre doch nur zwei tage später zuhause gewesen. und was heißt denn zuhause? und was ist der idealverlauf des lebens, der mir im himmel aufgeht, daß ich mich im grab herumdrehe.

22. 10. 81

kaufmann hält den roman für nicht druckbar, es sei denn im eulenspiegel verlag; ist aber ungefragt bereit, das gutachten zu schreiben. »was kunze am volk nicht realisiert, macht er an der frau.« widerspruch: satirische typen (in rolle verharrend) – psychologie (als aufwertung). das vertrage sich nicht; satire von haus aus nicht episch = nicht gerecht. kunze sollte tragikomisch sein, don-giovanni-gestalt, das liest er nicht heraus. statt »amouröser roman«: »galanter roman«.

1. 11. 81
seit einer woche in tokyo, osaka, kyoto, mit irina kuntz, stellvertretende generalsekretärin der liga für völkerfreundschaft. treffen mit der freundschaftsgesellschaft japan-ddr und lesungen in universitäten und vor »freunden von weimar«; vor allem ausgedehnte essen im schneidersitz, bier und sake helfen mir deutschem bauern, das seegetier hinunterzuschlukken. iwabuchi, koshibe, ichikawa, usami, yagi, takahashi, frau nagahashi, umekawa, shishido, hayashi, yasko asaoka (die einige gedichte übertragen hat – und gesteht, »sämtliche werke« schon übersetzt zu haben, was ich überhöre). wiedersehen mit yoko matsumoto, der ich vor zwanzig jahren jeden samstag das KAPITAL kolportierte, jetzt professorin.

2. 11. 81
im studiotheater von senda koreya DIE KLEINBÜRGER-HOCHZEIT und DIE SIEBEN TODSÜNDEN. senda ein lebhafter alter mime, der brecht in japan durchsetzte (jetzt will er eine JOHANNA der japanischen schlachthöfe wagen, wo die burakumi, die »unreinen« arbeiten – die arbeiter überhaupt werden als die unreinen, die benachteiligten zu zeigen sein). führt uns in sein stammlokal.

senda

3. 11. 81
in kamakura am tsurugaoka-hachimangu-schrein kaufe ich ein prognostisches papierchen. wenn ich kleine forderungen stellte, ein kleines glück erstrebte, so werde es in erfüllung gehen. frommer firlefanz, ich binde ihn nicht an die büsche.

4. 11. 81

der schriftsteller saotome über seine eindrücke in der ddr (höflich sieht er mit den augen seines söhnchens): auf dem flughafen schönefeld glaubte er, in einem armen land zu sein – wo ist das einkaufszentrum? die monitore, die spielautomaten? auf der toilette wurde gleich kassiert (und war sie nicht auch schmutzig?). die verkehrsmittel billig, und dennoch schwarzfahrer. viele goldmedaillen im sport, aber warum joggen die leute nicht? die kinder gelten viel, aber müssen früh aufstehn für den kindergarten. keine gewalt zwischen großen und kleinen, sie spielen nicht so wild / so ungezügelt. die frauen haben eine geachtete stellung / arbeiten im schichtsystem. arbeitsteilung in der familie (da gibt es nichts dawider, nur ein staunen), alles nicht so steif, einfacher (o, wir haben auch unsere riten). die wirtschaft übergeht er mit dem satz: die japaner färben schwarz, die deutschen rot.
meine kinderaugen sehen hingegen hier ein freundliches, ein reiches land: wasser, das man trinken kann; grün in den töpfen vor den türen, die bäume eingewickelt im winter bis in die ästlein; luft sauber gefegt; warme feuchte tücher vorm essen. auch die technik genieße ich als freundlichkeit, die bequemen subways, mozart im fahrstuhl. nur ist es der höflichkeit sehr viel, die verbeugungen und krawatten, strapaziöses grinsen. was ist form, was inhalt. (die schamhaftigkeit – kulturerbe und ausbildungsziel – erlaubt diffizilste ausbeutung, in den betrieben zwanghafte familiäre bräuche. und die schmutzigsten industrien schamlos ausgelagert nach sumatra und auf die philippinen.) in einer lesung in osaka äugte ich zu einer studentin, ihr schönes formales lächeln; wie ich wieder hinschaue, scheint es einem bewußten lä-

cheln platz zu machen: einem wirklicheren, als zeige das land sein antlitz.

7. 11. 81
spj, japan woman's council, arbeiterhochschule (wo irina kuntz vor den jungen abendschülern spricht, die gegen die müdigkeit kämpfend zuhören), im parlamentsgebäude, verbindungskonferenz (einer zweiten, separierten freundschaftsgesellschaft). vor kurzem wurde im parlament eine hebetreppe installiert für ein fußbehindertes mitglied, und das ist nur gerecht, denn auch für den (geistig) behinderten kaiser wurde eine besondere vorrichtung angebracht, der thron im balkon des sitzungssaals. / was uns fehlt, ist kein oberhaus sondern ein unterhaus. / das problem für japans linke die zersplitterung, sie diskutieren nicht miteinander; bei uns das problem die einheit, mit derselben folge.
frau kuntz mußte mit vorsicht an meinen diskussionsstil gewöhnt werden, nach ihren grundsatzreden. man schämt sich bei kleinen arglosen fragen: wie die arbeiter in berlin marxistisch gebildet werden? was die frauenorganisation für den umweltschutz tut? weiß der teufel zu antworten oder genossin kuntz. gewiß, wir haben viel voraus, auch an politischer seelenruhe, in unserer partei der buddhisten, und das nirwana ließe sich auf dem weisungsweg durchsetzen.
in einer der unzähligen zimmergroßen kneipen, im regal die whiskyflaschen der stammgäste, kara-oke (»leer orchester«), man singt ins mikrophon, ermutigt vom tonband-sound, die texte aus kladden lesend, und der unauffällige busfahrer oder blasse angestellte steigert sich in große form, zur gefeierten individualität, durch kleine hilfe der technik und anteilnahme (denke ich:) der *brigade.*

14. 11. 81

HINZE ich verstehe die parole der kriegsgegner, die sie harmlos schwafeln: fickt den präsidenten. es könnte ihm guttun, aber man nimmt es nicht ernst. man überläßt ihn seinen problemen und geht der arbeit nach. er wiederum hofft auf die verbündeten, daß sie ihn befriedigen.

16. 11. 81

früh halb acht anruf von prof. scholz: er habe idee zu einem großen komischen sujet, müsse sie unbedingt mitteilen. ich frage nach seiner straße, er scheint nicht darauf zu kommen, ich tröste ihn, sie im telefonbuch zu finden. blumenthalstraße (ich war in den sechziger jahren schon einmal hier, als er mir den titel FAUST 3 suggerierte). der schlohweiße achtzigjährige unablässig rotierend, zu endlosen einleitungen ansetzend in gedrängter kaum entzifferbarer diktion, dabei die bedeutungsvollsten sätze nur mit wellenhaften handbewegungen, wiegen des abgezehrten schädels und heftigem augenzwinkern vollendend. über exil und weimar, sap und moskowiter, heimliche polizei in schweden und hierorts, klassik und stalin: und endlich begreife ich, daß er die namen bewußt verstümmelt (der regisseur peyer, der dramaturg keil, die aula vom schriftstellerverband usw.): und er auch mit bedacht vergißt, wo er zuhause ist. über die GESCHWÄTZIGEN KLEINODE, die näher an der revolution waren als goethes gretchen – ich tappe nur nach den kleinoden des geschwätzes. zu ahnen vielleicht, daß er das 11. kapitel seiner FAUST-GESPRÄCHE (»die große lüge melchingers«) auszuweiten gedenkt, zu einem versteckten pamphlet gegen die goethefeindliche bande, die auch hegel als hund behandle. hegels anmahnung der philosophischen stoßkraft der prosa; und zunehmend fallen worte wie: unsere gemeinsame arbeit, und: im kollektiv, und als er mich gegen mittag ermüdet umarmt, hoffe ich, die mitschrift könnte schon gemacht worden sein.

17. 11. 81
die graue farblose masse im morgennebel an den kreuzungen. das war einst die deutsche arbeiterklasse. das geht an die maschinen und frißt die fernsehscheiße. die friedensmärsche ziehen durch den westen. wir sind die *bastion* des friedens. (treibmann rät für die kantate dieses thema.) aber frieden heißt den staat bekämpfen. frieden heißt: die gesellschaft, die sich selbst bestimmt.
kollege vater, hauptmechaniker im veb kraftverkehr erfurt (neues deutschland, seite 2, 2 spalten): »wo sind die kunstwerke, die das – ich nenne es so – titanische der leistung bewußt machen, die in der errichtung, im werden und wachsen unseres stabilen und blühenden arbeiter-und-bauernstaates besteht? ... unsere filmschaffenden tun sich allzu schwer damit. sie greifen nur zaghaft hinein.« ja, jugendfreund, weil man auch in die scheiße greifen kann.

20. 11. 81
grafikmarkt. kaufen eine landschaft von rudolph und quevedos DON QUIJOTE UND DULCINEA. abends schulzes, schirmers, laabs.

22. 11. 81

an mister weinberger (confidential!)

diese kleine insel, herr weinberger, kann man angreifen, sie liegt direkt vor ihnen in der sonne, und ich versichere sie, es handelt sich um ein godsend, das auch nach den notwendigen air attacks nicht allen reiz verlöre. now, ich traue ihnen zu, to set the ball a-going. mit den einwohnern wäre als indianern zu verfahren. ich habe kuba in anderer angelegenheit besucht und gestehe, daß es eine herausforderung ist. dieses erstaunliche gemisch von braunen und weißen, von männern und frauen, von kindern und alten ohne weitere strenge unterscheidung. consequently, und in plain german: sie möchten ordnung schaffen, mein herr, und wieviele herren möchten das auf allen zuckenden erdteilen. interventionen mit dem passenden knüppel sind üblich, und wenn sich die halbe welt aufregt, fragt doch die andre halbe nicht danach. of course, sie haben dargetan, was die nicht vereinigten staaten von amerika erwartet. my compliments.

Foto: Gamma

55 Millionen Menschen starben im vergangenen Jahr den Hungertod. Der Hunger auf der Welt ist eines der Themen auf der Gipfelkonferenz in Mexiko, wo diese Woche die reichen Länder des Nordens und die armen des Südens einen Ausweg aus der katastrophalen Entwicklung in der Dritten Welt suchen. Doch die Chancen, den Teufelskreis aus Unwissen, Armut und Umweltzerstörung zu durchbrechen, stehen schlecht

... und die Welt sieht zu

Vor Hunger wimmernd kriecht ein kleiner afrikanischer Junge über die Straße seines Dorfes im Norden Ugandas. Der Bauch ist aufgequollen, der Nabel gebrochen, die Haut wirft Falten. Seine Heimat ist eine der traditionellen Hungerregionen dieser Welt

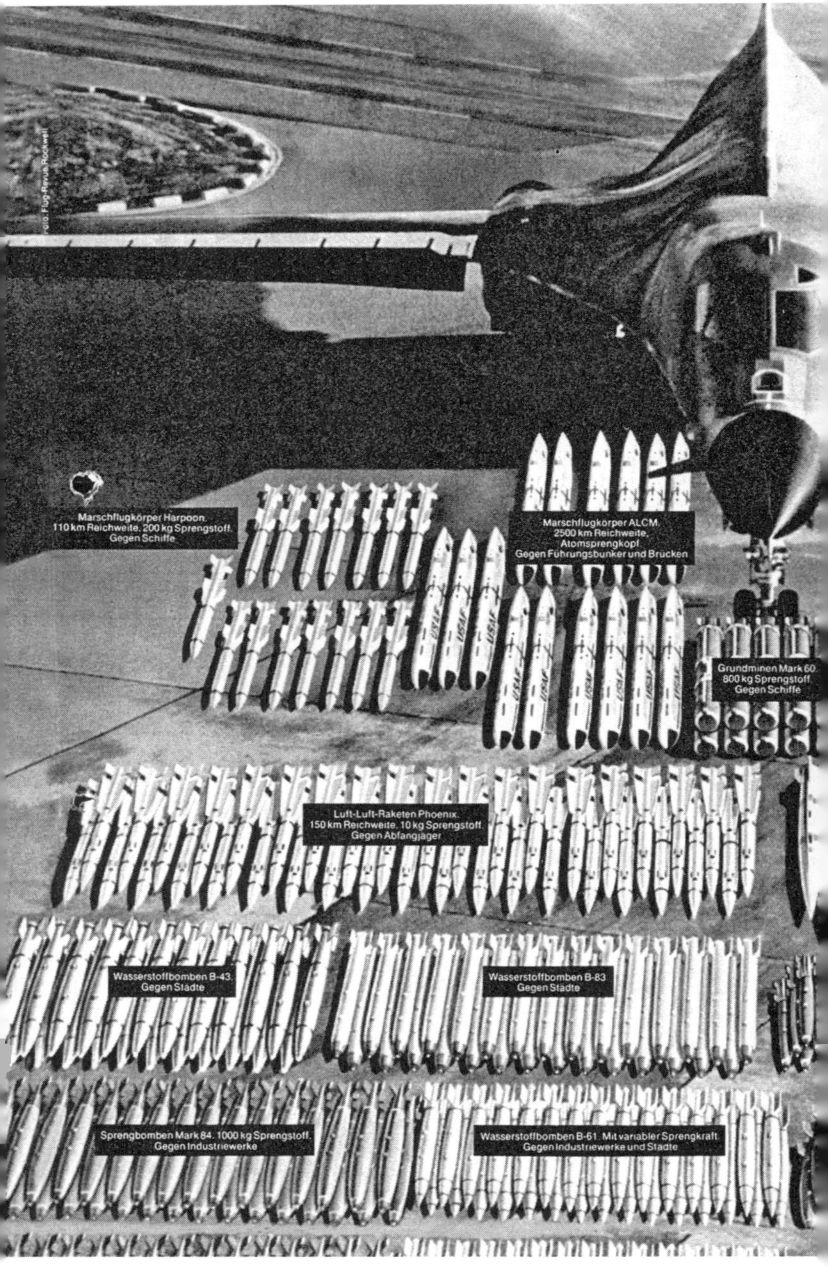
Foto: Flug-Revue/Rockwell
Marschflugkörper Harpoon.
110 km Reichweite, 200 kg Sprengstoff.
Gegen Schiffe
Marschflugkörper ALCM.
2500 km Reichweite,
Atomsprengkopf.
Gegen Führungsbunker und Brücken
Grundminen Mark 60.
800 kg Sprengstoff.
Gegen Schiffe
Luft-Luft-Raketen Phoenix.
150 km Reichweite, 10 kg Sprengstoff.
Gegen Abfangjäger
Wasserstoffbomben B-43.
Gegen Städte
Wasserstoffbomben B-83.
Gegen Städte
Sprengbomben Mark 84. 1000 kg Sprengstoff.
Gegen Industriewerke
Wasserstoffbomben B-61. Mit variabler Sprengkraft.
Gegen Industriewerke und Städte

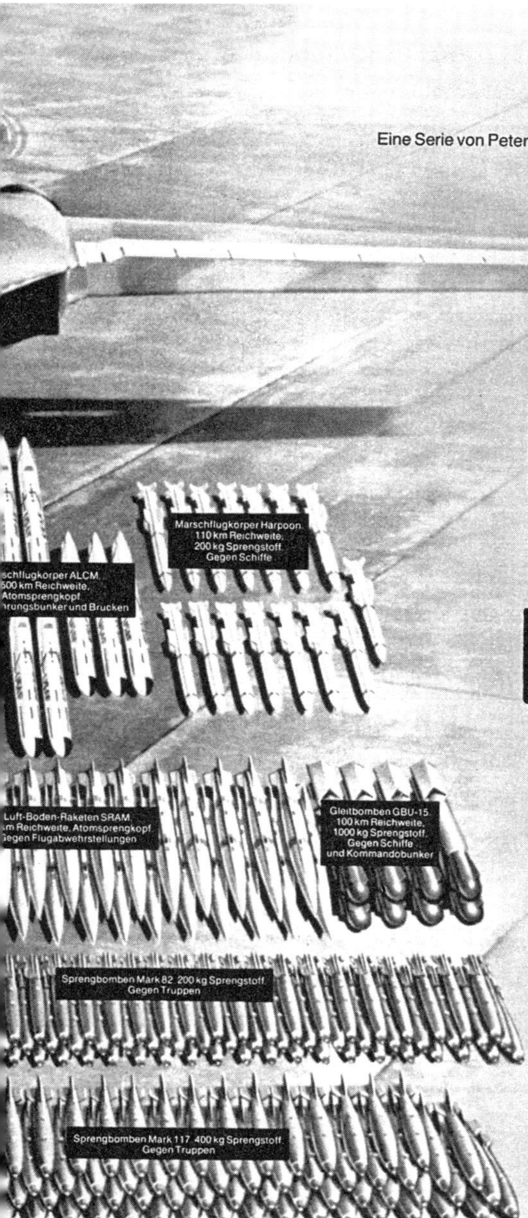

Eine Serie von Peter Koch (III)

Wahnsinn Rüstung

Eine Lücke, eine Lücke, eine Lücke!

Wann immer amerikanische Politiker oder Militärs neue Waffensysteme durchdrücken wollten, entdeckten sie eine angebliche Überlegenheit der Sowjetunion. In Europa setzte die sowjetische Mittelstreckenrakete SS 20 die Nachrüstung mit »Pershing 2« und »Cruise missile« in Gang. Das strategische Gleichgewicht wollen die USA mit MX-Raketen und dem Bomber B-1 – Waffenlast: 34 Tonnen – »wiederherstellen«. Präsident Reagan: Nur so könne die neueste Lücke, »das Fenster der Verletzbarkeit«, geschlossen werden

27. 11. 81
kantaten-text *der frieden*, ich komme nicht zurand. der frieden, den es jetzt zu erhalten gilt, das ist eine fürchterliche hagere gestalt, die in waffen geht. die uns zu der fortwährenden sinnlosen anstrengung zwingt, sie von allen seiten zu panzern. einer anstrengung, bei der der sozialismus seine zwecke vergessen kann. der frieden ein monster, das unsere kräfte verschlingt. alle interessen und ziele untergeordnet dem banalen zweck, ihn zu sichern. und ich muß ihn loben! ich muß ihn wünschen. diesen frieden von so kleinem maß. diesen buckligen, diesen krüppel von frieden. *den hatten sie vorgeschickt. ein ersatzmann, eine müde charge.* dem wir die maske abziehn dürfen, unter der ein altes blutiges antlitz grient. das ist der frieden der politik, der frieden der staaten. der frieden, der uns einer gilt, meint eine andere welt. der frieden, der uns einer gilt, meint ein anderes leben. der frieden, das ist wohl das letzte.

28. 11. 81

bei schumachers am teupitzsee. schmauß, katja paryla, lang, mittelstädts. schumacher berichtet, heftig lachend, von einem gerichtstag in oberbayern gegen teilnehmer am ANACHRONISTISCHEN ZUG. der richter mußte gestatten, daß der text in aller länge vorgetragen wird; dem antrag der verteidiger, den zug vor publikum zu wiederholen, damit sich das gericht einen gehörigen eindruck verschaffen könne, wurde nicht stattgegeben mit dem richtigen argument, kunst sei unwiederholbar. die anklage basierte jedoch auf der annahme, es handle sich nicht um kunst sondern um politik. der streit mußte vertagt werden, um einen sachverständigen zu hören. der prozeß beweist, daß aber *politik* wiederholbar ist.

hier eine eurasische idylle, und doch kein weg zur mitte zu finden. diese fichtenwälder sterben bis zum jahr 2000. die kühe tragen nur noch 2½ kälber, d. h. sie sterben mit 5 jahren, das plenum hat jetzt entdeckt, daß sie auf die weide müssen. »kuratel über menschen, verlotterung von sachen.«

29. 11. 81

essen mit badias. gilbert wie immer agil, simone aimable. er erwartet vom ddr-kulturzentrum am boulev. saint germain *gedankenverkehr.* der roman hat ihn vergnügt, einige gute hinweise (bis zur mitte nicht zu spüren, was an kunze ist). diderot sah sich eher in deutschland gedruckt; sollte sich heute der spieß umkehren?

2. 12. 81

der vater zog in den *krieg*, was blieb ihm übrig, sagte die mutter. übrig blieb sein klavier, sein zigarrenspitzel, der sternatlas, das handwerkszeug. er hatte zehn berufe im kopf, die er nicht ausübte, es war das brot zu verdienen. er hatte wohl auch andere frauen im kopf, und die eine im haus; er zeugte wie nichts fünf söhne. er hatte nur eben morgenluft gewittert, und oft denke ich, er hat noch nicht gelebt. die mutter mit fünfunddreißig witwe, ihre lippen schimmerten wie früchte, sie stand mit weiß und weichen waden in der waschküche. nachts lag sie im fenster, und an ihren schultern glaubte ich zu erkennen, daß sie schluchzte. sie fuhr schwarz über die grüne grenze an sein grab, aber sie konnte ihn nicht herausscharren. nachdem sie ihn beim drittenmal nicht heimgebracht hatte, sah sie aus dem fenster nach einem andern aus. aber sie hatte keine gewalt über die welt. sie war beschäftigt, fünf mäuler zu stopfen und fünf mäntelchen zu flicken, nicht an sich zu denken. als sie die kinder aus dem gröbsten hatte sie sich selbst vergessen. konnte kein buch mehr lesen, konnte nur noch schaffen. sie fing wieder klein an in der kinderkrippe. die eignen gingen aus dem haus jeder in seine richtung. der älteste in die partei, weil er es besser wußte als der vater. der nächste in den westen, weil er es nicht besser wußte als die partei. jeder auf seine weise selig und unselig. ich selber bin *ein ruhiger mensch, feind der gesetze, regierungen und verfügten institutionen, mir gefällt das leben der unruhigen und unzufriednen*

4. 12. 81
erste arbeitsgespräche zu DMITRI im b[erliner]e[nsemble]. das theater in der krise. wekwerth unter erfolgszwang, überanstrengt, flattrig. eine mannschaft ohne idee, ohne kraft, ohne lust zur provokation. so wird das nichts, ich will keine oper. aber nur wekwerth hat das rückgrat. erzählt, p[aul] wiens habe bei genossin ragwitz kundgetan, »dieses politische miststück« bringe er nicht in sinn und form, und habe passagen »über die russen und polen« zitiert. (*mir* sagte wiens vor tagen, er nehme es in heft 2 oder 3.) wekwerth hat der besorgten oberin entgegnet, das zk habe sich schon einmal (bei den KIPPERN) mit dem zitieren blamiert.
BERLIN ALEXANDERPLATZ in der volksbühne. der roman moderner als diese aufführung, er *ist* schon theater auf einer kolossalen bühne. (döblin: »das buch ist der tod der wirklichen sprache. dem epiker, der nur schreibt, entgehen die wichtigsten formbildenden kräfte der sprache; ich habe seit langem die parole: los vom buch, sehe aber keinen deutlichen weg für den heutigen epiker, es sei denn der weg zu einer – neuen bühne.«)

14. 12. 81
treffen honecker – schmidt.
jaruzełski verhängt den ausnahmezustand in polen. »extremistische funktionäre« von solidarność verhaftet. »staat am rande des abgrunds«, jedermann habe sich im streik befunden. militärkommissare auf allen ebenen des staats. wenige stunden zuvor hatte solidarność angekündigt, den generalstreik auszurufen.
»berliner begegnung zur friedensförderung«, auf initiative von hermlin. west und ost sitzt also in einem saal. klaus fuchs und robert jungk, franz fühmann und günter grass. hermlin: krieg, der bis heute moralischen wert haben konnte, ist absurd geworden; er muß geächtet werden. die losung frieden schaffen ohne waffen hat in sich das wesen großer utopie, besitzt also einen realen kern. einseitige abrüstung. christa wolf: hat hitler uns eingeholt? der die tür mit einem krach zuschlug, daß ganz europa mitgehn sollte. es kann uns nur noch retten, was wir für unmöglich halten. wenn die zivilisation fähig ist, diese bomben zu bauen, dann ist sie krank, geisteskrank, wahrscheinlich todkrank.
der vorschlag einer demonstration auf dem alexanderplatz ist schnell vom tisch. füge meinem text an: in der friedensbewegung steckt ein kommunistischer impuls. auch deshalb haben wir sie nicht auf unseren straßen.

24. 12. 81

traum: versammlung. ich habe erfahren, daß ich nicht mehr an der »gewerkschaftsarbeit« teilnehmen soll, wie auch ein andrer. obwohl ich erst dazu aufgefordert worden war. beschwere mich bei meinem tischnachbarn, einem funktionär. er erzählt ein gleichnis. ein junge, den hungerte, wurde von einem großen fisch gefüttert, indem ihm der fisch fleisch aus dem hals, dem leib biß. so wuchs der junge auf, und man sagt, er sei groß geworden und habe großhirn, kleinhirn, aber er sei ein

anne weckt mich: um mutter nicht aufs frühstück warten zu lassen.

ein fisch?

25. 12. 81

sprecher der polnischen junta: ein volk von 36 mio individualisten, mit anarchistischer tradition, würde nie unter militärdiktatur leben. der außergewöhnliche schritt (»im realen sozialismus einmalig«), um den weiteren zerfall des staats aufzuhalten. solidarność habe einen großen fehler gemacht: sie habe die schweigende mehrheit unterschätzt.
auf die die ORDNUNG baut.
denn in wahrheit kann sich der reale sozialismus nur als militärdiktatur verstehn.

30. 12. 81
roman überarbeitet. versuchte, kunze aufzuwerten, durch tilgung der verbalinjurien, und hinze zu retten.
umtrunk im b[erliner]e[nsemble]. wekwerth sagt zu, daß mickel einen abend auf der bühne haben wird. sehe bühnenentwürfe von grund für DMITRI.

1. 1. 82
ins neue jahr mit schlenstedts, wolfs.
der alte wilhelm rudolph:
»machtmenschen verstehn nischt von kunst; aber sie schmük-
ken sich gerne.«
»ich ließ es immer darauf ankommen.«
»das ist nicht gearbeitet.«
»und ganz unpolitisch; das hatte der mann gar ni nötig.«
»es ist noch zu früh für diese sachen.«
»um die kunst muß man sich keine sorgen machen.«

anne mit ‚plaste hauben maske'

4. 1. 82
frau scholz, humboldt-universität, sagte mir, sie dürfe den panzerschrank einsehen, wo etwas von mir läge, weswegen ich wieder nicht lesen dürfe. ich war gespannt! unterdessen sah sie hinein: da war der schrank leer. nanu, magnifizenz. nun lese ich heute das, worum es sich gehandelt haben konnte.
nachts dieter schulze, liest gedichte vor. ein hilfsschulabgänger, der durch die marter der heime ging. er macht den analfabetismus zu seinem mittel. indem der junge jedes wort zerreißt, zerschreibt, nur silben stammelt, entgeht er der orthografie: und gewinnt seinen selbstbewußten ausdruck. er ist gesellschaftlich verwaist. zu jeder erwerbstätigkeit meint er sich unfähig, in natürlicher unverschämtheit, und übergibt, eben den schein in der tasche, seine kontonummer.

12. 1. 82

leipzig, probe von SCHMITTEN. pfefferkorn hat das kellertheater eingerichtet, in dem geviert nur eine große kiste. gespielt wird immerhin das stück, wenn auch nicht die radikale lesart.

besuche treibmann und mattheuer: beide vogtländer, bäurisch, heimatliche naturen, mit dem poltern im schädel. treibmann akzeptiert den FRIEDEN-text für die universitätsmusik, den ich bange vorlege, und entwirft eine kompositorische und eine behördliche strategie. mattheuer zeigt seine linolschnitte: immer wieder der zerrissene (auch großformatig in öl) und ein brennender raum, aus dem ein menschlein ins ungewisse rennt (PROMETHEUS VERLÄSST DAS THEATER). »problembilder«, uns aus dem leib geschnitten.

18. 1. 82

»polen . . . mama mia!« schreibt manuela moreira aus brescia. die ikp sei den schwersten provokationen der medien ausgesetzt, und ziehe sich *inspiriert* aus der schlinge. berlinguer: was in polen passiert ist, bringe seine partei zu der überlegung, daß die erneuerungsfähigkeit des östlichen sozialismus erschöpft sei. die phase des oktobers schließe sich. eine entwicklung im osten bedürfe zweier voraussetzungen: 1. daß der entspannungsprozeß, 2. daß ein neuer sozialismus im westen entstehe, der mit freiheit und demokratie zu tun hat. das sei die inspiration der ikp.

19. 1. 82
gestern in leipzig: teller über den roman. »lasset, wo auch immer, die lichter brennen, bis es tag wird.« scherpe, mangel, rach, schuch: kommen zur premiere von SCHMITTEN. nach dem guten ende hält kayser sen. eine rede: noch am mittag habe er (wie auch, das sagt er nicht, die stadtorgane) große bedenken gehabt, nun gestehe er, sich geirrt usw. – das ist ein großer zug am *kayser.* auch keller spricht sehr freundschaftlich – und schlägt beim bier vor, nun GUEVARA zu machen. ob er noch lange so tolerant agieren kann, ich meine auf höheren stühlen? (: er geht für 1½ jahre nach moskau.)

21. 1. 82
überarbeite die fragmente des GERICHTS ÜBER KRONSTADT (1970 vorspiel zu LENINS TOD). TOTLEBEN, das ist ein besserer titel. horror vor der puren darstellung, mit der sich der gegenstand erledigt; das gericht zitiert ihn verfremdend. fabel: die *hungernden* müssen zu einem raschen urteil kommen, und der *hunger* spricht grausam recht. der lebensanspruch gegen die ideologie. weiss: »von grausigen, fürchterlich lasterhaften beziehungen, daß der körper sich hinwegsetzt über alles, was der intellekt aufgebaut hat, höhnisch die eroberungen des geistes in stücke reißt« (NOTIZBÜCHER), entsprechend scherpe: »widerspruch von politischer bestimmtheit im allgemeinen und individueller verworrenheit im besonderen, von wachen und träumen, von information und vision, nicht zuletzt und übergreifend von regelhaftigkeit und spontaneität« ... was mehr sein muß als »eine relativierung der standpunkte oder ein austausch der perspektiven«.

30. 1. 82
vor dem flughafen in frankfurt/m wieder 5000 demonstranten, große verbände der polizei zusammengezogen, »so daß neue ausschreitungen der behörden zu befürchten sind« – diese parteiliche berichterstattung, radio ddr, ist doch mal wohltuend.

1. 2. 82

borchers bringt das arg lektorierte roman-manuskript. sie spricht von einem mißlingen: nämlich von kunze als einem sexualiker, dessen ganzes hecheln potenzzwang sei. sie will kunze als kranken ernstgenommen wissen – ich will aber eine besondere gesundheit zeigen. das utopische hinterland der figuren ist ihr politisch nicht gelegen. interessant, was alles ihr unverständlich scheint: vom »abrupten, grotesken« anfang bis zur ironischen selbsteinschätzung als galanter roman, und langweilig: die prof. messerle-szene, die zivilschutz-parodie. natürlich will sie »diesen einmaligen bitterernsten schelmenstreich« sofort herausgeben.

2. 2. 82
nachts zwei stunden an der grenze festgehalten: geld im schuh und die geschichte der russischen revolution im ranzen.

4. 2. 82

ich hab es ja auch satt, jeden tag in die nachrichten zu starren ... wekwerth ist für morgen ins ministerium bestellt, man hat ihm zu verstehen gegeben, daß er ohne genehmigung seine hände im DMITRI hat. und auch seine freunde meinen, die inszenierung wäre jetzt der fehler, den die *familie* braucht, ihn vom stuhl zu kippen. er hat für die aussprache eine matte lesart des stücks notiert und eine strichfassung verzapft (in der es keine polen und russen mehr gibt).

5. 2. 82
wekwerth: DMITRI müsse verschoben werden, bis polen aus den schlagzeilen sei. und TINKA dürfe in berlin nur kommen, wenn ich DMITRI nicht nach karlsruhe gäbe. ich sage das nicht zu. er bittet mich, mit hafranke im zk zu sprechen, denn es sei nicht einzusehn, daß das be bestraft werde.
also LENINS TOD nicht wegen den russen, GUEVARA nicht wegen den kubanern, DMITRI nicht wegen den polen, und alles das, weil ich unter den deutschen bin.

die kopfenszene. kattowice.

10. 2. 82

drei gespräche auf ohnehin nüchternen magen. hafranke »begründet« das verbot von DMITRI mit dem kriegsrecht. der verband »rät ab« von der lesung in keats house in london, weil auch sarah, jentzsch und bartsch anreisen. höpcke »erklärt« sich zum roman, anders als bei der UNVOLLENDETEN GESCHICHTE sei er auch *innerlich* nicht dafür. er bringt nichts einzelnes vor: was zeigt, daß das ganze suspekt ist.

»unsere höchste person hat schon seit geraumer zeit mit großem mißfallen ersehen, wie ihr eure philosophie zur entstellung, herabwürdigung und entehrung mancher haupt- und grundlehren« etc. »mißbraucht.«: kant wußte, woran er war; heute äußert sich die höchste ungnade umwundener.

11. 2. 82
nach ahrenshoop zu schroth, jaksch, jahnke, die kühnerweise mit einem programm auf die polnische lage reagieren wollen. der *modellfall* kronstadt. sie denken an eine collage aus szenen von a[lexander] stein und dokumenten, und jahnke spielte ihnen TOTLEBEN zu.
abends ein gespräch im kunstkaten mit brade, möhring und pfeifer, wegen einer grafik-text-edition PROMETHEUS 1982.

16. 2. 82
karge/langhoff kommen von bochum und tragen mir die verdeutschung von shakespeares CÄSAR an. ich habe das stück seines themas und einiger szenen wegen seit langem favorisiert. lese jetzt die interlineare prosa-übersetzung: es scheint eins seiner schwächeren stücke, mit raschem begnügen gefertigt, ohne große erfindungen, der 2. akt und der 5. interesselos. personen, die nicht viel zu zeigen haben. karge/langhoff haben keine forderungen = keine idee, freilich ist ihre regie eine gute. ich schlage eine bearbeitung vor, aber sie wollen den text pur. sehe noch einmal in den *plutarsch*: der einige große punkte enthält, rohheiten im material, die zu benutzen wären. shakespeare hat dicht am plutarch entlanggeschrieben; bei so einer staatsangelegenheit muß unser blickwinkel differieren. die behandlung mutet harmlos an (nicht weil sie so privat sondern weil sie moralisch ist). beim blick auf die schlegel-übertragung schöpfe ich zunächst wieder mut: gewiß könnte die sprache blankziehn. (als wolfgang heinz vor jahren das 66. sonett vortrug, wirkte es wie eine hinterhältige adaption, und ich war nur genau geblieben.) freilich würden unweigerlich verknappungen passieren, und halbherzige eingriffe (nahm sich portia nicht das leben, gepeinigt von einer krankheit, die sie sich zuzog, weil brutus so lange unterwegs war? oder: geschehen nicht die himmelszeichen und wunder auf der bühne, und cicero brennen die hände lichterloh, und casca und cassius verlieren kein wort darüber, sprachlos vor entsetzen, und sie reden einen irren text von großen entschlüssen? oder: was sind für den tribun marullus gründe, cäsar nicht zu feiern? daß cäsar pompejus killte? oder daß rom statt 300 000 nur noch 150 000 bürger

zählt, nach cäsars kriegen? daß er in zehn jahren dreihundert völker unterjochte, mit drei millionen männern krieg führte und von ihnen eine million schlachtete, eine million zu sklaven machte? und daß die frage ist, mit plutarchs direkten worten: »wohin und bis zu welchem ziel wird der mann noch fortschreiten und uns schleppen? behandelt er uns nicht als unverwüstliche körper ohne gefühl und leben?« etc.). verbesserungen des shakespeare, und davor ist zu warnen. *er* interessiert uns; wenn uns aber der stoff interessiert, muß man ihn nach dem heutigen verstand bearbeiten.

21. 2. 82

VERFAHREN PROMETHEUS, cf. brecht an stewart: »die gewissensbisse der atomphysiker sind als moralia besonders komisch; diese spezies sieht durch die reglementierung, gegen die die heilige inquisition harmlos war, weniger ihre jobs als ihre arbeit selbst bedroht. da geht der uraniumvorhang nieder über der gesamten wissenschaft. zugleich werden sie fernerhin weder briefe schreiben, noch reisen machen dürfen. will in zukunft ein gelehrter den anderen in lebensbedingungen bringen, die bisher nur gefängnisinsassen kannten, braucht er ihm nur eine atomphysikalische entdeckung nachzusagen. demgegenüber ist die möglichkeit, daß unser planet morgen in die luft gehen kann, nur publizistisch interessanter für die herren. kurzum, es ist nicht die beste zeit für hoffnungen. durch tröstliche hinweise auf die ›immer noch vorhandene menschliche anständigkeit‹ kann ein publikum bestimmt nicht aktivisiert werden.«

22. 2. 82

sehen die erstaunlichen bilder der heidrun hegewald; nirgends sind die bedrohungen so nackt vor augen geführt, ist die entmenschung so bild geworden wie in diesen menschenbildern. vergleichbar allenfalls der kollwitz, nur sind ihre motive abstrakter, die leiber gleichsam herausgerissen aus dem sozialen feld. so daß sie wieder zu beunruhigen vermögen, aber auf eine sehr allgemeine art; eine kassandra vor dem janus-tor, durch das, man weiß nicht von wo, ein dumpfes gläubiges marschieren geht. abstoßende, »empörende« figuren, in strengen konzentrierten formen. DIE BINDUNG: ein paar, zueinanderhingebeugt, das sich aber nur mit armen und zehen berührt, in der leibesmitte von starken gurten auseinandergezogen von unsichtbarer gewalt; der mann, wenn er die frau losließe, würde hinweggerissen in die institutionen, die frau, ein bein zurückgesetzt, hätte noch einen halt in sich, sie stehen zusammengehörig und aufs äußerste zerspannt, leibhaftig und erschreckende metapher.

22. 2. 82

kant ruft an, ob er in einer delikaten angelegenheit schnell vorbeikommen könne. immer, hermann! es kann nicht delikat genug sein! er findet im korridor zwanzig paar schuhe vor, disco-musik, und ist baß entgeistert (wie wir gleich verstehn): er kommt fragen, ob es an dem sei, daß ich einen ausreiseantrag auf drei jahre gestellt habe. ich bescheide ihn, davon selber noch nicht zu wissen – und es handle sich momentan nicht um die abschiedsparty, sondern arne feiere eine fete. und er hatte vor, bei meinem abgang von seinem posten zurückzutreten. bleib auf dem posten, obwohl ich den verband in die bredouille bringen müßte und meinen austritt erklären aufgrund dieser nachfragen. sie können gar nicht anders denken, als daß wir die kurve kratzen.

7. 3. 82

treffen mit höpcke bei schlenstedts. sein argument gegen den roman: es komme heraus, daß bei uns alles »etwas verkunzt ist« (verhunzt ist). zwei formulierungen haben ihn tief verstimmt: *die produktionsbedingungen zerbrechen* und: *konspirativer realismus, der an die nerven geht.* und was heiße: *schwach und unergiebig wie die wirklichkeit*? und das sexualische ... silvia und dann dieter versuchen, das ding »von der schreibe her« zu beurteilen. höpcke hört gelassen zu; es ist also gar keine aussicht. natürlich darf das ms. durch den verlag spazieren.

Ehep., Mitte 30, sucht für gemeinsame Freizeitgest. gleichges. Ehep. bis 40 J., Interessen: Musik, Tanz, gesellige Spiele aller Art. 11 2077 BV, 1056 Bln., PSF 286

berliner zeitung 2.3.82

9. 3. 82
günther bringt den vertrag über die geschichten, ich ändere den titel in BERICHTE VON HINZE UND KUNZE, weil ich zu unzufrieden bin mit dem erzählerischen, zu wenige storys. der verlag wünscht illustrationen, er will ein fabelhaftes buch, ich aber ein fibelhaftes. wozu streiten? vielleicht kommt es gar nicht. mattheuer oder kurth?

23. 3. 82
nach der lesung »für den frieden« in der kongreßhalle (den bewaffneten, versteht sich) spreche ich hager in der toilette an, die zeitungsmeldung betreffend. er erwidert: das wegbegeben sei »doch gang und gäbe«!

Hamburg lädt ein

lno Hamburg
Fünf Künstler will der Hamburger Senat im Rahmen seines Förderungsprogramms „Auswärtige Künstler zu Gast in Hamburg" zwischen dem 1. April und dem 1. Januar für die Dauer von sechs bis zwölf Monten in die Hansestadt einladen. Wie die Staatliche Pressestelle mitteilte, wurden die Video- und Performance-Künstlerin Ulrike Rosenbach, der Schriftsteller Volker Braun aus der DDR, der finnische Komponist Kalevi Aho, der Schriftsteller Peter Chotjewitz und der Filmemacher Jean-Marie Straub eingeladen. Den Künstlern wird für die Dauer ihres Aufenthalts ein Stipendium in Höhe von 2 000 DM monatlich bei freier Wohnung gewährt.

28. 3. 82

schwerin. TOTLEBEN. – nachts gegen zwei geraten wir in eine hochzeitsfeier. ich, müde, wäre an dem fenster vorbei, jahnke aber läßt sich hereinbitten (übergeben wie bestellt den nelkenstrauß des intendanten). ärmliches zimmer, die mäntel aufm tisch, bierflaschen auf dem boden. ein zweites brautpaar ist schon auf die reise, ein drittes hat sich den schleier ertanzt fürs nächste jahr. alle aus derselben sozialen schicht: »facharbeiter für warenbewegung« bei der post und ähnliche unterbezahlte berufe. wir werden sofort einbezogen, umgängliche leute, die braut hat schon ein kind (weil den krippenplatz kriegt man ledig leichter) und braucht ein zweites (weil zwei zimmer möchte man haben); jede der personen ein kleiner abgrund. das jüngelchen schon geschieden und will zur bahn, wo er vielleicht noch wieder eine findet; ein stilles mädchen, ich frag ihr kein loch in den dicken bauch; ein debiler dumpf an den tisch gehockt. mit uns ist ein lärmendes paar hereingetanzt, bzw. sie wirft sogleich den mantel ab und tanzt, in einem langen dünnen fähnchen und sich in die hocke grätschend (»ich war viermal im westen, deshalb tanze ich so«??), alle starren wie auf eine erscheinung (und dann ist jahnke mit ihr verhakt und verwirbelt), nach einer halben stunde sitzt sie spack und blaß auf dem sofa, mit verfallnem gesicht: der mann ist hinaus, »seht ihr, so schnell geht das, zu zweit bin ich gekommen, nun bin ich wieder allein.« sie zeigt eine fotografie ihres kinds: »wenn ich das nicht mehr hab, dann bin ich auch tot.« jahnke hernach auf der straße, froh und feierlich: er will leben, ohne sich zu bücken und in die ränge zu hangeln, er war an der uni und ist ans theater gegangen, und bleibt nur, solange er sich lebendig fühlt, in einem team, das sich etwas aufpackt und vor die leute bringt, er muß mit den leuten leben, und etwas aus seinen kindern machen. »du weißt nicht, wie sehr ich dich brauche, wie vielen du ein halt bist«, und solche brüderliche umarmung.

1. 4. 82
kein aprilscherz, ein amtlicher: die leipziger dürfen »aus termingründen« nicht in mülheim gastieren.
lese im hallenser theater aus GROSSER FRIEDEN. trinke sodann mit sodann.

10. 4. 82
zu gorz, ADIEUX AU PROLÉTARIAT

1
wo die massen nur von ihren persönlichen peinigern, aber nicht von deren *sachlicher macht* befreit werden (der archaischen struktur der produktion), findet ihre »befreiung« in der abstraktion statt. das individuum partizipiert an der befreiung in dem maße, wie es ideologisch zu denken vermag, d. h. im bewußtsein, nicht im praktisch-sinnlichen leben.

2
gorz beobachtet mit frommem schauder das verschwinden des arbeiters; die banalisierung der tätigkeiten entzieht diesem »seine« arbeit, die beliebige produktion stößt ihn als notwendige person aus. von dieser unheimlichen unperson verabschiedet sich gorz, mit französischer unhöflichkeit, um ihr sogleich nachzulaufen in ihrer eigenschaft als angehörige der nicht-klasse der nicht-arbeiter. der neue philosoph erwartet, statt der vernagelten kreatur der produktion nun dem interessierten individuum der *freizeit* zu begegnen. einem wesen, das sich bereits *in freiheit* befindet, in »freier subjektiver tätigkeit« jenseits der mühlen.

3
gorz »rehabilitiert« den menschen, indem er ihm autonomie gegenüber der notwendigen (üblen) arbeit zugesteht. sie ist dem staat überlassen. der staat wird unverzichtbar und damit die dienstbarkeit; der kapitalismus wird lediglich »eingeschränkt«. die »dualwirtschaft« ist die lösung. das ist der

sozialismus der resignation, basisinitiativen aus dem freizeitpark.

4
gorz ist erleichtert bei dem gedanken, daß die leute in der gesellschaftlich notwendigen arbeit nicht mehr ihre persönliche erfüllung finden können. die individuen würden »frei«, diese arbeit als nebensache zu verstehen, ja, das gleichgewicht zwischen gesellschaftlicher und autonomer tätigkeit werde um so »glücklicher«, je größer ihre diskrepanz. aber das »reich der freiheit« ist besetzt von einstellungen, die im notwendigen gebiet erworben sind. es ist nicht möglich, auf dem einen feld frei zu sein und auf dem anderen sklave. die autonome lebenstätigkeit wird so asozial, undemokratisch, enge bleiben wie sie ist ohne die *wirkliche* befreiung.

5
»das reich der freiheit beginnt in der tat erst da«, schrieb marx: jenseits der materiellen produktion. soll das heißen, daß die *befreiung* auch erst jenseits dieser sphäre zu suchen ist? die neuen philosophen sind hier mit dem herrschenden sozialismus einer meinung. aber deshalb, weil etwas notwendig ist, muß es nicht notwendig knechtend sein. wovon wir uns nicht befreien können, darin eben müssen wir frei sein. dem reich der notwendigkeit ist nicht nur raum und zeit einzuschränken, es ist ihm auch eine verfassung (eine produktionsweise) zu geben, in der »gemeinschaftliche kontrolle« und die der »menschlichen natur würdigsten bedingungen« keine phrase bleiben. es sei denn, man wolle die misere mit würde ertragen. die befreiung der arbeiterklasse findet im reich der notwendigkeit statt.

6
die freie assoziation ist der verein von *produzenten*, nicht von »autonomen« wesen.

11. 4. 82
tschechows DREI SCHWESTERN, in der inszenierung thomas langhoffs. das warten (auf moskau); und dann ziehen die soldaten ab: zwei große motive auch heute, wo wieder gewartet wird und stillgehalten. alle haben den kopf zwischen die schultern gezogen und lassen den regen regnen, in der hoffnung, daß es kein gewitter wird. und was, wenn das kriegsgespenst von der wand ist? wenn die besatzungstruppen abgezogen werden? wofür halten wir *dann* still? – überhaupt die schwestern eine gute figuration für die (vermeintliche?) übergangsgesellschaft, der tote vater (der klassenkämpfer / mit dem blut an den händen) in der zimmerecke, und das meiste leben spielt sich in gedanken ab, träumen, hysterie. was wirklich passiert, sind zerstörungen, aber auf der bühne passiert mehr, die vielen leben, die wir in uns tragen.

14. 4. 82
eine broschüre von k. o weh müller, POLITISCHE ÖKONOMIE DER LINKSRADIKALEN. er ordnet die gegner in seine schachteln, stempelt sie ab und schickt sie in die wüste, um sie, von der oase seiner überzeugung aus, endlich zu widerlegen, wozu er, mit der fußspitze, ihre kadaver ein wenig herumdreht, wenn nicht gar, in ihrem erbärmlichen zustand, ein paar beschimpfungen ausreichen. er verfährt mit ihnen nicht besser, als ich gerade mit ihm. diese art wissenschaft, die glaubt, es mit dem feind zu tun zu haben, führt krieg. aber zu gewinnen ist da nichts. – schreibe eine satire: DER FREIZEITPARK.

23. 4. 82
lesung im kasseturm weimar. bei kirsten, der seine isolierung beklagt: im BLEIBAUM. bennewitzens dritter faust: nun aber aufs weimarer auge. das neue goethemuseum wieder ein provisorium aus unserm provisorischen geist, modische schrifttafeln und nostalgische großfotos. maria tragelehn referiert im auto über die männliche anfallartige liebe, mit der man leben kann. b. k.s band heißt: NÖSPL.

29. 4. 82
vor einer *gewerkschaftsgruppe* der akademie der wissenschaften ein wagstück aus dem roman. erkläre die zusammenkunft als protestkundgebung gegen die auslagerung des hohen hauses an den stadtrand. befragt nach dem schicksal etc., gelingt es mühelos, im schlitzohrigen ton des manuskripts zu bleiben, also beim *gesellschaftlichen interesse.* hernach mit schlenstedts zu kaufmanns, die sich modernere garnituren und gedanken geleistet haben, im beschränkten raum des neubaus immer gleich die wand vor den wänden.

1. 5. 82

die sicherheit ist gewährleistet, meine und die der leser, und ich kann sagen, sie nimmt weiter zu. zum buchbasar gelange ich, durch einen separaten eingang ohnehin, durch eine doppelte sperre, ein dreiköpfiger posten registriert und gewährt eine arbeitskarte (die nummer des personalausweises ist einzutragen), man erkennt verwundert das vorgedruckte *volksfest*.

5. 5. 82
hauptsächlich in der sauna entstehen die berlinischen epigramme.

ruhend im dustern schreib ich, dösend, schweißübergossen.
ausgeschwitzt sind sie und kalt abgeschreckt unterm strahl.

18. 5. 82
frankenwald, odenwald, spessart. maibäume und panzer. sehe vor dem frankfurter schauspielhaus ein rennrad stehn und hinterlasse am lenker ein zettelchen, auf gut glück, das ich habe. dresen meldet sich. er macht MINNA, HERMANNSSCHLACHT und erbittet nibelungen. in dieser blind schaffenden »gesellschaft ohne geschichte« (»die von der zukunft abgeschnittene vergangenheit steigt mit dem gesicht des ungeheuers aus der tiefe«). – hinwärts der westliche grenzer fragt: reisen sie dienstlich oder privat? ich sage: diese kategorien greifen nicht bei mir. heimwärts der östliche visitiert die gedichte, liest im stehen seite für seite den EISENWAGEN, trotz meiner besorgten anteilnahme, und reicht sie zur weiteren prüfung an den vorgesetzten.

27. 5. 82

g[erhard] wolf wies in vorträgen auf einen bestimmten *faden* im STOFF ZUM LEBEN. – »die abschaffung des zustandes, in dem es mühselige und beladene gibt, das ist das thema der sozialen utopien gewesen, dann das thema des wissenschaftlichen sozialismus. dagegen die abschaffung des zustandes, in dem es erniedrigte und beleidigte gibt (was eine ganz andere, nicht ursächlich getrennte, aber doch andere sphäre darstellt), diese abschaffung ist nicht theoretisch vom marxismus durchdacht worden. infolgedessen haben wir heute praktischen anschauungsunterricht schrecklicher art, daß die bloße vergesellschaftung der produktionsmittel nicht die springquellen des gesellschaftlichen reichtums in gang setzt. ... es hat sich also gezeigt, daß die prämissen zum aufrechten gang im marxismus nicht genügend ausgedacht sind, der eben nicht nur an die französische revolution anschloß, sondern auch an die hegelsche philosophie, an deren autoritären, objektiven geist. die staatskritischen prämissen, die anarchosyndikalistisch in frankreich entwickelt waren, die auch in der italienischen partei im 18. jahrhundert lebendig waren – dieses: wie rette ich den einzelnen menschen vor dem staat? – sind nicht zu ende gedacht worden. das absterben des staates kommt nicht, und die individuelle freiheit, ein besonderes ziel im marxismus, ist schlimmer dran als irgendwo. ...

das wäre, was ich zu sagen habe. also das subjektive nicht als ein ersatz für die materiellen gesellschaftlichen kräfte, sondern als der zweite akt, der zugleich im ersten akt, in der ökonomischen bewegung, mit enthalten ist, damit das leben gesellschaftlich in ordnung kommt und es nicht zwei arten von menschen gibt, herren und knechte.« (bloch im gespräch mit vilmar, 1965)

3. 6. 82

KAGEMUSHA – der film von kurosawa über einen »schatten«, einen falschen prinzen in den kriegen der japanischen dynastien. der kagemusha ist nicht wie bei schiller (oder dostojewski) gepeinigt vom bewußtsein seiner doppelgängerexistenz, im gegenteil, er gewinnt als schatten erst seine wahre identität, als wiedergekehrter toter, für den er sich ausgibt (und für den er wirklich stirbt). eine zenbuddhistische version des DEMETRIUS-themas. ungeheuerlich am schluß die schlacht von nagashino, 1575, eine furchtbare anklage des kriegs.

12. 6. 82
arne bereitet sich auf die prüfungen vor, systematisch und unangestrengt. wir halten sie nicht im geringsten dazu an. sie teilt sich den tag auf für mathematik, geschichte und die gitarre, so durch wechsel sich entspannend, besorgt sich zusätzliche literatur (marx: DIE KLASSENKÄMPFE IN FRANKREICH, brecht: TAGE DER COMMUNE), liest aber nebenbei aitmatows DER TAG ZIEHT DEN JAHRHUNDERTWEG oder lernt mit einer freundin (der es schwerfällt).

25. 6. 82
endlich hat der zensor gesprochen; sechs sätze im DMITRI sind für den druck zu ändern:
es ist verboten, das land zu verlassen.
ein lügner, ein dissident mißbraucht den edlen namen ihres sohnes.
vor den vätern sterben die kinder.
moskau will mit keiner neuerung beladen sein.
den polen ist die freiheit teuer, uns aber die botmäßigkeit.

auch der bolschewiki-auftritt wird moniert (den wir so belassen).
wandrey, cheflektor, nennt es eine kosmetische behandlung; das muß man halt wieder abschminken.

27. 6. 82
wegen einer langwierigen grippe nicht nach zürich. benutze das visum, in westberlin KALLDEWEY FARCE und PENTHESILEA anzusehn. treffe jungk, er ärgert sich grün über das bunte strauß-stück. interessant die dramaturgie: die fiktiven, unwirklichen handlungen, »ein wühlen in der krabbelkiste namens seele / restposten, alte wünsche grün und blau«.

2. 7. 82
arne hält die dankrede nach der zehnten klasse in der ossietzky-schule. das ist um so schöner, als sie einst so zurückhaltend war; aber sie macht nie sums um ihre leistungen, so wie sie nie zensuren nennt und lob witzelnd abtut. das erfreulichste für uns, wie sie, ohne schmerzhaften bruch, den politischen kindergartenblick verliert, den die schule konserviert, und die ereignisse widersprüchlicher sieht; wir haben sie auch nicht behütet vor der unheilen welt.

3. 7. 82

ÜBERGANGSGESELLSCHAFT: die drei schwestern, die nicht mehr auf moskau warten, und die soldaten ziehen nicht ab; die revolution ist zur diktatur verkommen auch in der familie, der tote vater/genosse sorgt für »ordnung« in den beziehungen. die schwestern-zeit scheint stillzustehn. hingegen die ausbrüche in den traum reißen die zeit auf: das kaleidoskop der gleichzeitigen »zeiträume« in diesem jahrhundert, der 2./3. weltkrieg, die »einheitsfront«, die antikoloniale befreiung, der stalinismus. ERST DIE REVOLUTION WIRD UNS ZU REVOLUTIONÄREN MACHEN, der eigne individuelle aufstand gegen die herrschende lebensform. die geschichte nicht die arbeit einzelner »großer leute« (schon gar nicht, wenn sie als tote fortherrschen). was ist das individuum? gemein, ein nichts, ein dreck in der unterwerfung, und alles, sich befreiend. die fiktiven ausbrüche aber kämpfe der verschiedenen zukunft (oder vergangenheiten). die frau des bruders ruft eine kommune aus, sinnlichkeit, sexuelle revolte gegen die familiendiktatur. der bruder retiriert in den kapitalismus, in den luxusbunker, und exerziert den kriegszustand (die einstellung darauf gehört zu seinen leiterpflichten) gegen die kommune, die seine privilegien bedroht. mascha, die »blinde«, geht als guerillera in den afrikanischen untergrund, eine medea gegen jason aus dem institut (der für die apartheit der fakten lebt und die söhne an die hebel dirigiert). die frage ist: spielen kommune, kriegsrecht, befreiungskampf gleichzeitig auf der bühne, und jeder beansprucht die andern für seine innere »szene«, polemisiert gegen die utopie des andern, verhöhnt sie durch *seine* »praxis« bzw. widersetzt sich der verwurstung und gewalt –

mit den folglichen mißverständnissen (sie spielen jeweils nicht richtig in der anderen »zeit« mit, das nichtbegreifen der anderen »geschichte«, die zeitbarriere zwischen den welten). das spiel wäre dann ein vielschichtiger dialog mit tableaus und exekution von gedanken. oder folgen die szenen aufeinander als »wirkliche« handlung, als aggressive antworten. – die ungeheuerlichen gesichter, die hervortreten, grausige und großartige. der »rest«, der nicht in den gesellschaftlichen verhältnissen aufgeht, die verdrängten neigungen und triebe. am schluß die wirklichen trennungen und tode. für den alten, den wiederbelebten onkel, ist es zu spät: das leben ist vertan, er wird die einheit der klasse nicht ersiegen. die tragische figur unter den komödianten. er stirbt an sich selbst; die frau des bruders überschreitet *wirklich* die grenze. die drei schwestern sind allein auf der bühne, unter den anderen statisten, und weinen/lachen, vor den statisten im saal.

14. 7. 82

in primosten, dalmatinischem fischerort, vom tourismus okkupiert. von 70 bürgern durften 40 aus der ddr in die ferien ausreisen (die *gute* hälfte, wie). die biedere reserviertheit vergißt sich erstmals nach reichlichem wein auf einer picknickinsel – die mürrischen germanen beginnen unter den pinien zu tanzen, während die zikaden lärmen, und zeigen gesellige plumpe naturen, brigadeinstinkt, der den westdeutschen einen guten mann sein läßt. oder abends im dorf bei josefa: der institutsmensch aus zeuthen beklagt den ausgang der klassischen deutsch-russischen philosophie, tote wissenschaft, die denker als angestellte hängen am posten, am eigenheim (»es ist ganz simpel«), aber was machen, »wir sind nun mal nicht der nabel der welt«. deshalb muß man sich, sag ich, nicht zum arsch machen. er sieht ein paar tage an mir vorbei; ich sehe aber in den catull. *immer wieder der zorn die scham nachdichtung / aus einer schlechten gesellschaft in die andre.* wieviel verdanken wir diesem schamlosen spottvogel, mickels obszönitäten sind kein milder nachklatsch, und *ich bleibe hart jetzt bis zum letzten hinkjambus.*

21. 7. 82

nach dem landwein immer bevölkerter schlaf; anne träumt (es ist die nacht vor der abreise): ich mußte ein kostüm anlegen, eine montur etwa aus der SCHLACHT mit gasmaske (die kriegsbilder in den illustrierten), das ist im bett zu erproben, und ich habe mit karge vereinbart, daß er uns besichtigt, er kommt zu uns hoch aber mit vierzig mann, und nichts im haus, kein brot und kein schnaps, und sie hocken da und weichen nicht aus dem schlaf.

27. 7. 82
das »entscheidende« gespräch mit dem mitteldeutschen verlag über den roman. schlenstedt und kaufmann sind verläßlich dabei. sie haben günstigste gutachten geschrieben, empfehlen aber, eine *lesehilfe* voranzustellen, die die »humane idee« verdeutlicht, und zwei krasse episoden zu streichen: die orgie der christenpartei und die reeperbahn (schlenstedt sähe kunze lieber in die alternative szene geraten). über den seltsamen satz »ich begreife es nicht, ich beschreibe es« – er sei ernstzunehmen. was mit kunze los sei, oder was hinze und kunze zusammenhalte, lasse sich nicht auf der ebene von beschlüssen befragen; die literatur, habe die seghers einmal gesagt, gehe den beschlüssen voraus. (dies buch z. b. geht dem beschluß voraus, es zu verbieten.) günther erklärt, die probleme begännen schon im lektorat. »gib mir vier jahre«, damit das ms. durch die richtige fraktion auf den obersten tisch kommt. ob es das schicksal seines paten, jenes JAQUES erleide, hänge nicht vom kunstverstand des generalsekretärs ab (aha! auf dieser höhe sieht günther die entscheidung fallen). die frage für den verlag sei nicht, »ob wir es probieren«, sondern wie (»wie wir es am klügsten machen«, »den boden lockern«). es fällt mir schwer, mich der heiterkeit zu erinnern, die mich beim schreiben trug.

28. 7. 82

mit mutter und mugnolo spritztour durch die mark. *fontaneforscher:* das ist ein warm strömendes wort, ein von land und leuten *erfüllter* beruf. neuruppin, rheinsberg, stechlinsee. annes frühstück im freien.

29. 7. 82

der klappentext soll eine lesart nahelegen – aber ich mag nur immer ironisieren. was also hält sie zusammen? – nun, sie halten sich am stricke, und der eine zieht, und der andere … oder eine leiter, sie stehen auf einer leiter. – einer leiter? – die an einem strauch lehnt – an einem strauch eine leiter? – ja, sie ist lang, sie ist vielleicht nicht nötig, und der eine steht oben … aber sie liegt am boden, und sie stehn wie auf einer ordentlichen alten leiter, einem erbstück aus großvaters zeiten, und an dem strauch hängen erdbeeren – was erzählen sie mir? – sie hängen, hinze und kunze, sie hängen an ihren rollen, zum teufel …

30. 7. 82

irina liebmann steckt ihre szenen durch den türschlitz: sie hat aufgeschrieben, worüber sie (und ich) seit wochen meditierte, und es ist ein rundes, ein treffliches stück geworden. ich möchte sie umarmen, es ist mir, als sei mein stück schon geschrieben – ein frohes und lähmendes gefühl. sie hat eine handfeste fabel gefunden aus dem familienerbe (der klassenkampf), aus der beschäftigung mit mühsam (der anarchismus) und aus dem heutigen berlin. die »angst« der hauptfigur ist wohl wenig motiviert und eine fragile klammer der handlung, aber der aufbruch des alten in das nichtgelebte leben glaubhaft und erschütternd, eben weil es für diese (alten) menschen zu spät ist, weil sie ihre revolution nur in der erinnerung machen: und als »freie menschen« längst verschwunden sind.

2. 8. 82
die überlegungen zur ÜBERGANGSGESELLSCHAFT kommen zu keinem ende, das schreiben wird das stück erfinden. ich habe nur figuren im kopf, beziehungen, »fünf pud liebe«. alles was wir nur denken kann auf der bühne realiter passieren; verwandlungen, übergänge in andere existenzen, eben weil wir alles im kopf herumtragen, die mehreren leben. was das richtige sei? es gibt keine verständigung, keinen »ausgleich« zwischen den welten, zwischen dem toten vater und den kindern, zwischen dem westen und dem osten, zwischen europa und der 3. welt. es gibt keine wiedergutmachung für vergangnes unrecht. es gibt keine hoffnung in liberaler emanzipation. es bleibt nur die radikale wirklichkeitskritik. dramatik bezeichnet den punkt, wo die gesellschaft in den einzelnen einbricht, ihn aufbaut oder beschädigt, lähmt oder bewegt, der punkt, der wieder auf die ganze fläche weist. angesichts der tödlichen gefahr, der festgefahrenheit, des schon und noch, der spaltungen: die subjektivierung der revolution. *möglichkeit des daseins*, als ein anderes leben. die revolution kann nicht ans ziel kommen als diktatur.

7. 8. 82
urlaub in kochberg. zu unserer überraschung wekwerths und mittenzweis als tischgenossen. abgrasen der landschaft, orlamünde, naschhausen: man fährt durch goethe-zeichnungen. zwirnsgassenfest. mittenzwei hat auf die schnelle den roman gelesen. »frechstes, aber unkritischstes buch.« ob der einsatz nicht zu hoch sei, gemessen am gewinn. ämter sähen nur details, nicht die struktur des romans. ich verteidige mich sachte, es sei ein letzter versuch, dem gegenstand interesse abzugewinnen.

10. 8. 82
müller, VERKOMMENES UFER. sein theater wird immer kräftigeres papier; und wie er darauf scheißt, steckt er die lyrik in die tasche. ich habe sympathie für konsequenz, auch die irre. das offizielle morgenrot, der ewige silberstreif der medien – und die literatur zückt die spitzhacke. aus dem nilschlamm tritt aber jetzt der krokodilrücken vor. nicht nur deutschland, europa ist der verlierer des kriegs. europa mit seiner 3000 jahre alten kultur der aufmarschplatz für die großmächte. man nährte sich in den »schweren jahren des anfangs« von der illusion, die russen hätten uns befreit, um die deutsche räterepublik zu verwirklichen; sie hatten den sicherheitskordon im sinn. der sozialismus als kolonialverfassung: die 3. welt beherrscht uns (sie hat ihr standbein in der su) und hält die 1. in schach. ohne dies bein kommen wir nicht vom fleck; europas prothese mit eisernem stiefel. wir müssen die geschichte aus dem punkt der niederlage sehn. von dem ideologischen/defätistischen podest herunter an den kahlen anfang, der zu machen ist.

26. 8. 82

höpcke kommt, um sich über die BERICHTE in sinn und form zu beschweren. vor allem BEVOR DER OFEN AUS IST und LARVENSTADIUM haben ihn erzürnt. ich bliebe, sagt er, unter meinem bewußtsein. – das ist s e i n problem. was ich an ihm schätze: daß er mit offnem visier antritt. – das ist ja eine hauptsache beim schreiben: *unter* dem bewußtsein zu bleiben und sich den dingen zuzuwenden und die verhältnisse neu zu ergründen.

10. 9. 82
seit zehn tagen in kochberg, zimmer 307 unter dem dach. trinke meinen rotwein tschechow zu. nur morgens ein kurzer gang, und nach dem abendbrot ein längerer, die hänge hinauf oder über die bearbeiteten felder; manchmal hocke ich auf einer bank und sehe in das land, bis es dunkel ist. nachts schlaflos.

20. 9. 82

das alltägliche, die einfachen dinge des lebens, die elementargewalt. auch in der revolution: auf dem grund des hungers die suche nach der liebe. wir unglücklichen, unzufriednen lechzen nach nachrichten, laden die elende existenz auf mit politischen interessen. wir engagieren uns für die sache, bis wir selbst etwas für uns finden – und die sache verläuft sich. und wir bleiben nicht anwesend in der geschichte, nur das unaufhörliche geschwätz hallt fort. wir reden von aktionen, aber wir machen den vorhang nur auf, um ihn schnell wieder fallenzulassen. wir finden uns ab. (fjodor iljitsch kulygin: »wir lieben uns, das ist der modus vivendi.«) und suchen wieder, was uns am meisten fehlt: die brüderlichkeit, freundlichkeit, in der maske des aufstands, der gewalt.

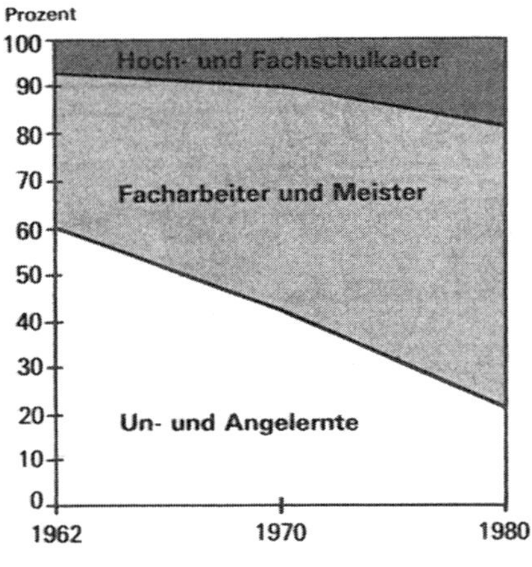

21.9.82
so wenig wirklichkeit in allem, so wenig greifbar diese gesellschaft. nichts kann für sich gelten und sprechen. immer müssen die teilnehmer erst geschult werden, sie müssen einen lehrgang besuchen, um mitreden zu können. das eigene, unmittelbare unter dem schotter. maßnahmen, regeln, mummenschanz bis in die betten. und ich kenne nicht einmal meine körpertätigkeit, ich weiß nicht, warum ich jetzt gähne (ist es müdigkeit, ist es abwehr?). wir kennen uns selber nicht und machen weltentwürfe. die gewalt als ersatzhandlung für das entzogne, nicht gepackte leben. irina will etwas tun ... aber was ist zugelassen? was ist ihrs? oder sie wagt die tat – um zu verschwinden; sie kann nur ein zeichen setzen. das verrottete haus brennt. alle können nur zeichen setzen für die notwendige tat.

25. 9. 82
von kochberg zurück mit der ÜBERGANGSGESELLSCHAFT. wir wissen, es ist die hauptsache, das leben zu ändern, d. h. das eigene ... aber wir wollen uns nicht aus unseren halterungen reißen. weil wir sonst elende wären, verdammte, entlassene, denen niemand die hand gibt, außer den künftigen freien unvorstellbaren menschen. man muß aber in das elend gehn.
am abend werden die HINZE-KUNZE-BERICHTE nicht wie angekündigt im rundfunk gesendet.

27. 9. 82
bei höpcke, mit hafranke, holan und einem unterzensor. ich hatte vor, nur eine kurze erklärung abzugeben: daß ich die amtlichen ansinnen beschämend finde und daß es schamlos sei, hier eine arbeit zu unterdrücken und sich zu erregen, daß sie anderswo normal weitergehe. dann wollte ich aufstehn und auf wiedersehen sagen. aber es wird wieder ein palaver. ich sehe mich genötigt, so ausführlich wie ich den rechtsweg gegangen bin meine arschmäßige loyalität nachzuweisen: in diesem staat herrsche eine rechtsunsicherheit, die es absurd erscheinen lasse, einem verlag die weltrechte zu geben. hab ich erscheinen gesagt? höpcke teilt mit, daß DMITRI nicht erscheinen dürfe und der minister verlange, die aufführung in karlsruhe zu untersagen. ich bin nicht zu gewinnen. (zuvor hatte er mir, in einem separaten raum, die herkunft der bolschewiki-texte abgefragt: lenin, kollontai und trotzki – »ah, trotzki ist also der *erste bolschewik!*«) fahre nachhaus mit einem flauen elenden gefühl.

diese buchhaltung der schikanen, zu meiner entlastung, »ich den alles trifft und der alles vergißt«; das ist spülicht, lauge, und rauscht in gully.

2. 10. 82
bei schuhmachers. strehler, senda koreya. über SEZUAN im piccolo teatro und FAUSTUS im b[erliner]e[nsemble]. einmal lebendiges, einmal totes theater. das eine mal wird sozial etwas gewollt – das andere mal wird KUNST gewollt. das eine mal beteiligung, leichtigkeit, menschlichkeit (widersprüchlichkeit) – das andere mal statik, dienst, ausstattung.

6. 10. 82
müller als regisseur des MACBETH: er darf es freilich, er hat den großartigen text gemacht, er darf ihn zerfleddern. er darf das stück verhöhnen. eine opulente peepshow, bei der auch nach vier stunden nicht der groschen fällt. die authentizität macht es mir zum genuß, und der ärger einigen publikums tut ein übriges; für solche dokumente bin ich zu haben. aber »das ungeheuere in der kultur ist dies, daß wir unser publikum wider seinen willen und zu unserm schaden zur *ironie* erheben, indem wir seine leidenschaften reinigen dadurch, daß wir alles zur anschauung bringen, selbst den wahnsinn und die irrenhäuser und narrenhospitäler. denn was kann von dem allen das resultat sein, als daß es dieses sonst für das gefühl und die empfindung so zerreißende auch nur als einen zustand kennen lernt, als ein pathologisches, demgegenüber es sich besser, erhabener fühlt, und mit dem es zuletzt spielen lernt.« (riemer, tagebuch, 1. februar 1813)

9. 10. 82

die freien gewerkschaften in polen durch gesetz verboten. ich hoffte nichts von dieser bloß liberalen kraft, die auf das bäuerliche eigentum und die religion setzt. freilich die kirche ging an einem genauen punkt nicht mehr mit. als solidarność streikte, statt auf gott zu warten, kollaborierte der klerus mit dem staat, eine zweite ordnungsmacht.
ich frage mich, ob es nicht eine anmaßende, grausame gewohnheit ist, den kleinen bewegungen der leute mit eisiger ablehnung zu begegnen, nur weil diese bewegungen keine konsequenz verraten und wissen. die lebendigen, minimalen mühen ... *kommunismus ist die unmittelbar auf die not des anderen bezogene handlung, nicht vermittelt durch ein äquivalent.* mithin, er ist nicht etwas, das weit weg ist. er ist eine summe von verhältnissen (die die dimension einer gesellschaft erreichen kann), und er ist schon heute als eine haltung möglich. eine bestimmte, deutliche haltung, wo zwischen unterdrückerischen methoden und solidarischen zu wählen ist. er ist die entscheidung für das mehr an gleichheit, in der familie, in der produktion usw. (der autor köhler, der seine honorare an ein volkseigenes gut abführt und ein bauerngehalt bezieht, handelt in diesem punkt kommunistisch.) in diesen aussichtslosen zeiten gewinnt das marxsche wort vom kommunismus als wirklicher bewegung seinen subversiven sinn.

18. 10. 82
mit henselmann und zschiedrich zu treder, der in einsteins holzhaus in caputh wohnt / große mengen harzer käse ißt. ein greisenhafter 46er, mit dürren gliedern in den bauhausstühlen, stockender stimme, die plötzlich hell und sicher wird, vom gelächter gekräftigt: astrophysik in ihrem junggesellendasein, hochgemut in ihrer unglaublichen faktizität. treder ist fast blind, er hat noch nie durch ein fernrohr auf einen stern gesehn, es ist unter seiner würde; übrigens sieht auch keiner auf uns: vom nahesten, proxima centauri, wäre von den planeten unseres systems nur jupiter auszumachen, insofern, als seine masse groß genug ist, unsere sonne minimal zu behelligen.

22. 10. 82
erfahre in leipzig bei hartingers und keller von der tonart der fdj-kulturkonferenz. herr hartmut könig wünscht hammer zu sein und besorgt sich sein recht beim mißverstandenen goethe; die verse »du mußt herrschen und gewinnen / oder dienen und verlieren« machen ihn nicht stutzen, die aristokratische denkweise ist diesen funktionären eigentümlich. während goethe (was auch grotewohl 1949 nicht bemerkte) dies KOPHTISCHE LIED »eins der sonderbarsten ungeheuer« singen ließ, den grafen von rostro = cagliostro, von dem es zuvor heißt: »ich weiß es, daß der kerl ein jauner ist, / und dennoch kann er mich zu fürchten machen.« nun kommt er als kulturpolitischer hammer, und wir sollen seinen winken gehorchen.

6. 11. 82
anne, nach vierwöchiger lehrarbeit in irkutsk, bereitet pelmeni, mit möhren-knoblauch-salat und wodka, dazu bittersüße berichte aus dem sozialistischen asiatischen alltag. nutznießer auch willi händler, erzählt von den parallelen proben SIMPLEX/DMITRI in karlsruhe.
(und ich lese eben enzensberger über den RESOZISMUS: DAS HÖCHSTE STADIUM DER UNTERENTWICKLUNG. wie immer schichtet h. m. e. erscheinungen, anne könnte mühelos russische nachliefern, zu einem unwesen, von dem er sich kalt abwendet; aber wir haben zu tun damit.)

13. 11. 82
lang hat die ÜBERGANGSGESELLSCHAFT gelesen; genau das stück, das er machen wolle. er fragt, ob es dasselbe sei, von dem thomas langhoff spreche (ich hatte es, als einzigem sonst, langhoff gegeben, weil er DREI SCHWESTERN inszeniert hat) – der komme auch ans deutsche [theater] … und habe den vorsprung.
bei henselmanns; sie würden ihr haus gegen unsere wohnung tauschen. eine große versuchung. geräumiges atelier zu ebener erde, türen und fenster in den großen garten. hier wohnte uhse, und neruda ehrenburg rivera saßen in den zimmern. es ist anne zu privilegiert, und bewacht. nicht die zeit zum festsetzen und verschulden.

14. 11. 82
gespräch mit kulturbeamten der leipziger universität; sie haben die rohe festkantate hingenommen, möchten aber, unter dem waffenklirrenden, den künftigen wirklichen frieden rosiger hervorscheinen lassen!
publikumsdiskussion über SCHMITTEN, das vom zentralrat der fdj als dreck qualifizierte stück (brechts waschfrau sollte es wegwaschen). es melden sich auch ein zwei waschweiber, aber der dreck erweist sich als echt.

25. 11. 82
der mitteldeutsche verlag nimmt mir nun, nach *überarbeitung*, den roman ab: und es ist im grunde nichts verändert. günther: »ich habe keine argumente mehr gegen dich.«

2. 12. 82
käthe reichel will die marfa in hamburg spielen. diktiert mir auf brechts maschine einen brief.
nach lily leders und anderer henschel-leute meinung ist ÜBERGANGSGESELLSCHAFT mein bestes, aber zu verbergendes stück.

4. 12. 82
TINKA im berliner ensemble; nicht gut. rede nach der generalprobe ernst mit dem ensemble. gehe mit angelika perdelwitz noch einmal die monologe durch, die sie als ansprachen bringt. diese figur darf nicht agitieren, sie muß sachte satz für satz finden.

● PREMIERE ● PREMIERE ●

Zuschauer zufrieden

Berlin (Eig. Ber.). Darauf hatte man lange warten müssen an diesem Theater – auf einen so guten, sinnerfüllten Schauspielerabend. Der einhellige Schlußbeifall nach der gestrigen „Tinka"-Premiere im Berliner Ensemble ging zu Recht an alle Beteiligten einschließlich Autor Volker Braun und Regisseur Konrad Zschiedrich, vor allem aber Hauptdarstellerin Angelika Perdelwitz.

7. 12. 82
klujew aus moskau. das ganze programm in der union heute: genießbare lebensmittel. die einzige populäre losung: disziplin. »was müßte getan werden, um die arbeitsproduktivität zu steigern?« – »die hälfte der arbeiter in jedem betrieb entlassen.« schund, den keiner kauft. der zynismus, die schlamperei. brutalisierung. rasputin vor zwei jahren so zusammengeschlagen, daß er noch immer nicht schreiben kann. die folgen stalins werden erst heute in ganzer härte spürbar. und doch wünscht man so einen zaren zurück.
in karlsruhe uraufführung des DMITRI. keine ausreise.

9. 12. 82
in berlin kam TINKA als ersatz heraus, und ich habe DMITRI der provinz überlassen, die ihn vielleicht beerdigt hat. aber letztlich ist das egal. man muß sich daran gewöhnen, begraben zu werden. und sich üben, als toter zu agieren.

17. 12. 82
mitteldeutsches loch ausgekohlte metapher ... bin gestern durch die alte arbeitslandschaft gefahren, schwarze pumpe, wohnlager FROHE ZUKUNFT, tagebau burghammer, ein wüster verlassener mond. habe in den alten kneipen gesessen; der ratskeller in spremberg, der gasthof in burghammer (in dem wir uns nach der flußumleitung nachts aufwärmten, 1959, ich rekonstruiere das schlachtfeld), das hotel zur eisenbahn in hoyerswerda. abends eine lesung im jugendclub der neustadt (PSALMEN, KIPPER: NÄCHTLICHER TAGEBAU, BERICHT DER ERBAUER, DURCHGEARBEITETE LANDSCHAFT, DIE LEUTE VON HOYWOY – und ich weiß, daß ein andrer text geschrieben werden muß). streit zwischen dem liedermacher gundermann und dem kreissekretär der fdj, dem die gedichte düster scheinen (die kulturkonferenz!). die harten fakten, die gundermann mit seinem schaufelrad baggert, widerredet das blauhemd blind.
heute wieder durch das gelände, aber ich habe keine ruhe, und halte es nicht aus eine zweite nacht. nach wuischke zu lorenč, nach bautzen. die alte unrast, die mich als jüngling in dieser gegend umtrieb, an den langen wochenenden, und die brust sprengte. die schlangestehende menge im warenhaus hoyerswerda, die öde der rechtwinkligen straßen. wohnblöcke, eingerichtete köpfe. wo bin ich hingeraten. *keiner mutter boden loser satz aus dem zusammen FROHE ZUKUNFT hang gerissen.* ich weiß nicht, wohin das gedicht gerät. ich sehe mich als kipper im dreck und stelle das tiefgefühl wieder her, das eine hoffnung war. aber der abraum ist weggeräumt, die illusionen. wir sind tiefer am boden, und dafür danke ich mir. hier ist der gewöhnliche ort, es zu er-

fahren, ich darf ihn nicht verlassen. ich will kein großer sein: der heraussteigt in den harz im winter. zur kunst kann nur die antihymne taugen. die »bestärkende selbstweihe« (leistner) hülfe nicht aus der not. *auf den grund zu den hinab! dunklen freunden.* diese gesellschaft mit ihren losungen und laffen muß einmal auf den grund, sie muß sich zum grunde richten.

19. 12. 82
die tour über die tagebaue endet in sachsen doch als kunstreise; das dunkle barocke bautzen nachts, und nach kito liest auch czecho eilfertige gedichte vor, die lachnit-ausstellung in dresden, treibmann demonstriert auf packen von papier die friedens-komposition, zigarren und philosophie bei teller (antje seilte sich kunstlos hinüber ab), lesung im kellertheater (aus GUEVARA), buchhandlungen, kantinen – und BURGHAMMER ein wüster anfang nur im kopf.

25. 12. 82
fühmann, der im roman benutzte freund, ruft an: weißt du, was du da gemacht hast? da ist dir etwas gelungen … (die leitung knackt, in den höchsten tönen) laß es dir nicht kaputtmachen. essen, turnusgemäß, bei karges.

29. 12. 82
christa gab mir KASSANDRA. auch schiller hat eine geschrieben, aber »die kaum überbietbare biederkeit dieser kassandra-auffassung, die der landläufig-spießigen abscheu gegen größe, besonders größe bei einer frau, nichts schuldig bleibt, ist sicherlich nicht nur schillers frauen-wunschbild zu danken, sondern ebenso stark seinem klassik-ideal, das es nicht erlaubt, einer heroine eine lange, widersprüchliche historische entwicklung zuzumuten. und da wäre ich wieder bei goethes müttern« … bewunderungswürdig, in welchen heftigen denkprozeß sich christa in den letzten drei jahren verwickelt hat. indem sie die seherin erzählen läßt, hat sie gelegenheit, endlich den langen fremden blick auf die menschengeschichte zu tun. männergesellschaft, deren endzeit der sozialismus. »›erkenne dich selbst‹, der spruch des delphischen orakels, mit dem wir uns identifizieren, ist eine losung apolls; keiner göttin einer undifferenzierteren epoche hätte dieser satz einfallen können … nur daß diesem gott der edlen geistesfreiheit, der von seiner definition her mit der erde nicht in berührung kommt, die selbsterkenntnis, nach der er strebt, verwehrt bleiben muß. er erhält keine gelegenheit, sich wirklich-praktisch zu erproben. die dünnen regionen, in die er, in die seine jünger, sich voll berührungsangst zurückziehn – denkend, dichtend, ja –, die sind kalt. sie brauchen nun kunststückchen, um dem kältetod zu entgehn.« (oder nicht zu entgehn; hölderlin: uns aber hat apoll geschlagen.) »eines dieser stückchen ist ihr bestreben, sich frauen als kraftquelle zu erschließen. das heißt: sie in seine lebens- und denkmuster einzupassen. sie, schlichter gesagt, auszubeuten.«

das buch war ein männerding, will christa sagen und ein neues buch beginnen. aber das buch enthielt immer auch frauengedanken. in die muster waren die geschlechter beide verwoben, und die männer dachten auch mit dem kopf der frauen, bei denen sie schliefen. und es gab nicht nur die kriegerischen seiten, es gab auch friedliche sätze. es war nicht das interesse der *männer*, daß homer reüssierte und hesiod im schatten stand: es war das interesse der herrscher. auch die masse der männer war, wie die frauen, die sie unterdrückten, unterdrückt, jeder in der fron. das ist die wahrheit, die eine sprache finden muß: die sieht was ist. rimbaud wußte es: zum »seher« werden, indem man alle leiden und alle liebe auf sich nimmt aller kreatur, frau mann tier (und nun auch baum). nicht wie kassandra, die das unheil beschreit, sondern wie die dichtung, »die der tat vorausgeht«.

31. 12. 82
wiepersdorf. in polen das kriegsrecht ausgesetzt. (KAST in warschau mit dem 4. teil erschienen, der klappentext zitiert den tribünenabschnitt.)

8. 1. 83
bienert ist 85. so sähe er aus in der ÜBERGANGSGESELL-SCHAFT, aber hat er das ewige leben?

Der Schauspieler Gerhard Bienert Fotos: JW-Bild/Kaufhold, Dettlof

11. 1. 83
bei mickel in friedrichshagen. er öffnet seinen walpurgissack. für seine gedichte gilt (mehr als für die des toten tkaczyk, die er so beschrieb), daß sie vom stamm der witze sind, welche die werktätigen seit 2500 jahren reißen. ein gelächter aus dem (dünnen) bauch, die schamlos kurz und bündige sprache, der vortznde des großen hurals muß es einmal ertragen; ihre wirkung durchaus befreiend. liest auch aus einem bizarren monodrama, und hat eine oper, den roman zu liegen, scheu oder jedenfalls verschanzt.

21. 1. 83
der mitteldeutsche verlag gesteht dem roman einen lektor zu. einhorn, er kommt von den vorsichtigen *temperamenten* und steigt so in die diskussion ein. – die junge grafikerin thea kowař hat eine ausstellung; naiv unerschrockene bildfindungen für unsere bedrohliche existenz, von lapidarer kraft. christel gersch schlägt ihr vor, holzschnitte für den roman zu machen.

27. 1. 83
in frankfurt; borchers setzt ihre enervierende feile an die berichte. sehe becker: als stadtschreiber in bergen-enkheim, ein mieses büdchen, aber ein bibliothekarinnen-reservat ums eck. er ist ein bunter hund und kuscht nicht; den alten spd-stadtrat, der vom rechtsstaat redet, kläfft er herzlich an. die fischaugengroßen überwachungslinsen über den briefkästen im hauptbahnhof. wer mehr als drei zeitungen kaufe, sei auf dem schirm. die schwierigkeit für den ausgereisten, sich über die ddr zu äußern (dort, wo es keine kunst sei: keine kunst sein muß). treffe auch dresen, sieht alt und erschöpft aus. er muß mit jeder inszenierung seine ästhetische zahlungsfähigkeit nachweisen, und es macht ihm spaß, die geschäfte gegen die bourgeoisie zu führen. aber die komödie des kapitalismus sei die repressive toleranz. versuche, gegen etwas zu sein – und alle türen gehen auf. freilich, es muß gemeldet sein. heute nachmittag, ich schleppe mich mit einer grippe über die zeil, sammelt sich an der hauptwache eine demonstration von wehrersatzdienern: gefolgt von einem ungetümlichen wasserwerfer und krankenwagen, die für ein kriminelles flair sorgen.

29. 1. 83
sehe nun DMITRI in karlsruhe, achtbare szenen. eine baustelle, in der sich die figuren aufhaltsam bewegen, zudem lange lähmende pausen (das umkleiden), in denen man sich überlassen bleibt über den wahnwitz grübelnd. es ist vor allem dieser technische fehler, der dem spiel die wirkung raubt. »nicht mitleid haben« mit dieser geschichte heißt nicht, mitleidlos spielen. auf die verjuxung und banalisierung der idealen konstruktionen der klassik kann nur tiefere menschliche gestaltung antworten, die auf andere mögliche geschichte weist. (die bürgerlichen kritiker, die jenes *ändere die welt* nicht brauchen, wie könnten sie begreifen, die kunst zu ändern?)

30. 1. 83
vormittags im theater-foyer; improvisiere zwei berichte: es fiel hinze auf, daß sich die bundesbürger wohlwollend gegen den eignen staat äußerten. darin wurden sie bestärkt, weil er selber sich in der gleichen sache eher beklagte. hinze beglückwünschte sie zu ihrer zufriedenheit, nicht ohne wieder zu übertreiben. – hinze parlierte mit einem bundesbürger, dessen genügsame haltung ihn faszinierte. der wähnte sich im besitz der freiheit – dem ding, dem hinze sein leben lang nachjagen würde. es war nur so, daß der mann sein vermögen kaum einsetzte, was immer es aktuell auch wert war.

3. 2. 83
der dienstweg. in wekwerths auftrag bei hager, hält der mir gleich entgegen, daß kohlhaases streifen DER AUFENTHALT, nach kants roman, auf polnischen wunsch vom festival in westberlin zurückgezogen wurde. der lautere antifaschistische film verletze die interessen ihrer armee. ich nenne solcherlei rückzüge grausame niederlagen; er sagt, es gäbe einen vertrag über freundschaft und zusammenarbeit. also sähe es auch für DMITRI, den er nicht kenne, nicht gut aus. im übrigen gäbe es die kriegsgefahr. als ich, in marquardts auftrag, nach der UNVOLLENDETEN GESCHICHTE frage, antwortet er mit langen statements zur kapitalistischen krise. beim hinausgehen knirscht der sand auf den korridoren. es fällt mir auf, daß ich nicht gefragt habe, auf welcher seite der barrikade wir uns befinden.

Allmorgendlich im Hamburger Arbeitsamt: Ansturm, um einen Job zu ergattern Fotos: ZB/AP; DPA; Repro

vorschläge hat er gemacht? wir werden sie säuberlich prüfen.
eh die entscheidung nicht fällt, bleibt unbeschrieben das
grab.

brechts verhältnis zum marxismus: das angstthema. »die überraschungen der logisch fortschreitenden oder springenden entwicklung, der unstabilität aller zustände, der witz der widersprüchlichkeiten und so weiter, das sind vergnügungen an der lebendigkeit der menschen, dinge und prozesse, und sie steigern die lebenskunst sowie die lebensfreude.« (1954) im mund des polen szydłowski wird der witz traurig und die überraschung böse – und polen ungemein lebendig. »zur kennzeichnung *des systems* ist entscheidend, ob es produktivität ermöglicht.«

18. 2. 83
auf dem estrich einige meter vor der tür des stationsvorstehers von lichtentanne klopfen wir ein paar gramm schnee von den skiern; der uniformierte fährt heraus und verbittet sich die verschmutzung. es stehen fünf reisigbesen an der wand. ich verleihe seinen worten nachdruck und fege dann den sauberen fleck.

27. 2. 83

Knebel: L. Hermsdorfstr. 1980

6. 3. 83
wahlen in der bundesrepublik. die mehrheit will den stabilen kapitalismus. der mittelstand (vom aufsichtsrat bis zur putzfrau) wählt leute, die sicherheit ausstrahlen, lächelnde fettköpfe. das volk gibt dem alten ruhigen dunghaufen den vorzug.
zum eigenen mist: höpcke moniert den kollontai-text im DMITRI. die führung müsse sich gegebnenfalls über die masse hinweg an die linie halten. das ist freilich die gangart aller alten geschichte. weshalb die bolschewiki schon 1921 »erstarren in ihrem text«.
stiska sagt mir auf dem hof, ich solle ÜBERGANGSGESELLSCHAFT »möglichst weit wegstecken«. sie »stimme«. aber ich würde damit nur schlechte punkte sammeln.

14. 3. 83
marx' 100. todestag.
in kapitalistischer landschaft erblicke ich hinze und kunze in einer kuriosen spiegelung. kunze, der arbeitgeber, sitzt am steuer seines mercedes und hinze, der arbeiter, neben ihm: der wird generöserweise in die firma mitgenommen. sie sitzen ja überhaupt im selben wagen, was ihr diskurs deutlich belegt; hinze klammert sich an seinen arbeitsplatz, und sein lohnkampf treibt das ökonomische system ebenso weiter in seine richtung wie die akkumulationsstrategien des chefs. hinzes kopf ist so gut wie kunzes besetzt von den zwängen und gütern dieser effizienten gesellschaft – und sie rasen gemeinschaftlich in die letzte krise, die sich als abgrund auf der fahrbahn auftut. um sie her zerstörte natur, mächtige waffenbasen, der hunger von drei kontinenten. das problem ihrer östlichen kollegen, wie die plätze am steuer und im viehabteil zu verteilen sind, ist längst nicht mehr ihres. sie haben sich angesichts der tödlichen gefahr versöhnt, den klassenkampf pazifiert, denn sie sehen keinen ausweg als in dieser lebensart: dem konsumismus, der ausblutung aller materiellen und psychischen ressourcen. vor allem hinze hängt der utopie eines endlosen kapitalismus an, er hält wie ein trainierter affe durch und macht kunze mut, gas zu geben und auf hohen touren zu fahren. kunze aber sieht womöglich im rückspiegel, was sie für arge charaktermasken der verkehrsverhältnisse sind, knechte dieser megamaschine, die, um weiterzurasen, ihre insassen blokkiert in ihren menschlichen regungen. aber der griff zur notbremse kommt ihm nicht in den sinn, oder hinze würde ihn verwehren. auf den feldern vor den schwärenden städten seh

ich zwar allerlei alternatives grünen. aber mit der rohkost von außenseitern lassen sich hinze und kunze nicht abspeisen. auf den boden der graswurzeln kann ich sie nicht holen. sie bleiben bei ihrer schädlichen, überflüssigen arbeit. und doch, sehe ich recht, steuert kunze plötzlich irre lächelnd einen baum an – warum?, fährt er gegen den dunklen stamm, der aber morsch und verrottet niederbricht.

15.3.83

bahro »besinnt sich« auf die reale funktion der anrufung gottes »in apokalyptischen situationen«: »als autoritativer und visionärer appell zur radikalen sinnesänderung«. das notwendige sei wieder faßbar wie die alten mythen. »denn die ägyptischen plagen sind schon eingefallen« – nun komme die wüstenwanderung. er macht uns den moses. »von der auf objektbeherrschung abzielenden wissenschaft, die wir seit euklid, sokrates, aristoteles, archimedes betreiben, ist schon allein deshalb an und für sich kein ausbruch aus dem zirkel zu erwarten, in dem sich unsere zivilisation ad exitum dreht, weil sie von grund an mit deren antriebskräften gekoppelt ist. ihre objektivität steht jetzt, bezogen auf den sozialen prozeß, für die unterwerfung unter gesetzmäßigkeiten, nach denen unsere evolution scheitern muß, wenn wir sie nicht überspringen können. ... angenommen, wir wären in vorkolonialer zeit dazugekommen, wie eine der zahlreichen mittelamerikanischen indianerkulturen niederging, die in den periodisch wachsenden stufenpyramiden ihren ausdruck fanden. wäre es sinnvoll gewesen, abhilfe gerade von den priestern zu erwarten, die das formgesetz darstellten, nach welchem jene kultur geboren worden und aufgestiegen war, dann kulminierte, abstieg und nun verfiel? der wissenschaftsbetrieb ist weitgehend die priesterkorporation unserer zivilisation.« die organisierte linke rechnet moses der priesterschaft zu; »etwa die kommunistische partei frankreichs, eine der konstitutiv repressivsten politischen formationen auf dem kontinent, bei der buchstäblich alles, was sie tut, den status quo, wenn nicht den status quo ante, zitiert«. moses hält nichts davon, »›konstruktiv zu werden«, solange die grundrichtung (der industrialismus) nicht beeinflußt werden kann. verweigerung, obstruktion, um »die herrschende struktur völlig abzudrängen«, er predigt die »umkehr« als erweiterten praxisbegriff. »vorgängige selbstveränderung« im versuch, »jetzt schon gemeinschaftlich anders zu leben«, nämlich den kommunismus »oder – was dasselbe meint – das ›reich gottes‹ tastend vorwegzunehmen.«

22. 3. 83
im fernsehen ein film DER MONARCH, über einen mann mit der fähigkeit, spielautomaten auszukassieren. er verzichtete auf jede andere fortbildung, um – alsbald im mercedes – von stadt zu stadt zu fahren, wo seine geier die lokale erkundet haben. zur blassen wut der wirte räumt er die »gurken« aus, trinkt eine cola und läßt sich hinauswerfen. er verzichtet auch auf beziehungen – »mit damen, wenn ich mich einen abend damit abgebe, das sind 1000 mark am abend, mach das fünfmal in der woche, hast du 5000 weniger kasse.« glück in der liebe, wenn er das höre! er spiele mit verstand. er ist so original, daß er eine erfindung sein könnte. frei vom zwang, seine kraft zu verkaufen, lebt er parasitär von den markstücken der glücksucher; absonderlich und doch das inbild der börsenbosse, und in seiner freiheit entmenscht wie die regel, der er sein schnippchen schlägt.

22. 3. 83
wekwerth berichtet, angesäuselt, von [ministerpräsident] stophs umgänglicher meinung. nun müsse ich meinerseits umgänglich sein und nicht »abgleiten zu müller«. der anton in der ÜBERGANGSGESELLSCHAFT lehne den staat ab; an diesem verkommenen ufer dürfe ich nicht landen. die arbeitsgruppe werde gebildet – aber nicht am deutschen sondern am b[erliner]e[nsemble], und da müßten ein paar passagen fallen. reno liebe das stück und sei über das stück empört. (er nimmt renos und meine hand und verspricht ihr eine rolle, er nimmt angelika wallers hand und verspricht ihr eine.) so könne man das nicht spielen, aber alex lang werde es bei uns machen, hörst du, bei uns. mit dem GROSSEN FRIEDEN werden wir nach china gehn!
und ich schreibe eben eine »eingabe«: VERSCHÖNT DEN WALD!

2. 4. 83

schlenstedt hat sein gutachten zum roman zu drei fiktiven briefen (an den verleger, den autor, den vorsitzenden des kritikeraktivs) umformuliert, die als nachwort dienen könnten; ich hätte sie mir ironischer gedacht, als ängstliche absprache, stattdessen ist es eine fürsprache, die unsere hörige ästhetik attackiert.

meine absichten (die mir auf der hand liegen, aber nicht auf der zunge) unterschiebt er mir in verteidigungsrede: seht ihr denn in kunze nicht meinen merkwürdigen bruder, der auf geheimnisvolle weise überschüssige energie hat und deshalb ein wenig verrückt ist? der nach einer welt verlangt der liebe und gleichheit, die ihm aber eine verdrängte ahnung bleibt und sich deshalb nur zwanghaft äußern mag »in absonderlichkeiten, abenteuern, anarchischen visionen, frauenförderungen und reden, bei denen die erotisierte wahrheit durch die sprachwälle bricht«. es könne aber sein, daß das buch als denunziation gelesen werde, denn »gerade an der sehr wichtigen stelle von kunzes verrücktheit, die, wie der alte hegel sagen würde, substantiellen gehalt in sich hat, ist der zaun zur realität womöglich zu hoch, könnte ein widerspruch entstehen zwischen deinen figuren und dem, was tausenden erfahrbar wird – nicht weil sie so extrem, sondern weil sie in ihrem extrem selbst utopisch, ihr konflikt in der realität noch nicht entfaltet ist.« schlenstedt liest hingegen eine komödie, und der provokateur der komödie sei nicht hinze, der hund, sondern das verhalten der beiden, die sich in ihre rollen verweisen und das verhältnis von selbstständigkeit und unselbständigkeit perpetuieren. und »der replikant, der zur sache gehört? würdest du mir recht geben, wenn ich vermute:

er ist wie der provokateur etwas zartes, verstecktes, wenn man so will: abstraktes – hinzes, kunzes, des erzählers, deine, meine, unsere ahnung von der anhaltenden unbestimmten ungeheuerlichkeit der zwecke unserer bewegung? das wäre ja nun, leise in die fabel gebracht, eine hypothese über die totalität unserer gegend, über die man diskutieren könnte, wenn wir diskutieren wollten – komödien müssen solche hypothesen bedeutender höhe wagen, wenn sie groß werden sollen, wie sie auch in die fülle gehen, ihre hauptkonfliktfabel mit soviel konfliktfabeln wie möglich anreichern, soviel beschwerdepunkte einer gesellschaft wie möglich anführen müssen, um ihr zentralproblem richtig setzen zu können. ... und das willst du in einem lande anbieten, wo die große kunst der komödie so wenig geübt wird, ... wo ... provokateur eher als, was er aufgeschrieben hat, der aufschreibende autor wird?«

4. 4. 83
ein winziges interview mit vorgeschriebnen fragen, die junge welt hält es für »schwer verständlich«. nun führt der chef selbst die, wieder undruckbare, unterhaltung. ein zungenschlag: wir sollten jetzt in der ernsten situation die kritik einmal gänzlich unterlassen und uns allein dem kampf gegen die hochrüstung der nato widmen. ich brabble, daß es wohl vor unserer beklagenswerten gegenwart ernste lagen gegeben habe: letzthin die ersten jahre der sowjetmacht, in denen ein gewisser lenin zum eingeständnis der fehler riet vor augen des feinds, bei strafe des untergangs.

8. 4. 83
wiederaufnahme des GROSSEN FRIEDEN. für den flüchtigen mahlich spielt hladik den hsien; die szene mit fan feh, genauer, menschlicher gespielt, wird die geschichte der gegenseitigen emanzipation. die aufführung insgesamt beschwingter, spielerischer, *zeigender.* howard, vom underground-theater essex. wekwerth plaudert aus der schule (der akademie): daß müllers und meine aufnahme wegen einspruchs der spitze verschoben worden sei (die HINZE-KUNZE-BERICHTE). wie doch das gleichgültige interessiert, indem es politisch wird.

16. 4. 83

Protest gegen die Startbahn West, Mörfelden-Walldorf, 31. 1. 1982

Aufnahme: F. Fett

in bochum: DIE HERMANNSSCHLACHT, auf der dunklen bühne eine lichte, unterhaltsame inszenierung peymanns, die das stück zu seinem recht kommen läßt als intime komödie des patriotismus. hermann mit baskenmütze, verhalten, leise, ein theoretiker des aufruhrs, sein ungetreues tuschen im modechic aus rom, die römer im koloniallook; alles ernst und parodie zugleich, wie unsere ganze geschichte und der versuch, ihr ein erhebendes gefühl abzugewinnen. die bärbeißige szene mit ventidius wollte ich gesehen haben, und das versinken der römer im teutoburger wald. greuel, späße, agitation eines sanften, weh- und wunschvollen jungen, kleists, für den ich mich herzlich freue.

24. 4. 83
an der frankfurter hauptwache:
wissen ist macht, wir wissen nichts, macht nichts.
am hölderlinturm in tübingen:
hölderlin isch ned färrughd gwäh!

lesungen in reutlingen und tübingen, *gegen den krieg*. wie auf der berliner begegnung die zugespitzte stimmung, unduldsamkeit. die friedensfreunde wie die sportfreunde haben das andere deutsche land abgeschrieben (nur sieht mans beim eishockey deutlicher). ein breiter graben schützt die mauer, ich setze ein bein darüber. laut meyers großem lexikon, band 1, a-gh, 1982, bin ich 1976 in die bundesrepublik übergesiedelt. andere nachschlagewerke (man wird neugierig) weisen mich als linientreuen propagandisten aus. so muß man sehn wo man bleibt.

30. 4. 83
charleville. die kleinbürger, die rimbaud haßte, rächen sich auf ihre weise: sein porträt auf den konfektschachteln. an der plakatwand: jeans im wüstensand, in den arthur von hier aufbrach, um zu verrecken. eine schleichwerbung für die neutronenbombe.

6. 5. 83
paris ist lauter, schmutziger, unwirtlicher geworden. auch ein verkommenes ufer, und in den gaststätten, wo wir stranden, nepp. nirgends sah ich so viele verwischte figuren, nervenkrüppel, arme teufel mit papiertüten in den händen, die durch die bahnhöfe hasten. (das maison de la poésie steht auf einem handelszentrum, dem neuen forum des halles.) die politische situation erinnert sacht an das chile der unidad popular. zehntausend petits patrons demonstrieren gegen die preiskontrollen im zweiten austerity-plan der linksregierung. sie prügeln sich mit der kasernierten polizei und brennen autos an, halbstarke händler. der wahlsieg war eine niederlage der rechten, kein sieg der linken. die massen wollen sich befriedigen lassen von einer geilen verwaltung. die sozialisten demütigen die kommunisten von oben bis unten. marc sagnol, der zur lesung kommt: man kennt momentan nur einen konsens: den antimarxismus. »1986 werden wir die wahlen verlieren, dann werden wir nicht mehr bloß in den dreck gezogen sondern in den knast. die intellektuellen werden sich natürlich sofort gleichschalten, um nicht ihre posten zu verlieren.« er ist erst seit sechs monaten wieder in paris und denkt schon an ein exil. »genf? budapest? montreal?« – ich sah biermann am 1. mai, mit einer rosa kinderfaust am stecken ... lances, badias, guillevic, ray.

22. 5. 83

die satiren und lektionen ein ausweichen vor der eigenen existenz im gedicht. dieses maskenspiel, diese affektierte moral, satirische wut. einige stücke gehen an (DAS INNERSTE AFRIKA, DRESDEN ALS LANDSCHAFT, DER FRIEDEN auch), da ist erschöpfung, mut, die wirklichen dinge, die ich, wie ein bauer, greife. rimbaud: weg mit diesem aberglauben, mit diesen alten leibern, mit diesen ehen und diesen zeitaltern.

31. 5. 83

schriftstellerkongreß. kant sagt wenigstens auf witzige weise wenig; die vorstellung, görlich hätte das referat gehalten, versöhnt durchaus. welche gründliche vorbereitung ermöglicht diese tiefpunkte des verbandslebens.

abends das liedertheater karls enkel: DIE KOMISCHE TRAGÖDIE DES 18. BRUMAIRE.

2. 6. 83/9. 6.
gestern starb anna seghers.
die beerdigung auf dem dorotheenstädtischen friedhof wurde von einem militärbataillon vollzogen. die riesige menge mußte draußen auf der chausseestraße warten. mir schossen die tränen in die augen.

Der Schulunterricht in Bolivien findet meist noch unter primitivsten Bedingungen statt. Kinder aus den Gebirgsdörfern brauchen für den Schulweg oft zwei bis drei Stunden. *Foto: ZB*

14. 6. 83
RIMBAUD, UN PSAUME D'ACTUALITÉ. halten wir fest,
im entsetzlichen moment seines *magischen trugs:*
objektive poesie
befreiung aller sinne
das neue, erdichtend entdeckt
die erfahrung der menschheit
erniedrigung
materialismus
zerstörung der heroischen illusionen. »den vorsprung halten!«
technik der erkenntnis
decouvrierende metapher, die metapher als auge
der gedanke hinter dem gedanken
die struktur, die den kampf austrägt
gebrauchswert. die fragen auf leben und tod
alle impulse der lebenskraft und der zärtlichkeit
die schönheit grüßen!
die arbeit im untergrund, im gedicht.

15. 6. 83

in der sowjetischen presse wird ein »brigadegesetz« diskutiert als ein schritt von der vertreterdemokratie zur unmittelbaren demokratie. es werden vorschläge gemacht, wie die im gesetzentwurf nicht klar von den pflichten geschiedenen rechte juristisch gesichert werden können (ein »rat der brigadiere« als leitungsgremium sowohl in den abteilungen als auch, als »oberster rat«, beim direktor des betriebs; wählbarkeit der mittleren leiter etc.). auf dem plenum des zk ähnliche töne oder gar melodien, von allerdings sehr alten männern. tschernenko spricht von der »höhenkrankheit« und »über die teilnahme der arbeiter an der leitung der produktion«. so gleißende sätze sind die spitze des knirschenden eisbergs. ein rest moral der russischen revolution ist aufgerührt ... die diskussion setzt beim wichtigsten an: bei der arbeit, beim (mehr als materiellen) interesse, bei den formen des eigentums und der verfügungsgewalt. die entwickelte produktion läuft nicht mit der groben mechanischen stellvertreterkurbel. die großcomputer können nicht eingesetzt werden in einer sicherheitsgesellschaft; die daten müssen verfügbar, die prozesse durchsichtig sein. demokratie oder handbetrieb. die russen wissen, daß eine wende gewagt werden muß. die technische revolution nimmt die politische in schlepp. unsere presse schweigt vor erregung, die amerikanische vor unbehagen. reagan wird die union um so mehr in die rüstung ducken wollen.

20. 6. 83
hat die scheibenweise lektorierung der HINZE-KUNZE-BERICHTE ein ende? (schlenstedt berichtete von einer fünfer-konferenz über das manuskript in der hauptverwaltung: »die runde war völlig einer meinung, vertrat aber eine andere; es sind nicht die leute, es ist die lage, in der sie sich zu befinden glauben. das system arbeitet allein, das system zensiert.«) die polnischen dinge sind heraus (kein FORTSCHRITT, UNVERHOFFT), und einige kleine ärgerliche reinigungen (»nur für die 1. auflage«), und schlenstedt rät, hier nicht zu kämpfen, mit rücksicht auf den roman. der letzte streit bei höpcke: *der druck, der die verhältnisse sprengen wird* – er empfiehlt ersatzweise: der drang, das drängen, die bewegung, die entwicklung. der drang, wie schön. nur keinen druck machen in der bedrängnis. ich beharre aber auf der vokabel.

2. 7. 83
gottfried 50. wir brüder treffen uns aus ost und (hartmut) west. gundolf gernot volker ... in den politischen diskussionen plötzlich nibelungentreue, gefolgschaft notfalls in den untergang. wo ist der großmut, die herzenskraft der alten degen. noch mit grauen haaren werden wir zum schwert greifen.

gernot. volker - gunther? siegfried? hagen?

8. 7. 83
eine woche in steinbach, nibelungen-werkstatt des regie-instituts im freilichttheater. haus, heinitz, eva winkler, wittich. szenische übungen mit studenten verschiedener kunstschulen und meininger schauspielern. wie setzt sich kunst in der / gegen die natur durch? mehr als im theaterhaus bedarf es der bildfindungen, der sinnlichkeit, der kunstsprache. naturalismus macht die vorgänge läppisch (die schlachten werden stilisiert: ohne berührung der kämpfer, und gewinnen mit einmal ansehn). und: alles geht um so mehr über den schauspieler, und um so weniger mit den operntricks des ausstattungstheaters. – IRRER DUFT VON FRISCHEM HEU, strahls komödie, ist dann grasfressen

10. 7. 83

nicht das alte lied illustrieren, wie hebbel (dessen texte, eingestrichen und *episiert*, einigen naiven witz offenbaren). sondern auf den sinnkern verkürzen, blöcke von geschichten, deren anzüglichkeit das stück aktualisiert ohne anachronistischen zauber. das zeitkontinuum sprengen durch verlängerung seiner blutigen linien, der zündschnüre, die uns noch immer in die luft sprengen können. SIEGFRIED. FRAUEN-PROTOKOLLE. DEUTSCHER FUROR.

10. 7. 83
arnes klasse absolviert, nach arbeit in der produktion, eine zivilschutzübung. nichts mehr mit kornährenverband: strahlendichte schutzanzüge, gasmasken, überlebenstraining. der ausbilder kommandiert: der feind kommt! und sie werfen ihre »handgranate« und schleppen die geschädigten über die hindernisse. nicht die rot-kreuz-tasche: das persönliche entgiftungspäckchen. auf dem deckel ihres mitschrifthefts: per humanitatem ad pacem.

18. 7. 83
mickel ruft zum ratschlag und radfahren. er bringt ein shakespeare-sonett in die gehörige distanz, indem er opitzens versmaß wählt. das werkzeug feder, schwarze tinte, bis sie trocknet, ist die variante da.
du arme seele bist / des sündenlehms zentrale
und tanzest doch als der / rebellen kräfte ball.
was tünchst du kostbar geil / der außenwerke schale?
du hungerleiderin / und grimmer nöte stall.
unwetter am see, regenfluten, wir harren (sein lachen hallt) im spreetunnel aus.

22. 7. 83
aufhebung des kriegsrechts in polen.
der untergang der burgunden eine episode im gerangel der wandernden völker in europa. (west)römer und hunnen großmächte, verbündete feinde. aetius, der römische oberfeldherr, am hunnischen hof als geisel erzogen, bleibt ihnen »freundschaftlich« verbunden und besiegt mit ihrer rückendeckung die franken und andere germanen. 60 000 hunnen im römischen heer, und westrom tritt den hunnen die provinz savia ab usw. (bis aetius 451 den entscheidenden angriff des gegners auf den katalaunischen feldern zurückschlägt.) die burgunden nach einem ausfall auf römisch besetztes gebiet (»verleitet« von den vandalen und alanen) wieder im einvernehmen mit dem großen bruder und von ihm bei worms und speyer angesiedelt, als »freunde der römer« zum schutz des limes. (die ideologie besagt, sie seien aus vermischung der germanen mit den römischen truppen hervorgegangen: burgi = die limeskastelle.) 435, die schwächung roms nutzend, das überall land verloren hat (britannien, nordafrika, teile von gallien und spanien) und mit dem aufstand der landarbeiter galliens beschäftigt ist, rekeln sich die burgunden wieder, aetius erzwingt einen formellen friedensschluß und rächt sich durch eine im römischen solde stehende hunnenschar, die die burgunden am rhein überfällt und niedermetzelt. wie kann ich gegen diese nackten fakten den zauber des liedes retten? der nibelungen not rückt in ein schärferes, kälteres licht; hebbels könige ahnungslose märchenfiguren. auf den ersten blick scheinen die erfundenen handlungen unseren anliegen dienlicher (der zug nach osten, der bruderkrieg bis zur selbstvernichtung). versuchen, in die menschen-

geschichten des lieds die stammesgeschichte einzulagern. siegfried muß von gunter / gundahar aus dem weg geräumt werden, weil er sich zu unverblümt antirömisch äußert und direkt den aufstand fordert. die burgunden dann zwischen den zwei machtblöcken zerrieben; sie führen, in gefolgschaftstreue zur jeweiligen führungsmacht, einen stellvertreterkrieg auf eigenem boden, verhängnisvoll verstrickt in die weltauseinandersetzung. und im innersten herzen geht es doch um die freiheit: von der ausbeutung durch die römer – und durch die männer.

8. 8. 83

panzer glaubt bewiesen zu haben, daß in die aventiuren des lieds die zeitgeschichte eingeflossen ist (die verbindung dänemarks und sachsens gegen die slawen und dann gegen die staufer; der großartige empfang friedrichs I. auf seinem kreuzzug bei könig bela von ungarn 1189 in gran, wo auch die verlobung des mitziehenden zweiten sohns des kaisers mit der tochter des königs voreilig verabredet wurde; der streit um den zügel- und bügeldienst des kaisers beim papst 1155 – den der souveräne friedrich schließlich lächelnd förmlich getan. die staufische gesinnung überhaupt). ich muß den weg in andere richtung gehen: in die vorzeit der ursprünge des lieds, und es geschichtlich und sozial aufladen aus der aufregenden epoche der burgunden. wird es möglich sein, den mythischen gehalt ahnungsweise zu »erklären«? freilich steht mir sogleich eislers umgang mit dem faust warnend vor augen: der durch die reale ansiedlung und materialistische deutung den zauber und reiz aus dem volksbuch austrieb (es blieb der reiz einer didaktischen polemik). ohne zweifel: der materialismus der kunst darf nicht das geheimnis ihres stoffes tilgen, das ja nicht das irrationale und dumme sondern die tiefere weisheit, verwickelte historische erfahrung zu uns herüberbringt. der mythos ist reicher, abgründiger, ein schacht in die menschengeschichte hinab – während seine »rationalisierung« in die konkrete (kampf)situation nur eine schicht, einen stollen freilegen kann. dem gewinn, zu »wissen«, was das schwert, die hornhaut, der hort ist, stünde ein verlust entgegen nicht nur an abenteuerlichem; denn die märchenhaften requisiten sind metaphern: für sehr weitgespannte wünsche und sehnsüchte

des volkes (nach kraft, mut, geltung, unverletzlichkeit, sicherheit usw.).
die segmentierung des stücks erlaubt aber einen unterschiedlichen gebrauch dieses potentials; insofern die drei teile eine jeweils andere realismusform oder -stufe sind. der mythische siegfried des anfangs ist ja kein wirklich lebendes wesen sondern eine projektionsfigur aus der volksseele; er kann sich nicht hinstellen wie richard III. und die welt herausfordern. er wird wohl synthetisiert, montiert (aus einer strohpuppe / einem plumpen jungen / bloßer vorstellung?) – der strahlende held entsteht. am burgundenhof steht er fertig da, beladen mit seinen berühmten fähigkeiten, die nun, in der anderen ästhetik des geschichtlichen stoffs, vielleicht nur als (die gebrauchte) legende fungieren, die man glauben macht. im letzten teil, dem todeskampf der letzten deutschen, nur noch die erinnerung an die mythische größe, zynische, irrwitzige ideologie decouvriert in der (selbst)vernichtung. die hoffnung braucht einen anderen gesellschaftlichen boden, um sich noch einmal und realistisch zu formulieren.

14. 8. 83

peter sylvesters grafik. fremd, unnahbar, in kalter ferne. das ist nicht das, worauf man selber kommen möchte. etwas berührt mich unmittelbar: die tagebaue. nur die geöffnete erde in ihrer archaischen mondlichen wüstheit. unser roher umgang mit der natur, das *durcharbeiten* scheint sein antrieb. alles wohnliche, heimische hat er rigoros ausgekehrt, um zu klaren, deutlichen formen zu kommen. (so abstrahiere ich von einem hotelzimmer erst einmal alle deckchen und bettvorleger und kleiderhaken. aber nun die wände biegen!) man kann wieder etwas anfangen mit der gegend. – aber irritierend bleibt die abwesenheit des menschen. (mattheuer läßt masken im tagebau defilieren.) diese äußerste abstraktion erschreckt, lähmt oder: macht gelassen. wir sind nicht die großmächtige rasse; eine temporäre spezies, deren zugespitzter intellekt das organische leben verlöschen machen kann. und doch welch unermeßlicher rohstoff vor unseren unersättlichen augen und händen.

20. 8. 83

wie können wir die verschiedenen schichten des lieds zu einer realistischen einheit machen? das lied ist eine sonderbare mischung ältester germanischer mythen (von siegfried, von brunhild), alter und mittelalterlicher lieder und sagen (die die vergessene geschichte von burgunden, römern und hunnen, völkerwanderung und auflösung der gentilgesellschaft dunkel erinnern) und staufischer zeitgeschichte. diese mixtur ist heute inkommensurabel. ein ausschälen des bloß mythischen oder bloß historischen kerns machte die story »einschichtig«, arm; der zauber, ohne soziale dimension, bliebe mystisch, die geschichte, ohne mythische dimension, geriete unpoetisch. ich weiß jetzt nur, daß ich eine komplexe form versuchen muß, in der viel von dem im lied aufgefangnen reichtum enthalten und er doch »entwirrt« ist. eine form, in der sich die schichten überlagern; einsehbar, also zum vergnügen. das logische der handlung könnte das historische ihrer entstehung transportieren:

I siegfried – das märchen, der aufbau des helden in der volksfantasie

II die frauen – das familiendrama, ein psychogramm des heldenlebens

III der untergang der burgunden – das historienstück, hier der geschichtliche kontext der stammestragödie.

die brechung der sichtweise wird deutlicher/vergnüglicher, wenn die handlungen überlappen. siegfrieds tod in II aus dem familienclinch begründet, zu beginn von III aus dem politischen kalkül (mit einer andern todesart: s., der »verräter«, der die burgunden »an rom verkauft«, wird im wald gekillt, »verurteilt« – hagen rennt ihm ein messer vorn in den leib. auch die legende, vom »gehörnten«, ist nicht mehr in schwang ...); ebenso hortraub und zweckehe kriemhilds in wiederholter (härterer/komischer) erzählung. III kann am schluß aus der realen alten geschichte in eine mögliche künftige ausbrechen, eine vision des untergangs, mit dem europa heute spielt.

21. 8. 83

goethe ließ in einer dem herzog gewidmeten »maskenlust« auch gestalten aus dem »lied der nibelungen« auftreten und in stanzen erklären. brunhild »ein riesenkind«, »wunderbild«, »mit hohem selbstvertrauen, / dem feinde grimm«: dem männlichen unterdrücker also; sie setzt auf die preisgabe ihrer unabhängigkeit einen hohen preis, und wenn sie schon heiraten muß (warum? weil es von der königin erwartet wird?), dann nur den größten aller helden, siegfried, »der ihr bestimmt war« als »der gleiche mann«, »kühn«, »durchsprengte kühn das zauberflammentor«: ihre vulva, scheute aber, der kühne, die gleichstarke und freie?, seine chauvinistische schwachstelle; »die freundschaft zieht er streng (??) der minne vor« (streng ist er, wenn er kriemhild prügelt), »dies schwert ... / schied ihn und sie«: das schwert, mit dem er sie eroberte, das er aber aus staatsinteresse in kriemhilds scheide tun muß. »o seltsames vermählen.« es folgt elberich, goethe präsentiert ihn als »rätsel«, »ein wundersames haupt«, das »im stillen aber herrschet über diese / und weit und breit«: albrecht der frühprolet aus der schmiedehöhle?, »scheinbar ein kind und nach der kraft ein riese«, »das jeder leugnet« (der sich seine produkte aneignet, schwert und hort) und »jeder hofft und glaubt: / der welt gehört's, so wie dem paradiese, / auch ist ihm alles, ist ihm nichts erlaubt.« goethes durchaus dialektische sicht auf dergleichen lemuren und dämonen, während das lied diesen tüchtigen meister als bösen zwerg verteufelt. das unaufgelöste rätsel der produktionsgeschichte; die weimarer sahen »auf einem duftenden throne von blumen und grünen zweigen ein liebliches götterkind vorüberziehen«.

25. 8. 83
»die burgunder, kriemhilds rache, siegfrieds taten, der ganze lebenszustand, das schicksal des gesamten untergehenden geschlechts ... – das alles hat mit unserem häuslichen, bürgerlichen, rechtlichen leben, unseren institutionen und verfassungen in nichts mehr irgendeinen lebendigen zusammenhang.« es sei »nur eine vergangene, wie mit dem besen rein weggekehrte geschichte«. »dergleichen jetzt noch zu etwas nationalem und gar zu einem volksbuche machen zu wollen ist der trivialste, platteste einfall gewesen.« (hegel, ÄSTHETIK, III, 3) heute springt der *zusammenhang* mit unserm leben ins auge. nach den weltkriegen – und vielleicht vor einem neuen – und angesichts der notwendigkeit, uns aus der ganzen staatsscheiße herauszuarbeiten, liest sich das alles aktuell, spannend und warnend. auch wenn es nicht eben das positive sondern das dubiose der *vergangenen wirklichkeit* ist, die machtinstallation in der zerfallenden gentilordnung, gefolgschaft, reichtum, die unterwerfung der frauen – es sind rückerinnerungen, die jetzt durchaus an die substanz des *nationalen daseins* gehen.

25. 8. 83

hegel nennt das NIBELUNGENLIED zwar ein »nationales grundbuch«, aber es kommt nicht gut weg. »bei achill kann man sagen: das ist ein mensch! ... welch kahle, fahle, wenn auch kräftige individualitäten sind dagegen der hörnene siegfried, der hagen von tronje und selbst volker, der spielmann.« (»in ihrer abstrakten schroffheit mehr rohen holzbildern ähnlich«, ÄSTHETIK, I, 3.) »das bloße hinstellen der begebnisse, ohne daß der dichter durch hinzufügung einer leitenden götterwelt das notwendige ... erklärt. in diesem falle muß dann aber aus dem ganzen tone des vortrags sich die empfindung aufdrängen, daß wir es ... mit in sich selbst begründeten geschicken zu tun haben, deren notwendigkeit jedoch das dunkle wirken einer macht bleibt, die nicht selbst ... vorgestellt wird. diesen ton hält z. b. das nibelungenlied fest, indem es die leitung des blutigen letzten ausgangs aller taten weder der christlichen vorsehung noch einer heidnischen götterwelt zuschreibt. ... dies gibt der darstellung etwas starres, unaufgeschlossenes, eine gleichsam objektive und dadurch höchst epische trauer ...« (ÄSTHETIK, III, 3). dieser angebliche mangel nun trägt zu dem einzigartigen, alle zeitgenössische kunst überragenden realismus des liedes bei, der den widerspruch zwischen feudalem ideal und feudaler wirklichkeit bloßlegt ohne rücksicht auf, was auch immer für! *leitung*.

25. 8. 83

»der stoff bei diesen poetischen deutungen ist aus den gewöhnlichen umständen genommen, in betreff auf welche nun der dichter erklärt, ob sich dieser oder jener gott in der dargestellten begebenheit ausspreche und sich innerhalb ihrer tätig erweise. … in allen den fällen, in welchen homer spezielle ereignisse durch dergleichen göttererscheinungen erklärt, sind die götter das dem innern des menschen selbst immanente, die macht seiner eigenen leidenschaft und betrachtung oder die mächte seines zustandes überhaupt, in welchem er sich befindet, die macht und der grund dessen, was sich begegnet und dem menschen diesem zustand zufolge geschieht.« (hegel, ÄSTHETIK, II, 2) so wandelt apoll dem patroklos entgegen in finstre nacht gehüllt und bricht dem müden die waffen aus der hand … ich kann den mythos nur verwenden zur poetischen deutung der gesellschaft, des sozialen zustands. wenn siegfried mit dem drachen kämpft, umstehen ihn anteilnehmend die leute (die schmiedegesellen), decken/verstecken ihn mit ihren körpern/kleidern/einem tuch; und von dem großen »tuch« dieser schützenden gemeinschaft behält er dann einen rest: das tarnkleid. (oder ist es das gefürchtete dunkel selbst, das der held sich aneignet wie faust das teuflische?)

27. 8. 83

dresen. er bereitet in frankfurt hebbels NIBELUNGEN vor; ich kann ihm so schnell nicht mit einem neuen stück dienen. ihn interessiert an siegfried die niederlage, die *programmiert* ist. der ewige junge, der berufsjugendliche, der in die welt zieht, statt die vater-, die königsrolle anzunehmen: ein deutscher zug das verspätete erwachsenwerden, die scheu vor verantwortung, die sucht, jemand über sich zu haben; aber auch ein prinzip der industriegesellschaft, patriarchalische ordnung ohne vater und aus lauter kindern. seine fragwürdigen siege – er überwältigt die natur, beutet sie aus: fällt von ihr ab. eine prometheusfigur, der blondhaarige und flammenbringer, der mann der technischen machbarkeit. er ist der erste, der lügt: »die lüge die schlimmste aller sünden«. er schneidet sich die frau ab, er wagt sie nicht, er liebt nicht; er trennt sich von der herkunft, dem dunklen, dem unterbewußten. tag und nacht gehen im westen nicht zusammen. im aufgang ist der untergang beschlossen. siegfried übermensch, der mythos, der unsere betonwände sprengt. das stück spielt leider heute. wir haben die revolution in der niederlage erlebt. humanisierung der natur nicht im horizont der industriegesellschaft, naturalisierung des menschen nicht als staatswesen. geschichte, die in diesem horizont läuft, visiert die apokalypse an; held = verbrecher, triumph = katastrophe, die tat tötet den mann. der mythos war selbstreinigung und selbstbetrug, bewußtsein der sünde und genuß der strafe. er wirkt nicht entgegen, er verstellt den ausweg. man kann lust daraus ziehen, die ästhetische geilheit, der beischlaf mit der bombe auf der bühne. wir müssen aber davonkommen.

29. 8. 83

einhorn, der lektor, drängt mich, dem verlangen des verlags nach einem absichernden »nachweis« für LINIENTREUE (in den HINZE-KUNZE-BERICHTEN) nachzukommen. lenin böte sich als autorität an, wäre aber witzlos. die korrekturfahnen liegen auf dem tisch, und es muß gehandelt werden. die kirchenväter, augustinus, oder die alten römer. plinius der jüngere, nein, der ältere, der ältere! ich schlage im konversationslexikon von 1903 nach: plinius, gajus secundus, verschiedene civil- und militärposten, zuletzt befehlshaber der flotte bei misenum, seine hist., rhetorischen und grammatischen schriften sind sämtlich verlorengegangen (aha!); erhalten ist aber ein umfangreiches encyklopäd. werk in 37 büchern u. d. t. »historia naturalis«, das eine ungeheure menge aus zahlreichen griech. und lat. werken zusammengelesener notizen enthält. (der ist es.) beim ausziehen und ordnen ist p. mit großer flüchtigkeit und nachlässigkeit verfahren (ja! ja!), so daß man bei der benutzung seines werks *die größte vorsicht beobachten muß.* na also.

10. 9. 83

ARD: Ich habe eine Frage zu der Empfehlung von Herrn Samjatin, die sowjetische Presse und TASS der letzten Tage genau zu lesen, um zu einem Ergebnis über die Pressepolitik der UdSSR zu kommen. Gerade wer das tut und wer das getan hat, der stellt ja fest, daß fünf Tage lang der wahre Hergang der Geschichte verschwiegen worden ist, und auch noch in dem offiziellen Statement von Generaloberst Romanow die Version aufrechterhalten wurde, daß die sowjetischen Abfangjäger lediglich mit Leuchtspurmunition Warnschüsse tangential zum Kurs der verfolgten Maschine abgegeben hätten.

Meine Frage ist die: Welche Absicht steckt dahinter, daß die Sowjetunion sechs Tage lang eine unzutreffende Information über den Vorgang aufrechterhalten hat und erst mit der Regierungserklärung mit der Wahrheit herausgerückt ist, daß der Abfangjäger den Befehl zum Abschuß erhalten und – wie wir heute gehört haben – zwei Raketen ausgelöst hat und den Abschuß der Maschine dann auch gemeldet hat. Das ist dem Oberkommando bekannt gewesen, ganz sicherlich vom ersten Tag an. Meine Frage ist: Warum wurde fünf bzw. fast sechs Tage lang eine unzutreffende Version öffentlich aufrechterhalten?

SAMJATIN: Ich möchte mich entschuldigen, aber offenbar war die Übersetzung vom Russischen ins Deutsche ungenügend. Es hat den Anschein, daß Sie Fragen stellen, die von uns dreien bisher bereits erschöpfend beantwortet wurden. Wenn Sie wollen, daß Ihnen exakt ins Deutsche übersetzt wird, wiederhole ich Ihnen die Antwort, die es bereits gegeben hat.

Die erste Antwort auf Ihre Frage. Zu Ihrer ersten Frage zur Mitteilung, daß der Flug unterbunden wurde, möchte ich sagen, diese Information gab es in der ersten TASS-Mitteilung. Man hätte sie nur richtig lesen müssen. Sie können mit dem Kopf nicken, nach links oder nach rechts, aber gestatten Sie, daß wir unsere Sprache besser verstehen als Sie Russisch verstehen, besonders die politische Sprache. Das als erstes.

Und als Sie eine Präzisierung verlangten, haben wir präzisiert – in der Erklärung der Sowjetregierung. Aber das war dieselbe Erklärung, die bereits gegeben worden war. Und schließlich hat Marschall Ogarkow Ihnen eine völlig exakte Erklärung gegeben, daß das Flugzeug abgeschossen wurde. Eine sehr exakte Erklärung, da es offensichtlich sehr schwer ist, in Ihrer Propaganda sich umzustellen. Marschall Ogarkow hat die Motive erläutert, warum es auf unserem sowjetischen Territorium abgeschossen wurde, auf unserem Gebiet, das wir verteidigen und in das ein Spionageflugzeug geschickt wurde, das über strategisch bedeutenden Räumen der Sowjetunion Spionage betrieben hat.

pressekonferenz in moskau, 9. september 83 /
ekel nach dem einmarsch in [illegible]

27. 9. 83
kochberg. die FRAUENPROTOKOLLE: im blankvers sind sie leicht und mit lust gemacht.
girnus, zeller, e[gbert-hans] müller. die schiller-nationalausgabe erzieht konziliante naturen.

6. 10. 83

letzte runde im fight um den roman mit dem verlag. kaufmann und schlenstedt blocken die schläge ab; und ich bin nicht bereit, die krieg-frieden-debatte zu verglimpflichen. es gelingt mir, die bunkerszene, diese scheußliche zivilschutzparodie, als eine poetische metapher zu erklären; in der widerwärtigsten situation kommt es zur größten nähe und vertraulichkeit der beiden männer; während sie den ernstfall exerzieren, leben sie eine zukünftige menschliche gemeinsamkeit: einen anderen ernstfall. es ist der höhepunkt ihrer freundschaft in ihrer grotesken verkehrtheit, unser gesellschaftliches glück in seiner scheißigen beschaffenheit. nimm es, lieber verlagsleiter, als anständigen kunstgriff, wenn hinze während der ganzen übung stuhldrang hat. es ist die härte der poesie. woran du dich stößt, ihr realismusgrad. – und wie kann ich zugleich das drucken und im verlag den zivilschutz leiten? – ja, dies kapitel muß ich dir überlassen.

12. 10. 83

in dänischen vorstädten sah ich
im makellosen asphalt
bäume gepflanzt
und rondelle aus wackersteinen
so daß die autos sachte nur
passieren können. schöne
schikanen, die es braucht
gegen die unmenschliche hast
der widerstand
auf offener straße.

14. 10. 83
in svendborg mit mette, karen und steen [klitgård] povlsen und ulli pinkert. nach letzterem:

wer wohnte unter dem dänischen strohdach?
auf der bronzetafel steht der name des dichters.
wem außer ihm
bot sich der unterschlupf? war er allein
auf der flucht vor den faschisten? seine frau
trug die koffer und kinder.
und waren da nicht diese lieb-
reichen freundinnen, und
hatte er nicht auch eine köchin dabei
mari hold aus augsburg?

20. 10. 83
im leibniz-klub in leipzig. ausstellung sylvester. nach lesung und gespräch fordere ich auf, nun in die kneipen zu gehn. aber eine junge frau besteht auf weiterer diskussion. diese berichte (VON HINZE UND KUNZE) seien ihr alltag, sie habe mehr erwartet. was, mag sie nicht sagen. es sei sache der literatur, sich zu äußern. auch über sich will sie nichts sagen außer, daß sie 1958 in der ddr geboren sei, ob ich begreife, was sie meine. ich stelle ihr vor, daß uns ihre meinung weiterhülfe, das findet sie zum lachen. das ist eine neue erfahrung – anne macht sie im lehrerbildungsinstitut geraume zeit. eine schön fordernde, sich selbst verweigernde haltung wird mode. (mattheuer murrt: eine höhere form des opportunismus). ja, aber diese jugend fühlt sich mundtot und rettet sich in einen laschen trotz. ich fühle mich in dem verfahrenen gespräch fast geborgen, denke ich doch an das nächste bei den meinungsmachern, die auch mehr erwarten!

25. 10. 83
»entsprechend der vereinbarung der regierungen der sowjetunion, der deutschen demokratischen republik und der tschechoslowakischen sozialistischen republik wird auf den territorien der ddr und der čssr mit den vorbereitungsarbeiten zur stationierung von raketenkomplexen operativtaktischer bestimmung begonnen. die unternommenen schritte haben den charakter einer der für den fall der stationierung der amerikanischen raketen in europa vorgesehenen gegenmaßnahmen.« (mitteilung des ministeriums für verteidigung der udssr)
gestern berichteten westliche rundfunkstationen, ein us-amerikanisches kriegsschiff wolle grenada einen »besuch des guten willens« abstatten. heute wird gemeldet, daß 2000 marineinfanteristen und luftlandetruppen abgesetzt wurden, um das sozialistische land »unter kontrolle« zu bringen.
zu wolfs. christa sucht weiter nach dem warmen breitengrad zwischen den kalten polen, eine dritte lebensform (»die nachmittage mitunter / in meteln«). auch in ihrem text wird das haus am ende wegbrennen. sie meint: nach der ÜBERGANGSGESELLSCHAFT hast du zu deutschland nichts mehr zu sagen. aber den untergang der burgunden will ich noch schreiben.

6. 11. 83
die schweriner erklären mir ihre absichten mit DMITRI. ein gangsterspektakel, oder alles verlegt in eine ästhetisierend-gepflegte welt. da die interessen so bloß lägen und sich die figuren zu deutlich selbst interpretierten, sei das stück nur durch gröbliche komik zu retten. was haben sie gelesen? nur die, irritiernd knappe, unmaßgebliche sprache, als wäre sie verläßliche konversation und nicht die partitur der seelischen handlung. so dünkt ihnen dmitri dumm und blöde, in seinem bedepperten schweigen und hoffen (in der 2. szene). aber er ist vor die höchsten herren geladen, die ihm von einem kaum glaublichen und doch so annehmbaren leben erzählen! oder marina zynisch, oberflächlich, den dmitri in seinem machtwesen bestätigend: aber sie redet ihm (bei ihrer ankunft in moskau) aus abscheu, aus überlegenem selbstgefühl scheinlich zum mund, um ihn herauszufordern, der »richtige«, der liebenswerte zu werden. oder der metropolit, der schuld- und pflichtbeladen vor die verbannte tritt, mit dem amtlichsten satz: *madame, die sache wie folgt*, und die erstorbne sieht, die eine blühende frau war – sein text muß beben, muß sich in die zynismen retten, in die prustende heiterkeit. seine stimme, sein widersetzlicher leib werden ihn verraten, den erschütterten menschen. ich kann nur raten, die situationen zu spielen: die ich ja schreibend inszeniere. der text ist nur ein medium der handlung. in der differenz zwischen sprache und körper wohnt die stumme wahrheit, die sich im gesagten andeutet / tarnt / verleugnet. das spiel hat seinen ort über dem abgrund. man muß die größte größe der figuren wählen. sie sind mit dem ernst und der hoheit zu behandeln wie ein antike-projekt. die komik der

situationen benutzen heißt nicht die figuren zu komischen machen. es wird sich zeigen, daß durchaus nicht alle interessen bloßliegen und die edlen beweggründe (dmitris, marfas, marinas, basmanows, der drei bauern, auch boris') zu entdekken sind in ihrem verzweifelten spiel, gerade weil sie sie so sacht oder verquer interpretieren. und was für das detail, die szene, die figur gilt, gilt auch für das stück, dessen ernst hinter den rüden (und »nicht ernstzunehmenden«, d. h. nicht notwendigen: nicht unänderlichen) vorgängen liegt. mein protest gegen die raschen lesarten beruhigt das team sichtlich.

8. - 12. 11. 83
theaterwerkstatt in athen, »gestische sprache und gestisches spiel«. mit haus, markaris, eva winkler, glynn hughes. epidavros. die torsi aus dem asklepieion; die von heilen skulpturen kaum zu erreichende wirkung. aber unsere freiwilligen halbheiten, denn sind uns nicht die arme abgehaun, unsere trümmergesellschaften sind nicht mit ernst und rührung zu betrachten. mykene. navplion.

11. 11. 83
in der freundschaftsgesellschaft in athen ein gespräch über leben und literatur in der ddr. es wird sogleich nach dem sozialistischen realismus gefragt, und ich versuche also, realistisch über den sozialismus zu reden. ein älterer mann, hinten im saal, erhebt sich entrüstet: dann habe er umsonst gekämpft, wenn es solche probleme gäbe nach dem *sieg*, er habe zehn jahre im gefängnis gesessen, und ich rede von widersprüchen und langen prozessen. – ich kann nicht zu ihm gelangen, da mir erst erklärt wird, die parteipresse male ein rosanes bild, die ddr als idealstaat (das hochglanz-material der liga nicht anders). der häftling mußte an illusionen haften und läßt sie nicht los. nach einer flasche botrys aber seh ich die sache härter. auch unsere alten genossen, die durch die zuchthäuser gingen, sind gefangne geblieben, eines traums, einer vorstellung, die zu plakaten wurde; und sie reagieren ja nicht anders, nur träumen sie nun mit *macht.*

18. 11. 83

UNVOLLENDETE ANEKDOTE (für siegfried unseld)

im jahre 1970 liefen zwei männer, mit konspirativen schritten, auf dem schiffbauerdamm, über die weidendammer brücke und um den düsteren bahnhof friedrichstraße herum. der eine kräftig und gesundgesichtig, der andere spillrig und blaß; verleger und autor. die weigel hatte sie zusammengeführt, sie besaßen vertrauen; sie streiften die individuen am grenzzaun mit kühlem blick. da sagte der verleger
(die späteren treffen, in frankfurt am main, behielten das atemberaubende. der autor legte sacht ein ms. auf den tisch, und am nächsten morgen hörte er sagen: *das bringe ich.* sagenhafter klang. auch in halle gilt das prinzip der einzelleitung, aber der hochlinsende leiter dort hat einen steifen hals, er muß ihn lange hin- und herwenden für ein gequältes ja. in frankfurt aber windet sich der autor. in frankfurt ist sein zustand durchaus die verlegenheit. er kann nur andeutungsweise sprechen, um nicht schon interesse zu wecken. er muß den stil seiner behörde kopieren, ein hinhaltetaktiker und lahmarsch. freilich, wenn man in halle zaudert, weiß der autor doch den verleger dort erpicht. der kritisiert ihn, der wiegelt ab: und doch giert er nach dem text; der niederschmetternde ton erhält ihn vielleicht auf dem stuhl. diese schwerkraft wirkt in frankfurt nicht.)
– was er sagte, bleibt noch ihr geheimnis. welches die beiden innig verbindet. wenn der blasse auf den kräftigen gehört hätte, es hätte einen bekannten namen gegeben. er grinste, er ging hundert meter dem gedanken nach. dann sah ihm der verleger, mit interessiertem mitleid, zu, wie er auf dem drahtseil über dem molkenmarkt balancierte und im rauch

von schöneweide verschwand. die anekdote, um die ich herumrede, mag noch weiter in diesen zeilen schlummern; auf die schnellen wirkungen bin ich nicht aus.

22. 11. 83
die mehrheit des bundestags stimmt gegen die mehrheit der bevölkerung für pershing II und marschflugkörper. kohl: wir gehören zum westen. vogel: das heißt vasallenhafte lehenstreue.
kafka-lesung in der akademie der künste. fühmann liest, vom tod gezeichnet, in stahlkorsett, SCHAKALE UND ARABER.

1. 12. 83

in der leitungssitzung fällt es wekwerth ein zu sagen, daß die nibelungen sein gedanke waren (im sommer schlug er die hände überm kopf zusammen). telefoniert sogleich mit heinitz: er lasse sich nicht die show stehlen! erinnert sich nicht der absprache mit den meiningern, denen er unterstützung versprach, und diktiert einen brief, worin er sein anrecht auf mich begründet. ich verliere binnen 10 minuten einige tausend mark und die inszenierung des DMITRI im be, von der eben noch die rede war, wegen einem stück, das es noch gar nicht gibt.

2. 12. 83
brief von teller: »du sprichst vom langsamen knirschenden morgen, doch die dämmerung herrscht heuer den ganzen tag, es kann auch sonnenuntergang sein«. die gedichte seien »noch schwerer zu skandieren« als die früheren, »du verleihst den gedanken die unmittelbarkeit der sinneswahrnehmung, die aber brichst du zugleich durch kühnste paradoxie, wie beispielsweise, im spitzengekräusel des umschlags, die heiterkeit im grauen sich einstellt, das grauen die heiterkeit bestätigt: NUN BIN ICH FROH« ... das sei »gefährlich in der sache«; »wir haben die schlimme botschaft empfangen – und wissen noch nichts damit anzufangen«; »ich meine das nihil, das du streifst mit diesen radikalen satiren.« (sie »fuhren in meine aschgraue novemberstimmung hinein als scharfer kältestrahl und machten aus dem dumpfen dahinbrüten einen schönen wachen schmerz, der nach büchner die schöpfung, d. h. die faule harmonie zerreißt von oben bis unten.«) – ich muß doch noch ein paar lichtpunkte bringen in dies dunkel.
der titel also: KNIRSCHENDE DÄMMERUNG?
mimmo [mugnolo] kocht baresisch.

13. 12. 83
»troops and police grappling with women demonstrators who broke through the outer fence at greenham common yesterday.«
GREAT PEACE im theatre underground der university of essex sehr wacker; große sprechende bilder, naiv (auch in der ungekonntheit), und einige der laien hervorragend (wenn sie den mut haben, kräftig zu spielen, zu übertreiben, wenn erzählendes spiel gelingt). so die darstellerin des tschu jün: eine feministin (was der rolle zugute kommt). auch der koch eine frau, überhaupt der anteil der frauen groß. the guardian meint: »this is like playing parsifal on a barrel organ« – allzu harsch gegenüber einer freien truppe, und verlangt einen regisseur wie gaskill. – wohne anders als die greenham common-frauen: in wivenhoe park.

14. 12. 83
mit langdon-mead und wallace durch die landschaft constables. – vortrag über den großen und kleinen frieden, im departement of literature. – DAS GEBREMSTE LEBEN zuende gebracht.

Bhagwan-Jünger Bahro (3. v. l.)*: „Ungehemmte Entfaltung von Sinnlichkeit"

20. - 22. 12. 83
2. arbeitstreffen nibelungen. lese SIEGFRIED und FRAUEN-PROTOKOLLE. der meininger intendant gelinde schockiert. wie soll sein wanderpublikum, aus dem busche tretend, das aufnehmen? die waldläufer und gummistrümpfe wollen angenehm unterhalten sein im freien. (es gibt halt überdachtes und undurchdachtes theater, sage ich.) die unterschiedlichen, anreißerischen mittel der vorspiele, bis zur burleske *am römischen rhein*, um die zuschauer harmlos-fröhlich hineinzuziehn in das grausame geschehen. der stoffmenge wegen (und um gestische darstellung zu erzwingen) sparsamkeit des textes. dr. rübesame, psychologin aus pankow (der beim lesen des lieds das parteiische in die augen stach: schuld sind allemal die schwatzhaften, zänkischen usw. frauen): der streit der königinnen eigentlich der streit der männer, den sie stellvertretend oder wider willen austragen. wieso ist das so wichtig, über jemandem zu stehen, es gibt größeres im leben. es ist nicht ihr problem. siegfried in aller arebeit der erste, er weiß es, und sieht nicht, daß er die mächtigen unentwegt kränkt und ihren groll hervorruft. seine benutzbarkeit; er sucht nichts an dem schmalen rhein, aber (wie die dresdner sagen) er »hubbt hinein«. die neuen waffen; wenn sie da sind, werden sie eingesetzt (die wurfmaschinen – die siegfried überflüssig machen). sie sieht heutige fragen, heutige naturells. was denn sonst, sage ich erleichtert.

27. 12. 83

aetius: »schon als knabe in die leibwache des kaisers aufgenommen, wurde drei jahre dem alarich und später den hunnen als geisel gegeben, er ward in der folge der schwiegersohn des carpilio, des früheren befehlshabers der haustruppen, und von johannes zum aufseher des palastes befördert. er war von mittlerer größe, männlicher haltung und angemessener gestalt, so daß er weder schwächlich noch zu beleibt war, geistig regsam, körperlich gewandt, ein sehr kühner reiter, geschickter bogenschütze und unermüdlicher speerkämpfer, ein sehr erfahrner kriegsmann, zugleich aber berühmt in den künsten des friedens; alle habsucht lag ihm fern, und die leidenschaft vermochte wenig über ihn; mit vielem verstand begabt, ließ er sich durch schlechte ratgeber niemals von seinem vorhaben abbringen; beleidigungen übersah er, die arbeit war seine lust, gefahren schreckten ihn nicht, und hunger, durst und nachtwachen hielt keiner aus wie er. und so schien es ihm von frühester jugend an vorhergesagt, zu welcher bedeutenden stellung er vom schicksal bestimmt sei« (renatus profuturus frigeridus, zitiert von gregor von tours). aber er wird sich wohl doch wie abrassimow betragen. valentinian, »zu männlichen jahren gekommen«, ließ ihn ermorden, »ohne jede ursache«.

31. 12. 83
junge-welt-umfrage: wie schützen sie sich vor senfgefüllten pfannkuchen? – durch nachrüstung. ich muß mindestens ebenso viele senfpfannkuchen aufstellen. (die antwort wurde abgewiesen.)
wir essen aber pelmeni mit hartingers, schulzes, pietrassen.

1. 1. 84

das erzgebirge

3. 1. 84

ferenc tökei auf einer marx-konferenz in budapest: der heutige sozialismus könne nicht als entwickelt bezeichnet werden. internationalismus bei marx keine politische losung sondern eine fundamentale tatsache, die im weltordnungscharakter des kapitalismus wurzle; der weltmarkt nicht sein äußerer sondern ein innerer faktor. die basis des sozialismus könne nicht enger sein als die des kapitalismus. der »sozialismus in einem land« konsolidierte sich zu einem volksvorurteil, man müsse wieder die wissenschaftliche distanz schaffen. in der DEUTSCHEN IDEOLOGIE: »das proletariat kann also nur weltgeschichtlich existieren, wie der kommunismus, seine aktion, nur als ›weltgeschichtliche‹ existenz überhaupt vorhanden sein kann«, was universelle entwicklung der produktivkräfte und damit universellen verkehr der menschen voraussetze (hier auch die formulierung, daß sich sonst nur der mangel verallgemeinere und die ganze alte scheiße sich herstellen müßte). die bürgerliche periode der geschichte, schrieb marx, hat die materielle grundlage einer neuen welt zu schaffen; eine große soziale revolution hat diese ergebnisse, weltmarkt und moderne produktivkräfte, zu meistern: »erst dann wird der menschliche fortschritt nicht mehr jenem scheußlichen heidnischen götzen gleichen, der den nektar nur aus den schädeln erschlagener trinken wollte«. zur beurteilung des heutigen sozialismus trage aber nicht viel bei, ihn »staatskapitalismus«, »entarteten arbeiterstaat« oder auch nur einfach »nicht-klassischen sozialismus« zu nennen. die entscheidende konsequenz der position dieser staaten sieht tökei gerade darin, instrumente der weltweiten umwälzung zu werden. was marx nicht habe vermuten können: daß die möglichkeit eines revolutionierenden »welt-kriegs« des proletariats endgültig verlorenging; die gravierende einzelheit, daß ein atomkrieg in den untergang führt. so sinnlich denke das kapital nicht, es reiße die welt in der jetzigen krise in die richtung des krieges. die regel außer kraft zu setzen, bedürfe es der starken alternative – ich menge jetzt meine meinung hinein: stark nicht im gehabe, nicht im waffenrasseln. tökei sieht nur einen ausweg: solche formen sozialistischer integration zu schaffen, daß ihr potential weltökonomisches gewicht gewänne. wie gesagt nicht durch isolation sondern auf dem weltmarkt; das setze, schließt tökei, die stetigkeit politischer und ökonomischer reformen voraus, »die die gesellschaftliche spontaneität auch innerhalb seiner heute staatlichen existenz wieder in bewegung bringen«. – soweit der ungar – wenn ich ihm folgen konnte, und der sich gern überholen ließe. zu dem potential in der weltauseinandersetzung rechnen die künste, und sie auch sind gehalten, nicht als lokalität zu leben. ein *duft der großen weiten welt* am donaukai.

6. 1. 84

hausversammlung. zwei bestrebungen der kommunalen verwaltung: die bürger zur mitarbeit heranzuziehn – und sie im griff zu halten. man delegiert die lauferei an die haushalte und widmet sich den listen. der amtsmensch setzt sich auf unser sofa: »einer muß den hut aufhaben.« es reicht uns, wenn wir unter einen hut kommen, beim landwein, nicht bei losungen.

15. 1. 84

17. 1. 84

hauptprobe GUEVARA in der neuen szene leipzig, regie kayser jun., ausstattung scharsisch. der lief in seinem schroffen kleid, messer am gürtel, durch das halbfertige haus und scheuchte alle gewerke. der alte kayser begrüßte mich: jetzt kommt der dritte anarchist. aber er deckt mit seinem breiten kreuz die arbeit. ich hätte keinem geraten, das elend heroische stück zu spielen. morgen, statt der premiere, eine voraufführung vor den ämtern. das ist die zeit des apparats, herr guevara. mattheuer zeigt mir eine kleine assemblage, VERPACKTE GESELLSCHAFT. ah, das sind die nibelungen, in ihrem bunker.

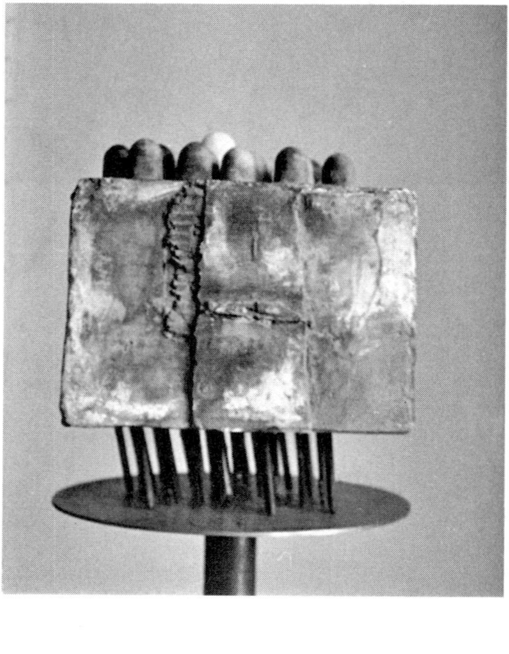

27. 1. 84

leitungssitzung im b[erliner]e[nsemble]. man tadelt langs inszenierungen RUNDKÖPFE UND SPITZKÖPFE und AH Q (das stille stück heins, das eine botschaft verweigert, in rüder, aufrührender regie); man hat sie nicht gesehn. dieser wilde könne nicht ÜBERGANGSGESELLSCHAFT machen. eh ich etwas sagen kann, erklärt stiska: die wird manfred machen. es rückt alles noch mehr ins unfaßbare.

2. 2. 84

hausversammlung (2). rahel varnhagen an marwitz, 16. mai 1811: »die *ganze* zeit können jetzt nur die schlachten umschaffen. menschen*gebäude* lassen sich nicht aufführen, wehren kann man sich nicht, entfliehen auch nicht. hütten aber und stille anstalten sind zu treffen. ... die kolonie ist gleich da; nur ohne projekt, nur das allernächste immer gut gemacht; *so* sehr hindert keine regierung, und hindern sie wirklich, die regierungen, so ist es ja gut zusammensein, sich helfen, besprechen, sich da wissen, sehen ... jede kleinigkeit recht und lebendig machen, dies ist immer gelebt, und dies wehrt niemand. und von einer großen, immer größern vereinigung dieses wollenden menschen sollte nichts, gar nichts entstehen? ein wachstum solcher vereinigung müßte alle solchen anstalten sprengen, in sich aufnehmen.« nichts anderes, gar nichts anderes teilen uns unsere besten frauen heute mit, mit aschenen sätzen.

8. 2. 84

im schillertheater. irene böhme, die, DIE DA DRÜBEN, über uns auskunft gab, über die hüben: sie sei nun »eine westfrau«, und es sei nichts anders. kurt sitze zuhause, sie in der dramaturgie; wer drüben veröffentlicht habe, sei auch hier am ball, wer drüben nicht landete, lande auch hier nicht. aber eins habe sich geändert: wofür sie ihre arbeit mache, wisse sie nicht mehr. man werkle elegant ins leere. drüben sei hoffnung im spiel gewesen. hier sei es sehr schön, und sehr sinnlos. am abend LEBEN GUNDLINGS mit thate und domröse in den hauptrollen; nachdem die presse das stück wütend verriß, findet es amüsierte zuschauer. aber das *sire, das war ich* verfehlt die inszenierung.

15. 2. 84
ein paar tage im verschneiten steinbach. wir wohnen am sturmzerknickten fichtenhang, kulisse für ein frostiges zeitstück, diese 3000 holzsitze vor augen. der alte lörtzing, dem theater gehörig, unkt: märchen und operetten mögen die leute – schauspiel verlorene müh. schreib für kinder, da müssen die erwachsenen mit. lese in meiningen FRAUENPROTOKOLLE, die herren lebhaft uneins.

22. 2. 84

mit lance durch die lottumstraße; bauwagen und gerüste, ein haus neu hergerichtet: die alte fassade abgeschlagen für einen tristen glattputz. ich halte auf der fahrbahnmitte und schreie. ein maurer, im fenster liegend, berichtet interesselos, daß der chefarchitekt und der generalauftragnehmer noch im streit lägen. der eine wills billig, der andre wills schön. aber das billige kommt uns immer teuer zu stehen, denn alsbald sehn die abgehäuteten wände häßlich aus, und die alte würde ist unwiederbringlich dahin. ich fordere den kerl auf, die gemeingefährliche arbeit zu lassen und in streik zu treten. einen staat, der seine erbschaft so wegputzt, werde ich fluchtartig verlassen (formuliere ich mein ultimatum). eine rakete weniger, und
hinze; kunze, auf meinem platz im wagen wartend, grinst müde.

15. 3. 84
in kochberg am letzten teil der burgunden. schleppe mich über ein stoppelfeld. das wetter drückt mich nieder. so unheitere arbeit ist viehisch. zu den mahlzeiten werde ich in lange gespräche gezogen; erst dahnke, dann dietze, die über das immer scheißige weimar berichten. auch stört mitunter lärm vor der tür, wenn die hier tagenden und nächtigenden elektroniker von der humboldt-universität pause haben. bin aber gleich versöhnt, als ich höre, daß sie vor jeder sitzung einen hinze-kunze-bericht vorlesen; manische gier nach ein paar sätzen, die nur sagen, was jeder denkt. sie laden mich, da sie mich identifizieren, zu ihrem abschiedsessen.

18. 3. 84
die erfindungen werden organisiert durch die fabel, oder was sich, bei so zerreißender geschichte, davon erhält: figuren in widersprüchen. nur in ihren widersprüchen wären sie als reiche zu zeigen. bei hebbel leistet das christliche humanum einiges, ich muß alles aus dem politischen gewinnen.
rüdiger, den hunnen sowohl wie den burgunden verpflichtet, erblindet vor der schlacht: wie der hund in christa wolfs KEIN ORT. NIRGENDS, »zwischen zwei befehle gestellt«, »deren jeder ihm zwingend erscheinen mußte«, »entsetzlich unschlüssig«, sich niederlegt und einschläft.
etzel, der den hort sicherstellt (um die unterworfnen »zu erhalten«), hat kein schlimmeres interesse; sein fremder blick auf das irrsinnige handeln der burgunden: das er, als eroberer, in gang hält.
volker, mitschuldig gemacht an siegfrieds tod (»jeder hats getan«), wird der blutkasten = der krieg zur hinlänglichen erfahrung; er besinnt sich auf ein *anderes denken:* und es kann ihn nicht retten.
krimhild, hagen tötend, wird wieder eine frau, in ihrem unerklärlichen elend: und etzel kann sie nicht umbringen; er läßt sie ihr (totes) kind und ihre toten brüder waschen und bestatten, und das leid tötet sie.

24. 3. 84

groß die verluste gegenüber hebbel. das feine malen der figuren. der mann nahm sich 300 seiten. die (idealistische) frage, welche mächte die welt beherrschen und in welchem geiste. mit brunhild, der herrschaftslos naturvereinten, entwirft er eine gegengestalt zur zweckdienenden männerwelt seines jahrhunderts, und fragt mit ihr nach der »bewußtseinsverstümmelung des götterknaben siegfried« (emrich), der »gleichsam das innerste der natur« ermordet. die antwort ist erfreulich kalt: »das große rad der welt wird umgehängt, vielleicht gar ausgetauscht, und keiner weiß, was kommen soll.« soll, nicht kann; und alles ersäuft aber im christentum.
gut ist hebbel, wenn er sich gehenläßt. volker, einen »geputzten« hunnen durchspeerend:

ist's aber auch ein mensch und nicht ein vogel,
der rasch die flügel braucht, wenn man ihn schreckt?
...
doch!

so lapidar ist er freilich selten. eine schöne stelle auch:
hagen:

alle hähne stehn schon auf,
man braucht nicht erst zu drehn.

gunter:

ich möchte mich
ein wenig setzen, gibt's hier keinen stuhl?

in worms hatte er seinen sessel! den satz, wenn man ihn niedrig sagt, muß man retten.

27. 3. 84
während der schnee schmolz, kam die arbeit in fluß, es winterte noch einmal, die waldränder wieder weiß. die burgunden sind geschrieben. sehr fraglich, ob ich damit zufrieden bleibe. es war schwer in prosa, die sprache bröckelt und bleibt zweifelhaft; der vers gibt ihr halt und die sätze sitzen. aus dem kontrast der mittel erhoffe ich wirkung. sie wird aber nicht bald erfreulich sein.
in halle GROSSER FRIEDEN, eine lebendige inszenierung sodanns, »niedriger« und fröhlicher als im b[erliner]e[nsemble], und die härte der geschichte unverblümt vermittelnd. oder hat die zeit das stück noch nähergebracht.

1. 4. 84
schroth und jaksch zeigen mir die striche im DMITRI; sie waren bei hager. das gehudel läuft drauf hinaus, den despotism zu verglimpflichen. den schluß verstand er als aufruf, alles hinzuschmeißen.

4. 4. 84
probe in schwerin. das stück ist nicht spielbar, sage ich. alles zu kurz und dünn, unbegreifliche vorgänge. ich habe nichts gegen mülltonnen auf der bühne, nur dürfen die figuren nicht solche blechhülsen sein. ich sehe das äußerliche, die karikierende hülle, so daß die sätze zum witz werden statt zur komischen quintessenz einer äußersten inneren situation. der schauspieler hat die figur zu verteidigen, ihre menschliche substanz: dann wird es möglich, sie mit exzentrischen mitteln, in ihrem aberwitz, darzustellen.
und woher denn soll ein stück voll so schrecklicher, tödlicher verläufe seine wirkung beziehen, wenn nicht aus den anrührenden, begreiflichen lebensplänen seiner helden? es ist der große menschliche einsatz, der uns interessiert, die exemplarischen selbstversuche von mnischek, basmanow, schuiski und dmitri. dmitri, der sich zutraut, kein knecht zu sein, der sich den (toten) zaren glaubt, und schließlich aber sein recht von den lebenden nimmt durch edle regierung. mnischek, der großkarierte abenteurer, der seine kasse, seine truppen, seine tochter rabiat ins spiel setzt aus sinnlicher lust, geschichte zu machen, und lachend sein leben verspielt. basmanow, der seinen titel tauscht gegen freundschaft, der nicht mehr von der gnade leben will: und kindlich tapfer diese utopische haltung durchsteht (in der er auf die realistischsten gedanken kommt), bis er sich zuletzt den toten gleichstellt. oder schuiski, der mächtigste bojar: und sensibelste mann, der blut und wasser schwitzt in der staatsstruktur, dem es unerträglich ist, in der angst der subordination zu leben, und deshalb zar sein muß. wenn er seinen kragen auswringt, bleich und gepeinigt, können seine sätze

schlicht und klein sein, *ich habe schlechte nerven, ich hör das gras wachsen. dann kann ich nur der erste sein, im staat.* der ernsthafteste mensch: und nur die karikatur der verhältnisse, die ihn zu der erstaunlichen konsequenz treiben.
wir sollten uns in allen diesen ungeheuern und extremitäten erkennen können, denen unsere ängste und sehnsüchte zum schicksal werden. die nicht mehr taktieren und kalkulieren sondern aufbrechen in ein anderes leben. im augenblick der verwandlung zeigen sie ihr menschliches gesicht. in ihren verrenkungen, ihren grimassen sollte doch die möglichkeit des menschen aufleuchten, die gerade, einfache, ungezwungene haltung.

5. 4. 84
das hauptproblem sind die mehreren schlüsse. bis zur hochzeit hat die handlung drive, dann gerät sie zähe. die bauernszene, unverzichtbar, drückt das tempo in einen epischen gang; folgt, unverschämt retardierendes moment, der theatertext (der nur sein recht hat, wenn er das publikum angreift: zu einer neuen sicht zwingt); der untergang basmanows, dmitris und (der rolle) marfas: möglicher stückschluß. aber es geht weiter. der rote platz, »intimer augenblick« der geschichte, nur wichtig, um mit mnischek zuende zu kommen – wie es die folgenden szenen für schuiski und marina leisten. zum überfluß drei weitere schlüsse: die neuen demetriusse, und ein vierter, nach gefallenem vorhang. eine versackende karre, es sollten aber die räder kreischen. ich meine: die zahlreichen protagonisten sollten sich unvergeßlich steigern zu grandiosem abgang, indem sie erst nach dmitris tod zu ihrem höhepunkt finden. oder wir müssen sie rasch hinauskehren.
ein fatalistischer rückzug in der inszenierung der auftritt, vielmehr das herabschweben der bolschewiki: die jetzt, auf weisung, die weisheit in der tasche haben. da sind wir nicht gefragt, und das stück geht uns nichts mehr an. kompromisse stiften schaden in der fabel.

9. 4. 84
drescher mit weber (vom zürcher neumarkt-theater), SIMPLEX DEUTSCH soll noch etwas schweizerisches bekommen. ein WILHELM TELL FÜR DIE SCHULE: das wär es, frischs innige dekonstruktion. treffe wenzel und mensching. über diese jungen muß man schützend die hand legen; kindlich und wahrhaftig treten sie an unsere dürre rampe und stellen sich, geschminkt und verkleidet, bloß. werde an zunächst vier dienstagen auf der probebühne *neue texte* vorstellen. pietraß / häfner, mensching / wenzel, rosenlöcher / faktor, grosz / struzyk.

freitag, der 13. 4. 84

es ist derselbe runde tisch in weimar (nur das portrait an der wand ist ausgetauscht; so groß und bunt war es nie), und auch die situation ist mir bekannt: der intendant kann das stück so nicht »vor das publikum lassen«. 1968, während des einmarschs in prag, hielt der alte lang, der mich tage zuvor im treppenhaus umarmt hatte, das parteibuch in der hand: ich habe keine angst, daß man mich ausschließt! das stück (das ich ironisch dumm hans faust nannte) war mir nicht mehr wichtig bei den weltvorgängen. – jetzt sitze ich gelassen; und wieder ist die szene schon unten auf der bühne gespielt. beinemann also findet in kunzes/chwallas präsentation von TINKA nicht sein präsent zum 35. jahrestag. inszeniert ist, in rot-schwarzer arena, ein gesellschaftszirkus, von einem schlagzeug angeheizt. clownerien, träume, artistik. brutalität und liebe, und gerade wenn sich die liebenden mit worten abschotten, fließen sie über von ihr. der schwatzende text darf sich steil vom boden heben. (der neue weimarer stil, »wir könnten es WEIMAR-WERK nennen«!) oder will ich die sache gesundbeten, wie der kollege vom rat des bezirks. stark und ganz glaublich die zwanzigjährige annett kruschke.

ein zungenschlag kleinerts, und die chefdramaturgin reagiert als leberwurst und fordert ihn vor die parteileitung. der chef ist ergrimmt. grotesk. wie auf der bühne, wo, ich sah es doch, nach der liebens- und lebenswürdigkeit der gesellschaft gefragt wird.

14. 4. 84

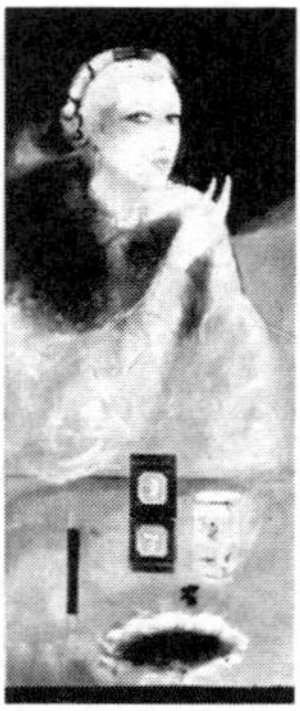

weidenbach: GOETHE 1982, FRAU VON STEIN (mit ährenkranz und staatsemblem im haar)

27. 4. 84
sehe die DEMETRIUS-szenen und, ohne pause anschließend, DMITRI; dasselbe ensemble, nur die rollen wechselnd und den ton. so kommt es zum vergleich. die antiklassische wendung wird mir erst recht bewußt: die doch erlaubt, schiller nah zu sein. er hat nie große hoffnung in das volk gesetzt und setzt endlich nicht mehr auf die souveräne bewegung der geschichte, er untersucht sie nun mit dem messer, operation der edlen organe. ich lasse die verletzte ratlos laufen und gebe ihr den tritt dazu; ich schreibe wütender und fröhlicher – sie muß wieder auf die straße hinaus. ich weiß auch nicht, ob sie zu retten ist. sie ist nur als ganze zu retten. scharsischs ausstattung stellt schillers personen schon in heutige landschaften: marfa im sibirischen lager, die flüchtlingszüge mit bepackten handwagen. dann deckt sie das schwarze tuch ab – und ich soll sie wieder zum leben bringen. ich kann nichts mehr tun, aber den schauspielern gelingt es jetzt. (dmitri: martin seifert, marfa: lore tappe, basmanow: wolfgang häntsch, marina: ulrike krumbiegel, mnischek: horst rehberg, schuiski: heinz kamm, metropolit: axel werner, ksenia: cornelia lippert …) die zerstückten toten, die fragmentarischen gestalten rappeln sich auf. sie werden heutige menschen. ich umarme den fiebrigen, hustenden schiller, mit meinem zu hastigen leib, der die berührung noch nicht auskostete. das publikum, bürger und behörden, lacht nun doch und applaudiert dem letzten individuum, das uns »ni den demetrius« macht, und der streit bleibt unentschieden, ob es falscher beifall ist. das ist ein realer ausgang. das volk hat viele tage, und abende, sich zu verhalten. es ist *richtig*.

4. 5. 84
worms. der fluß, der himmel, der regen und der burgplatz der burgunden. in der mainzer akademie vortrag über rimbaud. die naturwissenschaftler auf dem linken flügel, die geisteswissenschaftler auf dem rechten, in der mitte am katzentisch ein paar autoren. der rechte flügel stellt pikierte fragen; der name trotzki hat sie erschreckt, der kommunismus rimbauds sei nur literarischer natur, und ihres hugo friedrichs wegen fühlen sie sich auf den schlips getreten. die »leere transzendenz« wird verteidigt. ja, wenn sie schlipse tragen! ein chemiker sagt mir, literatur und naturwissenschaften stünden sich näher als literatur und literaturwissenschaft. abends, während der landtagspräsident in seinem palais empfängt, mit mangels und bosses in einem weingut am rhein, niersteiner oelberg, erzeugerabfüllung.

24. 5. 84
im atelier der quevedo, frankfurter tor. aquarelle aus mecklenburg, die dunklen schweren töne erfinden die landschaft und imaginieren stumme bewegung. ihr war, der spanierin, der bezirk erst trist erschienen, später entdeckte sie die farben, »es sind freilich *meine* farben«. spanien wurde ihr fremd mit seinem licht, leblose kastilische mittage. die kassandrablätter; ein kunsterzieher berichtet die abneigung der schüler, man vermisse gesichter. aber sie liegen in der tiefe der groben großen formen; mit entschlossener strenge, die das modische äußere abstreift, ist alles auf die substanz gebracht. die geschlechterbeziehungen, vergewaltigung in der nackten gegend, die gewalt offenbar und einsam; die gewalt entsteht aus machtlosigkeit immer. die feste zärtliche kontur der körper steht ihr entgegen, widersteht im unterliegen. sozialistischer realismus (: fragt der erzieher), das war ein wort, bevor die bilder dawaren. die gerieten dann verkrampft, sie wollten dem begriff gerecht werden, ein surrealismus. beim ersten besuch in moskau habe sie sich nur die ikonen angesehen. beim zweiten all diese rührenden bilder, »es waren gute handwerker«, das gesicht einer kolchosbäuerin, »sie strahlte, der kopf wie von innen mit einer glühlampe erhellt«. der begriff sage ihr nichts. »realisten wollten die maler immer sein; ich kann es eben *so*.«

26. 5. 84
im zug nach dresden ein korvettenkapitän der volksarmee: ein gemütsmensch in montur. er hält sich fest an dem grundsatz des m/l, daß kriege gewinnbar seien; ich sage, der m/l habe überhaupt keine festen sätze, außer dem, daß die wahrheit konkret sei. aber mit solchen sätzen leben sie, als wären wir noch zu retten. theorie der strategie, theorie der operativen kunst, theorie der taktik – jeden tag spielen sie an ihrem kriegsmodell. ich sage, sie sollten am tisch daneben ein lebensmodell aufbauen, an dem zu sehen sei, was sie mit der bloßen rüstung einreißen und einstrukturieren durch ihr bloßes kommando. er weiß verwundert, daß die aufstellung der atomraketen die bevölkerung fast gleichgültig ließ; und »nicht anders, wenn es keine gegenmaßnahme wäre«. unbehelligt, schwömmen sie im eigenen kalkül. jene hiroshimabomben übrigens, an die der bürger denke, rechneten unter die taktischen waffen, die heute bataillonskommandeuren unterstünden, für lokale zwecke. die regierungen könnten verhandeln was sie wollten, das sei der schein, »die sachen laufen weiter«. wäre es dann nicht, fühle ich vor, sinnvoller, die sinnlosen regierungen ließen das palaver und die militärs gingen aufeinander zu? und würden pazifisten noch vor dem ruhestand? dies sei die radikale militanz, an der sich die strategen beweisen sollten. so in mein absurdes vertrauen gezogen, gesteht er, mich kleiner notizen wegen bei den antennen von schönefeld für einen spion gehalten zu haben – sichtlich froh nun, den absoluten zivilisten in mir zu entdecken. ich fahre weiter nach wien, zu meinen abrüstungsgesprächen.

9. 6. 84
»werkstatt« in der akademie vor den erschöpft pennenden jugendlichen des pfingsttreffens, die sich die veranstaltung auch nicht ausgesucht haben. denn für die fdj ist die organisation alles, das ziel nichts. dittrich, schroth, sandberg, mittenzwei, heicking, reisch, tübke projizieren/intonieren sich; am schluß schreit gudzuhn sein *das kann nicht alles sein!* ratlos provokant in den dunklen saal, und die pianisten hämmern hoyers unmusik, die funktionäre ächzen blaß, eine katastrophe mit pfeifen und murren. wassermusik auf hartmut königs mühle.

23.6.84
im alten posthof von karlsbad die fröhliche tschechische tanzmusik. die kurgäste drängen sich, partner zweiter wahl, im tanze aneinander. experimentelle zärtlichkeit, unverbindlich, und doch ist der große gegenentwurf zu ahnen zum häuslichen dilemma. wehe wenn sie losgelassen. die siechen und welken schönheiten saugen einmal kraft. ich langweile mich in meiner altersklasse, bis sich an den nebentisch, zu ihren angejahrten verwandten, eine junge blondine setzt. sie ist von radebrechender herzlichkeit, daß mein herz mit den flügeln schlägt. anuša, schreibkraft, ihr mann an der reception des moskva. während sie mit ihrem angeblichen onkel tanzt, sagt mir die angebliche tante, auf dem parkette stampfend, daß sie die mutter sei. ich werde an den zutraulichen tisch beordert, und die tante/mutter ist arg enttäuscht, daß ich 1. kein westdeutscher und 2. nicht katholisch bin. aber meine gute grimasse versöhnt sie. aus trübem schwimme ich ins heiterste wasser. das ich hier trinken muß: und nach reglement habe ich mich zehn uhr schweißnaß bergauf zu trollen, während die familien-bande slowakischen wein kosten geht. am nächsten tag klingt das tschechisch annehmlich, und ich sehe freundlicher auf den abgeschabten barock.

29. 6. 84
nach sieben wochen streik in der metallindustrie wird der schlichtungsvorschlag angenommen. abgehen von der 40-stunden-woche bei vollem lohnausgleich: 38,5 stunden, angesichts des selbstverständlichen klassenfriedens ein erfolg. den unternehmern bröckelt die arroganz aus der miene. es geht auf die 35 stunden zu.

3.7.84
manuela [moreira] schreibt: »ich denke an die bilder der filme über die befreiung nach dem 2. weltkrieg. es gab damals ein kollektives gefühl, das millionen europäer besetzte und sie zu enormen demonstrationen von freude und zuversicht zusammenführte. beim tod von berlinguer ein gleiches phänomen, nur war das gefühl ganz entgegengesetzt: zuerst angst, dann trauer, trostlosigkeit. das unwahrscheinliche war, daß millionen ein spontanes bündnis bildeten in den stunden der krankheit und nach dem tode, und während fünf tagen bis zum begräbnis haben sie dieses liebesbündnis mit berlinguer als mensch, als politiker von moralischer strenge und intelligenz auf die verschiedenste weise gezeigt ... alle haben geweint. nicht ein individuelles weinen, aber als ob man sich im kollektiven gefühl bewußt geworden wäre, daß man waise ist. beobachter hielten die reaktion der massen für negativ. sie sagten: die massen seien gereizt, hysterisiert. solche kommentare sind beleidigend. beim tod von berlinguer hat ein menschliches gefühl politischen charakter gehabt ... craxi wurde ausgepfiffen (das war gerecht, vor einem monat, auf dem parteitag der sozialisten in verona, hat der ganze saal gegen berlinguer gepfiffen, weil er eine starke opposition gegen die ökonomischen initiativen der regierung forderte, welche die krise noch einmal, wie alle italienischen regierungen zuvor, von den ungeschützten schichten bezahlen läßt). als parteiführer hatte berlinguer ein ganz eignes verhalten: kein personenkult, kein dogmatismus, kein spektakel. ganz einfach, sogar schüchtern schien er, besonders zurückhaltend, wenn er vor massen auftrat. er machte, ohne es zu wollen, den eindruck,

daß er ein einsamer mann war, der ohne einschränkungen kämpfte. er starb tragisch, nach einer kundgebung, die er offensichtlich mit verzweifelter anstrengung zuende bringen wollte. berlinguer gelang es, die ikp aus dem ghetto der inneren geschichte italiens herauszuführen. seine vorschläge, seine begriffe haben der demokratischen bewegung internationale kraft gegeben. sie waren der realität geschuldet, auch als er furchtlos, mit seiner scharfen sprache, die unglücklichen tendenzen des realen sozialismus aufzeigte. er wurde als reformist, verräter und spalter betrachtet. ich hatte auch diese vorurteile, als ich in lissabon und leipzig lebte.«

6. 7. 84
abiturfeier in arnes schule. die festrede. arne ist zum studium angenommen. fröhliches essen in den märkischen stuben an der spree.

12. 7. 84
zwei tage in paris, von strehler per rufpassage hergelotst. er bittet, zwei abende für das petit odéon zusammenzustellen, denn er will im theatre de l'europe »ost und west zusammenführen«. wir finden den titel: histoire inachevée. gab ihm gestern zwei stücke, heute führt er mich in die grande salle und sagt: hier machen wir DIE ÜBERGANGSGESELLSCHAFT.
meine vorleser halten mich auf dem laufenden: l'huma teilt mit, es sei »nicht beschlossen, ab sofort in ihren spalten ein diskussionsforum zu eröffnen«. le monde darf witziger sein, sie meldet die wiederaufnahme des vierundneunzigjährigen molotow (ah, der »eiserne hintern«) in die sowjetische partei und fragt: bereitet tschernenko seine nachfolge vor?

16. 7. 84
trauerfeier für franz fühmann in der akademie. wem nach ihm noch kann eine so ernste, dankbare und aufrichtige rede gehalten werden? furchtbare frage, während christa wolf (der nur wenige »worte des gedenkens« zugebilligt waren) gelassen zwanzig minuten den lebenden die leviten liest: dieser wahrheits-, dieser besessene radikalist der würde wird sein anderes leben lang unter der erde rumoren. unter dem sand von märkisch-buchholz, den wir auf den sarg streun. unter der knorrigen eiche, die, eine genugtuung, im gedächtnis grünt. wir fahren mit pietraß in den wald hinein, um fühmanns abgelegene behausung zu finden; im regen und im ungewissen schlammigen weg kehren wir um, es ist nun zu spät ... durch diesen wald kroch der kranke, mit aufgeblähtem schmerzendem leib, der nur in die alte größte trainingshose paßte, schneckenrasch in den ort, zehn kilo kot in den därmen.

20. 7. 84

gestern lesung im überfüllten ahrenshooper kunstkaten. die satiren vor höpckes ohren, er wird, in der ersten reihe, bald lachkarg. ein zuschauer bittet, keine kompromisse zu machen mit dem verlag, ich bestätige die eingabe. einladung zum bier; cf. GESPRÄCH IM GARTEN DES CHEFS (aug. 81).

in der töpferwerkstatt löber am althagener bodden. die alte frieda, halb gelähmt, sitzt oben in der stube und tippt mit der linken hand in die schreibmaschine. über dem sofa netze, zum trocknen des garns, auf den wandbrettern krüge und katzen, nach dem schlaganfall mit einer hand geformt. die kleine frau, mit ganz jungen augen, spricht wie zu vertrauten, von ihrem schönen und aber schlimmen leben. sie gebar dem kollegen gatten acht kinder, und er sah es bald nicht gern, wenn sie zeichnete. sie hatte das haus zu versorgen. erst als er in den krieg zog, konnte sie, abends, die schlafenden kinder malen. und sie war vielleicht die begabtere von beiden. aber lächelnd, mit schrägem kopf, und würdevoll sieht die greisin aufs wasser hinaus, wo die enkel surfen.

23.7.84
weimann fragt auf dem plenum der akademie, ob das europäische erbe des klassischen bürgerlichen realismus uns noch als hauptsächlicher traditionsgrund gelten könne, ja ob von da her überhaupt »bereits der wille zum leben und zum menschheitlichen überleben« zu erwirken sei. »angesichts der ungeahnten härte in den zwängen und brüchen dieser zeit« seien andere maßstäbe erfordert, aus umfassenderen quellen, auch aus vorbürgerlichen (im »magischen realismus« lateinamerikas, im ritualistischen theater, etwa bei wole soyinka, im mexikanischen muralismo). goethes so versöhnlich tönende botschaft der humanität im interessenkonflikt der griechen und barbaren mute nicht als der weisheit dieser zeit letzter schluß an. »die geistigen pläne unserer alten waren einem weltausschnitt verpflichtet, der der unsere nicht mehr ist.« die aneignung dieses erbes selbst erscheine undenkbar ohne jene »welterfahrung, die den realismus dieser tage anders macht, härter noch und kämpferischer, unerbittlich-qualvoll im befragen aller illusionen, auch der besten, schnellen hoffnung, die einstmals schon das letzte, erlösende gefecht an die stelle des heute unabsehbaren kämpfens und leidens der völker stellte.« je näher die kunst an diese realität heranfände, um so größer ihre ambivalenz, die unbestimmtheit ihrer wirkungen. »da ist – mehr denn je – dem leser, dem betrachter aufgegeben, aus der ›notwehr‹ dieser produktion herauszufinden, ›daß der mensch nicht soweit sinken darf‹. … da mag dann wenig raum verbleiben für die ehedem so sichere haltung.« unmöglich, die augen zu verschließen »vor einer gärenden und zugleich schon exploitierten neuen weltkultur, deren bloße existenz

die unsere mit fragen und widersprüchen tieferer art umgibt.«

25. 7. 84
pläne

die kur
das dritte geschlecht

TRANSIT. komödie

SÜNNE. roman (kapitalismussatire)

STOFF ZUM LEBEN 3

2. 8. 84
meine sachte beschwerde bei der hauptverwaltung wegen ihres halbjährigen stillschweigens zeitigt ein arges resultat: sie antwortet, daß die problematik des romans »hurtiger« entscheidung im wege stünde. das fröhliche attribut verrät die handschrift höpckes, der bis dato aussagte, das manuskript habe sich noch nicht eingefunden. günther referiert mir ein anonymes gutachten; selbiges stelle die *parteilichkeit* infrage, insonders die darstellung des staats betreffend. (»scharfer protest«: die demonstration für karl und rosa.) das gutachten polemisiere auch gegen das nachwort schlenstedts. in der »politischen gesamtsituation« sei das manuskript nicht brauchbar. höpcke schlage den »einbau von weiteren handlungslinien« vor, »um auch die vorzüge des sozialismus deutlicher zu machen«. aber vier jahre des guten willens reichen. ich lasse mir keinen maulkorb anlegen. günther, der eben de bruyns neues (satirisches) buch auf halde schicken mußte, hofft auf ein abendgespräch mit höpcke, und ich verschiebe meine entschlüsse auf das vage datum.
kurz über den gedichtband, der nun ein jahr ausruhte: er sei niederdrückend, pessimistisch, von gleich fragwürdiger grundhaltung. »politisch untragbar«. günther nennt nur erst »beispiele«: GESPRÄCH IM GARTEN DES CHEFS, DIE KONSOLIDIERUNG, DER FRIEDEN, DAS LEHEN, DER EISENWAGEN. er erregt sich, er brüllt. er liest zeile für zeile, mit höhnischem angewidertem ton, DAS LEHEN vor. ich erwidere kühl, wenn ihm die genannten gedichte nicht zusagten, sei er nicht der verleger für diesen band. er behauptet, aber dieser verleger zu sein.
fahre deprimiert in den urlaub nach petzow zurück.

3. 8. 84
artikel in der prawda: EIN IRRWEG; die ddr öffne sich für den milliardenkredit den reaktionären einmischungen der bundesrepublik. das neue deutschland druckt diesen zweiten störtext nicht nach. (im ersten erfuhren wir, es sei »so weit gekommen, daß die ständige vertretung der brd in berlin versucht, selbst auf dem souveränen territorium der ddr bürgern der ddr ›unterschlupf‹ zu gewähren. an junge ddr-bürger, die die brd besuchen, werden von westdeutschen behörden einberufungsbefehle für die bundeswehr verschickt ...«)

19. 8. 84

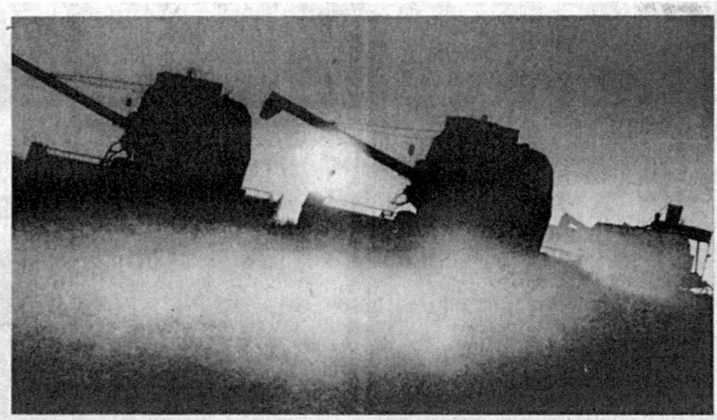

Bis in die späten Abendstunden bringen die Bauern der LPG „Am Greifenstein" Herold, Kreis Zschopau, am Rande des Erzgebirges, das Getreide ein
Telefoto: ND/Schmidt

die pflugschare, nicht die schwerter

21., 22. august 84

an der grenze in zinnwald drei stunden in der autokolonne warten. im strömenden regen undeutlich die kahlen fichten

reiselektüre (seinem rat zum trotz, etwas *andersartiges* zu wählen): fühmanns 22 TAGE, und aber dante, LA DIVINA COMMEDIA

aus dem walk-man DIE WINTERREISE

im soliden café des hotel europa am wenzelsplatz die junge nutte mit der hübschen verlebten larve, vier jugendliche nicht solvente bewunderer an ihrem tisch, sie stemmt das knie gegen die hosenlatze, wendet ihren vollen blick dem herrn in ihrem rücken zu und schließt heftig schmachtend die augen, oder mir zu, oder winkt dem kellner, und als er an den tisch tritt, steckt sie das feuerzeug in den mund. die kellnerinnen beobachten von der galerie neidisch amüsiert die geschlechtsgenossin. als anne und arne auf der toilette sind, hebt sie für mich mit beiden händen den busen an, wölbt die zunge lasziv zwischen den geöffneten lippen, stellt sich dicht vor meinen unbewegten blick und sagt: komm her, vergiß

der zahlkellner, im komplott mit dem servierkellner, in der vornehmen hinterhofkneipe bescheißt uns schamlos. die tschechische speisekarte liefert uns keine argumente. und warum den einzigen abend verderben. aber den hund nicht beschämen können

die ersten seiten fühmanns banal: belanglos und zufällig. ist das das buch, von dem osten und westen schwärmte

die morgennebel riesige graue laken zwischen den tälern hängend. auf dem stoppelfeld unweit von tereszin ein gerüst, eine riesige einsame tribüne – was hat sie zu bedeuten

hinterließ vor der reise höpcke einen brief: die entscheidung, dem roman, nach so langer geduld, das stempelchen zu weigern, werde mein leben ändern. sagte es so unscharf, um ihn nicht zu erpressen. aber was meine ich denn

emmi und richard wohnwagner auf der transitstraße. ungarn, letztes ziel der ddr-bürger und anderen zigeuner

herzschmerzen

zalakaros (sóllokorrosch), hier wurde nach erdöl gefahndet, heilsame enttäuschung. und die ungarn sitzen, das mögen sie, arsch an arsch in der warmen schwefligen brühe. in kleinen, nabeltiefen planschbecken, in die die bresthaften, fetten, dürren und hinkenden in langsamem ritual hineingleiten, um feierlich zu verharren

wohlgefühl und ekel

fühmanns text doch wacker und vergnüglich. seltsam: nachdem das bauprinzip erkannt ist, die machart, finde ich eine lesart, und auch der anfang gefällt mir nun: da das buch immerzu anfängt abbricht ausschweift und tiefer gräbt

»was ungarns geschichte, was ungarns literatur lehren können: die kraft schonungsloser selbstkritik, die verbindung von wahrheit und würde; weltoffenheit als selbstverständnis eines kleinen volkes, sich vor einer drohenden überflutung nicht durch eine (entweder unmögliche oder verkrüppelnde) abkapselung, sondern durch sich-selbst-erheben auf die höhe der weltkultur zu bewahren.« setze für ungarn fühmann, für die literatur seine arbeit der *wandlung*

und wenn sie gesiegt hätten, die hunnen auf dem katalaunischen feld? grauenhafter gedanke für den europazentristen, aber war attila nicht ein umgänglicher, aufgeklärter herr? man hätte sich des römischen fortschritts schon versichert, coca cola und goldkredit, dies weltoffene ungarn in gallien, paris ein budapest, der bodensee (er kommt auch auf 26 grad) ein balaton und vice versa, der »sozialismus westlicher prägung« raumgreifend, und nicht nur die goten, auch die thüringer und burgunden hätten sich produktiv integriert beim kampf um die goldene kuh

familienbad, hommage à franz fühmann: fahle fratzen fangarme finstere flundern fistlige futteln gefrittete frettchen fußpilz fischsuppe flugs geflunkert o fluch des flachses vendetta der votzen hansfuckindieluft fusion flambierter frösche flau und faul vor dem follickelsprung »fellatio, fräulein?« – »feigling!« fingierte gefühle forintenkacker frische feigen fallsüchtig furchtbare faustballer fluchtbewegung: frommage à fühmann

»damals in hévíz, dies suhlen im blutwarmen modder war orgienhaft ...«

fühmann fragt der *wandlung* nach vom faschisten zum? unnachsichtige untersuchung, die den text aufregend macht. schulz in seiner totenrede hätte hier ein eigenes thema finden können: der rasche, fraglose seitenwechsel, mit dem sich eine ganze generation aus der verantwortung für die vergangenheit stahl. und wenn sie verantwortung für die gegenwart übernahm, dann oft in einer weise, die auch spätere wandlung ausschloß. die rabiat stumpfe gläubigkeit der festen position

flaschenkürbisse, topfennudeln

der urlaub ist verdorben mit dem strich durch die mehrjährige rechnung ... ich wußte immer, daß das buch keiner genehmigen kann, und durfte es nicht wahrhaben. wer kann es verantworten auf seinem stuhl? doch nur ich: und das sollte genügen

nicht nur die satirische prosa: auch die gedichte, nichts scheint mehr druckbar. da jetzt »alles darauf ankommt, den sozialismus zu stärken«, ist nur sein lob gelitten. byzantinische ästhetik. aber wenn das, was ich schreibe, »im widerspruch zur partei« steht, wie kann ich dann
topfennudeln, sumpfplatanen
die büffelherde in kápolnapuszta, wie von baal herbestellt in den abend, *ein starker anblick.* die schweren kühe, sich am aftergeruch der vordertiers orientierend, ziehen im gelben licht aus der sumpfigen weide ins graukahle gehege, stehen käuend aneinandergedrängt, und wenn der grasfladen aus dem blättermagen durch den hals hinaufstößt, glotzen sie wie nachdenkend innehaltend
wie kann ich dann mitglied sein? niemand fragt mich das, aber es ist unerträglich, diesen widerspruch zu leben: eine bedeutende kulturpolitik mitzutragen und ihr ein ärgernis zu sein
dante, vierter gesang: *»... ob solchen mangels, nicht ob andren fehles / sind wir verloren, und nur dadurch leidend / daß, ohne hoffnung, wir in sehnsucht leben.« / als ich vernommen, faßte tiefer schmerz mich / denn ich begriff, wie seelen höchsten wertes / in dieses vorhofs mittelzustand schwebten.* wie, ist dies aufgeschrieben? von dem verbannten ... zerreißender schwebezustand, in dem wir uns nach dem anderen sehnen, das sein wird / das wir werden, in unserem vorhof zur zukunft? das alte leben noch mächtig, das neue noch schmächtig. das neue, in das wir unermüdlich vorwärtshasten in der alten/neuen gangart. ja wenn es noch hoffnung wäre, unbewiesen! aber es ist realität, und der beweis überzeugt nicht. (er reicht nur für das halbe leben.) und die lite-

ratur soll immer wieder den beweis erbringen, statt uns aus unserem vagen zustand zu stören. er kann nicht die ganze zahlung der geschichte sein nach dem alten handel, unterdrückung und eigennutz. aber die sicht ist verhängt von den transparenten der einbildung, und auch der achtsame weiß jetzt nicht, wohin er den fuß setzen soll

»könnte man sagen:« fragt fühmann »wandlung ist jener prozeß im individuellen bereich, der historisch für die gesellschaft notwendig geworden ist?« »einer, der sich gewandelt hat, wäre also einer, der nicht mehr zurück kann, nur weiter . . .«

in tihany den zugang zum strand erfragend, erklärt uns ein alter herr die herrlichkeit des sees, und er kennt alle seen österreichs, traunsee, attersee, wolfgangsee, mondsee, grundlsee, hallstattersee, altausseersee, achensee, wörther, ossiacher, neusiedlersee und den walchensee, aber der liegt bei münchen, und es folgen die deutschen seen, »sind sie ost oder west? ja hier herab können sie nicht, das ist nur für, sie verstehn? wie bei ihnen, aber einmal kommt der tag, was sie wünschen«

alter lackl

fühmann ist, der faschist, über die gaskammern von auschwitz zum sozialismus gekommen und suchte, unberuhigt, noch wieder seinen standpunkt. und aber semprun, der häftling in buchenwald, WAS FÜR EIN SCHÖNER SONNTAG!, geriet über die stalinschen lager ins bodenlose nichts

»nur weiter«

gedanke zu einem gedicht: im inferno besucht mich dante, in der komfortablen hölle, die ich loben muß (dazu bin ich verdammt), und er hat die züge und die ernste einsame art

berlinguers ... aber wie ist der ort beschaffen, mein elbflorenz? in der ich zerrissen schwebe, von welchen hunden? und es ist nur DER ERSTE KREIS
herzschmerzen
walk-man berichtet, die presse der čssr habe die panzer von 68 gewürdigt. das großwort würde schrumpelt zu einem einfachen kritzel
ich dachte, ich sei trainiert darauf... becker ging, als ein einziges buch nicht erschien; bei mir war jedes buch ein kampf, ein feilschen, ein tricksen ... »gewiß, der letzte tropfen, der das glas überlaufen macht, ist auch nur ein tropfen wie die vorhergehenden, aber er ist eben der letzte, und ihm mußten viele voraus gehen, und jeder war notwendig gewesen, und oft sind auch tropfen ins glas gefallen, die größer als jener letzte waren, und als sie fielen, haben sie nicht mehr bewirkt als eben vorbereitung, unerläßliche vorbereitung jenes einen letzten zu sein«
du wirst krank, sagte christa, weil du nicht davon loskommst. wovon? von meiner hoffnung. »was erwartest du dir von dieser gesellschaft?« und von mir, von mir in ihr
der weinberg über dem dorf war ein reizendes vermögen: er hätte uns zu erfreuen vermocht. wenn er nicht verbaut worden wäre mit diesen durchsichtigen zweckbauten, urlauberzellen (ZIMMER FREI); man hätte in den alten niedrigen weinhäusern schenken öffnen können, und wir wären trunken in den hängen gesessen
über BÜCHNERS BRIEFE hat es, das eine mal, den prinzipiellen streit gegeben, der erst den bruch macht. der streit, der immer vermieden wird: man begnügt sich damit, ein büchlein zu kujonieren und läßt den autor einen guten

mann sein. damals, als ich aber in gänze unters eis sollte, durfte ich darauf tanzen: wenn die frage so stehe, müsse eine ganz andere gestellt werden. die frage wurde nicht zugelassen

nur weiter

am badebalken in tihany die goldbestückten hände; da das wasser am hals steht, bleibt keine andere möglichkeit der sozialen selbstdarstellung. die finger spreizend: »in portugal ist die zeit schneller vergangen, und in spanien auch. das bad ist hier die einzige abwechslung. das wasser stinkt, weil es heilt. sonst haben sie nichts. sieh mal, der schaut wie erich honecker aus. ja, er schaut wie ein genosse aus«

ach herzerl

ich bin wie gelähmt seit monaten. kunert fiel nichts mehr ein zu dem besseren land; ich kann mir noch immer ein besseres denken. aber die suche nach dem STOFF ZUM LEBEN im literarischen sperrgebiet

der leib (die *inneren organe* greifen in die inneren organe ein)

ein halbwüchsiger, minutenlang über dem geländer lehnend, unter dem arne im bikini liegt. die männer nicht anders, im vorbeischreiten haften die falkenaugen an den ruhenden schönen, es dreht ihnen den kopf aus dem rumpf (und der vater weist das söhnchen mit einer kinnbewegung auf das augenfutter)

mich wandeln – von wem zu wem? ich war ja kein »werkzeug mit ausgelöschtem willen« wie der junge dichter fühmann, ich war im gegenteil ungehorsam; ein jahr bewährungsfrist in der schule, fristlos entlassen in der druckerei, um ein haar exmatrikuliert (wenn mich nicht kurella und ursula langspach gerettet hätten), ich habe immer als ungläubiger geschrieben. christentum und kapitalismus, für den siebzehnjährigen, auf dem fahrrad durch franken fahrend, ein gespött. (1956: in jenem august starb brecht, in den zeitungen schmähliche nachrufe; die kpd verboten; am bamberger dom ein plakat: DIE GELBE GEFAHR. der eintrag *ausländer* in der bayreuther jugendherberge, ich schrieb, ungehörig, ins gästebuch: »eure menschlichkeit läßt eure dummheit verzeihn.«) freilich der radius des unglaubens hat zugenommen, die produktion – die demokratie – die formation, der weltgeschichtliche gesichtspunkt, der das zentrum des schreibens, die revolution, verfremdet

weiter ...

wandeln – die haltung ändern, die art des lebens. noch bin ich eingemeindet in die disziplin, die hörigkeit. noch übe ich rücksicht, um der *gemeinsamen sache* willen, bei der ich an die meine denke. die brechtsche einsicht, die uns der alte dessau, auf den fußmärschen durch zeuthen, anempfahl. doch peter weiss: »unser bewußtsein, sagte er, ist der gefahr eines bruchs ausgesetzt, unterm ständigen druck der anweisungen, die unsern eignen einsichten nicht entsprechen, die wir aber, in unsrer diszipliniertheit, befolgen. ayschmann, der, von der nordfront zurückgezogen und vor neuem einsatz ins lager bei albacete gekommen, uns in cueva besucht hatte, ging auf münzers überlegungen ein. diese bemühung um konformität, sagte er, vollzieht sich nicht nur in der politischen und militärischen zentrale, sondern auch in uns ... doch die teilnahme an einem solchen zusammenschluß wäre wertlos, wenn wir auch unsre gewohnheitsmäßige schwäche mitnähmen ...« »wenn wir uns nicht selbst befreien, bleibt es für uns ohne folgen.« das heißt aber, in der partei eigenmächtig

oder der schritt vom genossen in der partei zum genossen außerhalb der partei

der sonnenuntergang über dem weinfeld der hegyi-csárdá, durch die offene tür (wir rücken zu dritt auf die bank); das orangene rund taucht weit über dem horizont in die gelbgraue dunstwand, und der himmel bleibt noch lange hell. hauptmann in hiddensee pflegte sich dreimal bei dem schauspiel zu verneigen: wenn die sonne die wasserfläche berührte, wenn sie zur hälfte, wenn sie ganz versunken war. und die vierte verneigung vor dem faschismus

jener beschämende tag, als ich in der parteigruppe gegen den ausschluß der biermann-petitionisten aus dem berliner vorstand des schriftstellerverbands stimmte, als einziger – und daraufhin auf den mehrheitsbeschluß verpflichtet wurde und mich bei der abstimmung im versammelten vorstand zornbleich der stimme enthielt ... die ausgeschlossenen: becker, de bruyn, sarah, plenzdorf, schubert, ich. ich schwur mir: kein tag soll mich wieder so feige sehn

der reif hatt einen weißen schein / mir übers haar gestreuet / da glaubt ich, schon ein greis zu sein / und hab mich sehr gefreuet. / doch bald ist er hinweggetaut / hab wieder schwarze haare / daß mirs vor meiner jugend graut / wie weit noch bis zur bahre. die WINTERREISE

ich kann die hölle nicht beschreiben als entgegenstehende gesellschaft. die hölle, das sind nicht die anderen. sie ist mein verhalten. (dieser satz ist falsch am 21. august.) mein schwanken, mein zögern, meine scheu »zu verraten«. die hölle ist der selbstgewählte ort, ihre einrichtung zeigt meinen geschmack. es gelingt mir nicht, sie auszumalen (vor berlinguers augen). ich weiß nur soviel: daß ich provoziere, die ich doch liebe, die gesellschaft, und die frau, daß ich sie verletze aus ungeduldiger liebe, und die verletzte schlägt zurück oder umgekehrt ich

mein *besseres land*, und ich ein schlechter landsmann

traum: ich bin bei hager, er ist grau und zauslig (der sonst glatt gekämmte), höpcke abwartend neben ihm, weiter ereignet sich nichts, auch kein gefühl, auch kein ungutes

der schritt ist keine lösung. ich will mir nur die hände frei machen ... (um sie wem zu geben?) genauer: er wäre eine lösung nur für mich. das ist zu wenig. das mindeste ist, den kampf zu suchen. – wo denn? – wohlan. – wohl kaum

»liebe amerikanische landsleute, ich freue mich, ihnen mitzuteilen, daß ich heute ein gesetz zur endgültigen auslöschung rußlands unterzeichnet habe. wir beginnen mit der bombardierung in fünf minuten.« so spricht sich der schauspieler reagan vor dem mikrofon ein. mit seinem kantinenwitz macht er weltpolitik

im neuen deutschland ein interview mit honecker. sich ändernder eindruck bei der lektüre: wohlberechnet, ausgewogen, vernünftig, glatt, ermüdend. schön das lob der werktätigen, die »oftmals mehr als ihre pflicht tun«. widerwärtig, sich »die volle zustimmung der bürger ... insbesondere unserer jugend« selbst zu versichern

pullovermarkt in fonyód, nach berichten deutscher pädagogen: wahnsinnig, unglaublich, man tritt sich tot, alles vor der brust festhalten ausweis geld fotoapparat, du kannst nur vorwärts im gewühl und die kinder dabei nicht an die stände ran, die herrlichen pullis alles zu klein und nicht teuer, und so große schafsfelle, das geschäft wickelte das kleine mädchen ab, der vater stand daneben, war ja ein süßes mädchen eben zigeuner und gleich darauf bettelt es um zehn forint, und hinter dem stand wenn du dahinter der mercedes, ich hab fünf hemden anprobiert immer unter der achsel eng und der mann sagt: paßt, und als ich mich aus dem fünften quäle reißt er es mir: fort fort, das muß man gesehen haben

dante hat sich nie abgefunden mit der vertreibung aus der kommunalen gemeinschaft, »florenz die brennende wunde ... die er stets von neuem schmerzhaft berühren muß« (heintze). so würde es uns im ausland gehn, der sozialismus die heimat, die uns nicht erträgt; die ich verlassen kann, die mich nicht verläßt; die herkunft und die zukunft

»aber wie vollstreckt man die exekution seiner selbst? ... es kann nur der andere über den einen siegen, und dies ist kein bloßer erkenntnisakt ... er siegt, indem er in schwerem hingang aus dem einen der andere wird ...« (diesen satz zitierte christa in ihren trauerworten, und auch den nächsten:) »es ist die einheit des widerspruchs, und die wandlung ist jener prozeß, in dem sich der widerspruch auflöst – in was? in den neuen«. und auch sie wußte, was sie sagte

beatrice kann das nicht hören. sie liebt das *neue leben*, das ich ihr verschrieb

auf dem markt in nagykanizsa die zigeunerin mit den, aber schmaleren, zügen christas unter ihresgleichen sitzend, den säugling an der linken brust, dann an der rechten, ruhigen heiteren gesichts, eine irdische madonna (und eine alte klaubt, von einem mann bewacht, paprikaschoten aus der mülltonne)

es ist alles gesagt. in der ÜBERGANGSGESELLSCHAFT
bin ich in den *anderen* übergegangen
der vor anderen fragen steht
die schwalbennester in der neonlampe
ach daß die luft so ruhig / ach daß die welt so licht / als noch die stürme tobten / war ich so elend nicht
jean paul (von fühmann gefunden): »kleingläubiger, schau auf: das uralte licht kommt an!«
»die richtung ändern, aber habe ich noch die kraft dazu?« ja, ja! »die dimension ändern heißt weder vorwärts noch zurück, es heißt, was es heißt: das andere«
vier alte ungarinnen singen im wasser, die faltigen gesichter in die fäuste gelegt, bald ist es ein dichter kreis alter frauen, die schnäbel wie die schwalben aufgesperrt inbrünstig schreiend, und die männer gesellen sich mit der zweiten stimme hinzu, volkslieder, scherzlieder, eine weißhaarige singt ein paar bejubelte strophen vor und die nebenmännin umarmt sie, eine große fröhliche einigkeit
der 22. oder der rest des lebens

29. 8. 84
neben dem einsamen gerüst auf dem stoppelfeld haben sich große maulwurfshügel aufgeworfen, aus denen rohre ragen, radarpanzer und hubschrauber unter gefleckten planen; auf der tribüne vor einer losung eine gruppe militärs, wir rollen auf der schwarzen einwandfreien straße durch ein manövergebiet

Feldparade zum Abschluß der Übung „Schild 84". *Foto: ZB-Häßler*

2. 9. 84
schlenstedts können sich SIEGFRIED etc. szenisch nicht vorstellen. alles offenbar dürftig; wie bei DMITRI (eh sie ihn in schwerin sahn). die unterschiedlichen teile ergäben keinen neuen zugang; der dritte teil flächig durch die gegenwärtigen anspielungen. der erkenntnisprozeß der fabel (»was war denn nun wirklich«) müßte von der mythologie über den bürgerlichen realismus zur dokumentation führen. – bei heises ein guter gedanke: krimhild dürfe nicht als rächerin siegfrieds agieren, das mache die geschichte klein. sondern sie war vielleicht als pfand (und um ihr erbteil betrogen) an die hunnen gekommen und wird nun von den besatzern als burgunds königin präsentiert. die königliche familie (die nicht so sehr die römischen rechte verteidigt als ihre eigne macht, in *treue zu sich*) gespalten in »römische« und hunnische partei, und beide führungsmächte betrügend. oder nicht krimhild, ihr söhnchen ist der könig und wird von hagen aus der welt geschafft, woraus krimhilds rache folgt. siegfried kannte sie nicht, oder als ritterlichen freund? den sie aus staatsraison verließ? oder siegfrieds tod nur der ideologische vorwand: es geht ihr, wie schillers marina, um die macht? in die sich die burgunden eben erst (und eben vor ihr) einüben. so verschmölzen in ihr beide frauen, brünhild und krimhild, ein rasender auswurf, *ausgeschieden* aus der neuen, staatlichen zeit.
über die kulturpolitik. die regierung braucht für ihre ehrenhafte außenpolitik ein stilles land. literatur stört.

5. 9. 84
ehrenhaft, sagte ich. allzu ehrenhaft. nach dem »dilettantischen geschwätz« in bonn (brandt), und nach dem moskauer schmollen, will honecker kohl nun nicht die ehre geben, und schneidet sie sich ab.
wir brauchen, sagt die zierliche dozentin ungeziert, fleißige, zuverlässige, schöpferische, pünktliche menschen, die physisch und psychisch belastbar sind über lange zeit. halten zu gnaden.

9. 9. 84

am grill im hof des berliner ensembles, während ich meinen schaschlyk fasse, befragt mich der vorsitzende der gewerkschaft kunst, ob ich probleme habe, während ich den heißen schaschlyk koste, ob er etwas für mich tun könne, einen ferienplatz, während ich den schaschlyk unwillig schlinge, er habe da heime an der hand, er beschaffe das, und der spieß ist lang, wozu sei die gewerkschaft da, in der schönsten gegend, während ich den schaschlyk mit langen zähnen kaue, bischof heißt der und stinkt nach schnaps, in friedrichroda wann du willst (ja, in friedrichroda waren wir nie! höre ich sagen, soll ich sie auf den rost), also ich biet es dir an, diese möglichkeiten, freund, er reicht mir die fettige hand, ich lecke meine finger und lasse ihn endlich stehn.

13. 9. 84
lang am telefon, und mir bricht der schweiß aus: das b[erliner]e[nsemble] fordere ihm das ms. der ÜBERGANGSGESELLSCHAFT ab, für schroth. gedankenlose blödigkeit. lieber verzichte ich auf die inszenierung, als lang den tort zu tun. er sichert sich die westdeutsche erstaufführung der burgunden.

30. 9. 84
höpcke übergibt mir, als ich blaß und starr eintrete, ein handschriftliches schreiben, in dem festgehalten ist, daß er nie gegen den roman war. er hat lediglich, im freundlichsten ton, einige winzige wünsche, ein dutzend wörter oder sätze betreffend. ein klacks. (kunze muß nicht »repressionen« sagen, ein besetztes wort, das »gängelband« tuts auch.) ich will es bedenken, er drängt auf den nächstmöglichen termin. der elend ernste brief an den minister, worin ich vom grundrecht sprach, hat wunder gewirkt.

2. 10. 84

den DEUTSCHEN FUROR notwendiger, fremder (nämlich zur eigenen sache) machen. zwei aufgaben in einem: die figuren ganz aus dem politischen feld motivieren und ihnen eine seele geben. es sind weitere erfindungen nötig. die burgunden, hüben und drüben im entschlossenen wahn, für eine *sache* zu stehen, stürzen sich in ein messer, das sie nicht töten will ...

und krimhild: ist etzel zugeführt worden und fand sich in seinem harem wieder (und um ihr erbteil betrogen). sie schätzt nun die hunnenkultur und wird sie heftig verfechten; die stunde der unterwerfung der heimat ist die stunde ihres frohen triumphs: ihr söhnchen (und siegfrieds, denn etzel hat sich bekauft) soll könig werden über die unredlichen brüder. die, weiß sie aber, kämpfen werden.

giselher: seit ihm rüdiger die tochter in den kopf setzte, lebt er in einer andern, sehnsüchtigen, glücklichen welt. der krieg ist ein ferner mechanismus, in dem er sich wie abwesend bewegt; aber er ists, dem krimhild hagen zu töten gebietet, und der liebende begreift ihre worte nicht, kämpfend wird er den feind umarmen.

usw.

4. 10. 84
gespräch im b[erliner]e[nsemble] über die burgunden. tenschert hat bei karge/langhoff auf den busch geklopft; sie haben ihr interesse signalisiert.
GOTHLAND und IPHIGENIE in der inszenierung langs. das theater verfügt heute über die sicht und die mittel, grabbes grausig-lächerliches stück als kunst darzustellen – indem es die verkappte hoftheaterparodie leben läßt aus ihrem antiaristokratischen, furchtlosen witz: und dem hilflosen grimm seine rührenden momente zubilligt. (da sitzt er, grabbe, ein lumpenkönig, hat eben die därme wie bratwürste aus dem feind gezurrt und vermeldet: es wird ein schöner sommer.) die kälte der welt, das laser-nordlicht oder der raketenhimmel, die ergriffene, edel bebende diktion der schlächter. gegen ende ironisiert zur unerheblichkeit, plundersweilern, kriegsparodie. IPHIGENIE in derselben kulisse das menschenliebende gegenstück, die gealterte nachkriegsgeneration ringt sich durch zu einer koalition der vernunft, aber iphigenie, die alles wagte, weiß nichts sicher gewonnen. (und ihr fallend-haltsuchender tanz schleift den ehrlich ratlos mutigen goethe unter dem text hervor.) der raunzende, rechnende, irrwitzige ton dieser griechen und skythen verheutigt ihre verhandlungen komisch eindringlich und zeigt das stück als nur den anfang einer unaufschiebbaren debatte.

7. 10. 84
mein vorschlag, betreffend den verkauf der landeskinder: statt häftlingen soldaten abzuschieben. ein stellvertretender beamter reagiert stellvertretend auf die *schandschrift.*

Zu Hdn. des Ministerrats

Der Marktwirtschaft mangelt es an Märkten, der Planwirtschaft fehlen Pläne. So schön gedacht es ist, Häftlinge freizusetzen, so unergiebig ist der Handel. Diese Personen kann man nur unter der Hand anbieten und heimlich umschlagen, in begrenzter Stückzahl und zu beschämenden Preisen. Und der Ware haftet etwas Schändliches an, als müßte sie extra beschafft und verhaftet werden. Sie bedarf langer Lagerhaltung, wie schwer ersetzbare Güter, obwohl sie doch unter gewissen Verhältnissen natürlicherweise gehortet wird. Der Transport ist umständlich, die Verkaufsverhandlung schwerfällig, und der Deal bringt zu wenig Devisen. Davon wird die Staatsbank nicht satt.
Man könnte ja freie Menschen ausschreiben, aber über sie kann der Staat nicht verfügen. Und erkennte die Gegenseite ihre Freiheit an? Man müßte sich auf das Feld philosophischer Debatten begeben, eh man handelseinig würde, und geistige Zugeständnisse machen. Ich ahne, dies wäre ein noch schändlicherer Ablaß, der zum Ausverkauf unserer Ideale führt.
Wir verfügen über eine andre Ressource, die gemustert, eingekleidet, gedrillt bereitsteht, auf Abruf sozusagen, "Gewehr bei Fuß". In den Kasernen von Kamenz und Torgelow: frisch gezogen oder durchtrainiert, sofort verwendbar, abmarschbereit. Für dieses beste, gut ausgebildete Material ließen sich andere Summen erlösen. Harte Währung für harte Soldaten, die jederzeit in jeder gewünschten Menge zu rekrutieren sind. Sie wären der wahre Exportschlager und die Retter nicht der Republik, aber der Handelsbilanz.
Ich sage im Grunde nichts Neues. Der Verkauf von Landeskindern hat in Deutschland Tradition, wie der Stechschritt und die Selektion an der Rampe. In Friedrich Schillers "Kabale und Liebe" berichtet ein alter Kammerdiener: "Gestern sind siebentausend Landskinder nach

Amerika fort - Die zahlen alles." Es waren, "o Gott ... lauter Freiwillige", und etliche fragten wohl, "wie teuer der Fürst das Joch Menschen verkaufe", aber man war mit den Maulaffen fertig geworden - und es muß nicht das Gehirn auf das Pflaster spritzen, wenn die ganze Volksarmee schreit: Juchhe nach Amerika!
Dies Schauspiel erinnernd, öffne ich den eisernen Vorhang. Da wir uns allgemach nur im Kalten Krieg befinden, wird die vorzügliche Eigenschaft unsrer Soldaten, den Frieden zu sichern, zum Tragen kommen. Sie werden schon im Manöver zögern, ihre Mörser und Granatwerfer auf uns zu drehn. Im Ernstfall aber können sie, doppelt vereidigt, Fahnenflucht begehen. Je mehr Regimenter wir beim Gegner eingereiht, desto schwerer würde sich ein Kampf in Szene setzen.
Die Planungen, diesen Posten betreffend, sollten sofort beginnen. In der angespannten Zeit nämlich ist Widerstand zu erwarten, und der deutsche Weg mag im Warschauer Pakt wenig Freude machen. Er ließe sich als friedenssichernde Maßnahme verkaufen (was immer Schändliches man sonst unter dergl. versteht). - Die unnötigen Häftlinge aber sollte man amnestieren.

August 1984. Ein Volkskorrespondent

12. 10. 84

in der studienbibliothek des alten pinkus in zürich. was ist nun, gegen allen anschein, schlecht am entwickelten kapitalismus? (da hinze und kunze in druck gehen sollen, bin ich die andre satire schuldig.) die »gesellschaftsveränderer« – aber der kapitalismus verändert sich selbst durch verwertung aller verhältnisse. rücksichtslose zerstörung der ruhe. die sache, d. h. das geld. die *masse* stimmt gegen sich in der demokratie, »ich bin doch kein pestalozzi«. die kolonie im eigenen land (italiener und türken). »die schweiz kommt sowieso immer zu spät«, und ihre banken kassieren zuerst. die glänzende verpackung der verschärften widersprüche, verpackung in der eignen haut. HÖR MAL, OB DEIN HERZ NOCH SCHLÄGT, an einer mauer der spiegelgasse. am brunnen, übertüncht: ANARCHIE.

16. 10. 84

aus der kabine der pilatusbahn erblicken jentzsch und ich ein rind, das einen rotweißen absperrstreifen frißt, genüßlich meter für meter die plaste schlingt. sie hat die grünen wiesen schon vergessen, die futuristische kuh. stammt sie vom monte veritá, wo die gealterten nudisten in teuren pelzen sitzen? während wir uns die künstlichen losungen freundlich aus den zähnen zerren.

23. 10. 84
edelmann fragt nach der übergreifenden intention des burgunden-materials: die den text scharf macht. sein unbehagen ist meins; die stoßkraft des stücks muß organisiert sein durch die zentrale metapher, die sinnlich den punkt des interesses markiert. die metaphern sind heterogen, kippen weg, sie transportieren nicht deutlich genug den historischen raum. da das stück mehrmals mit seinen voraussetzungen bricht, kommt es um so mehr darauf an, die motive/die metaphern zu verweben, zu verschränken, so daß sie weitergedacht werden können durch die zeitebenen der szenen (vorklassengesellschaft, geschichte, gegenwart). die intention massieren, aber im bruch, in der verkehrung, in der aufhebung. das gebrauchtwerden (siegfrieds), das sichgebrauchenlassen, der gebrauch seiner selbst. aufbau und zerstörung des helden, als unerledigte geschichte, die zur selbstanalyse zwingt: bin ich es, der gebraucht wird, sich gebrauchen läßt, sich gebrauchen muß. das aushalten der erfahrung, der dichten geschichte – statt sie fröhlich fromm zu *enttrümmern* (»dresden trümmerfrei«). der eigene aktuelle konflikt, *siegfried arbeiter das werkzeug in händen*, das er selber ist. das katalaunische feld, auf dem alle figuren gehen/fallen, die ruine des stücks, aus der was für ein neues leben blüht?

31. 10. 84

ein andrer gott mag sorgen für die lebenden – wie und wann, bleibt in der BRAUT VON MESSINA unerörtert; der fortgang ist *gott* überlassen, also der *höheren tätigkeit* des zuschauers, »der so auf den begriff des menschheitlichen verwiesen werden soll, von dem aus einzig ... eine wirkliche alternative zu finden wäre« (leistner). in der BRAUT tritt der chor als eine *lebendige mauer* zwischen handlung und wirkliche welt: um die tragödie *rein abzuschließen* und ihr die *poetische freiheit* zu sichern. diese absicht folgt schillers ideal einer *wahren kunst*, der es ernst damit ist, *den menschen nicht bloß in einen augenblicklichen traum von freiheit zu versetzen, sondern ihn wirklich und in der tat frei zu machen, und dieses dadurch, daß sie eine kraft in ihm erweckt, übt und ausbildet, die sinnliche welt, die sonst nur als ein roher stoff auf uns lastet, als eine blinde macht auf uns drückt, in eine objektive ferne zu rücken, in ein freies werk unseres geistes zu verwandeln, und das materielle durch ideen zu beherrschen.* die kühne, unglaubliche konstruktion umschließt einen großartigen kern, einen revolutionären gedanken, denn im verweis auf das menschheitliche verrät sich die realistische einsicht, daß vom individuum her nicht die lösungen für die gesellschaft gefunden (und gezeigt) werden können, daß geschichtliches handeln sache der massen sein müsse. und den rohen stoff der welt in ein freies werk unseres geistes verwandeln will doch sagen, wenn wir den satz materialistisch wenden, daß wir die geschichte nicht duldend ertragen sollen sondern bewußt gestalten, damit sie nicht blinde macht bleibt, die uns duckt. die idealische ästhetik so gewendet, können wir die *hilfsmittel* dialektischer benennen (und gebrauchen), ihre *abschließende* wirkung als verfremdung, ihr *befreiender* sinn als praktische haltung ermöglichend: als die realität öffnend und in die wirkliche welt führend. übrigens enthält der chor in der BRAUT VON MESSINA den ganzen widerspruch der klassischen tragödie nach schillers konzept. er ist *allgemeiner begriff*, der aber *den sinnen imponiert*, und zudem hat er eine doppelfunktion: als *ideale person* mit *beruhigender betrachtung* der vernunftfreiheit des publikums vorzuarbeiten – und als politisierende *blinde menge* die handlung mitzutragen. das ideale aufgesetzt, entgegengesetzt. das ideale wohnt im ungelebten möglichen, in der »tendenz und latenz dessen, was noch nicht geworden ist und seinen täter braucht« (bloch). wenn schiller *von der wirklichen bühne auf eine mögliche versetzen* will (denn das müsse *man überall, wo man zu etwas höherem gelangen will*), so ist die kunst: daß dies auf ebenderselben bühne zu geschehen hat (indem kunst »einen *beschleunigten strom von handlung*, einen *verdeutlichten wachtraum vom wesentlichen* ins bewußtsein« bringt). der gebrauch des chores, *die moderne gemeine welt in die alte poetische* zu verwandeln, entfaltet gerade den widerspruch, den er zu lösen vorgibt. schiller wollte die poesie hier, mittels eines fremden *kunstorgans, hervorbringen*, statt sie in der natur der sache zu entdecken. er wollte das unmögliche: poetisierung, die rein idealisch vorgeht, die von den rauhen sozialen widersprüchen abstrahiert: man müsse *alles unmittelbare, das durch die künstliche einrichtung des wirklichen lebens aufgehoben ist, wieder herstellen* (der bürgerlichen realität zum trotz) *und alles künstliche machwerk an dem menschen und um denselben, das die erscheinung seiner inneren natur und seines ursprünglichen charakters hindert ... abwerfen* (aber was sind die sauberen charaktere anderes als »marionetten mit himmelblauen nasen«, über die büchner seine rümpfte) *und von allen äußeren umgebungen desselben nichts aufnehmen, als was die höchste der formen, die menschliche, sichtbar macht:* und zwar in *einem lyrischen prachtgewebe, in welchem sich, als wie in einem weitgefalteten purpurmantel, die handelnden personen frei und edel mit einer gehaltenen würde und hoher ruhe bewegen.* dergestalt wäre wohl der naturalismus vermieden – aber auch die natur. überplatonismus, sagte bloch. schiller reklamierte *das freie produkt unseres bildenden geistes ... und ... also die auch wohltätige wirkung der kunst, welche in der freiheit besteht* – aber die ganze freiheit kann er nicht haben, und hat er sich zu unserem glück nicht genommen. (der größere satz nämlich war, und bedeutendere vorsatz, *die natur zu erweitern, ohne über sie hinauszugehn*; *naivität*, die sich in weimar verbat.) er wollte alles rund und geschlossen und den ungünstigen zuschauer in den zusammenhang gezogen – ein so rührendes wie kühnes experiment. kunstanspruch, in widerwärtiger zeit der exploiteure, strumpfwirker und revolutionsarmeen.

2. 11. 84
das könnten, auf schiller blickend, unterschiede der methode sein:

idealisch:	*materialisch:*
das idealschöne, dem empirischen nicht nachgestaltet	ästhetik der widersprüche
künstlerische ganzheit, gegen die bürgerliche *verzäunung*	»vermittelte unterbrechung«, mit »sachlich getreuem stilbruch« (bloch): montage
von allen äußeren umgebungen abstrahierend	die vorgänge hinter den vorgängen
beispielgestalt, die den zuschauer gleichsam mitnimmt	der »geprügelte held« (benjamin)
den affekten würde gebend	den vollen ernst verweigernd, den das unabänderliche beansprucht
die freiheit in der erscheinung	die freiheit in der haltung
hohe gleichmüthigkeit und freyheit des geistes	solidarisches interesse
den verhältnissen gegenübertretend, der zeit die stirn bietend	sich in die geschichtliche bewegung stellend
das *reife ziel der zeiten* taktisch beschwörend	ernüchterungsarbeit, abbau der illusionen

den zuschauer aus seiner *falschen* existenz reißend ihn in seine reale welt führend

was ist das wesentliche aber, das uns »verbindet«? es läßt sich vielleicht, sehr allgemein und nicht ohne humor, auf den breiten, und schillernden, begriff *philosophisches volkstheater* bringen, wobei wir heute mit einer anderen philosophie, anderm volk und anderem theater zu schaffen haben. der GROSSE FRIEDEN, wieder mit humor gesagt, als int[ernationales] befreiungsdrama, ist durchaus mit der milch des WILHELM TELL gezogen.

4. 11. 84
einen monat nach höpckes entscheidung über den roman ist verleger günther noch nicht sicher, ob er sich an sie halten kann. sondern er fragt sich, bzw. mich, was dieser plötzliche meinungswandel bedeute. es genügt ihm nicht, daß der zuständige minister endlich die druckgenehmigung erteilt, denn »was sagen die anderen?« ja wer denn noch? »erst muß ich wissen, was dahintersteckt.« er ist ein, eben erst wieder, gebrannter mann. – das ist nur ein beispiel dafür, wie die bloße struktur die zeit tötet. die berufsmäßige selbstentmutigung, in der sphäre des allgemeinen verdachts.

8. 11. 84
während der jenaer schillerkonferenz ein anstandsbesuch des WILHELM TELL in weimar. aber der senile hellberg hat inszeniert, es scheint die getreue reproduktion der aufführung von 1804. originales glockengeläut und alpenglühn, deklamation, herzigkeit; auch die publikumsreaktion exakt kopiert. ich muß dankbar sein für diese aufwendige nachempfindung, die durchaus von historischem interesse ist. nur sind wir um das heutige stück betrogen, und die schauspieler prostituieren sich. – nachts mit görne über kapellendorf, die sanierte ruine im vollen mondenlicht, der blick von der zinne ins dunkelschöne land.

11. 11. 84
ein aufsatz von leistner, SCHWIERIGER GEFÄHRTE FRIEDRICH SCHILLER, der meine lesart der schillerschen biographie, aus den DEMETRIUS-entwürfen, doch sehr unterstützt. ich war auf einen spaß aus, aber der ganze ernst dieses besessenen lebens ist mir dabei aufgegangen; der *gefährte* ist mir großartiger und fremder dabei geworden. leistners, des weimarers, kühle enthüllung des denkmals zeigt mir ein paar zusätzliche stellen, aber auch den »geheimen punkt« dieser seltsamen, manischen, an sich selbst leidenden existenz. »das inständige bestreben, sich über« seinen zerrissenen, der mörderischen disparatheit der gesellschaftlichen verhältnisse geschuldeten zustand »hinauszudichten, objektivierte er ... zu einer wirkungskräftigen, auf brechung der zeitmacht gerichteten kunstanstrengung, wie sie schlechthin notwendig sei. insgeheim aber war es wohl doch die wunschgestalt des eigenen, individuellen selbst, die sich im reich des ästhetischen scheins zu verkörpern trachtete: im dichterischen werk suchte er, voll sehnsucht, nicht zuletzt sich selbst zu überwinden.«

2. 12. 84
im festakt der karl-marx-universität aufführung von treibmanns chorsinfonie DER FRIEDEN. pommer leitet bravourös. in arnes quartier eine lampe angesteckt für die studentin. ein freudensatter tag, und die ehrennadel an der belustigten brust.

5. 12. 84
nach peinlicher klauberei im RIMBAUD-essay finde ich in den druckfahnen weitere worte verdümmelt. das geht ja wohl zu weit, aber wekwerth erzählt die höhren zusammenhänge. die akademie, ja die kultur habe nur noch zwei freunde, die dürfe man nicht gefährden. man müsse auf sie rücksicht nehmen, die verbündeten, und sich verbindlich zeigen. er ist ein guter erzähler, es wird amüsant. naumann, der nicht zu ihnen gehöre, befragt, wie er andropow einschätze: »soll ich es dir sagen? breshnew hat vier jahre zu lange regiert, andropow vierzehn jahre zu wenig, und tschernenko stirbt gerade.« auf dem parteitag solle hager gar nicht mehr erscheinen. und so weiter die ganze komödie. – so will man den liberalen kurs retten, indem man den harten mit fährt. – mittenzwei berichtet, kant habe sein amt niedergelegt, krankheitshalber: wegen »überaufregung«. – auf der heimfahrt erzählt auch chefredakteur schulz sehr komische geschichten, freilich ohne humor; er ist ein tragischer genosse. als direktor des literaturinstituts habe er einmal das wort »freiraum« gebraucht, zwei mann von der sicherheit haben ihn nach der tat gebeten, sich künftig anders auszudrücken. der witz ist, daß er es tat. »einmal wollte mich paul fröhlich verhaften lassen«, in leipzig also, »und ein wagen der bezirksleitung halle fuhr vor, um mich über die bezirksgrenze zu bringen.« er ist nicht eingestiegen, »aber wann schreib ich das auf?« nie, max walter, nie.

11. 12. 84
man muß viel geduld mit seinen freunden haben. natürlich denke ich tagelang daran, den verlag zu wechseln; ich kann ihm meine knochen nicht überlassen, wenn er mir schon so im fleisch bohrt. und das theater zu verlassen, wo ich verfaule. drei stücke sind nicht herausgebracht: warum soll ich ein viertes schreiben. aber bei DMITRI das kriegsrecht; DREI SCHWESTERN HEUTE (der zugestandne titel) »nicht vor dem parteitag«; die BURGUNDEN, angekündigt, dürfen nicht mal genannt werden. wekwerth traut sich an keins, und doch ist er mein freund und kämpft für diese sachen. günther nicht anders. er läßt die gedichte schmoren; er will sie bringen, nur nicht jetzt. er gibt den roman ins amt, aber nicht offiziell; nun ist das buch genehmigt, aber nicht eingereicht. o freund. vielleicht ist höpcke bei dem streich dabei, denn er ist auch mein freund. und tut was er kann, wenig, und zu viel kann dir nur schaden, murmeln sie wie feinde, lieber freund.

16. 12. 84
DEUTSCHER FUROR überarbeitet. münz, lang, karge rieten, nichts zu ändern, und ich klebte an den szenen und wollte nicht viele worte machen. die seelischen aufschwünge zuletzt wieder zusammengestrichen, zu kleinen zeichen. krimhild aber kommt nicht mehr als rächerin; der teil ist geschichtlicher und doch nichts weniger als ein historisches stück. mit großem aufwand ein minimum.

21. 12. 84

paris. »vormittags lese ich eine zeitung, die die welt verändern will und sehr ungeschickt dabei ist; und abends eine zeitung, die alles beim alten läßt und das sehr gekonnt.« le monde, par exemple. in östlichen ländern heißt es: halts maul!, in den westlichen: red du nur (sagt barrault). becketts mülltonnen als zeichen der neurose des überflusses; unsere devisenhotels zeichen der neurose des mangels. diderot starrt aus seinen hohen klirrenden fenstern entgeistert auf den autostau in der rue de richelieu; das enzyklopädische grauen der zivilisation. albtraum: arbeitslose neger aus der verwaltung richten die kieswege des palais royal als verkehrsgarten her. leonardini im haus von l'humanité: die partei ist, nach der zusammenarbeit mit der sozialdemokratie, geschwächt und zerrissen; sie ist umarmt und erwürgt worden. umzingelte festung – das ist die perspektive, die uns die führung anbietet; oder öffnung nach allen seiten und verzicht auf das, was uns kenntlich macht. »da steht die frage der sozialistischen länder«, und leonardini klammert sich an meinen rock, sind sie das paradies oder wirklichkeit im wandel mit ihren schwierigkeiten mit der demokratie (»an der unser volk sehr hängt, sogar an den formellsten formen, indem es den mut hatte, vor 200 jahren einen könig zu köpfen«). hartnäckig für die einheit, aber nicht für die zitadelle, ein absurder ort im kapitalismus. – du sagst es, antworte ich aus meiner zitadelle, dem kommunismus. – im odéon corneilles L'ILLUSION COMIQUE, inszeniert vom magier strehler.

mao? – stalin?, halten den kopf ins kopiergerät

31. 12. 84

anruf wekwerth: karge (der eben seine zigarre bei mir raucht) kann die BURGUNDEN oktober – januar am b[erliner]e[nsemble] machen.

bei schl[?]enstedts, mit heises, hörnigks, barcks, dem regisseur engel. das orwell-jahr wird mit schwarzem humor verabschiedet. lieber schizophren als ganz allein. lieber vom sozialismus gezeichnet als von sitte gemalt. lieber uninformiert als desinteressiert. lieber hochschwanger als niederträchtig. lieber einen raduga in der schrankwand als eine ss 20 unterm bett. lieber n warmen bruder als n kalten krieg. (plakat in berlin-mitte). HERE I STAND AND MEDITATE: SHALL I PISS OR MASTURBATE. kant kürzlich: »die wollen gar keine literatur.«

in das jahr 1985 entlassen, erwarten uns ernstre visionen. von hungersnöten, völkerwanderungen in die metropolen, konkursen der natur. daß die probleme nicht mehr in klassen und länder einzugrenzen sind, in die dürrezonen zu delegieren, daß sie global werden, zerstört den behäbigen prospekt unseres elitären weltbilds. das marxsche entwicklungsgesetz, schönste erfindung des bürgerlichen denkens, ist vor den versammelten philosophen außer kraft gesetzt.

18. 1. 85

BIRMESISCHE MARIONETTE

an seinen stricken hängt
der krieger. er lächelt
seiner blessuren
unbelehrt. in der hand
aber das schwert ist zerbrochen.
so nehme ich ihn in dienst.

(in einem laden am luxembourg)

20. 1. 85
zwei wochen in paris. kaltes hotelzimmer, laut, die vorhänge zugezogen. immer auf den beinen am boulevard saint-germain. bin ich der mensch ohne zugehörigkeit, *l'homme sans appartenance*? nein, nur ein analfabet. schmähe interessiert den liberalismus »von links« (der rechte, das ist amerika). die generation von 68 ist nicht in die politik sondern in die wirtschaft eingestiegen, sie setzt auf das ende der massenproduktion und der staatsdiktatur durch universale kommunikation, in einer gesellschaft der individuellen initiative. LIBÉRATION steht auf dem fähnlein oder schnupftuch, an tiefere krankheiten ist nicht gedacht. »revolution der moral und der mikroprozessoren« (sorman). was hier ein vornehmer gedankenflug, ist bei uns die untergrundarbeit. – messidor, der parteiverlag, hat LIBRES PROPOS DE HINZE ET KUNZE gedruckt, und combes berichtet, man munkle von einer einmischung in die debatte des parteitags. (l'humanité: ein brevier, das in jede jacke gehört.) nachts proben im odéon. freyd zerpflückt und zerknirscht den RIMBAUD-text, liest die TRÜMMER DER AKADEMIE aus den papierschnitzeln, kichert und schreit. bonvoisin mit seiner sachlichen monotonen stimme. bonnaffé spielt die personen des flugs aus der ÜBERGANGSGESELLSCHAFT. ein harter extrait (im haus, das mai 68 die studenten besetzten). karins traum, der BERICHT VOM 7. OKTOBER. der leiter des ddr-kulturzentrums beteuert, nicht viel französisch zu verstehen. – bataillon, jourdheuil. strehlers TEMPORALE.

Le Monde

20. 1. 85

der zivilist (und grundbesitzer) neves wird im märz in den planalto-palast von brasilia einziehen. sofortmaßnahmen gegen die armut, legalisierung der parteien. wunder stehn nicht bevor.

nahrungsuche im müll

5. 2. 85

an den anekdoten fällt mir jetzt auf, daß aus dem *westen* nur schlimmes vermeldet ist, wie in der einäugigen presse. das ist lebensblindheit. man müßte beispiele schönen verhaltens der leute und völker geben, ein mut zum anderssein sollte sichtbar werden. das kriegsende, die trümmerfrauen, exempel neuer haltungen, wie sie weiskopf gefielen und der seghers. die freilich unauffälliger, unscheinbar sich ereignen.

6. 2. 85
2131 jahre nach dem ende der kampfhandlungen wurde der 3. punische krieg mit einem friedensvertrag auch formell beendet.

Smog in Essen

23. 2. 85

SCHANOTTA im berliner ensemble. [georg] seidel, ein düster ernster mann, kennt seine pappen- und eisenheimer, die komisch unheroische arbeiterschaft, die den aussteiger mitnichten erzieht, sondern eine kollegin auf die karusselldrehbank legt. das leben, auch so sacht angetappt, es kann wohl rasend machen. freilich es wurde verpackt und abgesichert. henselmann in seinem verkauften haus zertrümmert das glas landleberwurst mit dem hammer: »das ist methode henselmann.« der hunger treibts rein, gewürzt mit geschichten. er suchte in karl-marx-stadt stoffe aus für seine neue wohnung. er mußte ein wenig warten in dem werk, dann vorgelassen, sollte er die füße abtreten auf dem hader. er schrie die wischfrau an: nein! ich habe es satt, mich herumkommandieren zu lassen! als er die treppe wieder herunterkam, fragte ihn die frau, die sich nach dem besuch erkundigt hatte, ehrfürchtig: da arbeiten sie wohl in berlin bei erich mit? und henselmann antwortete: ach was, ich bin professor, an einer akademie, und honecker ist doch nur dachdecker. und schritt davon, eine gottähnliche erscheinung; die alte hieb sich die hand vor den mund.

26. 2. 85
bildungsvormittag mit christa wolf. sage zur begrüßung, daß sie für mich, ihrer entwicklung wegen, der spannendste autor sei. sie stößt sich an dem männlichen wort, und liest die vierte vorlesung zu KASSANDRA. vor der diskussion erinnere ich an ihre äußerung: »immer dann, wenn ich über mein verhältnis zu meiner zeit, zu ihren strömungen, institutionen, zu zeitgenossen, zu mir selbst schreibend etwas herausfand, was ich vorher nicht gewußt hatte oder jedenfalls nicht hatte aussprechen können – immer dann stellte sich jener besondere zustand der erregung, jenes gefühl von authentizität ein, um dessentwillen ich eigentlich schreibe.« können wir, wollen wir so *eigentlich spielen*? wie erwartet kommen die fragen, von beyer, frank, corinna harfouch. wie bleibt *das be* ein politisches, ein menschliches theater?

27. 2. 85
in der regie/dramaturgierunde erörtern wir ein programm: *vom nutzen der dialektik*, als ein öffentliches nachdenken über die gesellschaftlichen widersprüche. es könnte ein baukasten szenischer formen sein, um einer vielfalt von fragen nachzugehn. nach der sitzung reißt die realität die illusion zusammen: wekwerth wird am telefon von einer harschen, aufgebrachten rezension zu SCHANOTTA unterrichtet, er sagt erbittert, dann eben gar kein gegenwartsstück mehr herauszubringen. wenn schon dieses stückchen verübelt wird, wie soll er einen spielplan machen? eben hat er mir eröffnet, daß die BURGUNDEN verschoben werden müßten, da es gegen die regie karge/langhoff einwände gäbe. wiederum! und wiederum erklärt er, daß *er* das stück machen wolle ... das ist nun das dritte mal in folge, daß er sich eine regie untern nagel zieht – und sie nicht machen wird. während ich dumpf aufheule, brabbeln die grauen eminenzen über die finstere zeit. ich muß wohl kündigen.

2. 3. 85
bei lang. er scheint noch länger geworden mit seinem kurzgeschorenen haupt; ich wollte es ihn schütteln sehn, doch nur ein stummes lachen schüttelt ihn. er arbeitet im ruhm und kann sich den HAMLET aussuchen. die kollegen nennt er (tommy langhoff, winkelgrund) gute naturalisten. solters dienende flachheit senke das niveau, und das wolle man. die verschiebung der BURGUNDEN wird seine inszenierung in münchen verunmöglichen; er will sie dem deutschen [theater] vorschlagen. ich würde ihm alles überlassen, auch TRANSIT, wenn es das gibt.

14. 3. 85

in der totenrede für tschernenko, am offnen grab, bei der ersten besten gelegenheit also erklärt der neue generalsekretär gorbatschow: »im mittelpunkt der aufmerksamkeit wird auch weiterhin die entwicklung der initiative und des schöpfertums der massen ... stehen. mit allen kräften werden wir diejenigen unterstützen, stimulieren und würdigen, die nicht mit worten sondern mit taten und praktischen ergebnissen ihre ehrliche und gewissenhafte einstellung zur gesellschaftlichen pflicht unter beweis stellen. wir werden gegen alle erscheinungen von schaumschlägerei und phrasendrescherei, dünkelhaftigkeit und verantwortungslosigkeit kämpfen«, von der kremlmauer herab ein entschlossener, dmitrischer text. wird er die bojaren ducken, unter die hoheit des volks?

27. 3. 85
in der akademie läßt wekwerth, dem verbot durch die erben zum trotz, brechts MASSNAHME aufführen. die matthäuspassion der arbeiterklasse oder blutiges theoretisches spielchen. es bleibt ein so anrührendes wie anstößiges dokument. die kunst im beweiszwang, exekution des elend notwendigen helden. kostbar daran das kämpferische: die selbstlosigkeit im bekennen der schäbigen moral des klassenkampfs. shakespeare, brecht, müller alles machtspiele; brecht fügt shakespeare etwas hinzu, indem er die psychologischen entschuldigungen ausstreicht. das dilemma die endlichkeit seiner fabeln: man kapiert die kausalität. müller der phänomenologe und somit ein großer dichter, der auf der unendlichkeit reitet. nach der hellen die schwarze kunst. seine erste theaterszene hatte er nachts, als die gestapo ins haus kam und seinen vater verhaftete: er schloß die augen. nun hält er sie auf, um die gespenster zu sehn. die MASSNAHME eine idylle demonstrierenden spiels.

29. 3. 85

auf der veranstaltung *meine liebste seite* vor ein paar jahren las anna seghers jene passage aus TRANSIT, in der seidler zum ersten mal marie sieht. ich werde nie ihre bedächtige, ein wenig schleppende, wunderbare stimme vergessen. »die frau, die eben an mir vorbeiging, gönnte ich niemand. es war für mich furchtbar, daß sie hereingekommen war, aber nicht zu mir, es gab nur etwas, was ebenso furchtbar hätte sein können: wenn sie nicht hereingekommen wäre.« seidlers empfindung ist die meine gegenüber dem roman ... die novellen, auf die shakespeare zurückgriff, waren auch meisterwerke, aber nicht so seelenvolle autorwerke; sie waren durchaus zu überbieten. diesem roman könnte sich das drama nur bescheiden und probeweise zur seite stellen: wenn es überhaupt gelänge, sich von dem »autoritären« geist zu emanzipieren, dem geist des unersetzlichen kunstwerks. ich weiß bisher nur: es soll, auf dem gräßlichen hintergrund der politischen erniedrigung, ein helles, klares *lustspiel* werden, mit beschädigten, aber tapferen, aufrechten menschen, wie wir sie nur in lessings MINNA kennen, und einigen kreaturen natürlich. und das exil kann nur modell sein für die heutige befindlichkeit, für unser aller leben im übergang: die wir den alten kontinent unserer gefährlichen gewohnheit und anmaßenden wünsche verlassen müssen, ohne doch das neue ufer zu erkennen zwischen uns.

11.4.85
das transitäre unserer existenz empfinden wir durchaus, und das flüchtige, haltlose, illusionäre des sich-nach-drüben-sehnens – was immer das drüben ist. bei der seghers der großartige entschluß zu *bleiben*, der aufbruch in das land statt auf das ungewisse meer, die zugehörigkeit zur *mannschaft des erdteils.* das war, im krieg, ein festes, antifaschistisches programm dieser autorin, die ihr volk wiedergefunden hatte im beginnenden widerstand der völker. die ersehnte veränderung ließ sich in der hoffnung projektieren. unsere heutige dumpfe und brennende empfindung wird eher irritiert durch die pragmatischen ziele, die planvorgaben, die fünfjährlichen kenndaten. auf den irgendwann entwickelten sozialismus wird der unterentwickelte kommunismus folgen. die befreiung eine lange arbeit, die uns verbraucht und von uns nicht erledigt wird. auch in unserer heutigen transitangelegenheit ist ja zuallererst nach der *richtung* zu fragen: und dann werden wir ahnen, welche grenzen wir zu überschreiten haben. es geht auf dem theater heute um die entwicklung des sozialismus von der wissenschaft zur utopie. der ausbruch, den das stück selber leisten muß aus dem flüchtigen getriebe der alten fabel, ist der in den kommunismus. in den schlimmen zeiten der verfolgung und des schlachtens war die utopie näher, in diesem unholden europa, aber der druck der erfahrung von fünfzig jahren stellt sie in ein härteres licht. der kommunismus das innerste land, gewiß, aber aller kontinente und rassen; und nicht die einzelnen im maquis, im untergrund sind die helden der geschichte. seidel mag sich die problematische uniform des kommunisten anziehn und so zukünftiger haltungen und gedanken

teilhaftig werden. uns müssen aber die vielen interessieren, die ihre chance ergreifen heute in diesem zähen, kalten, unabsehbaren übergang. wer sind sie, wie sehen sie aus in dem spiel? die zerrissenen, die versehrten, die sich wunden zufügen, weil sie sich nicht schützen voreinander und sich nahetreten mit ihrem anspruch auf selbstbestimmung. wie hat uns diese zeit entstellt und besudelt, um den kern, das wesentliche freizusetzen.

5. 5. 85
meine scheu vor der arbeit TRANSIT: weil ich nichts von den personen weiß. aber dieser seidel, endlich hinter der demarkationslinie, aufatmend heiter in der helle und lärmenden ruhe marseilles: er verliebt sich, er hilft der geliebten, er muß seine eigene abfahrt betreiben, die er nicht will. das bin natürlich ich, und aber der doktor, besessen von seiner arbeit, für die er sich verräterisch abseilt von dem unerquicklichen kontinent und mit/von der frau: das bin ich freilich auch, und sophie, die nicht genug von sich hergab und dem nichtgeleisteten nachläuft, dem nichtgelebten und nicht lebt: wieder ich, ich müßte sie alle kennen, wenn ich mich nicht verstelle auf der schreibstube für eine »passende, behagliche identität«. die gewöhnliche zerreißprobe, um sich zu finden in seinen bestandteilen; der ganze mensch muß warten, bis wir schwarz werden im innersten afrika.

12. 5. 85
großjena, mikrokassette, nachts:
eine vierkörperfabel, mit einem toten körper dabei, der gleichwohl heftig das handeln aller drei lebenden beeinflußt mit seiner starren präexistenz
es wird nicht das, was ich wollte, eine fabel nach dem billardkugel-prinzip: jede szene stößt in eine neue richtung, der handlungsraum verändert sich, andere personen und/oder andere zeit, so daß die dimension, durch unterbrechung, mehrfach erweitert wird. nur so wäre ins fremde, ins heute zu gelangen. (das vielleicht in ROSA. NOVEMBER)
nach dem ausflug der toten schauspieler (DMITRI) ein ausflug der toten zuschauer
die welt ist ein fragment, und alles tun ist montage

15. 5. 85

von naumburg nach halle auf der abendlichen schnellstraße, »grandiose, höllische, schwefelgelbe leuna-fabriklandschaft«: die seghers 1935 auf dem pariser kongreß. sie fragte: ist der schriftsteller »stolz auf diesen anblick?« nicht stolz auf das »nationalgut« leuna, aber stolz auf die arbeitskraft von 50 000 arbeitern, auf die vom mitteldeutschen aufstand durchblutete landschaft und »auf die zukunft von leuna«. die hätten wir nun, VEB, der himmel furioser, die kenndaten gewaltiger, bei uns schlauen dummen arbeitern und bauern dampft die scheiße der chemie aus den feldern. ich teile durchaus die alten empfindungen, der arbeiter nennt sie nicht *stolz*, sondern weiß sich zugehörig, in kraft und skepsis, und zorn, der heute nicht mehr die privaten besitzenden, aber diese sachlichen mächte trifft, deren zukunft nicht mehr helle ist. und es bleibt diese spannung, dieser widerspruch zwischen »neuen erfolgen« und dem wunsch nach befreiung aus der fron der stinkenden produktion, die uns nicht mehr nur metaphorisch ersticken macht sondern der befreiten klasse den atem benimmt. grandios, höllisch, schwefelgelb ein bild unserer entsetzlichen und kräftigen existenz, das ich hellwach durchfahre, zerrissen, gespannt und hochgemut, die entscheidende landschaft vor dem aufstand, vor der nächsten schlacht.

20. 5. 85
traum. wir durften an seinem geburtstag stalin besuchen, anne, arne und ich. wir wurden in einen konferenzraum geführt, dort saß er, an der stirnseite eines langen tisches. er war eine frau. dickbusig, mir fiel auf, daß sein haar noch nicht weiß war. er hatte eine uniformjacke an, aber ohne achselstücke und orden, eigentlich war es eine art bauernbluse, darunter wie ulbricht auf seinem letzten zeitungsbild die trainingshose. er hatte sich widerwillig der degradierenden tracht fügen müssen. wir stellten unsere belanglosen, uns selbst betreffenden fragen, in einer halben stunde waren wir fertig. die großen fragen waren nicht zur debatte gekommen. es war eine dame vom dienst dabei, die wohl darauf geachtet hatte. stalin äußerte sich dann unmutig, daß das nun alles gewesen sei an seinem ehrentag, nur diese halbe stunde in einer winzigen öffentlichkeit, mehr war nicht angeordnet worden. man hatte unseren besuch als die gelegenheit genommen, dem anlaß in der mindesten weise gerecht zu werden.

22. 5. 85

traum. in einer kleinen versammlung, wir sitzen im kreis, fragt eine junge frau, ob sie sich neben mich setzen dürfe, links oder rechts, und ich rücke dichter an anne, um platz zu machen. und die frau schaut mich an und sagt: *ich wollte nur sehen, ob ich es noch fühle. ja, ich fühle es noch.*

sollte der doktor zu seidel sagen: ich beginne meine träume aufzuschreiben. (der tiger-traum)

der traum ging verwickelt weiter. ich bin endlich hinaus, um mit dem wagen mit der frau davonzufahren; zögerte, konnte nicht so einfach los. auf dem platz, auf dem roten platz, stehen sich militärische abteilungen gegenüber: eine kolonne mit messern bewaffneter kosaken oder juden, und reguläre truppen mit drei panzerwagen. der kommandeur befiehlt, die kanonen auf die abziehende kolonne zu richten, die rohre schwenken, bis der zug verschwunden ist, ohne aber zu schießen, offenbar um sich an den feind zu gewöhnen. dann werden die panzerwagen von zwei pferden und einem hochaufgereckten kamel an die front gezogen. usw.

22. 5. 85

abends zum fährmann im blütengrund. er ist heute 84 geworden. sitzt mit zwei enkeln im dunklen niedrigen zimmer am tisch, einen teller kalte nudeln, ein stück brot und wurst auf dem wachstuch, eine leere flasche wein, ich stelle eine volle dazu. es ist das älteste haus im kreis, eine fuhrmannsschenke, die steine ausgetreten, wo der schanktisch stand. die romanischen bögen im gemäuer oder lehm will er freilegen. man dürfe nichts den gelehrten überlassen, er mißtraut dem *klerus.* »nur die regesten!« die geschichtsschreibung wurde von den eroberern diktiert. die, arianischen, thüringer von den franken geschlachtet, die kinder den müttern von der brust gerissen, und was ein junge war an der wand zerschmettert. dann setzten sich die sieger in die gehöfte oder plünderten das land, so daß im 6. jahrhundert die slawen einrücken konnten. seit der fränkischen chronik gregor von tours', die die auffälligsten morde illuminiert, ist nichts ehrliches mehr geschrieben worden. der fährmann hat nachgegraben, was das lächeln der uta im naumburger dom zu bedeuten hat und das fette schweigen ekkehards. seit der schlacht bei großscheidungen, grinse ich, sind die thüringer die deutschen indianer, aber ich will nichts idealisieren. er ist pazifist, hat keinen schuß abgegeben aus seinem sturmgewehr. er behält sein wissen nicht als diplomierten besitz, er malt es auf die fensterläden: die alten flußverläufe und handelswege. aber auch der enkel weiß schon alles.

23. 5. 85

lebe in blochs EXPERIMENTUM MUNDI gute stunden. sein »erstes wie letztes thema: realisierung des realisierenden«: diese letzte praxis der theorie stehe weit vor der tür. »obwohl sie durch alle antizipierenden wie praktischen aufhebungen der ursachen von mühsal und beladenheit, erniedrigung und beleidigung vorbereitet wird. jedoch ... als die wirklich ins überhaupt einschlagende ist die radikale, auf ihre eigene wurzel gehende verwirklichung durchaus ein noch-nicht, als die noch gänzlich ausstehende *letzte* utopie.« aber sie wohne »durchaus im dunkel des gerade gelebten augenblicks, sobald er anfängt, nicht nur ein gelebter, sondern erlebter zu sein, mithin jenes uns nächste und doch im großen prozeß uns noch so ferne betreffend«. der rührende »augenblick« der bauernszene: die »entspannung« seidels durch eine humane, aber ihn tötende tat. im explodierenden munitionszug hat er das fernziel im nahziel getroffen, die zerschlagung des faschismus. so daß er für seine person nicht nur das nächste getan hat, wie der anständige doktor, statt kompromissen und arrangement mit der macht, empfahl, sondern jetzt sein »letztes« erlebt, den vorschein des »verwirklichens insgesamt«, den sinn im tun aufs ganze hin. er hat, als einziger im stück, der selbstlose, der er war, gut lachen. bloch zieht wohl seine erkenntnis aus der kunst, und dahin strahlt sie zurück. die »offene adäquatheit« des sich im unmittelbarsten realisierenden »macht sich derart an bedeutsamen begegnungen kenntlich in kurzer seltsamer erfahrung eines antizipierten stillehaltens. erfahren wurden in diesem stillehalten allemal knappste symbolintentionen eines überhaupt, subjektiv zunächst, ja lyrisch scheinend« und doch ein *»auf-*

blitzen von utopischem endzustand«, die letzte frage, »auf keine bereits vorhandene antwort hin konstruiert, auf kein irgendwo in der vorhandenen welt bereits geschlichtetes material beziehbar«. in historischen augenblicken, »vorab denen der revolution zu mächtig treffender größe wachsend«, als wäre hier »vorscheinende lösung in einem ereignis von höchst gefüllter aktualität«.

27. 5. 85
traum. sitze neben der jungen anna seghers im heck eines kleinen bootes. stelle ihr fragen zur stockenden arbeit, die sie zutraulich beantwortet. ihr kopf liegt dann in meiner armbeuge, das gesicht ganz glatte haut. glückliches geschenk des schlafs, das wert ist wie eine andere liebschaft.

30. 5. 85
der junge fährmann schiebt den alten in einem blechernen fahrradanhänger, in dem eine fußbank mit kissen liegt, nachhause.
der titel nun: TRANSIT EUROPA. DER AUSFLUG DER TOTEN.

7. 6. 85
die russen ballern hinter dem berge. die pimpfe trommeln im blütengrund. die güterzüge rollen dröhnend durch die aue. ich habe meine rüben gehackt; die transitäre gehen singend unter in der grotesken see.

9. 6. 85
in lauchstädt: FLORIDANTE von händel. sehr schön, daß die hälfte der männerrollen mit frauen besetzt ist: als die nicht-herrschenden, unterworfenen. konwitschny will die utopische dimension der von der bürgerlichen kritik belächelten fabel vorweisen; floridante der blumenhafte, nach seinem kriegsglück verstoßen, zeigt sich nicht erpicht auf macht; erst die geliebte nötigt ihn zum kampf, und er hält für sie sein leben hin. aber dann sollte er aus dieser fassung geraten und nicht, wie das textbuch vorschreibt, der braut auf den thron nachsteigen. er sollte ihr reich verlassen für einen garten, ein anderes *blumenkind*, früher sproß einer naturalisierten menschheit. so würde das verklärende lieto fine zersprengt, in die glückliche unruhe unabgegoltner geschichte.

28. 6. 85

habe mir zugang zur bloch-konferenz verschafft; eine fast geheime ehrung/verunehrung des hundertjährigen im leipziger senatssaal. seine tellheims, teller oder irrlitz, sind nicht geladen. so kann man ihn als *bürgerlichen* philosophen behandeln. [helmut] seidel, obzwar respektvoll, stempelt ihn noch einmal zum metaphysiker, »metaphysik des utopischen«. bloch habe die antizipatorische funktion des bewußtseins zu einer entelechie travestiert, die auf summum bonum, heimat, reich der freiheit tendiere. er verabsolutiere das endziel der arbeiterbewegung zum endziel aller natürlichen und gesellschaftlichen prozesse. dieses transzendieren, springen vom bedingten zum unbedingten führe, wie aus kant bekannt, zur metaphysik. – aber bei allem mißverständlichen getöne und geraune des werks: die angeblich metaphysischen kategorien totum, novum, prozeßmaterie, tendenz, latenz meinen doch immer die wirkliche bewegung: vorn ist und wird nichts, als was in der sache selbst arbeitet, es wird nichts ausgewickelt; blochs ganzer hohn gießt sich über den anamnesis-bann der vormarxschen philosophie, hegel insonders. und es ist nur das konsequente denken, in dem die utopie platz und stelle hat: das auch die gegenwart infrage stellt und in prozeß setzt. buhr, der nach theologie fahndet, wo es um erlösung vom elend geht, behandelt bloch als *ketzer*, das heißt für ihn: als kriminellen; blochismus eine philosophie »verfügbar für unfertige individuen« – und man sieht buhr an, wie fertig er ist. das alleinseligmachende hat er in der (akten)tasche, blochs *kampfposition* wird als sozialismusfeindlich verdächtigt. und die angst, daß er marxist sein könnte! das hieße »begründungspluralismus«, man habe »nicht nur für die entwicklung des marxismus, sondern für seine reinheit« sorge zu tragen. – ah, in den dreck damit! – das leben, leipzig und die welt, blieb den ganzen tag ausgesperrt; ein bürgerlicher philosoph konnte nicht dazu verführen, vom pult auf- und aus der vornehmen tür zu schauen.

10. 7. 85

mutter im krankenhaus friedrichstadt. vorgestern wurde ihr eine brust abgenommen. einen moment noch tränen, sie ist blaß vom blutverlust und sitzt schon im bett, will aufstehn, macht übungen mit dem arm und ist sehr gefaßt. die sonne scheint ins zimmer, und sie erzählt munter, anteilnehmend an allem schicksal um sie. es war ein kolumbianischer chirurg! und sie hat einen neuen op-saal eingeweiht! wir sind froh und niedergeschlagen. auf der heimfahrt erhöht sich mein fieber.

22. 7. 85
mit arne in ahrenshoop. die sommergäste schulz und höpcke redigieren ihre präventiven kritischen papiere, einwickelpapiere; kein spaß und ernst mehr ohne präservative, MÄNNER SCHÜTZT EURE GESUNDHEIT, ich denke undankbar: fickt euch nicht ins knie.

2. 8. 85
beim friseur, unterm rauschen des föhns, höre ich aus dem radio: *der vorsitzende des ministerrats der ddr überraschte seinen sowjetischen amtskollegen* ... ach nein, überreichte, überreichte seinem, und einen orden und ehrentitel natürlich; für überraschungen sind nur die brüder gut.

3. 8. 85
eben haben wir in einem hinterhof schönes altes werkzeug aus dem müll gezogen, das geht nicht ein in einen hausstand, sophie, und ich lasse es los –.

hegel:
»am schädlichsten ist es, *sich vor irrthümern bewahren zu wollen.*«

»ein geflickter strumpf besser als ein zerrissener; nicht so das selbstbewußtsein.«

»man fordert von der philosophie, da die religion verloren, daß sie sich auf's *erbauen* lege und den pfarrer vertrete.«

»es soll nicht ernst mit der philosophie gemacht werden; dies aber thut sie, wenn sie sich an das gang und gäbe wendet.«

»der mensch, in der religion des schmerzens, verachtet seine freude, verwirft das bewußtsein von ihr. – anders bei den griechen, die selbst das essen zu einem gottesdienst machten, d. h. mit bewußtsein und willen genossen. bei uns ist die langeweile zu hause. eine gesellschaft schämt sich des essens. es gibt keine ernsthaftere menschen, als die griechen und keine fröhlichere.«

(»ein großer mann verdammt die menschen dazu, ihn zu explicieren.«)

8. 8. 85
die österreichischen beamten verweigern, an einem kleinen übergang, zu dem uns onkel martin lotste, die durchreise; das transit galt für den vortag. ich erkläre, das unwetter habe uns zaudern lassen, die riesige überschwemmung hier (: der bodensee); man mustert uns mißtrauisch. der bundesgrenzschutz vermittelt und wird geschäftig, er fertigt zettelchen aus, die wir nach der passage vernichten sollen. die österreicher machen sich nun, nach dem weinskandal, nicht weiter unbeliebt und öffnen den schlagbaum. als wir die zertifikate in bregenz durchfliegen, sehen wir uns zu bundesbürgern frisiert.

10. 8. 85
im averser tal, cresta, juf, das höchstgelegne winterfeste dorf. durch gansner den jüngeren und den alten (kantonaler wegewart) die sachkundigste führung im gebirg. die arvenwälder, die waldgrenze, die baumgrenze, die kampfzone; enziane und augentrost. wir herbergen im alten crestaer posthaus, myrta die trotzkistin hat verweinte augen, weil sie mit der nachbarin plauschte, die zu den »feinden« gehört, der raunzenden wirtsleute. in diesen idyllen ist das eingesessene volk durch tradition und besitz vernagelt und verkracht, ein dumpfer hirnrissiger klassenkampf (der tourist aber der gemeinsame ersehnte gegner); und wie, myrta, wird die schweiz zur allmende?

12. 8. 85
via mala, julierpaß, hinab nach silvaplana und sils maria. die schroffen abweisenden wände über der warmen flachen ebene aus wiesen und wasser. es gibt nichts zu deuteln an der gegend, sie ruft partout nach der ewigen wiederkunft des gleichen. freilich und also »unter den lebenden so wenig als unter den todten« hatte nietzsche jemanden, mit dem er sich »verwandt fühlte«, unglaubliche armut. ich kaufe mir einen stock, und wir gehn auf der spur des gefährlichen thiers um das halbe inselchen. »mir besteht mein leben jetzt in dem *wunsche*, daß es mit allen dingen *anders* stehn möge, als ich sie begreife«; dies wünschen, das auch uns »bis in die wurzeln hinein malträtiert«.

14. 8. 85
(um wieder über einen tag hinwegzusetzen): in lugano, an einem schönen brunnen, schlachten wir eine melone, pfirsiche, nüsse und knäckebrot auf den knien, unser störfreies mittagsmahl, die füße im kalten abfließenden wasser badend, und ein alter herr sucht das gespräch, der am hang über dem »paradiese« wohnt. er erweist sich als ökologe und »kollege« von der mainzer akademie und extemporiert über kapitaltransaktionen, die barschen allüren seines einstigen dienstherrn kohl und die folgen der kernenergie. die radioaktive strahlung, im industriedunst oxydierend, wirke gemeingefährlich; baumsterben und krebssterben bildeten kongruente karten. im verschämten sibirien wie im blinden europa; man müsse über die grenzen im widerstand kooperieren. und klein und unscheinbar, wie ein dünnes gerücht, verschwindet er zwischen den banken.

16. 8. 85

über die großen pässe, gotthard, furka, rhonegletscher, grimsel. mit dem wagen ein leichter sport, die berge erwünschte schikanen. wie anders goethes »feldzug gegen alle elemente«. wir haben den genuß ohne den schrecken. unsere schrecken sind von menschenhand. aber die natur muß, sagt hegel; und der mensch muß nicht. »nirgend erhält man einen so reinen begriff vom *müssen* der natur, als beim anblick des ewig wirkungslosen und ewig fortgesetzten rasens einer hervorgetriebenen welle gegen solche felsen!« weder das auge noch die einbildungskraft finde auf den formlosen massen beschäftigung, die dauer der berge und die ihnen zugeschriebene erhabenheit imponierten nicht der vernunft. »der anblick dieser ewig todten massen gab mir nichts als die einförmige und in die länge langweilige vorstellung: *es ist so.*« desgleichen auf dem mond und wo wir sonst sondieren, und der touristische blick auf die gesellschaft macht die nämliche langeweile. *es dauert;* bei der volksbefragung im tessin stimmte die mehrheit gegen die verkürzung der arbeitszeit.

16. 8. 85
lauterbrunnen, »im rohr«.

das reine strömende
angebot, mächtige
lust der erde. froh als könnt ich
immer, und wohnte zärtlich
bei dir und der

                    und der stachel-
drahtige bauer schröpft
kaltsinnig die mutter. natur
lauter brunnen / land wüst
lauter! der donner-
gang der industrie
die tätigen rastlos, ent-
geistert über den wassern.

»verbot
frau yvonne margrith dössereck-cavin läßt hiermit ihre besitzung ›staubbachmatte‹ in der gemeinde lauterbrunnen grundbuchblatt nr. 2272 gegen jede besitzesstörung, insbes. gegen jedes unbefugte betreten im zeitraum jeweils vom 1. nov. bis 30. april richterlich verbieten.
widerhandlungen werden mit einer busse von fr. 1.- bis fr. 40.- bestraft.«

18. 8. 85

gestern nebel, heute im klarsten licht aufs stockhorn. drachensegler schleppen ihr gerät, um zu schweben. im simmental auf befestigter straße zum *lengacher*. mahd und melken sind mechanisiert, stockers enkel lernen nicht mehr kufen biegen über dem wasserdampf sondern getriebe montieren. auch auf den puntel gehts motorisiert, im auto, dann mit dem traktor, kartoffeln, salz und personen auf dem angehobenen schild, rattert er auf breiten reifen rückwärts den steilen grashang hinauf. nur die letzte strecke zufuß wie einst; der ausblick auf die bernischen gipfel. die jugend oben melkt mit dem gasgenerator, dann sitzen wir am tisch bei hobelkäse, sahne und brot. schwierig (wie einst), das bauerndeutsch zu verstehn. wir treiben drei widerwillige schweine herab, immer wieder bricht eins aus und rast auf den berg zurück. wir sind in der mehrzahl, schweißnaß und voll unverstand, ich liege im dreck.

20. 8. 85

biel. rousseau, ein unnatürlich rasch reisender/verfolgter, ist auf seiner insel nicht erreichbar. »jeder neue fortschritt der zivilisation ist zugleich ein neuer fortschritt der ungleichheit. alle einrichtungen, die sich die mit der zivilisation entstandene gesellschaft gibt, schlagen in das gegenteil ihres ursprünglichen zwecks um.« (:rousseau / engels:) »und so schlägt die ungleichheit wieder um in gleichheit, aber nicht in die alte naturwüchsige gleichheit der sprachlichen urmenschen, sondern in die höhere des gesellschaftsvertrags. die unterdrücker werden unterdrückt. es ist negation der negation.« der *discours* kommt an kein ende. – lesung in der literarischen gesellschaft im keller der »krone«. einführung von ruodi käse aus lausanne, der rechtens käse für öppis fynes hält, nahr- und schmackhaft, beste wissenschaft.

22. 8. 85

frankfurt, im verlag mit »terminpost« der roman. – kaiserstraße, wir treten in ein filmlokal. die beiden kassierer machen eben dicht, aber sie erkennen unser ausländisches verlangen an, selber fremde: tscheche der eine, armenier der andre. einigen uns auf den halben preis, sie wollen noch einmal die spule wechseln. wir sitzen kaum im sessel, gin-tonic im glas, als sich der armenische jüngling zu uns schleicht. und ohne rücksicht auf das geschehen spricht er synchron: er kenne ein mädchen vom alex/berlin, er habe sie einen tag gesehn, er liebe sie. wir lauschen, während wir glotzen: er habe ihr ein kleid geschickt für 100 mark, er studiere bauwesen, er wolle sie wiedersehn. ob wir ihm helfen könnten? er bringt bier, wir sehen sex und hören von inniger liebe. es ist wundersam wie ein gedicht von heine: und sie dürfe nicht wissen, wo wir ihn trafen, die minderjährige braut; und der porno endet.

31. 8. 85

gestern abend, über eine weimarer kreuzung laufend, an polizisten vorbei, hörte ich ungebührlich lautes deklamieren und spähte aus nach der zusammenrottung. fand die verursachung alsbald in goethes garten, in den mit glück noch zu gelangen war. es wurde schon den dritten tag der geburtstag des toten gefeiert. im hause musik, die räume nur von kerzen beleuchtet, und im originalen dusteren schein war das wandeln, mit dem glas in der hand, ein andächtiger genuß.

versuche, den maler weidenbach, der zwischen den eingepackten bildern auf die ausreise wartet, von dem allzu festen schritt hinaus abzubringen. er solle einen langen urlaub nehmen von dem land. ihm gehöre mit recht die welt, er möge das, so unpolitisch wie es selbstverständlich ist, nicht an die schreckhaften ortsfürsten schreiben. er scheint froh, daß so mit ihm gesprochen wird; bei dem thema verkrampft sich jedermann. ich genieße, wie so oft, die einzige frucht meiner arbeit, vertrauen.

6. 9. 85
der HINZE-KUNZE-ROMAN eine zustandsbeschreibung, der unsere festgefahrenheit zeigt; er hat nichts transitorisches, er sprengt seine welt nicht auf. auch lisa, die kolportierte positive heldin, hat nicht die verwandelnde kraft, sie wird nur *qualifiziert*, sie kommt nicht zu sich in diesen armen beziehungen, kommt nicht einmal bis zum ego-trip. die fabel ragt nicht in die utopie (erst der private schluß vielleicht).
im kapitalistischen milieu ließe sich vielleicht weitergehn: indem die leute unter den empfundnen sinnlosen umständen entschlossener sind bei der lustsuche und, wie hilflos auch immer, in ein anderes leben sehn. die aufbrüche der feministinnen, die sich panisch der alten rolle entledigten, durch entfernung von der männlichen truppe, einfach den »ballast der generativen bestimmung« abwarfen, empfängnisfähigkeit, schwangerschaft, gebärenkönnen, die kurzschlußreaktion der frustrierten – ein taumelschritt, der wieder auf den gemeinsamen boden der geschlechter muß. denn emanzipation ist gleichberechtigte entwicklung der eigenart. wenn sie aufeinander zugehn, wird die lust subversiv. in der »alten« welt, die die zukunft vereitelt, wohnt man näher bei der utopie, und man kann die zukunft in wieder *erreichbarer* ferne sehn.

14. 9. 85
auf der bauprobe NIBELUNGEN sagt mir kern, dem schauspieler handel habe man in einer buchhandlung in köpenick den bescheid gegeben, sein bestelltes exemplar des HINZE-KUNZE-ROMANS sei zwar geliefert, aber mit allen andern exemplaren beschlagnahmt worden.

15. 9. 85
höpcke ruft am morgen an, ich verzögere den besuch bis zum abend des schönen tags. die gerüchte sind in der spitze zu maßnahmen avanciert. es seien briefe geschrieben worden … natürlich regt sich die fraktion, die auf dem 6. plenum aufs haupt geschlagen wurde und auf rache sinnt. WUNDERTÄTER 3, DRITTER NAGEL, KASSANDRA waren drei anlässe, den kampf zu entfachen, nun der roman. »anarchosyndikalismus, neotrotzkismus«. die wortwahl zeigt, daß man vernichten will. die arschtreter stehn parat.
warum bücher inhaftieren, man halte sich an mich.
höpcke bittet, nicht durch private entschlüsse die auseinandersetzung zu beeinflussen.

20. 9. 85
nachts wurde die autoheckscheibe zerschlagen.
günther kommt aus der hauptverwaltung: die wogen hätten sich geglättet, aber noch jederzeit könne sturm aufkommen. das verbot des buchs im volksbuchhandel wurde nach drei tagen aufgehoben. an eine nachauflage sei nicht zu denken, und die dreitausend expl. der reserve werde er nicht herausrücken, »um kein öl ins feuer zu gießen«. und die genehmigung des gedichtbands könne er nun schlechterdings nicht verlangen.

22. 9. 85

schlenstedt berichtet aus zweiter hand von einer konferenz der weimarer beiträge, auf der hans koch zum angriff auf den roman und das nachwort geblasen hat. schlenstedt ist wehrlos – sohn gabriel hat illegal die republik verlassen; und er liegt mit rückgratnervenschock nieder.

koch hatte seine rede geändert und verurteilte in zwanzigminütigem einschub die abweichler unter den kritikern. divergierende einschätzungen in den grundfragen dürfe es nicht geben. kunze, bei schlenstedt der *provokateur*, sei ein »hochgestellter sachwalter von inhaltslosigkeit«, »die leiblichkeit des zur phrase verkommenen gesellschaftlichen interesses«. es sei kein individuelles interesse im spiel, als *mächtige unangemessenheit*; hinze nur ein ja-sager, der nein meint. wenn er da lachen könnte, gehörte er zu denen, die die wirklichkeit bisher nicht richtig gesehen hätten. das buch sage: die verhältnisse seien aus sich heraus nicht veränderbar, die veränderung könne nur von außen kommen. das sei aufruf zur konterrevolution. die bunkerszene behaupte, an der situation der welt sei die hinze-kunze-welt mitschuldig. der autor sei »gemeiner« (ich meinte kritischer als die kritiker; hier erreicht koch das niveau des umgangs mit biermann, »ich mache jede schandtat mit«). die logik des buchs: etwas neues müsse her anstelle des realen sozialismus. damit sei die grenze des akzeptablen überschritten.

die folgenden diskutanten, wiewohl sie sich schon zu wort meldeten, hatten zumeist das elend der lektüre noch vor sich. hahn sah glatte kapitulation; ich ginge konform mit der neuen westlichen mache, sich nicht mehr dem sozialismus zu konfrontieren, sondern ihn an seinem eignen an-

spruch zu messen. kändler gegen das zurückziehen von büchern; vorher verbieten. hanke: das neue ding sei der punkt aufs i – des GROSSEN FRIEDEN.
darauf sind schlenstedts informanten weggegangen, »weil sie es nicht ausgehalten haben«.

25. 9. 85
notiz für die vorstandssitzung

in dem wagen, in dem hinze und kunze so auffällig fahren, sitzt doch immer noch ein dritter: der leser. er hört sich die beiden an, er denkt sich sein teil, und natürlich war ich auf seine reaktion gespannt. er mag ja in manchem anders denken als die ihm von mir vorgesetzten, die vorfahrenden figuren, oder er wird, wenn ihm die sache festgefahren scheint, vielleicht weiterwissen. die alte debatte, ob die courage klüger werden müsse im theater oder der zuschauer, müssen wir nicht noch einmal beginnen. von lesern, die sich meinem vehikel anvertraut haben, erhalte ich täglich nachrichten, die eine »wirkungsästhetische analyse« erlauben. wenn freilich der leser nicht einsteigen dürfte, wäre die wirkungsstrategie verfehlt; und der autor fehl am platz.
ich sage es freimütig: um das buch mache ich mir keine sorgen. meine sorge ist, daß es, wider erwarten, benutzt wird von der fraktion, die uns auf positionen zurückleiten will, die ihr sicherer scheinen. jener starken fraktion, die eine schwache, eine unmündige literatur wünscht.
weil ich davon spreche: ich habe mit diesem kleinen roman eine gute und eine schmerzhafte erfahrung gemacht. die gute: daß das buch herauskommen konnte durch ein handreichen der literaturwissenschaft, die dem verlag argumente gab; ich denke an kaufmanns und schlenstedts. es war ein langwieriges erlebnis, ganz unserer gesellschaft zu danken. die schlechte erfahrung: daß bestimmte andere wissenschaftler handlanger der zensur sind, also zensuren verteilen, ohne den autor anders als aus der ferne zu prüfen. ich meine in-

sonders jene beobachter im zk-institut, dem hans koch vorsteht. wir kennen diese seine esoterische praxis. ich habe auch diesmal nur vorne herum erfahren, was er hintenrum redet: »gegenüber jemand, der uns gegenüber nein sagt, sagen wir nein« – so umständlich aber unmißverständlich darf er formulieren.
es geht diesen leuten nicht um die person, sie würden jeden opfern um der reinheit ihrer idee von literatur willen. die freilich unfruchtbar ist.

26. 9. 85
ein irrer tag gegensätzlichster empfindungen.
hagers referat im ganzen gelassen, mäßigend. sein leitspruch sei masaryks wort: »aufregung ist kein programm.« die leiter hätten ein recht, sich gestaltet zu sehn, und so kommt er auf den punkt: das verhältnis der literatur »zu den verschiedenen ebenen«. er nennt, in seiner noblen art, nicht meinen namen, aber, viel schlimmer, den seinen: »ältere ungesunde herrn *wie ich*, die davon reden, daß der mensch im mittelpunkt stehe ... mumien und scharlatane«; es könne aber nicht jeder »ein freischaffender sein, der nirgends hin muß, für den die fragen nicht stehn, bei dem die ganze dialektik nicht greift«. (die humorlose kompilation muß ihm ein schnüffler zugearbeitet haben.) ich werde hernach ans licht gezogen, und melde mich, um ihn in seiner betroffenheit zu trösten. am schluß dann sagt ers deutlich: »das hat mir keinen spaß gemacht. ich kann da nicht lachen.«
am späten nachmittag autogrammstunde im brecht-zentrum (das 400 expl. reserviert hat); die schlange darf nicht auf der straße stehn, sie muß sich im hofe drängen und durch die hintertür herein. pro person wird ein buch abgegeben, und mancher flüstert mir schon die meinung.
nachts: wird der wirkliche roman entdeckt, ich kann ihn nicht zerreißen; und bin erleichtert und bange.

28. 9. 85

»ich mußte mehrmals meine existenz aus ethischem schutt und trümmern wieder herstellen, ja tagtäglich begegnen uns umstände, wo die bildungskraft unsrer natur zu neuen restaurations- und reproduktionsgeschäften aufgefordert wird.«

goethe

»auch halte ich es von größerem lohn, ›gelebt‹ als bloß gewußt zu haben.«

johann wilhelm ritter an franz von baader, 4. 1. 1808

9. 10. 85
vor dem frankfurter hauptbahnhof erfahre ich durch konrad franke vom verriß des romans im neuen deutschland. das ist, auf fremdem boden, ein schlag ins kreuz, oder der tritt in den hintern? komischerweise meldet sich ausgerechnet frau prof. löffler zu wort. im internationalen pressekiosk ist die zeitung nicht zu haben, ich werde aufgefordert, doch nach drüben zu gehn, von wo ich aber komme, und schimpfe auf das provinznest, in dem man sein hauptstädtisches blatt nicht kriegt.
kritikerempfang im haus unseld, mit sloterdijk.

11. 10. 85

diese frau prof., magisch angezogen von ihrem ver[illegible]
lichen doppelgänger, hat ganz so argumentiert, wie in [illegible]
buch vorgeschrieben. den journalisten werfe ich beschämt belustigt in die zähne, dieser surreale text könne nie im zentralorgan gestanden haben, er sei von der cia verfaßt und auf der buchmesse in umlauf gesetzt worden. im übrigen, ein satirischer roman ist keine gefälligkeit; erst wenn der zorn verraucht ist, wird die substanz der sache sichtbar. die kunst ist das äußerste gegenteil des anarchismus, den sich die ideologie oft leistet.

essen mit rühle, walser, rach und burgel zeeh. lance leiter des französischen kulturinstituts.

16. 10. 85
reise-*gesellschaft:*
schoeller, k. d. wolff, cohn-bendit, schleef in frankfurt. pierwoß, weber, schöfer in köln. klunker in hemmerich. karge, lore brunner, matti langhoff in bochum. jutta, n[ikolaus] haenel, hasenclever in hamburg. seine buchhandlung plakatiert: *die literatur, das sind wir und unsere feinde* (heine 1832). wir: auch h[elmut] schauer (ig metall), biermann, hein, wallraff, anja meulenbelt.

23. 10. 85
schlieker bleibt in graz und umgebung, wo er noch früh um zwei eine tasse kaffee trinken kann. auf seine nibelungenbühne (ein friedhof, von efeuumrankter ziegelmauer begrenzt, ein tisch auf den gräbern, an dem alle szenen spielen) müssen wir nun verzichten, und auf seine beruhigend irritierende arbeit der bilder-findung. abbruch der proben.

27. 10. 85

schlenstedt fragt, ob ich die geschichte von hager und seinem fahrer kannte? nein. wirklich nicht? der »leibeigene« hing hager enge an, fuhr ihn unentwegt, trat früh um sieben zum tennis gegen ihn an, wartete zu jeder nachtzeit devot im wagen. bis seine frau drohte, sich scheiden zu lassen; der fahrer, zwischen einer pflicht und der andern pflicht, einer neigung und der andern neigung, unschlüssig, wem zu folgen / zu gefallen sei, stürzte sich aus dem fenster zu tode.
die rasse der gefahrenen, allerorten, riecht sich im roman.
in rumänien haben armeekommandeure die leitung der energieerzeugenden betriebe übernommen. in den krisen, sagte marx, zeigt sich das gesetz der gesellschaft. die bismarckbiographie von engelberg (»die revolution von oben«) unser unterschwelliger bestseller.

14. 11. 85
lesungen in dresden (das tageblatt druckte drei tage nach dem n[euen]d[eutschland]-artikel die messerle-szene), görlitz, leipzig (hunderte auf den treppen und stufen, eine angstlose atmosphäre; an einer buchhandlung abwaschfest gesprayt: suche hinze und kunze), karl-marx-stadt, cottbus. als kontrastprogramm eine von der bezirksleitung berlin arrangierte (denn dort lief naumann mit dem büchlein durch die flure: »das bin ich!«) interne diskussion im kulturbund. mürrisch mümmelnde angewiderte greise. man muß ihnen mit den klassikern kommen, gegen unsere lassalleanischen phrasen; erst »in einer höheren phase der kommunistischen gesellschaft, nachdem die *knechtende unterordnung* der individuen unter die teilung der arbeit, damit auch der gegensatz geistiger und körperlicher arbeit verschwunden ist« (KRITIK DES GOTHAER PROGRAMMS), hören die begriffe herr und knecht auf, für die aufklärung tauglich zu sein, wenn also »die produktive arbeit, *statt mittel der knechtung*, mittel der befreiung der menschen wird, indem sie jedem einzelnen die gelegenheit bietet, seine sämtlichen fähigkeiten, körperliche wie geistige, nach allen richtungen hin auszubilden und zu betätigen« (ANTI-DÜHRING). diese elite der niederen phase aber ist taub in der seele; ein psychologe brüstet sich, die dissertationen über die kriminalität in der ddr würden nicht mehr gegen den baum gehen, seit man das soziale und das gesellschaftliche trenne. trenne, trenne dich!

14. 11. 85

20. 11. 85

lesung in der akademie. hochgepeitschte stimmung; kaufmann, der sehr krank ist, verläßt vor beginn, am ganzen körper zitternd, wieder das haus. ich gehe in dem schummrigen saal in eine auffangstellung, befestige mich mit vorsorglichen worten und erwarte die schläge. aber es kommt nichts, aus der richtung, außer erbitterten blicken. nichts um grimmig zu werden! und der tiefe sessel zieht mich in eine zu bequeme lage. zwei jüngere leute sind dann zornig über den gemäßigten ton, sie haben sich eine abrechnung mit kunze erwartet, den ich aber nicht hängen lasse am ausgestreckten arm! wer bin ich, wenn nicht der eine und der andere, in meinem text, und muß behutsam mit beiden reden. wenn wir schon einmal beisammen sind!

naumann ist abgelöst.

21. 11. 85

25. 11.-5. 12. 85
new york. hotel empire, 83rd and broadway. auf einladung des iti mit tenschert, angelika waller, grund und knaup zehn tage theater. BIG RIVER, nach mark twain, rehabilitiert die elende form des musicals, der harte soziale witz des librettos, die songs der schwarzen und weißen. daneben, eben so perfekt, bloße shows für das fette publikum, THE MYSTERY OF EDWIN DROOD, LA CAGE AUX FOLLES. großartig im kleinsten ludlams artistisch komisches ridiculous theater und das black ballett. entäuschend (die eine produktion) im la mama und formans aufwendige klischeebilder. gute arme theater mit stücken von shepard u. a.
lynn gross, martha coigney, joseph papp, des mcanuff, ellen stewart, christopher martin, eve adamson, charles ludlam.
die ungeheure stadt / das vertikale dorf. die landschaften der gesichter in der metro. die kinder im central-park, als wir im gespräch verstummen: wir sind keine killers, mister. bronx. wallstreet. chinatown. thanksgiving dinner in port jefferson. über tappen zee bridge nach philipsburg. lektüre: pounds PISANER CANTOS, whitman. MATERIAL X: MANHATTAN.

12. 12. 85
die diskussion im kritikeraktiv, die schlenstedt im nachwort zum roman antizipierte. ein dutzend vorstandsmitglieder sind als peinlich interessierte hinzugekommen. jarmatz gibt eine wohlmeinende einleitung, und die sache nimmt einen günstigen verlauf. nur kähler begreift das buch als farce und führt eine auf (die schreibart resignativ, die mittel eine verfratzung); aber freilich ist der text ein spiegel. haase, wie der name sagt, beschäftigen die widerstände der funktionäre, und es verlangt ihn nach klartext, er fände ihn wohl manchmal, aber ein paar zeilen weiter verunkläre es sich und er tappe wieder nach dem festen halt ... kant: die literatur begehe ihre frechheiten, und einige leute fühlen sich an die werte gegriffen.
günther und duty; sie wurden unverschämterweise nicht zur sitzung zugelassen. günther erklärt mir naivem menschen einmal den ernst der lage. hager habe die herausgabe einen politischen fehler genannt. wenn er, günther, sich nicht so weislich abgesichert hätte, wäre er nicht mehr verlagsleiter. den gedichtband habe die hauptverwaltung wortlos zurückgereicht.

19. 12. 85
anna chiarloni, emmerich aus bremen.
abends neffe jens (23) mit seinem aufsatz »zur frage der vergesellschaftung« im sozialismus. *exogene* vergesellschaftung (oder »verstärkte gegenseitige abhängigkeit und verflechtung aller elemente der produktion«, in der astreinen sprache der ökonomen) als äußerlichkeit des zusammenhangs der individuen, in ihrer weitgehenden bewußtlosigkeit und kraftlosigkeit, in form von geld, zentralem plan, staat etc. so funktioniert heutiges volkseigentum nur deshalb als gesellschaftliches eigentum, weil es letztlich zentral, von übergeordneter hand geführt wird; es ist ein äußerer zusammenschluß, kein reales verhältnis. eine andere form der vergesellschaftungsprozesse ist – wenigstens in der bisherigen theorie – nicht in sicht. indes wirken auch tendenzen, die mit dem braven blick nicht erfaßt sind: eigenverantwortung und selbständigkeit, »individualisierung« als form von vergesellschaftung, entwicklung des »gesellschaftlichen individuums« (marx) durch wachsen seiner »gesellschaftlichen beziehungskraft«. die verhältnisse erscheinen dann nicht als die leute überkommend sondern als von leuten gemacht. dies versteht er als *endogene* vergesellschaftung. »in diesem verständnis liegt dem sozialverhältnis ein widerspruch zwischen gesellschaftlichem eigentum an den produktionsmitteln« als grundsätzlich kameradschaftlicher assoziation und entgegenwirkender »alter teilung der arbeit zugrunde; der grundwiderspruch des sozialismus demnach«. freilich ist die wirklichkeit reicher als die formel, die geschichtliche bewegung und auflösung des sozialverhältnisses, kommunismus, undenkbar ohne progreß der realen vergesellschaftung.

11. 1. 86
im deutschen theater langs inszenierung MEDEA / STELLA. die bloße erwartung / erinnerung des anderen stücks lädt das eben anzusehnde auf und nimmt ihm das allzu erstaunliche, die einschüchternde größe. das komische und rührende der temporären lösungen blickt durch, auch und gerade der tragischen lösungen. so kann lang wieder die extreme widersprüchlichkeit ganz menschlichen spiels riskieren: sensibel, hysterisch, wahnwitzig, hellsichtig buchstabieren die figuren mit lippen und gliedern ihre abrupten augenblicke. und natürlich stimmen plötzlich diese »hehren« oder »pathetischen« texte; das innewohnende gefühl, mit welchen plumpen griffen immer köstlich herausgekitzelt, offenbart den alten ernsthaften diskurs. kein moment des spiels kann sich dieser prozedur entziehn, und der schock jedes moments exponiert die soziale situation des ganzen. das annchen lobt mit kalter, lauter, strenger stimme die wohltätigen anstalten der herrschaft, der verwalter, nachdem er sich der rückkunft fernandos im dorfe gebührend gefreut hat, grüßt ihn mit einem tierischen, bösen schrei: mit dem das herrchen gleich darauf, noch heftiger, das annchen erschreckt – und mit diesem laut ist der rohe landidiotismus unvergeßlich etabliert. medea und jason verfallen, erst die eine, dann der andre, im agon in einen singsang (klagend leidvoll sie, larmoyant beleidigt er in noch groteskerer modulation): man setzt sich auch hübsch in positur, und das eigne elend ist dem andern litanei. oder der von ahnungsvoller furcht bis zum prustenden unbeteiligtsein zerrissene erzieher, seine stimme der ganze und unglaublichere chor, amme und totenrichter der heldin. und nun die aktionen, die bühne, das licht.

wo sich die mittel nicht verständlich machen aber, muß das spiel, wie das leben im nämlichen fall, als narretei erscheinen.
ich sah das gelingen und mißlingen mit verzweiflung. das b[erliner]e[nsemble] kann vergleichbares nicht tun für die NIBELUNGEN. und lang kann sie in münchen, so lange hingehalten von den ämtern, nicht machen.

15. 1. 86
abbruch der eben wiederaufgenommenen NIBELUNGEN. anlaß ist das ausrasten des verwöhnten seifert. kein kredit mehr wegen mehrfacher umbesetzungen und veränderter bühne, die schauspieler sind feste führung und konzepte gewohnt. besser jetzt als später, sagt gerber undurchsichtig.

16. 1. 86
die udssr schlägt ein umfassendes programm zur beseitigung der atomwaffen vor. die erde könnte zu beginn des neuen jahrtausends frei sein von nuklearen vernichtungswaffen. »seitdem« wieder »hat die welt ihre hoffnung.«

28. 1. 86
um den medien in bremen zu entgehn, lasse ich mich von einem fernsehteam in einen betrieb fahren. vorbei an der stillgelegten weser ag (bremen hat 16% arbeitslose) in die klöckner-werke. ein ingenieur teilt schutzhelme aus; er war zur selben zeit wie ich in schwarze pumpe, als chef der werkbahn. wir stapfen durch den ruß und lärm des stahlwerks, unter die herabsprühende glut. kein unterschied, für meinen blick, zu hennigsdorf, steuerwarte, stranggußanlage. auf die frage, ob er sich, als arbeitsloser, in die ddr bequemen könnte, antwortet ein kollege ruhig: naja, man müßte es kennenlernen. der ingenieur, dem ich auf den fersen bleibe, aber hat »den vergleich«. drüben? da ist die diktatur. nur versammlungen, wo nichts herauskommt. er kenne es. hier wisse jeder, was er zu tun hat, hier sei die arbeit effektiv. »das schafft ihr nie.« ist die schließung der werften nicht diktatorisch? nein, das sei natürlich. die risiken, die überraschungen der marktwirtschaft seien natürliche vorgänge, damit komme der mensch zurecht. aber nicht mit der planwirtschaft, der staatlichen willkür. daß die industrie bremerhavens schon ganz der raub der banken ist? irritiert nicht seine religion.
emmerich, krämer und ursula rühle (vom bremer theater), eva schmidt, schoeller, michaelis, senator franke, unseld jun., borchers, mangels, sattler (der mir etliche bände seiner hölderlinausgabe ins hotel legt und den traktat ÜBER DIE STAATENLOSIGKEIT).

28. 1. 86

„Challenger"-Explosion: Fast eine Stunde lang regnete es Trümmer

29. 1. 86
so ein traktat hätte bei uns skandal gemacht, und das bürgerliche feuilleton hätte sich vor lust überschlagen. hier die folgenlosigkeit der literatur. es ist auch ein rührend frohgemuter text: (48. these) »den überlebten staat ernstnehmen, als wäre er unsresgleichen, hieße seine letzten kräfte mobilisieren. praktikabler erscheint der weg, ihn durch interesselosigkeit zugrunde zu richten.« immer fürchte ich, ich hätte als zögling des westens auch solchen eigensinn. aber den staat kannst du sowenig aufrichten wie vernichten, vom standpunkt des individuums läßt er sich nicht bereden, es müssen massen in streit geraten. doch (49.) »tatsächlich ist es die hoffnungslosigkeit der gegenwärtigen staaten, die uns ins freie treibt« und (66.) »ich sage – es gibt kein angenehmeres schicksal als fremd zu sein. da kann einen nichts gewöhnen und die heimat ist gegenstand herrlichster träume. ade.«

5. 2. 86
grundempfindung im kapitalismus faszination und ekel. er ist angenehm und empörend.
im ruhrgebiet streiks (»›an meiner lohntüte‹, so einer der müllwerker, ›ist der aufschwung vorbeigegangen, mir reichts.‹ – ›euch gehts noch viel zu gut!‹ rief ein autofahrer in mülheim den demonstranten zu, als er durch die mit autos versperrten straßen der innenstadt nicht weiterkam. sprachs, schwang sich wutentbrannt in seine fast 100 000 mark teure luxuskarosse und brauste auf umwegen davon.« lese ich in der westdeutschen allgemeinen), auch warnstreiks gegen die geplanten streik-paragraphen. »einen tag lang schien das revier fest in der hand der gewerkschaften.« doch das kapital ist noch die mächtige triebfeder, der wissenschaftlich-technischen revolution. die alte technik verlängerte den arm, die rechentechnik verschleunigt das denken. die hochtechnologie ist nicht »unmenschlich«, wie der dienst nach vorschrift, den sie verbietet. dortmund und bochum sind bevölkert von proleten, wie menzels eisenwerk, das rigoros übermalt wird.

5. 2. 86

noch einmal quer durch deutschland, erkältet und erschöpft. in aachen in karls des langen kapelle, ein zweigeschossiges achteck aus steinpfeilern mit rundbögen, in die oberen arkaden säulen doppelt übereinander gestellt, einen raum von großer würde und ruhe umschließend, und im oberen umgang karls thron aus parischem marmor, vor dem dürer 1520 stand. »zu ach hab ich gesehen die proportionierten säuln mit ihren guten kapiteln von porfir, grün und rot, und gossenstein, die carolus von rom« (ravenna) »dahin hat bringen lassen und do einflicken«. (er vermerkt in seinem tagebuch genau, wieviel stüber und weißpfennige er verbadet, verspielt und vertrunken und wen er »mit den kohln konterfet« hat.) ich habe zu mittag am markt beim italiener pizza gegessen und nachts nach der lesung beim griechen mesa, das ist knoblauchquark, fischpaste, oliven, salat, an großen tischen mit den studenten und buchhändlern und allen aachener autoren, deren einer österreicher ist und der andere türke. hier an den thermen haben sich die könige nach den schlachten gewaschen, ein europa aus mord und glauben, geeinigt und geteilt bis dato und nato, und das volk bäckt süße printen, auf dem maifeld die panzer, oder frißt fritten.

13. 2. 86
günther redigiert noch mal in seiner wunschvorstellung den gedichtband, und er weiß, daß das wünschen nicht mehr hilft.
lorek, der ungebärdige dichter, der hier keinen fuß ins buch bekommt mit seinen vertrackten unangenehmen versen, hat das alter (sechsundzwanzig), um zu resignieren / mut zu fassen. »die ddr ist nicht die welt.« er hat einen ausreiseantrag gestellt.

14. 2. 86
im heizhaus der lpg in cunnersdorf bei dresden, das einen stall mit 200 kälbern wärmt, wird seit kurzem der rauch gewaschen. 95% des staubs und 70 bis 95% des schwefeldioxids werden ihm entzogen, und nicht mehr 12 tonnen staub, nur 200 kilogramm fallen jährlich an. der bisher durch den schornstein entschwindende wasserdampf kondensiert in den kostenlosen kreislauf und gibt über wärmepumpen zusätzliche heizleistung ab, wodurch sich der bedarf an rohbraunkohle von 1200 tonnen auf 400 im jahr verringert. die umwelt schaut/atmet auf.

15. 2. 86

anruf wekwerth: das deutsche habe lang die NIBELUNGEN angeboten, und solter wolle TRANSIT machen. man beabsichtige, klassik und gegenwart zu vermischen! das müsse verhindert werden. »die aufregung schlägt hohe wellen.« das werde schon in der bezirksleitung abgeschmettert. – welche aufregung denn? – wenn ich meinen vertrag auflösen wolle, bitte, aber ich brauche dich und will die ÜBERGANGSGESELLSCHAFT jetzt an hager und an ragwitz schicken – ohgott, so wird das vorhaben in dresden vereitelt.

25. 2. 86

»mit unserm theater (das im vertrauen) gehen eine menge dinge vor, die mir nicht anstehn. es ist uneinigkeit unter den entreprenneurs, und keiner weiß, wer koch oder kellner ist.« lessing sah schon einen monat nach der hamburger theatergründung, daß nicht so sehr ideelle als egoistische interessen das unternehmen regierten, der ehrgeiz eines »künstlerischen leiters«, einer selbstischen schauspielerin, die allein die ersten rollen beanspruchte und ihren liebhaber bestimmte, mit seinen moneten die ackermannsche truppe zu kaufen. lessings erwartung: aus besserer literatur bessere darstellung, aus neuen prinzipien der darstellung neue erkenntnisse für die literatur, war auf elbesand gebaut, wie unsere erwartung auf spreesand, nur daß dieser schlammiger ist.

28. 2. 86

XXVII. parteitag der kpdsu. »die probleme bei der entwicklung des landes wuchsen rascher an, als sie gelöst wurden. trägheit, verknöcherte leitungsformen und -methoden, verminderte dynamik bei der arbeit, zunehmender bürokratismus – all das schadete unserer sache beträchtlich. im leben der gesellschaft zeigten sich allmählich stagnationserscheinungen. die situation erforderte veränderungen, doch sowohl in den zentralen organen als auch an der basis gewann eine eigenartige mentalität die oberhand: wie könnte man die sache verbessern, ohne etwas zu verändern?«
die rede ist von einer *wende.* »rekonstruktion« der volkswirtschaft durch wissenschaftlich-technischen fortschritt, sozialistische »selbstverwaltung« des volkes, »vervollkommnung« der gesellschaftlichen verhältnisse, und eine wende auch »für die äußeren angelegenheiten«.

4. 3. 86
nach hamburg als gast des senats. fahre mit käthe reichel im zug, sie ist gestern sechzig geworden und sitzt mir bleich und weich gegenüber, erschöpft, im kalten schweiß, und redeselig. und ich ziehe ins selbe quartier, zum rechtsanwalt groenewold, am weiher; der liebenswürdigste mann, und verteidiger von links bis reich. – ins thalia, premiere MARQUIS VON KEITH in [thomas] langhoffs regie. anzügliche darstellung der wirklichkeit, bzw. ihres zynismus, wedekind hat die direkte art, ihn zu formulieren. das publikum ist indirekt zufrieden. senatorin schuchardt, der ich ein kompliment mache, womit es sich hat.

5. 3. 86
zum buchhändler hasenclever. er übernimmt es, mich abzuschirmen. weihe ihn in meine unbestimmten pläne ein. *die wahre weltanschauung ging verloren*, die allein seligmachende gesellschaft. toleranz wird koexistenz. ob ich mich billigerweise an der historischen szene des NATHAN bediene, die auf dem heutigen, harten punkt ist? eine offenbare, treue adaption ohne die rührende auflösung: der unversöhnte weltkonflikt. die fundamentalisten herrschen die welt in stücke.
im nieselregen zum gänsemarkt. eine junge frau zieht mich zum test von zwiebelbaguettes eine etage hinauf. ich darf zwei streiflein verzehren und, kauend, ein dutzend fragen nach den dabei gewonnenen eindrücken beantworten. sie jobt für die firma partner research für 120 mark am tag, eine arbeitslose arzthelferin. den schluck rotwein, den ich verlange, hat sie nicht am lager, aber in der passage wird ein halber becher vitamintrunk gereicht, zwecks belehrung, keine kosten zu scheuen.
zeitungslektüre frißt den vormittag. arbeitgeber drohen den »rädelsführern«. aaron, des schauspielers hirschmüller entlaufener hund, welcher in der letzten vorstellung von zadeks WIE ES EUCH GEFÄLLT durch einen stoffhund ersetzt werden mußte, wurde auf dem alstereis heulend aufgefunden und kann wieder zum dienst antreten.
die kranke käthe bittet mich, ihr den rücken einzureiben, es ist lange nicht kräftig genug, mehr pulmotin, und mit der ganzen hand, so hart du kannst! ich frage, ob das brecht auch gemacht hätte: ja du, der hat noch ganz andere sachen gemacht, ich hatte doch einen so harten darm, und da hat

er mir mehrmal einen einlauf gemacht; ich lag auch so auf dem tisch, du mußt es halten, sagte er, aber ich konnte es nicht, und dann hatten wir immer die scheiße. das hat dem brecht spaß gemacht, er war stolz darauf, daß er das gelernt hatte als mediziner. sie hat das exemplar der MEMOIREN DES ABBE COIGNARD von frances bei sich, das ihr brecht zum lesen gab und in das er seinen namen schrieb, fliederfarben, weil er es zurückhaben wollte; und sie ist ja selber ein stück aus seinen händen, seinem besitz. am sonntag hat sie daraus vorgetragen, vor dem berliner publikum, und es war interessant zu erfahren, wo bert seinen most holte.

6. 3. 86
kundgebung auf dem rathausplatz, *wir lassen uns nicht in ketten legen*, gegen die änderung des streikrechts. vorwiegend männer (anders als auf den friedens-demos), und auch sie ruhige beamte zumeist. bürgermeister dohnany, von pfiffen begrüßt, spricht ein grußwort vom sozialdemokratischen hochseil herab, gewerkschafter steinkühler hat den schärferen ton, aus überlauten lautsprechern. (und wirklich ist es ein politischer streik. kohl: »wir werden nicht dem druck der straße weichen.«)
mit p[eter] schütt über die fleets. er ist die leibhaftige sanftmut der dkp, und beklagt sich jetzt über den »opportunismus der ddr«. sie rät nämlich den verlorenen genossen, mit der spd zu stimmen, die russen hingegen raten zu den grünen. so sehen sie sich abgeschrieben – und das haben sie auch immerfort.

9. 3. 86

käthe fein

12. 3. 86
mit stephan stroux in einem italienischen lokal und lagerschuppen mit verdimusik. er will TRANSIT EUROPA sofort machen, ich wiegle ab, aber immerhin finden wir in der exklave eine lösung für seidels todesszene: sie spielt im hotel und auf dem acker, der drachen steigt im zimmer, der sterbende gießt das wasser aufs feld, und die wirtin hat wieder die schererei mit einem toten. es ist ein theaterraum. aber so auch müßte europa in der welt liegen, wie kriege ich sie herein?
im thalia flimms arg stilisierte noble JUNGFRAU, mit der herrlichen affolter.

19. 3. 86
weimar sind die NIBELUNGEN nun zugefallen, aber erfurt *empfiehlt,* sie fallenzulassen. busch und beinemann halten sie noch zitternd hoch. – schroth/kleinerts WAS IHR WOLLT. ich foppe sie noch als die doppel-zadeks, und nun haben wir das entertainment. sie sind mit ihrer biokinetischen motorik an einen endpunkt gelangt und müssen in die innereien zurück, von den extremitäten in die brust des schauspielers, um dem spiel wieder seele zu geben. den NIBELUNGEN ist mit äußerlicher mache nicht beizukommen.

26. 3. 86
zu hager bestellt. meine arbeit stoße ja immer erst auf schwierigkeiten: und er kommt auf die NIBELUNGEN. der dritte teil, auch wenn er historisch sei, könne mißverstanden werden. meine absicht, erkläre ich, war nie, heutiges in verkleidung vorzuführen, sondern heute noch aufregende alte verläufe. die erfahrung, daß geschichte zähe ist, sei das harte brot der kunst. er kaut eine weile darauf, und hält für nötig, sich zeit zu nehmen, die bedenken der erfurter bezirksleitung auszuräumen. die sie hat, sage ich, ohne das stück schon zu haben, sondern auf weisung aus diesem haus. die arbeit werde unterwühlt durch die wachsamkeit, die die kollektive behindert. – aber, weiß er dann, es sei nicht gut, wenn ich mich vom berliner ensemble trennte. jeder wolle heute für sich alleine stehn ... wekwerth muß ihm meine absicht berichtet haben. in meinem alter war schiller tot, und ich werde behandelt wie ein domestik. ja meinst du, erwidert hager, mir ginge es anders? mir wird auch oft die arbeit schwergemacht und verleidet, so daß ich mitunter alles hinschmeißen möchte.

27.3.86
edelmann berichtet mir sein entzücken an müllers BILDBESCHREIBUNG, und erklärt es, das entzücken, todernst. es gelte ein utopie-verdikt. erst nach der vernichtung, in der landschaft des todes, könne kunst wieder utopie herstellen. die dialektik sei suspendiert vom atomtod, dialektik sei die idylle. die widersprüche als arbeitende, unerledigte darstellen, das legitimiere die wirklichkeit. ich nenne das eine kindliche theorie. wenn etwas über den erstarrten zustand hinaus hoffen läßt, so nur das, was im wirklichen selber wühlt und arbeitet. wie immer wüst, wie immer mörderisch. die dialektik: das ist die katastrophe. (es mangelt edelmann an müllers humor.)
der theaterhorror gleicht den slasher-filmen, wo die axt durch die wand und durch das mädchen geht. die zombies der bühne verweigern den öden text, der in dogmen gefroren ist. kunst war, wo man denken muß, die öde also. wie dringt man am tiefsten ins leben? indem man die gedärme herauszieht. im barock war die sucht konsequenter: man wollte die wirkliche folter und auf der bühne den delinquenten köpfen. marsyas jetzt die modepuppe, der bond das auge ausreißt und müller den schwanz. und er ist ja unsterblich, wie das dogma: die künstlichkeit.

31. 3. 86
bei kutulas: theodorakis. seine griechische biographie, held und häftling. die schweren schläge für die linke 1944, 46, unter der junta, und der schwerste ihre zersplitterung. in der lambrakis-jugend sorgte er für die begreifliche, eigene aufgabenstellung, die jugendlichen im dorf machten eine schlammige straße gangbar usw. nun überall die spintisierte theorie (»sie diskutieren die farbe der knöpfe der beamten, für den tag, daß sie an der macht sind«). – er lebt seit monaten in paris, die zwei welten wägend. man könnte meinen, er ruhe in seiner großen herrlichen musik; aber mehr als rechts und links zerreißt ihn u und e, und er steht vor der semperoper an um einen auftrag.

4. 4. 86
klabauternacht, »rückkehr des verbrannten / der verbannten in die stadt«. »all das soll zurückkehren, was in der offiziellen (kultur)politik keinen raum mehr findet: phantasie, improvisation, verwandlung, ausdruck eines jeden, vielfalt, ekkiges und anstößiges.« hexen und narren, trommler und masken. LESSINGS SCHLAF TRAUM SCHREI auf dem gänsemarkt, und das bereitwillige lächeln der menge weicht langsam einem ratlosen grinsen. lessing ist in aufgeklärter gesellschaft, und auch das theater begreift die dramaturgie: unflätiger boulevard. (von wildgruber und der matthes laß ich mir alles gefallen.) das publikum wird en canaille behandelt: wie am tage. hinter der vornehmen anstellung der auslaugende job. und der film

4. 4. 86

DAS SCHILLERDENKMAL *des Bildhauers Rainhold Begas ist eines der Kunstwerke, die am Donnerstag bei einem Kulturgüter-Austausch von West- nach Ostberlin gebracht wurden. Die Statue soll auf dem Platz der Akademie aufgestellt werden. Westberlin erhält dafür 29 Reliefs des Bildhauers Johann-Peter Echtler für das Schloß auf der Pfaueninsel sowie eine Nymphenfigur, die früher in einer Brunnenanlage neben der Villa van der Heydt am Landwehrkanal stand.* Photo: dpa

und Schiller kehrt zurück

14. 4. 86

ist es ein unding, die sage in die geschichte zu rücken? das anzügliche der alten situation, burgunden zwischen den großmächten, ist ja eher ärgerlich, weil nur nach analogien gefischt wird. wer aber sind die burgunden, denen freund siegfried hilft? und was bringt sie in die not? sie sind ein rohes volk, das sich durch halb europa gewälzt und nun den rhein erobert hat. jetzt will es staat machen. d. h. die mannen werden dem könig unterworfen, und die frauen den männern. aetius, der sie schlagen könnte, legitimiert die landnahme. doch schickt er ihnen die hunnen auf den hals, den schlimmsten feind. (der einfall der burgunden in belgien – wie wenn die lybier heute sizilien besetzten, sie würden von den blökken zermahlen.) die zeitungsschau werbels und schwämmels läßt sie wissen, daß ihnen der hort, ihre macht abhanden kommt. und nicht das »deutsche« naturell macht sie zu untergangsstrategen sondern das machtinteresse, an dem sie partizipieren. WENN IHR IN KRIEG ZIEHT IHR IN UNTERGANG – und sie ziehen in den krieg, ohne sich weiter vom fleck zu bewegen, sie ziehen sich hinein durch ein lavieren. sie lassen sich ein auf das spiel der mächtigen, in dem sie spielball werden. (auch der »terroristische« ghaddafi reagiert in einem kräftefeld, er setzt dem weltpolitischen terror den widerstand des winkelpolitikers entgegen.) siegfried der franke wird wissen, daß staat krieg bedeutet. vor allem aber ist siegfried der einzelkämpfer, aus der vergangnen zeit, den das staatstheater ekelt. er bleibt der recke, der nicht in der gefolgschaft verschwinden mag. er paßt nicht in die neue strenge welt, unter die luden der macht. er beugt sich nicht einem könig, den er erst groß gemacht hat, und so ist er auch eine utopische gestalt, die leben bleibt, im gedächtnis. und die sich tot mißbrauchen läßt als rettender held, mythische kampfmaschine auf dem katalaunischen feld der weltkriege. die not der burgunden ist ihre politik. nachts, als schroth und kleinert gegangen sind, höre ich entsetzt die nachricht vom überfall amerikanischer bombenflugzeuge auf tripolis.

23. 4. 86
die mühen der ebene liegen hinter uns, vor uns liegen die mühen der höhepunkte.
wekwerth zitiert einen beobachter aus der spd als verfremdung des sed-parteitags: eine vergleichsweise wissenschaftliche konferenz, die pläne nicht vom kapital behelligt, die freisetzung von 1,2-2 millionen arbeitskräften bis 1990 »löste im saal keine panik aus«. aber: die fertigen ergebnisse, die abstinenz der theoretiker. während ihre alten sätze außer kraft gesetzt sind. der marxismus ist nicht allmächtig, weil er wahr ist. »wenn es uns nicht gelingt, die beschleunigungsstrategie der wissenschaftlich-technischen revolution durchzusetzen, waren siebzig jahre sozialismus umsonst: er bleibt nicht existent.«
gorbatschow erklärt deutschen arbeitern, was in der sowjetunion ddr bedeute: *dawai dawai rabotaj*. auch das ist aber eine verfremdung.

25. 4. 86
bei einer so aufgestockten konstruktion muß es gänge geben, schächte, die die verschiedenen räume unvermutet verbinden. die nebelinge der urzeit finden sich wieder als ausgesaugte *bauern* in gallien, die den römischen riesen mit hilfe des deutschen recken schlagen. mit hilfe von *kriegern*, wie die burgunden sind, welche später in furor geraten, diese hier aber biegen die schwerter zu pflügen. dasselbe völkchen kann frieden machen und in den tod rennen, wir sehen alternativen. und die unterworfnen, aus der geschichte ausgeschlossenen frauen, tausend jahre mundtot schwatzend, tauchen wieder auf in voller größe im trümmerfeld, plötzlich gebraucht in der stunde null. die trümmerfrau als eine mythische figur der neuzeit (die nicht so sehr eine neue wurde, und die berühmte duckte sich zum denkmal, vor dem rathaus). so werden die bögen geschlossen. und für den moment leuchtet die menschheitsdimension wieder auf, die der anfang des stücks ahnen machte, und die mit der geschichte der »deutschen«, im burgendenuntergang, notwendig geschmälert wurde zu dem armen epochenbild von industrie und krieg. dies große, der mensch in und als natur, vermisse ich schmerzlich in der ungerecht einseitigen handlung, in der wir begriffen sind.

26. 4. 86
im dritten teil der hort nur etwas materielles, toter besitz. wut über hunnisches rauben. aber der eigentliche schatz die würde, die macht (als ausbeutende qualitäten). rüdiger bringt einen andern schatz ein: dietlind, und verlobt sie giselher: das blutsband zwecks magischer rettung aus der gefahr; die menschlichen beziehungen der wahre hort, der leben, sicherheit, glück garantiert. die anreisende braut (die erst auf den trümmern anlangt) eine hauptfigur, an dem kleinen mächtigen hort scheiden sich die geister / scheidet sich die politik.
und krimhilds triumph und rache? ist auch nur ein strang unter anderen (der nicht mehr zu brauchende und tot mißbrauchte siegfried, der betrügende betrogene etzel, der wissend selbstlose hagen usw.). geschichtliche *vorgänge* lassen sich nicht über die noch so große absicht einer figur erfassen, sie laufen auf breiteren wegen. die aktionen der einzelnen tappen fern aneinander vorbei. verhältnisse werden erst im größern geflecht transparent; die fabel die glocke, in der die charaktere schlagen.

28. 4. 86
und der film: die hafenrundfahrt natürlich der beste, und aufklärendste, zwischen köhlbrandbrücke und speicherstadt, das kupferblech der türme und der schmutzige freihandel. JENSEITS VON AFRIKA ein gepriesener import und doch nur eine sentimentale kolonialware, die guten weißen strapazieren erotisch ihre nerven, und die guten schwarzen haben sie/uns zu bedienen. wild besessen aber, ein mündiges publikum anzuvisieren: die deutschen filme STAMMHEIM und ROSA LUXEMBURG, die verdrängte, versäumte deutsche geschichte.

13. 5. 86

bei bahro in worms: eine straße wie berlin-weißensee, und er wohnt noch in den alten möbeln. im hinterhaus baut er sein meditationszentrum, zur übung der umkehr. er übt sie, seit er die grünen verließ, deren ökologischer ablaßhandel nicht das zivilisatorische selbstmordprogramm vereitle. die megamaschine = die lawine, in die wir materiell mit eingerollt sind: man müsse ihr die motivationale nahrung entziehen, anstatt sie im kampf gegen ihre außenforts zu trainieren. so schreibt er an der LOGIK DER RETTUNG: die wie die logik der ausrottung ihren ausgang im menschlichen herzen nehme. der säbelzahn der gattung, siegfrieds schwert (gehirn), der produktionsapparat, der die natur überwältige; seine wachsende effektivität werde zur gefahr für alles leben. »es läuft im ganzen falsch.« es liege nicht am kapitalismus, der eben die europäische produktionsweise sei – nicht die konkurrenz um den höchstprofit erkläre die wissenschaftlich-industrielle expansion in den mikro- und makrokosmos, sondern der europäische homo conquistador erkläre den kapitalismus. der doktor faust in uns, der seine spur »nicht äonen untergehn« lassen will. der dämon ist es also, wie bei mumford vorgezeichnet; eine apokalyptische analyse der formierungsbedingungen der (bis heute) wandernden kriegervölker, vom patriarchat bis zum industriesystem. aus dem verteilungskampf folge der koloniale konsensus, aus diesem der exterminismus als letztes stadium der zivilisation, die tödliche summe der disfunktionen. und nur auf diesem feld, aus diesem feld ergebe sich die rettung, nicht aus dem klassenkampf; der marsch in die institutionen mache nur mitverbrecher. »indem wir umwelt sagen, wollen wir außen etwas ändern, wollen dem außen etwas verursachendes zuschieben, das in wirklichkeit in uns liegt.« so bleibt nur der ausstieg, in ein aperspektivisches bewußtsein, das die hybris verlernt; »partielle regression« auf ältere bewußtseinsstufen, um uns im schlafe richtig zu verhalten. (aber das alte bewußtsein war roher, angstvoller, unsolidarischer.) suche nach institutionen, die »vor statt hinter« der megamaschine stehn, »letztlich spirituelle praxis«. meditation, um sich mit der »ordnung« des kosmos zu versöhnen. das endresultat soll wieder, wie in der ALTERNATIVE, ein »bund« sein, aber nun schon gar nicht mehr politischer façon: eine unsichtbare gemeinde. er sagt es selbstgewiß und gelassen, und sitzt, ein wenig dick und schwitzend, wie ein fröhlicher buddha da und erwartet meine verwandlung. und ich müßte nur loslassen, was ich habe! aber ich habe *verhältnisse*, die ich nicht verlassen kann, ohne sie zu ändern, und die ich nicht ändern kann im kopf. wo seine rettung beginnt, setzt ihre logik aus: bet und arbeit, hieß es einmal – sollen wir nun nur noch beten? die arbeit hat den menschen geschaffen, wie er ist, nur arbeit, andere arbeit, wird ihn ändern.

13. 5. 86

der reine regen ist uns auch versaut.
wäscht er dein antlitz, liebste, schön?
wie mir vor meinen bäumen graut
die barhaupt vor dem menschen stehn.

der krieg liegt in der luft, ich atme
aus und ein. blühendes feld
wir reiten uns hinein
grad wie es uns gefällt.

15. 5. 86

der us-senat spendet der polnischen bevölkerung, nach der katastrophe im kernkraftwerk tschernobyl, 50 000 tonnen milchpulver. die polnische regierung revanchiert sich mit 50 000 schlafsäcken und wolldecken für die new yorker obdachlosen.

24. 5. 86
mit stroux durch das alte land, die idyllischen finsteren dörfer, in die pohls stück hineinblickt. abends zu rühmkorf an die övelgönne – aber wir gönnen ihm das quartier mit blick auf elbe und docks. er sitzt unten in der kleinen stube, in eine decke gehüllt im lehnstuhl am fenster, wie der alte klopstock? sage ich, und mehr doch ein kränklicher heine, pfiffig bis ins letzte knopfloch, ein unermüdeter demokrat beim flaschenbier.

25. 5. 86

fleming starb hier, 1640, auf der durchreise, einunddreißigjährig. – an diesen einträgen fällt mir erst auf, wie oft ich unterwegs bin (denn ich glaube mich einen seßhaften mann). ich wollte freilich nie weggehn, und ich will nie bleiben; was ist es denn?

was ist es denn nunmehr, daß du so hungrig bist
viel länder durchzusehn. ernährst du, was dich frißt.

das ist die unruhe, unrast: und nicht das politische ist die hatz, es ist ein inwendiger hunger; gleichsam eine atavistische not, die mich wie ein jäger und sammler streifen läßt, nachdem ich wieder ein stück hirse gebaut. das weggehn – das bleiben, das sind zwei falsche alternativen. »du fändest ruhe dort«: wodenn? ich kann nur, die welten wechselnd, die starren sphären durchdringen. auf den kreuzungen stehend, an den grenzen, an der »nahtstelle der systeme«, etc. der raum, die ruhe: das ist die arbeit.

doch du bist wider dich. die sehnsucht fremder sachen
was wird sie dermaleinst noch endlich aus dir machen.

17. 6. 86
genossin lohrmann aus erfurt am runden weimarer tisch, sehr nervös. unverständlich, verdächtig die beiden aus der handlung fallenden szenen heutiger siegfriede, SCHULFILM und KATALAUNISCHES FELD; der schlachthof ein ironischer schauplatz, die alten schrecken erinnernd, die werkhalle der moment »antizipierenden stillehaltens«, innehaltens in der gefährlichen arbeit der eigentlichen handlung: sie zeigen den kontrast, den heutiges heldentum zum altgewohnten macht. das ist (verehrteste) keine abwertung des helden und eine aufwertung der verhältnisse. der versuch, neu miteinander umzugehn: ein gorbatschow-zitat, und als beinemann endlich fast flehend fragt, ob sie denn nun dürfen?, gibt sich die genossin sichtlich den vorgehabten ruck. – »waffenbrüder« – nun gut, spießbrüder; diese wortverwandlung inhaliert die geschichtliche verfremdung.

24. 6. 86

»ich denke, daß die welt sehr klein ist. in zehn stunden kann ich in el salvador sein – in der zeit, die ich für einen artikel brauche.« sagt aafke, wir sitzen im 12. stock des plaza-hotels, während unten der p. e. n.-kongreß tagt, sie will mich interviewen, aber ich sie: die situation der frauen sei revolutioniert durch die geburtenkontrolle, die pille, doch woran halten? die liebe, der mann? sie hat ein kind und ist vom hausboot ins steinhaus gezogen in amsterdam (steenhuis ihr name); die macht? »wenn die frau stark ist, ist es besser für beide.« wie die welt regiert werde, bleibe der einzelne draußen; die verhältnisse seien theatralisiert, mythisiert in mittelalterlicher primitivität (kapitalismus – sozialismus), die europäische aufklärung habe zu wenig menschliches realisiert. sie hat die kontinente bereist und glaubt europa vorbei, afrika hungert, »wir leben«. (aber den magischen bann europäischen fortschritts werden die hungerkriege der zukunft sprengen.) sie stillt noch, gestern sah sie auf der straße einen säugling im wagen schreien und erwog, ihm die brust zu geben, doch der vater fauchte: nicht anfassen! in brasilien hätte sie es getan, wo die leute um fünf nach dienstschluß samba tanzen, bis der straßenverkehr nachläßt ... in der nächtlichen lesung im congreß-centrum, mit moravia, makoto ooka, der wunderbaren sarrault, hungert uns, und sie gibt die pointe preis: auch gestern vergaß sie zu essen und fand spätnachts kein lokal und nährte sich von ihrer brust. und ich frage, ob sie erica jongs angenehmen vorschlag kenne, den hunger in indien zu stillen.

18. 7. 86
hans koch im walde verschwunden. der schreiber eines dikken buches über die *persönlichkeit* und beurteiler aller schreibenden personen verließ, in innerer panik, eine versammlung, in der sein mitarbeiter hanke kritisiert wurde, fuhr ins dunkle grüne, zog sein jackett aus, ließ es samt papieren im wagen und verlor sich in den büschen. vor vielen jahren habe ich ihn arg irritiert mit der dummen zeile »ich bin ich und nicht wir«, und bald lief er durch die berliner innenstadt mit dem bekenntnis, napoleon zu sein. mickel bescheinigte er, im zentralorgan, ein »hilfloses lyrisches ich« – der sich immerhin zusammennahm zu dem schönen vers: jetzt bin ich ich, und liebe lehre dichte; und der wirklich hilflose flüchtete in das machtgebaren. der extreme ablauf macht den normalen mechanismus deutlich.

13. 8. 86

als ich den blick vom blatt hebe, gewahre ich auf den kantigen klippen zwischen meinem schattensitz und der kieskluft der nachbarn eine junge weißhäutige frau, drei meter von anne, zwei von mir entfernt; sie salbt sich langsam mit öl aus einem, anscheinend leeren, fläschchen, die langen arme, den schönen mageren leib, läßt die hände über brüsten und lenden kreisen: und sieht immer her und streicht das gesäß, die schenkel, sich vorbeugend, so daß die brüste wie schlaffe glocken hängen; ein so keusches wie herausfordernd ausführliches zeremoniell. hinter der sonnnenbrille komme ich mir unanständig maskiert vor. dann verläßt die erscheinung das flimmernde blickfeld; ich sehe sie bald, ein paar felsen weiter, wieder ihren körper streicheln, und sie wird zur muse –

nachts bei schwarzem wein und mitgebrachter deutscher salami bekunden die dunkleren mitglieder der reisegruppe, auf dieser insel in der adria!, zur sicherheit ihre gesinnung; ein hochbestallter arzt: die mauer hätte man schon 48 bauen sollen.

25. 8. 86
in den studienhinweisen für die vorbereitungswoche des instituts für lehrerbildung wird aufgefordert, eine aussage gorbatschows zu interpretieren, die so zitiert wird: »durch den kampf der gegensätze bildet sich« – es heißt aber wirklich: »durch den kampf der gegensätze, mit schwierigkeiten, gleichsam vorantastend bildet sich« – und die verkürzung ergibt das gewohnte kurzschlüssige ideologische kommando, das nichts bewirkt – »bildet sich eine widersprüchliche, aber in vielen wechselseitigen abhängigkeiten zusammengehörige, in hohem maße ganzheitliche welt heraus.«

28. 8. 86

unser planet mit seinen stürmen, blitzen, hochwassern und eruptionen ist dennoch ein gelinder, freundlicher ort. die seltenen schrecken gelten für katastrophen. der mensch, ungestümer als die natur, macht sie zu seinem terrortorium.

vulkangaskatastrophe am nios-see

29. 8. 86
beim solidaritätsbasar auf dem alexanderplatz kommt schabowski, nachfolger des abgelösten naumann, an den stand: schön, daß du mitmachst, wie geht es hinze und kunze? – ich zeige auf die menge: du siehst es, hier sind sie. gebe zwei exemplare dem stand des deutschen theaters, wo das erste für 45 mark versteigert wird, das zweite für 75. mit dem dritten exemplar strafe ich das neue deutschland, es wird nach langem zögern als »ein buch« ausgerufen, auf anfrage wird es immerhin aus der ferne gezeigt: können sies lesen?, bis man sich endlich durchringt, den titel zu nennen.
abends fahren wir nach kladrum in mecklenburg zu walthers; wolfs, tetzner, laabs, rennert, pietraß, wolter. ein schwein wird verzehrt und texte werden gelesen.

7. 9. 86
in kochberg. dem alten michaelis gesessen. ein paar kommas in den frack gekleidet, bzw. die rüstung (denn in weimar beginnen die proben zu SIEGFRIED und). nach dem abendbrot auf den hang gestiegen. im garten ein ginkgobaum, mit dem berühmten blatt; ein auswuchs:

und so vieles mehre wissen
wir jetzt, starrend auf das zeichen
und ein land ist so zerrissen.
wie die hälften sich erreichen!

und sind wir uns grün, wir beiden
wie das blatt? mit seiner spalte!
wenn wir, liebste, uns doch streiten.
doch es eint der stengel balde.

17. 9. 86
duty, einhorn nach kochberg. das dritte gespräch in diesem jahr über den gedichtband. die »sicht auf schweres und schwieriges«, während die kunst doch »den blick auf die bewältigung zu lenken« habe, auf die *potenz* des sozialismus (und ich liefere pornografie). übrigens sei höpcke im april so gut wie abgelöst gewesen, er solle botschafter in paris werden (?). so eingestimmt, hacken wir wieder ins fleisch, aber wie ich sehe nicht tief. KONSOLIDIERUNG heraus (statt es der *perestroika* zu widmen); die TRÜMMER DER AKADEMIE lassen sich, nun schon mit lust, weiter zertrümmern. die scham ist mein problem. und sie können ein neues, das ich herzeige: TAGTRAUM, als trumm vorlegen, gegen die elende wucht des EISENWAGENS.

23. 9. 86
lese TRANSIT EUROPA in rudolstadt.
»an diesen menschen, bei denen der pendelschlag zwischen triumph und katastrophe am weitesten ausfällt, erscheint auch jenes gleichgewicht, jene totale unerschrockenheit und voraussetzungslosigkeit, welche eine ästhetik des widerstands sein könnte.« bergh/munkhammer über die mythen bei peter weiss.

28. 9. 86

im fernsehen die generale
auf dem tanzboden die miesels
krieg und kirmes
sie wollen wissen was mit der liebe ist
sie wollen wissen was mit der bombe ist
wo steht es, wo steht es
äuglein machen
for eyes only

Vor dem Kontrakt: eine Woche Härtetest Foto: ND/Archiv

15. 10. 86

reagan mit dem »geruch von mottenkugeln«, an dem die genfer verhandlungen ersticken, aber gorbatschow drängte ihn zu der formel: null raketen in europa, jeweils 100 sprengköpfe von raketen mittlerer weite im russischen osten und in den usa, abbau der strategischen triade um 50%, verbot der nuklear-tests (außer im labor). das mühsam geschnürte paket flog zuletzt vom tisch, weil reagen waffen in den weltraum bringen will. das sdi-programm obstruiert schon im zustand der planung den frieden. das treffen in reykjavik ist gescheitert, und doch war der »kardinale umbruch in der weltlage« greifbar.

22. 10. 86

schlagzeugsolo am weißen adler, früh gegen viere
trommelt es platternd herein, ich aus dem bette, es klingt
als wie töpfe, plasteschüsseln, eimer, mit lappen
drin zwecks dämpfung des tons, wirbelnde schläge gesprüht
auf die schlaflosen. mein (!) bruder: ich geh nicht zur wahl

mittags bei mutter. nach kamenz durch das letzte bunte laub, lesung im kulturbund.

3. 11. 86

BENJAMIN IN DEN PYRENÄEN – in der schweren schwarzen ledertasche, die allein er retten wollte, vermutlich das passagen-werk. (im sterberegister: unos papeles mas de contenido desconocido.) die tasche war mit seinem tode verloren. »gebiete urbar zu machen, auf denen bisher nur der wahnsinn wuchert. vordringen mit der geschliffenen axt der vernunft und ohne rechts noch links zu sehen, um nicht dem grauen anheimzufallen, das aus der tiefe des urwalds lockt. aller boden mußte einmal von der vernunft urbar gemacht, vom gestrüpp des wahns und des mythos gereinigt werden. dies soll für den des 19ten jahrhunderts hier geleistet werden.« *passagenwerk* hat den klang der metapher: meint zugleich die konstruktion. es handelt nicht nur von den pariser passagen sondern von durchgängen überhaupt, lichtpfaden, traversen, text-passagen, textstrecken. (adorno unterstellte dumpf: »zur krönung seines antisubjektivismus sollte das hauptwerk nur aus zitaten bestehen.«) der herausgeber der entwürfe hält sich an benjamins absicht, material und theorie, zitat und interpretation, entgegen »jeder gängigen darstellungsform«, in eine offene, offenlegende konstellation zu bringen.

3. 11. 86
»diese arbeit muß die kunst, ohne anführungszeichen zu zitieren, zur höchsten höhe entwickeln.« (sic:)

methode dieser arbeit: literarische montage. ich habe nichts zu sagen. nur zu zeigen. ich werde nichts wertvolles entwenden und mir keine geistvollen formulierungen aneignen. aber die lumpen, den abfall: die will ich nicht inventarisieren sondern sie auf die einzig mögliche weise zu ihrem rechte kommen lassen: sie verwenden.

wie diese arbeit geschrieben wurde: sprosse für sprosse, je nachdem wie der zufall dem fuße einen stützpunkt bot und immer wie einer der gefährliche höhen erklettert und keinen augenblick sich umsehen darf um nicht schwindlig zu werden (aber auch um die ganze gewalt des ihm sich bietenden panoramas für das ende sich aufzusparen).

formulierung von ernst bloch zur passagenarbeit: »die geschichte zeigt ihre marke von scotland-yard.« es war im zusammenhange eines gesprächs, in dem ich darlegte, wie diese arbeit – vergleichbar der methode der atomzertrümmerung – die ungeheuren kräfte der geschichte freimacht, die im »es war einmal« der klassischen historie gebunden liegen. die geschichte, welche die sache zeigte, »wie sie eigentlich gewesen ist«, war das stärkste narkotikum des jahrhunderts.

»unser wahlspruch muß ... sein: reform des bewußtseins nicht durch dogmen, sondern durch analysierung des mystischen, sich selbst unklaren bewußtseins, trete es nun religiös oder politisch auf. es wird sich dann zeigen, daß die welt längst den traum von einer sache besitzt, von der sie nur das bewußtsein besitzen muß, um sie wirklich zu besitzen.«... (marx an ruge kreuznach september 1843)

für den materialistischen historiker ist es wichtig, die konstruktion eines historischen sachverhalts aufs strengste von dem zu unterscheiden, was man gewöhnlich seine »rekonstruktion« nennt. die »rekonstruktion« in der einfühlung ist einschichtig. die »konstruktion« setzt die »destruktion« voraus.

damit ein stück vergangenheit von der aktualität betroffen werde, darf keine kontinuität zwischen ihnen bestehen.

die materialistische geschichtsdarstellung führt die vergangenheit dazu, die gegenwart in eine kritische lage zu bringen.

dialektiker sein heißt den wind der geschichte in den segeln haben. die segel sind die begriffe. es genügt aber nicht, über die segel zu verfügen. die kunst, sie setzen zu können, ist das entscheidende.

der historische materialismus muß das epische element der geschichte preisgeben. er sprengt die epoche aus der dinghaften »kontinuität der geschichte« ab. er sprengt aber auch die homogeneität der epoche auf. er durchsetzt sie mit ekrasit, d.i. gegenwart.

definitionen historischer grundbegriffe: die katastrophe – die gelegenheit verpaßt haben; der kritische augenblick – der status quo droht erhalten zu bleiben; der fortschritt – die erste revolutionäre maßnahme.

in jedem wahren kunstwerk gibt es die stelle, an der es den, der sich dareinversetzt, kühl wie der wind einer kommenden frühe anweht. daraus ergibt sich, daß die kunst, die man oft als refraktär gegen jede beziehung zum fortschritt ansah, dessen echter bestimmung dienen kann. fortschritt ist nicht in der kontinuität des zeitverlaufs sondern in seinen interferenzen zu hause: dort wo ein wahrhaft neues zum ersten mal mit der nüchternheit der frühe sich fühlbar macht.

es ist gut, materialistischen untersuchungen einen abgestumpften schluß zu geben.

5. 11. 86

an der theaterhochschule ernst busch wird ein festlicher abend unvermutet zu einem experiment, einer probe darauf, was die literatur leistet. statt ein braves programm zu basteln, blieb jedem studenten überlassen, sich selbst die texte zu wählen, nach seiner neigung und stimmung, und so werden sie vorgetragen in krass wechselndem ton, die geliebten oder mißliebigen sätze, aus gelobten oder kritisierten büchern. ehrenburg und plenzdorf, sartre und hein, de bruyn und brecht etc. es ist ein chor aus gemischten gefühlen, die sich antworten und widersprechen, aufheben oder bestärken, und alle doch die unsrigen und zugehörigen, nämlich die empfundenen und selbst gewollten: und es wird das lebendigste, wahrhaftigste, das politischste programm, das je eine festveranstaltung darbot. ja, wenn noch die jungen, die ungedruckten stimmen hinzuträten!, es wäre nur ein reicheres ensemble. warum also kleinmut, mißtrauen, amtliche angst? literatur ist ein gewebe, das sich trägt und an dem die leser mitziehen und mittragen.

19. 11. 86
in sattlers werkstatt in bremen: eine dachstube, auf dem kleinen tisch ein satzcomputer, den er buchstabengenau mit hölderlin speist. (bei jedem band spart er dem verlag 20 000 mark.) einen handwerker sehe ich und einen menschen; der seinen utopischen kopf behält.
bremen ist nicht mehr schön. alle wollen nur mark machen. alles geht nach dem geld: sagt ein alter drucker und sozialdemokrat, mit dem ich in der eckkneipe ein bier trinke. er bezieht längst rente, arbeitet aber noch, um noch mark zu machen.
im schönen schnoor-viertel, am haus schnoor 18: von't spor'n un wohr'n kumm't hebben von her.
in krämers FAUST 2 ist das papiergeld gestrichen; und es wird mit kleiner glänzender münze um die kunst gefeilscht.

26. 11. 86

fernsehgespräch mit merseburger – indem ich das hasse. politisch schnüffelnde fragen; aber ich verstehe schon, entgegne ich, daß sie gerade die differenz interessiert und nach ihr fahnden. gestern sprach hans mayer in der akademie über karl kraus, und der achtzigjährige unverändert lebhafte schloß beziehungsvoll, und die letzte zeile mit dem schwung eignen rechts herausschleudernd:

AN DIE SUCHER VON WIDERSPRÜCHEN

mein wort berührt die welt der erscheinungen,
die darunter oft leider zerfällt.
immer doch meint ihr, es gehe um meinungen,
aber der widerspruch ist in der welt.

6. 12. 86
besichtigung SIEGFRIEDS und der folgen durch die weimarer, erfurter und berliner rats- und staatsleute. da so viele verantwortlich sind, muß es keiner genau nehmen und an sätzen kratzen. siegfried böttger geht voran und spricht ein ministerwort. nur den blutigen schlachthoffilm finden alle unerträglich, er ist aber kontrastbrei. (die unausrechenbare ironie, die unsere *heldenarbeit* besudelt.) während des durchlaufs bin ich entsetzlich traurig, es wird mechanisch gesprochen, gleichsam zitiert, statt lebendig empfunden. die aufführung ist groß gedacht, hat emotionale kraft, wo sie ins heutige drängt. aber die wirkung der bühne macht die schauspielerische präsenz.
beim nächtlichen gang durch die gassen treffe ich auf eine kleine schar, die vom bahnhof kommt und sacht und vielstimmig ES IST EIN ROS ENTSPRUNGEN jubiliert. die passanten verharren andächtig oder grüßen spöttisch; ich folge dem süßen geräusch und bemerke die erfreuende und aber demütigende wirkung der kunstleistung. die vielleicht lust hätten mitzusingen, krächzen oder grölen rüde, an die hauswand geduckt. der allzu gekonnte gesang stempelt uns zu laien. und die ausgeschlossenen setzen sich mit verlegenem hohn zur wehr. auf der esplanade wird das häuflein von einem andern bärtigen trupp zum stehn gebracht, der eine flasche wein verspricht, es wird mit einem feinen lied gedankt, und dann steigen alle in ein haus hinauf.

8. 12. 86

merseburgers team filmt abends ein paar szenen, und vor der kamera finden die schauspieler zur präzision. und als die anspannung vorüber ist, spielen sie gelöst, mit tempo und miteinander, so daß die vorgänge durchsichtig und vergnüglich werden. billerbeck als gunter, der fast umbesetzt worden wäre, ist verwandelt und spürt es, und seine frische steckt nun die andern an, die er erst lähmte. vielleicht kann es gehn.

12. 12. 86

1. 1. 87

… »aber um erneuerung oder reinigung geht es ja nicht mehr, es geht um den vollständigen zusammenbruch und um gar kein versprechen, geschweige eine gewißheit für die zeit danach, außer der einen, daß es wiedergutmachung nicht gibt.« christa in STÖRFALL. meine *dunklen orte*.

3. 1. 87
christa umkreist, nach tschernobyl, weiter den blinden fleck, den ihre »wörter nicht kennen wollen, nicht kennen dürfen«... und der befund wird immer intimer: die menschheit betreffend. der mensch wolle geliebt werden, starke gefühle erleben, und wenn es ihm nicht gelinge oder verwehrt werde, suche er ersatz. welche angst schotte jene jungen männer im kernwaffenlabor livermore ab gegen das, was wir leben nennen. »eine angst, die so immens sein muß, daß sie lieber das atom ›befreien‹ als sich selbst ...« die technische entwicklung dünkt ihr ersatzbefriedigung, ersatzleben in der maschinenwelt. da die unerfüllten sehnsüchte grenzenlos seien, müsse der erfüllungszwang eine rasende produktivität zeitigen – und so hat die »atemlos explodierende ungeheure technische schöpfung« ihre allzumenschliche begründung. daß wir an uns zugrunde gehen können, sei längst in unser gewebe eingenäht. »jene ›synapsen‹ benannten verbindungen zwischen den neuronen ... deren menge größer ist als die gesamtzahl der elementarteilchen im universum ... ob nicht da, ausgerechnet bei unserem gehirn, in einem evolutionsüberschwang ... des guten zuviel getan wurde«: so daß wir uns jetzt bremsen müssen, unser denken bremsen? »an welchem kreuzweg ist womöglich die evolution bei uns menschen fehlgelaufen, daß wir lustbefriedigung und zerstörungsdrang gekoppelt haben.«
aber sind die männer von livermore opfer ihres »übergroßen unbeschäftigten gehirnteils«, »der sich in eine manisch-destruktive hyperaktivität« flüchtet, oder zwingt sie nicht ein aktueller gesellschaftlicher auftrag, beim broterwerb, in ihre schädliche arbeit? wir mögen die kritik der menschlichen

rasse auf ihre genese ausdehnen, die jedenfalls ein dunkles kapitel ist, aber die geschichte (unserer verhängnisse) ist vermutlich banaler. das »starke gefühl« des produzierens ist auch eine lust und leidenschaft, nicht unbedingt an stelle anderer menschlicher gefühle. industrie als hochrüstung, überlegenheitsdrang als erstschlagsdenken verwüsten den produzenten. er rackert in einer technizistischen perspektive. darin ist rechtens »kein ziel« mehr. »wo ist der fluchtweg?« – »ich habe begriffen, daß . . . die taue gerissen sind, die unser lebensnetz an gewisse halterungen befestigt hatten. taue, die man nicht nur sicherungen, auch fesseln nennen konnte.« nun beginnt sie, sich frei zu fühlen, und es ist nicht der wunsch nach beruhigtem leben.

25. 1. 87
die »postmoderne«
die mundtoten tuis denken nun mit dem arsch, der durchaus seine erfahrungen macht. er sitzt auf dem boden der tatsachen, aber er sitzt sie breit. zivilisationskritik mit verkniffener perspektive. sie hat ihre hellen – und ihre dumpfen momente:

horrorerfahrung in der bürokratisierten gesellschaft // der *zeitgeist* der überzeugungslosigkeit

das fortschrittsbewußtsein im eimer // »agonie des realen«

gegen das herrschaftsdenken (die verfügende rationalität) // pathetische theorie- und vernunftverachtung

gegen repräsentation, i. e. den kunstfortschritt // eklektizismus (stilgewusel)

auflösung der bürgerlichen subjektform // ironische simulation

abbau der kluft elitärer und massenkultur // paraliteratur für philister

der chok // der effekt

tatsache ist, daß wir uns *innerhalb* der kultur der postmoderne befinden, und daß ablehnung so unmöglich ist wie ihre huldigung korrupt. (frederic jameson) die philosophie der verchromten brechstange, deren weichstellen ihren marktwert nicht mindert. das ästhetische styling für das lebens-design des ironischen jedermann, der zuguterletzt die welt bejaht. die notwendige bewegung aus dem bedrohlichen toten punkt kann die postmoderne nicht denken, den qualitätssprung aus den systemen heraus. er bedarf mehr als »pariser frivolitäten« – und der festivitäten von berlin.

25. 1. 87

↑ ekel

resignation / furcht

sinnverlust der geschichte

beliebigkeit des geschehens

simulation

die welt als ästhetisches ereignis

spielender unernst

ohne moralen und ordnungen

↓ zynismus

31. 1. 87

während gorbatschow in moskau »über die umgestaltung und die kaderpolitik der partei« spricht (»bei der ausarbeitung der politik und in der praktischen tätigkeit überwogen konservative haltungen, trägheit, das bestreben, alles vom tisch zu wischen, was nicht in die gewohnten schemata paßte.« »besonders schwerwiegende folgen hatten die einschränkungen der rechte der betriebe und vereinigungen in der wirtschaftlichen rechnungsführung.«) und in der »ernsten lage« vorschlägt, das sowjetische wahlsystem vom formalismus zu befreien (geheime abstimmung über eine »beliebige zahl« von kandidaten), wird in berlin weiter gemauert, an der offenen seite der stadt. das neue deutschland druckt vierspaltig den bericht eines leningrader generaldirektors aus der ekonomitscheskaja gaseta nach, über den »interessanten und lehrreichen« aufenthalt in der ddr: *wenn das kombinat herr im hause ist.* der »erfahrungsschatz der deutschen freunde«. »das haben wir noch nicht erreicht.« »die einhaltung einer solchen ordnung ... muß von uns bei unseren deutschen kollegen erlernt werden.« »es gibt keine spur von administrativen methoden, mit denen wir bei jedem schritt konfrontiert sind.« nun, das ist doch ein selbstbewußtsein, unserer nachdrucker; nur verliert der tüchtige text hier ganz seinen mut.

31. 1. 87
nationales theaterfestival, SCHMITTEN.
thomas langhoff will die ÜBERGANGSGESELLSCHAFT am deutschen theater machen: und kaum hat er es zu laut gesagt, schlägt mir wekwerth die inszenierung vor, regie schroth. das ist nun dasselbe spiel wie vor wieviel jahren? die sache sollte mich einen dreck interessieren. welche sache?

20. 2. 87
eine brigade vom veb stadtgrün stutzt mit motorsägen die akazien in der eintrachtstraße. nachbar sparschuh diskutiert vor einer kriminell zugerichteten baumruine, und ich eile hinunter, um das sommergrün vor dem arbeitsfenster zu retten. die holzer verweisen auf den auftrag, der sie selber dauere; sie lassen sich nicht bereden, nach eignem gefühl zu handeln. es sind amnestierte, die auf leistung arbeiten, wir bringen sie mit mühe zu einer zigarettenpause. und holen die verantwortlichen an den tatort, um schonung zu erwirken. sie sind dem wunsch einer dame aus dem parterre nachgekommen; die bäume ihrerseits haben den kampf längst aufgegeben.

Die kraterüberzogene Landschaft des Testgeländes von Nevada. Foto: UZ

28. 2. 87

das wesentliche wird im traum erledigt, die zärtlichkeiten, umarmungen und politischen klärungen. dabei ist der traum, wie die poesie, klare bildlichkeit, konkrete empfindung; die hand zwischen den knien der frau, wange an wange, im fahrenden zug, ein süßes schmerzliches gefühl; eine verführung von minutiöser realistik. der traum ist das intensivere leben. sehe auf einer konferenz gorbatschow (er sagte bei tage: »ich stimme dem zu, daß es vergessene namen, weiße flecken weder in der geschichte noch in der literatur geben darf . . .«), er zieht mich in ein gespräch, mit herzlich entschlossenen sätzen. (kant gestern, aus moskau kommend: glasnost und genossen seien »auch große demagogen«.) – kein traum: schumacher fragt mich vor der premiere des HANSWURST, ob ich die den medien untersagten wörter wüßte? freilich, sage ich eilig, ich bekäme doch meine anweisungen: *umgestaltung, durchsichtigkeit, neues denken*; richtig geraten! gorbatschist! hanswursts schicksale trocken und zäh, kein lachen und keins, das im halse steckenbleibt.

29. 2. 87
negative utopie. DAS LEBEN EIN TRAUM. da das leben in wirklichkeit problematisch wird (smog, schichtarbeit, politische gängelung), beschließt die regierung, die bevölkerung auf das *eigentliche* zu verweisen – die ideologie erkennt den traum als das immer erhoffte bessere leben an, in dem sich die entwicklung, der aufbruch, die erfüllung ereignet.

21. 3. 87

fotijewa lebte bis 1975, sie starb fünf- oder sechsundneunzigjährig. ich hätte sie 1970 befragen können: falls sie noch (bzw. schon) »vernehmungsfähig« gewesen wäre. ihre aufzeichnungen gehören zum lautersten, was über lenins letzten kampf überliefert ist. und ihr urteil wäre natürlich wertvoller gewesen als das kurellas, der, wie alle moskau-emigranten, vom trauma des trotzkismus geschlagen war (sein bruder als »trotzkist« liquidiert). in der sammlung WIE WIR REGIEREN LERNTEN auch ein bericht von j[ewgenija] bosch, obwohl sie sich, wie vermerkt ist, 1923 der trotzkistischen opposition anschloß (allerdings 1925 rechtzeitig starb).

frühlingsanfang / frost. in den (west)nachrichten eine meldung, wonach die kpdsu eine rehabilitierung der ermordeten revolutionsführer beabsichtige. »es reiche nicht aus, stalins regime mit vokabeln wie ›fehler‹ oder ›unzulänglichkeit‹ zu belegen« (afanasjew). trotzki in seinem testament am 27. februar 1940 (er meinte noch, an hirnblutung zu sterben, durch bluthochdruck, nicht durch die spitzhacke verursacht): »die neue revolutionäre generation wird die politische ehre dieser opfer wiederherstellen und mit den henkern im kreml abrechnen, wie sie es verdient haben.«

24. 3. 87
LENINS TOD: 1970. das stück wurde wohl nach den diskussionen im januar 71 überarbeitet. es liest sich altmodisch, ist aber eher wichtiger geworden. es ist immer von einer gewissen wende die rede. T. entstand früher und weist größere mängel auf, aber insgesamt der menschliche ansatz tiefer, weniger die äußere (geschichtliche) situation als die innere in der brust, der kampf des körpers mit der politik. auch lenins krankheit ein einspruch gegen die machtstruktur, ein symptom der weigerung, ein zar zu sein. joffes impotenz und trotzkis visionen eines »befreiten« körpers; das sinnliche soziale bedürfnis im widerstreit mit der revolutionären härte. trotzkis versuch der disziplinierung, auch seiner selbst: darum sucht er nicht bedingungslos den kampf. die kosten der revolution, bucharins vorlaute frage; das leben schreibt die antwort mit blutigen buchstaben (radek: unleserlich).

ich würde die stücke heute radikalisieren. kronstadt, ursprünglich das vorspiel des ganzen, müßte anwesend sein als das schlechte gewissen, die »böse tat«, deren fluch fortzeugend neue statuten gebiert ... (der vorwurf, daß trotzki sich zum kronstadter mache, war in der 1. fassung besser plaziert.) dröhnen die kremlglocken KRONSTADT KRONSTADT, oder rosa erscheint? verwandelt sich nadeshda in rosa, ein verzweifelter liebeskampf lenins (oder trotzkis)? ihren text hat sie 1904 formuliert. es ließe sich natürlich ein theaterstück schreiben. mit der ermordung trotzkis am schluß / die revolution sticht sich ein auge aus. und trotzki, aus der herrschaft gestoßen, wird die frau (die er verlassen hat für die revolution, eine strohpuppe im bett, damit die flucht nicht zu früh entdeckt wurde), die frau als rächerin, die den zuchtmeister tötet? dann ists aber die banale gpu. die revolte der natur gegen die strikt geplante folter der befreiung. tod, hunger, sexualität das widerstandspotential gegen die männlichen revolutionen der instrumentalen vernunft.

24. 3. 87
»drollig sind fürwahr die kapriolen, die das verehrte menschliche subjekt der geschichte in dem eigenen geschichtlichen prozeß mitunter auszuführen beliebt. das von dem russischen absolutismus ekrasierte, zermalmte *ich* nimmt dadurch revanche, daß es sich selbst in seiner revolutionären gedankenwelt auf den thron setzt und sich für allmächtig erklärt – als ein verschwörerkomitee im namen eines nichtexistierenden ›volkswillens‹. das ›objekt‹ zeigt sich aber stärker, die knute triumphiert bald, indem *sie* sich als der ›legitime‹ ausdruck des gegebenen stadiums des geschichtlichen prozesses erweist. endlich erscheint auf der bildfläche als ein noch legitimeres kind des geschichtsprozesses – die russische arbeiterbewegung, die den schönsten anlauf nimmt, zum erstenmal in der russischen geschichte nun wirklich einmal einen volkswillen zu schaffen. jetzt aber stellt sich das licht des russischen revolutionärs schleunigst auf den kopf und erklärt sich wieder einmal für einen allmächtigen lenker der geschichte – diesmal in der höchsteigenen majestät eines zentralkomitees der sozialdemokratischen arbeiterbewegung. der kühne akrobat übersieht dabei, daß das einzige subjekt, dem jetzt diese rolle des lenkers zugefallen, das *massen-ich* der arbeiterklasse ist, das sich partout darauf versteift, eigene fehler machen und selbst historische dialektik lernen zu dürfen. und schließlich sagen wir doch unter uns offen heraus: fehltritte, die eine wirklich revolutionäre arbeiterbewegung begeht, sind geschichtlich unermeßlich fruchtbarer und wertvoller als die unfehlbarkeit des allerbesten ›zentralkomitees‹.« luxemburg, ORGANISATIONSFRAGEN DER RUSSISCHEN SOZIALDEMOKRATIE.

11. 4. 87
heise ist gestern gestorben. seine große arbeit liegt unfertig. man ging bei ihm das salz des materialismus holen. unser letztes gespräch über EMPEDOKLES, hölderlins ringen mit dem stoff, anspruch und scheitern idealischen kunstprinzips. auch auf bruno stieß er uns immer wieder. auf die verbrannten ... der vorsichtige, der feuer gelegt hat im hiesigen denken.
hager löscht; er erwidert dem magazin stern auf die frage nach der *perestroika* in der ddr: »würden sie, wenn ihr nachbar seine wohnung neu tapeziert, sich verpflichtet fühlen, ihre wohnung ebenfalls neu zu tapezieren?« aber vielleicht könnte man entdecken, daß die tapete stockig, muffig geworden ist? wenn man schon nicht aufs gemäuer blickt.

7. 5. 87
als wir vor sieben jahren am berliner ensemble SIMPLEX DEUTSCH inszenierten, war die vernichtung der waffen eine bühnenvision, das werk der toten in ihrem zweiten leben: ein tagtraum des theaters. unterdessen ist sie wirklicher verhandlungspunkt, gegenstand des gesprächs zwischen den völkern. eine der größten utopien wird greifbare möglichkeit. nicht der bewaffnete aufstand, die abrüstung bedeutet heute den revolutionären schritt, die erste maßnahme einer perestroika der welt. daraus zieht die mühselige und beladene menschheit jetzt unvermutete kraft. aber die regierungen werden auf den ritualen der abschreckung beharren und nach einem waffenmix verlangen wie der süchtige nach dem schuß.

11.-15. 5. 87

augsburg. fünf vorträge in der universität. die leche. die kastanienbäume. die tavernen. – daß er in der allgemeinen fuggerei sinnlich fürs kapital wurde, begreife ich, aber woher das baalsche weltgefühl? die schwarzen kassen des bürgersohns. – der nacken der hl. thekla des älteren holbein. sie wendet keinen blick von dem gemetzel. die überlebende durch lauter wunder, und das wahre wunder ist nun, daß sie uns vor das bild bannt. rührend und obszön; christliche pornografie und kunst im widerstand durch wirkung der bloßen natur. *einen leib wie aprikosen / vögelt man nicht in den hosen.*

29. maggio 87

mikhail gorbaciov si affaccia
alla porta di brandeburgo.
il muro trema un po',
ma i tedeschi sonn perplessi.

poésie pure der presse (il manifesto). pisaner konferenz, cases, forte, chiarini, cambi, ponzi, gallo (interpretiert mickels RAVENNA), und viele mehr. fahrt nach volterra.

31. 5.-3. 6. 87
ferrone, im florentiner schritt (ein fuß auf der bordkante), führt uns durch die stadt, zum architektonischen theater der piazza santissima annunziata. laura olivi hat ihm TRANSIT EUROPA vorgelesen. florenz! dante mußte die stadt verlassen, als das zentrum eben neu gebaut wurde; er sah vom dom, vom campanile nur die grundmauern. in fiesole eine theateraufführung im freien. zu fünft in einem kleinen auto, mit dem rasenden conti, nach süden zu den heißen kaskaden von saturnia, im mondlicht nackt in dem schwefligen tartarus, und das wasser prasselt ins genick, alle glieder lebendig. die glühwürmchen geistern durch das hohe rohe binsengestrüpp. essen kirschen, nespole und pfirsiche und in einem geschloßnen lokal »wasser mit nichts«. früh um zwei halt auf der piazza del campo in siena. um vier, als die bäcker öffnen, zurück in den gassen firenzes. station in venedig, der canale, accademia (disegni del figino), im café florian lese ich einen artikel in der neuen zürcher zeitung (b[eatrice] v[on] m[att]), der mir, und fühmann ist tot, eine mittlerrolle zwischen den generationen zuspricht. auf dem markusplatz heiter und trostlos allein, und habe doch unterhaltung in einer kleinen maskenwerkstatt und, nachts, auf dem platz zwischen santa maria formosa und dem parteilokal der pci spaghetti essend, mit der spirrligen, blassen kellnerin, die studiert und schreibt, aber schon bringt die wirtin sie in trab. lange zugfahrt im regen die römische/bundesdeutsche heerstraße entlang über den brenner.

5. 6. 87

hast du die nacht genutzt? – ich übte mich
in der erwartung. – wessen? – kennst du auch
den süßen schmerz, die unbekannte lieben? –
die unbekannte tat? – wie? – wovon sprichst du? –
die adern sprangen fast in meinem fleisch.
wie bin ichs müd, den markusplatz zu queren. –
du träumst, nicht wahr, du träumst mit konsequenz. –
und auf den straßen weht die transparenz.

was auf den straßen weht, sind die transparente, aber das wort signalisiert wohl die sucht nach durchsichtigkeit der verhältnisse. – in den kurzen stunden auf dem vielleicht schönsten platz europas hatte verf. diese eine zeile im kopf: *wie bin ichs müd, den markusplatz zu queren*; sie ist ganz unverständlich, wenn man nicht bedenkt, daß er, inmitten der menge, einsam ist, denn die angehörigen, und landsleute, können sich nicht ohne weiteres hier bewegen. diesem umstand verdankt das gedicht auch den dialogischen bau. während der fahrt über die alpen las er in einer rezension des briefwechsels von kant und hume, kant sei es bei der lektüre seines englischen kollegen gewesen, als sei er aus dem *dogmatischen schlummer* aufgewacht; die metapher hat, für den mann in seiner landschaft, unabweisbaren reiz, und setzt sich als überschrift darüber.

9. 6. 87
im karlsruher kernforschungszentrum wird eine pilotanlage zur schadlosen müllverbrennung betrieben (hartmuts arbeitsgebiet). die abgase, auf 1000 grad erhitzt, so daß sich das dioxin zersetzt, werden über zyklone entstaubt und naß gewaschen, wodurch sich aus dem schwefelwasserstoff und dem schwefeldioxid leicht abscheidbare säuren bilden.

24. 6. 87
karlsbad. die schwalben fliegen tief, die tepel rauscht rostig. kalter regen.
dame 1: sie weiß nun, ihr mann liebt männer. sie hat ihm kinder geboren. er hat ihr seine veranlagung verborgen, die partei hat den *päderasten* des postens enthoben. der staat will von vorn geliebt sein, jedenfalls will er eindeutige verhältnisse. die frau hat ein weites herz, und den weiteren schmerz. wer wird sie kurieren?
dame 2: sie kam mit tränen her. die liebe großmutter gestorben – und in selber nacht den mann beim ehebruch ertappt. ihr leben brach ein im zwickauer revier. hinaus aus dem trauerhaus ins kurhaus: eine amoure mit einem bundesbürger; sie blickt trotzig-froh in den richmond-park. sie hatte sich wieder in den flüchtigen armen, nun steht sie es durch.

26. 6. 87
zwei telefonate: anne aus dem radioaktiven kiew zurück, wo sie vier wochen unterrichtete. »herzliche leute« / »die leute weinen«. . . »die reden sind das eine. sie schaffen es nicht.« gorbatschow: wir segeln erst auf der ersten welle, sie hat das abgestandene wasser in wallung gebracht. (ein gewisser gehalt an *zerfallsprodukten* im tauwasser, sagt akademik k[onstantin] sydlik, sei unerheblich.)
höpcke hat in moskau von einem stück gesprochen, in dem ein mann umständlich stirbt, umstanden von einigen unpersonen. er hat die leiche siebzehn jahre liegen, nun sagt man ihm: er kann in seinem land mit ihr machen, was er wolle. – ich habe es geahnt und habe die alten texte eben abgetippt. aber ob ich T. jetzt auch vorzeige, in einem aufwasch, oder ob er zum schädling wird?

1. 7. 87
von ardennes »erster bescheidener denkversuch« in richtung konvertierung der rüstung, späte antwort auf ein ihm 1960 zugegangnes schreiben des senators humphry (es ist die richtung des technikers):
maßnahmen des umweltschutzes
verwertung von industrieschadstoffen
neue energiequellen (kernfusion; wasserstoff als energieträger, auch in kraftfahrzeugen: »das thema der zukunft«)
meerwasserentsalzung in trockengebieten
supraleitung
computertechnik, künstliche intelligenz »und so weiter«
bekämpfung der informationsüberflutung
ausbau der kommunikationsnetze z. b. mit digitalen sytemen
hochzeilenfernsehen
neue ausbildungsformen »mit milderung der vermassung«
bekämpfung des hungers (»dadurch, daß man die betreffenden völker zur arbeit anregt«)
krebsprophylaxe, künstliche organe, therapie der nicht wenigen noch nicht beherrschten krankheiten

26. 7. 87
in malesherbes, badias dritter bleibe. ein altes bauernhaus mit büchern gefüllt, obstgarten, weinkeller. die meisten bauern sind abgezogen, ersetzt von maschinen. badia, sohn eines maurers, bewundert seinen wohlstand: den standard der arbeiterklasse. welche entwicklung in dreißig jahren! der russische sozialismus kam im dümmsten moment und war tragischerweise kein angebot. die segnungen des industrialismus sind breit gestreut, erkauft mit der absoluten verelendung der natur. (der wasserverbrauch in frankfurt am main hat sich seit 1930 verfünfzehnfacht.) und wir wollen in ein grünes asyl, bewaffnet, wenn es sein muß: professor badia mit der flinte in der hand.

28., 29., 30. 7. 87
feuerwerk im fort von villeneuve, die lavendelfarbnen garben riesenkraken über unserer dachterrasse, kosmische bomben, so daß anne und arne sich unter die tische ducken; schönheit und schrecken, knall und fall, die apokalyptische technik. beim frühstück am steinernen tisch im weißen innenhof des hotels die nachricht: *trotzki wieder »held der revolution«.* die iswestija habe eine sachliche darstellung der rolle des lenin-gefährten gebracht. TROTZKI KOMMT AUS DEM EXIL / BLUT RINNT / AUS DEM KOPFVERBAND / *TAPETENWECHSEL* / UND DER EISERNE HINTERN / HEBT SICH VOM STUHL. fontaines de vaucluses, petrarcas fluchtort. ein felsental, eisiges klares wasser, mit einem grünen inwendigen wald, berle (berula), wir hängen die beine hinein, wasser wie die canzonen. die sonnenblumenfelder vor arles, der (vermeintliche) pont van gogh: am anderen orte; und es ist doch alles täuschend ähnlich seinem kreisenden grellen strich. unter den heftigen mistraleusen auf der autoroute.

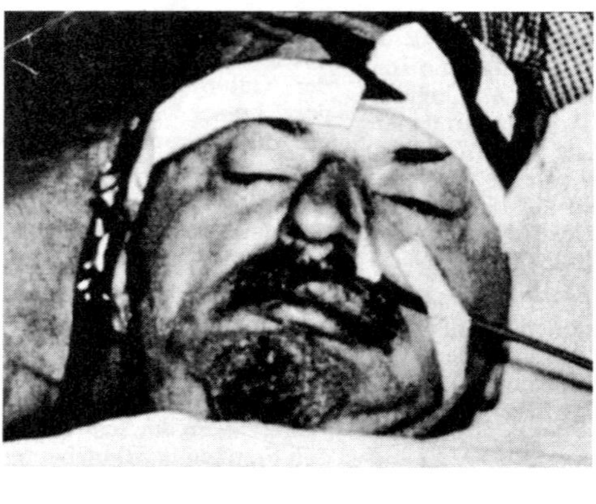

15. 8. 87
festumzug in pankow. die fußgängerische vergangenheit, das landvolk und die reitende klasse: ein *nachgerade* idyllischer anblick, und noch die droschken der ausflügler und die ersten straßenbahnen sind ein beschaulicher verkehr; erst dann fängt der zug zu dröhnen und stinken an, abgas und motorenlärm, eine ungewollte demonstration des dubiosen fortschritts, des verlusts an kultur, der riesenroboter von bergmann-borsig triumphaler anonymer regent. es ist eine illustration zu bahros predigt, deren lange druckfahnen ich eben lese: »daß das dilemma mit unserer größten errungenschaft zusammenhängt, mit der gegen die welt befestigten persönlichkeit. dafür sind wir – es vollzieht sich in jedem individuellen leben neu – aus dem paradies ausgetrieben, von der welt außerhalb unserer haut, oft vom eigenen körper, ja von den eigenen unerwünschten ich-anteilen (vielleicht den vitalsten?!) abgetrennt, und es kann uns das jeweils ausgegrenzte zum feinde werden. hinzu kommt das desensibilisierungstraining des städtischen, des industriellen alltags, noch viel mehr beim geistesarbeiter (auch im büro). wie wir ursprünglich beim ausgang aus der tierheit für unsere freiheit unsere instinkte lassen mußten, so haben wir später für die zivilisation unsere älteren bewußtseinsverfassungen mit ihrem so viel befriedigenderen sinnlichen weltkontakt gelassen.« die verklärenden losungen und das jubiläumsbier wirken nichts gegen den physischen eindruck einer fehlentwicklung, »selbstausrottungslogik« sagt der aufgeschreckte messias.

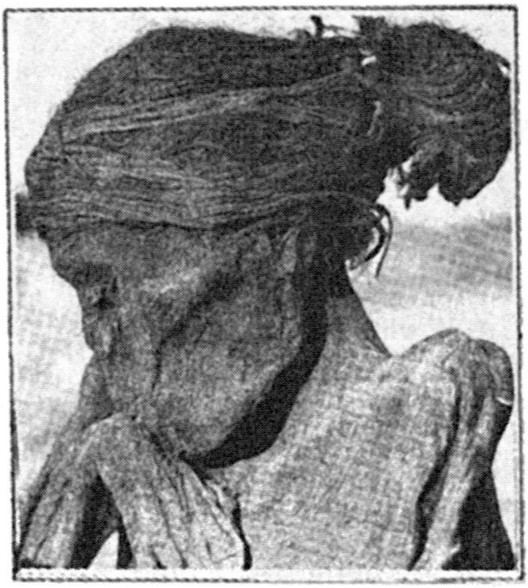

10 000 Jahre alt
Foto aus: „14. Oktober“, Aden

24. 8. 87
in höpckes letzter urlaubsstunde, der minister stellt sich wie jeder bei den mahlzeiten an, berühre ich die scheiße der bürokratie. es ist aber die politbürokratie. er schlägt vor, zehn expl. des gedichtbands zu drucken, damit er hier zuerst »erschienen« ist.
mittagsnebel. auf den feldern bei rövershagen ein manöver, die windmühle mitteninne, gegen die die kanonen kämpfen.
DER WEISE MANN IM OSTEN, ein nathan-gedicht.

27. 8. 87
»wie kann es gut ausgehen, wenn immer mehr menschen von unserer endlichen erde immer mehr pro kopf verbrauchen, zerstören, vergiften, wie wir es vormachen? darüber müssen wir untereinander und mit der natur zusammenstoßen.« »was treibt uns denn eigentlich …?« »was für ein unfug, anzunehmen, es sei der erkenntnisapparat, mit dem uns die evolution ausgestattet hat, unser eigentliches problem« (wie es der STÖRFALL nahelegt), das sachenmachen, das trümmeraufhäufen, der materielle lebensprozeß sei die todesspirale. »der friede beginnt damit, daß wir die hände von dem größten teil der arbeit lassen, die die meisten von uns jeden tag verrichten.« deshalb empfiehlt bahro nicht, wie die utopischen sozialisten vor ihm, ein arbeitshaus, sondern ein lusthaus. »von der konstruktion zur kommunion.« »mehr glück ist nur möglich, wenn wir weniger geschichte machen.« wie rasch ist der übersiedler, in die überflußgesellschaft, aus seinen kategorien gekippt. als sei die arbeit die bleilast, die uns versenkt. ist die produktion nicht noch naturwüchsiges dickicht, das sich lichten kann, und nicht umkehr steht bevor: das herausarbeiten aus dem rohen zustand.
aber wie einstein betet bahro: nicht die bombe ist das problem sondern das herz. und er schwimmt nach der kalten dusche seines grünen engagements im fahrwasser des newage (der amerikanischen »experimentellen religion«), nach ihren rettenden begriffen fassend: der *evolutionssprung* der gattung, der planetarische *bewußtseinswandel*, der mithilfe der synergie eine übergeschaltete ordnung schafft, in die sich der mensch spirituell integriert. statt der proletarischen revo-

lution eine anthropologische, »also eine reformation« wie die lutherische ohne deren beschränktheit (erbsünde, obrigkeitsdienst). herausgesprengt aus seiner kirche, der partei (»in meinem kreise haben wir in den 50er jahren über die kommunistische sache disputiert wie die mönche über den rechten gottesbegriff«), baut er eine neue, innere, immer noch missionar. er steht hier und kann nicht anders: die ALTERNATIVE mündete in einem neuen bund, die LOGIK DER RETTUNG in einem orden. »aber was solls, auch die christen begannen als sekte.« in dessen zellen es dem »fürsten der ökologischen wende« entgegenatmet (mit dauistischer technik), dem kollektiven fürsten gramscis oder seiner »noch notwendigen personifikation«: gorbatschow.

28. 8. 87
westliche freiheitliche unordnung oder östliche unfreie ordnung. sozialdemokratie oder einheitssozialisten. das dokument der grundwertekommission der spd und der akademie für gesellschaftswissenschaften der sed fragt, welches system die wirksameren beiträge zur lösung der lebensfragen leistet. es begräbt nicht den bitteren streit, in dem sie seit siebzig jahren leben, aber es ist das erste gemeinsame papier seit 1919. st. rudi wird ironisch vermerken, die feindlichen brüder gäben sich den kleinen finger, während sie hand in hand am apokalyptischen ofen arbeiten; der klassenkampf um den anteil am produzierten kuchen heize ihn gerade an, er sei nicht der mechanismus, dem kommunismus nahezukommen. die wahrheit, natürlich, liegt hinter den parteien: in einer anderen dimension der fragen.

6. 9. 87
seminar in salecina: geschlechterbeziehungen und rollenverhalten (HINZE-KUNZE-ROMAN), mit sophie. amalie & theo pinkus kauften anfang der siebziger jahre den bauernhof orden dent (»hinten im tal«). der sponsor (feltrinelli) hatte ihn als grenznahe zuflucht gedacht, als in italien ein faschistischer putsch zu befürchten war. die vorbesitzer, von baldini, verboten, ihn zur kirche oder zur kneipe zu machen, die langhaarigen linken aus frankfurt oder zürich richteten eine hütte her und beschrifteten die wanderwege: karl-marx-pfad, straße der revolution, und man sah »rote fahnen im malojawind«. aber die wirtschaftlichen beziehungen, zur laterie, zum metzger (einem anarchisten) besänftigten das mißtrauen; und nun trägt sich das unternehmen, ein alternativer ort der sammlung und kollektiven zerstreuung, und jeden abend werden die pflichten verteilt, kochen, abwasch, hausputz und zeitungsschau.

8. 9. 87
finanz und wirtschaft, frontseite:
denkmal des sozialen friedens. die politische kultur im viersprachenland unterzieht sich permanent – allerdings mit wachsenden selbstzweifeln – den rituellen übungen konfliktfreier konkordanz.
titel: kein grund, titel zu zeichnen / käufer blieben weg / wenig los / auf tauchstation / wirkungslose interventionen / politisch bedingte nervosität / geradlinig abwärts / neue schwächezeichen / lawson beruhigt die anleger / diskreter erster ascom-auftritt / unterbewertet (ein bild von giacometti) / sicherer gewinn der lloyd's of london / societé génerale erhöht kapital / tateho verspielte 20 mrd. yen.
großinserat: the tokyo elektric power company, inc. braucht eine anleihe von 200 mio sfr. in form von obligationen zu 4¾%, längstens 8 jahre
(und toni, ex-jurist, theatermacher, er verdient auf dem bau den kies für den stoff, sieht seinem zeigefinger nach herausfordernd in die runde).
frankfurter allgemeine: honeckers triumph in bonn und dann erklingen zur begrüßung die beiden wortlosen lieder von deutschland.

11. 9. 87
west-östliches sofa oder die schwierigkeit, sich verständlich zu machen. die ostverwandtschaft könne nicht würdigen, was es heiße, kinder zu haben: arbeitslose kinder, kinder ohne ausbildungsplatz. 98 absagen. oder nicht reisen zu können, zu alt zum trampen. sie könne nicht begreifen, was geld bedeutet. die westbekanntschaft wisse nicht, was freiheit wert sei, reisefreiheit, meinungsfreiheit. wählen zu wollen: wirkliche alternativen. die sinnfrage sei geregelt, *funktionieren und rentieren.* erst in der not stelle sie sich; der obdachlose stellt sie, aber nicht der gesellschaft, er sucht die schuld bei sich: er sieht sein *versagen.* im osten werde dem staat die schuld zugeschoben, »wenn wir nur könnten«, und man sei fein heraus. im osten die planvorgaben, im westen die psychotherapie, das wegdelegieren in die kindheit / in die zukunft.

11. 9. 87

pia, masseuse in zürich und hüttenwärterin in salecina, fühlt sich immer froher werden, tatsächlich, »ich werde immer froher«, und ihr lächeln beweist es, »indem ich annehme, was mir geschieht, und mich stelle, und meine freiheit bewahre. es ist immer ein neuer augenblick: ein neues beginnen aus der erfahrung. ihr könnt mir alles tun, aber ich habe mein leben. am ende der hoffnung ist die kraft. ich werde froher und stärker.« sie lebt, dicht neben sils maria, eine *fröhliche wissenschaft* und frauliche alternative gegen das gejagtsein der geschäftswelt.

17. 9. 87
im hotel krafft in basel, angesichts des erstorbenen in der hitze flirrenden rheins und der schornsteine von sandoz, lese ich descartes' MEDITATION ÜBER DIE ERSTE PHILOSOPHIE. die hinreißende begründung des von dogmen und einbildungen unabhängigen denkens – »darum war ich der meinung, ich müsse einmal im leben von grund auf alles umstürzen und von den ersten grundlagen an ganz neu anfangen«: um etwas »festes« in die wissenschaft zu bringen, mit deren hilfe sich der mensch zum herrn und meister der natur mache. die natur das unterworfene, und der exemplarische herrscher ringt sich zuallererst selbst von ihr los. »außer dem geiste erkenne ich nichts mehr in mir an«; dubito cogito ergo sum, das abstreifen des leiblichen, nicht durch gebet sondern durch den berechnenden verstand. »mich selbst will ich so ansehen, als hätte ich keine hände, keine augen, kein fleisch, kein blut noch irgendeinen sinn, sondern glaube bloß fälschlicherweise dies zu haben. ich will hartnäckig in dieser meditation verharren« – denn dem körper gehöre an, was der herrscherlichen vernunft widerstrebt, diese aber stelle sich willentlich, methodisch den unklaren leidenschaften entgegen. worauf es allein ankomme: richtig zu denken, sein »brennend großer wunsch«. hegel: »hier, können wir sagen, sind wir zu hause«, und die moderne wissenschaft, die nicht nach den folgen fragt. der solipsismus, der zum interesselosen kalten fakt führt, pedanterie des schreibtischtäters; die affenschande der philosophie nannte es bloch. der faust-monolog der schizophrenen wissenschaft, die den teufel des unbewußten austreibt mit dem beelzebub des reinen instrumentalen denkens. die sonne strahlt siedend her-

unter, der schweiß rinnt mir am leib herab. ein fixer am ufer springt in den strom. polizisten kontrollieren die papiere. lese abends in der komödie: GRENZEN DER MENSCHHEIT für die drei chemiegiganten.

19. 9. 87
mutter schreibt, die verschiebung ihrer reise begründend: »ich habe 14. + 17. volkshochschule – 23. akademie f. ält. bürger u. reginas geburtstag – 26. oper – 27. philharmoniekonzert – 2. 10. arzttermin.« die schmerzen, von denen sie nicht spricht, haben sich seit der brustoperation in den rükken verlagert.

13. 10. 87
mutter einige tage bei uns. gestern in westberlin, sie ließ sich nicht nehmen, das besuchsgeld abzuholen, aber sie kauft nichts, und läßt sich nichts kaufen, sie brauche nichts. sie läuft nur für die anderen in die dresdner läden. sie sorgt, sie spricht nur für andere, das gegenteil der »unwürdigen greisin«, die ich doch gerne sähe. diese unwürdige bescheidenheit der alten zeit. erst wenn sie niederliegt, wird sie erlauben zu sorgen, den in die welt verzogenen kindern.
abuladses film DIE REUE (im westkanal), eine abrechnung mit der stalinzeit. eine erstaunliche mischung poetischer, satirischer und dokumentarer mittel. der diktator als lächerlicher volkskünstler, und die frauen der verbannten die langholzstapel absuchend nach lebenszeichen. unbarmherzige kunst gegen die unbarmherzige macht. aber es geht um erlösung, nicht um befreiung. es geht in die kirche, wie ABSCHIED VON MATJORA zurück in die dorfbeschränktheit führt.

1. 11. 87

es ist fraglich, ob die unterdrückung in ihren frühen stufen, in den mesopotamischen oder präkolumbianischen kulturen, als solche begriffen wurde; gewiß ist aber, daß sie heute als das sogenannte *kleinere übel* des kapitalismus oder *zum wohl* des sozialismus hingenommen wird. aber wohl oder übel ist dulden keine tugend, und der sozialismus soll nicht erduldet werden sondern erkämpft. und wenn einst könige, in krisenzeiten, durch öffentlichen selbstmord aus dem leben traten, um bessere existenzbedingungen mit den göttern auszuhandeln – ein ritus, der höchstens noch in der kieler cdu geübt wird –, so müssen wir heute partnerschaft auf erden suchen, um die *höhere einsicht* zu gewinnen. – und wie denn sonst das »bloß atomistische verhalten« überwinden, welches der reflex der besonderen blindheit der individuen, ihr eigentümliches partikulares bewußtsein seit der neolithischen revolution der produktivkräfte ist?

5. 11. 87

gorbatschow macht es sich mit den zwanziger jahren zu leicht. es ist selbstschutz; er muß sich abgrenzen gegen den toten zeugen.

»die revolution, die die bürokratie gegen sich selbst vorbereitet, wird nicht wie die oktoberrevolution von 1917 eine soziale sein: diesmal gilt es nicht, die ökonomischen grundlagen der gesellschaft zu ändern und die bestehenden eigentumsformen durch andere zu ersetzen ... dem proletariat eines zurückgeblieben landes war es beschieden, die erste sozialistische revolution zu vollbringen. dieses geschichtliche vorrecht wird es allem anschein nach mit einer zweiten, ergänzenden revolution, einer gegen den bürokratischen absolutismus, bezahlen müssen. das programm der neuen revolution hängt in vielem von dem augenblick ab, in dem sie ausbricht, von dem entwicklungsniveau, das das land dann erreicht haben wird, und in hohem maße von der internationalen lage ... es handelt sich ... darum, die methoden zu ändern, nach denen wirtschaft und kultur geleitet werden. das bürokratische selbstherrschertum muß der sowjetdemokratie platz machen.« trotzki, 1936

5. 11. 87

Vollständige Fassung in: „Krasnaja niwa“, 1923

16. 11. 87
dramaturgentag des henschelverlags. lese ÜBERGANGSGESELLSCHAFT, die östliche, dann turrini die westliche pornografie: DIE MINDERLEISTER. sein stück ist videogerechter. abends rühmkorf mit seinen jazz-men im akademiegebäude.

24./25. 11. 87

zehnter schriftstellerkongreß. man ist der kundgebungen müde und redet an gegen das gefühl, daß ein großer augenblick vertan wird. die heranwachsende generation verlange wahrheiten. was wir uns ersparen, hole uns an anderer stelle ein. nichts schade mehr und verletze schmerzlicher als darüberhinreden. hermlins attacke gegen den inquisitorischen »marxismus« harichs (der nietzsche ins nichts verdammt und mit ihm die avantgarden), »anachronistischer müll«. jurij koch über die devastierung der kohlebezirke, aber es werde »kälter um uns«; gegen die »ignorante ergebenheit vor offiziellen konzepten«. wenn die leitungen immer unsicherer lavieren in ihrer schon krankhaften entscheidungsschwäche, müssen die eigentlichen zuständigen handeln. hein: verleger sind leute, die ihr geschäft verstehen, für ihre bücher arbeiten und einstehen. sie bedürfen keiner aufsicht. es riecht nach einem aufbruch, einer bereitschaft, sich in produktive zusammenhänge zu begeben.

ich begebe mich aber erst in die toilette, wo ich hager begegne; er habe längst mit mir sprechen wollen, aber nun sei das buch ja erschienen. und die nachauflage des romans? damit habe er nichts zu tun, das liege nicht bei ihm. höpcke vor der tür: wie er lügt!

debatte über die verluste. »kann es nicht sein, daß der verband sich der ausschlüsse *schämt*?« – bei der wahl gerate ich ins präsidium.

26. 11. 87

unsere hellwachen zeitungen, die schon die russischen reden mehr unter- als übersetzen, üben sich drei tage in der hohen kunst der redaktionellen bearbeitung, des intellektuellen unterschleifs, der dummdreisten kargheit.

4. 12. 87

gestern lesung im stadthaus in halle, eine vielleicht zu schwierige suche nach dem STOFF ZUM LEBEN, oder einfach eine von mir schlecht vorbereitete sitzung in dem großen vollen ratssaal. vor vier jahren hatte ich eine demokratischere beratung in gang gebracht: ich begrüßte die zuhörer als regelrechte abgeordnete, gab eine präzise vorlage (die BERICHTE VON HINZE UND KUNZE) und eröffnete dann die debatte darüber, die sich sogleich ihres gegenstands bemächtigte. ich hätte durchaus für eine gewisse kontinuität der aussprache sorgen können, hatte aber, wie jeder gewöhnliche repräsentant, das volk aus dem auge verloren. – am morgen im interhotel höre ich ein raunzen am frühstücksbüfett, es ist stengel, mit dem ich rasch ein ei verspeise. er macht ferien, d. h. er hat nur einen auftritt pro tag, in den nestern, wo er seinerseits schulstunden hält. fünf monate habe er nicht auftreten dürfen, bis die maßnahme als illegal erkannt wurde. – gewiß, illegal, der apparat benimmt sich illegal, sage ich, während die bürger sich schon offen im land bewegen! er arbeitet verkappt, hinter zuer tür. – vermummt, sagt stengel, die polizei, die buschwerktätigen, die uns auf den straßen ertappen wollen. – die bullen bloß? der ganze staat muß aus der vermummung heraus, aus der illegalität, schon ließe sich demokratie erleben.

nachmittags besprechung TRANSIT EUROPA im d[eutschen]t[heater]. solter, fritz, nikulka, katja paryla, grashof, kattrin klein, kleinert.

8. 12. 87
zu trakia wendisch. er liegt mit vereitertem kiefer auf dem lager und spricht mit leiser, schleppender stimme, die vielleicht seine gewöhnliche ist; großspurig ist seine malerei. er braucht große formate, für die handstreiche aus seinem langen körper heraus. der fernseher zwischen den schenkeln; der rote clown auf dem hochseil schräg über dem betrachter. trak spürt seinen mangel, die rüde, ungestalte oberfläche – sie bearbeiten bedeute, die konstruktion aufzutauen. er scheint ein »wilder«, aber die körperlichkeit seiner entblößungen zeigt den ernsten mann. er sieht die zerklüftung der gesellschaft, deren kulturelle bedürfnisse sich nur in einem schmalsten winkel treffen; in den die aufreizenden bilder ragen.

8. 12. 87
gorbatschow und reagan unterzeichnen in washington den vertrag über die beseitigung nuklearer mittelstreckenraketen.

11./12. 12. 87

mit jurij koch durch die verurteilten dörfer. dissenchen lebt, schlichow, der zweite ort hinter der cottbuser stadtgrenze, liegt lethargisch an der straße, vom nächsten, klein-lieskow, zeugen noch häuserreste. dann öffnet sich der kessel des tagebaus. liesk: sorbisch, wäldchen. mit den dörfern verschwinden die kirchen, die schulhäuser, die gasthöfe, die alten bäume, die äcker. und die sorbische sprache. die dorfgemeinschaften zerstreut in die großblöcke der städte. nur ausnahmsweise ein dörfchen neu gebaut: lakoma; von der kohle unter seiner flur zehrte das kraftwerk jänschwalde 6 stunden. in sprey die holzkirche mit dem altar aus dem 14. jahrhundert, an der kante der wüste. aber die verbliebenen einwohner sind ihres bleibens nicht froh, in der abgeschnittenen landschaft: »man hat uns vergessen«. sie hätten auch gern ihren schnitt gemacht. wir schneiden in den alten leib der erde, wir ziehen das wasser aus der tiefe und wühlen das tertiär herauf, mit riesigen geräten; zur rekultivierung rollen simple raupen. ein viertel des bezirks cottbus wird *devastiert.* bergbauschutzgebiet. die siege der wirtschaft, der stumpfe sinn der planung. am abend im sorbischen klub in bautzen, dyrlich stößt zu uns, wir trinken grubenfusel. nachts in der toilette kippe ich gegen die wand, am morgen das kissen blutig. am morgen noch einmal der blick über die schwarze asche im restloch von burghammer, der dampf des abwassers weht über endlos scheinende *archaische landschaft* ohne losungen. heimat paul bauchs, des kurzsichtigen emphatischen tagebauers.

12. 12. 87
ein verkommener BAAL im b[erliner]e[nsemble]. natürlich muß dieser text verlieren, wenn er sich materialisiert auf der bühne, aber ein junger schauspieler, mit frisch und frechem ton, und dem man ins gesicht sehn mag, hätte uns doch immer die sache ahnen lassen. schall macht die sache zu einem dummen und dumpfen jux. einem schläfrigen abgesang statt dem morgengrauen auf dem ararat! quintana konnte KABALE nicht und BAAL nicht aus dem geist der jugendlichen verfasser inszenieren, es sind zwei zu eigentümliche deutsche stücke, um sie nur mit action zu exekutieren.

14. 12. 87
einführungsgespräch ÜBERGANGSGESELLSCHAFT mit langhoff und den schauspielern im gorki-theater. der alte hetterle, der gegen das stück war, deckt es nun: und spielt den wilhelm höchst höchstselbst. unterredung mit günther, schlenstedt und einhorn wegen der TEXTE [in zeitlicher Folge]. abend mit mensching, der sich als filmheld plagt, und kutulas, der die BIZZAREN STÄDTE ediert, nr. 1 in 21 exemplaren mit seinem atari-computer gedruckt, eine kleine esoterische sammlung, »akt der solidarität und selbstbefriedigung«, alleingang in der bleiwüste. sollten wir nicht lieber, ein altes beispiel tradierend, deutsch-sowjetische jahrbücher herausgeben, mit philosophisch-politischen grundtexten des *neuen denkens*, das in die wirkliche bewegung greift. wie das gallogermanische prinzip keine geographische sondern eine universale intention war, sollte das unsere keine staatliche sondern eine welthaltung bezeichnen. man müßte einen russischen ruge suchen und einen deutschen marx, oder umgekehrt, und alles auf die eine nummer setzen (die ohnehin die einzige bliebe, weil sich eine andere art *eingreifendes denken* auch perpetuiert).

31. 12. 87
»seltenzeit«: es ist nuria quevedo also gelungen, was ich ihr abbat, ein blatt zu dem glücklichen *moment des möglichwerdens* zu versuchen, der seltenzeit der revolution, oder der liebe, des anfangs, in dem die utopien leben. nun geht der mann über das wasser, auf den hellen horizont zu aus dem schreckenden himmel, er hebt den kopf, breitet die arme energisch, um die balance zu halten, aber die beine sind geschlossen – ja, er steht noch auf der welle, schon der nächste, der erste schritt würde in die eisige brühe tauchen und den schwerelosen versinken machen, und die arme würden nach oben schlagen, die eines sich ergebenden, ersaufenden. die bewegung, zu der alles an ihm gespannt ist, die ihm schon flügel leiht – sie müßte die illusion zerstören. aber jetzt erlebt er es, jetzt kommt er voran über die schwarze gleißende weite, sie trägt ihn. wie den toten im TRANSIT über das meer der möglichkeiten, die die lebenden verfehlten. und das gestirn droben ist schwarz wie das härteste licht, wie die finsternis der hoffnung. die seltenzeit, der augenblick der arbeit, der noch auf die folgen sinnt.
arne und thorsten, kellers, jastrams bei uns. pelmeni, und moskauer wodka. das jahr des abrüstungsbeginns.

8. I. 88

kantine deutsches theater.

GRASHOF: ... seidel liegt geschlagen da, und hinter ihm sitzt die wirtin, die hat das gesehn, die wirtin, geht nicht hin, sagt höchstens dann der polizei: gehn sie mal da vor an die rampe, da ist irgendwas los. dadurch kriegt man die beziehung raus, wo du sagst, die hat den doch da angeschmiert, und da sieht man einen schatten hinten liegen, und da geht die hin und geht wieder zurück auf ihren platz und trinkt weiter. und der seidel liegt noch da, getroffen von der welt, also von den schlägen, und da kommen zwei und fassen zu, wir sollen sie wegbringen, also deine teerjacken, wir sollen sie wegbringen. und jetzt tritt nämlich ein, und das ist das spannende, daß man den von der bühne wegbringen will, den mann, an dem sich alles reibt, an dem man überhaupt die geschichte erzählen kann, wollen die von der bühne wegtragen, und da sagt er: nein, ich darf hier nicht weg, wo soll ich denn hin? also, der kann nicht von der bühne weg, darf der nicht, der mann, so, und jetzt gibts gezerre, sie sind auch der falsche überhaupt, und da könn die noch mal gucken, ob hier einer ist, der doktor, ob der vielleicht ein bein hat, und der sitzt so da, und der hat auch zwei beine, scheiße, was machen wir, der polizist hat sowieso zwei beine, da gibts keinen, da gehn die wieder weg. also es müßte immer im offenen raum sein

...

der seidel aber geht nur einen meter, und versteckt sich auf dem bühnenboden, und dann sagt er plötzlich, und dreht sich einfach wieder um, also mehr nicht: wo waren sie denn die ganze zeit, sagt der doktor einfach zu ihm, bei wem verstecken sie sich denn? da sagt seidel: mir ist schlecht, weil ich kein mensch mehr bin. da kommt das, wo er das leben erzählt, wissen sie überhaupt, plötzlich hat ers begriffen, übern paß begreift ers, wird er lustig in gedanken, plötzlich denkt der arzt wieder die hohe humanistische bildung, die ärzte gelernt

FRAUENSTIMME daß es die analphabeten ooch begreifen, wa.

GRASHOF das ist die welt. haste das gehört? am dichter geht einer vorbei und sagt: daß es die analphabeten ooch begreifen. das ist die welt. so, und in 8 wird er plötzlich ganz, so wie man, wie eichmann zuhause hausmusik gemacht hat, deswegen hat er überhaupt erfunden, wie man die juden schnell vergast, denn er konnte nicht ertragen, daß seine frau ihn anredet zuhause, der wollte schöne musik hören, und deswegen mußte das schnell gehn acht stunden, und der doktor wird ganz rege. er sagt, das ist nämlich so mit der welt, erzählt er seine geschichte, wie die welt, wie der racine die welt begriffen hat, und seidel sagt: das hab ich mir gedacht von anfang an, daß sie wahnsinnig sind. verstehst, du mußt die chance kriegen als schauspieler, ohne dramatisierung zu dramatisieren, und zwar mußte, du mußt behaupten, daß du nicht weggehst, von dieser bühne geh ich nicht runter. und am ende kriegen sie dich doch weg, weil die leute nachhause gehn, weil der vorhang fällt, also diese schweinerei von theater, daß die jetzt alle nachause gehn können, weil nichts ist. und da mußt du bleiben, es muß knirschen, und dann sagste, kann der gut sagen: ich glaub, das ist bei mir eben wahrscheinlich dann alles falsch, wie ich gelebt habe, und da sagt der doktor: ja, das müssen sie auch, das ist ein guter einfall, sie müssen schluß machen, da werden sie sehn, es ist wie ein neuer anfang oder ein ende

...

und plötzlich kommt so ein mann, und das ist der jude, und er sagt, wer er ist, und der müßte natürlich bei mir auch immer dasein, immerfort. und sagt plötzlich auch irgendwas, und das könntest du alles sehr zurückgedrückt spielen, mit anderen mitteln. so daß der sagt: wissen sie was, ich bin jude und ich will jetzt wieder nach deutschland, es geht nicht anders, und deswegen geh ich, also es muß deutlich sein, daß er im zweifel zurückgeht. und da sagt seidel: sie sind wohl verrückt, sagen sie mal, und da könntest du das schlagen aber viel mehr, wie menschen, wie wir hier jetzt sitzen, so spielen: sie wissen, das geht gar nicht, das können sie nicht wollen, als zu sehr zu dramatisieren. und dadurch würdest du mehr *grausigkeit, grausigkeit,* wenn der sagt, sie sind wohl verrückt, knallen mir einfach so? ja, daran müssen sie sich gewöhnen in deutschland. und der liegt dann auch da vielleicht und bleibt so zwischen den pferden in marseille liegen und das hetzt weiter. und der doktor sitzt dann irgendwo, und jetzt könntest du machen, in 11., daß der seidel irgendwas nimmt und hinterrennt und hinten an der wand irgendwas kaputtschlägt, dreist mitm hammer, ziegel raus, aus dieser scheiß deutschen-theater-bühne, aber irgendwas demontiert, was du richtig siehst, wo er dann sagen kann: zwölf waggons, und guckt nach oben, paßt auf, himmel, oder du kannst hinten stehn und plötzlich sagen: das ist europa, plastikmüll. so wie es hier rumliegt, und die andern, unten, die sitzen nämlich nicht anders rum, verstehst du, du mußt erreichen, daß die unten so rumsitzen wie die oben. daß ich oben nur das mal machen will, aber eigentlich auch zuschauer bin, ich darf nur spielen mit dieser engagierten haltung eines zuschauers, der für eine sache im kopf engagiert ist und nicht von der figur, und dabei wird es figur, weil ich da bin, nur ein engagierter, ich sag mal das wort, zeitgenosse bin, um durchzubringen ein problem. und das kann ich dann auch mit den mitteln, die ich in der unterhaltung, und nicht mit diesen üblichen theatraliken, und da kriegt es plötzlich, meine ich, einen echtheitsgrad, wenn nicht andere mittel gebraucht werden. da tropft das blut von oben plötzlich, da soll mal einer sagen: wie spielen die denn, was machen die denn, weißt du, du mußt reinkriegen, daß die leute, die jetzt überhaupt den mund aufmachen, erst mal über sich reden müssen, die kritiker

...

ich müßte das nur immer machen wie bei kipphardt MÄRZ, also von dieser selbstverständlichkeit einer geschlossenen anstalt. obwohl transit durchreise ist, hat es doch etwas geschlossenes, es verschiebt sich aber für manche, der kann, der könnte, kann nicht, aber es kann nie jemand sagen, volker, und das ist diese dummheit der zeit, daß er sich nicht auf transit begebe. alle, die sich nicht auf transit begeben, sind die schweine, beim faschismus kann ichs dir beweisen. wenn die alle auf transit gewesen wären, wäre transit kein problem gewesen. das problem, transit in marseille ist nur, weil nicht alle da sind, nicht weil die da sind, nein, weil nicht alle gekommen sind, alle achtzig millionen deutschen. wenn alle achtzig gekommen wären, im übertragenen sinne, hätten sie zuhause bleiben können. ich laß mir nicht ein-

reden von dem land, daß ich, wenn ich mich bewege, nicht einschätzen könnte, obs in birmingham oder marlborough so schlimm ist oder blöd ist wie in köpenick, ich weiß, daß da auch die sonne aufgeht und untergeht, das ist nicht mein problem. nur sie müßten alle mal mitkommen, im kopf wenigstens. und du darfst nur die bewegung vom kopf reinbringen: versteh ich das, was ist denn jetzt. es gibt kein transit insgesamt, es gibt es eben immer nur für dich leider, oder für mich. und faschismus, die hatten kein transit, das war unbeweglich, das stand. und so was kriegt man, glaub ich, nur wenn leute nicht über sich drüber spielen, damit meine ich, über ihr verständnis. ich kann dir keine antwort über mich geben, volker, deshalb kam ich nur drauf, im tiefen bin ich mir selbst transit, alles was ich mache, ich kann mir aber über mich keine antwort geben, nur merke ich oft, wie blöd ich war. manchmal merke ich auch, daß ich was mache, was nicht blöd ist. aber das zählt nicht, für mich, also das ist was anderes, ich falle nicht über positive dinge, in der welt, ich stolpere über das andere, und das muß ätzend drin stehn, daß man an dem doktor nicht vorbeikann, der da oben ist. es gibt nur doktoren in der ddr, nein, das ist quatsch, was ich jetzt sage, aber es gibt auf der welt neunundneunzig prozent mit der haltung von dem doktor und nur ein prozent, die etwas anderes denken.
BRAUN aber nur durch diese statik
GRASHOF ja, durch diesen druck
BRAUN kriegt man das generelle, das
GRASHOF entsteht dynamik, meine ich
BRAUN das man heute eigentlich
GRASHOF ja, das meine ich, aber es kriegt, dadurch kriegt

es für mich, meine ich, fieber, es kriegt fieber, das ist so, als
wenn einer sitzt und steht plötzlich auf und
BRAUN handelt.

13. 1. 88
präsidiumssitzung. stelle die anträge, müller wieder in den verband aufzunehmen, durch einfaches kassieren des beschlusses von 1962, und mit den 1979 ausgeschlossenen hiergebliebenen zu sprechen, endler, stade und schubert. arbeitsplan. druckgenehmigungsverfahren: so zu vereinfachen, daß es praktisch abgeschafft ist. kein einreichen von manuskripten; das stempelchen bitte.

14./15. 1. 88
lesung im bärenzwinger in dresden.
mutter lotst uns, mit ihrem dauerausweis, in die X. kunstausstellung. vielleicht sind es nur eine handvoll guter bilder, aus vier jahren. und vielleicht wirkt diese zusammenschau belanglos und unbefriedigend. aber es ist doch immer das menschengesicht, der menschenkörper das thema, ob in veristischer oder neu-expressionistischer malweise, es sind die müden, skeptischen oder trotzigen leute dieses landes ohne beziehungen zueinander. besoffen bei der RÜCKKEHR VON DER KULTURFAHRT, schindernd in der ZWEITEN SCHICHT im haushalt, aggressiv im GROSSEN STADTBAD, mit verschränkten oder hängenden armen bei der BEGEGNUNG. selbst die SOWJETISCHEN SOLDATEN: vor dem zinnoberroten grund unschöne jüngelchen in uniform. eine humane malerei voller zweifel, trauer und begierden. ein einziges gegenstück: UNSERE HEIMAT DDR, 170 × 260, ein so *glückliches*, triefend braves gruppenbild, daß es nur als satire zu nehmen ist. die selbstbildnisse: mattheuer DRINNEN UND DRAUSSEN, rink dem problematischen AUFSTIEG zusehend, angela hampel MIT FLÜGELN, heisig der ältere als CHRISTUS den gehorsam verweigernd, wenzel MIT ABGESCHNITTENEM FINGER. der stärkste eindruck: peukers A. P., GEBOREN 1945 und sakulowskis gebeugter, weggedrehter rückenakt VERANTWORTUNG.

24. 1. 88
bei irrlitz in wilhelmshagen. wie malt sich in der idylle die welt? die wirkliche zäsur nicht zwischen sozialismus und kapitalismus, es sei e i n e formation. sie müßten ähnlich elastischen überbau haben. stattdessen bei uns das militärische prinzip: die masse machts. die rohe russische form. jetzt gelte es eine synthese. »die wiederaneignung des materiellen reproduktionsprozesses durch die gesamtgesellschaft«, nicht durch die konkurrenz der großen konzerne zu vermitteln, sei nichtsdestoweniger im gang. die maßnahmen der rüstungsbeschränkung, des umweltschutzes, die notwendige unrentable arbeit usw. dienten nicht der wertproduktion sondern dem allgemeinen nutzen. schon jetzt würden die monopole zunehmend beauflagt, gesellschaftliche zwecke zu verfolgen; die abgeforderten rechnungen überschreiten das profitprinzip. das sei umbau des kapitalismus während der fahrt; der alte zug werde befrachtet mit dem neuen inhalt. statt auszusteigen die änderung der richtung, des ziels, des ganzen alten fahrplans. welche politische form der staat dieses übergangs habe, sei sekundär, lediglich eine frage der menschheitlichen vernunft. – so malt sich die welt zur idylle.

30. 1. 88
aufführung, nein, abführung von TRANSIT EUROPA. grashof brüllt den text, als würde ihm ein zwang angetan. »solter ist ein verbrecher.«

9. 2. 88
ratlose notizen

1

der neue gedanke muß nicht als der schwere gedanke vermittelt werden; er gerade braucht leichtigkeit, und vor allem soll er sinnlich werden, damit er angenommen wird. er muß nicht dröhnen und seine gewichtigkeit wie ein gewicht absetzen, er kann wie nebenbei, wie ein glückliches drübernaus gesagt sein. er muß lust machen, ihm nachzugehn. sein geheimnis ist das versteck, in dem wir uns treffen. denken wir doch, das neue denkend mit ungeduld, an brechts lied: »natürlich ausgestreckt / gibt eine hand und empfängt mit gleicher leichtigkeit. ... ein gutes wort / entschlüpft wie ein wohliger seufzer.«

2

den text inszenieren wie ein bild picassos. »ausdruck der zeit, deren astronomen die welt mit dem bild einer platzenden granate erklären.« (brecht) die zersprengte form nicht wieder zu einem brei rühren, sondern das ausgegrenzte draußenhalten, damit es um so unwiderstehlicher hereinbricht. die distanzen im material nicht verkleinern sondern ausstellen. wo noch, in den greifbaren beziehungen der im historischen raum eingesperrten personen, die »form gewahrt« wird des bekannten ablaufs, ist er doch irritiert durch die hineinragenden gegenwelten. der schwarze, der noch die utopie, wenn auch in der illusion, für sich hat und über das wasser geht, oder in den transitraum unserer flughäfen tritt mit dem messer in der hand. man darf den gegensätzen den schrecken nicht nehmen durch ästhetisches eingemeinden, sonst wird die frage, die das andere uns stellt, verdrängt. und der fremdkörper des entpersönlichten texts eines ungebundenen, »rollenfreien« subjekts: das ist der eigene körper des schauspielers, in dem er sich ausspricht vor dem zuschauer, welcher selbst als fremdling dasitzt, ein ausgegrenzter auch er aus seiner seh- und denkgewohnheit. das sind zweite und dritte instanzen, die die fabel mit konstituieren, eben indem sie sie aufsprengen, instanzen der unberuhigten vernunft.

27. 2. 88

Waren: Punkt 16 Uhr. Vor den Augen der Weltöffentlichkeit verläßt der erste Zug mit Raketentechnik den Bahnhof Richtung Heimat

das ist ein rückzug, den ich gern berichte
auch wenn er tausend kilometer währt.
so sieht er aus: der vormarsch der geschichte
die ohne waffen besser fährt.

Uber 1500 Einwohner Bischofswerdas waren trotz Schneeregens zur Kundgebung auf den Bahnhofsvorplatz gekommen

das teufelszeug lag hier in unsern auen!
jetzt wird es vorgezeigt wie eine beute
mit trara. nicht daß uns das nicht freute.
nur müssen wir den schrecken erst verdauen.

Großes Interesse der in- und ausländischen Presse.
Foto: ZB-Weisflog

freunde, mit euch ließ sich kein krieg gewinnen.
zu starke waffen stemmtet ihr ins moos:
und sprächen sie, wir müßten all zerrinnen.
und schon die stille hieß man atemlos.

Mitglieder der Warener Fleischerinnung brachten den Sowjetsoldaten zünftige „Marschverpflegung" Foto: ND/Lange

wir schlachten euch ein kalb: da seht.
so gut soll es euch gehen, wenn ihr geht.
und hoffen sehr, es möge euern seelen
auch ferner nicht an guter zehrung fehlen.

6. 3. 88

nicht mehr langt der entwurf, das allen gehörige bildnis
einer geliebten zukunft. lange zeit war es sitte
sie auf die tafeln zu schreiben oder die dunkelen säle
leuchten zu machen mit ihrer reinschrift. und selbst die
bücher
die man die richtigen nannte, murmelten alle die eine
deutliche ewige wahrheit für die nächsten zehn jahre.
dieses jahrhundert hat aber so viele flimmernde ziele
atemlos eingeholt und straßen zerstampft, das gelände
betoniert und unterminiert, eine einzige rollbahn
von der wir transitäre in alle richtungen fliehen
zusehnd, daß wir wieder warmen boden gewinnen.
aber wo? im walde? in den automobilen?
um ihr recht kämpft jede art, und die arten der arbeit
auch, unterstützt von maschinen; und dem moor und
den auen
eilt das gefühl vergeblich zu hilfe, wir graben das wasser
ab, um mit lust den staub zu fressen. was ist es wert, was
dämmerungen, tagebaue, das blühende schaumkraut.
gegeneinander sind die landschaften angetreten.
keiner weiß das ende. jeder weiß es gekommen.
und die möglichen bilder malen es aus auf berußtem
schreibpapier. und ein gespräch ist in gang wie von waffen.

13.3.88
die bühnenentwürfe scharsichs zu LENINS TOD: naiv erzählend in der appenschen art, und von der christus-legende inspiriert. die besetzung (noch immer »keine senatoren am be«) macht probleme. schön wäre es, die darsteller der »alten garde« auch figuren aus dem volk spielen zu lassen, so daß jeder in beiden ebenen auftritt: im apparat und auf der straße. ist es doch fast ein zufall, wohin der einzelne in dem neuen staat gerät, er ist nicht mehr durch besitz oder nichtbesitz zu seiner rolle verurteilt, er findet sich in den revolutionären wirren unversehens im komitee oder in der butyrka. warum soll der agitator radek nicht auch der dumpf politisierende arbeiter kutusow sein? und der bauernschlaue lenin nicht der schlaue bauer, der den buchstaben nicht traut – lenin, der selber wieder sprechen lernt. dieses doppelte spiel aller figuren gäbe ein poetisches bild der widersprüche, und der kämpfe in der brust.

15. 3. 88

der tag beginnt mit trocken brot im hotel ukraina, er endet mit kaviar in der ddr-botschaft. – diskussion im moskauer schriftstellerverband. die helden der perestroika seien vor zehn jahren beschrieben worden: sascha pankratow und die anderen »kinder des arbat«. jetzt mache die publizistik den vorreiter. aber sie ist mit dem negativen beschäftigt (das ist schon ein positivum); die zeitschriften leben vom gestern. die einstigen wurstblätter sind heiße ware. »die rolle der formierung der öffentlichen meinung«. im agitpunkt fanden sich zwei oder drei tscheloweki ein, in die räte für die diskussion kommen hunderte. »die ausschweifung ist die demokratie.« aber wie werden eure kritischen, eure moralischen bücher zu konstruktiven? wie wird aus der analyse ein entwurf? – in der redaktion der inostrannaja literatura. sie will SMERTJ LENINA drucken. – sehe tabakow beim empfang in der botschaft. die sessel sind so riesig, daß man nur den nebenmann anhauen kann: volkskammerpräsident sindermann. die russen, doziert er, zäumen das pferd vom schwanz auf. sie wollen selbständigkeit der betriebe, statt erst zu rationalisieren und für produktivität zu sorgen. er habe ihnen anhand der rede von engels an marx' grab die einheit von wirtschafts- und sozialpolitik erläutert. daß nämlich die menschen zuerst essen, trinken, wohnen und sich kleiden müssen, ehe sie politik usw. treiben können. und, sage ich, wenn ein »so der despotie gewohntes volk« erst atmen können muß, bevor es sich bewegt? wenn erst der reifen von der brust muß? – in diesem moment, seines schweigens, ist alles entschieden. der staat: das privateigentum der bürokraten (marx). – sie können die dimension des umbaus nicht einmal denken. man muß sich besinnen auf die alte losung: *hände weg von sowjetrußland.*

16. 3. 88
treffen der präsidien der schriftstellerverbände. markow: die künstler seien froh, »im zentrum dieses sturms zu stehen«, nicht alle seien diese schärfe schon gewohnt. die worte gehn ihm leicht von der zunge, eine triefende transparenz; so fröhlich ist, wer die kurve gekriegt hat. der alte apparat, mit demokratie-öl gesalbt. wperjod obedu! ich denke, über den roten platz stapfend, an dmitri; nun haben sie den echten und guten zaren: und er eröffnet den [falschen] rat ... mit gugnin ins revolutionsmuseum, muralow, smilga, kollontai in den neuen vitrinen. ende der woche solle »neues material« ausgestellt werden. im theater des leninschen komsomol DIKTATUR DES GEWISSENS, wieder ist es die publizistik, die zum ereignis wird. was ich mir beim spektakel 1789 der truppe der mnouchkine vorstellte: ein spiel mit dem stoff des tages, das auf die szene der straße hinausdrängt – hier ist es zu erleben, der »glücksfall des ineinsfallens theatralischer und geschichtlicher aktion«, hier wird das eigenste verhandelt in der schulstunde mit dem atemlosen publikum, das wohl »entschlossener, bewußter und einiger« vor die bastillen des dogmatismus zieht.

17. 3. 88
die erniedrigte, gegängelte masse ist die erbärmliche kreatur. wenn sie aufatmet in der ungewohnten freiheit, findet sie haltung, großzügigkeit.

23. 3. 88
engler gibt in seiner ruhigen, souveränen art eine einführung in LENINS TOD. warum hat lenin im brief an den XII. parteitag nichts anderes zu sagen? nichts über strategien, nur über »rein persönliche eigenschaften«? er diskutiert fürstencharaktere. die einzelnen sind so herausgehoben, weil es keine mittel ihrer kontrolle und ersetzung mehr gibt. *was war überhaupt noch möglich* – nach den drei entscheidungen, die er selber traf. die erste: auflösung der konstituante, der schwatzbude. die zweite: verbot der parteien, einparteiensystem. die dritte: verbot der fraktionen, damit der richtungen, der diskussion. lenin weiß, daß etwas falsch gelaufen ist. sein ohnmächtiges suchen, kindliche vorschläge. alle beamten im kreml antreten lassen und jeden zehnten erschießen.
lenin setzte sich nicht als politiker durch sondern als philosoph, unglücklicherweise, und unglücklicherweise eröffnete trotzki den kult (»leninismus«, der tribut des einstigen nichtbolschewiken). im folgenden die »richtige« interpretation der »wahren lehre«, um die andere gruppe zu zwingen, sich theoretisch aus dem fenster zu lehnen. die fensterstürze aus der burg. unversöhnlichkeit der philosophischen kämpfe: weil sie die form sind, wie macht verteilt und verloren wird. noch gorbatschow will »zurück zu den quellen«. sein versuch seit 1984, die strukturen zu ändern, ist falsch legitimiert aus dem authentischen lenin.

30. 3. 88

[DIE ÜBERGANGSGESELLSCHAFT.] atemlose stille. die wunderbaren frauen und männer spielen tapfer ins ungewisse hinein. wird es zur katastrophe kommen, zum stummen oder türenschlagenden protest? bis zum ende warten wir gefoltert. dann macht sich die anspannung luft, dann bricht ein beifall los, der eine demonstration ist. »sechs oder acht leute gingen am schluß entrüstet hinaus. dann waren wir *unter uns.*«

3. 4. 88
bei jastrams in kneese. seine plastiken von großer kraft, bewegung und strenge. der sich wälzende wallach, der schreitende äthiopier. er nimmt eine gipsmaske ab.

8. 4. 88
in bonn auf der unterbühne der kammerspiele eine klare anrührende inszenierung von TRANSIT EUROPA. die leichtigkeit verdankt sich der angst: drescher läßt oft die regieanweisungen sprechen, so daß die zögernde oder belustigte umsetzung eine spielerische und sehr menschliche, genaue geschichte ergibt. ein guter schwarzer: jorge brunis, und ein begreiflicher und liebenswerter seidel: nikolaus haenel.

21. 4. 88
a. r. penck, das ist ralf winkler, in der westberliner nationalgalerie. ein dresdner meines jahrgangs, wir beklopfen uns ernst, wir hätten in eine schule gehen können (und nicht nur ins bühlauer bad). er hat schon damals, bevor er *rübermachte*, die strichmännchen gemalt, durch die er berühmt wurde, und die er immer noch malt in immer größeren formaten zu immer größeren preisen. – »systembilder«, STANDART: »regelrot. nagelklar, butterkühn.« »signale, sogar für außerirdische wesen verständlich.«

der Übergang, 1963

7. 5. 88

nach dem flug über die wüste gobi im uferlosen beijing, das aufatmet nach den sandstürmen. umtrunk (whisky) im kaiserpalast, am tempel der ruhe und langlebigkeit. vor der reise träumte mir, ich sei in das chinesische volk aufgenommen; das große gefühl, der gemeinschaft einer milliarde anzugehören, dieser riesenheimat. nun muß sich das gefühl bewähren.

8. 5. 88
die chinesische mauer, die das land ruinierte, bewog allerdings die hunnischen reiterheere, ihre stoßrichtung zu ändern: und verursachte die völkerwanderung. die mauer war, das monumentale stückwerk, weniger verteidigungssystem als mythos, von der unüberwindlichkeit des weltreichs im süden. auch sdi, der himmlische sperrschild, wäre nur ein mythos. unsere mauer ein negativer mythos, auch gerade für die inwendig wohnenden. die nichts als hinauswollen.

nicht die große mauer.
nicht der große sprung.

unser begleiter jin xong hui zeigt uns auf der fahrt nach badaling die bäume, die er mit gepflanzt hat, aufs land geschickt während der kulturrevolution, getrennt von frau und kind. es war eine ungewollte »zeit der gemeinsamkeit«, wohnen schlafen arbeiten. auch das träumen eine gemeinsame anstrengung: man bestätigte einander, nachts den gleichen traum vom schaufeln und hacken geträumt zu haben.

10. 5. 88

in xi'an, der hauptstadt von elf dynastien, in der uralten kulturlandschaft der lößberge. die gegend des GROSSEN FRIEDENS. die tonkriegerarmee neben dem grab des ersten kaisers, in mühsam bewahrter schlachtordnung, die fahlen männer aneinandergeschmiegt unterm herabgesunknen erdreich, mit zerdrückten, aus dem rumpf gerenkten gliedern, der kopf auf die gepanzerte brust des nebenmanns gelagert, oder zwischen den hufen der pferde. jetzt treten sie langsam heraus aus dem unterstand, ihrer siebentausend, in die abrüstende welt. (die tote begleitung spricht für den aufgeklärten fürsten; kunst statt der blutigen wirklichkeit, lebend mit hinabzumüssen.) in der tang-zeit fütterte die stadt schon einmal 2 millionen, mit dem verfall der kanäle entvölkerte sich das land, hungersnöte; nach der revolution »die industrie im acker«. in der friedensstraße nachts die köche und händler wie seit alters, rufend und feilschend, die teigzieher und tiegelschwenker an ihren schlackeöfen. von der kreisrunden fußgängerbrücke schauen wir auf den unaufhörlichen stoischen verkehr. – da liu bang (gau dsu) so bekannt ist wie bei uns hermann der cherusker, kann er mit keinem tschu jün paktieren. welcher haudegen chiang jü (oder dsu bar wuang) zu heißen hat, sagt jin. sein onkel aber chiang lian. die deutschen würden auch nicht kaiser wilhelm einen kanzler pissmann zugesellen.

13. 5. 88
die lokalopern aus dörflicher tradition, aus den tänzen und possen der bauern, weltlich, unterhaltung und reflexion des eigenen lebens. diese mischkost verfeinert durch die akrobaten und erzähler, und in der ming- und qing-zeit ausstaffiert zum rituellen spektakel, das nichts natürliches mehr hat, hochgezogene stimme mit künstlicher diktion, versatzstücke für die befindlichkeit, formalisierung wie in der baukunst zu dem putzigen, pittoresken stil der zweiten kultur für die palastaristokratie, fein gemacht zur unart. doch ist eben so die unnaturalistische, gestische, »bedeutende« darstellungsweise geronnen, körpersprache, finger- und augenspiel, große epische mittel. heute in den großen sälen mitunter zugeständnisse an das show-geschäft, verstärker, hall, nebel. das publikum, in shanghai wie in xi'an, rumorend und rotzend, debattierend, sich erregend wie die gründlinge in london: eine fantastische ungezogene menge. CHIANG JÜS ABSCHIED VON SEINER LIEBLINGSFRAU JI, eine pekingoper, die frau von einem männlichen darsteller gesungen (gestern in der shao-shin-oper spielten nur frauen): die kurtisane entleibt sich, weil chiang nicht länger kämpfen mag, seine truppen kriegsmüde gemacht durch die lieder der heimat, die liu bang seine soldaten singen hieß.

14. 5. 88
shanghai, 3 millionen radfahrer. die altstadt. lu xun-museum. schattenboxen. big ching. die tischrede gau dsus. das paradies von suzhou. »wenn du zehntausend bücher gelesen hast, schreibst du deinen text wie ein gott.« die zickzackbrücke.

17. 5. 88
unterhaltung bei pepsi-cola unter den ventilatoren der kentong-opernschule über den zickzackweg der geschichte. »wir gehen mit drei füßen«, das erbe, die bearbeitung, die gegenwart. »manchmal die gute sache kommt aus der schlechten.« die maskenhafte beziehung zur vergangenheit; alle fragen ersaufen im gelächter. »über die schwierigkeiten jener jahre möchte ich nichts erzählen« – zhao huan und seine gelehrten lachen schallend, die hände über den mageren bäuchen gefaltet. sie waren der »neunte stinkende käse«. – wie die neuen stoffe in den traditionellen formen darstellen? die erwartung ist fixiert, man kann die mittel nicht ironisieren. man kann das hitzige gespräch zwischen dem parteikader und dem ökonomen nicht als schwertkampf zeigen. die musik wird rascher, der gesang, »begeistert« vom leben. die mittel werden (sachte) verwandelt. lu xa, die regisseurin, demonstriert es: das klassische fräulein mit ihrem kunstschritt, die partisanin mit einem festeren schritt, sie hat nun »männliche« bewegungen. darstellung »vom standpunkt des lebens aus«. sich zeit lassen beim eingriff in die formen, wie beim eingriff in die gräber, und in die natur. alles handeln bleibt problematisch.

die Tretmühle

17. 5. 88

chinesisches schriftzeichen

die krise
die chance.

17. 5. 88

die brechtrezeption in china begann mit dem mißverständnis, seine faschismuskritik beträfe die zeit der viererbande. so wurde er angenommen als kämpfer gegen die bürokratischen verwüstungen. jetzt aber sind die politischen themen nicht mehr beliebt, beliebt ist der einzelmensch mit seinen sorgen. (das ist ein epochaler fortschritt.) wie wird er fertig mit der fabrikarbeit, mit der kleinfamilie, der unnützen ehe? jetzt wird ibsen der leithammel, während die vier kleinen tiger des wirtschaftlichen aufschwungs in der provinz guangzhou den vier drachen hongkong, taiwan, singapur und südkorea nachsetzen. foshan eine moderne großstadt, hochhäuser mit traditionellen architekturelementen, japanische automobile vor dem tempel der nächstenliebe. eine imponierende aufsteigergesellschaft, die sich den laudse abschminkt. der GROSSE FRIEDEN ist schon gar nicht aktuell (stillmark wollte ihn inszenieren). sie haben eben die *gleichheit* erlebt in pervertierter form, als schrecken der kulturrevolution, nun hassen sie sie. der große sprung ein schock, von dem sie sich erst nach generationen erholen werden. nun will sich jeder selber kümmern ... und die propaganda redet ihm zu. auf dem lande: das »verantwortungsfeld« und der freie markt, die privatbuden, die das vermögen schaffen. auslandskredite als billige beschleuniger, zündapp zum konkurswert gekauft, die »riskante« preisreform (die zeitungen referieren offen und kühl). und die sonderwirtschaftszone, »ein land zwei systeme«, als modell für die kleine kapitalisierung, den hongkong-progreß. und es geht »vom punkt zur fläche«. die großen ideen von shi-dje-dar-tung, der allgemeinen harmonie, die durch jahrtausende die schubkraft der aufstände waren, werden erst in einem andern jahrtausend wieder auf den fahnen stehn.

19. 5. 88
unterzeichnung des vertrags der beiden theaterverbände. beijing-universität. »es war nicht gut, mao zedong vor dem eingang zu entfernen.« – »dort, wo jetzt die hundert blumen blühn?« er hat sich selbst entfernt von sich, dem dialektiker. – als georg maurer 1956 china bereist hatte, faßte er seine eindrücke in einem schlichten satz zusammen: *europa, in würde abtreten.* da grüßte er die »in den blauen kitteln«. heute kommen anzüge in mode, aus denen die ellbogen ragen. die nationalen minderheiten, die wir einmal sein werden in eurasien, mögen sich ihrer weißen eigenheiten nicht schämen. es wäre schade, wenn sie ganz verlorengingen. der marxismus übrigens, sagt die studentin in der beida, »die mechanistische theorie aus europa vom automatischen sieg der arbeiterklasse«. das lasse ich jetzt so stehn.

22. 5. 88
der erhabenste moment: als der greise verbandspräsident beim bankett die bissen vorgekaut gisela oe[chelhaeuser] in den mund serviert; der niederste: als mir reisebegleiter jin das chinesische geheimnis des altwerdens vertraut, durch zurückhalten des samens

mülheim, ÜBERGANGSGESELLSCHAFT. sie geben das beste, und nun ists an mir und ich verschenke das stück, an tschechow, und das ensemble.

30. 5. 88
anruf höpcke: T. genehmigt.

18. 6. 88
in petzow, treffen mit dem vorstand des v[erbands deutscher]s[chriftsteller].

der mächtige ast bei windstille
niederkrachend zu unsern füßen
wen sollte es treffen? lieber
grass, in den eigenen
reihen wüten wir heftiger.

22.6.88
nach der lesung in der stadtbibliothek würgt görlich die diskussion ab, die ein junger mann in kutte, eine unmutsvolle erklärung verlesend, provoziert. der saal murrt, ein anderer mensch stellt dem zk ein »ultimatum«: wenn er nicht binnen fünf jahren zufriedengestellt sein werde, man weiß nicht ganz worin, werde er das land verlassen. görlich untersagt, »als zk-mitglied«, den würdigen tag zu entweihen, hermlin und ruth werner, nach ihren repliken, gehn erschöpft. mensching und ich verharren noch zwei stunden in der gesprächsreifen traube. sie suchen, sie stürzen sich derzeit in die debatte, sie nutzen jeden anlaß, die debatte ist nicht aufzuhalten. die partei hat nur die wahl zwischen der revolution von oben und der revolution von unten.
morgen ist hauptprobe von LENINS TOD.

22. 6. 88
die »privilegien« des schriftstellers? sein wirkliches privileg: daß er antwort auf seinen text bekommt – das hat er den politikern voraus. man sagt ihm die meinung, er steht im gespräch. das ist seine autorität. – aber das verehrteste volk, es kann in die lage kommen. wenn es sich artikuliert, bekommt es womöglich ein ansehen. es kann sich nicht hochdienen, und seine kraft delegieren, nicht an das häuflein schreiber. schreib deine *voten* selber, canaille.

25. 6. 88
voraufführung LENINS TOD.
der eisenwagen fehlt, der, hoffe ich, die ganze mannschaft exponiert, als verteufelt zusammengehörige, und die problematische fahrweise der macht. – führerebne und volksebne gehen noch nicht (im kontrast) zusammen. das volk die substanz, der sauerteig, dessen reflex die politischen kämpfe sind. straße und fabrik mit agitpropmitteln, wie in *rosta-fenstern* zu zeigen, lag nahe. aber soziale poesie ist zuerst menschliche, nämlich groteske genauigkeit. selbst in der komischen standesamt-szene (in der andrea solter hervorragend ist) geht es zu rasch und grob zu. – äußerliches »theater« erschwert den zugang. das gilt für radek, auch mitunter für wyzniewskis starken trotzki. stalin darf zuletzt nicht selbstgewiß sein; er sollte noch fürchten, daß ihm die worte in den mund zurückgestopft werden. – der fatalismus, von dem gesprochen wird, wäre in der spanne, in der spannung von körper und politik zu finden, wenn das geschehen die wucht des unausweichlichen hat.

7. 7. 88
in sinn und form: trude richters erinnerungen an die lagerhaft, bechers selbstzensur von 1956.

das reinigende gewitter
sah er kommen
und blieb im trockenen
schmutzig.

hager besucht die plenartagung der akademie, um sich über den *kurs* der zeitschrift zu beschweren. redakteur kleinschmidt entgegnet ihm ruhig und bestimmt, und die hoheit muß auf der ganzen linie den rückzug antreten. damit sind in dem punkt die machtverhältnisse geklärt.

11. 7. 88
von anne fotografiert: die vorsorglich aufgerissene straße vor dem freiheitsdenkmal in riga: blumenbedeckt. 14. juni, gedenken an die deportierten.

26. 7. 88
in ulcinj. auch die luft ist vermüllt, von knatternden mopeds nachts in den serpentinen und discolärm aus der bucht.

Plastik-Müll am Strand: Gefährliche Abfälle, die erst in Jahrhunderten verrotten

aus spiegel 10/88

10. 8. 88
ein paar handwerker, mit glatten glänzenden gesichtern, hantieren an meinem brustbein, an meinem bauch mit spitzen werkzeugen, drillbohrern, ein höhersitzender bedient einen langen speer oder eine harpune. es schmerzt nicht, es belustigt mich, aber ich tue empört und raunze grimmig. und sage zu einem hin, der mich mit seinem massigen leib schützen will: siehst du, es berührt mich nicht im kern. im kern bin ich heiter. hier endet der glückliche traum. – halbwach weiß ich: man muß es selbst tun, um es zu spüren. nur du hast das recht, von deiner schuld zu sprechen. nur du wählst die form, sie anzuzeigen. kein zensor/kein rezensent hat die mittel dazu. mach dein ding.

16. 8. 88
der zimtwald, oder die weltanschauung aus suzhou.

es ist nicht so, daß wir einander halten.
wir stehn nur beieinander in dem licht
das unsre großen kronen mächtig mischen.
und atmen ruhig. auch die blättlein spüren

sich kaum fixiert vom ast, den sie umspielen.
unangestrengt die grünliche fabrik
nur von den sachten winden angetrieben
erzeugt den wilden duft mit unsern rinden.

august 88
letzte stücke der ZICKZACKBRÜCKE.

die wende

dieser überraschende landwind
in den korridoren. zerschmetterte
schreibtische. das blut, das die zeitungen
UND DER RUHM? UND DER HUNGER
erbrechen. auf den hacken
dreht sich die geschichte um;
für einen moment
entschlossen.

1. 9. 88
mit kayser jun. und pfefferkorn zur kirche buschenau, eine pappelbestandne toteninsel im acker, unter dem die kohle liegt. das gebälk, die dielen sind schon herausgebrochen, der drudenfuß an der nackten wand wird das alte bauwerk nicht retten. 13. jahrhundert. die gräber aus dem vorigen sind schon leergebaggert und die wehrlosen toten umgebettet. die lebenden wehren sich auch nicht; auf der frischen wüstung von lössen tragen die bäumchen die letzte überreiche last. wir beißen erbittert in die süßen festen äpfel, und nie wieder werden sie reifen, wenn die riesen durch die gärtlein gehn. – nach kochberg für einen BODENLOSEN SATZ.

10. 9. 88
horst drescher ein liebwerter zimmernachbar, zwischen steinen, fotografien und den zetteln, die an allen wänden haften. eine tüftelnde existenz aus dem hörsaal 40, zum friedhofsfloristen geduckt, vergnatzt und gewitzt. er versorgt mich mehrmals am tag mit klinkenpost, streiflein an die tür geklebt mit leukoplast:
»mein lieber. wir schreiben an einem buche, du in dur, ich in moll.«
»die messiasse kommen nie messianisch. die tschechen bekamen ihre weltliteratur von einem kehlkopfkranken versicherungsbeamten und einem versoffenen depressiven journalisten, der seins als groschenheftel in kneipen verkaufte. die messiasse nimmt, wenn sie wirken, kein ernsthafter ernst. das ist übrigens eine list der natur, sonst hätten sie keine chance. shakespeare und cervantes waren als menschen vermutlich kuriosa, wer van gogh in arles begegnet ist, hat einen bogen um ihn gemacht.«
über die wiesen nach kleinkochberg zur kirmes, förster, drescher und ich: wir trinken zu dritt zwei glas bier, von einem elend im leib gebeutelt.

23. 9. 88

wie ich mich im laube recke
das ich werfe! verrecke
ruft die zeit
und ich lebe weit und breit.

28. 9. 88
LENINS TOD entlarvt sich nun als *genehmigtes* stück, mit einem nicht mehr genehmen gegenstand.

2. 10. 88
VERHEERENDE FOLGEN MANGELNDEN ANSCHEINS INNERBETRIEBLICHER DEMOKRATIE bei suhrkamp, weil ich irgendwann hier die geduld verlor (ich habe auch unterlassen, es dem büro für urheberrechte einzureichen), das interview in theater heute über T. = TROTZKI, die premiere von LENINS TOD – das ist natürlich russisches roulette, ein paar tage vor dem nationalpreis; eins muß ihn zu fall bringen –.

6. 10. 88
die wohnung füllt sich, um annes tische: mutter, karinzewa, schatrow, müller, jaksch, keller, oechelhaeuser, schlenstedts, dieckmanns, dahn, laabs, maxim dessau, schroth, stillmark, hartingers, arne und thorsten u. m.

11. 10. 88
im dialog, wie die einladung verspricht, mit dozenten der hochschule für ökonomie »nicht nur über die ÜBERGANGSGESELLSCHAFT«. und wirklich wird es sofort ganz allgemein: in den früheren arbeiten sei ich »dialektisch« gewesen und hätte überzeugungen vermittelt, jetzt träte ich sie in den dreck und betriebe ideologiezertrümmerung. das nenne ich einen guten anfang für das gespräch, ohne recht zu merken, daß es gezinkt ist; der gesprächsleiter ruft wohlpräparierte kollegen auf. das stück enthalte nur lauter erscheinungen, es gehe nicht an den nerv. – aber warum tut es dann weh? – weil es nur widersprüche zeige, wo bleibe die gute einheit des ganzen, die schon hegel verstand? die vernunft im bestehenden? – und gibt es keine unvernunft, frage ich. hat marx nicht eben dies an hegel bemängelt, daß er nicht den tieferen widerspruch sah, den widerspruch im wesen? – ob ich denn die ganze sache sprengen wolle, unsere gesellschaft? und man zitiert das stück: die literatur hat nur einen sinn, das wieder wegzureißen, was die ideologen hinbaun. ich weise darauf hin, daß dem entsetzlichen satz doch, wenn auch nach peinigend langer zeit, widersprochen werde: die literatur, die nur niedermacht, und die ideologie, die etwas vormacht, sind gleich weit von der wahrheit entfernt. sie haben beide das leben nicht. diese brückenschläge in der konstruktion; natürlich könne der andere pfeiler das publikum sein, das die sache mitträgt, erträgt. – aber diese belastung wirke *niederdrückend*. tschechow sage wohl: sei deiner unzufriedenheit froh, nur sei das eine altmodische zumutung. was bliebe da vom berechtigten stolz? – wenn die ökonomen, erwidere ich grob, so erschrocken auf das leben

sehn wie auf die kunst, d. h. nichts darin wahrzunehmen wagen, sei mir um ihre wissenschaft bang. theorie, ungequält vom wirklichen. die *komödie* beglaubige sich in diesem nachspiel, ja sie vollende sich in unserer scham.

16. 10. 88
die ansagerin des ddr-fernsehens teilt mit, das programm werde »aus aktuellen gründen ergänzt« durch einen bericht über die wirtschaftsausstellung der ddr in moskau. sie verschweigt, daß der angekündigte film LIEB GEORG nicht gesendet wird; er entfällt auf magische weise. rohheit gegenüber dem publikum, es hat keinen anspruch auf den mindesten anstand. regisseur konrad herrmann ruft an und kann sich den vorgang nicht erklären. der aktuelle grund könne nur eine aktuelle angst sein. mein kurzes statement, oder das müllers; daniela dahn sprach gestern von einer schwarzen liste in adlershof. lieb georg, und dich muß es noch immer treffen. so schreibt sich eine biographie fort bis in unsere tage, das nachleben hat auch noch seine interessanten zeiten.

27. 10. 88
leipzig: hartinger ist 50 und noch halb gesund, halb aufgebraucht, ein selbstloser mittler und mittelpunkt. – opitz, der neue leiter des reclam verlags, sagt mir, die schriften kämen *in vier tagen* heraus. auf die fahnen müßte ich bitte verzichten. er hat das ms. im grafischen großbetrieb dresden setzen lassen, hat gestern bei der hauptverwaltung die druckgenehmigung erwirkt, obwohl wegen der suhrkamp-ausgabe »ein gespräch zu führen« sei, morgen am freitag werde gedruckt, am montag gebunden, am dienstag ausgeliefert, und das gespräch habe hiermit stattgefunden.

30. 10. 88
leider hat es die presse aufgegeben, die reden unserer staatsmänner mit den publikumsreaktionen zu versehen; es reißt ja auch keinen vom stuhl. aber die aufmischung lohnt. rede hagers auf dem schulräteseminar in ludwigsfelde: »EIN HISTORISCHER PROZESS. die sed hat die strategische aufgabe gestellt, in der ddr weiterhin die entwickelte sozialistische gesellschaft zu gestalten. (zögernder beifall.) maßstäbe dafür werden durch die beschlüsse des zentralkomitees, die von der volkskammer angenommenen gesetze, vor allem den volkswirtschaftsplan, und natürlich durch die tägliche arbeit in kombinaten, betrieben, schulen und allen anderen einrichtungen gesetzt. (betretenes schweigen.) mit dieser aufgabenstellung besitzen wir eine von den erkenntnissen des marxismus-leninismus ausgehende wissenschaftlich begründete gesellschaftskonzeption und orientierung für die zukunft. (überraschung im saal.) bereits am beginn der 70er jahre wurde die konzeption von der entw. soz. ges. ausgearbeitet. daran beteiligten sich im grunde alle bruderparteien. (grübelndes nachdenken.) einige bruderparteien schätzten jedoch den erreichten entwicklungsstand nicht richtig ein, indem sie sehr bald davon sprachen, daß die entw. soz. ges. errichtet sei oder die übergangsperiode vorzeitig für abgeschlossen erklärten. (beschämung.) unsere partei hat einen eigenständigen beitrag zur konzeption von der entw. soz. ges. geleistet. mit den beschlüssen zur politik der hauptaufgabe, zur einheit von wirtschafts- und sozialpolitik wurden die notwendigen schlußfolgerungen aus den eingetretenen veränderungen gezogen und eine wende in unserer gesamten gesellschaftlichen entwicklung eingeleitet. (bestürzte un-

ruhe.) es galt, den sinn des sozialismus immer umfassender und direkter zu verwirklichen und dazu die intensivierung der produktion auf der grundlage der engen verbindung von wissenschaft und produktion energisch voranzutreiben. (verzweifeltes klatschen.) es ist sehr wichtig, daß wir in der praktischen politik wie in der ideologischen arbeit stets den ständigen wandel, die veränderungen und umwälzungen bei der gestaltung der entw. soz. ges. berücksichtigen und betonen. das ist zugleich auch die antwort auf die gegnerische behauptung, daß die sed sich gegen jegliche veränderung sperrt. (nicht endender beifall. der redner muß abbrechen.)« so durchschossen gewänne die sache einen ganz anderen klang!

6. 11. 88
kirmes in rödelwitz, der dorfeigene bläsertrupp zieht von haus zu haus und wird bewirtet (die flaschen nimmt eine kiepe auf), man ruft zufrieden: kermse! und gibt am ende dem dorfteich ein ständchen.
frieder simons kaspertheater larifari im kochberger theaterchen, mahlmanns »kurzweilige actionen«; gestern auf dem saal der blutigen anni wars vergnüglicher vor den bauern: UNDINE als märchen ohne federlesens, durchwalkt aber von wortwitz, der sich mit scharfem publikum subversiv steigern ließe, und zwischendurch tritt der puppenspieler hervor mit aufgekrempelten ärmeln und der schwarzen weste des handwerkers und singt, drei glocken schlagend, ein feines lied.

8. 11. 88

angela krauß liest mir einen starken kleinen text vor: DER DIENST, die erinnerung an den vater, bergpolizist bei der wismut. der dienst, der ihn stumm macht (als er zuletzt über zivilschutzbauten verhandelt, weiß er nicht mit zivilisten zu reden), der ihm das natürliche leben nimmt, sein selbstmord nur das *urteil*, das er wortlos über sich spricht. da der fall authentisch ist, hat sie ihn nicht zu beweisen; sie schichtet die kindlichen sinneseindrücke, wie eine trockenmauer aus dem toten gestein, durchlässig, brüchig, bis die unumstößliche wand steht für die exekution der diensthabenden, des berufsstands, der sich aus den harmlos tüchtigen erzgebirglern, lausitzern oder mecklenburgern rekrutiert. der fragmentarische bau hält den text offen für die stumpfen geheimnisse der gesellschaft, die das uran aus dem berg gräbt, aus allen rissen ist leben und tod zu ahnen. ich kann angela nicht zuraten, einen roman aus den elf seiten zu ziehen, wie nach dem erfolg in klagenfurt erwartet wird. sie soll nur, aus der rauhen, unterhöhlten landschaft, brocken graben und sich ans kerngehäuse halten. sie ist schön und frei und ist besessen, und sie muß die geschichte *wie ein vogel* überblicken, und sich in den zustand versetzen, daß sie in ihr klingt als eine zwingende melodie.

10. 11. 88
bei der fahrt über die grenze, an der salzigen werra entlang, und die dörfer gleichen sich noch hüben und drüben, höre ich im autoradio bundestagspräsident jenninger zum jahrestag der novemberpogrome. ich bin nicht erpicht auf den staatston, aber der forsche vortrag zwingt zuzuhören. der redner sagt nichts falsches, er reiht begründung an begründung für den faschistischen massenmord, befremdlich einfühlsam das »empfinden« im »großdeutschen reich« begreifend; er bedient sich unumwunden des nazistischen vokabulars vom »anmaßenden« juden, vom »jüdischen blut«, von »germanischer rasse«. wenn er die anführungsstriche mit lesen könnte, wäre noch immer alles wahr, wenn auch unerträglich, da er nur den standpunkt des verführten kleinbürgers repetiert, für den der völkische aufbruch ein »faszinosum« war »insofern, als es in der geschichte kaum eine parallele zu dem politischen triumphzug hitlers gibt ... für die deutschen, die die weimarer republik überwiegend als abfolge außenpolitischer demütigungen empfunden hatten, mußte dies allein wie ein wunder erscheinen«. freilich erlitten sie am kriegsende, und er hat wieder recht, am ende also einen »tiefen schock«, weil, und der furchtlose begründer ist längst selbst fasziniert, »alle anstrengungen und opfer sinnlos waren«. wessen opfer? die täter werden unversehens zu den opfern, derer hier im »nachfolgestaat« gedacht wird, wie auch ihrer verdrängungsleistung, die voraussetzung gewesen sei für die »ungeheuren (!) wiederaufbauleistungen« nach 1945. so hätten sie, die deutschen wieder, nun die »pflicht zur aktiven befriedung (befriedung) der welt«. am schluß der entsetzliche eindruck, daß dies doch eine aufrichtige, unum-

wundne darlegung christlich-demokratischer vergangenheitsverwurzelung war. am abend bei arnold in göttingen erfahren wir von jenningers sturz in die versenkung; der kalte pedant kommt dazu wie der blinde zur ohrfeige.

22. 11. 88

mit gosse zu hermlin, uns seiner unterstützung versichernd für die einladung der rübergegangnen zu den zusammenkünften des [lyrik]aktivs. (das verbandssekretariat hatte gleich abgewinkt.) hilbig, brasch, sarah, bartsch-kurt, kunert, jentzsch. sie gehören dazu, wie die prenzlauer-bergszene, und wie die ganz jungen. sie gehören dazu, weil es nur eine literatur gibt, einen großen widersprüchlichen text. die verwalter mögen selektieren, die produzenten müssen kompagnieren. – hermlin verwindet allerdings nicht sarahs infamilien, wie sie doch aber im zorn geschiednen entwischen.

j[orge] riechmann aus spanien.

28. 11. 88

»gestern abend sah ich in dresden irmgard langes inszenierung der ÜBERGANGSGESELLSCHAFT, und ich bin noch heute ganz benommen: es ist eine radikale interpretation, wohl keine bessere aufführung als die berliner thomas langhoffs, aber auch keine schlechtere – eine sehr andere, das stück hart an die realität rückende. mir schien es, als sähe ich es zum erstenmal. sätze wie hammerschläge, das publikum duckte sich, fühlte sich in die szene einbezogen, verlor die lust an der anfänglichen schadenfreude: ein wirklich großer theaterabend. das dresdner theater(schauspiel)publikum ist wohl ein sonderfall, bereits bei heins PASSAGE spürte ich diese emotional-bewußte osmose mit den schauspielern (und die wissen offenbar, was sie an ihren zuschauern haben).« (brief von klunker)

2. 12. 88
kutulas, ina. empfehle ihm, nach den BIZARREN STÄDTEN, korrekte dörfer.
das volk hier, denken wir jetzt, hat die wende längst vollzogen, nun muß die regierung *überzeugt* werden.

die massen haben schon eine idee
aber aber
die regierung muß ergriffen werden
von der materiellen gewalt.

ergreift sie!

18. 12. 88
hrdlicka, bei kellers. er hat den standort seines auftragswerks bestimmt, ein christus auf der diagonale zwischen dom und synagoge.
neulich bei einem gespräch mit studenten der kunstgeschichte habe einer gemeint: »ich mag sie, so wie sie sind, aber in der kunst mag ich das abstrakte. ich liebe nämlich das geistige.« da liege der hase im pfeffer. die schlichten gemüter wollen das angedeutete, das beliebige, den verrätselten stumpfsinn. »aber ich bin dafür, daß man die dinge ernsthaft angeht.« die trends, die passenden richtungen bedeuten verdummung. »nur einen standpunkt haben ist ein bißchen wenig. denn um etwas zu verstehen, muß ich berücksichtigen, daß dies auch noch anders sein könnte.« die geschichte selbst ist zynisch, obszön, indem absichten und folgen auseinanderklaffen. christus, napoleon (: ich schlage stalin vor, anstelle von womackas nuttenbrosche), die »höheren wesen«, um in ihrem namen gewalt auszuüben. sein verlangen, das grausame in weißen marmor zu schlagen, wie michelangelo die PIETA, die erstarrte zehntelsekunde, die sich *weiterbewegt.* nur bewegt er sich selber weiter und will das ganze zerstückeln, zertrümmern. *kunst ist das, was übrigbleibt.*

lidia poletowa, redakteurin aus moskau. »bei uns besser zu lesen als zu leben.« »das volk ist es müde, auf den guten zar zu warten.«

entgleisung des zovenzugs, 27. oktober 1888

7. 1. 89
EN 413 LES WISIGOTHS DU ROI ATAULPHE S'EMPARENT PAR SURPRISE DE NARBONNE. LES HABITANTS ETAIENT SORTIS POUR VENDANGER. LA GUERRE PEUT ATTENDRE, LA VIGNE, PAS. der krieg kann warten, aber der weinberg nicht.

9. 1. 89
der sechzigste geburtstag müllers. nach GUNDLING kommt nun auch GERMANIA auf die östliche bühne, und der verkannte wird endlich angenommen in der ddr, deren zukunftsstruktur er beschrieb als altertum. er hatte den humor dafür, und der half ihm auszuharren. es liegt ihm, sich aufzuhalten, wo die bedrängnisse zusammenstoßen; in seiner selbstlosen, freimütigen sprache wird er sie los. er lebt den konflikt, der text ist die lebensform, seine schönheit die souveränität des aushaltens der widersprüche. eine oft gräßliche, mitunter triviale schönheit, immer abgezwungen den schrekken. die härtere zerrissenere wirklichkeit hat sein schreiben eingeholt, die utopie des realismus ist aufgegangen in der unmöglichkeit der welt. man ahnt nun, was man an dem mann hat. ich habe mein leben lang von dem älteren gelernt, und so konnte ich mir ein unbefangenes verhältnis bewahren. und ich weiß, wohin ich nicht folge, aus schwäche oder aus mut.

11. 1. 89
ein stück noch, gegen den weltlichen fundamentalismus, die fromme intoleranz der systeme. im alter, als lessing den NATHAN machte.

18. 1. 89

mit hrdlicka, den ich gestern wie erwartet im bräunerhof fand, heute ins atelier. der letzte block seines mahnmals GEGEN KRIEG UND FASCHISMUS. die großformatigen bilder TOD DES MARAT.

am albertinaplatz suche ich nach dem aufs pflaster gebückten juden mit der zahnbürste und sehe nur einen bronzenen klumpen am boden, fast nur ein rumpf mit altem marxgesicht, einem widerständigen erdhaufen, dreckhaufen gleich, zwischen den verstreuten mächtigen steinen. hrdlicka kann kein »geschlossenes bild« geben, er baut eine zersprengte landschaft gegensätzlicher segmente, die selbst fragmente sind und nur partienweise zu körperlicher form behauen, eindringliche torsi gequälter/kämpfender aus dem rohen granit tretend, ein hoher block dahinter mit eingemeißelter schrift, und die bronzeskulptur als ein sinnkern von lakonischer unheimlicher sprengkraft. mir wird die ähnlichkeit seines verfahrens mit dem verfahren des stückeschreibens bewußt, dem auch die geschlossene fabel nicht taugt, das aus blöcken baut, die sich kontern und weiterführen, für einen moment womöglich klartext spricht und mit den wüsten teilen einen kern umschließt, der in äußerster gespanntheit das rätsel, das verhängnis, die lösung enthält, das medusenhaupt im schmerz der helle der zerreißenden erkenntnis. – ob aber, sage ich mir auf dem längst beruhigten platz, so ein *material* provoziert, hängt von der wucht und dem widerspruch seiner szenen ab.

18. 1. 89
lektüre im hawelka: »das privateigentum trennt den menschen und die gesellschaft. aber nicht minder zerstörend ist es, wenn eigentum niemandem gehört.« jakowlew, engster berater gorbatschows. »ich erkläre offen, daß der moslemische iran als die größte und stärkste basis in der islamischen welt das ideologische vakuum in ihrem kampf ausfüllen kann.« chomeini in einem brief an gorbatschow.

20. 1. 89
der GROSSE FRIEDEN in bratislava beginnt als chinoiserie, aber mit fortschreitender handlung rückt der junge regisseur kakoš die sache in akutes licht. das verhör gau dsus in der geisterwelt eine heutige sitzung mit aktentaschen und moderner resignation, und die machtkundgebung wie von den roten garden organisiert. das publikum ist verstohlen aufgeregt; hätte nur gefehlt, daß wang sich selbst verbrennt.
im klub der schriftsteller zeigt der dichter feldek stolz die neue ausgabe der piatok, die, tatsächlich, seine äußerung gedruckt hat, der august 68 falle aus der logik der politischen entwicklung. er will gegen die neuerliche verhaftung havels in prag protestieren, und ich schlage ein soziologisches experiment vor: wer an unserem tisch würde sich dem protest anschließen? die frage wird zugelassen und ernst und still beantwortet. kakoš: nein. dramaturg mokoš: nein. dozent und übersetzer šimon: nein. karlach: nein. lektor berger: nein (er würde sofort in die ddr zurückgeschickt). verbandssekretär kerny: nein. als ich feldek dann telefonieren sehe, bitte ich ihn, meinen namen mit zu nennen, aber er legt rasch, um mich zu schützen, auf, und gewiß hat der klubverwalter an seinem telefon auch keine lange leitung. ende des experiments. gutes bier.

21. 1. 89

dieser verrottete winter, müll-
gebirge hinter preß-
burg, havel ist eingesperrt
»selbstverständlich«, und feldek protestiert
am toten telefon, so perfekt
funktioniert
die nichtdemokratie. dieses rostige

eisenhaus hat es aufgegeben
in den fahrplan zu schaun, und mir
genügt es,
diese strecke, »leben«
rasch zu durchfahren.

28. 1. 89
ÜBERGANGSGESELLSCHFT im nationaltheater weimar. christina emig, castorf-schülerin, hat die männer in pyjamas gesteckt, die frauen sind vamps, die große bühne ein irrer (gesellschafts)spielplatz. kein satz hat mit dem anderen zu tun, aber jeder für sich tatzt das publikum. nach zehn minuten marschieren die erfurter und weimarer funktionäre aus der ersten reihe des rangs geschlossen hinaus. wenn das die uraufführung wäre (denke ich und danke meinem gott), würde das stück als unverständlich, unspielbar abgesetzt werden.

15. 2. 89
die künstler, sagt dr. soundso, seien sensibler, der ökonom müsse in den objektiven zwängen denken. nein, verehrtester, der künstler mag sich durchaus den kühleren blick auf die verhältnisse angewöhnt haben als unsere empfindlichen ökonomen. zu fragen ist, wer näher an der synthesis ist. das elend ist das denken aus dem ressort. für den baggerfahrer, den kipper, den energieingenieur werden alle anstrengungen ihre logik haben; daß das ganze ein irrsinn wird, kann er in seinem gewerk nicht entdecken. jeder hat den kopf im sand oder in der kohle, in der produktion. aber es gibt zu jedem zwang eine alternative, auch wenn wir sie noch nicht kennen. in einem land, in dem es nur immer gilt, notwendigkeiten nachzukommen, macht es keine lust zu arbeiten.

22. 2. 89
ralf schröder erklärt den polyphonen bewußtseinsroman. in gorkis MUTTER die einheit der drei (und mehr) politischen strömungen, als diese hoffnung zusammenbrach: UNZEITGEMÄSSE GEDANKEN, und im SAMGIN weiß er keine wahrheit mehr. der »dritte instinkt« das nachdenken nach der sozialen katastrophe. von hier kommen tendrjakow, trifonow. DER TAUSCH nicht nur der wohnungen sondern der ideale, der ideologie. in beks ERNENNUNG (eigentlich schipka: zwischen den befehlen) der verlust des glaubens an den führer, es gilt nun, selber zu denken, aber als das argument gefragt war, kamen die denkenden ins lager. anders als bei rybakow, wo es nur eine palastrevolution ist (antistalinsch im alten stalinistischen kanon), geht es hier an die fundamente. indem das ganze gebäude besichtigt wird, stellt sich die frage nach dem *umbau.* heute ist klar, was marx meinte mit der »unbestimmten ungeheuerlichkeit« der zwekke: diese kritik bis zum ende, das zurückgehn zu den anfängen: der rätemacht; demokratisierung, bis der prozeß unumkehrbar ist. bisher gab es keine politik und keine partei. im stalinschen überbau die basis unterworfen, das sekundäre herrschte über das primäre. und moses vierzig jahre in der wüste, bis das gelobte land sichtbar wird; erst muß die alte generation ausgestorben, die nomenklatur entmachtet sein. trifonow: »die zeit ist der hauptheld der geschichte.« und die glorreiche revolution von oben, als der kompromiß der todwunden gesellschaft, erwartet ihr nächstes datum, die wahlen am 28. märz.

28. 2. 89
vorstandssitzung zum thema autor und theater. »wir nehmen uns die zeit, einen tag über unsere probleme zu sprechen. uns ist ja eine grundsätzliche arbeitsvoraussetzung gewährt: wir sind auf freiem fuß. václav havel ist es nicht. wir sollten – und ich meine nicht alle anwesenden, denn nicht jeder kann vielleicht unabhängig von seinem amt eine solche äußerung schon tun –, aber wir dramatiker sollten die tschechoslowakischen behörden bitten, den kollegen václav havel freizulassen.« hein rät, die sache aussichtsreicher auf der morgigen p. e. n.-versammlung vorzubringen.

6. 3. 89
das will ich ihnen bieten. in der kafkaesken diktion das neue denken. eine rehabilitierung für die fledermäuse, daß die messerle stumpf werden. – das sind lauter so vorsätze, blindlings, zumal mich die fahnenkorrekturen für das halbe dutzend bücher halb blind machen.

9. 3. 89

und nun der soziologe wiedemann! wie meine sympathie schwindet für diese geschundenen doktoren. o ja, publizität müsse dem institut »mehr schaden als nützen«. wegen eines »vorkommnisses« (: eines vortrags) sollte es, zum vierten mal, geschlossen werden; nun sehe es aber eben noch einen sinn darin, dem zk oder dem zentralrat zuzuarbeiten. probleme, »für die es keine lösungen gibt«, und keine öffentlichkeit. man hat diese leute am arsch. und sie sitzen verängstigt stille, daß ihnen kein fakt entfährt, und liefern den defätismus des feiertags. ihr intimer konflikt, verachteter meister, sollte bekannt werden, ihr verborgenes elend, geschätzter hund. das wissen trennt die adressaten, personen und ämter; wer hat kein interesse an ihm, wer hindert seine verbreitung? seht doch die ergiebige sprengkraft dieses befunds, wenn er aus frischer quelle mitgeteilt wird. die kluft liegt dann freilich vor den füßen. es wird ernst, »die verhältnisse klären sich«: und es wird sich zeigen, wer wen unmöglich macht.

12. 3. 89
höpcke, der mit der p. e. n.-generalversammlung gegen die inhaftierung havels protestiert hatte, war 48 stunden abgesetzt.
zur buchmesse eine lesung in der moritzbastei zusammen mit dem jazzer luten petrowski, BODENLOSER SATZ; er kennt den text nicht, ich habe ihm nur die zäsuren markiert, wo er sich einmischen soll, und wenn der wald seinen ausflug macht, begleitet er ihn sacht, und den abraum der worte durchsteigt er aus dem bauch, »das ist mein text«.

13. 3. 89

wittenberg. schorlemmer zeigt mir die judensau unter dem dach der stadtkirche, luther ging jeden tag vorbei; sie wurde bei der renovierung belassen, aber im straßenpflaster jetzt eine bronzene, halb aufgebogene platte, ein kreuz, aus dem blut quillt. man mochte nicht in karlstadts art das bildlein stürmen, die geschichte soll aus ihren wunden sprechen. sie ist nicht mehr zu korrigieren. abends gedenkt ein kleiner kreis von theologen der opfer des lutherischen feindbilds, der judasse der christen. am balkon des rathauses ebenso wohl erhalten, und weniger offen umstritten: FÜRCHTE GOTT, EHRE DIE OBRIGKEIT UND SEI NICHT UNTER DEN AUFRÜHRERN. nach der lesung im vollbesetzten augusteum, ich stehe für die verlorene weltliche fakultät, die frage: was lieben sie? (da wir *das land nicht lieben*): pflugschare aus schwertern. fahre mit einem herbeigebrachten frisch gebackenen, in eine windel geschlagenen brot nachhause.

18. 3. 89
postcard von schlenstedts: »leider haben wir keinen fotoapparat mit, sonst hätten wir euch eine ansichtskarte aus washington geschickt: zwischen zwei pappmaché-reliefs von george washington + george bush (zweihundert jahre von george zu george) stand ein 6 m hoher regierungs-stuhl. dmitri in schwerin – wir haben uns schier zu tode gelacht. die kunst wird von der wirklichkeit eingeholt – so auch die philosophie, wie umseitig zu sehen ist. die ironische losung beschreibt die lage, den dream der werbeindustrie und die durchschlagende wirkungslosigkeit der linken kritik. aber die katastrophen werden uns schon weiterbringen.«

23. 3. 89
die wandzeitung im institut für lehrerbildung wird immer wieder zum ärgernis. wachsamkeit ist erfordert, ein fester standpunkt (nicht des brettes: der studenten). die fachgruppenleiter werden ermahnt, einzugreifen und die unklarheiten (vom brett) zu entfernen. anne widerspricht, in der aufwallung von angstlosigkeit. die studenten müßten ihren standpunkt suchen, indem sich meinung gegen meinung setzt. denken müsse sich in der auseinandersetzung trainieren. aber die vorturner gehören einer alten schule an.

29. 3. 89
»in leningrad setzte sich bei den wahlen vom sonntag der schiffbauingenieur juri boldyrew gegen den 1. sekretär des stadtparteikomitees der kpdsu, anatoli gerassimow, durch.«

8. 4. 89

VOR AMSTERDAM. die flut in der leidsestraat; es ist mitternacht; ich starre aus meinem giebel auf das unwahrscheinliche rennen; vermutlich alles lebende wesen; anders als ich, in zielstrebiger bewegung; ich spitze eifersüchtig die lippen, alarmiert von den rasenden plänen; ich ersticke in der rohen ahnungsvollen luft – ich muß hinaus.

ja, nun draußen bin ich verloren. ich verwandle mich schon auf der treppe, in einen plumpen kerl, und wenn ich aus der türe laufe, bin ich ganz ein vieh. ich verstehe, daß ich es nun eilig habe, mein bedürfnis zu stillen; ich durchquere wedelnd das wüste volk, aber ich habe natürlich meine männliche scham und kann nicht einfach das bein heben an einer person. ich werde gescheucht, getreten; man sieht mir meine gier wohl an; ah, die zunge hängt rot heraus. ich schleiche an den grachten lang, den braunen stampen, aus denen schlieriger lärm dringt; soll ich tanzen auf meinen pfoten? die drehorgeln brausen; ich kann doch, in der menge, nicht tränen lachen!

das schwach erleuchtete paradiso: ich mustere tisch für tisch und sehe sie nicht (wen, kamerad?)... liegt es am licht? aber es kann mir recht sein, ich kenne sie nicht; und sie kann mich nicht erkennen in meinem verworfenen zustand. ist es, frage ich mich als vernunftbegabtes tier, eine art selbstschutz? als mensch – was für ein wort – könnte sie mich umfassen, bemerken und entführen ... denn es ist entsetzlich schwer, nicht zu lieben ... und mir diese elende, die freiheit nehmen, ich wäre fähig dazu. aber nichts fürchte ich ja mehr als das. traurig, traurig, daß die stolze schöne nicht in dem fremden saal sitzt – und nur eins wäre viel schlimmer: wenn ich sie endlich fände.

nun so, man entwickelt sich, ich tappe die treppe hinauf und erklimme den harten stuhl vor dem hohen tisch, eine hyäne, über den resten der welt.

15. 4. 89
die aktualität kafkas. der alte klassenkämpfer bucephalus entsagt, »bei der heutigen gesellschaftsordnung«, einer weltgeschichtlichen bestimmung seines lebens, die er doch einst fühlte. dem zuschauer auf der galerie inszeniert der staatliche zirkus den schein der schönen arbeit, so daß er nicht einhalt gebietet und nur weint, »ohne es zu wissen«. der gewesene affe gleicht sich, »größte innere ruhe« bewahrend, dem sozialistischen menschenbild an: sein »ausweg« bei lage der dinge, in der »nicht die freiheit zu wählen war«. der aussteiger odradek macht dem vater staat sorge, der zweck- und ruhelose stellt die etablierte ordnung infrage. das sind alles motive des heutigen schreibens für die wende! »zum kampf« war k. ja eingestandenermaßen da, gegen das »lächerliche gewirre« der instanzen, gegen den »mißbrauch der macht« und die eingeflößte elende ehrfurcht vor ihr. »indem k. das vorgefundene nicht hinnimmt, sondern bezweifelt, erregt er neben mißfallen auch merkwürdige gefühle der erwartung« (hermsdorf) – bei den parias im dorfe; und ich lese die geschichten endlich mit diesem gefühl. es sind geschichten geheimen widerstands, der »großen arbeit« der befreiung. man muß sie nur auf eine zukunft hin begreifen. so daß sich ihre wirkung umkehrt und aus dem dumpfen entsetzen ein heller durchblick wird. das ist der wilde humor dieses verzweifelten schreibens. sagt nicht der kleine hans brunswick rohgemut, er wolle einmal werden wie k.? k. sei zwar jetzt »noch niedrig und abschreckend, aber in einer allerdings fast unvorstellbar fernen zukunft«, sechzig jahre fern, »werde er doch alle übertreffen«. das ist im ernste für die literatur gesagt. und »um diesen preis wollte er sogar den gegen-

wärtigen k. in kauf nehmen«, und wirklich, wir erleben die »stolze entwicklung« der düstern texte zu konstruktiver literatur. die alten bilder, die alten metaphern leisten nun das neue denken.

20. 4. 89
die architektur der arbeiterwohnungen in amsterdam, nach den weltkriegen entstandene durchgestaltete anlagen, vermittelten in ihrer schönheit soziale geborgenheit. aber die schönheit hat zugleich disziplinierende funktion: die fenster mit hohen borden, so daß man nicht gut hinausschwatzen kann; getrennter wohn-, schlaf- und küchenraum wie bei den herrschaften, und der küchenteil so klein, daß man wie diese im wohnzimmer zu essen hat, im lichtpunkt der behausung und des familiären diskurses. wirklich eine amsterdamer *schule*; und nicht nur die arbeiterbewegung, auch das bürgertum war an dieser kulturellen emanzipation interessiert (und in sandstein gehauene hauszeichen ermuntern zu bürgersinn und dankbarkeit). – die ausgestaltung einer u-bahn-station erinnert hart und großzügig an den widerstand gegen den abriß eines teils des judenviertels für diese bahnlinie (denn 5% der baukosten sind für kunst veranschlagt); in den bodenplatten WONEN IS GEEN GUNST MAAR EEN RECHT, an den wänden bilder von hausbesetzungen und polizeilichen räumungen (GROETEN UIT DE NIEUWMARKT), zerschlagene schaufenster und eine rammkugel. der volkszorn ist aufgefangen, der protest zum ornament geworden. – und so im ganzen. es gibt keine bessere welt. man spannt sich, wenn man hat, in arbeit, man hält seine welt klein, während die große hereinflutet, man will es nicht unbedingt wissen im staat; es geht um den stil des lebens, die einrichtung der gesellschaft, das design. während der »spektakel-blockade« der apartheidsgegner vor dem shell-laboratorium grüßt hinter dem sicheren wasser die losung des konzerns: DE VRIJE GEEST KAN MAN NIET BLOKKEREN

BREEK
$HELL!

22. 4. 89
das quartier in der leidsestraat bevölkert sich angenehm: durs grünbein, ein freundlicher dresdner junge, ein kluger scout im niemandsland präziser metaphern, und sein gefährte via lewandowsky, mit kahlem schädel und nacktem blick, »auto-perforations-artist«, erfinder des grasessers (aktiven grases) beim ersten trip in das westliche nächtliche leben. else gabrisch über die dresdner gruppe: »die selbstlöcherung, handhabbar zum unschädlichmachen von gefühlsüberdruß, der entsteht, wenn sich einer gut- oder bösartig akuten gemütsbewegung der gegenstand entzieht, bzw. ihr entzogen wird ... anständige versatzstücke der ihnen entgegengebrachten doppelblödigkeit der wirklichkeit montieren sie in unanständigen positionen.«

april-register

DIE BESTRAFUNG. WIE ES GEKOMMEN IST. MEINE WITWENSCHAFT. DIE KOLONIE.

von bormann. toni vizzer. labroisse. dick boor. rembrandt. malewitsch. sloterdijk (im paradiso). laschen. mooij. groenewege. aafke steenhuis.

11. 5. 89
aus dem spiegelzelt des (west)berliner theatertreffens mit dem wagen über die grenze und durch wolkenbrüche bis jena, wo ich auf die minute ankomme. lese im zeiss-planetarium unter dem großen sternenhimmel den BODENLOSEN SATZ. am abend bei lichte STOFF ZUM LEBEN. nach dem unglaublich hochgerechneten ergebnis der kommunalwahlen ist die erdatmosphäre explosiv und jeder offene satz schlägt funken. es ist ein perverser genuß, so allein vor der menge zu stehn; aber so wie der staat argumentiert, kann ich nur für mich sprechen. *von der sowjetunion lernen, heißt wählen lernen.*

26./27. 5. 89
ein hirnverrückter sportlehrer, hölderlin in roter turnhose, grünes verwaschenes nicki, steht federnd auf dem pflaster, winkt den damen zu mit hocherhobenen armen und applaudiert den artisten. – lese gedichte im tübinger turm, ein schwer zu ertragendes beklemmendes frohes gefühl. – bei hans mayer in seinem gehäus an der neckarhalde, mittagessen in der krone. sein egozentrismus, scheints, hält den leib in form, und das genießerische aber ist das triebwerk des intellekts.

1. 6. 89
beschämt sitze ich auf dem züricher münsterplatz, als der alte pinkus alleine aufgestanden ist und nach minuten schnellen laufs in seinen laden wiederkommt mit dem dicken buch LEBEN IM WIDERSPRUCH; wird doch »der mensch erst durch den menschen ein mensch«.
LENINS TOD am neumarkt, regie gertrud elisabeth zillmer.

4. 6. 89
treffe aitmatow im literarischen colloqium. seine äußerung hat eben die zeitungsgemüter erregt: sozialismus, das sei schweden, spanien oder die schweiz. ah, diese schriftsteller! aber er hat da sozialer gedacht als jene, die die begriffe reinhalten; mag er sich an den kategorien vergangen haben, unsere presse fickt die fakten. aitmatow sagt schlicht, daß in diesen ländern die arbeiterklasse ein besseres leben führe, mehr erkämpft habe als in den sogenannten sozialistischen staaten, wo die bergarbeiter für seife streiken. seine falsche formulierung ist noch hundertmal realistischer als die definitionen der plattköpfe.

5. 6. 89
ein neuer, entsetzlicher zickzack der geschichte. *die tonkrieger* (2).

deng: ich habe drei millionen soldaten hinter mir.
zhao: ich habe das volk hinter mir.
deng: sie haben nichts.

9. 6. 89

adn zitiert mit ganz neuer rücksichtslosigkeit, mit höhnischer *offenheit* aus der debatte der sowjetischen volksdeputierten; man liest immer ein bitteres »ihr wollt es ja nicht anders« mit. gestern wurde gemeldet, 43 millionen sowjetbürger, das sind 15%, existierten unter der armutsgrenze, heute: die arbeiter hätten keinen verband für die vertretung ihrer interessen. der zynismus der nachrichtenstreuer: daß sie nun trocken drucken, was sie bis dato nicht einmal denken (lassen) wollten. die dörfer sibiriens würden als kolonie behandelt, durch die das gas geleitet werde, ohne sie selbst zu versorgen. überhaupt sei die soziale struktur unterentwikkelt. »wir sind das einzige land der welt, wo mehr frauen in der produktion arbeiten als männer.« »über die politik sollten der einfache arbeiter und der einfache bauer entscheiden. doch das ließen die hochgestellten bürokraten nicht zu. wenn das volk wirklich herr des landes wäre, gäbe es die heutige situation nicht. ... die geschichte lehre, daß die regierende macht diese niemals freiwillig aufgebe. der administrativ-bürokratische apparat, vor allem der in den höchsten etagen der macht, tue alles, um sein machtmonopol zu erhalten. er entscheide über alles, ohne die verantwortung für die folgen zu tragen.« das neue deutschland (es ist wirklich nicht die welt) vermerkt hier starken beifall, »im weiteren verlauf ... setzte sich der abgeordnete für die abschaffung der privilegien der führenden kader ein«. übrigens rangiere die demokratisierung der partei noch weit unter der der gesellschaft. – das wahlergebnis in polen allerdings ist in dem blatt nicht zu entschlüsseln.

12. 6. 89
werkstatt der akademie *200 jahre französische revolution*, mit hermlin, john, matthus, mickel, müller, schenker. die partei, das darf nicht die macht sein. sie hat ihr nicht zu gehören. es gibt etwas größeres als die macht, eine vornehmere funktion: zu führen, die erfahrungen zusammenzuführen. das braucht selbstlosigkeit; die macht hindert daran. macht macht unfähig zu denken, macht läßt verkommen, zum starren, ängstlichen, doktrinären apparat, der zuerst aufs überleben sieht. die partei nur, die *zurücktritt*, kann das vertrauen gewinnen, autorität, auf die man hört.

22. 6. 89
die senftenberger berichten ihre absichten mit SIMPLEX; einbeziehen der HYDRE INTIME-texte, um die szene akut zu machen. POLENBLUT in einem heutigen schulzimmer, man skandiert den geschichtlichen fall auf die bänke und schafft so die spielerisch-bedrohliche situation für den heutigen ausländer in der klasse. der kommentar HANS IM GLÜCK kontert einen film über den raubtagebau der lausitz, devastierung der flur, die blochsche lesart des märchens dann der utopische augenblick des innehaltens. usf.
mit winkelgrund TRANSIT gelesen, er entdeckt zu seiner beruhigung die komik der szenen.

4. 7. 89
in rostock im gestopft vollen heinrich-mann-klub, zuhörer auch im rücken auf den fensterbrettern, auf dem fußboden, ich räume meinen stuhl und sitze auf der tischkante. aber das gedränge heute in der kröpeliner straße, es sind eisenstangen vor den tischen, dem ansturm steuern ordner, und denen ich so blicklos rasch signiere, sie haben zwei stunden angestanden. ORDNUNGSGRUPPE VOLKSBUCHHANDEL – in welchem land sonst fände man solche aufnäher?

30. 7. 89
annäherung an einen romancier. ich tue mich schwer mit dicken büchern. ich umgehe sie lange und lese lieber tolstois alphabet, eh ich mich in krieg und frieden begebe, und schaue in dostojewskis kellerloch, bevor ich mich mit den brüdern karamasow bekannt mache. lenz geht für 30 seiten ins gebirg, bravo; so lese ich hin. und nun die verstecke des max frisch, die verwirrspiele, irrgärten, dieses höhere beruferaten, die gier nach korrigiertem leben. das wird eine umständliche anreise, eschenbach, weißenburg, mollenberg, bad schachen, konstanz, oberwil, saanen, gruyères, jaunpaß, kandersteg, grimselpaß, rhonegletscher, verweilen, verweilen, lugano, bedano, montagnola, macote, ascona. durch wieviele schluchten und täler sind wir gekommen, das onsernone ist nur das letzte tal. er ist ja alt und krank, vielleicht muß man sich sputen, aber es ist mein üblicher langsamer anlauf. doch als wir dann an das grundstück treten und durch die bäume lugen, das unübersehbare schild: *wir bitten von* (eingefügt: *überfallartigen*) *besuchen abstand zu nehmen.* – da bin ich so weit gefahren, und das soll ein überfall sein. – ein lesezeichen, angenagelt. allein hätte ich es ignoriert, aber zu dritt? wir schlagen also das kapitel zu und schleichen zum wagen zurück, und es wird auch ein abschweifender rückweg, milano, verona, venedig, trento, bozen, sellajoch, brennerpaß, innsbruck, münchen, an der grenzraststätte frankenwald treffen wir karasholi, der kurze verse schreibt.

10. 8. 89
ahrenshoop. da STOFF ZUM LEBEN 3 mit dem material MANHATTAN beginnt *(please use other exit / demokratie)*, soll er mit dem material TIENANMEN enden, dem gemetzel der worte, das militär im kopf.

21. 8. 89

1

wenn die partei jetzt nicht die wende wagt, wird sie ganz den kredit verlieren wie die zu lange zögernde polnische: die mit den ersten freien wahlen den bach hinunter ist. sie hat den hunger auf kommunismus übergangen, nun wird es bürgerliche kost geben. welch heller frühling einst in prag; und ein verschwitzter dunstiger sommer nun in warszawa und budapest.

2

wenn die ungarn die zäune zerschneiden, weil es eine moderne, populäre, lustige maßnahme ist, können sie nicht auf die verdutzten ideologischen anrainer rücksicht nehmen; man muß den historischen humor dafür haben. die irritationen könnten produktiv werden bei den zurückgebliebenen deutschen, soweit sie nicht weglaufen über die wiesen nach wien.

3

die frühen rohen sozialismen sind gescheitert, die aufbrüche versandet, die utopien aufgebraucht für ein paar milde jahrhunderte. ABER, IHR TRÄUMER, GLAUBT IHR WIRKLICH, DER ZERFALL DES HISTORISCHEN KOMMUNISMUS HABE DEM BEDÜRFNIS NACH GERECHTIGKEIT EIN ENDE GESETZT? (norberto bobbio)

4

wenn es gewollt würde, wäre ein wunder möglich.

23. 8. 89
wie die lemminge wandern unsere touristen aus, über die grüne ungarische grenze. die alte führung starrt gelähmt auf die abstimmung mit den füßen. keller, freund und staatsmann, rät in betrunkener verfassung, sich bedeckt zu halten. bedecke deinen himmel, zeus.

25. 8. 89

Exod

Spaziergang in die Freiheit: Ein österreichischer Grenzbeamter empfängt DDR-Bürger im Westen

die Lemminge.

Aufnahme: dpa

25. 8. 89
ich werde für den heutigen solidaritätsbasar ausgeladen: sollte für radio ddr abzüge des gedichts AUS DEM DOGMATISCHEN SCHLUMMER GEWECKT signieren; der BODENLOSE SATZ darf nicht im fünften heft von sinn und form erscheinen; das senftenberger theater hat »den eindeutigen auftrag erhalten«, SIMPLEX DEUTSCH nicht in den spielplan zu nehmen.

6. 9. 89
forstarbeiter schlagen einen kulissenschacht in den wiepersdorfer wald. die überalterten kiefern werden gezupft und entästet für das nutzholzsoll. bäume mit ausladenden kronen bleiben stehn: sie würden fallend zu viel wuchs unter sich erdrücken.
BÖHMEN AM MEER. die themen sind alle illegitim. michail entschuldigt sich bei pavel für den einmarsch in prag. pavel hat den kommunismus begraben: den ermordeten vater. bardolph verläßt seine giftfabriken. julia sehnt sich in eine freie beziehung, die nicht vergiftet ist vom zwang. ihr kind ist nicht pavels kind; wie gehören sie also zusammen? – drei böhmen am verdreckten meer. und wenn sie sich gleich versöhnten, die natur bliebe ausgeschlossen. unser rollenbuch muß erst geschrieben werden.

10. 9. 89

wir haben im sommer wieder viel land gesehen; aber so charakterlos und langweilig, wie diese arme landschaft geworden ist –. »kein material«, das heißt auf die dauer kein geschmack: keine würde.
habe einen *prolog* für die wiedereröffnung des b[erliner]e[nsembles] zu schreiben. ich weiß die welt in einem unhaltbaren zustand und soll für einen öffentlichen saal verbindliche worte machen. es ist ein moment, in dem der verf[asser] sozusagen gefordert ist; was sagt er, was äußert er in dieser situation? der ort, von dem aus er spricht, ist ein ort der krise, in der die worte bedeutung bekommen. *wo geht es lang oder, bescheidner gefragt / weiß wer was vorn und hinten ist? / die strategien verschimmeln / wie naß abgebrochne zelte / hinter den flüchtlingen.*

27. 9. 89
nach dem durchlauf der NIBELUNGEN in bonn werfe ich meinen koffer wieder ins auto. ein verfehltes unternehmen. es ist *unterhaltsam*, aber die ironisierung verpulvert die substanz. es wird comic strip geboten. das ist erklärte absicht, die zuschauer seien mickey-mouse-leser. menschliches theater wird stumpf abgewiesen. welche faulheit. es ist, als hätte man alle schönen teile zusammen für eine windturbine und baut einen zementmischer.
zu bahro in die eifel. besser ist aufhören als überfüllen, hört laudse nicht auf zu sagen. ich fordere ihn (»im auftrag der regierung«) auf zurückzukommen, wie immer hoffend, mein scherz würde ernstgenommen. er wird jetzt von mehr gelehrigen leuten gebraucht als in der lernwerkstatt.

28. 9. 89
regierungsprogramm:
ÖFFNET DAS LAND! TREIBT HANDEL UND WANDEL! REIST IN DIE WELT! DENKT, SCHREIBT, SPIELT WAS IHR WOLLT!

3. 10. 89

in der zeitung, abgelenkt
von fehlenden meldungen
über den politischen erdrutsch
lese ich von alltäglichen dingen
gartenschau scheinwerfereinstellungen winter-
 vorbereitung
wie wenn nach einem langen krieg
das leben doch weitergeht.

7. 10. 89
die eine ladung eines wasserwerfers an der schönhauser hat das system bis auf die knochen durchweicht.

9. 10. 89
markus wolf: wegen BÖHMEN (einer anderen TROIKA dreier emigranten). ich ertappe mich dabei, den telefonstekker zu ziehen und frage den fachmann, ob das sinnvoll sei. er sagt, er verhalte sich in diesen dingen ganz naiv. ich schlage ihm vor, mit drei mann von der ehrenwache unter den linden in das große haus zu gehen und mitzuteilen, daß er jetzt die arbeit mache; man werde ihm bereitwillig den laden überlassen. wolf lächelt, »ja.«
am abend sind wir mit andern bei laabs und daniela dahn, im fernsehen die demonstration der hunderttausenden leipziger: friedlich, unblutig. die wende ist da. das ende des 20. jahrhunderts: der geist der vielen, die gewaltlosigkeit, der umbau der gesellschaft?

7. Oktober

7. Oktober

11. 10. 89
erklärung des präsidiums des schriftstellerverbands, wir fordern den öffentlichen dialog über gleichgültigkeit, verantwortungslosigkeit, mißwirtschaft und bevormundung; »was jetzt notwendig ist, ist die revolutionäre reform«.
eröffnung der 40. spielzeit des berliner ensembles:

unsere bühne, raum bietend
den großen widersprüchen
wird wieder eröffnet.
der planwagen der händlerin
und der eisenwagen der genossen
stoßen aufeinander. was für alte
fahrzeuge, die nicht wenden können! ihre sichtbare
schwierigkeit macht uns mut
zu einer andern bewegung. eröffnen wir
auch das gespräch
über die wende im land.

18. 10. 89

fieberkrank in budapest, die reisetasche ist verloren (die stasi? ein ausreisender?), dr. biechele bringt mir unterwäsche, der junge arzt verlangt 2000 forint, die freie wildbahn macht ihn zum raubtier. interview mit népszabadság: das zentralorgan die zeitung der zentrifugalkräfte. vörös: reden wir über die »preußische prärie« / und über die politische puszta / bitte sehr. was sagen sie zur öffnung unserer grenzen? / als ich genscher auf den prager balkon treten sah, dachte ich sofort: nein, außenminister [oskar] fischer gehört dahinauf. mit dem text: bürger, ich betrachte sie als auf einem ausflug befindlich, der drei monate oder jahre dauern mag; sie können jederzeit zurückkehren, und sie können den ausflug jederzeit wiederholen. so hätte unsere regierung, mit entschlossenem witz und generös, ein gesicht gezeigt. es wäre ein prager fenstersturz gewesen, aber doch nicht dreißig jahre krieg. – heute in debrecen lesung vor wachem studentischem publikum, berichte zur lage: die sich währenddessen ändert – ungarn wird wieder republik, eine komplikation in cape canaveral, staatsstreich in wandlitz, im autoradio undeutlich die stimme von krenz, und wir halten auf dem heldenplatz an diesem HISTORISCHEN ABEND: le touriste naif

»wir wenden uns an, und wir wenden uns an, wir wenden uns an alle, aber wir wenden uns nicht –«

21. 10. 89
mutters 80, moritzburg.

das leben lebend auf dem leichenhauf
das glück liegt drunten, wir sind obenauf.

28. 10. 89

aus der idylle royaumont kommend, wo wir im büchersaal des ehemaligen zisterzienserklosters an einem großen tisch die ZICKZACKBRÜCKE übersetzten – unwirkliche texte für lance, rossi, marie-florence ehret, moses, combes, nicole bary; aber mittlerweile ist aus der wende die revolution geworden, und die französische hatte einst, mit vorgespannten pferden, das kirchenschiff niedergerissen, und mich zogs mit ebendieser kraft retour in die wirklichkeit – mit dem flugzeug und von tegel mit dem taxi in die erlöserkirche, lese ich die selben kleinen texte auf dem vielstündigen meeting *wider den schlaf der vernunft* gegen die übergriffe der polizei während der demonstrationen am 7. oktober. wir hören gedächtnisprotokolle, und es wird eine unabhängige untersuchungskommission gefordert.

»das jahr 68, mit dem pariser mai und dem prager frühling, bedeutete eine wende in unseren biographien; es war eine wendung in den einsamen trotz, in die trauer; von da an datiert der gegentext unserer literatur zum monolog der macht. ich denke, der jetzige moment kann eine wende in der lebensführung der neuen generation werden, im solidarischen diskurs über die schwierigkeit, im eigenen land anwesend zu sein.«

4. 11. 89
ich wurde seit tagen gedrängt, auf einer kundgebung für meinungs- und pressefreiheit zu sprechen. das schien mir ein zu schmaler ansatz; zu fordern wäre *volkssouveränität.* auch störte mich, daß mehrere organisatoren, glaub ich, bei der *firma* sind. an dem ventil mußte ich nicht drehen. aber diese bescheidene, genehmigte demonstration ruft eine halbe million auf den plan (den alexanderplatz), und inmitten der zu nichts und zu allem entschlossenen menge, ihrer ruhigen, unaufgeregten kraft erkenne ich meinen kleinmut. es ist eine erfahrung der freiheit.

Schnitzler macht ernst.

4. 11. 89

krenz zu tisch!
rücktritt ist fortschritt
volksauge sei wachsam
rechtssicherheit ist die beste staatssicherheit
zieht euch um und schließt euch an
kein artenschutz für wendehälse
lieber häufig übermüdet als ständig überwacht
öko-daten ohne filter
wer die wahl fälscht hat die qual
es geht nicht um bananen, es geht um die wurst!
visafrei bis hawai
reformbrot für die stasi-kantine
keine privilegien mehr für uns berliner
wenden – nicht winden
wir brauchen keine tapezierer sondern architekten
blumen statt krenze
sägt die bonzen ab, schützt die bäume
wer war egon krenz

(wer war harry tisch?)

8. 11. 89

bei wolfs: wir unterzeichnen den aufruf, im land zu bleiben und die volksressourcen zu schützen. vertreter der fünf neuen bürgerinitiativen.

9. 11. 89

daß wir eine revolution durchlaufen, sieht man auch daran, wie rasch die texte veralten. im frühjahr schrieb ich geschichten über das neue denken, das unvermutet aber unaufhaltsam aus dem asphalt schlägt und die stadt besetzt. ich schrieb das im herausfordernden präsens, in halsbrecherischer gewißheit. und es war doch die zugemauerte zeit. jetzt lese ich daraus in der neuen szene in leipzig wie aus augenzeugenberichten. der titel der veranstaltung, *texte zur wende*, anfang september vorgeschlagen und von hauswald tollkühn akzeptiert, klingt nun wie anbiederei. die wirklichkeit selbst wagt die wende, wilder als unsere wünsche. und während die frage gestellt wird: wann wird die mauer geöffnet? und ich antworte: ich glaube, eben jetzt – geschieht es tatsächlich, durch ein mißverständnis, das vollkommen genügt. schabowski verliest auf einer pressekonferenz mit ungläubigem glotzen den zettel, der ihm gereicht wird: die grenze sei offen – für die ausreiser, war gemeint, ab sofort; und die tausenden stürzen an die übergänge und unterrichten die grenzpolizisten, die verlegen den tatsachen platz machen. und schon tappen die ersten, mit einem vorsichtigen schritt, auf den fremden boden, so wie der kaiser hu hai mit nackter sohle die erde berührt. das volk nimmt den unfreiwilligen eulenspiegel beim wort und zieht seine schuhe an und zieht binnen stunden über den kudamm.

13. 11. 89
das neue deutschland druckt die thesen DIE ERFAHRUNG DER FREIHEIT. »die massen haben den ersten, den nächstliegenden schritt getan – der regierung bleibt übrig, den übernächsten zu tun: die staatsstruktur zu ändern. der erzwungene übernächste schritt: das ist die jetzige revolution.«
spreche im b[erliner]e[nsemble] über die notwendigkeit von betriebsräten. »eine parteikonferenz? mehr. ein parteikongreß? mehr. ein rätekongreß?«

18. 11. 89
anruf bahros, früh halb zwei. er will zurückkehren. unterrichte ihn, daß ich für seine rehabilitierung konspiriere und die kassation des urteils beantragt ist. ginsburg, übersetzt ÜBERGANGSGESELLSCHAFT. abends lances, bary, wolfs, kellers. keller, der neue kulturminister: »was machen wir mit der nationalhymne?« ich denke, der text ist geschrieben: *anmut sparet nicht noch mühe, leidenschaft nicht noch verstand* – brechts text und haydns melodie, das wäre ein aufeinanderzugehen von alter und neuer zeit und zugleich von ost und west. das wird aber erst denkbar mit der konföderation, dem staatenbund; jetzt würde ohne *verstand* das deutschlandlied gegrölt.

21. 11. 89
irrlitz, bierwisch, schmidt, buber, frister, flierl, rosemarie will, dieckmann u. a. in der kommode. gründung einer linken unabhängigen zeitung: die woche. wochenschrift für politik, wirtschaft und kultur. mir mißfällt die titelei. besser wäre: kundgebung. abhängige wochenzeitung (abhängig von der demokratischen volksbewegung). mitarbeiter sollen gewerkschafter, philosophen und schriftsteller sein; ein blatt in der art der literaturnaja gaseta, das das denken im volk aufnehmen und zusammenführen könnte.
sehe im gorki-theater noch einmal ÜBERGANGSGESELLSCHAFT; nicht mehr die enorme befreiende wirkung wie »vor dem oktober«. soll das weiter laufen? fragen wir das publikum (und wohin). langhoff inszeniert nicht heins RITTER des politbüros, sondern nun ... taboris MEIN KAMPF.

22. 11. 89
das berliner ensemble schlägt mich für den parteitag vor, eine person, »für die sich ein konsens fände«. der konsens war es nicht, weshalb ich mitglied war. jetzt kommt der widerspruch *zum tragen*, dessen substanz der irrtum war.
ich muß meinen fall zuende denken (wie denkt man einen irrtum?). die partei war ein forum, und sie war der palast. das war ihr antiker bau. gelände für horaz und ovid, dem einen ein landgut, dem andern die verbannung. meine »freie individualität« hat nicht die verbrechen verhindert. ich trage schuld an der beschämenden macht. was immer für eine politische landschaft sich bildet, sie ist notwendig deformiert vom parteigeist. sich daran festbinden, valerius: das ist der irrtum; die nähe zum cäsar, die alle kraft für seine kritik verbraucht. die literatur hat ohnehin universelle interessen.

23. 11. 89
im berliner verband werden die ausschlüsse von 1979 endlich zurückgenommen. es wird der brief verlesen, der anlaß der repression war – unglaublich, daß dieser maßvolle text damals der großen mehrheit ungeheuerlich klang und sie sich bestimmen ließ, die hand zu heben. schiefohren, nannte dessau derlei naturen. es war die unnatur unserer gesellschaft.
zu frank beyer und mit becker, schlesinger, heym ins kino international: SPUR DER STEINE.

24. 11. 89
anruf karlachs aus dem melandrich-verlag, 200 m vom wenzelsplatz: dubček spricht vor einer halben million. vom frühling durch den winter in den herbst, unseres lebens.

26. 11. 89

als wir den text des appells FÜR UNSER LAND beraten, stört sich pflugbeil vom neuen forum an der formulierung: »konturen eines demokratischen sozialismus« – nicht, weil es eine tautologie ist; denn auch die bessere formel »eine sozialistische alternative« bedrückt ihn, er gesteht, nicht ruhig schlafen zu werden. so wird schon an diesem kleinen, runden tisch bei wolfs bewußt, wie ernst es der text meinen muß. die kleine ddr wird von der wirtschaftlich stärkeren brd vereinnahmt werden – oder sie bleibt vorläufig eigenständig als mögliche *solidarische gesellschaft*; und das wörtlein, das darüber entscheidet, heißt sozialistisch. das unsägliche wort trennt die massen, nur unsere namen können ihm einen anderen sinn geben.

DDR-Tristesse (in Erfurt): „Die Stadt fällt zusammen“

27. 11. 89
auch der schriftstellerverband wählte mich, in abwesenheit, zum delegierten: in der verzweifelten suche nach den »neuen leuten«. ich verstehe das drängen »hinzugehen«, aber ich bin längst fortgegangen. – trotzki, einst vorsitzender des petrograder sowjets, weigerte sich nach dem bürgerkrieg, mit in den vorsitz des rats der volkskommissare zu rücken, er sah nur im parteiapparat eine machtposition. ich sähe es heute ganz anders – ich stünde nur für eine »räteposition« zur verfügung, in dem einigenden organ der volksbewegung.

1. 12. 89

300 arbeiter von bergmann-borsig dringen in die volkskammer ein, verlangen modrow zu sprechen und bringen forderungen vor, jetzt den abgrund der korruption aufzudecken. sonst wollen sie streiken, und im sprechchor rufen sie drohend: *noch nicht noch nicht*

am abend singt biermann in der messehalle 2 in leipzig.

DDR-Theater:

Der Tell des Tages

«Was läuft das Volk zusammen, treibt sie auseinander! Schafft das freche Volk mir aus den Augen. Den kecken Geist der Freiheit will ich beugen.»
(Gelächter und Beifall)
«Fort muss er, seine Uhr ist abgelaufen!»
(Szenenbeifall)
«Wartet ihr ab, ich handle. Wer ist so feig und könnte jetzt noch zagen?!»
(Donnernder Applaus)
«Reisst die Mauern ein! Wir haben's aufgebaut, wir wissen's zu zerstören.»
(Beifallsstürme)
Die Szene ist Ost-Berlin, das «Berliner Ensemble», Pflanzstätte Brechts und Bessons, bis er in den Westen zurückkehrte.
Der Regisseur: Christoph Schroth, neuer Oberspielleiter daselbst.
Der Text: *Wilhelm Tell,* von einem gewissen Herrn Schiller, Friedrich... .
Die Theaterleute waren in der DDR immer schon aufmüpfig; viel Bewegung ging von der weinenden und der lachenden Maske aus. Namen wie Volker Braun, Christoph Hein und Heiner Müller sind Garanten der Öffnung.

vorwärts, basel

4. 12. 89

was tun?! im friedrichstadtpalast, die »theoretische« fortsetzung der massendemonstration vom 4. november. ich lese auf drängen der initiativgruppe den text über die räte. martz vom kabelwerk adlershof, schließer, hochschule für ökonomie, rausch, vereinigte linke, will, humboldt-universität, altvater und haug, freie universität, vollmer von den grünen. die westberliner versuchen im unduldsamen lärm die erfahrung von 68 mitzuteilen: daß im streit der emotionen der blick für die große chance verlorengehen müsse. – im foyer erfahre ich von der flucht des staatssekretärs (und devisenbeschaffers) schalck-golodkowski und stecke es scharsich, der es unüberlegt auf die bühne trägt – und den saal bersten macht. bist du wahnsinnig, sage ich zu ihm, vielleicht stimmt es nicht! an den saalmikrofonen wird die absetzung des politbüros verlangt und sofortige volksbewaffnung. schließung der grenzen! für 24 stunden (das hätte aber, und vielleicht auf grund einer falschmeldung, die sofortige wiedervereinigung zur folge). eine bange stunde, bis sich die nachricht allmählich bewahrheitet. die diskussion wird abgebrochen und eine resolution soll formuliert werden, rechtsanwalt schnur sammelt mitschreiber, aber ich entziehe mich seinem unangenehmen stieren blick.

4. 12. 89
dieter klein bestellt einige intellektuelle in die universität, einen appell an die vernunft zu unterzeichnen und die bürgerinnen und bürger »um besonnenheit« zu bitten, »die gewalt gegen menschen und öffentliche einrichtungen ausschließt«. ich fürchte, diese beschwichtigung provoziert erst recht gewalt; »was verboten ist, das macht uns grade scharf«. aber hier bietet sich ein deutlicher, begreiflicher anlaß für eine erste arbeit von bürgerkomitees – als kontrollorgane, rechtssicherungsorgane; von hier und heute könnte diese basisdemokratie ausgehen, die notwendige staatsstruktur, die von unten her sich bilden muß. mein vorschlag: »in erwägung, daß die ernsten regierungsgeschäfte nicht länger ohne die mitarbeit der bürgerbewegungen vonstatten gehen können, fordern wir die sofortige bildung von bürgerräten in stadt und land, die in einer sicherheitsgemeinschaft mit den staatlichen organen kontrollaufgaben wahrnehmen, beweismaterial sichern und die ermittlungen gegen korruption und machtmißbrauch unterstützen.« das geht so etwa in den text an regierung und volkskammer ein. den hinweis darauf, daß die arbeit der räte sich bald anreichern müßte, den hinweis auf ihre zukunftsstruktur mag das gremium nicht mitteilen.

5. 12. 89

der parteiausschluß der politbürokraten ist ein gemäßigter terror.

8. 12. 89
sonderparteitag. das fußvolk in verwirrtem, verzweifeltem zustand; seine verkommenheit das eigentliche verbrechen der davongejagten führung. eine neue spitze ist rasch legitimiert, aber die masse kann sich nicht mehr blicken lassen mit ihrer unansehnlichen idee. sie muß mit einer andern partei nachhause kommen – aber sie sind die partei. sie sind die katastrophe. wie will man eine katastrophe »radikal erneuern«?

12. 12. 89
vier ungeschriebene frankfurter vorlesungen, im vorigen jahr konzipiert, sind jetzt eine leipziger.
»nun müssen wir poesie nicht aus der zukunft reißen. wir erleben, wie sie in unserem augenblick geboren wird, nicht nur als scharfer text der tafeln und transparente, mehr noch im grundgefühl des anspruchs auf austrag der widersprüche, auf das ende der schrecken im vorschein der schönheit, den unsere demonstrationen machen, die gewaltlose kraft, die unser aller leben in die letzte krise treibt, hinter der das andere wohnt, das ungeheure, eigene, zu dem wir jetzt gefordert sind. *schlag das buch zu. / die kunst beginnt erst / wirklich*, heißt es in einem alten text, der plötzlich zu entziffern ist.

...

aber bedenken sie, daß in den aufmärschen der schrecken noch lebt, in unserer freude und furcht, noch marschiert das unaufgelöst, aufbruch und niedertracht, GROSSDEUTSCHLAND und WIR SIND DAS VOLK, noch ist nichts entschieden: das meine ich, dieses härteste, unaushaltbare, das poetische. DIE MORGENDÄMMERUNG 1971: *jeder schritt, den ich noch tu, reißt mich auf.*«

14. 12. 89
bei den alten germanen. als die allerchristlichsten könige die deutschen heiden bekehrten, mußte ihnen jedes mittel recht sein. *tag für tag warf gott seine*, chlodwigs, *feinde vor ihm zu boden*. ein wunderbarer kontrast zu dem blut waren die weißen gewänder. vor allem die ausgabe der gewänder zog mancherorts die germanen magisch zur massentaufe. für ein solches begrüßungsgeld standen sie gerne an. die eingießung der gnade, die anwartschaft auf die auferstehung oder, im weigerungsfall, die unwiderrufliche verdammnis waren grüblerische argumente, nichts für das behende volk. hier war etwas greifbares, fein gewebtes, sakrament! und mancher kam zweimal zu dem neuen gott, um ein zweites kleid zu ergattern.

20. 12. 89

„Transit Europa" nun am Gorki Theater

„sie fahren alle hinüber!"

31. 12. 89

nun haben wir eine biographie. aus dem widerstand und der geducktheit tretend, haben wir jeder eine geschichte durchlaufen, unter die ein harter strich gezogen wird. unter die alten wahrheiten, unter die alte zukunft.
aber wir werden nicht loskommen davon, weil wir sie nicht gelebt haben, weil *nichts war* (wie paul bauch sagte) ... während wir nun alle *hinüber* gehn, in die schöne fremde.
noch ist alles richtig und notwendig ... indem noch alles möglich und offen ist. aber es bleibt eine geringe spanne zeit. dann werden wir den möglichkeiten nachblicken.
die bewegungen der gesellschaft radikalisieren sich, die große solidarische freude weicht einer hektischen intoleranz. und es ist ja ein krankes land, in einer psychiatrischen situation. klinkmann: der zustand der öffentlichen toiletten ein indiz für die verhaltensstörung. eine heilung durch die demokratie? durch die künste? die beruhigung schaffen, normales, zutrauendes leben. oder läuft das aus dem stacheldraht in die zwangsjacke.

Bildnachweis

Achim Freyer, Berlin: 210
Sigrid Meixner, Schwerin: 600-604
Maria Steinfeldt, Berlin: 63, 790
Vera Tenschert, Berlin: 124, 167, 191-193, 197
Elke Walford, Hamburg: 748
Helga Wallmüller, Leipzig: 3, 581

Seite 67: Paul Klee, Zwei Männer, einander in höherer Stellung vermutend, begegnen sich, 1903, 5, Radierung, 11,7 × 22,4 cm, Zentrum Paul Klee, © VG Bild-Kunst, Bonn 2009

Seite 38 und 284: Für die Wiedergabe der Werke von Pablo Picasso © Succession Picasso/VG Bild-Kunst, Bonn 2009

Seite 98: Für die Wiedergabe des Werkes von Nuria Quevedo © VG Bild-Kunst, Bonn 2009

Seite 598: Für die Wiedergabe der Werke von Dieter Weidenbach © VG Bild-Kunst, Bonn 2009

Seite 875: Für die Wiedergabe des Werkes von A. R. Penck: © VG Bild-Kunst, Bonn 2009

Leider war es dem Verlag nicht in allen Fällen möglich, die Rechteinhaber ausfindig zu machen. Wir bitten um Mitteilung an den Verlag.